我是猫

わがはいはねこである

【日】夏目漱石 著
なつめそうせき

朱悦玮 译

四川人民出版社

图书在版编目（CIP）数据

我是猫 /（日）夏目漱石著；朱悦玮译. —2版. —成都：四川人民出版社，2019.7（2021.11重印）
ISBN 978-7-220-11403-8

Ⅰ.①我… Ⅱ.①夏… ②朱… Ⅲ.①长篇小说—日本—近代 Ⅳ.①I313.44

中国版本图书馆CIP数据核字（2019）第095228号

WO SHI MAO
我是猫

夏目漱石 著 朱悦玮 译

责任编辑	任学敏　王卓熙
封面设计	张　科
版式设计	戴雨虹
责任校对	袁晓红　王　璐
责任印制	李　剑
出版发行	四川人民出版社（成都槐树街2号）
网　　址	http://www.scpph.com
E-mail	scrmcbs@sina.com
新浪微博	@四川人民出版社
微信公众号	四川人民出版社
发行部业务电话	（028）86259624　86259453
防盗版举报电话	（028）86259624
照　　排	四川胜翔数码印务设计有限公司
印　　刷	自贡市华华广告印务有限公司
成品尺寸	145mm×208mm
印　　张	18
字　　数	327千
版　　次	2019年7月第2版
印　　次	2021年11月第4次印刷
书　　号	ISBN 978-7-220-11403-8
定　　价	68.00元

■版权所有·侵权必究

本书若出现印装质量问题，请与我社发行部联系调换
电话：（028）86259453

译者序

提起夏目漱石，想必中国的读者都不会陌生，说他是中国读者最熟悉的日本作家恐怕也不为过。那么夏目漱石身为一位作家为何如此著名呢？正如著名运动员必然取得过辉煌的成绩才闻名天下，著名影星必然有才华横溢的表演才家喻户晓一样，著名作家必然是创作出优秀的作品才让人印象深刻。

《我是猫》是夏目漱石的小说处女作，他在专职创作小说之前是一名英语教师。《我是猫》最初也只是作为短篇发表于《杜鹃》杂志上。但判断一部作品的好与坏，读者最有发言权。《我是猫》一经发表便大受读者好评，这也激发了夏目漱石的创作热情，于是《我是猫》便在《杜鹃》上开始连载。在连载的过程中，读者们对其的支持也是有增无减，甚至使得《杜鹃》的销量增加了十倍还多。不仅如此，在小说连载期间，甚至日本的各大商铺里还有与《我是猫》相关的周边商品销售，其热度可见一斑。

这本书究竟有怎样的魅力，竟然让当时的读者如此推崇，而且其热度从创作至今一百余年依然不减，让一代又一代的读者将其奉为经典呢？答案其实很简单，那就是"好看"。夏目漱石拥有扎实的文学功底自不必说，但仅凭扎实的文学功底恐怕难以使读者产生共鸣，所以《我是猫》这本书自有其独到之处。

20世纪初期，日本文坛的主流是以理论为主、作品为辅，即文学家都非常重视对理论的研究而疏于对作品的创作，偶有文学创作也多是为理论服务，其目的在于对理论进行尝试。因此这样的作品只能在文学界内部流传，难以被大众所接受。

与之相比，《我是猫》就接地气得多。夏目漱石通过一只猫的视角对身为普通人的苦沙弥及其身边的人进行了诙谐的描写。而书中人类屡屡发表的长篇大论乍看起来貌似有些道理，但仔细想来完全是"一本正经的胡说八道"，身为读者看到这样的内容自然会忍俊不禁，读来欲罢不能。尽管《我是猫》一问世就遭到当时主流文坛的抨击，被评价为庸俗无聊的作品，但夏目漱石却不为所动，甚至自称这就是"低俗趣味"小说。或许在夏目漱石看来，阅读就是一种娱乐、一种消遣。文学作品不应该是摆在殿堂之上让读者望而却步的，而应该是在桌边案头让读者随时随地可以享受阅读乐趣的。

时至今日《我是猫》已经成为"经典"与"名著"，或许有些读者会因此而对其敬而远之，觉得名著难以读懂。但实际上正如前文中所说，这绝对是一本让人可以轻松享受阅读乐趣的作品。对于认为经典与名著难啃而不敢碰触的读者，《我是猫》应该是最合适的入门书。

译者从事翻译工作近十年，翻译出版的文字加起来也有几百万字，但翻译像《我是猫》这样的文学名著还是第一次。在刚刚接到这项翻译任务的时候，译者也是喜忧参半。喜的是能够接到这样的任务等于自己的能力得到了肯定；忧的是《我是猫》仅中文译本就有十数种之多，前辈们珠玉在前，怕自己水平有限，翻译不好这么经典的作品。不过在前期准备的过程中，译者参照原文对比了几位前辈的译作，发现其中存在一些错漏之处。《我是猫》成书于一百余年以前，其中所用的文字和现代日语相比多少有些差异，而且夏目漱石学识渊博，文中不但引经据典还夹杂有许多当时流行的素材，所以要想准确地翻译过来实非易事。但如今随着网络的发展，查阅资料变得更加准确与便捷，译者得益于此才能在前辈译作的基础上加以改善，也算是站在了前辈们的肩膀上吧。私以为对外国经典作品进行新译，总要在前辈译本的基础上有所进步，才能使译作不断趋于完美。如果本书也能在让《我是猫》中译本走向完美的道路上为今后的译者提供一些参考和帮助，将是我最大的荣幸。

本次新译前后共用时近六个月，为了不辜负喜爱夏目漱石的读者，译者在翻译过程中可谓是字斟句酌、殚精竭虑。有时遇到难以准确翻译过来的地方，往往日思夜想、反复推敲，甚至大半夜的忽有灵感而从床上爬起来对译文加以修改。因为翻译得小心翼翼，以至于重压之下译者竟也和苦沙弥先生一样害起了胃病来，如今想起也颇有身临其境之感（笑）。译者虽尽心尽力，但因时间与水平有限，译文中或许仍有不准确之处，恳请读者诸君海涵。

最后，请允许我借此机会向四川人民出版社的编辑陈欣老师和叶驰老师致以最衷心的感谢。正是二位认真负责的工作，让这本书向译者理想中的完美更进一步，也是对读者最好的馈赠吧。

译者　朱悦玮

2017年11月

一

我是猫。还没有名字。

我根本不知道自己是在哪里出生的，只记得自己在一个既昏暗又潮湿的地方喵喵地哭叫。在那里我第一次见到人类，而且后来听说那似乎还是被称为书生①的人类中最狞恶的种族，据说这个叫书生的家伙经常会把我的同胞抓来煮着吃。不过因为我当时还小不懂事，所以并没有感到特别害怕。只不过在他把我捧在手上嗖地一下举起来的时候心里感到有些慌乱。等我在他手上回过神来之后才仔细地看清楚人类是什么模样。现在我还清楚地记得当时那奇妙的感受。首先，这家伙本来应该长满漂

---

① 书生：指学生，特指寄住在别人家里一边帮忙做家务一边修习学业的青年。

亮毛发的脸庞却光滑得像个水壶。后来我又遇到过不少猫，长得像他这么难看的可以说一个也没有。其次，他的脸部正中央竟然突出来一块。而且还从窟窿眼里时不时地喷出烟来，呛得我实在是受不了。后来我才终于明白这是人类在吸烟。

我刚在这个书生的掌心舒舒服服地趴下，身体忽然又非常快速地旋转起来。也分不清究竟是书生在动还是只有我自己在动，总之我是头晕得要命，胃里也是一阵翻江倒海。就在我心想这次肯定完蛋了的时候，我被咚的一声摔得眼冒金星，记忆也到此为止，至于后来又发生了什么我怎么也想不起来了。

当我再次醒来的时候书生已经不见了踪影，众多兄弟姐妹也都不在身旁，连对我来说最重要的母亲都不见了。而且现在的这个地方和我之前待过的地方完全不同，特别明亮，晃得我几乎睁不开眼睛。因为周围的样子太奇怪，我试着慢吞吞地爬了起来，发现浑身都疼得厉害。原来我被从窝里扔到竹林中了。

我好不容易爬出竹林，发现眼前是一个大池塘。我坐在池塘前面思考接下来该怎么办，但是却没有想到什么好主意。我心想不如再哭两声，或许那个书生又会来找我。但等我喵喵地叫完，也没见有一个人来。就在这个时候，一阵风吹过池塘的水面，太阳眼看就要下山。我感到肚子非常饿，想哭又哭不出声，走投无路的我决定去随便找点什么，只要是能吃的都行。于是我轻轻地从左边绕过池塘，强忍着身上的痛苦终于爬到了有人烟的地方。我心里想着只要爬进去一定会有办法的，就从篱笆墙上的破洞钻进一户人家的院子。要说缘分这东西真是不可思议，如果这个篱笆墙上没有破洞的话，我或许就要在路边饿死了吧。常言说得好，这就叫一树之阴①。这个破洞时至今日仍是我拜访邻家花猫时候的交通要道。虽然我钻进了这户人家的院子，但依旧不知道接下来应该怎么办才好。眼看着天快黑了，似乎还要下起雨来，到那时候我饥寒交迫，情况实在是万分紧急，再不能有半点犹豫了。没办法，只能先朝着明亮而且看起来暖和的地方前进。现在回忆起来，当时我应该是已经钻进那户人家的房间里了。在这里我又遭遇了书生之外的人类。首先见到的是女佣。这位比之前见到的那个书生更暴力，刚一看到我就突然抓住我的脖子把我扔到了外面。我心想这回是真没辙了，干脆闭上眼睛听天由命吧。但因为实在是饥寒交迫忍无可忍，我还是趁着女佣不注意的时候偷偷地溜进了厨房。但很快我就又被扔了出来，不甘心的我被扔出来又溜进去，溜进去又被扔出来，同样的事情就这样重复了四五次。当时我实在是恨透了这个叫女佣的家伙，直到前几天偷了她的秋刀鱼报了这一箭之仇，才算是出了这口恶气。就在她最后一次抓住我想

---

① 一树之阴：指"一树之阴、前世之缘"，意思是碰巧在同一棵树下乘凉也是前世的因缘。这是经常被应用于谣曲之中的语句。

要把我扔出去的时候，这户人家的主人①走了出来问道"什么事这么吵啊"。女佣把我大头朝下地拎起来递到主人面前说"这个小野猫总是跑到厨房里来，赶也赶不走，真没办法"。主人捻着鼻子下面的黑毛仔细地端详了我一阵，然后丢下一句"那就把它收留下来吧"转身离开了。主人看起来是一个少言寡语的人。女佣似乎很不服气地把我扔进厨房，就这样我决定从今往后便把这里作为自己的家。

  我的主人很少来看我。他似乎是一名教师，每天从学校回来就把自己关进书房，几乎从不出来。家人们都以为他是一个很努力的人，他自己也做出一副十分刻苦的模样。但实际上他并不像家里人认为的那么勤奋好学。我有时悄悄地溜进他的书房偷看，发现他总是在睡午觉，甚至还会把口水流在刚刚翻看过的书上。他因为胃不好所以皮肤呈现出淡黄色且缺乏弹性的病态，但他同时又很能吃，每次暴饮暴食之后都要吃帮助消化的药，吃完药就把书翻开，然后没看上两三页就睡着了，口水流到书本上。这就是他每天晚上都在重复的事情。我虽然是猫，但也偶尔会思考问题。我不由得心想，教师这种职业真是太轻松了。如果我能够转生成人类的话一定要当教师。像这样整天睡觉就行的工作就算是

---

  ① 这户人家的主人和漱石有很多共同点，比如鼻子下面有小胡子、胃不好、对谣曲有兴趣，等等。另外，在他家的附近是车夫家和中学，与当时漱石居住的环境很相似。

猫也没什么干不了的。但要让主人说的话，恐怕再也没有比教师更辛苦的工作了，每当有朋友来拜访时，他总是要抱怨一番。

我刚在这个家里住下的时候，除了主人之外的其他人都很不待见我。不管我走到哪，不是被一脚踢开就是被置之不理。从他们直到现在也没给我取名字这一点上就能够看出他们是多么不重视我了。没办法，我只能尽可能地待在唯一接受我的主人身旁。早上主人看报纸的时候，我一定会趴在他的腿上。白天他午睡的时候，我一定会趴在他的背上。我这么做倒不是因为特别喜欢主人，只是因为别人都不搭理我，不得已而为之。后来我有了经验，早晨在饭桶盖上睡觉，夜晚在暖炉上睡觉，天气好的时候白天在檐廊睡觉。但最令我心情舒畅的还是晚上偷偷爬到这户人家孩子们的床上和她们一起睡。孩子们一个五岁一个三岁，到了晚上两个人就在一张床上睡觉。我总是能在她们两个人中间找到一个位置，然后想尽办法挤进去，但如果运气不好碰醒了孩子，那结果可不得了。孩子们——特别是年纪小的那个更甚——哪怕是深更半夜也要大声地哭叫"猫来了猫来了"。于是我那个患有神经性胃病的主人一定会被吵醒，并且从隔壁的房间跑过来。事实上，就在几天前他还用尺子狠狠地打了我的屁股呢。

我和人类同居之后根据对他们的观察，不得不做出如下的判断——他们都是些任性的家伙。特别是我偶尔跑去和她们一起睡的那两个孩子更是不可理喻。她们总是擅自地将我倒拎起来，把袋子套在我的头上，把我扔出去，甚至把我塞进炉灶里。而且，如果我稍微还一下手，就会遭到全家的围追堵截和残酷迫害。最近我只是在榻榻米上磨了磨爪子，主人的老婆就大发雷霆，从此便再也不让我轻易进到房间里面去了。就算我在厨房里冻得瑟瑟发抖，他们也完全无动于衷。我很尊敬的斜对面的白猫，每次见面都会对我说，"再也没有比人类更无情的家伙了"。白猫不久之前生下了四只好像白玉一样的小猫。但寄住在那家的书生竟然在小猫刚出生第三天的时候，就把它们都拎到屋后的池塘那边扔掉了。白猫声泪俱下地向我哭诉完这件事情之后说，我们猫族要想享受合家团圆的天伦之乐，就必须向人类宣战并且把人类全部剿灭才行。我认为她说得很有道理。隔壁的花猫对人类搞不清楚所有权这件事感到非常的愤慨。对我们猫族来说，不管是干鱼头还是鲻鱼肚，都归最先发现的猫所有。如果谁敢不遵守这个规定，那就要用武力让他明白明白道理。可是那些人类却完全没有这种观念，明明是我们先发现的美味，却每次都被他们夺了去。他们仗着自己力气大，堂而皇之地霸占了我们的食物。白猫住在一个军人的家里，而花猫的主人是一位代言[①]。我因为住在教师的家里，所以

---

① 代言：律师的旧称。花猫在对人类进行批判时用的"所有权"等说法都很有律师的语言风格。

在这些问题上比他们两个更乐观一些。反正只要每天混混日子就行了。就算是人类也不可能永远这么逍遥下去。还是耐着性子等待猫族的天下到来吧。

既然说起任性,就让我来讲讲我的主人因为任性而发生的糗事吧。本来我的主人并没有任何的过人之处,但他却什么事都喜欢试一试。比如写俳句向《杜鹃》①投稿,写新体诗②向《明星》投稿,或者写下满是错误的英文,有时候他还练习弓道、学唱谣曲,还有的时候他会嘎吱嘎吱地拉小提琴,然而遗憾的是,每一件事他都做不好。不过他沉迷于这些事情的时候,甚至连胃病都被抛在脑后了。因为他总是在后架③里唱谣曲,所以被邻居们取了个外号叫"后架先生",但他对此毫不在意,仍然不断地唱着"吾乃平家宗盛是也"④。每次大家都无奈地笑道,"哎哟,宗盛又来了"。不知这位主人是怎么想的,在我住进来一个月之后,正好赶上他发薪水那天,他拎着一个大

---

① 《杜鹃》:俳句杂志,现在仍然在发行中。这个杂志是漱石的朋友正冈子规推进俳句革新运动和普及"写生文"的据点。包括《我是猫》在内,漱石在这个杂志上连载过许多作品。

② 新体诗:堪称日本近代诗歌母体的诗歌形式。漱石也在这个时候尝试创作过新体诗,但从没被《明星》刊登过。

③ 后架:在禅寺中是厕所的意思。

④ 这是经典谣曲《熊野》开篇中宗盛表明身份的一句。《熊野》是初学者练习最多的曲子。

袋子回到家中。我正疑惑他究竟买了什么，只见他从大口袋里拿出水彩颜料、画笔和高级画纸，似乎在说从今天开始不再练习谣曲和俳句，决心专攻绘画了。果不其然，从第二天开始他每天一有空闲时间就在书房里作画，连午觉都不睡了。但他画的那些玩意谁也看不出来究竟是什么，他自己似乎也认识到了这一点，某天一位搞美术的朋友前来拜访时，我听到他说了这样一番话。"我怎么就画不好呢？看别人画的时候感觉也没什么了不起的，可是自己拿起笔来才发现实在是太难了。"主人这样抱怨道。不过他说的倒是一点不假。他的朋友透过金框眼镜注视着他的脸说道："不可能一上来就画得很好啊，况且只是关在屋子里凭想象作画也是不行的。意大利著名画家安德烈·德尔·萨托[①]曾经说过，最好的绘画莫过于描绘自然的景象。天上的星辰、地上的露水、飞翔的鸟儿、奔跑的野兽、池塘里的金鱼、枯木上的寒鸦[②]，自然本身就是一幅美丽壮观的画卷。如果你想画出像模像样的作品，不如尝试去写生，如何？"

"哎？安德烈·德尔·萨托竟然说过这样的话吗？我一点也不知道呢。原来是这样啊，说得一点也没错。"主人感慨万千地说道。但我却在他朋友金框眼镜的后面看到一丝嘲笑。

[①] 安德烈·德尔·萨托（Andrea del Sarto，1486~1531）：意大利佛罗伦萨派画家。

[②] 乌鸦配枯木的冬季景色构图，是日本画的传统主题。

第二天，当我和往常一样在檐廊上舒舒服服地睡午觉的时候，主人却一反常态地从书房里走了出来，跑到我身后不知道鼓捣些什么。被他吵醒的我眯起眼睛想看他究竟在搞什么名堂，结果发现他竟然真的按照安德烈·德尔·萨托的说法来做了。他这副模样实在是让我忍俊不禁，他被朋友嘲讽之后竟然首先把我当成了写生的对象。本来我已经睡足了，很想打个哈欠、伸个懒腰，但一想到主人难得这么有兴致，实在是不忍心破坏他的雅兴，于是只能强忍不动。现在他已经画出我的轮廓，正在给面部上色。坦白地说，我作为一只猫算不上特别好看。不管是身材、毛发还是脸型，与其他猫相比都没有特别出彩的地方。但就算我再怎么其貌不扬，也不至于是主人现在画的这个奇怪模样。首先颜色就不对，我的毛皮是像波斯猫那样，淡灰色中带有些黄色还混杂着斑点。这是任何人看到都不会怀疑的事实。可是主人现在涂上去的颜色，既不是黄色也不是黑色，既不是灰色也不是褐色，甚至连这些颜色的混合色都不是，简直说不上来是什么颜色。更不可思议的是，他没有画眼睛。虽说这是对我睡姿的写生，没画眼睛倒也说得通，但问题在于连像是眼睛的地方都找不到，岂不是让人分不清这究竟是个睡着的猫还是瞎猫了吗？我不由得在心中暗自感慨，恐怕不管再怎么学安德烈·德尔·萨托，这也是没救了吧。不过主人这热情好学的劲头倒是挺令人佩服。虽然我尽可能地想让自己纹丝不动，但其实从刚才开始我就一直憋着尿呢，浑身的肌肉也都蠢蠢欲动了。因为实在没办法继续忍耐下去，我干脆把两只前爪用力地往前一伸，压低脖子大大地打了一个哈欠。到了这个地步，再想老老实实地待着已经不可能了。反正也已经打乱了主人的计划，干脆到房后去撒泡尿好了，我心里这样想着，慢悠悠地爬走了。在我的身后传来主人既失望又愤怒的叫骂声，"这个混蛋家伙"。主人在骂人的时候有个习惯，那就是一定要说"混蛋家伙"。因为除此之外他再也不知道还有什么骂人的话。不过他完全不理解一直艰苦忍耐之人的心情，张嘴就是"混蛋家伙"，实在是太没礼貌了。如果我平时趴在他背上的时候他多少能给我一些好脸色的话，被骂几句倒也算了，可是他明明从没给过我什么好处，连我去撒尿也要骂"混蛋家伙"，这就有点过分了。本来人类就觉得自己很有力量而妄自尊大。要是没有比人类更强大的家伙出现把他们好好地教训一顿的话，将来他们还不知道要傲慢到何等地步呢。

如果人类只是任性的话，我倒是也能忍耐，但关于人类的缺德事，我还听说过比这更甚数倍的传闻。

在我家的房后有一片刚好十坪①的茶园，虽然面积不大但却是一个清爽宜人、阳光充足的地方。每当孩子们大吵大闹搞

---

① 坪：日本面积单位，用于丈量房屋和宅地面积。1坪约等于3.306平方米。

得我无法舒舒服服睡午觉的时候，或者因为过于无聊而感到身体不舒服的时候，我都会来到这里修身养性。阴历十月某个安静祥和的午后，大约两点钟，我吃完午饭又美美地睡了一觉之后，来到这个茶园里打算活动活动身体。我一根一根地闻着茶树的树根，来到西侧的杉树围墙附近，发现一只大猫趴在枯菊上睡得正香。他似乎根本没有觉察到我的靠近，又像是虽然觉察到但却毫不在意，只是大声地打着呼噜。擅自闯进别人家的院子还能够像这样呼呼大睡，我不由得暗自惊讶于他过人的胆识。他是一只纯种的黑猫。午后清澈的阳光洒在他的身上，闪闪发光的皮毛之间似乎燃烧着肉眼看不见的火焰。他的身躯非常庞大，足足比我大一倍，堪称猫中的大王。我既敬佩又好奇，不知不觉间已经走到了他的身前，对他仔细地端详起来。秋风轻轻地拂过从杉树围墙上探出来的梧桐枝，两三片树叶吧嗒吧嗒地掉落在枯菊丛中。忽然，大王睁开了溜圆的双眼，那双眼睛比人类珍爱的琥珀还要美丽，让我直到现在仍然记忆犹新。他一动不动，从双眸的深处射出来的尖锐目光紧紧地盯着我窄小的额头，问道，"你这家伙究竟是什么东西"。虽然这粗鄙的言语不太符合大王的身份，但因为他的声音里充满了连狗听见都会浑身颤抖的威严，所以我不由得也有些胆怯起来。可我转念一想，如果在这个时候默不作声的话恐怕更加危险，于是我故作镇静冷冷地答道"我是猫，还没有名字"，但实际上我的心都要跳到嗓子眼了。他用非常轻蔑的语调说道，"什么？你这模样的也是猫？可真让我感到意外。那你住在哪啊"，那态度简直是完全没把周围的一切放在眼里。"我就住在这个教师的家里。""我觉得也是，看你这瘦小枯干的模样。"大王盛气凌人地说道。听他说话的口气，感觉不像是只良家之猫，但从他那一身肥膘来看，似乎平时吃得不错，应该过着非常富裕的生活。于是我忍不住问道，"既然这么说，那你究竟是谁啊"。"我是车夫家的黑猫。"他高傲地答道。车夫家的黑猫是在这一带家喻户晓的恶猫。因为住在车夫家，导致他虽有一副强壮的身体却没有丝毫的教养，所以大家都不愿与他交往，甚至还结成同盟对他敬而远之。得知了他的身份之后，我在为自己刚才的胆怯感到有些脸红的同时，也对他产生出几分轻蔑。为了测试一下他究竟有多么无知，于是我问了他几个问题。

"究竟教师和车夫哪一个更了不起？"

"当然是车夫更了不起了。看看你家的那个主人，简直瘦得跟皮包骨一样。"

"你也因为是车夫家的猫所以才这么强壮吧。看样子你在车夫家吃得不错呢。"

"你在说什么啊，我不管走到哪都吃喝不愁。要我说，你也别在这个茶园子里乱转了，干脆跟我混，保证你不出一个月就胖得像变了个人一样。"

"请务必让我跟随您。但我觉得教师的家比车夫的家地方更大呢。"

"蠢货,房子再大能当饭吃啊?"

他好像很不高兴的样子,两只如同紫竹削成的耳朵不停地抖动着,站起身大摇大摆地走了。至于我与黑猫成为知己那都是后话了。

后来我偶尔会和黑猫碰面,而每次他都少不了要当着我的面吹嘘一番。我之前提到的那些"人类的缺德事",其实都是从黑猫这里听说的。

有一天,我和黑猫跟往常一样躺在温暖的茶园里闲聊,他又老生常谈地自吹自擂了一番之后,忽然对我问道:"你到目前为止捉过多少只老鼠?"要论知识面的话我肯定比黑猫要强上百倍,但论力量和勇气,我很清楚自己和黑猫完全无法相比,所以在听到这个问题的时候,我多少感到有些难以启齿。但事实就是事实,说谎是不行的,所以我诚实地答道:"其实我早就想捉,但一直也没有机会。"黑猫哈哈大笑,连鼻尖上翘起的胡须也跟着微微颤抖起来。黑猫是一个非常狂妄自大的家伙,所以只要对他表现出毕恭毕敬、言听计从的态度,就很容易反过来控制他。我在和他熟悉之后很快就发现了这一点,如果现在强行替自己辩护的话反而会把事情搞砸,那就太蠢了，不如干脆听他好好地吹嘘一番，然后随便敷衍几句搪塞过去就行了。打定主意之后，我老老实实地奉承道："像您这样经验丰富的老手，一定捉了不少吧。"果然，他如同见到墙洞就忍不住要钻一样中了我的圈套："不算太多，也就三四十只吧。"他又继续说道："老鼠的话，我一个人搞定一两百只也没问题，但黄鼠狼可就不行了。我曾经跟黄鼠狼交过手，结果吃了大亏。""竟然是这样。"我随声附和道。黑猫眨巴着他的大眼睛说道："去年大扫除的时候，我家主人拎着一袋石灰钻到檐廊的地板下面时，忽然窜出来一只跟你这家伙差不多大的黄鼠狼，大概是被吓出来的吧。""不得了。"我故作感慨。"一般的黄鼠狼也就比老鼠大不了多少。我一开始没把这个畜生放在眼里，猛地就追了上去，三两下便把它赶进了泥沟里。""干得漂亮啊。"我为他喝彩道。"可是没想到这家伙被逼急了竟然放了个屁。那个臭啊就别提了，从那以后只要一看到黄鼠狼我就恶心想吐。"说到这里，他好像又想起了去年的臭味一样，用前爪在鼻子跟前擦了两三下。就连我也感到他有点可怜，于是安慰他道："不过老鼠要是被你盯上那就完蛋了吧。既然你这么能捉老鼠，一定是因为整天能吃老鼠才长得这么壮、毛色也如此有光泽吧。"本来我这么说是为了让黑猫高兴起来，可是没想到却起到了相反的效果。他长叹了一口气说道："想一想都觉得没劲，不管我捉多少老鼠都没用——在这个世界上谁也搞不过人类。我们猫捉到的老鼠，都被人类拿去上交给警察了①。警察也不知道老鼠到底是谁捉的，反正一个老鼠尾巴就奖励五钱。我家主人靠我捉到的老鼠都赚了一日元五十钱②了，却从来也不说给我改善一下伙食。所以说人类都是一些道貌岸然的小偷。"就连不学无术的黑猫都看透了这个道理，他一副怒气冲冲的样子，脊背上的毛发也根根直立。因为我也觉得有些不舒服，所以后来就随便敷衍了他几句便回家了。从那时起我就下定了绝对不捉老鼠的决心。不过，我也没当黑猫的跟班和他去找老鼠之外的其他食物。毕竟与为了食物奔波劳累相比，不如舒舒服服地睡大觉。在教师的家里待得久了，连猫都染上了教师的习气。要是不注意点的话，搞不好下次就该犯胃病了呢。

说起教师，我的主人最近似乎终于意识到自己在水彩画上没什么天赋，在12月1日的日记上他这样写道：

今天第一次和××见了面。以前听说他是个放荡之人，今日

---

① 当时东京市政府为了预防传染病而鼓励市民捕鼠，并且收购捕捉到的老鼠。

② 现在使用的日本货币单位"円"（日元），是1871年制定的。当年明治政府发布《新货币条例》，规定新货币一百钱可换一日元，而十厘则可换一钱，厘以下有单位"毛"。

一见，发现他果然是个精通游乐之道的行家。像他这样的人，与其说是因为深受女人喜爱才放荡不羁，倒不如说是天性使然更为恰当。他的妻子好像是个艺伎，真是令人羡慕。在那些污蔑别人放荡的人中，绝大多数都没有放荡的资格。而在自认为放荡不羁的人中，也有许多人根本就不配放浪形骸。因为他们本来天性并非如此，却非要走上这条道路。就像我画水彩画一样，根本是没有前途的。即便如此，仍有人执迷不悟地认为只有自己是精通游乐之道的行家。难道说在酒馆里喝点小酒再找个艺伎游乐一下就算是行家了吗？这种理论要是成立的话，那我也算是了不起的水彩画家了呢。所以说我还是放弃画水彩画的好，毕竟一个愚昧的行家还不如一个刚进城的土老帽好呢。

对他的这番"行家论"我是完全无法苟同。虽然他身为教师竟然对人家的艺伎老婆心存艳羡实在是有失身份，但他对自己水彩画的批评确实非常中肯。不过尽管主人有如此的自知之明，却始终难以摆脱孤芳自赏的心态。于是在隔了两天，也就是12月4日的日记中他又这样写道：

　　昨晚我做了一个梦，梦见我觉得自己画水彩画实在是没前途，于是将画作丢掉了，但那幅画却不知被谁捡了去，装裱在十分漂亮的画框里还挂在楣窗上。这幅画被装裱起来以后，我忽然觉得它好看极了，我非常高兴，一直欣赏着如此美丽的画作。但等天亮了，我睁开眼睛，才发现自己的画作还是那么拙劣。

似乎主人在梦里还依然对水彩画恋恋不舍。从这一点上来看，他不但成不了水彩画家，就连他所说的"行家"也做不成呢。

就在主人梦见水彩画的第二天，上次那个戴金框眼镜的美学家时隔多日又再次来访。他刚一落座劈头第一句就是："画得怎么样了？"主人表情平静地说道："我听从你的忠告努力练习了写生，通过写生我对物体的形态以及颜色的细微变化都有了更深刻的了解，而在此之前我完全都没有注意到这些。西洋美术就是因为自古以来便强调写生的重要性，所以才有今天这样的发展吧。不愧是安德烈·德尔·萨托啊。"他只字未提日记里的事情，又把安德烈·德尔·萨托夸奖了一遍。美学家笑着挠了挠头说道："其实，那些话都是我胡说的。""什么？"主人似乎还没意识到自己被耍了。"就是让你深有感触的那个安德烈·德尔·萨托啊，其实那些话都是我瞎编的，根本就不是他说的。没想到你竟然信以为真了，哈哈哈哈哈。"美学家开心地大笑起来。我在檐廊听到他们的对话之后，不由得心里琢磨着，不知道主人在今天的日记里又会写些什么。这位美学家似乎将信口开河捉弄人当成唯一的乐趣。他根本不管安德烈·德尔·萨托的事件会给主人的情绪造成怎样的影响，反而又非常得意地说了如下几件事。"不过有时候你开的玩笑别人却当真了,实在是能够激发出非常滑稽的美感,有趣极了。前几天我对学生说,尼古拉斯·尼克尔贝忠告吉本,最好用英语而不是法语来出版他毕生的大作《法国革命史》①。没想到这个学生的记忆力还真好,在日本文学会的演讲上很认真地把我说的这番话原封不动地重复了一遍,实在是太好笑了。当时台下大概有一百名听众,但所有人都没有听出问题。另外还有件有趣的事。不久前,我参加了一个有某文学家出席的会议,因为有人提到了哈里森的历史小说《西奥法诺》,于是我就说那是一部十分经典的历史小说。特别是对女主人公死亡那部分的文字描写实在是看了都让人感觉毛骨悚然。②结果坐在我对面的'万事通先生'立刻随声附和说,对对对,那段描写真可谓是神来之笔。于是我就知道这位先生和我一样根本没有读

---

① 这段话基本都是错误的。尼古拉斯·尼克尔贝(Nicholas Nickleby)是英国小说家狄更斯(Dickens,1812~1870)的小说《尼古拉斯·尼克尔贝》的主人公,是一个虚构人物。吉本(Edward Gibbon,1737~1794)则是英国的历史学家,他的主要著作并不是《法国革命史》而是《罗马帝国衰亡史》。漱石非常熟悉的英国批评家托马斯·卡莱尔(Thomas Carlyle,1795~1881)有一部作品叫作《法国革命史》。另外,《罗马帝国衰亡史》虽然是用英语写的,但吉本以前的著作则大多都是用法语写的。

② 英国作家弗雷德里克·哈里森(Frederic Harrison,1831~1923)创作的小说 Theophano: the Crusade of the Tenth Century; a Romantic Monograph。原作中并没有"女主人公死亡"的部分。

过那本小说。"患有神经性胃病的主人瞪大了眼睛问道："你说这些毫无事实根据的话，要是别人刚好读过你说的那本书可怎么办呢？"听他话里的意思，说瞎话骗人倒没什么关系，唯独怕的是谎言被人戳穿。美学家却丝毫不为所动，哈哈大笑着说道："那时候就说是和别的书搞混了，或者随便说点别的蒙混过去就行了嘛。"这个美学家虽然戴着金框眼镜，但在性情上却和车夫家的黑猫有许多相似之处。主人默默地吸着日出牌香烟，吐出一个烟圈，脸上一副"我可没有那种勇气"的表情。美学家用"所以你根本就画不出什么名堂"的眼神看着主人说道："玩笑归玩笑，但绘画实际上可不是件容易的事，据说列奥纳多·达·芬奇就让自己的学生临摹寺院墙壁上的污渍。所以说躲进厕所里专心致志地观察被漏雨浸湿的墙壁，自然而然就能画出精美绝伦的纹饰呢。你不妨试一试，说不准也能画出有趣的作品。""又是骗人的吧？""不，这可是千真万确的。难道这故事不出人意料吗？听起来就像是达·芬奇的奇闻逸事。""确实很出人意料。"主人大半已经认输了，但他还不至于真的在厕所里写生。

车夫家的黑猫后来瘸了一条腿，曾经充满光泽的毛发也逐渐褪去了颜色甚至开始脱落，就连被我评价为比琥珀还美丽的眼睛，现在也堆满了眼屎。最让我在意的是，他现在意志非常消沉，且身体越来越虚弱。我在茶园最后见到他的那一天，问他究竟发生什么事，他只说"被黄鼠狼的大臭屁和鱼贩子的大扁担给害惨了"。

为红松点缀的两三片红色枫叶，如同往昔的梦境一般零落，在蹲踞①周围轮流开放的红白两色的山茶花也尽数凋零。冬日的阳光早早就照进了六米多长的南向檐廊，刺骨的寒风不任意肆虐的日子几乎一只手都数得过来。看样子，我享受午睡的时间也要越来越短了。

主人还和以前一样每天都去学校，回来就把自己关在书房里，每次有人来访，他总要抱怨一番"教师当够了当够了"。不过他现在水彩画不怎么画了，帮助消化的胃药也因为没有效果而不再继续吃了。孩子们很听话地每天都上幼儿园，回来之后不是唱歌就是拍球，有时候还会抓着我的尾巴把我拎起来。

我因为吃不到什么美味所以并没有长胖，但至少身体健康没有瘸腿，每天过着平平淡淡的日子。当然，老鼠我是绝对不会捉的。女佣还是一如既往地烦人。他们依旧没有给我取名字，但欲望这种东西永远也不会得到满足，所以我觉不如就在这个教师的家里一直做个无名的猫生活下去吧。

---

① 蹲踞：日式茶园中兼作装饰的洗手台，因为很矮，洗手时必须蹲下来，所以被称为"蹲踞"。

二

新的一年到来之后,我多少也有了一些名气[①],身为一只猫还能这么得意扬扬真是可喜可贺。

元旦的一大清早,主人就收到一张明信片。这是他的某个画家朋友送来的贺年卡,卡片上半部分是红色,下半部分是深绿色,正中间用彩色粉笔画着一个蹲着的动物。主人在书房里把这幅画翻过来倒过去看了半天,嘴里还说着"上色真赞啊"。我以为他既然已经称赞完了就该把那明信片放下了吧,没想到他还在那翻过来倒过去地看个没完。只见他一会扭过身体,一会伸长胳膊,就像个上了年纪的老人在看算命书,过了一会儿又对着窗户

[①] 《我是猫》最初作为短篇于1905年1月在《杜鹃》上发表,因为大受好评才变成连载。

把明信片拿到鼻尖跟前仔细地看。从他现在腿部晃动的程度来看,要是他不赶紧停下的话恐怕接下来连我都很危险了。就在他的奇怪举动终于渐渐平息下来的时候,我忽然听到他小声地说了一句"这画的究竟是什么啊"。原来主人虽然折服于明信片上的色彩,却不知道画的动物究竟是什么,难怪他从刚才开始一直仔仔细细地看个没完。我心想着"明信片上的画有这么难懂吗",便优雅地半睁开惺忪的睡眼定睛一看,毫无疑问那就是我的画像。画这幅画的人虽然不像主人那样推崇安德烈·德尔·萨托,但在形体和色彩上的把握都不负画家之名。这幅画画得相当不错,不管谁看了都会说这是一只猫,若是稍微有些眼力的人,更能看出这画的完完全全就是我,而不是其他的猫。主人竟然连这么明显的事情都没看出来,还煞费苦心地思考,我不禁觉得人类真是可怜。如果可能的话我很想告诉他,那幅画画的就是我。就算他看不出来画的是我,至少也想让他知道画的是猫。然而人类这种动物毕竟还没到深受上天的眷顾能够听懂猫语的程度,所以虽然有点遗憾但还是随他去吧。

有件事想和读者朋友们事先声明,人类不管遇到什么事都爱拿猫来做反面例子①,这个习惯实在是不怎么好。就连那个对

---

① 日语里有很多与猫相关的俗语,不少都是负面的,比如"养猫三年三日忘恩""懒猫整天就知道睡觉",等等。

自己的愚蠢毫不自知还仍然摆出一副傲慢态度的教师也常常认为，猫来自牛马的粪便，而牛马则来自人类的糟粕。但客观地说，这种看法并不科学。就算是猫，也不是那么粗制滥造出来的。虽然在外界看来，猫都是千猫一面、毫无二致，任何一只猫都没有自己的特色，但只要深入猫的社会就会发现，个中的复杂程度用"千猫千面"这个词来描述简直是再合适不过啦。眼睛、鼻子、毛发、四肢，所有的猫都不一样。从胡子的长度到耳朵的形状甚至尾巴下垂的弧度，没有一只猫是和别的猫完全相同的。样貌、性格、做派，一切的一切都可以说是千差万别。纵然猫与猫之间存在着如此明显的区别，但因为人类的眼睛只顾着向上望天，所以别说认清我们猫的本质了，就连通过样貌来分辨我们都做不到，真是可怜至极。古话说得好，"物以类聚"，只有同类最了解同类，所以猫的事情当然只有猫才知道了。不管人类进化到何等程度，唯独这一点是绝对做不到的。更何况人类根本没有他们自己以为的那样了不起，要想搞清楚我们猫那简直是难上加难。像我那个缺乏同情心的主人，连相互了解是爱的大前提这件事都不知道，还能指望他些什么呢。他就像是一个性情乖僻的牡蛎一样把自己关在书房里，从不向外界敞开心扉。同时他还总是摆出一副众人皆醉我独醒的模样，更让人感到可笑。看他现在的样子就知道他根本不清醒，明明手中拿着我的肖像，却硬要不懂装懂地解释说因为今年是日俄战争的第二年,所以这大概画的是熊①。

当我趴在主人的腿上闭着眼睛思考的时候,女佣送来了第二张明信片。我抬眼一看,这是一张印刷的明信片,上面有四五只外国猫整齐地排成一排,手里拿着笔、面前摆着书正在学习,其中有一只猫离开了座位站在桌子角上边跳边唱"猫啊猫啊"②。在明信片的上部用毛笔写着"我是猫"三个大字,右侧则写着一首俳句:"读读书、跳跳舞,这就是猫的新春一日。"这是主人以前的学生寄来的明信片,任谁看了都能一下子明白其中的意义,可我那个糊涂的主人却还是没看明白,反而奇怪地自言自语道:"莫非今年是猫年吗?"看样子他还完全没有意识到我已经这么出名了。

就在此时,女佣又送来第三张明信片。这回不是画片了,上面写着"恭贺新年"四个字,旁边还有一行字"恕我冒昧,烦请代我向贵猫致以新春问候"。这张明信片上写得这么清楚,就算我的主人再怎么糊涂也总算是逐渐地明白了。只见他哼了一声向我望来,那眼神和之前有些不同,多少含有点尊敬之意。到目前为止一直都不怎么受人待见的主人突然得到了这么多的关注,完全是因为沾了我的光,所以他用这样的眼神看我

---

① 在《我是猫》发表的前一年日俄战争爆发。日本人经常用熊来讽刺俄罗斯,日俄战争时期日本有很多将俄罗斯画成熊的漫画。

② 这句是江户时期以来的流行歌谣。

也是理所当然的吧。

门口响起玎玲玲的门铃声。大概是来客人了吧，一般情况下都是女佣去开门。我只在卖鱼的梅公前来拜访时才到门口迎接，所以现在我仍然安安稳稳地坐在主人的腿上。但主人却好像有放高利贷的债主要破门而入一样，神情不安地向玄关望去。似乎他很不喜欢招待前来拜年的客人一起喝酒。人能乖僻到他这个份儿上实在是令人遗憾。既然如此，明明应该早点起身迎接才好，可是他却连这种勇气都拿不出来，愈发地暴露出牡蛎的本性。没过一会儿，女佣就进来说寒月先生到了。这个叫寒月的人以前似乎是主人的学生，如今早已从学校毕业，而且混得比主人还要好。不知为何，这个人经常来拜访主人。每次来都会把自己的感情问题和对世间的看法口无遮拦地向主人抱怨一番，在说完一大堆骇人听闻的怪论和黄色下流的言语之后才肯离去。不知道他为什么要找像主人这样的窝囊废来倾诉自己的烦恼，但像牡蛎一样的主人每次听他抱怨时总会随声附和，这反而显得更加好笑。

"好久不见。其实我从去年年底就一直很忙，虽然总想着过来拜访一下，但一出门就拐到别的地方去了。"他一边解开和服外套的系带一边说些骗人的鬼话。"拐到什么地方去了？"主人带着一脸认真的表情问道，手里扯着带家纹[①]的黑

---

① 家纹：即家徽，一个家庭的标志。

色棉布和服外套的袖口。这件和服外套的袖子很短,穿在里面的粗布衣袖分别从左右两边的袖口中各探出半寸。"嘿嘿,就是别的方向。"寒月君笑着说道。今天他的门牙少了一颗。"你的牙怎么了?"主人问道。"我在一个地方吃香菇的时候弄的。""你说吃什么?""就是,吃了点香菇。我想用门牙把香菇头咬掉,结果不小心把牙齿硌掉了。""吃香菇都能把门牙硌掉吗?你怎么像个七八十岁的老头子一样。或许能用你这件事写个俳句呢,但你现在这样子肯定是谈不成恋爱了。"主人说着用手轻轻地拍了拍我的脑袋。"哎呀,这就是那只猫吧,是不是长肥了?就算跟车夫家的黑猫相比也毫不逊色呢,真是漂亮极了。"寒月君把我夸奖了一番。"最近确实长大了不少。"主人得意地敲了敲我的脑袋。虽然得到夸奖确实很令人高兴,但脑袋却被敲得有点疼。"前天晚上我又参加了一次合奏会呢。"寒月君又把话题拉了回来。"在哪?""在哪?你还是不知道的好。三把小提琴和一架钢琴的合奏,实在是有趣极了。三把小提琴一起演奏的时候,就算水平不怎么样听起来也还说得过去。除了我之外剩下两名小提琴伴奏者都是女性,我夹在她们两个人的中间,觉得自己拉得也不错呢。""哦,那两个女性都是什么人?"主人不无羡慕地问道。别看主人平时装出一副冷若冰霜的模样,其实他对女性绝非毫无兴趣。他曾经看过一部外国小说,里面有个人物几乎对遇到的所有异性都会产生出好感。仔细数来，这个人甚至对接近七成与其擦肩而过的异性都爱得入迷。这本应是一件非常讽刺的事，主人却将其奉为真理。就是这样一个花心的男人，为什么却要过着像牡蛎一样的生活呢？我作为一只猫恐怕是搞不明白了。有人说他是因为失恋，有人说他是因为胃病，还有人说他是因为没有钱所以才这么胆小怯懦。总之不管是什么原因，反正他是个对明治的历史无甚影响的人，所以也无所谓了。不过他满心羡慕地向寒月君询问女伴一事却是千真万确。寒月君饶有兴致地夹起一块鱼糕，用门牙咬下一半。虽然我担心他的门牙又被硌掉，但这次好像没什么问题。"我也没细问，应该都是出身名门的大小姐哦，不是你认识的人。"他含糊其词地说道。"原——来"，主人拉长了语调陷入深思，却省略了"如此"两字。寒月君似乎觉得时机刚好，于是便对主人说道："今天天气不错，你有空的话不如和我一起出去散散步吧，因为攻下了旅顺，街上热闹得很呢。"主人带着一副"与攻下旅顺相比，对女伴的身份更有兴趣"的表情思考了一会儿，最后还是下定决心站起身来，"那就出去转转吧"。他依旧穿着那件带家纹的黑色棉布和服外套，又披了一件结城茧绸的棉袄，据说这件衣服是他哥哥的遗物，由于二十多年来一直穿着已经很旧了。尽管结城茧绸很结实，但也禁不住这么穿。衣服上好几处的棉花都已经很薄，在阳光下几乎能透过布料看到里面补丁的针脚。主人的服装一年四季都一个样，更没有正装和便服之分。经常是双手往怀里一揣摇摇晃晃地就出门了。至于他究竟是没有在外面穿的正装，还是虽然有但嫌麻烦不愿意换，我就不得而知啦。不过，单就这件事来说，应该并非失恋所致。

  两人出门之后，我就不客气地将寒月君吃剩下的鱼糕收进了自己的肚子。我现在已经不是普通的猫了，至少也能和桃川如燕①所讲的猫和格雷②笔下那个偷金鱼的猫相提并论了吧。至于车夫家的黑猫，我从一开始就没放在眼里。就算我把鱼糕全吃光，别人也没资格对我说三道四。而且这种背着别人偷吃东西的习惯，又不是只有我们猫族才有。这家的女佣就经常趁着女主人不在家偷吃点心。不只女佣，就连女主人整天吹嘘说受过良好教育的孩子们都开始出现了这种趋势。就在四五天前，两个孩子不知为何醒得特别早，在主人夫妇还没起床的时候她们就跑到了餐桌跟前。每天早上她们都会分到几片主人的面包，然后蘸上糖吃，那天刚好糖罐子就摆在桌子上，里面还有一个勺。因为不像往常那样有大人帮她们分糖，于是大的那个就自己从糖罐子里挖了一勺倒在自

---

 ① 桃川如燕：当时的说书先生，本名杉浦要助，因为很擅长讲与猫有关的故事所以又被称为"猫如燕"。

 ② 托马斯·格雷（Thomas Gray，1716～1772）：英国诗人，他写过一首诗《一只心爱的猫在金鱼缸中淹死有感》。

己的盘子里。小的那个也学着姐姐的样子挖了一勺糖出来倒在自己的盘子里。两个孩子面面相觑，大的那个又挖了一勺倒在自己的盘子里，小的那个赶紧给自己也补了一勺，让盘子里的糖和姐姐的一样多。于是姐姐又挖了一勺，妹妹也不甘落后地又挖了一勺。眼看着她们两人一勺一勺又一勺，终于两人盘子里的砂糖都堆得跟小山一样，而糖罐子里面则一勺砂糖也不剩了。就在这个时候，主人揉着惺忪的睡眼从卧室里走了出来，将两个孩子好不容易挖出来的砂糖又装回到糖罐子里。从这件事上来看，人类出于利己主义的考量，在公平的概念上或许比猫要优秀一些，但在智慧上却远不及猫。明明应该不等盘子里的糖堆积如山就及时地舔舐干净才对，但正如之前所说，人类根本听不懂我所说的话，所以我虽然感觉她们很可怜，也只能坐在饭桶盖上默默地看着。

不知道主人和寒月君去了什么地方，反正当天他回来得很晚，第二天上午9点才起床吃饭。我依旧坐在饭桶盖上，发现主人正在默默地吃杂煮。他一口接一口地吃，虽然年糕被切得块很小，但他也吃了有六七块，最后放下筷子时碗里还剩下一块。倘若别人胆敢如此任性地剩饭，那必然遭到他的斥责，然而他却为了显摆自己的主人威风，对剩在浑浊汤汁中的年糕视而不见。女主人从壁橱深处拿出胃药摆在桌子上，主人却说："这药不管用，我不吃了。"女主人劝说道："但是，这种含有淀粉质的药物对你的胃不是很有好处吗？还是吃点吧。"主人却顽固地拒绝道："不管是淀粉也好还是别的什么也罢，都没用。"女主人好像自言自语一般说道："你这个人啊就是没长性。""不是我没长性，是药没作用。""可是你之前不是一直说这药很管用，每天都很积极地吃吗？""之前管用，现在不管用了。"两个人你一言我一语互不相让。"像你这样吃吃停停的，再有效的药也不会见效啊，胃病可不像别的病，要有耐心才能治得好。"说着，女主人回头给在一旁端着托盘的女佣使了个眼色。女佣立刻心领神会地帮腔道："这话可一点不假。要是不再多吃点试试，怎么知道这药到底有没有用呢？""不管它有没有用，我说不吃就不吃，你们这些女人懂什么，给我闭嘴。""女人怎么了？"女主人用好像要逼人切腹一样的气势把胃药往主人面前一推，主人则二话没说站起身躲进书房里去了。女主人和女佣对视了一眼咯咯地笑了起来。这种时候如果我也跟进书房去坐在主人的腿上，肯定没什么好果子吃，所以我从院子里绕了一圈，爬上书房的檐廊，透过拉门的缝隙朝里面张望，发现主人正在翻看爱比克泰德①的书。如果他能像平时那样看得明白倒也令人佩服，但只过了五六分钟他便将那本书重重地往桌面上一摔，我心里想着"早就料到会

---

① 爱比克泰德（Epictetus，约55～135）：古罗马最著名的斯多葛学派哲学家之一。

是如此",又看他接下来要做什么,只见他拿出日记本写下了这样的内容:

昨天和寒月在根津、上野、池之端和神田等地散步。在池之端的酒馆门前,看到一位艺伎穿着带有山麓图案的新春和服正在玩羽毛毽子。虽然她的衣服很好看但样貌长得却很丑,看上去和我家里的那只猫有几分相似。

形容别人丑也没必要特意拿我出来举例子吧。我要是去喜多床①把脸上的毛刮一刮,跟人类相比也毫不逊色呢。人类竟然如此自恋,真拿他们没办法。

在宝丹②的拐角处又遇到一位艺伎。这位女性身材高挑、肩膀的曲线十分优美,身上的淡紫色和服也显得很有品位。只见她露出洁白的牙齿笑道,"阿源,昨晚啊——不知怎么就忙起来了"。听她的口音好像是外地人,而且非常嘶哑,不免使她的风采也随之大打折扣,就连她口中所说的那个"阿源"究竟是何许人也,我都懒得回头去看,依旧双手揣在怀里向御成

---

① 喜多床:当时位于东京帝国大学正门跟前的理发店。
② 宝丹:当时的常用药,这里指的是销售这种药物的守田宝丹本铺,位于下谷区池之端仲町(现东京台东区上野二丁目)。

道①走去。寒月不知为何看上去一副心神不宁的样子。

再也没有比人类的心理更难懂的东西了。主人现在究竟是在生气，还是在陶醉，抑或是在哲学家的遗著中寻求一丝的安慰？我完全想不清楚。他究竟是在冷眼旁观这个世界，还是想深入其中一探究竟？究竟是因为这些无聊的世事而大动肝火，还是超然世外而无欲无求？我一点也看不明白。在这个问题上猫就单纯得多。想吃就吃、想睡就睡，生气的时候就闹他个天翻地覆，悲伤的时候就哭他个死去活来。至于日记这种没用的东西猫是绝对不会写的，因为根本没有写日记的必要。或许像主人那样表里不一的人类才需要通过写日记来将自己见不得光的一面在暗室里发泄出来，但我们猫族从行住坐卧到吃喝拉撒全都是表里如一，根本没必要再费力气去用日记之类的手段来记录自己的真面目。有写日记的时间还不如在檐廊上睡一觉呢。

我们在神田的某个饭馆里吃了晚饭。我久违地喝了两三杯"正宗"酒，今天早上胃部感觉特别舒服。我觉得晚上喝点小酒对治疗胃病很有效果，帮助消化的胃药就不行，不管别人说什么我也不会再吃了，没有效就是没有效。

---

① 御成道：从神田万世桥到上野广小路的一条路。

主人不停地诋毁着胃药，就好像在上演一出吵架的独角戏。难怪他今天早上大发脾气，真正的问题竟然出在这里。或许这其中就蕴含着人类日记的本质吧。

前几天有人告诉我不吃早饭对胃好，于是我两三天都没吃早饭，结果除了肚子饿得咕咕叫之外没有任何效果。又有人说千万不能吃咸菜，据他所说咸菜是引发一切胃病的起因，只要不吃咸菜就等于斩断了引发胃病的根源，痊愈自然是毫无疑问的。听他说完之后我一周都没吃咸菜，但胃病也没有好转的迹象，最近我又开始吃咸菜了。我听人说按摩腹部可以治疗胃病，但乱按一气可不行，必须按照"皆川流"的古法按摩，只要按上一两次就可以根治绝大多数的胃病。安井息轩①就非常喜欢这种按摩术，据说连坂本龙马那样的豪杰都要时不时地接受这种治疗，于是我立刻去上根岸找人按摩了一下。但是这种按摩术要想治病，就必须按摩骨头，还要把五脏六腑的位置都颠倒过来才行，这种按摩方法实在是太过残酷了。反正按摩完之后我整个身体软得像团棉花，又像患了昏睡症一样无精打采的，所以打那以后我就再也没去按摩过了。A君说一定不能吃固体

---

① 安井息轩（1799~1876）：江户时代的儒学家。漱石曾经评价他的文章"既不轻薄也不浅薄，十分优秀"。

的食物。于是我就试着一天只喝牛奶,结果感觉肚子里哗啦哗啦的好像要发大水一样,搞得我夜不能寐。B氏说用膈膜呼吸可以促进内脏运动,自然胃部的运动也会变得健康起来,不妨一试。我稍微尝试了一下,但总感觉腹部不怎么舒服。而且有时想起来这个方法,专心致志地用膈膜呼吸,结果没过五六分钟就忘了。要想让自己不忘记就要一直对膈膜保持专注,结果搞得我既看不了书也写不了文章。美学家迷亭看到我这个样子泼冷水说"你又不是临产的孕男,还是算了吧",于是从那以后我便放弃了。C先生说吃荞麦有好处,于是我就变着花样一碗接一碗地吃面条,可是这个方法除了让我不停地拉肚子之外没见任何效果。这么多年以来我为了医治胃病尝试了各种方法,但却全都是白费力气。只有昨晚和寒月喝的那三杯"正宗"酒确实有效。干脆从此以后我每晚都喝上两三杯好了。

这个决定肯定也坚持不了多久。主人的心思就像我的眼睛一样总是在不断地变化。他是一个不管做什么都不长久的男人。而且他明明在日记中对自己的胃病如此担心,但表面上却总是装出一副无所谓的态度,真是太可笑了。前几天主人的一位学者朋友来访,他说根据某种观点,所有的疾病都是由于祖上以及自己的罪孽所致。他对这个观点好像颇有研究,说得可谓是条理清晰头头是道。然而主人因为正犯胃病,为了保全自己的面子只好辩解一番道："你的说法倒是很有趣，但就连卡莱尔也患有胃病呢。"大概他的意思是连卡莱尔都有胃病，所以自己得了胃病也是件荣誉的事，但这种说法显然毫无道理。于是他的朋友不留情面地反驳道："就算卡莱尔也患有胃病，但患有胃病的人可不一定都会成为卡莱尔。"主人顿时哑口无言。纵然他是这样一个虚荣心十足的人，但实际上还是盼望自己根本就没有胃病才好，这反而让他从今晚开始喝酒的决定显得更加滑稽。仔细想来，他今早吃了那么多杂煮，或许就是因为昨晚和寒月君喝了"正宗"酒的缘故吧。说到这里我也有点想吃杂煮了呢。

我虽然身为一只猫，但基本什么都吃。我不像车夫家的黑猫那样，有体力去小巷的鱼铺远征，也不像胡同里二弦琴①师傅家的花猫那样，出身显赫过着奢华的生活。所以我只能不挑食地什么都吃。孩子们吃剩下的面包我吃，点心馅我也吃。就连咸菜这种颇为难吃的东西，我为了体验一下也吃过两片腌萝卜，虽然味道怪怪的，但至少能吃。像"这也不爱吃、那也不爱吃"之类任性的话，毕竟不是我这个教师家的猫所能说出口的。听主人说，法兰西的小说家巴尔扎克②好像就是这样。这

---

① 二弦琴：用两根弦演奏的琴。漱石的夫人镜子在《漱石的回忆》中提到过，当时漱石的居住地附近住着一位二弦琴师傅。

② 巴尔扎克（Balzac，1799～1850）：法国小说家，在漱石的文章中经常出现。

个男人非常奢侈——当然不是说口腹之欲的奢侈，而是身为小说家在写作上极尽奢侈之能事。有一天巴尔扎克想给自己小说中的人物取个名字，想了很多名字却没有一个满意的。就在这时刚好有朋友来访，于是他就拉着朋友一起出门散步。巴尔扎克一心只想着给自己笔下的人物找一个好名字，于是只顾着看街上店铺的招牌，而他的朋友则不明就里地被巴尔扎克拉着漫无目的地四处逛来逛去。因为一直也没找到中意的名字，巴尔扎克就带着朋友没完没了地到处走，他那可怜的朋友只能像个没头苍蝇一样跟着他乱转。他们从早到晚一直在城中探险。在回程的路上巴尔扎克忽然看到了一个裁缝店的招牌，招牌上写着"马库斯"三个字。巴尔扎克猛地一拍手："就是这个就是这个，就决定是这个啦。马库斯这是个多好的名字啊。如果在马库斯前面再加上Z的话，那就是个完美无缺的名字了。Z也是必不可少的，Z.马库斯实在是太棒了。不论自己想取个多妙的名字，总难免有种做作的感觉，一点也不有趣。终于让我找到中意的名字了。"他完全不顾朋友的感受，只顾着自己一个人高兴，为了给小说中的角色取名字就在巴黎逛了一整天，实在是有点小题大做。虽然奢侈到这种程度也不错，但考虑到那个像牡蛎一样的主人，我就不敢有什么非分之想啦。别的都无所谓，只要有吃的就好，我之所以会变成这样也是环境使然吧。所以我现在想吃杂煮绝对不是因为奢侈，只是出于想吃就吃的

"猫生态度"罢了。我心想着主人吃剩下的杂煮应该还放在厨房里面，于是便向厨房走去。

今天早晨见过的那块年糕，还和早晨一样粘在碗底。坦白地说，年糕这种东西，我到目前为止还从未吃过。因为年糕看上去上虽然好吃，却又有一些让人不敢下嘴。我伸出前爪拨了拨粘在上面的菜叶，结果发现前爪沾了一层黏黏的东西。我把前爪伸到鼻子跟前闻了闻，有一股将锅里的米饭转移到饭桶里的时候所散发出来的香气。我四下张望了一圈，心里想着："到底该不该吃呢？"也不知是幸运还是不幸，厨房里一个人也没有。女佣不管岁末还是年初总是带着同样的表情玩羽毛毽子。小孩子们则唱着"兔子你在说什么"①的歌谣。要吃的话现在就是最好的时机，如果错过了这个机会，恐怕一直到明年我都没机会品尝到年糕的味道了。我就在那一瞬间作为猫领悟到了一个真理，"任何动物面对千载难逢的好机会都会干出并非出于本愿的事情来"，实际上我并不是非吃年糕不可。而且越是仔细观察那个粘在碗底的年糕，我就越觉得不敢下嘴，甚至开始讨厌起年糕来。这个时候如果女佣忽然打开厨房的门，或者我听到孩子们的脚步声走近，那我肯定毫不犹豫地扔下

---

① 这句是《兔与龟》（石原和三郎作词、纳所弁次郎作曲）之中的歌词。兔子问乌龟是不是世界上跑得最慢的，乌龟用这句话来反驳。

这个碗,而且直到明年都不再想什么年糕。可是偏偏谁也没来,不管我再怎么犹豫也仍然没人来。甚至我心里都开始出现一个声音催促道"快吃吧快吃吧"。我一边看着碗底,一边祈祷着要是快点来人就好了,但还是谁也没来。事到如今,我实在是不吃年糕都不行了。最后我好像整个身体的重量全都沉到碗底一样,朝着年糕的一角猛地咬了一口。用这么大的力气咬下去,一般的东西肯定被咬断了,但实际的情况却让我大吃一惊!我的牙竟然被粘在年糕上拔也拔不下来。我想重新再咬一下却又动弹不得。当我终于意识到年糕是个妖怪的时候,一切都已经来不及了。就好像一个身陷泥沼的人越是挣扎就陷得越深一样,我越是撕咬嘴巴就变得越沉重,牙齿更是拔不下来。虽然这年糕挺有咬头儿,但正因为有咬头儿所以才怎么咬也咬不断。美学家迷亭曾经评价我的主人是一个斩也斩不断的人,我觉得他这个比喻非常形象。这个年糕就和主人一样,无论如何都搞不断。不管我怎么咬,都像十除以三永远也除不尽一样永远没有结果。就在我因为这件事而烦恼的时候,忽然领悟了第二个真理,"所有的动物都能够通过直觉来预知吉凶祸福"。尽管我已经领悟到了两个真理,但因为年糕一直粘在牙上,所以一点也高兴不起来。我的牙齿好像已经被年糕吸收了进去,每次往外拔都感到一阵疼痛。而且如果我不赶紧把年糕咬断从这里逃掉的话女佣就要进来了。孩子们的歌声好像也停了，一定是往厨房这边来了吧。我心中感觉郁闷至极，将尾巴骨碌骨碌地转了几圈，但却没有任何效果，我又将耳朵竖起垂下，结果还是不行。仔细想来，耳朵和尾巴与年糕根本没有任何的关系，所以不管我再怎么摇尾巴晃耳朵都是无济于事。事情到了这个地步，只能借助前爪的力量将年糕摘掉。于是我首先用右爪在嘴边挠了挠，但是这年糕并没有那么容易被弄断，接着我又用左爪以嘴巴为圆心迅速地画圈，但这样的诅咒也没能成功驱除嘴上的妖怪。我一边告诫自己要有耐心，一边左右前爪交替重复刚才的动作，但牙齿依旧和年糕牢牢地粘在一起。终于感到不耐烦的我干脆双管齐下，两只前爪一起上。结果不可思议的事情出现了，我竟然仅凭两条后腿站了起来。我觉得自己已经不是一只猫了，但现在这种情况下是不是猫又有何妨，我只一心想要将年糕妖怪从嘴里赶走，于是奋力地用前爪在嘴巴处乱挠一气。因为前爪的动作太过猛烈，导致我失去平衡差点摔倒。为了不至于摔倒我只好不断地移动后腿来保持平衡，这样一来我就不能总是待在同一个地方，必须在厨房里到处转圈才行。就在我心想着自己竟然也能如此灵巧的时候，第三个真理蓦地出现在我的眼前，"危急时刻能够发挥出平时没有的能力，这就是上天保佑"。正当我在上天的保佑之下与年糕妖怪决一死战的时候，忽然听到有脚步声由远及近。我心想这个时候要是被人看见那可不得了，焦急地在厨房里上蹿下跳。脚步声越来越近，看来上天的保佑不太够啊，终于我的这副丑态还是被孩子们发现了。"哎呀，小猫一边吃杂煮一边跳舞呢。"孩子大声地叫道。第一个听到孩子声音的人是女佣，她将羽毛毽子和球拍扔到一边从厨房门口冲了进来，大叫一声"哎呀，真的"。女主人穿着绉绸面料的带家纹的和服说道"这该死的猫"。就连主人都从书房里走了出来说了句"这个混蛋家伙"。孩子们一个劲地叫着"好玩好玩"，大家也都随之笑了起来。我又气又恼，可是又不能停下脚步，真是左右为难。好不容易大家的笑声减弱了，那个五岁大的女孩好像要力挽狂澜一样地说了句"妈妈，这猫也太不像话了"，结果大家又开始哈哈大笑起来。尽管我早就见识过人类是多么缺乏同情心，但从没像现在这样对人类的冷漠恨之入骨。终于上天的保佑消失殆尽，我又和以前一样四脚着地，翻着白眼大出洋相，一句话也说不出来。主人终于不忍心对我见死不救，于是命令女佣道，"把年糕拿下来"。女佣似乎还想让我再跳一段舞，便向女主人望去。女主人虽然也想看我跳舞，但终究不忍眼睁睁地看着我被年糕噎死，所以没有作声。主人又催促女佣道，"再不拿下来它要死了，快点动手"。女佣好像做梦吃大餐吃到一半就被吵醒了一样，满脸不高兴地抓住我嘴里的年糕猛地一拽。虽然我并不是寒月君，但也感觉自己的门牙几乎要断掉了。毕竟是将牢牢地粘在年糕里面的牙齿就这样毫不留情地硬生生拽出来，实在是疼得我难以忍受。我又领悟到了第四条真理"一切的安乐都必须经历痛苦"，我瞪大眼睛向周围看了看，发现家人们都已经进到屋子里面去了。

经过刚才这一顿折腾，要是再被女佣看见那实在是太丢人了。于是我打算去拜访一下胡同里二弦琴师傅家的花猫小姐来转换心情，便从厨房走到后院。花猫小姐是这一带远近闻名的美人。我虽然是猫，但对异性情愫颇有心得。每当我在家里看到主人愁眉苦脸，或者自己被女佣臭骂一顿而心情不爽的时候，必然会来到这位异性朋友处和她聊上一番。然后我的心情就会在不知不觉之间好转起来，之前的担忧、辛苦甚至一切的一切全都被我忘在脑后，整个人就好像重获新生一样。女性的影响力实在是非常强大。我隔着篱笆墙的缝隙向对面张望，心里想着"不知道花猫小姐在不在呢"，刚好就看见她端坐在檐廊之中，大概因为正月的关系，她的脖子上还戴着一副新的项圈。她的背部轮廓简直美得无以言表，整个身体更是将曲线之美表现得淋漓尽致。尾巴弯曲的弧度、腿部折叠的姿态、慵懒地摆动着耳朵的美景，实在难以用语言来形容。因为她在阳光充足的地方姿态优美地晒着太阳，所以尽管体态端庄地一动不动，那一身如同天鹅绒一般的光滑毛发仍然在春光的映衬下仿佛在随着微风轻轻地颤动。我看得如痴如醉，过了一阵才终于回过神来，一边低声叫道"花猫小姐、花猫小姐"，一边抬起前爪招呼她过来。花猫看到我应了一声"哎呀，是先生啊"，从檐廊中走了下来。挂在她脖子上的红色项圈发出玲玲的声响，原来正月她不但换了新项圈还系上了铃铛呢，真是好听的音色啊。就在我感慨的时候，她已经来到我的身边，将尾巴朝左边一摆说道："先生，新年好啊。"我们猫族之间相互打招呼的时候会将尾巴像棍子一样竖起来，然后朝左边转一圈。在这条街上，只有花猫小姐称呼我为"先生"。正如之前提到过的那样，我还没有名字，因为我住在教师的家里所以花猫小姐尊称我为"先生"。而我对被称为"先生"这件事并不反感，于是便应承下来。"你也新年好啊，今天打扮得真是漂亮呢。""嗯，这是去年年末师傅给我买的，怎么样？"说着她玲玲地晃了下铃铛给我看。"音色妙极了，我还是第一次见到这么好的东西。""哎呀，您可真会说话，这玩意还不是大家都有。"说着她又玲玲地晃了一下铃铛。"好听吧，我可喜欢了呢。"她一边说着一边将铃铛玲玲地晃个不停。"看起来，你家的师傅可是相当喜欢你呢。"我将她和自己相比，充满羡慕之情地说道。花猫天真可爱地笑道："是的呢，她对我就像对待自己的孩子一样。"猫其实也是会笑的，人类认为除了自己之外其他动物都不会笑，简直是大错特错。我们猫笑的时候会将鼻孔变成三角形然后震动喉咙，人类应该是无法理解。"到底你家的这个主人是什么人？""哎呀，叫什么主人，听起来怪怪的。她是个师傅，演奏二弦琴的师傅。""这个我知道，我问的是她以前的身份。听说以前是个很有来头的人。""是的。"

等待着你的五叶松哟……

拉门后面传来师傅弹奏二弦琴的声音。"不错吧？"花猫小姐得意地说道。"真不错，但是我也听不懂。这曲子是什么来着？""哎？叫什么来着，是师傅很喜欢的一首曲子呢……师傅今年六十二啦，身体很硬朗吧？"能活到六十二岁确实称得上硬朗。我"啊"地应了一声。虽然这个回答显得我有些蠢，但除此之外也想不到其他更好的回答，实在是没办法。"别看她现在这样，但她总是说自己出身很高贵呢。""是吗，她原来是什么人？""听说是天璋院①大人的御祐笔②的妹妹的婆婆的外甥的女儿。""什么？""就是那个天璋院大人的御祐笔的妹妹的婆婆的……""原来如此，稍微等一下。天璋院大人的妹妹的御祐笔的……""哎呀，不对，是天璋院大人的御祐笔的妹妹的……""好的，我明白了，是天璋院大人对吧？""嗯

---

① 天璋院（1836～1883）：本名岛津敬子，又称笃姬，鹿儿岛藩主岛津齐彬的养女，第十三代将军德川家定的妻子。家定死后削发为尼，戒名天璋院。

② 御祐笔：又写作御右笔，是掌管文书的武家职务名。

嗯。""御祐笔对吧？""没错。""婆婆的——""是妹妹的婆婆。""对对对，我弄错了。是妹妹的婆婆的——""婆婆的外甥的女儿。""婆婆的外甥的女儿吗？""嗯，明白了吗？""没有，有点混乱，不得要领。总之，到底是天璋院大人的什么人？""你还真是糊涂呢。刚才我不是说过了吗，是天璋院大人的御祐笔的妹妹的婆婆的外甥的女儿。""这些我倒是明白了。""只要明白这些就好了。""好吧。"没办法，我只能投降，毕竟有时候也不得不说点违心的话。

拉门后面，二弦琴的声音戛然而止，师傅的声音传了过来："花猫，花猫，开饭了。"花猫小姐似乎很开心地说道："哎呀，师傅叫我，我要回去了，可以吗？"这种时候就算我说不可以，想必也是没有用的。"欢迎再来玩哦。"说着，她玲玲地向院子里走了两步，忽然又折返回来似乎有些担心地问道："我看你脸色很不好。发生了什么事吗？"我不好意思说是因为吃杂煮和跳舞，于是只能回答："没什么特别的事，只是稍微一思考就头疼起来了。想着找你说说话或许能治好呢，于是就真的来找你啦。""是吗？那请多保重哦。再见啦。"她看上去有些恋恋不舍的样子。这样一来，杂煮给我留下的心理阴影全都烟消云散了，我又恢复了精神，心情也好了不少。回家的路上我打算穿过茶园，于是便踏着开始融化的霜柱从围墙的破洞处探出头来，只见车夫家的黑猫又趴在枯菊上正弓着腰打哈欠。虽然我现在已经不怎么害怕黑猫了，但觉得和他搭话太过麻烦，所以打算装作没看见的样子溜过去。但黑猫的个性是，如果觉得别人怠慢了自己，那就绝不会默不作声。"喂，无名小卒，最近你好像跩得很嘛。就算吃教师家的饭，也不用摆出这么一副盛气凌人的架势啊，捉弄人可没什么意思啊。"看样子黑猫还不知道我现在已经出名了。虽然我想把这件事说明一下，但考虑到他毕竟是一个不明事理的家伙，于是决定姑且和他打声招呼，然后尽早脱身为妙。"哎呀，黑猫君新年好啊。您还是一如既往地精神呢。"我竖起尾巴朝左边转了一圈。黑猫只是将尾巴竖了起来却没有转圈。"新什么年好？过个年就给你高兴成这样，那你这一年到头岂不是天天傻乐呵？给我注意点，你这个风箱吹子①。""风箱吹子"应该不是什么好词吧，但我却不知道是什么意思。"不好意思问一下，'风箱吹子'究竟是什么意思？""哎？你这家伙明明被骂了竟然还问是什么意思，所以说你是个正月傻瓜。""正月傻瓜"听起来好像还有点诗意，但其中的意思就比"风箱吹子"更难理解了。虽然我很想再问一句，但就算问了肯定也不会得到明确的回答，于是只能一言不发地和他面对面站着，场面显

---

① 风箱吹子：风箱运作的时候，吹口那边发出呼哧呼哧的声音，好像一个人上气不接下气地说奉承话，比喻油嘴滑舌。

得有些无聊。就在这时，黑猫家里忽然响起车夫老婆的厉声怒喝："哎呀，我放在架子上的鲑鱼怎么不见了。不好，肯定又被黑猫那个畜生给叼走了。真是个可恶的猫，等它回来看我怎么收拾它。"这一番怒吼毫不留情地扰乱了初春悠闲的空气，使原本一派安静祥和的景象都变得俗不可耐起来。黑猫的脸上一副"你爱怎么骂就怎么骂吧，反正和我没关系"的表情，然后将那四四方方的下巴往前一伸，意思是"你听见她说什么了吧？"因为刚才我一直在思考要怎么应付黑猫所以没注意到，现在经他提醒才发现在黑猫的脚下有一根沾满了泥土的鲑鱼骨，大概能值个两钱三厘吧。"您还是威风不减当年啊。"我立刻忘了之前的种种，感慨地说道。黑猫可不会因为这么一句奉承话就平息怒火。"什么叫威风，你这傻瓜。一两条鲑鱼算什么不减当年，你可别瞧不起人。不是我吹，老子可是车夫家的黑猫。"说着他抬起右前爪往肩膀上一撩，就像人类挽起袖子一样。"我从一开始就知道你是黑猫君啊。""知道你还说什么'不减当年'，你什么意思？"他一个劲地训斥我，如果我俩是人类的话，现在我肯定已经被他抓住胸口狠狠地教训一顿了吧。就在我心里想着"这回可麻烦了"而一筹莫展的时候，车夫老婆的大嗓门又响了起来："等一下，西川老板①，

---

① 西川老板：当时很有名的肉铺的店长。

西川老板，我叫你呢，找你有点事。赶紧给我来一斤牛肉。怎么样，听到了吗？牛肉不太硬的地方给我来一斤。"订购牛肉的声音打破了街坊邻居的寂静。"一年就订这么一次牛肉，还叫得那么大声。才一斤牛肉都要向左邻右舍炫耀，真拿这个老太婆没办法。"黑猫四脚着地站了起来。我因为无言以对只好默默地望着他。"一斤牛肉还不够我塞牙缝的，不过也没办法，到时候搞来吃掉好了。"听他的口气，好像这牛肉是专门为他买的呢。"这回可真是有口福啦，不错不错。"我想赶紧把他打发走。"你知道些什么，给我闭嘴，真烦人。"说着，他突然用后腿刨了一些混着霜柱的泥土扬到我的头上。我吓了一跳，就在我抖落身上的泥土时，黑猫已经钻进围墙消失不见了。大概是去找西川的牛肉了吧。

当我回到家中时，客厅里前所未有地充满了新春的景象，就连主人的笑声听起来都爽朗了许多。我心里感到有些奇怪，于是便从檐廊穿过敞开的拉门爬到主人身旁，看到一位陌生的来客。这个人梳着整齐的分头，身穿带家纹的棉质和服外套和小仓布[①]的和服裤裙，完全是一副非常勤勉的书生模样。我向主

[①] 小仓布：江户时代丰前小仓藩（现福冈县北九州市）的特产棉布，以竖条花纹为特征，十分结实。

人的手炉旁边望去，只见与春庆涂漆①的卷烟盒并排摆着一张名片，上面写着"谨向您介绍越智东风君，水岛寒月"的字样，于是我就知道了这位客人的名字，以及他是寒月君的朋友。因为我来的时候他们正聊到一半，所以我也搞不清楚话题的来龙去脉，但似乎说的是我之前提到过的那位美学家迷亭君。

"他说这是个很好的主意，一定要我和他一起去。"客人静静地说道。"什么，去西餐馆吃午餐是个好主意吗？"主人将茶杯重新斟满推到客人面前。"谁知道呢，他所说的好主意，当时我也搞不清楚，不过毕竟是迷亭先生，所以我觉得总归是有些什么趣事吧……""所以你跟他一起去了吗？原来如此。""不过真是让我大吃一惊。"主人似乎早就猜到对方会这样说，啪地拍了一下趴在他腿上的我的脑袋。这一下拍得我脑袋有点疼。"是不是又做了什么拿别人寻开心的事？那个人就喜欢这样。"主人立刻想起安德烈・德尔・萨托的事来。"是啊，他问我想不想吃点什么新鲜物。""吃了什么？""他先是看着菜单说了许多关于料理的事情。""没点菜吗？""是的。""然后呢？""然后，他扭过头看了服务生一眼，说'你们店里怎么没有新菜品啊'。服务生不服气地说'鸭胸肉和小牛排怎么样'，迷亭先生

---

① 春庆涂漆：在涂成红色或者黄色的木材上再涂上一层被称为"春庆漆"的透明度极高的"透漆"，使木纹看上去更加漂亮的涂漆技法。

说'要吃那种凡庸之调①的话我还特意跑到这里来干什么'。服务生不知道'凡庸之调'是什么意思，只得面色尴尬地默不作声。""我说得没错吧？""然后他就转向我说道，'如果你去法兰西或者英吉利的话，随便就可以吃到天明调②和万叶调③，但在日本不管你去哪里都是千篇一律，甚至让人都不愿意走进西餐馆'，那口气才大呢——到底他出没出过国？""迷亭他哪出过国啊，不过他既有钱，又有时间，想出的话倒是随时都出得去呢。大概他把今后打算出国说成了已经出过，故意寻人开心吧。"主人自以为妙语连珠，忍不住自己先笑了起来，但客人却是一副无动于衷的样子。"是吗？我还以为他出过国呢，于是就认真地倾听起来。而且他对蛞蝓汤和炖青蛙的描述简直就像是亲眼见过一样活灵活现的。""大概是听别人说过吧，他这个人可是最擅长编瞎话了。""似乎确实如此呢。"客人望着花瓶里的水仙，脸上露出一丝遗憾的神色。"他说的好主意，就是这件事吗？"主人问道。"这才只是个开头，精彩的还在后面呢。""哦？"主人好奇地感叹道。"后来他接着对我说，'蛞蝓和青蛙就算想吃，在这里也是吃不到的，不如将就一下，咱们

---

① 这里借用的是正冈子规批评那些旧派凡庸俳句的话。

② 天明调：与谢芜村开创的俳句风格，其人对正冈子规的俳句革新造成了极大的影响。

③ 万叶调：指的是古代和歌集《万叶集》。这一句是充满迷亭风格的戏言。

吃橡面坊丸子①怎么样',被他这么一问,我也不假思索地回答说'好啊'。""哎,橡面坊丸子可真奇怪啊。""是啊,确实很奇怪,但是因为迷亭先生说得跟真的一样,于是我当时根本没反应过来。"他好像在对主人检讨自己的粗心一样说道。"然后怎么样了?"主人满不在意地问道,对客人的歉意没有表现出丝毫的同情。"然后他对服务生说,喂,拿两份橡面坊丸子来。服务生询问,是不是肉丸子?迷亭先生用很认真的表情说道,不是肉丸子,是橡面坊丸子。""原来如此,真的有橡面坊丸子这道菜吗?""虽然我也感觉有些奇怪,但因为迷亭先生的表情十分认真,而且又对外国那么了解,再加上我当时对他去过外国深信不疑,于是我也对服务生说道,橡面坊丸子就是橡面坊丸子。""服务生是怎么回答的?""服务生啊,现在想起来真是好笑极了,他稍微思考了一会说道,'实在是非常抱歉,很不巧今天没有橡面坊丸子,不过肉丸子的话倒是马上可以给二位上来'。迷亭先生做出一副很遗憾的样子说,'那样的话我们岂不是白来了吗,能不能想办法给我们做两份橡面坊丸子呢'。说着他递给服务生二十钱硬币。服务生接过钱,说去和厨师商量商量,就走进后厨去了。""看来他真是很想吃橡面坊丸子

---

① 橡面坊丸子:俳人橡面坊(安藤连三郎),日本派的俳人,这里是将"肉丸子"的日文发音稍微变动一下就成了"橡面坊"。

呢。""过了一会儿服务生出来说,'真是非常不巧,您点的这个菜要做的话可能需要一些时间'。迷亭先生不紧不慢地说,'反正我们正月也没什么事,就在这等一会儿吧',然后他从口袋里掏出雪茄抽了起来,我只好也从怀里掏出《日本》①来读。服务生说完就又跑回后厨去了。""还挺麻烦的呢。"主人好像在听战报一样兴致勃勃地向前凑了凑。"过了一会儿服务生又走了出来,很遗憾地说做橡面坊丸子的材料全卖光了,不管去龟屋②还是横滨的十五番③都买不到,让我们白等一场实在是非常抱歉。迷亭先生看着我,嘴里不停地念叨着,'哎呀,真是难办呢,好不容易来这一趟'。我也不能一言不发啊,于是就随声附和道,'真是遗憾啊,实在是太遗憾了'。""有道理。"主人赞同道,至于到底是什么"有道理",我就不知道了。"服务生可能觉得对不起我们,就说等买到了材料请我们再次光顾。迷亭先生便问打算用什么做材料,服务生只是呵呵地笑没有回答。

---

① 《日本》:1889年由陆羯南创办的报纸,是正冈子规的俳句革新运动的据点。

② 龟屋:位于当时京桥区竹川町(现东京中央区银座七丁目)的进口食品专卖店。

③ 十五番:指当时外国人聚居区的山下町(现横滨市中区山下町)的十五番地,那里有很多外国人经营的银行和商馆,有不少商馆销售进口的食品、杂货和啤酒等商品。

于是迷亭先生追问道材料是日本派①的俳人吧，服务生立刻答道'是的是的，就是这个材料，去横滨都买不到，所以实在是非常抱歉'。""啊哈哈哈哈哈，原来笑点在这儿啊，这真是太有趣了。"主人前所未有地放声大笑，因为他腿部摇晃得太厉害，害得我差点掉下去。即便如此，主人仍然毫不在意地笑着，就好像在知道被安德烈·德尔·萨托所害的人并非只有自己之后，心情一下子变好了的似的。"然后我们就出来了，迷亭先生很得意地对我说，'怎么样？你玩得很开心吧？橡面坊这个点子是不是很有趣'。我回答说'佩服至极'，然后就赶紧和他分手了。因为一直没吃上午饭，我饿得实在受不了啦。""真是把你害惨了呢。"主人终于对他表示出了同情，对这句话我也没有异议。两人都沉默了下来，房间里只能听见我喉咙里发出的声音。

东风君端起已经放凉了的茶一饮而尽，然后郑重地说道："其实我今天来，是对先生有事相求。""哦，所为何事？"主人也不甘示弱地郑重回答。"如您所知，在下爱好文学和美术……""很好啊。"主人赞许道。"我和几个志同道合的朋友聚在一起，前几天成立了一个名为'朗读会'的组织，打算从今以后每月聚会一次，进行关于这方面的研究。去年年底我们第

---

① 日本派：以正冈子规为中心，通过报纸《日本》推动俳句革新运动的俳人们。橡面坊也属于此派。

一次聚会。""我先问一下，'朗读会'听起来好像是按照一定的节奏朗诵诗歌文章之类的组织，那究竟都有些什么样的活动呢？""首先准备从朗诵前人们的作品开始，今后打算逐渐朗诵一些自己创作的东西。""说起前人们的作品，是像白乐天的《琵琶行》①那样的吗？""不是。""那是芜村的《春风马堤曲》②之类的吗？""不是。""那你们都朗诵些什么呢？""上次朗诵的是近松的殉情作③。""近松？就是那个净琉璃的近松吗？"根本没有第二个近松，说起近松肯定指的就是戏曲家近松，这种事还要确认一遍实在是蠢得可以。主人不知道我心里是这么想的，仍然在温柔地摸着我的脑袋。在这个世界上，哪怕别人只是随便瞥他一眼都觉得是钟情于他的人也大有人在，所以主人这点谬误哪里值得大惊小怪，就任由他抚摸好了。"是的。"东风应了一声，开始观察主人的脸色。"是一个人朗读，还是分角色朗读呢？""是分角色朗读的。之所以这样做，是为了与作品中的人物产生共鸣，更好地表现出人物的性格，在朗诵的同时还要加上手势和动作。台词也主要是为了突出那个时代

---

① 《琵琶行》：唐代诗人白居易（字乐天，772~846）的长篇乐府诗。白居易是平安时代以来深受日本人喜爱的中国诗人之一。

② 《春风马堤曲》：俳人与谢芜村（1716~1783）的诗篇。

③ 这里指江户时代的净琉璃（一种木偶戏）、歌舞伎剧作家近松门左卫门（1653~1724）描写殉情的作品。比较著名的有《曾根崎心中》和《心中天网岛》。

的人物特点，不管是大小姐还是小学徒，都要演得像作品中的人物活过来了一样。""这不就像是在演戏一样了吗？""是的，只是没有服装和布景而已。""冒昧地问一句，活动进行得顺利吗？""作为第一次来说，我认为应该算成功吧。""那么，刚才你说前几天朗诵的那部殉情作是……""船老大带着客人去芳原①的那一段。""这一幕难度可不小啊。"主人颇有教师风范地歪起脑袋陷入思考。从鼻子里喷出来的日出香烟的烟雾环绕在他的脸颊和耳边。"也没什么难的，因为登场人物只有客人、船老大、花魁、仲居②、遣手③和见番④。"东风满不在乎地说道。主人在听到花魁这个称呼时微微皱了一下眉头，但他似乎对仲居、遣手和见番等术语不甚了解，于是便开口问道："仲居指的是妓院里的婢女吗？""我也没有太仔细地研究，但我感觉仲居应该是花柳茶馆里的女佣，遣手好像是妓女房中的佣人。"东风明明刚刚还说要绘声绘色地朗诵，就像作品中的人物活过来了一样，结果竟然自己都没搞清楚仲居和遣手到底是怎么一回事。"原来如此，仲居是花柳茶馆里面的人，遣手是照顾妓女

---

① 芳原：烟花巷，一般写作"吉原"。
② 仲居：妓院里的女招待。
③ 遣手：妓院里的老鸨。
④ 见番：为酒馆和饭店介绍艺伎并且结算艺伎费用的事务所，又写作检番。最初是为了监管艺伎从事色情交易而在吉原成立的机构。

起居的人。那见番指的究竟是人还是某个特定的场所呢?如果是人的话,究竟是男人还是女人呢?""我觉得见番应该是个男人。""那这个人是干什么的?""这个嘛,我还没研究到这个地方。回头我再看一看。"这么说的话,他们在分角色朗诵的那天岂不是根本对不上号吗?我心里这样想着抬头向主人望去,发现主人竟出乎意料地一脸认真的表情。"朗诵者除了你之外还有些什么人?""什么样的人都有。扮演花魁的是法学士K君,因为他留着胡子,所以在朗诵女性娇滴滴的台词时显得非常有趣。而且那个花魁还有腹痛的戏份……""朗诵也要把腹痛的戏份表演出来吗?"主人似乎有些担心地问道。"是的,毕竟表情也很重要。"东风完全是一副艺术家的模样。"能痛得像吗?"主人巧妙地问道。"毕竟是第一次痛,稍微有点困难。"东风巧妙地答道。"你扮演的是什么角色?"主人问道。"我扮演船老大。""哎,你扮演船老大?"听主人的语气好像在说,如果你能演船老大的话,那我岂不是都能演见番了。终于他还是直言不讳地说道:"船老大可不好演吧。"东风看起来倒是没有生气,只是用平静的语气说道:"就是因为这个船老大,好不容易举办的朗读会最终草草收场。原来在我们会场的旁边住着四五名女学生,也不知道她们从哪里听说我们要举办活动,就跑到会场的窗户下面偷听。我当时正在模仿船老大的声调,就在我感觉渐入佳境,接下来一切都将顺利进行的时候……可能是我的身体动作太夸张了吧,之前一直憋着笑的女学生们一下子全都笑了起来,我当时吃了一惊,又感到难为情,而且被这么从中间打断,后面的就怎么也接不上了,只好就此散会。"号称"作为第一次来说比较成功"的朗读会竟然是这种下场,那如果失败的话又将怎样呢?真是想一想都让人忍俊不禁啊,我不由得在喉咙里发出呼噜呼噜的声音。主人愈发温柔地摸着我的脑袋。我明明在嘲笑人类,却还得到了人类的宠爱,虽然这是件幸运的事,但仔细想来又让人感到有些害怕。"这可真是无妄之灾啊。"主人大正月的就说出这么不吉利的话来。"所以我打算从第二次开始,更努力地把场面搞得盛大一些,今天来拜访先生也是出于这个目的,其实我想邀请先生也加入我们,助我们一臂之力。""我也演不好腹痛啊。"一向消极的主人立刻回绝道。"没事,不用演腹痛,这是赞助人的名册。"说着东风从一个紫色的包袱皮里小心翼翼地拿出一个小册子,"恳请先生在这上面签名盖章。"他将小册子翻开放到主人的跟前,只见上面工工整整地写满了当今知名文人学者的名字。"啊,我倒不是不想当赞助人,但赞助人需要承担什么义务吗?"牡蛎先生看起来有些不放心。"说是义务,但也没有什么非做不可的事,只需要签上尊姓大名表示您赞成我们的活动就可以了。""那样的话我签。"知道不用承担任何义务之后,主人一下子放松下来,脸上一副"只要不用承担责任,就算是谋反的联名状也敢签"的表情。不仅如此,因为在这个小册子上签名的都是知名学者，能够将自己的名字与这些人并列在一起，对于从未有过如此际遇的主人来说简直是至高无上的荣誉，所以他回答得那么痛快也是理所当然的。"请稍等。"主人离席去书房里取印章，我啪嗒一下掉到榻榻米上。东风从盘子里抓起一块蛋糕塞进嘴里。他费力地嚼了一会，脸上露出痛苦的表情，不由得使我想起早晨的杂煮事件。主人从书房里取来印章的时候，蛋糕也已经进了东风的肚子。主人似乎并没有觉察到盘子里的蛋糕少了一块。如果他发觉到的话，恐怕第一个就会怀疑到我的头上吧。

东风走了以后主人来到书房，发现桌子上不知何时来了一封迷亭先生发来的信件。

"谨致新春问候……"

从没见过他这么正经，主人心里想道。迷亭先生发来的信几乎从没有正经的内容，之前甚至有封信写道"从此再无佳人芳心所属，也无飞鸽传来情书，暂且平淡度日，敬请宽心"，好像看破红尘，从此不食人间烟火了一样。与之相比，这封贺年信就显得平易近人多了。

"本想亲自登门拜访，然则吾与仁兄之消极主义相反，乃极力采取积极主义之方针，为迎接此千古未曾有之新年，每日都分身乏术，恳请海涵……"

以那家伙的品性来看，正月肯定是到处游玩忙得不可开交啊,主人在心中对迷亭君的话表示理解。

"昨日偷得些许闲暇,本想招待东风品尝橡面坊丸子,不巧材料告罄未能如愿,万分遗憾……"

果然又开始不正经了啊,主人默默不语,脸上露出微笑。

"明日吾将参加某男爵之歌留多会①,后日参加审美学协会之新年宴会,再后日参加鸟部教授之欢迎会,再再后日……"

废话真多,主人干脆跳过了这一段。

"如上所述,近日谣曲会、俳句会、短歌会、新体诗会等活动接连不断,吾亦需连续出席,迫不得已只能以贺年信代替登门拜访,多有得罪之处恳请见谅……"

根本没必要亲自登门拜访,主人对着信纸说道。

"下次仁兄光临寒舍,吾必以晚餐招待,共叙久违之情。寒厨②虽无山珍海味,乃尽力以橡面坊丸子待之……"

果然又提到了橡面坊丸子,主人心下有些不悦。

"然则近日制作橡面坊丸子之材料告罄之故,为防万一,吾尚备孔雀之舌款待仁兄……"

没想到他还有两手准备,主人不由得往下看去。

"正如仁兄所知,一只孔雀其舌肉之分量尚不足小指一半,

---

① 歌留多会:"百人一首"和歌的游戏竞技会。
② 寒厨:谦语,指食材不丰富的厨房。

如想填饱健啖①仁兄之胃囊……"

主人不满地说道："胡扯。"

"必须捕获二三十只孔雀才行。然则吾只在动物园与浅草花屋敷②等地星星点点地见过孔雀，一般的鸟店则不见其踪，实在是煞费苦心。"

什么煞费苦心，这完全是你自讨苦吃，主人丝毫没有表现出感激之情。

"此孔雀舌料理于昔日罗马全盛时期极为流行，奢华而不失高雅，所见之人无不食指大动垂涎欲滴，恳请仁兄体谅……"

体谅什么，真是傻瓜，主人的态度颇为冷淡。

"至十六、十七世纪之时，在整个欧洲孔雀都已经成为宴席上必不可少之美味佳肴。吾记得莱斯特伯爵③于肯尼沃斯城堡④款待伊丽莎白女王的时候就有孔雀这道菜。著名画家伦勃朗⑤所描绘

---

① 健啖：食欲旺盛，吃得很多。

② 浅草花屋敷：位于浅草公园西北部第五区的游乐园。最早是陈列盆栽的花园，故名为花屋敷，后来又增设了动物园、水族馆以及节目表演等。

③ 莱斯特伯爵（Earl of Robert Dudley Leicester，约1532～1588）：16世纪英国的政治家、军人，深受女王伊丽莎白一世的宠爱。

④ 肯尼沃斯城堡：位于英格兰中部的沃里克郡，是伊丽莎白一世赠予莱斯特伯爵的城堡。

⑤ 伦勃朗（Rembrandt Harmenszoon van Rijn，1606～1669）：荷兰画家，在《扮作败家子的伦勃朗和萨斯基亚》自画像中，桌子上有一只被做成美味佳肴的孔雀。

的盛宴图中，桌面上也有一只开屏的孔雀……"

既然有工夫写孔雀的料理史，看样子也不是很忙嘛，主人愤愤不平道。

"总之近来频频赴宴，长此以往恐不久也如同仁兄一般受胃病之苦……"

如同什么仁兄，干吗把我当成胃病的标准？主人嘟囔道。

"据历史学家所言，罗马人每日召开两三次宴会。倘若一日两三次皆为丰盛之美食，何等健胃之人亦将深受消化功能不调之苦，自然如同仁兄……"

又是"如同仁兄"，太失礼了。

"然则，为求奢侈与健康之两全，彼等经过尽心竭力之钻研，终悟贪恋大量美食之同时亦应保持胃肠之常态，于是想出一个秘诀……"

是什么秘诀呢？主人顿时感兴趣起来。

"彼等在饭后必然入浴。入浴后用某种方法将之前所食之物尽数吐出，借以清扫胃内。待胃内清扫一空之后再度就餐，酒足饭饱之后再度入浴将食物尽数吐出。如此一来，既品尝了美味佳肴，又不致损害内脏，愚以为实乃一举两得之妙计……"

原来如此，确实是一举两得。主人一副深以为然的样子。

"时至二十世纪之今日，因交际频繁而宴会增加自不必说，值此军国多事之秋，征讨俄国第二年之际，吾等战胜国之国民，必将效仿罗马人研究入浴呕吐之术，吾坚信这一机会不久即将到来。否则，难得成为大国之国民，却在不久之将来如同仁兄一般沦为胃病患者，着实令人痛心……"

竟然还在说"如同仁兄"，真是个讨厌的家伙，主人想道。

"如今有通晓西洋事情之国人，对古史传说以考证，发现已经失传之秘诀，如将其应用于明治之社会，定可成防患于未然之功德，以报平素肆意享乐之恩……"

听起来有些奇怪呢，主人似乎不太赞成这段内容。

"因此，吾近日涉猎吉本、蒙森①、史密斯②等诸家的著述却一无所获，实在是遗憾之至。然则如您所知，鄙人一旦立志则非成功决不罢休，因此再兴呕吐之法想必指日可待。如有新发现定然及时禀报，请静候佳音。至于上述橡面坊丸子和孔雀舌之款待，亦将在有新发现之后安排，如此不仅有益于鄙人，更对深受胃病困扰之仁兄大有好处。匆匆写成，多有不备。"

"没想到又被他给耍了，因为他写得还挺像那么回事的，我竟然认认真真地从头到尾全读完了。新年伊始就搞这种恶作剧，迷亭这家伙还真是够闲的。"主人笑着说道。

---

① 蒙森（Theodor Mommsen，1817~1903）：德国历史学家，他关于罗马历史的作品对当代的研究仍十分重要。

② 史密斯（William Smith，1813~1893）：英国古典学家，编撰有《古希腊与古罗马传记神话地理辞典》，漱石收藏了这本书。

从那以后又过了四五天都平淡无事。白瓷花瓶里的水仙渐渐凋落，青梅渐渐盛开，我觉得每天就这样赏花度日实在是无聊至极，于是去找过花猫一两次，但却都未能得见。一开始我以为她只是碰巧不在，第二次去才知道她卧病在床。我藏在洗手钵旁一叶兰的阴影中，偷听师傅和女佣之间的对话。

"花猫吃饭了吗？""没有，从今天早晨开始就什么也没吃，我把她抱到被炉①里了，让她暖暖和和地睡一会儿。"这哪像是在对待猫，简直拿她当人了。

我一边将她与自己的境遇相比心生羡慕，一边为自己心爱的猫能够受此厚待而心生欢喜。

"真难办啊，不吃饭的话，身体岂不是一天不如一天吗？""确实如此，就连我们如果一天不吃饭的话，第二天都没力气干活呢。"

听女佣的口气，好像猫是比自己地位更高的动物。事实上在这户人家，或许猫真的比女佣更加高贵。

"带去医生那里看过了吗？""去过了，但那个医生实在是不怎么靠谱。我抱着花猫进了诊察室，他一边问我是不是感染了风寒，一边要给我把脉。我把花猫放在腿上说病人不是我，是它。结果医生笑着说，猫的病他也看不懂，反正放着不管过

---

① 被炉：在暖炉周围置以支架，再在上面覆盖被褥的取暖用具。

几天自己就好了。是不是很过分？我当时很生气，就说，那不用你看了，这可是很珍贵的猫呢。然后将花猫抱在怀里赶紧回来了。""真是呢。"

"真是呢。"这可是在我们猫族里听不到的说法。果然是只有天璋院大人的什么什么人才会这么说，实在是非常高雅，令人钦佩。

"我看她好像隐隐作痛的样子……""一定是感染了风寒导致咽喉肿痛吧。一旦染了风寒，任何人都难免咳嗽呢……"

就连天璋院大人的什么什么人的女佣说起话来都恭恭敬敬的。

"而且最近好像有一种叫肺病的疾病流行起来了。""真的，最近又是肺病又是鼠疫，冒出不少以前没有的疾病，每天都不能大意。""凡是旧幕府时代没有的，都不是什么好东西，你也要小心为妙。""您说的是呢。"

女佣很感动地答道。

"虽说是染了风寒，可她好像都不怎么出门了呢……""其实您有所不知，她最近认识了一个坏朋友。"

女佣好像掌握了国家机密一样得意地说道。

"坏朋友？""是啊，就是临街教师家里养的那只脏兮兮的公猫。""教师？就是那个每天早晨乱叫一气的人吗？""对，就是那个每天洗脸的时候都像快要被掐死的大鹅一样乱叫的人。"

像快要被掐死的大鹅一样乱叫，这实在是绝妙的比喻。我的主人每天早晨在浴室里漱口的时候，有一个用牙刷往喉咙里捅，然后肆无忌惮地发出奇怪声音的习惯。心情不好的时候要嘎嘎乱叫，心情好的时候精力充沛更要嘎嘎乱叫。也就是说，不管心情好坏，他每天都要气势十足地嘎嘎乱叫。听女主人说，在搬到这里之前他似乎还没有这种习惯，自从有一天突然叫起来之后就再也没间断过。这么个令人讨厌的习惯，不知为何他偏偏能够坚持下来，我们猫实在是难以想象。说主人那些也就算了，但那女佣说我"脏兮兮"实在是非常过分，于是我竖起耳朵继续听下去。

"发出那样的声音不知道是在念什么咒呢。明治维新之前，不管是仆役长①还是侍仆②，都知道相应的礼仪做派，在我们这片住宅区，也没有其他人像他那样洗脸的。""您说得真是太对了。"

女佣深以为然，一个劲地随声附和。

"主人都是那样，养的野猫也好不到哪去，下次要是再来，就稍微教训他一顿。""当然要教训了，花猫的病肯定也和那家伙脱不了干系，一定要替花猫报仇才行。"

---

① 仆役长：在日本武士中从事杂役的人，地位介于武士和仆人之间。
② 侍仆：侍奉武士，携带草鞋陪主公出门的男仆。

这可真是蒙受不白之冤。我心想，还是不要贸然接近这家伙为妙，于是终未能与花猫小姐相见便回家了。

回家之后，发现主人正在书房里提笔沉思。如果我将在二弦琴师傅家里听到的话转告给他，他定会勃然大怒吧，但正所谓"耳不闻心不烦"，他现在只是一个劲地沉吟，冒充神圣的诗人。

之前说自己忙得不可开交，甚至特意送来贺年信的迷亭君飘然而至。"听说你最近在写新体诗，有好的作品记得给我看看哦。"他对主人说道。"嗯，我刚好看到一篇好文章，正打算翻译过来。"主人郑重其事地说道。"文章？是谁写的文章？""不知道是谁写的。""无名氏吗？无名氏的作品中也常见佳作，可不容小觑。不知这全文刊于何处？"迷亭君问道。"第二读本①。"主人从容不迫地答道。"第二读本？第二读本怎么了？""我是说翻译的这篇名作就刊登在第二读本之中啊。""开什么玩笑，你这是为了报孔雀舌的仇才耍的花招吧？""我可不像你那样整天说大话。"主人泰然自若地捻了捻嘴边的小胡子。"过去曾经有个人问山阳②说，先生最近又有什么名文问世啊，山阳拿出马夫写的催款单答道，最近的名文

---

① 当时中学用的英语教科书共有五本，这里指的应该是其中的第二本。据说其中有一篇关于母亲教女儿引力的课文"The Force of Gravity"。

② 山阳（1780～1832）：指江户末期的儒学家、史学家赖山阳。虽然作为文学家非常著名，但漱石对他持批判的态度。

非此莫属。我想或许你的审美眼光和山阳一样，也很不错呢。不如读来听听，让我也来评价一番。"迷亭先生好像审美专家一样说道。主人则以禅僧朗读大灯国师①遗诫的腔调读道："巨人，引力。""什么意思，这个'巨人引力'？""标题叫作《巨人引力》。""好奇怪的标题，我完全搞不懂这什么意思。""就是一个名为'引力'的巨人。""这个解释有点牵强吧，但标题就先不管他了。快点读正文吧，你的声音听起来不错，我越来越有兴趣了呢。""那你可不能中途插嘴打断我哦。"主人事先提了个醒，接着开始朗读起来。

凯特向窗外望去，小朋友们正在扔球玩。他们将球高高地扔向空中，球不断向上飞升，过了一会儿又掉落下来。然后他们又将球高高地扔起来，连续三次，被扔上去的球都掉落下来。凯特向妈妈问道，为什么球会掉下来呢，为什么不会一直向上飞升呢？"因为地下住着巨人，"妈妈答道，"他有巨人引力，他很强壮，他将万物都吸引到自己的身边，他让房子吸在地面上，否则房子就会飞走，小朋友也会飞走。你看见过树叶飘落吧？那就是因为巨人引力。你的书本掉到过地上吧？那也是因为

---

① 大灯国师（1282~1337）：指镰仓时代的禅僧妙超，临济宗大德寺的开山祖师。

巨人引力。球飞到空中，在巨人引力的作用下就会掉落下来。"

"这就完了？""嗯，不错吧？""哎呀，我算服了您了，没想到橡面坊丸子的现世报来得这么快。""我可不是在报什么仇啊，是真觉得不错才翻译过来的，你不这么认为吗？"主人透过金框眼镜注视着迷亭君的眼睛说道。"太令我惊讶了，竟然连你都学会了这一套，这回可是真的被你打败了，我认输我认输。"迷亭一个劲地感慨告饶，主人却一头雾水。"我从没想过要让你认输什么的，只是看到一篇有趣的文章就试着翻译了一下。""哎呀，确实很有趣，要不然怎么能被收录进书里呢。了不起。惶恐。""没那么夸张吧。因为我最近不画水彩画了，所以想写点文章。""远近无别、黑白平等的水彩画可是无论如何都无法与之相比啊。实在是敬佩之至。""你这么夸我，我就更加跃跃欲试了呢。"主人仍然揣摩不透别人的本意。

就在此时，寒月君一边说着"上次真是失礼了"一边走了进来。"哎呀，有失远迎。刚才正在倾听名作以驱散橡面坊丸子之亡魂。"迷亭先生不明不白地说道。"哦，是吗？"寒月君也不明不白地应了一声。主人并没有参与到他们的文字游戏之中去，很正经地说道："前日你介绍的那个叫越智东风的人来过了。""啊，已经来过了吗？那个叫越智东风的人虽然是个很正直的人，但也有些古怪的地方，我还担心他会给你添麻烦呢，但他要我无论如何都帮忙介绍……""倒也没给我添什么麻烦……""他来你这儿,没有对自己的姓名进行什么解释吗?""没有,好像根本没提过这件事。""是吗?他好像不管去哪,都有向初次见面的人解释自己姓名的习惯呢。""怎么解释?"唯恐天下不乱的迷亭君问道。"他对'东风'的读音非常在意。""是吗?"迷亭先生从金唐皮①的烟盒里捏出一把烟草。"他肯定会说,我的名字不叫越智TOUFŪ,应该叫越智KOCHI。"②"真奇怪。"迷亭君将"云井"③深深地吸入腹中。"这完全是因为他的文学热情,因为读作KOCHI的话,他的名字'越智东风'读起来就和'远近'这个词语发音一样了④。不仅如此,他还对这个合辙押韵的姓名非常得意呢,所以总是愤愤不平地说,如果把东风(KOCHI)音读成TOUFŪ,那他的一片苦心岂不是都白费了。""原来如此,还真是个古怪的家伙。"迷亭先生得意忘形地将腹中的云井从鼻孔里呼出来。但这股烟雾却迷了路窜到他的喉咙里。先生握着烟管被烟雾呛得不住地咳嗽。"他上次来的时候说自己在朗读会上扮演船老大,结果被女学生们笑话了。"主人笑着说道。"嗯,是啊是啊。"迷亭先生用烟管

---

① 金唐皮:表面上用金箔画出图案的薄鞣皮。

② 日语中汉字的读音分为音读和训读。音读是按照汉字传入日本时的读音来发音;训读是以日本固有语音读汉字。"东风"在日语中,音读为"TOUFŪ",训读为"KOCHI"。

③ 云井:一种香烟的名字。并非纸卷,而是需要用烟管来吸的烟丝。

④ 两者在日文中都发音为ECHIKOCHI。

敲了敲膝盖。我感觉有些危险，于是稍微往旁边躲了一躲。"前几天我请他吃橡面坊丸子的时候，他也提到了那个朗读会。他说第二次打算邀请一些知名文人参加，把场面搞得盛大一些，希望我也能够出席。于是，我问他下次还打算朗读近松的世态剧①吗？他说不了，下次选择的是比较新的作品《金色夜叉》②。我又问他这次扮演什么角色，他说他扮演阿宫。东风扮演的女主角阿宫肯定很好看吧？我一定要出席去给他喝彩。""肯定很好看。"寒月君也阴阳怪气地笑了起来。"不过那个人的优点是总是很诚恳，一点也不浮夸。和迷亭之流完全不同啊。"主人将安德烈·德尔·萨托、孔雀舌和橡面坊丸子的仇一次性全给报了。迷亭君却一副毫不在意的样子笑道："反正像我这样的人就是行德之俎③罢了。""就是那回事了。"主人说道。其实主人并不知道"行德之俎"是什么意思，但他毕竟做了这么多年教师，练就了一身蒙混过关的本事，所以这个时候就把学校里的经验应用在社交上了。

---

① 世态剧：以时下社会中的著名故事和市井事件为题材改编而成的作品，以写实为特色。

② 《金色夜叉》：尾崎红叶的长篇小说，也是他最著名的代表作，在《读卖新闻》上连载，但因作者患胃癌去世没有完成。

③ 行德之俎：行德是千叶县的地名，俎就是菜板。千叶县的行德盛产蛤蜊，蛤蜊开壳将软体伸出时的模样与傻子耷拉着舌头十分相似，因此又被称为傻子贝。因为当地人经常吃蛤蜊，所以蛤蜊壳把菜板都磨坏了。迷亭将自己比作行德之俎，意思是自己经常和傻头傻脑的人打交道。

"'行德之俎'到底是什么意思？"寒月坦率地问道。主人向壁龛望去，说道，"那棵水仙是我年末在去澡堂洗澡回来的路上买的，插在里面竟然长得还不错"，强行将"行德之俎"的话题按压下去。"说起年末，去年年末的时候我还真经历了一件不可思议的事情。"迷亭好像杂耍一样将烟管在指尖转动着说道。"什么事情？说来听听。"主人见"行德之俎"已经被大家远远地抛在脑后，终于松了口气。迷亭先生所经历的不可思议的事情如下：

"我记得是年末的二十七日。因为东风事先跟我说他要来我家探讨文艺上的问题，希望我能够在家等他，于是我从大清早就做好了准备，结果他却迟迟未到。吃过午饭之后，我在暖炉跟前读巴里·佩因①的幽默小说时，刚好收到家住静冈的母亲发来的信件，母亲上了年纪总爱把我当成小孩子，经常在信里对我诸多提醒，比如天冷了晚上不要出门，洗冷水澡有好处但要先烧起暖炉让房间里暖和起来，要不然会感冒之类的。就连一向不拘小节的我在这种时候也会非常感动，觉得父母实在是太伟大了，如果换作他人绝对不会这样对我。于是我就产生出一直这么游手好闲下去委实不行的想法，认为自己必须著书立说，光宗耀祖，趁着母亲还健在，让全天下的人都知道在

---

① 巴里·佩因（Barry Eric Odell Pain，1864～1928）：英国小说家。

明治的文坛上有我迷亭先生之大名。我又接着往下看，母亲说我实在是个幸运的人。自从日俄战争开始之后，许多年轻人都非常辛苦地为国效力，而我却在寒冬腊月过着正月一样悠闲的日子——其实我并没有像母亲想的那样游手好闲。后面的内容就有些凄凉了，我小学时代的朋友如今在战争中死的死、伤的伤，母亲把他们的名字都一一列举了出来。我看着这些名字，不由得感到世态炎凉、人生无趣。在来信的最后，母亲说她年事已高，吃杂煮庆祝新年，恐怕这也是最后一次了……因为信中写的都是伤感之事，我的心情也变得郁郁寡欢，只盼着东风早点过来，结果他却还是没来。眼看着快要到吃晚饭的时候了，我心想给母亲写封回信，就写了十二三行。母亲的来信足有六尺多长，而我是无论如何也写不出那么多的内容，一般都是在十行左右。因为我坐了一天没怎么活动，所以胃部感觉不怎么舒服。于是想到如果东风来了，就让他在家里等我一会儿也无妨，便出门寄信顺便散步。我没像往常那样朝富士见町的方向走，而是无意识地向土手三番町的方向走去。刚好那晚有些阴天，寒风从护城河的对面吹来，非常寒冷。从神乐坂方向开来的火车嗖的一声从堤坝下方穿过。我忽然感到非常的孤寂。日暮①、战死、衰老、人世无常、变化迅速，这些想法在我

---

① 原文是"暮"，既有黄昏的意思也有年末的意思，此处为一语双关。

的脑海中不断地旋转。常听说有人上吊，大概就是在这种情况下被鬼迷了心窍才想寻死吧。我抬起头来向堤坝上方望去，竟不知何时来到了那棵松树的正下方。"

"哪棵松树？"主人插嘴问道。

"首悬松啊。"迷亭缩了缩脖子。

"首悬松不是在鸿台吗？"寒月也掺和了进来。

"鸿台那个是钟悬松①，土手三番町的是首悬松②。为什么叫这个名字呢？是因为过去有个传说，不管谁来到这棵松树下都会想要上吊。虽然在堤坝上面有几十棵松树，但只要有人上吊，那肯定是吊在这棵松树上面。每年都会有那么两三个人吊死在这里，而别的松树却无论如何也无法让人产生寻死的念头。细看之下就会发现，这棵树的枝杈以巧妙的结构横向伸出，让人忍不住心生赞叹，觉得这些枝杈如果不用来上吊那实在是太可惜了。因为我很想看到有人吊在上面，便四下张望，看有没有人过来，不巧的是一个人也没有。没办法，难道要我自己吊上去吗？不行不行，如果我自己吊上去的话那就没命

---

① 鸿台是位于千叶县市川市的江户川东岸的小山丘。相传1538年，足利义明与北条氏纲交战的时候，义明将慈云寺（位于现船桥市内）的梵钟挂在己方位于鸿台阵内的一棵松树上作为阵钟。钟悬松因此得名。

② 土手三番町指的是市谷御门南侧正对外护城河一带的地名（位于现东京千代田区）。在永井荷风《东京风俗故事》等回忆录中提到过，经常有人用这里的松树上吊自杀。

了,太危险,还是算了。但是听说过去希腊人就在宴会上模仿上吊助兴,一个人站在台上将脑袋伸进绳套里面,这时候另一个人就把台子踢翻,而将脑袋放进绳套里面的人则同时松开绳子跳下来。如果事情真是如此那倒也没什么可怕的,我心想着不如自己也试上一试,便将手搭在树枝上,只见那树枝很配合地弯曲下来。因为树枝弯曲得恰到好处、充满美感,我一想到自己轻飘飘地吊在上面的样子就喜不自禁。虽然我想这件事非做不可,但考虑到东风若是来了却等不到我着实可怜。于是我决定先遵守约定和东风见面一叙,然后再来上吊,想到这里我就回家了。"

"这就完了?"主人问道。

"有点意思。"寒月意味深长地笑道。

"我回家一看东风还是没有来,不过收到了一张他发来的明信片,上面写道,今日琐事缠身无法赴约,容日后再行会晤。我这才放下心来,开心地想,终于可以毫无牵挂地去上吊啦。于是我赶紧换上鞋,迅速返回原处一看……"说着他向主人和寒月的脸上望去。

"看到什么了?"主人有些焦急地问道。

"终于进入佳境了呢。"寒月摆弄着和服外套的系带说道。

"一看啊,竟然有人抢先一步吊在上面了。就差了这么一步啊,真是太遗憾了。现在想来,当时一定是被死神附身了。根据詹姆斯①的说法，这是潜意识下的潜意识世界与我所在的现实世界之间通过某种因果关系而产生了相互的感应。这件事实在是太不可思议了，不是吗？"迷亭又恢复到平时那若无其事的模样。

主人心想又被他给耍了，便什么也没说，往嘴里塞满空也饼②使劲地嚼着。

寒月仔细地拨了拨火盆里的灰，低着头暗自发笑，然后终于用非常平静的语气开口说道：

"原来如此，听起来确实是非常不可思议的事情，让人有些难以置信，但我因为不久之前也有过类似的经验，所以对你说的事情毫不怀疑。"

"哎呀，难道你也想要上吊吗？"

"不，并不是上吊。说起来也是去年年末发生的事，而且是和先生同日同时发生的，想来就更加不可思议了。"

"这可真有趣。"迷亭也往嘴里塞了一块空也饼。

"那天在向岛③的朋友家有一场忘年会兼合奏会，我也带着

---

① 威廉·詹姆斯（William James，1842~1910）：美国哲学家、心理学家。漱石深受其影响，在《文学论》等其他作品中也对其有所提及。

② 空也饼：1884年创业于上野池之端的点心店"空也"的招牌点心，深受漱石的喜爱。"空也"于1949年迁到银座并木通，至今仍在营业。空也饼是由糯米包裹红豆馅制成的点心，只在11月至来年2月上旬期间有售。

③ 向岛：位于东京都墨田区，隔隅田川与浅草相对，是江户时期的娱乐场和别墅区，有百花园、白须神社等。

小提琴去了。这是一场有十五六位大小姐和贵妇人参加的盛会，而且万事齐备，让人感觉能够参与到其中实在是一大快事。晚餐与合奏结束之后，大家又天南海北地聊了一通，我见时间不早了便准备起身告辞，这时某博士的夫人来到我的身边对我说，'你知道××小姐生病的事吗'。实话说，就在两三天前我还和她见过面，当时她和平常毫无二致，根本看不出什么地方有问题，所以我大吃一惊，马上问了个仔细。原来她在和我见面当晚就突然发起高烧，嘴里还不停地说些胡话，若仅是如此还好，但是据说在她所说的胡话里竟然时不时地蹦出我的名字。"

主人自不必说，就连迷亭先生也没说"关系不一般啊"之类庸俗的调侃。两人都严肃地倾听着。

"虽然请了医生来看，但就连医生也不知道是什么病，不过医生说因为烧得太厉害，恐怕会伤到大脑，如果催眠药不能像预想中那样发挥功效就危险了。我一听这话，顿时产生出一种不祥的预感。我感觉身体好像被噩梦魇住的时候一样非常沉重，仿佛周围的空气一下子全都变成了固体，把我的身体紧紧地束缚在其中。在回家的路上，这件事也一直在我的脑海里挥之不去，令我苦不堪言。那么美丽、那么健康、那么快活的××小姐……"

"恕我冒昧打断一下。刚才就听你提起××小姐，都听你说了两遍了，如果方便的话，可以告诉我们她究竟是谁吗？"迷亭先生说着回头看了主人一眼,主人也含含糊糊地应道"嗯嗯"。

"那样或许会给当事人增添麻烦,所以还是算了吧。"

"你是打算就这样含含糊糊地讲下去吗?"

"这事可不能拿来嘲笑,因为我说的都是千真万确的事实……总之,一想到那位小姐突然得了那种病,我的心里就充满了花飞叶落之感慨,如同全身的活力都罢工了一样,精神也骤然消沉起来,跟跟跄跄地正好来到吾妻桥①。我靠在栏杆上向下望去,也不知道是涨潮还是退潮,只见黑色的河水好像凝固了一样似动非动。从花川户的方向跑来一辆人力车从桥上通过。我目送着车上提灯里的火光,眼看着它越来越小,直到在札幌啤酒②的地方消失不见。我又向水面望去,忽然听到在遥远的河流上游有一个声音在呼唤我的名字。都这个时间了,按理说应该没人会叫我,但我还是仔细地向水面上望去,不过实在是太黑了什么也看不清。我心想一定是心理作用还是赶紧回家吧,可是刚走出一两步,呼唤我名字的声音又从远处微微地传来。于是我停下脚步仔细地听。当那个声音第三次呼唤我的时候,我双手紧紧地抓住栏杆,膝盖不停地颤抖。那个声音既像是来自远方,又像是来

---

① 吾妻桥:隅田川上的一座桥,连接西侧的浅草(位于现东京台东区)和花川户(位于现东京墨田区)。在落语《唐茄子屋政谈》等作品中是跳河的地点。

② 札幌啤酒:当时位于隅田川东岸、吾妻桥附近的啤酒工厂和啤酒花园。

自河底,而且毫无疑问就是××小姐的声音。我不由得回应了一声'哎'。因为我的声音太大,所以在宁静的水面上引发出一阵回响。我被自己的声音吓了一跳,急忙向周围望去,但不管是人也好,狗也好,还是月亮也好,我什么也看不见。那时的我已经完全被这个'夜'所吞噬,内心里不可抑制地产生出一种想要到那个声音传来的地方去的冲动。××小姐的声音刺穿了我的耳朵,如泣如诉仿佛在向我求救,于是我一边说着'我现在马上过去',一边从栏杆上探出半个身体向黑色的水面眺望。我觉得呼唤我的那个声音是从水底传来的,而且就在这地方的水下,于是我终于站到了栏杆之上。就在我盯着水流下定决心,如果呼唤声再度传来我就跳下去的时候,那个哀怜的声音又如同丝带一样浮了上来。我把心一横用尽全身的力气高高跃起,然后像个小石子一样无牵无挂地向下坠落。"

"还真的跳下去了啊?"主人眨着眼睛问道。

"没想到你竟然做到了这一步。"迷亭稍微捏了下鼻尖说道。

"跳下去之后我就失去了意识,一时间仿佛身在梦中。当我终于清醒过来的时候,发现虽然感觉很冷,但身上却没有一处被水浸湿,而且也没有呛水的感觉。我记得自己确实是跳下去了,实在是匪夷所思。因为感到奇怪,所以我向周围一看,顿时大吃一惊。本来我打算跳入水中,但却搞错了跳到了大桥中央,当时我真是感到非常的遗憾。因为只是搞错了前后的方向，结果没能抵达那个声音传来的地方。"寒月意味深长地笑着，手里依旧摆弄着那条和服外套的系带。

"哈哈哈，这真有趣，而且还和我的经历如此相似，这就更加奇妙了。果然可以作为詹姆斯教授的素材呢。如果以人类感应为题创作一篇写生文①肯定会震惊文坛……对了，那位××小姐的病情后来怎么样了？"迷亭先生紧追不舍地问道。

"两三天前我去她家拜年，看见她在院子里和女佣一起打羽毛毽子玩呢，应该是痊愈了吧。"

主人从刚才开始就一直做沉思状，此时终于不甘示弱地开口说道"我也有"。

"你也有？你有什么？"迷亭根本没把主人放在眼里。

"我也有去年年末经历的事情。"

"大家都是去年年末吗？如此偶然真是奇怪呢。"寒月笑道。残缺的门牙上还沾着空也饼的残渣。

"莫非也是同日同时？"迷亭问道。

"不，好像不是同一天。应该是二十号的时候。内人说过年不要礼物了，希望我能带她去听摄津大掾②的演出，带她去倒也没什么问题，于是我就问'今天唱哪一出'，内人看了看报纸说

---

① 写生文：正冈子规提倡的以观察和描写为主的散文。
② 摄津大掾（1836~1917）：即竹本摄津大掾净琉璃竹本派的名人，本名二见龟次郎。漱石也曾经听过他的演出。

'今天唱鳗谷'①。我不喜欢'鳗谷',就说'今天算了',于是那天便没有去。第二天内人又拿着报纸过来说'今天唱堀川,总没问题了吧',我说'堀川②是三味线的玩意,吵吵闹闹的华而不实,也算了吧',内人不高兴地走了。又过了一天,内人说'今天是三十三间堂③,我一定要去听摄津的三十三间堂。不知道你是不是连三十三间堂也不喜欢,但你答应要带我去的,所以不能再推辞了',完全不给我回旋的余地。我说,'既然你那么想去,那就去吧。不过这毕竟是他的告别演出,观众一定不少,我们没有准备贸然前往恐怕进不去门。本来要去这样的地方需要先找茶馆④从中协调,事先预约好位置,这才是正规的手续,如果不按照规矩来的话恐怕不太好,所以虽然很遗憾但今天还是算了吧'。内人恶狠狠地瞪了我一眼,带着哭腔说道,'我一个女人家不懂得那么复杂的手续,但大原的母亲和铃木家的君代也没办什么正规的手续,都顺顺利利地听完回来了,就算你是个教师,去看个演出也不用那么烦琐的手续吧,真是太过分了'。事已至此,就算不行也只能硬着头皮去了。我就说等吃过晚饭坐电车去吧。内人一听我答应了,顿时来了精神说,要去的话务必要

---

① 鳗谷:净琉璃《樱锷恨鲛鞘》中八郎兵卫在鳗谷的家中杀死妻子的情节。
② 堀川:净琉璃《近顷河原达引》中的一段,主要为三味线演奏的部分。
③ 三十三间堂:净琉璃《三十三间堂栋由来》的通称。
④ 茶馆:剧院附属的茶馆,为客人预约座位、提供饮食。

在四点之前出发，磨磨蹭蹭的可不行。我问为什么必须要在四点前出发呢，内人说听铃木家的君代说如果不早点去占位子的话，就进不去了。于是我又追问了一句，如果过了四点的话就不行吧，内人回答说当然不行了。接着不可思议的事情就发生了，当时竟突然感到一阵恶寒。"

"你夫人吗？"寒月问道。

"内人好着呢。是我。我感觉自己就好像泄了气的皮球一下子萎靡不振，头晕目眩动弹不得。"

"是个急病呢。"迷亭给主人加了个注释。

"我心想这可糟了，内人一年就这么一次请求，我无论如何也想实现她的愿望。我平时总呵斥她，又不听她的话，她不但要为这个家操心挨累还要照顾孩子，可是我对她的付出却从没有给予过任何回报。今天幸好有点时间，口袋里也有四五枚闲钱，完全可以带她去啊。内人一定很想去吧，我也想带她去。可是我虽然很想带他去，但像当下这样浑身发冷头晕眼花的状态，别说坐车了，就连门口都走不到。我心里想着，真是太对不住内人了，可是越这么想身上就越冷，头也越晕。我又想，要是赶紧找医生看看吃了药或许能在四点之前痊愈，于是就找内人商量把甘木医学士请来，可不巧的是他前一晚值班，还没从大学回来。他说大概两点左右回来，一回来就马上来看我。真是难办啊，如果我当下喝点杏仁水①的话，四点之前一定能够痊愈，但人要是运气不好的时候就事事都不能如意，本打算借此机会博内人一笑，结果这个如意算盘也落了空。内人怒气冲冲地问我到底还去不去，我回答说，'去，一定去。四点之前我一定能够治好，你就放心好了。趁这时间你先去洗脸换衣服吧'。虽然我嘴上这样说，但心里却感慨万千。我感觉身上越来越冷，脑袋也越来越晕，要是四点的时候不能像我说好的那样痊愈，女人心胸狭窄指不定会干出什么事情来。事情竟然发展到这种地步，我究竟该如何是好？为防万一，我决定趁现在向内人讲明因缘转变②、盛者必衰的道理，好让她事先做好心理准备，一旦事情有变也不至于乱了阵脚，这岂不也是妻子对丈夫应尽的义务吗？于是我立刻将内人招进书房对她说道，'你虽然是个女人，但也应该知道Many a slip twixt the cup and the lip③这句西洋的谚语吧'。内人却说道，'谁认识那种横文字④啊，你明知道我不懂英文，还故意用英文来捉弄我吗？好啊，反正我也不懂什么英文。既然你那

---

① 杏仁水：用杏仁加水蒸馏而成的止咳药和镇静剂。
② 因缘转变：佛教语，指现世一切事物均由某种因缘而暂时产生，并且在不断地转变。
③ 这是一句起源于古希腊的谚语，直译过来就是"杯与唇之间也有许多失败"，引申为"前途莫测"的意思。
④ 横文字：当时日文的阅读顺序是竖行，从上到下、从右到左，英文则是横着从左到右，所以被称为横文字。

么喜欢英文,怎么没找个耶稣学校①毕业的学生做老婆呢?再也没有比你更冷酷无情的人了'。因为她当时真的是非常生气,让我好不容易准备的计划全都泡了汤。我得给二位解释一下,我说英语绝非出于恶意,完全是出于怜爱内人的一片深情,但没想到竟然被内人那样误解,真是让我进退两难。而且我因为恶寒和眩晕导致头脑有些混乱,又急于让内人理解因缘转变、盛者必衰的道理,所以才忘了内人不懂英文这件事,一不小心引用了那句谚语。仔细想来这件事确实是我做得不对,完全是我疏忽了。经历了这次失败,我的恶寒愈发严重,脑袋也愈发眩晕。内人按我说的去浴室里脱去上半身的衣服化妆,又从衣柜里拿出和服换上,以一副随时可以出发的样子等着我。我心里急得不行,只盼着甘木君能早点过来,抬头一看已经三点了,距离四点只剩下一小时的时间。内人打开书房的门问道'可以出发了吗'。虽然夸奖自己的妻子可能不太合适,但我从没想过内人竟然会那么漂亮。她脱掉上衣后用肥皂擦拭过的皮肤充满光泽,与黑绉绸的和服外套交相辉映。而因为刚用肥皂洗过脸,又满怀着要去听摄津大掾的希望,所以在有形无形两方面都使她的脸上充满灿烂的光芒。我顿时产生出无论如何也要满足她的愿望的想法,振奋精神打算出发。但就在我抽根烟的工夫,甘木先生终于来了。他真是

---

① 耶稣学校:指教会学校,大多都是注重英语教育的女子学校。

个准时守信的人。我将症状告诉他之后,甘木先生看了看我的舌头,握了握我的手,敲了敲我的前胸,摸了摸我的后背,翻了翻我的眼皮,搓了搓我的头盖骨,然后陷入思考。'感觉稍微有些严重呢',我说道。但先生却冷静地说道'不,没什么大碍'。'请问,稍微外出一下也没什么影响吧?'内人问道。'如您所言',先生又陷入了思考。'只要不感觉难受的话……''很难受啊',我说道。'那我先给您开点顿服①的药和药水。''可是,我总觉得,这病情好像会更加严重似的。''不会的,绝对不会像您担心的那样,千万不要自己吓唬自己。'说完先生就走了。此时已经过了三点三十分,女佣去拿药,按照内人的吩咐跑去跑回,当她回来时是差十五分四点。距离四点还有十五分钟。而就在这只差十五分钟便要到四点的时候,我忽然感觉恶心起来,在此之前明明一直都好好的。内人把药水倒在茶碗里放在我的面前,我端起茶碗正要喝,却感觉胃里一阵翻江倒海。不得已,我只得把茶碗放下。内人催促道'还是快点喝完才好'。如果我不快点把药喝完快点出门的话,就太对不住内人了。于是我把心一横将茶碗端到嘴边,结果胃里又是一阵翻江倒海。我将茶碗端起来又放下去,放下去又端起来,就在这时客厅里的挂钟

---

① 顿服:针对疼痛、发烧等症状的治疗法,每当症状出现时加强药量一次服用。

铛铛铛铛响了四下。我心想已经四点了，不能再这么磨磨蹭蹭下去了，于是又端起茶碗，结果真是不可思议，这件事实在是太不可思议了，伴随着四点的钟声响起，之前的那股恶心劲全都消失了，我非常顺利地喝下了药水。等到了四点十分的时候，我才发现甘木先生真是一位名医，我的后背不感觉冷了，头也不晕了，之前的症状都好像做梦一样全都消失不见了。本以为会卧床不起的大病竟然这么快就痊愈了，实在是令人欣喜。"

"然后你们就一起去歌舞伎座①了吗？"迷亭一副不得要领的样子问道。

"虽然我也想去，但之前内人说过了四点就进不去了，所以没办法只好作罢。如果甘木先生能再早来十五分钟的话，我就能尽到自己做丈夫的责任，内人也会得到满足吧，仅仅就差了这十五分钟，实在是非常遗憾。如今回忆起来，当时的情形也真是令人担心呢。"

说完之后，主人露出了一副自己终于也完成了任务的表情。或许觉得这样，他在两人跟前就有面子了吧。

寒月一如既往地露出残缺的牙齿笑道，"那可真是遗憾啊"。

迷亭则佯装不知，好像自言自语一般地说道，"有像你这样体贴的丈夫，尊夫人实在是幸福啊"。拉门的后面传来女主人

---

① 歌舞伎座：位于东京银座的歌舞伎专用剧场。

故意的咳嗽声。

我老老实实地把他们三个人的话从头听到尾，但却既不觉得有趣也不觉得悲伤。只觉得人类这种生物为了消磨时间竟然会勉强开口，为本不可笑之事而笑，为本不可乐之事而乐，除此之外则一无所长。尽管我早就知道我的主人是一个既任性又狭隘的人，但他平时少言寡语，所以我觉得自己对他还有一些不了解的地方。正因为这些不了解的地方，我才对他还心存几分敬畏，但听了他刚才的那一番话之后，这种敬畏之情忽然变成了轻蔑。他为什么就不能默默地听两个人说话呢？不甘示弱地发表一通愚不可及的辩解究竟对他有什么好处呢？难道爱比克泰德在书里说了应该这样做吗？总之不管是主人，寒月还是迷亭，全都是太平的逸民①，他们像丝瓜一样随风摇曳，一副超然豁达的样子，但实际上却追名逐利、欲壑难填。竞争之念、好胜之心，在他们日常的谈笑之中都隐约可见，倘若再进一步，他们就与自己平时颇为不屑的凡胎俗骨成为一丘之貉，在我们猫看来实在是悲惨至极。只不过他们的言谈举止并不像普通的半吊子那样墨守成规令人生厌，也算稍有可取之处吧。

这样一想，我忽然觉得他们三人的谈话变得无聊起来，于是打算去看看花猫小姐怎么样了，便绕到二弦琴师傅家的大门

---

① 太平的逸民：节行超逸、避世隐居的人。

口。今天已经是正月初十，用来做装饰的门松和注连绳都被撤去，和煦的春光从万里无云的高空洒向大地，不足十坪的庭院也比接受元旦曙光的映照时呈现出更加鲜活的气息。檐廊上摆了一张坐垫，但却不见人影，拉门也被关得紧紧的，不知道师傅是不是去洗澡了。但师傅在不在家都无所谓，我只关心花猫小姐的身体有没有好些。院子里鸦雀无声，完全没有人在，我迈着沾满泥土的脏脚爬上檐廊，试着在坐垫的中间一躺，感觉真是舒服。不知不觉中我连花猫小姐的事都忘到了脑后，迷迷糊糊地打起瞌睡来，忽然拉门里面传来有人说话的声音。

"辛苦你了，做好了吗？"师傅果然在家。

"是的，抱歉回来晚了，我到佛像店的时候，他们说刚刚做好。"

"让我看看。哎呀，做得真好，这样花猫也能升天了吧。金箔不会掉吧？""嗯，我特意问过，他们说用的都是很好的材料，比人用的牌位还结实呢……他们还说'猫誉信女'的誉字要连笔写更好看，所以稍微改了一点笔画。""那就快摆到佛坛上供上香吧。"

花猫小姐到底怎么了？我感到情况有些奇怪，就从坐垫上站起身来。只听见叮的一声，接着就是师傅的声音，"南无猫誉信女，南无阿弥陀佛南无阿弥陀佛"。

"你也为她祈祷一下冥福吧。"

叮，这次是女佣的声音，"南无猫誉信女，南无阿弥陀佛南无阿弥陀佛"。我忽然感到心脏一阵狂跳，站在坐垫上好像木雕的猫一样，连眼珠都动弹不得。

"实在是太遗憾了，最初只是染了点风寒而已。""甘木要是给开点药的话，或许就不会这样了呢。""都是那个甘木不好，对花猫太不重视了。""不能这样说人坏话，这也是命中注定。"

看样子，她们也请甘木先生给花猫小姐看过病。

"我觉得归根结底都怪临街教师家的那只野猫，没完没了地勾引花猫。""嗯，那个畜生是花猫的灾星。"

我本想稍作辩解，但此时还是应该克制一下，于是便咽了口唾沫继续听下去。主仆二人的对话时断时续。

"当今这世道可真是不由人啊。像花猫这样漂亮的猫竟然红颜薄命，那个难看的野猫却活蹦乱跳、为害四方……""您说的一点没错。像花猫那样可爱的猫简直是打着灯笼也难找，再也不会有第二位了。"

没说"第二只"，而说"第二位"。似乎在这个女佣的眼里，猫和人是同类。这么说来，这个女佣的模样看上去倒和我们猫族甚是相似。

"可能的话，真想让他替花猫……""要是教师家的那只野猫死了，您就如愿啦。"

让她如愿，我可就麻烦了。死亡到底是怎么一回事，因为我还没经历过所以也说不上是喜欢还是讨厌，但前几天因为太冷了，我就钻进了灭火罐①里面，女佣不知道我在里面就把盖子盖上了。当时的痛苦，我现在回忆起来都觉得非常可怕。听白猫说，那种痛苦要是再多持续一会儿大概就没命了。虽然替花猫小姐去死我毫无怨言，但如果死亡必须承受那种痛苦的话，不管替谁死我都不愿意。

"不过，虽然只是一只猫，但也请了和尚给她念经，还取了法名，她应该瞑目了吧。""您说的一点没错，她可真是一只幸运的猫啊。只有一点美中不足，那就是和尚给念的经太短了。""我也觉得太短了，就问他是不是结束得太快了，可月桂寺的和尚却说有用的地方都念了，只是一只猫而已，足够送她到极乐净土了。""哎呀，真是的……可是像那只野猫……"

我一而再、再而三地说过很多次我没有名字，可是这个女佣却一个劲地叫我"野猫野猫"。实在是个没礼貌的家伙。

"罪孽那么深重，不管再怎么念经也不会升天的。"

我不知道她们之后还要说几百遍"野猫"，总之这个没完没了的谈话我是不想再继续听下去了，于是我滑下坐垫，从檐廊

---

① 灭火罐：将燃烧物（主要是炭火）放入里面之后，通过盖上盖子隔绝空气来灭火的容器。

上跳了下来，然后将八万八千八百八十根毛发全都竖立起来抖了抖身体。从那以后我再也没靠近过二弦琴师傅的家。现在，大概师傅自己正接受月桂寺和尚那"短小精悍"的超度呢吧。

近来我连外出的勇气都没有，感觉这个世界了无生趣，成了一只与主人相比都有过之而无不及的懒猫。主人整天把自己关在书房里，别人说他是因为失恋，现在想来也不无道理。

我仍然没有捉过老鼠，甚至一时间被女佣下达了驱逐令，但因为主人知道我并非普通的猫，我才得以在这个家中继续无所事事地虚度时光。从这一点上来说，我毫不犹豫地感谢主人的知遇之恩，同时也对他的识猫慧眼感到钦佩。就算女佣不了解我并且对我进行虐待，我也并不生气。如果现在有左甚五郎[①]将我的肖像雕刻在门楼的立柱上，或者有日本的斯坦伦[②]愿意将我的模样描绘在画布之上，那么他们这些有眼无珠的家伙才会为自己的愚蠢而感到羞愧吧。

[①] 左甚五郎（1594~1651）：日本江户时代传奇的建筑雕刻家。

[②] 斯坦伦（Theophile Alexandre Steinlen，1859~1923）：法国画家，以巴黎风俗画家的身份广为人知，留下了不少关于猫的画作。

三

花猫死了,黑猫又不理睬我,虽然我感到有些寂寞,但幸运的是我在人类中有了一些知己,所以也并不觉得无聊。不久前,有人写信给主人想索要几张我的照片,这几天还有人特意给我寄来冈山的特产吉备丸子①。随着越来越多地得到人类的关注,我逐渐忘却了自己是一只猫这件事。不知何时,我的内心似乎更加倾向于人类的一方而与猫则疏远了起来,原本打算带领同胞们与两条腿的人类一决雌雄的豪情壮志如今已经烟消云散。不仅如此,我甚至觉得如果有机会能够进化成人类的话会更好。我并不是瞧不起自己的同类,只是觉得与性情相近的一

---

① 吉备丸子:冈山是"桃太郎传说"的发源地,而在桃太郎的故事中登场的吉备丸子是深受日本人喜爱的冈山特产,原本用黍子面制成,现在调整了口味用糯米粉加糖制成。

方在一起是顺其自然,如果将我的这种行为说成是变心、轻浮或者背叛,那可真让我头疼了。凡是用这些词语来咒骂他人的人,大多是一些顽固不化、心胸狭窄的家伙。既然我已经摆脱了猫的习性,那就不能再因为花猫小姐和黑猫的事而烦恼。必须站在与人类同等的高度来对他们的思想和言行进行评价,这也没什么难的。只是拥有如此见识的我,在主人看来也只不过是一只比普通的猫稍好一点的猫而已,不但见到我一句招呼也不打,还一副理所当然的表情把本来送给我的吉备丸子吃了个精光,实在是非常令人遗憾。主人似乎也没有给我拍照片然后送给人家的想法。要说不满的话,我确实有些不满,但毕竟主人是主人,我是我,彼此的见解自然有所不同,这也是没办法的事。因为我处处都在模仿人类,对于已经甚少往来的猫族中所发生的事情实在是知之甚少。所以就让我只对迷亭和寒月几位先生进行一番评判吧。

今天是周日,天气还出奇地好,主人慢吞吞地走出书房,将笔砚和原稿纸摆在我的旁边之后趴了下来,嘴里还念念有词。看他这副模样大概是要写什么东西吧,我仔细一看,他很快就写下了"香一炷"三个大字。不知道他究竟是要写诗还是写俳句,不过"香一炷"这三个字对主人来说实在是有点太风雅了,就在我这样想的时候,主人已经将"香一炷"丢到一旁,另起一行写道"忽然想记述一下天然居士①的事迹",不过他写完这一行字之后便停住了笔一动不动。只见主人手中拿着笔摇头晃脑了一阵似乎也没想到什么好词,接着竟然用舌头舔了舔笔尖。我看他连嘴唇都变得乌黑,然后在那一行字下面画了一个圈,在圈里画了两个点算是眼睛,又在圆圈的正中央画了一个鼻子,最后画了一个横线算是嘴,这下子就既不是文章也不是俳句了。主人好像也没了兴致,匆匆忙忙地将这个小脸涂抹了去。接着主人又另起一行,似乎在他看来只要另起一行就能写出个三四五六来。很快他就用言文一致②的文体一气呵成地写道"天然居士是研究空间、读论语、吃烧芋、流鼻涕的人",这文章实在是糟透了。接着主人将所写的内容毫无顾忌地读了出来,前所未有地哈哈大笑,自言自语地说道"流鼻涕稍微有些过分,还是删掉吧",然后在那句话上画了一道横线。画完一道之后又画了第二道和第三道,组成很规整的平行线,就连横线画到了下一行上他也毫不在意,仍然继续画下去,一直画了八条横线他还是写不出下一句,这回他干脆把笔一扔捻起自己的小胡子来。他很有气势地将胡子捻上来又捻下去,就好像

---

① 天然居士:本名米山保三郎,漱石在第一高等中学读预科以来的好友,因为热心参禅,所以被圆觉寺的管长今北洪川赐号天然居士。

② 言文一致:指口语和书面语相一致,以接近口语的形式写文章。在明治时代,为推动文章的口语化曾开展言文一致的运动。

能把文章从胡子里捻出来一样，就在这时女主人从饭厅走了过来，一下子坐在主人的面前说道："你听我说。""什么事？"主人用好像在水中敲铜锣一样的声音答道。女主人似乎对主人的回答不太满意，于是又说道："你听我说。""到底什么事啊？"这次主人将拇指和食指都伸进鼻孔里啪地拔了一根鼻毛出来。"这个月钱有点不够花……""怎么会不够呢？看病的钱和药钱都给完了，欠书店的钱上个月不是也还清了吗？这个月应该有结余才对。"主人好像在看天下奇观一样仔细地注视着自己拔下来的鼻毛。"可是你不吃米饭，整天净吃面包和果酱啊。""我吃了几罐果酱？""这个月已经吃了八罐了。""八罐？我怎么不记得吃了这么多？""不只你，孩子们也吃了啊。""不管吃多少，五六日元总够了吧。"主人一脸无所谓的样子将鼻毛一根一根仔细地"种"在原稿纸上。鼻毛根部因为粘着毛囊脂，所以像针一样在原稿纸上根根直立。主人好像有了意想不到的大发现，朝鼻毛吹了一下，但鼻毛牢牢地粘在原稿纸上，根本没被吹走。"还真是顽固呢。"主人拼命地吹了起来。"不只有果酱，还有很多不得不买的生活必需品啊。"女主人的脸上写满了不高兴。"或许有吧。"主人又将手指伸进鼻孔里拔鼻毛。在红色和黑色的鼻毛中夹杂着一根纯白色的鼻毛。主人好像发现了新大陆一样瞪大了眼睛，然后用手指夹着这根鼻毛递到女主人的面前。"哎呀，讨厌。"女主人皱起眉头将主人的手推开。"看一看嘛,鼻子都长白头发了。"主人好像很感慨地说道。终于连女主人也被他逗笑了,无奈地回到饭厅,似乎已经不想再和他讨论开销问题了。主人再次将注意力放在天然居士的身上。

用鼻毛赶走女主人之后,主人露出一副终于可以安下心来的表情,似乎打算拔完鼻毛就继续写作,但却迟迟没有动笔。"吃烧芋也是画蛇添足,割爱吧。"说着他将这一句画掉了。"香一炷太唐突了,也删掉。"这句也被他毫不留情地画掉。现在只剩下"天然居士是研究空间、读论语的人"这一句。主人似乎觉得现在的内容过于简单,但最终还是说道:"哎呀真麻烦,文章就算了,只写篇铭吧。"说完他大笔一挥,气势十足地在原稿纸上画了一朵特别难看的兰花。这下好不容易写成的文章一个字也不剩了。主人又将原稿纸翻了过来,在背面写下"生于空间、研究空间、死于空间。空也间也天然居士"这意义不明的一行字,就在这时迷亭走了进来。迷亭去别人家就好像回自己家一样,根本不用主人招呼,毫不客气地就走进门去,有时候他甚至会从后门飘然而至,似乎打从他出生时起,就已经把"担心""客气""顾虑""体谅"之类的想法丢到不知什么地方去了。

"又在写'巨人引力'吗?"迷亭刚一进来就问道。"哪能一直写'巨人引力'啊。我正在给天然居士写墓铭。"主人大言不惭地说道。"'天然居士'听起来就像是'偶然童子'一样的戒名呢。"迷亭和往常一样胡说一通。"还有叫偶然童子的?""当然没有,不过我一下子就想到了而已。""虽然我不知道什么偶然童子,但说起天然居士这个人,你应该也认识的。""是谁啊,竟然取了个天然居士这样的名字?""就是曾吕崎啊。毕业后进入大学院研究空间论,但因为用功过度不幸罹患腹膜炎死了。曾吕崎可是我的好朋友呢。""就算不是你的好友,我也不会说什么坏话的。不过,到底是谁把曾吕崎变成天然居士的?""是我啊,这是我给他取的名字。因为和尚们取的戒名实在是太俗气了。"似乎主人觉得"天然居士"这个名字相当高雅。迷亭笑着说道:"那把你写的墓铭给我看看吧。"他将原稿纸拿了起来大声地读道:"这是什么……生于空间、研究空间、死于空间。空也间也天然居士也。"读完之后评价道,"原来如此,确实不错,与天然居士很相称。"主人听了大喜:"不错吧?"迷亭又说道:"可以把这个墓铭刻在腌菜石①上,然后扔到后院当作试力石②。如此高雅,天然居士定然能够升天了呢。""我也是这么想的。"主人很认真地答道,然后又说道:"我先失陪一下,很快就回来,你先逗

---

① 腌菜石:做腌菜的时候放在最上面的大石头。
② 试力石:神社内用来测试力气的石头。

猫玩吧。"说完，他没等迷亭回答就急匆匆地走了。

突然被安排了一个接待迷亭先生的任务，我也不能表现得太冷淡，于是只好喵喵地撒着娇往他的腿上爬去。但是迷亭却嘴里说着"哟呵，都这么肥了，我看看"，然后毫不客气地抓着我的后脖颈把我拎了起来。"后腿这么耷拉着，恐怕捉不了老鼠吧……夫人，这猫能捉老鼠吗？"看样子有我陪他还不够，他又向隔壁房间的女主人搭起话来。"虽然不捉老鼠，但是会边吃杂煮边跳舞呢。"女主人出其不意地说出了我以前的丑事。我虽然被拎在空中，也觉得有些不好意思。迷亭依旧没有把我放下。"原来如此，这猫一看就是会跳舞的样子。夫人，从这猫的模样来看还真是不能大意啊。很像是过去草双纸①上画的猫又②呢。"他一边胡说八道，一边不断地与女主人搭话。女主人只能放下手中的针线活来到客厅。

"让您久等了，他应该就快回来了吧。"说着女主人倒了一杯茶递到迷亭面前。"他去哪了？""他出门之前从来不说去什么地方，所以我也不知道，但大概是去看医生了吧。""是甘木医生吗？被那样的病人缠上，甘木医生也够倒霉的呢。""唉。"女主人似乎不知道应该如何回答，只能简

---

① 草双纸：江户时代的通俗插图读物，每页有图画和图解文字。
② 猫又：尾巴分成两叉的猫妖。

单地应付一句。迷亭却毫不在意地继续说道："他最近怎么样，胃病好些了吗？""完全看不出是好是坏，就算再怎么找甘木医生治疗，但像他那样一个劲地吃果酱又怎么能治得好呢？"女主人将刚才的不满暗自向迷亭发泄了出来。"竟然那么喜欢吃果酱吗？简直像小孩子一样呢。""不只吃果酱，最近他还说萝卜泥是治胃病的良药，于是拼命地吃起萝卜泥来……""真没想到啊。"迷亭感慨道。"好像是看报纸上说，萝卜泥含有淀粉酶。""原来如此，是打算以此来弥补果酱造成的损害吧。还真是个好主意啊，哈哈哈哈哈。"迷亭听完女主人的抱怨竟然心情大好。"最近甚至让孩子们也跟着吃呢……""果酱吗？""不，萝卜泥……我听到他对孩子们说'宝宝过来，爸爸给你们吃好东西'。还以为他偶尔也会宠爱一下孩子呢，没想到是做这种蠢事。两三天前他还把二女儿抱到衣柜上面……""是有什么好主意吗？"迷亭不管听到什么都会解释为好主意。"哪有什么好主意啊，他只是想看孩子从上面跳下来而已，才三四岁的女孩子，怎么可能做那么疯疯癫癫的事？""原来如此，那还真不是什么好主意。不过别看他这样，其实他是一个没有坏心眼的好人呢。""他都这样了，如果再有坏心眼，那我可受不了。"女主人愤愤不平地说道。"不要那么生气嘛。能像这样衣食无忧平平安安地过日子就已经很难得啦。毕竟苦沙弥①君没什么不良嗜好,又不在意穿着,勤俭朴素,绝对是个过日子的人啊。"迷亭兴致勃勃地进行着不合身份的说教。"那您可就大错特错喽……""难道说还有什么隐情吗?这世道还真是一点也马虎不得呢。"迷亭飘飘然地说道。"倒也不是什么不良嗜好,但他总是胡乱买些从来也不读的书。如果他能量入为出地买也还好,可他从来都是心血来潮就跑去丸善②抱回来一大堆书,到了月末就装糊涂。去年年底的时候,因为欠了好几个月的书款,真是让我很头疼呢。""书这种东西就随便他买嘛,没关系的。如果有人来讨账就说'马上付马上付',很容易就可以把他打发走了。""即便如此,也不能一直不付账啊?"女主人怃然地说道。"那就说明原因,削减他的购书经费呗。""根本没有用,他哪里会听我的,还说我根本不配做学者的妻子,一点也不了解书籍的价值,为了让我引以为鉴,他还特意给我讲了一个古罗马的故事。""有点意思,是什么故事?"迷亭似乎很感兴趣的样子。与其说他是对女主人表示同情,不如说完全是

---

① 《我是猫》最初是以短篇文字作品的形式在期刊上发表,后来因为读者反响热烈才改为长篇,所以第一部分和后面的内容偶有矛盾及衔接不上之处,而许多人物也是在后面的行文中才出现名字。此处是第一次出现"主人"的名字。

② 丸善:指东日本桥的株式会社丸善。除了开展出版业务之外,还销售外文书籍和进口商品。漱石也是丸善的常客。

好奇心使然。"好像是说古罗马有个叫大魁的国王……""大魁?大魁这个名字还真奇怪呢。""外国人的名字太难记了,我根本记不住。好像是第七位国王。""原来如此,第七位国王大魁,还是很奇怪啊。那么这个第七位国王大魁发生了什么事?""哎呀,要是连您都这么挖苦我,可真是让我没法见人了。如果您知道的话,告诉我一下不就好了吗,坏人。"女主人对迷亭埋怨道。"我可没挖苦您,这种坏事我是绝对不会做的。只是觉得第七位国王大魁有点奇怪罢了……等一下,是古罗马的第七位国王吧,虽然我也不是很确定,但说的应该是塔克文①吧?算了,管他是谁呢,这个国王发生了什么事?""有一个女人带着九本书来到国王的面前,问他要不要买。""原来如此。""国王问多少钱,对方说了一个天价。因为价格实在太高,国王就问能不能便宜点,结果女人突然将其中三本书扔进火中烧掉了。""真是太可惜了。""据说那几本书里写的都是预言之类的不为人知的秘密。""哎?""国王见九本书变成了六本,心想这回价格会少一些了吧,就问六本书多少钱,结果对方回答说和原来的价格一样,一分钱也不能少。国王认为这不合理,于是那个女人就又烧掉了三本书。国王不甘

---

① 卢修斯·塔克文·苏佩布(Lucius Tarquinius Superbus,?~前496),又被称为高傲者塔克文。他是古罗马的第七位国王,也是王政时期的最后一位国王,在他之后古罗马进入共和国时代。

心地问剩下的三本书要多少钱，果然还是和九本书的时候价格一样。九本变成了六本，六本又变成了三本，但价格却还是和原来一样，一分钱也没少，如果再继续讲价的话恐怕那女人会把这最后三本也扔进火里，于是国王只能花大价钱将剩下的那三本买了下来……讲完之后他问我，'怎么样，有没有通过这个故事了解到书籍的珍贵'。虽然他讲得很起劲，但我还是一点也没明白到底有多珍贵。"女主人说完一己之见后等着迷亭回答。就连迷亭也显得有些词穷，从和服的袖兜里掏出手绢开始逗弄我，"但是夫人啊，"他好像忽然之间想起了什么一样大声地说道，"正因为他买得多读得多，所以大家才觉得他是学者啊。最近我还在某本文学杂志上看到对苦沙弥君的评论了呢。""真的吗？"女主人坐直了身体问道。竟然这么关心主人的风评，不愧是夫妻。"上面都写了些什么？""只有两三行而已。说苦沙弥君所写的文章行云流水。"女主人高兴地笑着说道："就这些吗？""还有——行踪不定，去则流连忘返不知归期。"女主人带着奇怪的表情问道："这是在夸奖他吗？""算是夸奖吧。"迷亭将手绢垂在我的眼前。女主人又说道："既然书籍是谋生的工具那也没办法，但他实在是有点太偏执了。"见女主人掉转了风头，迷亭也既像是对女主人附和又像是为主人开脱一样巧妙地答道："偏执是有点偏执，但做学问的人都是那个样子。""前几天他从学校回来，因为马上又要出门嫌换衣服麻烦，于是就穿着外套直接坐在桌子上吃饭。他把饭菜放在被炉架上——我抱着饭桶坐在旁边看着他，实在是太可笑了……""感觉就像是高领首实检①一样呢。不过这正是苦沙弥君之所以是苦沙弥君之处啊——总之一点也不庸俗。"迷亭勉为其难地称赞道。"我一个女人家不知道什么庸俗不庸俗的，但不管怎么说，这也太乱来了。""但总归好过庸俗嘛。"见迷亭一个劲地替主人说话，女主人不满地说道："总听你们说庸俗庸俗的，究竟这个庸俗是什么意思？"这回直接询问起庸俗的定义来了。"庸俗吗？所谓庸俗——这个嘛，还真有点不太好解释……""既然如此模糊不清，那庸俗也没什么不好吧？"女主人以女人特有的思路逼问道。"并不是模糊不清，其实非常清楚，只是不好说明罢了。""反正就是把自己不喜欢的事情都称之为庸俗吧。"女主人无意中说穿了真相。这下子迷亭就不得不把庸俗解释清楚了。"夫人，所谓庸俗，指的就是那些凡见了'二八二九'便'无言沉思'辗转反侧之人，凡'此日天气晴朗'便'携一瓢游墨堤'之

---

① 高领首实检："高领"指的是西服的高领子，引申意为西洋风格的人或事；"首实检"指古代战场上，在砍下了敌军的首级之后，一般由家臣抱着装有首级的木桶呈给端坐在马扎上的大将检验。这里因为苦沙弥穿着西装坐在桌子上，而女主人则在一旁抱着饭桶，所以迷亭说是西洋风的首实检。

人①。""还有这样的人吗?"女主人因为没听明白,只好随声附和。"听起来乱七八糟的,一点也没明白。"但最终她还是承认自己没听懂。"就像是把潘登尼斯少校②的脑袋安在了马琴③的身体上,再包上欧洲的空气放那么一两年。""这样就变得庸俗了吗?"迷亭对女主人的追问不置可否,只是笑着说道。"也可以不用那么麻烦,只要将中学生和白木屋④的掌柜加在一起再除以二,就是一个很好的庸俗范本。""是这样吗?"女主人看上去仍然是一副不清不楚的样子。

"你还在啊?"主人不知何时终于回来了,坐在迷亭的身边问道。"什么叫'你还在啊',不是你说很快就回来,让我等你的吗?""他总是这样。"女主人对迷亭说道。"刚才你不在的时候,我可是听到了不少关于你的趣事呢。""女人就是多嘴,要是人类都能像这只猫一样保持沉默就好了。"主人摸

---

① "二八二九"指妙龄少女,"无言沉思"指哑口无言陷入沉思;"此日天气晴朗"和"携一瓢游墨堤"(带着酒去隅田川的堤坝上游玩)都是当时常用的表现方式,迷亭以此来揶揄庸俗。

② 潘登尼斯少校(Major Pendennis):英国小说家萨克雷(William Makepeace Thackeray,1811~1863)自传体小说《潘登尼斯》中的人物,漱石评价其为"典型的庸俗之人"。

③ 泷泽马琴(1767~1848):江湖后期的小说家。漱石对他的文体和思想持批判态度。

④ 白木屋:起源于江户时代的绸布店,明治时期采用了百货商店的经营模式。

了摸我的脑袋。"你好像给孩子们吃了萝卜泥呢。""嗯，"主人笑着说道，"现在的孩子可是机灵得很呢。自从我给她吃了萝卜泥之后，只要我问她什么地方辣，她肯定伸出舌头来，你说有没有意思？""简直就像在训练小狗啊，真是太残酷了。都这时候了，寒月也该来了吧。""寒月也要来？"主人一脸的疑惑。"来啊。我给他邮了明信片让他下午一点到苦沙弥家来。""你怎么都不问问我就擅自做主啊？叫寒月来有什么事？""今天可不是我的主意，是寒月先生自己的要求。先生好像要在理学协会进行演讲。他说在练习的时候希望我能做听众，我说那刚好让苦沙弥也听听吧。于是就决定在你家里集合了——反正你也是个闲人，这不是正好吗——他不会给你添什么麻烦的，只要听听就好了。"迷亭自言自语说得头头是道。"物理学的演讲我可听不懂。"主人对迷亭的自作主张有些不满。"这次的演讲可不是磁化喷嘴之类枯燥无味的内容，而是《上吊力学》，光标题都如此超凡脱俗，绝对值得一听。""你毕竟是差点上吊的人，听听也好，可我……""你是想说在歌舞伎座浑身发冷的人就不能听了吗？"迷亭一如既往地调侃道。女主人呵呵地笑了起来，一边看着主人一边退到隔壁的房间去了。主人默默地摸着我的头，只有在这个时候他摸我摸得特别温柔。

又过了大概七分钟，寒月如约而至。因为今晚要出席演讲的缘故，他和往常不同，穿了一身男式礼服大衣，洗得干干净净的白衣领高高立起，让他的男子气概又增添了几分。"我来迟了。"他从容不迫地说道。"我们两个都等你半天了。快点开始吧。"迷亭看了主人一眼，说道。主人也不得已地答道："嗯嗯。"寒月君却不急不忙地说道："给我一杯水吧。""哎呀，还挺像那么回事呢，接下来是不是该要求我们鼓掌了。"迷亭自说自话地起哄道。寒月君从礼服内侧的口袋里掏出草稿，缓缓地说道："因为是练习，所以请不要有顾虑，多多批评指正。"演讲的练习会终于开始了。

"对罪人处以绞刑，是在盎格鲁-撒克逊民族间被广泛采用的处刑方法，但如果将时间追溯到更早的时候，那么上吊主要是一种自杀的方法。犹太人似乎有将罪人用石块砸死的习俗。对《旧约全书》的研究发现，'hanging'指的是把罪人的尸体吊起来让野兽或者猛禽吃掉。根据希罗多德①的记述，犹太人在离开埃及以前就非常忌讳在夜晚曝尸。埃及人会把罪人的头颅砍掉，只将身体钉在十字架上并且于夜晚曝尸。波斯人……""寒月君，好像这内容离上吊越来越远了，没问题吗？"迷亭插嘴说道。"接下来就要进入正题了，请稍微有点耐心……那么说起波

---

① 希罗多德（Herodotus，约前480～前425）：古希腊历史学家，以波斯战争为主题的著作《历史》闻名于世，被称为"历史之父"。

斯人,他们也是采取钉刑的方法。只不过究竟是将罪人活活钉死还是在罪人死了以后才钉起来,这一点尚不得而知……""这种事知不知道都无所谓吧。"主人好像很无聊地打了个哈欠。"本来我还有很多内容想说的,但想必会令二位感到厌烦,所以……""与其说'想必',不如说'必然'更贴切一些。是吧,苦沙弥君?"迷亭又吹毛求疵地说道,主人则用一副无所谓的样子道:"都一样啊。""那么这就进入正题,且听我一一陈述。""'陈述'这说法听起来好像说书先生。演讲家应该用更高雅一些的词语才好。"迷亭先生又插科打诨道。"如果'陈述'不够高雅的话,那应该说什么才好呢?"寒月君有些不高兴地问道。"不知道迷亭是在听你说话,还是在捣乱打岔。寒月君不要管他瞎起哄,只要快点说你的就好了。"主人想要尽快闯过这道难关。"盛怒陈述,却见庭中柳①,是吧?"迷亭依然是一副玩世不恭的样子。就连寒月都被他逗笑了。"至于真正将绞刑用于处刑,根据我的调查结果,出自《奥德赛》②第二十二卷。也就是忒勒马科斯将珀涅罗珀的十二名侍女绞杀的那一段。尽管

---

① 这句话是模仿江户中期的俳人大岛蓼太的俳句"盛怒而归,却见庭中柳"。

② 《奥德赛》:古希腊长篇叙事诗,讲述的是特洛伊战争的英雄奥德修斯战后返乡的故事。下文中提到的"忒勒马科斯"是奥德修斯和珀涅罗珀的儿子,珀涅罗珀是奥德修斯的妻子,在丈夫离家的日子里,她拒绝了许多纠缠不休的求婚者,始终忠于自己的丈夫。"欧迈俄斯"和"菲罗提俄斯"都是奥德修斯重视的仆人。

我也可以将这段内容用希腊语朗读出来，但这样做恐有炫耀之嫌，所以就算了吧。诸位只要从四百六十五行看到四百七十三行就能明白。""希腊语什么的还是去掉吧，就好像在炫耀你会希腊语一样。是吧，苦沙弥君？""这一点我也赞成，还是不要说那些炫耀之词，反而显得你更有深度。"主人前所未有地对迷亭表示赞成，因为他们两人都完全不懂希腊语。"既然如此，今晚我就把这句话删掉好了，且听我继续陈述——嗯，说明。这里提到的绞杀，现在想来应该有两种执行的方法。第一种是忒勒马科斯在欧迈俄斯和菲罗提俄斯的帮助下将绳子的一端缠在柱子上，把绳子每隔一段距离就打一个绳结，将侍女的脑袋一个一个地套在绳结里，最后用力一拉把女仆们都吊起来。""也就是像西洋洗衣店晾衬衫一样把侍女们挂在那个绳子上，对吧？""正是如此。第二种方法是将绳子的一端还像之前那样缠在柱子上，但另一端则从一开始就挂在高高的天花板上。然后在这条绳子上系上更多的绳子并且打上绳结，把侍女的脑袋套进去，最后一声令下撤掉侍女脚下的踏台。""就像是小酒馆门前挂着的灯笼球一样，这么想没错吧？""你说的这种灯笼球我没见过，所以也不好下结论，但如果有的话大概就是那样吧……不过从力学的角度来看，第一种方法是不成立的，证据如下——""有意思。"迷亭说道。"嗯，确实有点意思。"主人也点头同意。

"首先，假设侍女们都以同样的间隔被吊起来。再假设与地面最接近的两个侍女的头部之间的绳子是水平的。设a_1、a_2……a_6是绳子与地平线之间的角度，T_1、T_2……T_6是绳子各处承受的力，那么$T_7=X$就是绳子最低的部分所承受的力。W是侍女的体重。怎么样，明白了吗？"

迷亭和主人面面相觑说了一句："大致明白了。"不过这个"大致"的程度完全是他们两人擅自提出的，放在别人身上恐怕并不适用。"那么根据众所周知的多角形的平均性理论，可以导出如下的十二个方程式。$T_1\cos a_1=T_2\cos a_2$……（1）；$T_2\cos a_2=T_3\cos a_3$……（2）；……""这方程式有点太多了吧？"主人没礼貌地说道。"事实上，这些方程式才是演讲的核心内容。"寒月君显得非常遗憾。"可不可以略过这部分核心内容继续呢？"迷亭也显得有些害怕。"如果省略了这些方程式，那我好不容易做的力学研究岂不就都白费了吗……""不要有那种顾虑，快略过吧。"主人无所谓地说道。"那就按你们所说，勉强略过吧。""这可真是太好了。"迷亭不合时宜地拍起手来。

"接下来让我们把目光转向英国，在《贝奥武夫》[①]中出现了绞刑架，也就是'gallows'的文字，由此可见绞刑就是从这个时

---

① 《贝奥武夫》：古英语叙事诗的代表作。"贝奥武夫"既是标题也是主人公的名字。

代开始执行的。根据布莱克斯通①所说，如果被处以绞刑的罪人因为绳子的问题而没有死亡，那么应该再次接受同样的刑罚。但有趣的是，在《农夫皮尔斯》②中却说，即便是穷凶极恶之人也不能被处以两次绞刑。虽然不知道究竟哪一个说法是正确的，但可以确认的是，绞刑无法一次毙命的情况时有发生。1786年一个名叫菲茨·杰拉德的恶棍被处以绞刑。但奇怪的是第一次执行绞刑的时候绳子断了，第二次重新执行绞刑的时候因为绳子太长，他双脚落了地又没死成。直到第三次在围观群众的帮助下才终于送他上了西天。""哎呀哎呀！"迷亭听到这样的事情一下子来了精神。"死都这么一波三折。"主人也兴奋起来。"还有有趣的事呢，据说上吊之后脊骨会伸长一寸。因为有医生测量过，所以肯定是没有错的。""这可是个新方法啊，像苦沙弥这样的人只要吊一下就可以增高一寸，或许就可以和大家一样了呢。"迷亭对主人说道。主人则意外地十分认真地问道："寒月君，脊骨伸长一寸之后还能活过来吗？""当然不能了。因为是被吊起来之后脊骨才伸长的啊，准确地说不是脊骨伸长了而是被扯断

---

① 布莱克斯通（William Blackstone，1723～1780）：英国法学家，牛津大学教授。

② 《农夫皮尔斯》：据说是威廉·朗格兰（William Langland，约1330～1386）所著，是用中世纪的梦境故事的形式写成的教诲诗，通过描绘梦中的景象来展现中世纪英国社会各方面的生活图景，采用寓言故事的形式来惩恶扬善。

了。""那还是算了。"主人打消了这个念头。

演讲的后面还有很长内容，寒月君本打算连上吊的生理作用也分析一下，但迷亭像个话痨一样没完没了地打岔，主人又时不时肆无忌惮地打哈欠，寒月终于还是在说到一半的时候打道回府了。至于当晚寒月君以怎样的态度进行怎样的雄辩，因为是发生在远方的事情，所以我就不得而知了。

相安无事地过了两三天，某天下午两点左右，迷亭先生又和往常一样，如同偶然童子一般飘然而至。刚一落座，他就突然像前来宣布攻克旅顺的号外一样兴冲冲地说道："你听说越智东风的高轮事件了吗？""不知道，最近都没见到他。"主人和往常一样阴沉沉的。"今天我可是为了向你汇报东风的失败故事，才在百忙之中专程赶来。""又在说这些夸大其词的话，你可真是个没规没矩的家伙。""哈哈哈哈哈，与其说我没规没矩，不如说我是不按规矩。这一点可必须要区分开才行，毕竟事关我的名誉。""那不是都一样吗？"主人装糊涂道，俨然一副天然居士复生的模样。"上周日，东风好像去了高轮的泉岳寺①。这么冷的天去干吗啊——再说现在这年代还去泉岳寺，岂不是像没来过东京的乡巴佬一样？""这是东风的自由啊，你没有

---

① 泉岳寺：位于现在的东京港区，其中有《忠臣藏》中著名的赤穗浪人们（也就是赤穗义士）的墓。

阻止他的权力。""确实没有权力，不过权力什么的都无所谓了，在那个寺里不是有一个叫作义士遗物保存会的展览吗？你知道吧。""呃……""不知道？那你总去过泉岳寺吧？""没有。""没去过？这可真让人吃惊。难怪你一个劲地替东风辩护呢。江户人竟然不知道泉岳寺真是难以置信。""就算不知道也一样能当教师啊。"主人愈发像天然居士了。"好吧，随你了。总之东风进入了那个展览场，刚好有一对德国夫妇也去参观。一开始那对夫妇似乎是用日语向东风问了些什么。但以东风的脾气，不炫耀几句德语怎么行呢。于是他就说了两三句，没想到还真像那么回事——现在想来那就是惹祸上身啊。""然后怎么样了？"主人终于被勾起了兴致。"德国人看中了大鹰源吾①的莳绘印笼②，问怎样才能买下来。当时东风的回答实在是非常有趣，他说日本人全都是清廉的君子，所以根本不会卖的。到这时为止东风表现得都很完美，但随后德国人以为遇到了一个好翻译，接二连三地问了好多问题。""都问了什么？""若是知道他都问了些什么那就不用担心了，但因为德国人语速很快而且问个不停，所以东风一点也没听明白。偶尔听懂几句，感觉问的好

---

① 大鹰源吾：指大高源吾（1672~1703），赤穗义士之一。
② 莳绘，漆工艺技法之一，产生于奈良时代，以金、银屑加入漆液中，干后做推光处理，显示出金银色泽，极尽华贵，时以螺钿、银丝嵌出花鸟草虫或吉祥图案。印笼，原被用于收纳印章，到江户时代演变为腰间存放药物的容器。

像是鸢口和挂矢①。但东风不知道鸢口和挂矢用德语怎么说,这就没办法了。""确实如此。"主人联想到自己做教师的经验,对东风的遭遇深表同情。"偏巧这时周围的闲人都凑过来看热闹,将东风和德国人团团围住。东风脸色通红,张口结舌。那狼狈的模样和一开始简直判若两人。""最后怎么样了?""最后东风实在挺不住了,用日语说了一句'债见'就一溜烟地跑了。我问他,'债见'这个说法有点奇怪啊,难道他们那边不说'再见',都说'债见'吗?他回答,也是说'再见'的,但因为对方是西洋人所以想把发音调和一下才说成了'债见'。东风在那么窘迫的情况下仍不忘调和,真是令人敬佩啊。""债不债见的都无所谓,西洋人怎么样了?""西洋人一头雾水愣在原地,哈哈哈哈,你说可笑不可笑?""也不算特别可笑吧,反而为了这么件事就特意跑来汇报的你很可笑呢。"主人将烟灰掸到火盆里。就在这时门口的门铃响起,同时一个尖锐的女声传了进来——"打扰啦。"迷亭和主人不由得对视了一眼,沉默不语。

因为主人家里很少来女客,于是我就看了一眼,只见那个尖锐声音的主人穿着一件绉绸的双层长和服,下摆拖在榻榻米上走了进来。看样子她的年纪大约刚过四十岁吧,前发在因为

---

① 鸢口,是在棒子的前端装有一个鸟嘴形状的铁钩的工具。挂矢是用栎木或橡木制成的大锤。这些都是赤穗义士们为了替主君报仇而进攻吉良上野介的宅邸时用来破坏大门和墙壁的工具。

谢顶而升高的发际线上如同堤坝一样高高地耸起,直冲天际的高度几乎快赶上她整个脸长度的二分之一。她的两只眼睛就好像切通坂①一样呈直线状高高吊起,左右对立。之所以说是直线,是因为她的眼睛比鲸鱼的眼睛还要细。不过她的鼻子非常大,看起来好像是偷了别人的鼻子安在自己的脸上一样,仿佛在三坪左右的小院子里放了一个招魂社②的石灯笼,虽然看上去很是气派,却总感觉有些不协调。她的这个鼻子就是所谓的鹰钩鼻子,一开始劲头十足高高拱起,到了中间可能自己也觉得有些过分便谦虚起来,再往下走,因为没了最初的气势便开始下垂,就好像在窥视位于下方的嘴唇一样。因为她的鼻子实在是太过显眼,所以每当这个女人说话的时候,难免让人觉得与其说她是从嘴里发出声音,不如说是从鼻子里发出声音。我为了对这个伟大的鼻子表示敬意,打算从此以后就将这个女人称为"鼻子"。鼻子打完招呼以后,环视了一下房间说道:"真是个好房子啊。"主人一边在心里想道"撒谎",一边吧嗒吧嗒地吸着烟。迷亭见主人默不作声,便抬头看看天花板说道:"我说,那地方是漏雨,还是木板的花纹?看起来有很奇怪的图案呢。""当然是漏雨弄的。"主人答道。"还挺好看

---

① 切通坂:从山中开凿而出的通道。

② 招魂社:纪念"为国殉难"之人的神社,遍布于日本全国各地,这里指的是东京招魂社。1879年改称靖国神社。

呢。"迷亭也应付了一句。鼻子心想，这两个人怎么如此不知社交礼节，不免感到有些气愤。结果三人就这样默默无言地枯坐了一阵。

"我这次来，是有些事想打听一下。"鼻子再次开口说道。"哦。"主人的态度非常冷淡。鼻子觉得这样下去不行，于是自报家门："其实我就住在这附近——对面小巷拐角处的那个房子就是我家。""那个带仓库的大洋房吗？我记得那门牌上写的是'金田家'。"主人好像终于认识了金田家洋房和金田家仓库，但对金田夫人的尊敬程度却还和之前一样。"其实我一直想来拜访，毕竟有事想要打听，但因为公司的事情过于繁忙……"看鼻子那眼神似乎在说，这回总该见点效了吧。然而主人依然不为所动，因为他觉得作为一个初次见面的女人，鼻子从一进门开始的言谈举止就过于张扬，惹得他很不高兴。"公司也不止一家，而是要兼顾两三家。而且不管在哪家公司里都是身居要职——大概您也是知道的。"鼻子的脸上露出一副"这回你总该对我恭敬些"的表情。然而我家主人虽然是一个听到博士和大学教授的名号就会畏惧三分的人，但奇怪的是对实业家的尊敬程度却非常低。他坚信与实业家相比，中学老师要更加了不起。就算不那么坚信，凭他那不懂变通的性格，也很难获得实业家和金融家的恩惠，于是也只好断了这念想。不管对方多么有钱有势，反正也不会对自己有任何好处，自然无须在意。所以他对于学术界之外的事情都不甚明了，特别是对于实业界的什么人在做什么更是一概不知。就算知道了，也丝毫不会有敬畏之念。鼻子大概做梦也想象不到，这世上竟然还有这样的怪人也和自己一起生活在光天化日之下。她也算接触过不少人，只要报上自己"金田夫人"的名号，对方无一不对自己另眼相待，不管出席什么场合，不管对方的身份地位有多高，"金田夫人"这个金字招牌都从没有失过手。面对这么一个闷居于室的老书生，她本以为只要说出自己家是对面小巷拐角处的房子，根本不用再说出职务之类的话，就足以让对方敬佩得五体投地。

"你认识叫金田的人吗？"主人随口向迷亭问道。"当然认识，金田先生是我伯父的朋友，最近还出席了游园会呢。"迷亭很认真地答道。"哎，你的伯父是谁？""牧山男爵啊。"迷亭愈发地认真起来。没等主人开口，鼻子忽然转过头向迷亭望去。迷亭穿着一件大岛茧绸的上衣，还套着一件也不知道是古渡更纱①还是什么的外套。"哎呀，您是牧山先生的——什么来着，我竟然一点也不知道，实在是太失礼了。我丈夫经常提起牧山先生，说一直受他的关照。"鼻子忽然说起了敬语，甚至还鞠了一躬，迷亭则笑了起来："哎，是吗？哈哈哈

---

① "古渡"指的是室町以及更早时代传入日本的珍品。"更纱"是指花纹布料，原产于印度。

哈。"主人愣在原地，默默地望着两人。"我家女儿的婚事还要麻烦牧山先生多费心呢……""哎，是吗？"突然听到这句话，迷亭似乎也有些意外，不由得发出了一声惊叹。"其实有很多人都来提亲，但毕竟我们也是有身份的人，不能随随便便就把女儿嫁出去……""确实如此。"迷亭终于安下心来。"就因为这件事，所以今天来问问你。"鼻子转向主人说道，语气一下子变得粗鲁起来，"有个叫水岛寒月的人好像经常来你这里吧，那究竟是个什么样的人？""你打听寒月的事情，要做什么？"主人不高兴地说道。"莫非是与令媛的婚事有关，所以想要了解一下寒月君的性情吗？"迷亭随机应变道。"如果能向我透露一二，那真是帮了我的大忙……""那么，你是打算把令媛许配给寒月？""我可没说有那种打算。"鼻子急忙打断主人的话，"提亲的人络绎不绝呢，我女儿根本不愁嫁。""既然如此，寒月的事就不用打听了吧。"主人顿时来了劲。"但是你们也没有隐瞒的必要啊。"鼻子似乎也有些按捺不住。迷亭坐在两人之间，像拿着军配团扇①一样拿着银烟管，心里喊着"上啊，快上啊"。"那么，寒月是否正式提出过一定要娶你们家小姐？"主人从正面发起了进攻。"虽然他没说过要娶……""那就是你觉得他有这种想法了？"主

---

① 军配团扇：相扑裁判用的扇子。

人似乎意识到对这个妇人必须采取正面进攻的办法。"话虽然没说到那个程度……但寒月先生也未必就不愿意吧。"鼻子终于在最后关头坚持住,没被击败。"寒月可有痴迷于令媛的表现?"主人以一副"如果有的话就说来看看啊"的模样盛气凌人地说道。"你是问可否有证据吧?"这次主人的攻势丝毫也没有见效。一直在旁边好像裁判一样看热闹的迷亭也被鼻子的这句话勾起了好奇心,放下手中的烟管向前探了探身体,自顾自兴奋地说道:"寒月给令媛写过情书吗?这下可好了,新年的时候又多了一个趣闻,会成为聊天的好话题呢。""并不是情书,而是更刺激的事情呢,您二位难道还不知道吗?"鼻子故弄玄虚地说道。"你知道吗?"主人带着一副莫名其妙的表情向迷亭问道。迷亭一头雾水地反而在这种微不足道的地方谦虚起来:"我不知道,要说知道也应该是你知道。""哪里,这是您二位都知道的事。"只有鼻子得意扬扬。"哎?"这二位不约而同地发出惊叹。"如果您二位忘了,那我就来提个醒。去年年末在向岛的阿部先生家里举办了一场演奏会,寒月先生也参加了,那天晚上回去的时候在吾妻桥上发生了什么——具体的事情我就不能说了,怕会给当事人带来困扰——总之我认为有那件事作为证据就足够了,您二位觉得呢?"说完她将戴着钻石戒指的手指并排放在腿上,坐得端端正正,伟大的鼻子大放异彩,迷亭和主人则一句话也说不出来。

主人自不用说，就连迷亭都被这突然袭击搞得有些措手不及，就好像被当头泼了一盆凉水一样愣在原地，不过当震惊之情稍微缓解之后，两人终于逐渐恢复了常态，滑稽的感觉顿时涌上心头。两人不约而同地"哈哈哈哈"大笑起来。鼻子似乎有些意外，觉得两人在这种时候大笑实在是有失礼节，便瞪着他们。"原来那是令媛吗？原来如此，这就对了，说得一点也没错，是吧，苦沙弥君，寒月肯定是爱上那位小姐了……我们再想隐瞒也无济于事，只能坦白了吧。""嗯。"主人也随声附和道。"本来就隐瞒不了啊，毕竟证据确凿呢。"鼻子又得意起来。"这就没办法了。关于寒月的事情，只要能给你做些参考，我们都会说的。喂，苦沙弥君，你可是主人啊，这么笑嘻嘻的成何体统，不过'秘密'这东西真是可怕，不管怎么隐瞒，最后总会在什么地方露出马脚。但要说不可思议还真是不可思议，金田夫人，你究竟是怎么知道这个秘密的呢？真是让我大吃一惊啊。"迷亭独自说个没完。"我这个人办事从来都是准备周全。"鼻子满脸得意扬扬的表情。"这也有点周全过头了吧。你到底是听谁说的？""就是听住在这后面的车夫老婆说的。""就是养了只黑猫的那个车夫家吗？"主人惊讶地瞪大了眼睛。"嗯，我为了打听寒月先生的消息，可是花了不少钱呢。寒月先生每次来这里的时候，我都会拜托车夫的老婆来听听他到底都说了些什么。""这太过分了。"主人大声叫道。"怎么了？对于你说了些什么我可是一点兴趣也没有，我只是打听寒月先生的事而已。""不管是寒月的事也好，还是别人的事也罢——本来那女人就是个不讨人喜欢的家伙。"主人自顾自地愤愤道。"只是在你家墙根底下站一会儿，这是人家的自由吧，如果不想让别人听到，你们可以小点声说话啊，或者搬到一个更大的宅院里不就好了。"鼻子似乎一点也不觉得脸红。"不只车夫，我还从胡同二弦琴师傅那里打听到了不少消息呢。""寒月的事吗？""不只寒月先生的事哦。"鼻子语出惊人。我本以为主人定会惊慌失措，没想到他竟破口大骂道："那个师傅总是一副目中无人的样子，以为就自己了不起，混蛋家伙①。""对不起呢，她是个女人，'家伙'这个词用在她身上可不太合适。"鼻子的语气也越来越不客气，就好像她是专程来吵架的一样，但迷亭不愧是迷亭，即便在这样的情况下依然在兴致勃勃地旁听这场谈判，仿佛铁拐仙人②看斗鸡一样怡然自得。

主人自知，对骂的话自己绝非鼻子的对手，于是不得不暂且保持沉默，直到他想起了一个关键的问题，便开口说道："你

---

① 混蛋家伙：此词的日语原文是"馬鹿野郎"，"野郎"一般指男性。苦沙弥只会用这一句话骂人，但下文中金田夫人说"家伙"（野郎）这个词不应该用在二弦琴师傅这个女人的身上。

② 铁拐仙人：隋代的仙人李洪水，俗称铁拐李，八仙之一。

一个劲地说是寒月单恋令嫒，但根据我所听到的消息，似乎和你说的有些出入呢，是吧，迷亭君？"主人向迷亭求救。"嗯，当时我也听说，令嫒生病的时候——好像说了些什么胡话来着。""根本没有的事。"金田夫人直截了当地否认道。"但寒月确实是听××博士夫人这样说的啊。""那都是我一手导演的，是我拜托××博士的夫人去试探一下寒月先生。""××的夫人知道你的本意还答应了？""嗯，但也不能白求人办事，我在她身上可花费了不少呢。""看来你不把寒月君的事打听个水落石出是不会善罢甘休呢。"看样子迷亭也有些不耐烦起来，我从没见他说话这么不客气。"好吧，反正说出来也没什么损失，不如就告诉他吧。怎么样，苦沙弥君？夫人，不管是我也好还是苦沙弥也好，只要是有关寒月的事，我们都会如实说明……对了，如果可以的话最好按顺序提问。"

鼻子总算点头同意，开始提问。尽管她之前还言语粗鲁，但面对迷亭又立刻变得恭敬起来。"寒月先生好像是理学士，不知他到底研究的是什么呢？""在大学院研究地球的磁场。"主人认真地答道。不幸的是鼻子根本听不懂他说的是什么意思，满脸困惑地"哎"了一声之后问道："研究这个就能当上博士吗？""你的意思是成不了博士就不能娶令嫒吗？"主人不高兴地问道。"当然。普普通通的学士，还不是要多少有多少。"鼻子理所当然地答道。主人看了迷亭一眼，脸上的表情愈发难看了。"寒月能不能当上博士,我们也无法保证,不如问点别的吧。"迷亭也有些不愉快。"最近他还在研究那个地球——什么的事情吗?""两三天前他在理学协会发表了一篇名为《上吊力学》的演讲。"主人想也没多想地说道。"哎呀真讨厌,上吊什么的,还真是个怪人呢。研究上吊之类的东西,可是成不了博士啊。""如果他本人上吊了的话,确实成不了博士,但研究上吊力学却不见得成不了博士呢。""是这样吗?"鼻子这次观察起主人的脸色来。因为她对力学一窍不通,所以有点不放心,但又觉得因为这点小事反复询问有损她金田夫人的面子,于是只好试着从对方的脸色上看出些端倪。偏巧主人的表情完全让人捉摸不透。"除此之外,他是否还研究一些通俗易懂的学问呢?""这个嘛,之前他写过一篇名为《论橡实的稳定性与天体之运行》的论文。""大学还学习橡实之类的东西吗?""这个嘛,我也是外行,所以也不是很懂,但毕竟是寒月君研究的东西,那就应该是有研究的价值吧。"迷亭不露声色地嘲弄道。鼻子见学问上的问题也问不出个所以然来,便死了这条心,干脆换了另外的话题。"说点别的吧——听说正月的时候他吃香菇硌断了门牙?""是啊,缺口的地方还沾着空也饼呢。"迷亭一看这个问题可是自己擅长的领域,顿时来了精神。"他是不是不怎么注重形象啊,为什么连牙签都不用呢?""下次见面的话我提醒他一下。"主人窃笑着说道。"能被香菇硌断了牙，可见他的牙齿相当不结实呢，你们说呢？""确实不能说结实……是吧，迷亭？""虽然不结实，但也给他平添了一份魅力呢。从那以后，他一直也没有补牙，这才奇怪。直到现在那地方还是空也饼的安乐窝，也算是一大奇观了吧。""他是因为没钱补牙才置之不理，还是就喜欢这样呢？""反正他不会一直这样下去的，请放心吧。"迷亭的心情逐渐好了起来。鼻子又换了个问题问道："如果您这里有他写来的书信之类的东西，可以借我看看吗？""明信片的话有很多，你看看吧。"主人从书房里拿出三四十张明信片。"不用那么多……只要两三张就好……""让我来帮你挑几张好的，"迷亭先生说着，挑出一张明信片，"这个很有趣吧。""哎呀，还画了画呢，真是心灵手巧，让我看看。"说着，鼻子仔细看了看。"哎呀讨厌，原来画的是狸子。画点什么不好，怎么偏偏画狸子……不过，竟然能让人看出画的是狸子，真是不可思议。"鼻子感叹道。"你看看他写了些什么。"主人笑着说道。鼻子好像女佣读报纸一样读道："旧历除夕夜，山中的狸子举办游园会，热热闹闹地跳着舞，还唱着歌'快来啊，大年夜，没人上山哦。嘭嚓嚓嘭嚓嚓'。这是什么啊，在捉弄人吗？"鼻子愤愤不平地说道。"那仙女的这张你看怎么样？"迷亭又拿出一张。明信片上是一位穿着羽衣的仙女正在弹琵琶。"这位仙女的鼻子有点太小了。""哪里,这大小很正常啊,还是别说鼻子了,看看文字吧。"上面的文字是这样写的:"过去有一个地方有一位天文学家。一天晚上他和往常一样登上高台,专心致志地观察星星。忽然天空中出现了一位美丽的仙女,演奏出在这个世间绝对听不到的美妙音乐,天文学家听得入了迷,甚至忘记了刺骨的寒冷。第二天早上,天文学家的尸体上早已布满了白霜。那个爱说谎的老爷爷说,这是一个真实的故事。""这又是什么?根本就毫无意义吧,这样都能当上理学士吗?还不如读一读《文艺俱乐部》①呢。"寒月君被鼻子狠狠地羞辱了一番。迷亭拿出第三张,半开玩笑地说道:"这张怎么样?"这次是印刷的明信片,上面印着一个帆船的图案,下面还和之前一样胡乱地写着一些文字:"昨晚在停泊处遇到一位十六岁的少女,她说自己没有亲人。她仿佛夜晚波涛汹涌的海滨上惊醒的鸟群一般哭泣着,说双亲在出海时遭遇了海难。""写得好啊,令人敬佩,这都能说书了。""能说书吗?""是啊,感觉能配上三味线呢。""配上三味线那就很正式啦。这张如何?"迷亭没完没了地又拿出一张。"不必了,剩下还有那么多根本看不过来,而且看过这些之后,也已经知道他并不是个

---

① 《文艺俱乐部》:博文馆创刊的文艺杂志,在当时很有影响力。后来逐渐落入俗套,在1933年停刊。

很刻板的人。"鼻子单方面对寒月做出了评价,看样子关于寒月的问题她已经大致上打听完了,"今天打扰二位了,但对于我来拜访一事,希望能向寒月先生保密。"她又擅自提出了这样的要求。可见她的方针是关于寒月的事必须全部知晓,而自己的事情则一点也不能让寒月知道。迷亭和主人都敷衍地答道"好"。鼻子一边说着"谢礼容我日后奉上"一边站了起来。两人送走了鼻子之后回到房间刚一落座,迷亭和主人都不约而同地问道:"那算是个什么玩意儿?!"隔壁房间的女主人忍俊不禁的笑声传了过来。迷亭大声地说道:"夫人夫人,庸俗的标本刚刚来过了哦。能庸俗到她那个程度也是相当了不起呢。好了,不要有顾虑,尽情地笑吧。"

主人用满是厌恶的语气抱怨道:"长的那样子就让人不爽。"迷亭也紧接着说道:"鼻子稳居在脸的正中间,倒是很别致呢。""不过太弯曲了。""稍微有些驼背,是吧?驼背的鼻子,实在是太新奇了。"迷亭忍不住笑道。"一脸克夫相。"主人似乎仍然对她耿耿于怀。"这就是十九世纪卖不出去,二十世纪仍然滞销的面相。"迷亭总是说些奇怪的比喻。女主人从里面的房间走了出来,对他们两人提醒道:"你们这么口无遮拦,小心又被车夫的老婆给曝了光。""让那个女人清醒地认识一下自己也没什么坏处嘛,夫人。""但是评论一个人的容貌,总归是不太好吧,毕竟谁也不是自愿长着一个那样的鼻子啊……况且对方还是个女人，你们那样说话就太过分了。"女主人替鼻子的鼻子辩护道，同时也为自己的容貌进行了间接的辩护。"有什么过分的？那根本不是女人，是愚人，是吧，迷亭君？""或许是愚人吧，但却是个不得了的家伙，我们俩不也都被她耍了吗？""她到底把教师当成什么了？""大概觉得和后面的车夫差不多吧。像她那样的人，大概只会对博士肃然起敬，没当上博士可真是你的失误啊。是吧，夫人，我说得没错吧？"迷亭笑着对女主人说道。"他才当不上什么博士呢。"就连女主人都对主人不抱希望了。"谁说我当不上？别小看人。你们或许都不知道吧，伊索克拉底①九十四岁的时候还发表了巨著。索福克勒斯②凭借其杰作而天下闻名的时候都已经接近百岁高龄了。西摩尼得斯③八十岁的时候还写出美妙的诗篇。所以我……""说什么傻话，像你这样患胃病的人怎么能活那么长时间呢？"女主人对主人的寿命做出了预言。"胡说——你去问问甘木先生——本来都怪你给我穿这件皱皱巴巴的黑棉布和服外套，还有那些满是补丁的衣服，所以我才会被那种女人嘲笑。从明天开始我要穿和迷亭一样的

---

① 伊索克拉底（Isocrates，前436～前338）：古希腊的演说家、教育家。
② 索福克勒斯（Sophokles，约前496～前406）：与埃斯库罗斯、欧里庇得斯齐名的古希腊三大悲剧诗人之一。代表作有《俄狄浦斯王》和《安提戈涅》。
③ 西摩尼得斯（Simonides，前556～前468）：古希腊抒情诗人。

衣服，给我找出来。""找出来什么啊？那么高档的衣服我们家根本没有啊。再说金田夫人对迷亭先生恭恭敬敬，是在听到他伯父的名字之后，和穿什么衣服可没关系。"女主人把自己的责任推得一干二净。

主人在听到"伯父"这两个字之后好像一下子想起了什么，于是对迷亭问道："你竟然还有伯父，我今天第一次听说。怎么从来没听你提起过，你真的有吗？"迷亭好像就等着主人来问的样子，来回看了看主人与女主人说道："嗯，说起我的那个伯父啊，可是个非常顽固的家伙——毕竟他是从十九世纪一直活到现在的人啊。""哈哈哈哈，你怎么总爱开玩笑啊，那如今他在哪活着呢？""在静冈，但可不只是活着。他头顶梳着江户时代的那种丁髻，让人敬而远之。我劝他戴帽子，他却逞能说自己活了这么多年，还从没有感觉冷到非戴帽子不可。我又跟他说天冷要多睡点觉，他却说人类只要睡四个小时就足够了，超过四小时就是浪费时间，所以他每天早晨天不亮就起床。他还说自己之所以能够将睡眠时间缩短到四个小时，是多年修炼的结果。年轻的时候总是睡不够，但最近却可以完全控制自己的睡眠时间，仿佛进入了对一切都能够随心所欲地进行掌控的境界。他都六十七岁了，睡不着那不是理所当然的事情吗？明明跟修炼什么的一点关系也没有，可他本人却以为完全凭借自己意志的力量战胜了欲望。而且他只要出门就必定要带一把铁扇。""用来做什么的？""不知道，反正就是带着。或许可以当拐杖使用吧？说起来，前几天还发生了这么一件怪事。"迷亭转而对女主人说道。"哎？"女主人小心翼翼地应道。"今年正月的时候他突然寄来一封信，让我赶紧给他寄一套圆顶硬礼帽和礼服大衣。我有点吃惊，就回信问到底是怎么回事，他马上回信说是自己要穿。他说二十三日在静冈要举办庆祝胜利的集会，所以必须在那之前给他寄到。可笑的是，他还说帽子要买一个差不多大小的，礼服的尺寸则让我自己看着办去大丸①定做……""现在大丸也可以定制西服了吗？""什么呀，他是和白木屋搞混了啊。""尺寸让你看着办，这不是强人所难吗？""这正是伯父之所以是伯父之处啊。""那你怎么办了？""没办法，我只能估摸着尺寸做一套给他邮寄过去了。""你也够胡来的。那赶上时间了吗？""紧赶慢赶，总算是来得及吧。我看老家的报纸上说，当天牧山翁很少见地穿着一件礼服大衣，还拿着那把铁扇……""看来还真是铁扇不离手呢。""嗯，等他死了以后，我打算只给他棺材里放把铁扇做陪葬。""不过帽子和衣服的尺寸都合适，真是太好了。""那你可真说错了。本来我也以为一切都很顺利，结果

---

① 大丸：当时位于日本桥区（现东京中央区）的大丸吴服店。前文中提到过的白木屋更早提供西服定制的服务，并且已经广受好评。

没过多久就收到从老家寄来的包裹，我心想这或许是伯父送给我的谢礼吧，打开一看却是之前那顶帽子。里面还有一封信，上面写道，'之前麻烦你帮我买的那顶帽子稍微有点大，还得麻烦你帮我拿去帽子店改小一点。当然改小帽子的钱由我来出'。""原来如此，还真是个粗心大意的人呢。"主人终于发现比自己更加粗心大意的人，显得心满意足，接着他又问道："后来怎么样了？""还能怎么样呢，只好我自己拿来戴了。""就是那顶帽子吗？"主人忍不住笑了起来。"他是男爵吗？"女主人觉得不可思议。"谁？""就是你那位手持铁扇的伯父啊。""怎么可能，他是汉学家，年轻的时候在孔庙里潜心研究朱子学之类的东西，都这个年代了，还毕恭毕敬地留着丁髻，真拿他没办法啊。"迷亭不停地摸着下巴说道。"可是你刚才不是和那个女人说是牧山男爵吗？""确实是那么说的，我在隔壁都听到了。"女主人在这个问题上站在了主人这一边。"我说过吗？哈哈哈哈。"迷亭没来由地大笑起来，然后又平静地说道："那是我瞎说的。我要是有个身为男爵的伯父，现在大概都当上局长了吧。""我就感觉有点奇怪嘛。"主人喜忧参半地说道。"哎呀真是的，竟然能那么一本正经地胡说八道。你胡说八道的本事可真是不得了呢。"女主人则显得十分感慨。"和我相比，那个女人才是有过之而无不及呢。""你也毫不逊色啊。""但是夫人，我只是单纯地胡说八道而已。可那个女人所说的话却是字字有心机,句句有谎言啊。她的性质可恶劣多了。如果把出自小聪明的权谋术数①和与生俱来的滑稽幽默混为一谈,那恐怕就连喜剧之神都不得不感叹人间没有明鉴之士了吧。"主人低下头说道:"谁知道呢。"女主人则笑着说道:"都一样嘛。"

我还从没去过对面的小巷,当然也不知道拐角处的金田家究竟是什么样子,就连听说也是刚刚的事情。在主人家里,从来不曾提起过有关实业家的话题,而生活在主人家的我,不仅与之无缘,更是毫无兴趣。但是由于之前鼻子的突然来访,我在无意中听到了他们三人的谈话,难免对她女儿的美貌和她家中的富贵与权势产生出想象,尽管我只是一只猫,也无法再继续优哉游哉地在檐廊上睡大觉了。况且我对寒月君深表同情。他对博士的夫人、车夫的老婆,甚至连二弦琴的天璋院都被收买一事毫不知情,连缺了门牙的事都已经被对方知晓。可寒月君却还是只会傻笑着摆弄他那条和服系带,就算他是已经毕业的理学士,也未免太无能了吧。话虽如此,毕竟那是个在脸中间安置了那么一个伟大鼻子的女人,一般人恐怕也很难接触到她。对于这件事,主人不但漠不关心,而且也拿不出什么钱来

---

① 权谋术数:语出朱熹的《大学章句序》。"权"指权力,"谋"指谋略,"术"指技巧,"数"指算计。

帮忙。至于迷亭，虽然不缺钱花，但像他那样的偶然童子，恐怕也不会对寒月伸出援手。这么看来，最可怜的就只有演讲《上吊力学》的那位先生了。所以，如果连我都不振作起来，攻入敌城探听动静的话，那就太不公平了。我虽然只是一只猫，但毕竟寄居在读了爱比克泰德后将其猛拍在书桌上的学者家中，和世间普通的痴猫、愚猫并不相同。敢于冒这个险的侠义心肠本就隐藏在我的尾巴尖里。我这么做并不是为了让寒月君知恩图报，也不是为了自己痛快而逞一时之勇。往大了说，我这是守护公平、热爱中庸的替天行道，实为值得赞扬的壮举。而对方则未经当事人的允许就将吾妻桥事件大事宣扬，派遣走狗悄悄跑到别人家墙下，将偷听来的事情逢人便讲，将车夫、马夫、无赖、地痞、钟点工、接生婆、妖婆、泼妇，甚至傻子都利用起来，对国家的有用之才进行骚扰——我身为猫都看不下去了。幸运的是今日天气不错，虽然积雪融化路不好走，但为了替天行道，我就算舍弃一条性命又如何？就算脚底沾满泥土，在檐廊留上一排梅花印，顶多也就给女佣添点麻烦，却无关我半点痛痒。我心想择日不如撞日，趁着现在气势十足立即出发，但在飞奔到厨房的时候却忽然停下脚步。我虽然作为一只猫已经极度进化，大脑智商即便与中学三年级的学生相比也不遑多让，但遗憾的是咽喉的构造却仍然停留在猫的程度，完全无法说人类的语言。就算我顺利地潜入金田宅邸，充分地掌握了敌人的情报，可是却无法将这些信息让寒月君知晓，也无法对主人和迷亭述说。如果不能说出来的话，那岂不是和被深埋于地下的钻石一般毫无价值吗？我难得的智慧也白白浪费了。这真是太蠢了，我站在门口思忖着是否应该放弃。

但是已经决定的事如果半途而废的话，就好像已经做好应对雷雨的准备，结果乌云却全都飘过去了一样，感觉很是遗憾。若是因为我的过错，自然另当别论，但如果是为了正义和人道，就算付出性命也在所不惜，这才是见义勇为的男儿本色。至于白费一番力气、白白脏了爪子，对猫来说实在是算不了什么。虽然我生而为猫，无法凭三寸不烂之舌与寒月、迷亭和苦沙弥几位先生交流思想，但也正因为我生而为猫，所以潜入之术远在几位先生之上。能够做到别人做不到的事情，这本身就是一大乐趣啊。就算只有我一个人知道金田的内幕，总好过谁都不知道吧。虽然我无法将他们的内幕昭告天下，但至少也要让他们知道世上没有不透风的墙，岂不又是一大乐趣？既然乐趣如此之多，那我又怎能不走一趟呢？于是我说走就走。

到了对面的小巷一看，果然和我听到的一样，有一栋洋房唯我独尊地占领了拐角的位置。我心想着，或许这家的主人也和这洋房一样十分傲慢吧。从门口钻进去之后又仔细打量了一下这栋建筑，发现这栋二层的小楼除了虚张声势地吓唬人之外一无是处。或许迷亭所谓的庸俗就是如此吧。我来到玄关处向右望去，发现在树丛中有一条小径通往厨房。虽说是厨房却也十分宽敞，大概有苦沙弥先生厨房的十倍那么大。前不久《日本》对大隈伯①家的厨房进行了十分详细的报道，我看这个厨房光亮整洁，与之相比也毫不逊色。于是我一边感叹着"真是模范厨房啊"一边钻了进去。整间厨房大约有两坪那么大，地面是泥地，墙上涂着灰浆，车夫的老婆正在里面和厨子与车夫说着些什么。我知道这家伙不是个善茬，于是便躲到水桶后面。"那个教师，竟然不知道我们家老爷的名字？"厨子问道。"怎么可能不知道呢？在这一带不知道金田先生宅邸的，只有既聋又瞎的残疾人吧。"这是车夫的声音。"真是无语。提起那个教师啊，他就是个除了读书什么也不知道的怪人。如果他稍微了解一点老爷的事情，恐怕会大吃一惊吧。但他可是没救的，连自己家小孩几岁都不知道。"车夫老婆说道。"竟然连金田老爷都不怕，还真是个不好对付的蠢货。不过没关系，我们一起去给他点颜色看看吧。""好啊好啊。他还说夫人的鼻子太大，看不惯夫人的那张脸——实在是太过分了。明明自己

---

① 大隈伯：指的是大隈重信（1838~1922），明治时期政治家，财政改革家，日本第八任和第十七任首相，早稻田大学创始人。他府邸的厨房被称为上流社会的模范。

长得像个今户烧①的狸子一样，就那样还觉得自己有多了不起呢，真让人受不了。""不只长相，你们见过他拎着毛巾去澡堂的模样吗？简直傲慢得不得了，好像天下就数他最了不起一样。"就连厨子也对苦沙弥先生没什么好感。"干脆我们一起跑到他家墙外骂他一顿吧。""这样的话他肯定怕了。""但是如果被他发现了可就没意思了，所以要让他只闻其声却不见其人，不让他安心读书，还让他着急上火。刚才夫人不是吩咐过了吗？""完全没问题。"车夫老婆自告奋勇地承担了三分之一的骂人任务。原来如此，这帮家伙是要去嘲弄苦沙弥先生了，我悄悄地从他们三人身边穿过，向里面走去。

猫的脚步似有若无，不管走到哪里都不会发出笨重的声音。仿佛空中踏步、云上行走、水里击磬、洞内鼓瑟，其中的妙趣无法言说，只能自行体会。庸俗的洋房、模范的厨房、车夫的老婆、男佣、厨子、大小姐、丫鬟、鼻子夫人甚至她的丈夫，对我而言都是不存在的。我想去哪就去哪，想听什么就听什么，只需要伸伸舌头摇摇尾巴，然后神气十足地抖着胡子悠悠然地回去即可。在这方面我可是日本第一的专家。甚至连我自己都怀疑我是不是真的继承了草双纸上猫又的血统。都说蛤蟆

---

① 今户烧：据传是天正年间（1573~1592）于东京台东今户、桥场及其周边（浅草的东北）起源的素陶瓷器，主要生产日用杂器、茶道具、土人形、火钵、植木钵、瓦等。

头上有夜明珠,但我的尾巴里不但有"神祇释教恋无常"①,还有能够嘲弄天下人的祖传妙药呢。在金田家的走廊里神不知鬼不觉地横行肆虐,简直比金刚踩烂琼脂还要容易。这种时候就连我都对自己的力量畏惧三分,这都多亏了我平时对尾巴爱护有加。既然意识到了这一点,那就不能对其置之不理,必须参拜一下我尊敬的尾巴大明神,祈求自己能够猫运长久。我低下头去找尾巴,觉得有点看不清楚。必须正对着尾巴拜上三下才行。于是我向尾巴的方向扭过身去,结果尾巴也自然地跟着扭了过去。我歪着头向尾巴追了过去,但尾巴总是在我的前面,追也追不上,而且和我保持着同样的一段距离。原来如此,这毕竟是将天地玄黄②都收在其中的灵物,我果然不是它的对手,因为追了尾巴七圈半都劳而无功,我最终决定放弃。停下来后头有点晕,一时间连自己在哪都不知道。我不以为然地四处乱转,忽然在拉门后面听到鼻子的声音。我心想,就是这里了,于是便停下脚步,竖起两只耳朵,屏气凝神仔细倾听。"一个穷教书的竟然如此嚣张。"鼻子的声音依旧那么尖锐。"嗯,确实是个嚣张的家伙,教训他一下让他长点记性吧。那学校里有我的老乡。""是谁啊?""津木针助和福地细螺,我让他

---

① 这句指神、佛、恋、死与人间俗事,常被用于和歌与俳句之中。
② 天地玄黄:出自《千字文》的第一句,指天与地。

们去给他点颜色瞧瞧。"我虽然不知道金田君的家乡是哪，但却感觉他老家的人都有着奇怪的名字，不免有些吃惊。金田君又接着说道："那家伙是英语老师吗？""是啊，听车夫老婆说，好像是教英语阅读之类的科目。""反正就是个不咋地的教师呗。"他说的竟然是东京方言，真是令我钦佩不已。"前段时间遇到针助，他说学校里有个奇怪的家伙。学生们问他粗茶用英语怎么说，那家伙很认真地说是savage tea[①]，成了教师间的笑话。他还说，有个这样的家伙在，让大家都感觉很困扰，大概说的就是那家伙吧。""肯定是那家伙没错了，看他那模样就像是会说出那种事情的人，竟然还留着胡子。""不像话的家伙。"如果有胡子就不像话，那我们猫就没有一个是好东西了。"还有那个也不知道是叫迷亭还是酩酊的家伙，整天疯疯癫癫胡言乱语。还说自己的伯父是牧山男爵，看他长的那个样子，怎么可能有身为男爵的伯父嘛。""你也是，不知道哪里跑来的野小子说的话，你居然还信以为真了。""怪我咯？你也太瞧不起我了吧。"鼻子似乎很遗憾地说道。他们竟然只字没提寒月君的事情，真是让我感觉有些不可思议。是在我来之前他们就已经讨论完毕了呢，还是寒月君已经被他们彻

---

① savage是粗鲁野蛮的意思，这样翻译过来就是"野蛮茶"。粗茶正确的英文应该是coarse tea。

底否定，所以不必再提了呢？虽然这件事没搞清楚，但我也没什么办法。我在原地等了一会儿，忽然听到隔着一条走廊的客厅里传来一阵铃声。看来那边又有什么情况发生，我立刻向声音传来的方向赶去。

到了地方一看，有一位女子正在自顾自地大声讲话。她的声音和鼻子十分相似，由此可见她应该就是这家的小姐，也是让寒月君差点跳入河中的那位美人了。可惜隔着一扇拉门，我无缘拜见美人的芳容。所以我也不敢保证，她的脸中间是否也供奉着一个大大的鼻子。但从她说话的语气和盛气凌人的态度等方面综合推断，想必她脸上不会是一个毫不起眼的塌鼻子。女子的声音很大，但对方的声音却很小，大概这就是人们常说的"打电话"吧。"是大和①吗？明天我要过去，给我预订第三排的座位，听到了吗——明白吗——不明白？哎呀，真是的。预订第三排的座位。你说什么——预订不了？怎么预订不了？给我预订——呵呵呵呵，你说我开玩笑——谁开玩笑了——不要故意捉弄人啊。你究竟是谁？长吉？难怪你搞不清楚状况。把你们老板娘叫来——什么？你都能解决？你不够格啊。知道我是谁吗？我是金田——呵呵呵呵，现在才说'久仰大名'？你还真是个白痴。一听到'金田'——什么？'经常光顾非常感

---

① 大和：剧院茶馆的名字。

谢'？感谢什么啊，我不是来听你道谢的。哎呀，你还笑。可真是蠢得没救了……都照我的吩咐？你要是再捉弄人，我可就要挂电话了。听到了吗？真是没办法……怎么不说话了？快说话啊。"对方再也没有回应，大概长吉挂断了电话吧，大小姐发起脾气，把电话叮叮玲玲地胡乱拨了一气，在她脚边的哈巴狗因为受惊而突然叫了起来。这下子我就不能大意了，急忙钻到檐廊下面躲了起来。

就在这时，一阵脚步声从走廊里传来，紧接着是拉门被拉开的声音。我竖起耳朵想听听来者究竟是何人，只听到丫鬟的声音传了过来："大小姐，老爷和夫人有请。""不去。"大小姐没好气地说道。"他们说有事要和大小姐说，所以才叫我来请您。""吵死了，我都说不去了。"大小姐依旧没好气地说道。"……好像是和水岛寒月先生有关的事。"丫鬟灵机一动，想让小姐消消气。"不管是寒月还是水月我都不去——最讨厌他了，本来就一无是处还总是一副不知所措的样子。"这第三次的脾气竟然发泄到可怜的寒月君身上了，"哎哟，你什么时候梳了这么一个时髦的发型？"丫鬟叹了口气，尽可能简单地答道："今天。""狂妄自大啊，明明只是个丫鬟而已。"没想到小姐竟然看什么都不顺眼。"而且你怎么还戴了个新衬领。""是，这是上次小姐您给我的，因为太漂亮了我一直收着没舍得用，今天旧衬领都脏了所以才把它拿出来的。""我什么时候给过你这东西?""这是今年正月的时候,您去白木屋买来的——茶绿色上面印着相扑的番附①。您当时说'这条衬领太朴素了不喜欢,送给你吧'。就是那个衬领。""哎呀,真讨厌,你戴起来怎么这么合适呢?恨死人了。""不敢当。""我这不是在夸你。我是恨你啊。""是。""这么合适的东西,你为什么一声不吭就收下了?""是。""连你戴起来都这么合适,那我戴上也不会太差吧。""一定更合适。""既然你知道更合适怎么不告诉我呢?竟然自己收下还戴上了,真是个贱人。"大小姐劈头盖脸就是一顿痛骂。就在我倾听事态接下来将怎样发展的时候,对面房间忽然传来金田君大声的呼唤,"富子,富子"。大小姐迫不得已只能答应了一声,从电话间走了出来。一只比我稍大一点的哈巴狗,顶着一张眼睛和嘴巴全都集中在中心的脸,跟在她的后面。我依旧悄无声息地从厨房离开,迅速地回到主人家中。这次的探险可以说是取得了十二分的成绩。

　　回到家中之后,因为是从漂亮的豪宅忽然来到简陋的寒舍,心情就好像从阳光明媚的高山之巅忽然跌入不见天日的洞窟之底一样。虽然刚才因为专注于探险,并没有仔细观察豪宅里的装饰以及拉门和隔扇的模样,但比较起来仍感觉自己的住处

---

① 番附:相扑等级顺序一览表。

实在是非常糟糕，不由得对那个所谓的"庸俗"留恋起来，甚至开始觉得果然实业家要比教师伟大得多。我心存疑虑，便竖起尾巴打算一问究竟，结果从尾巴尖上传来神谕——"一点没错，一点没错"。我钻进客厅，惊讶地发现迷亭先生竟然还没走，吸完的烟头像蜂窝一样密密麻麻地插在火盆里，他正盘腿坐着高谈阔论。不知何时连寒月君也来了。主人枕着胳膊，专心致志地望着天花板上漏雨的地方。又是和往常一样的，太平逸民的聚会。

"寒月君，发烧时候说胡话叫你名字的那个女子，当时你说要保密来着，现在可以公开了吧？"迷亭调侃道。"如果这件事仅仅关乎我个人，说出来倒也无妨，但毕竟还会给对方造成困扰。""还不行吗？""而且我还对××博士夫人保证过了。""保证不会对别人说吗？""是啊。"寒月君依旧摆弄着那条和服系带。这条系带是紫色的，看起来不像是市面上能买到的样子。"这条系带的颜色，有点天保调①呢。"主人半睡半醒地说道，他对金田事件漠不关心。"是啊，一点也不像日俄战争时代的东西呢。你应该头戴斗笠帽②，身穿带有立葵

---

① 天保调：天保年间（1830～1844）的俳句被认为庸俗缺乏新意，这里用"天保调"调侃系带的品味过时。

② 斗笠帽：江户时代武士在野外戴的涂油漆的斗笠，古时士兵用以代替头盔。

纹①的武士和服②才能用这条系带。据说当年织田信长婚后第一次登门拜访老丈人的时候，头上梳了一个茶刷发髻③，就系了这样一条带子。"迷亭一如既往地啰唆。"其实这是我爷爷长州征伐④的时候用过的东西。"寒月君认真地说道。"那是不是应该捐献给博物馆才好啊？毕竟你是《上吊力学》的演说家，理学士水岛寒月君，这好像落魄武士一样的打扮岂不是有损体面？""或许我应该听从您的忠告，但也有人说这条系带和我十分相称呢——""是谁，竟然会说出如此没有品位的话？"主人翻了个身大声地说道。"这个人你们并不认识——""不认识也没关系，究竟是谁？""一位已经故去的女性。""哈哈哈哈，太风流了吧，让我来猜猜看，是不是在隅田川底下呼唤你名字的那个？你何不穿着那件和服外套再去跳一下试试？"迷亭从旁插话道。"嘿嘿嘿嘿，她不会再从水底下呼唤你啦，如今是在西北方的清净世界……""似乎也没那么清净吧，毕竟有一个狰狞的鼻子呢。""哎？"寒月一脸茫然。"对面小巷的鼻子刚才来过了，就在这里。我们两人真

---

① 立葵纹：本多忠胜的家纹。

② 武士和服：一种背后下半部分开衩，便于骑马和旅行的和服，多为武士穿着。

③ 茶刷发髻：发髻的形状与用来搅拌粉茶的茶道用具相似。

④ 长州征伐：元治元年（1864），江户幕府与长州藩之间的战斗。

是吓了一跳呢,是吧,苦沙弥君?""嗯。"主人半睡半醒地喝着茶。"'鼻子'是谁?""就是你心心念念的那位女性的母亲大人。""哎?""自称金田老婆的女人来打听你的事情了。"主人开始认真地说道。从寒月君的表情上看不出他究竟是惊,是喜还是难为情。他和往常一样语气平静地说道:"是拜托你们劝我娶她家女儿吧?"说完又摆弄起那条紫色的系带。"正好相反。那位母亲大人可是一个伟大鼻子的拥有者……"迷亭话刚说到一半,主人却紧接着转移话题道:"对了,我刚才一直在以那个鼻子为题构思俳体诗①呢。"隔壁传来女主人忍俊不禁的笑声。"你还真是够悠闲的啊,构思出来了吗?""差不多了。第一句是'脸上供鼻子'。""然后呢?""然后是'鼻前供神酒'。""再接下来?""目前就想出这两句。""有点意思。"寒月君笑道。"再接下来是'两个孔幽幽',如何?"迷亭立刻说道。于是寒月也跟着说道:"最后是'深处不见毛',可以吧?"就在这时,墙外的马路上忽然传来四五个人吵吵闹闹的声音:"今户烧的狸子,今户烧的狸子。"主人和迷亭都吃了一惊,透过围墙的缝隙向外面望去,结果外面的人全都哈哈哈哈地大笑着四散而去。"今户烧的狸子是什么意思?"迷亭不解地向主人问道。"不

---

① 俳体诗:夏目漱石与高滨虚子尝试的新诗形式。

知道。"主人答道。"真是太奇怪了。"寒月君也发表出自己的看法。迷亭好像忽然间想到什么一样猛地站起身说道："我根据自己多年以来在美学上的见地对这个鼻子进行了研究，现在打算略抒己见，烦请二位倾听。"他好像要进行演说。因为事发突然，主人一时间没回过神来，只是默默地注视着迷亭。寒月则小声地说道："一定仔细倾听。""我经过诸多调查，还是无法确定鼻子的起源。首先的疑问是，假设鼻子是实用的器官，那么有两个鼻孔就足够了。也就是说并没有什么必要如此傲然地从正中央高高凸起。但是为什么鼻子却如诸位所见要这样凸出来呢？"他用手抓着自己的鼻梁说道。"也没有'凸出来'那么夸张吧？"主人泼冷水道。"总之是没有凹下去啊。我这么说只是为了提醒一下诸位，不要将只有两个鼻孔的状态和鼻子现在的状态混为一谈，以免产生误解。依在下的愚见，鼻子的进化是我们人类擤鼻涕这一细微行为的结果经过自然积累而成的。""还真是愚见。"主人又点评道。"众所周知，在擤鼻涕的时候，一定要用手捏住鼻子，而在捏住鼻子的时候，就会对鼻子的局部产生刺激，根据进化论的大原则，当某一局部受到刺激就会产生出与其他部位不同的进化。皮肤自然变得坚固起来，肌肉也越来越硬，最后终于凝结成骨头。""这稍微有点……肌肉怎么可能这么容易一下子就变成骨头？"身为理学士的寒月君提出了反对意见。迷亭却毫不在意地继续陈述道："虽然你的怀疑很有道理,但事实胜于雄辩,现在鼻骨就在我们脸上,证据确凿毋庸置疑。虽然鼻骨已经形成,但鼻涕依然还会流,流鼻涕就必须要擤。在不断的刺激下,鼻骨的左右两边越来越薄而中间则向上高高隆起,最终变成现在的模样——真是可怕的进化。如同滴水穿石,如同宾头卢的头顶自发光①,如同'不思议熏,不思议臭'②之比喻,鼻梁也变得又高又硬。""即便如此,你的鼻子还是鼓鼓囊囊的啊。""为了免去对演讲者自身的局部进行辩解之嫌,此处就不做专门的论述了吧。但像那位金田家母亲大人的鼻子,进化最为完美、最为伟大,堪称天下之珍品,因此特要向二位介绍一下。"寒月君不假思索地说道:"好啊好啊。""但是,任何事物发展到极致,在雄伟壮观的同时也会使人心生畏惧而难以接近。尽管那个鼻梁确实非常完美,但也不免让人感觉过于险峻。在古人中,苏格拉底、戈德史密斯以及萨克雷③的鼻

---

① 宾头卢是十六罗汉的第一位。日本人认为用手摸宾头卢像的头顶,再抚摸患处则包治百病,所以宾头卢像的头顶都被摸得闪闪发光。

② 原文为"不思议熏""不思议变",语出《楞伽经》,意为经过持续的熏染而发生转变。

③ 苏格拉底(Socratēs,前469~前399)是古希腊的哲学家。戈德史密斯(Oliver Goldsmith,1728~1774)是英国的文学家,著有《威克菲牧师传》。萨克雷(William Makepeace Thackeray,1811~1863)是英国的小说家,代表作是《名利场》。这三个人全都是著名的美男子。

子在结构上都有缺点,但正因为存在这些缺点所以才更受人喜欢。由此可见,鼻不在高,以奇为贵①。俗话说得好,鼻子不如丸子②,所以从美学的价值角度来说,迷亭的鼻子反而更胜一筹。"寒月与主人都笑出了声,迷亭也愉快地笑了起来。"那么刚才所陈述的这些——""'陈述'这说法听起来好像说书先生,不够高雅,还是免了吧。"寒月君报了之前的仇。"说得没错,那就重来一遍——嗯嗯——接下来我想稍微分析一下鼻子和容貌的平衡。如果不谈其他只论鼻子,那位母亲大人的鼻子可谓是走遍天下全不怕——如果在鞍马山举办一场展览会的话恐怕能夺得第一名吧,但可悲的是,她的鼻子却没有和眼睛、嘴巴以及其他面部器官进行任何的商量,兀自地生得如此雄伟。尤利乌斯·恺撒的鼻子毫无疑问是伟大的。但是如果将恺撒的鼻子剪下来,安在这家猫的脸上会怎样呢?在猫脸这巴掌大小的地方突兀地耸起英雄的鼻梁,就像把奈良大佛摆在棋盘之上,比例完全失调,美学价值自然也一落千丈。那位母亲大人的鼻子就如同恺撒的鼻子一样,英姿飒爽地高高隆起,这确是事实。可是围绕在鼻子周围的面部器官又是如何呢?虽然

---

① 一直到明治初期,面向儿童的教科书《实语教》中有"山不在高,以树为贵"的说法。

② 日语中"鼻子"与"鲜花"发音相同。这句俗语本应是"鲜花不如丸子",意思是舍华求实、与其求虚名不如重实利,这里是迷亭的借用。

没有这家的猫那么丑陋不堪,却也如同患了癫痫病的胖脸丑女,八字眉吊梢眼这也都是事实吧?诸位,这样的面容配上这样的鼻子,岂不是让人不得不为之哀叹啊?"迷亭的发言刚刚告一段落,房子后面就传来一个声音:"竟然还在说鼻子的话题呢。多么顽固的人啊。""是车夫的老婆。"主人对迷亭说道。迷亭又开口说道:"竟然意想不到地在房后出现了新的异性旁听者,这对演讲者来说实在是至高无上的荣誉。况且这位异性还用婉转的娇音给这枯燥的讲演增添了几分韵味,这更是令人喜出望外的幸福啊。我本应尽可能讲得通俗易懂一些才不负佳人淑女之眷顾,但接下来就要稍微提到一些力学上的问题,妇人恐怕难以理解,恳请海涵。"寒月君听到"力学"两个字又笑了起来。"我要证明的是,这样的鼻子和这样的面容终究难以协调。因为其并不符合蔡辛①的黄金分割理论,我可以将其严格地按照力学上的公式来给诸位演算出来。首先设鼻子的高为H,设鼻子与脸平面交叉所产生的角度为α,W当然是鼻子的重量。怎么样,大致上能明白吧……""明白个屁啊。"主人说道。"寒月君呢?""我也一点都不明白。""这可就麻烦了,苦沙弥也就算了,但我以为身为理学士的你应该能明白的呢。这个公式是演讲的核心内容,如果省略掉的话一切

---

① 蔡辛(Adolf Zeising,1810~1876):德国美学家,著有《美学研究》。

就都毫无意义了。不过没办法，就把公式省略掉直接说结论吧。""竟然有结论吗？"主人感到不可思议。"当然啦，没有结论的演讲就像是没有甜点的西餐——好了，二位可要仔细听好了，接下来就是结论——将上述公式与魏尔肖[①]和魏斯曼[②]的理论相结合，就会发现先天的形体遗传是必然存在的。而伴随着形体所产生的精神状况，尽管已经有有力的学说证明乃后天产生并非遗传所成，但也必须承认在某种程度上是遗传的必然结果。因此，拥有与身份完全不相符的鼻子之人所生的孩子，其鼻子恐怕也会有些异常。因为金田大小姐还很年轻，所以目前看不出鼻子的构造有什么特别的异常，但毕竟遗传的潜伏期很长，指不定什么时候风云突变，金田大小姐的鼻子也会迅速进化，变得和她母亲大人一样。综上所述，这段姻缘，根据迷亭的学理论证，还是现在放弃为好啊。关于这件事，此宅的主人当然赞同我的观点，就连在那边睡觉的猫又殿下恐怕也没有异议吧。"主人终于坐起身，非常热心地提议道："那还用说，谁会娶那家伙的女儿。寒月君可不能娶啊。"我也喵喵地叫了两声聊表赞成之意。寒月不慌不忙地说道："既然二位是这样的意见，我放弃倒也可以，只怕那位小姐因此再生起病

[①] 魏尔肖（Rudolf Virchow，1821~1902）：德国病理学家，人类学家。
[②] 魏斯曼（August Weismann，1834~1914）：德国进化学家，遗传学家。

来，那我可就罪过了——""哈哈哈哈，那可真是艳罪①啊。"主人却耿耿于怀地一个人嘟囔道："怎么可能呢？那家伙的女儿肯定也不是什么好东西。头一次登门就对我出言不逊，真是个傲慢无礼的家伙。"就在这时，墙外又传来三四个人的笑声"啊哈哈哈哈哈"。其中一人说道："真是个傲慢的蠢货。"另一个人则说："搬到更大的房子里去住才好吧。"还有一个人大声地说道："真是可怜啊，不管再怎么神气，也只能在家逞逞威风罢了，出了门就是个懦夫。"主人走到檐廊上不甘示弱地怒喝道："真烦人，干什么特意到我家墙外乱叫？"墙外又传来一阵骂声："哈哈哈哈哈，野蛮茶，野蛮茶。"主人勃然大怒，一下子站起身拿着手杖就冲了出去。迷亭拍手叫道："好啦，这下可有意思了。"寒月摆弄着和服系带笑而不语。我跟在主人身后，穿过围墙上的破洞来到马路上一看，只见主人茫然地拄着手杖站在马路中央，露出一副难以置信的表情。马路上除了他之外一个人影都没有。

---

① "艳罪"在日语中与"冤罪"同音。

四

照例潜入金田家。

之所以说"照例",如今根本无须解释,就是表示次数多到"屡次三番的平方"的程度。做过一次的事还想做第二次,做过第二次之后又想做第三次,这种好奇心可不只人类才有,即便是猫,也是带着这种心理上的特权降生于世的,对于这一点必须承认。当一件事做了三次以上,就可以称之为习惯,继而进化成生活上必不可少的东西,在这一点上猫与人也毫无二致。或许有人奇怪,我为什么要如此频繁地前往金田家,那我倒要先反问一句,为什么人类要从口中把烟吸进去又从鼻子呼出来呢?吸烟既不能填饱肚子又不能治疗疾病,人类却没羞没臊肆无忌惮地吸个没完,所以根本没资格对我频繁地出入金田宅邸说三道四。金田家就是我的香烟。

"潜入"这个说法欠妥，因为听起来好像去偷东西或者去偷情一样。虽然我去金田家并没有受到邀请，但绝不是为了去偷鲣鱼片，也不是为了去和那个眼睛鼻子都挤在脸中间的哈巴狗偷情……你说侦探？简直荒谬。要问这个世界上最下贱的职业，我觉得非侦探和放高利贷的莫属。虽然我为了寒月君而产生出猫族本不该有的侠义之心，曾经去偷偷地观察金田家的动静，但也只有那一次，后来我就再也没有做过那种违背猫族良心的卑劣行径。——既然如此，为什么还要用"潜入"这两个并不贴切的字呢？——这个嘛，可是颇有深意。在我看来，天空就是为了覆盖万物而生，大地就是为了承载万物而存——即便是热衷于诡辩的人类也无法否定这一事实。那么在开天辟地之时人类究竟出了多少力呢？根本是一点贡献也没有吧。将不是自己创造的东西据为己有，世上岂有这样的道理？既然不是自己的东西，那就没理由禁止他人出入。狂妄自大地在这茫茫大地之上筑起围栏、竖起木桩，声称这是自己的领地，岂不像在苍天中圈起绳子，声称这部分是我的天、那部分是他的天一样吗？如果土地可以分割，以坪为单位进行买卖的话，那么我们呼吸的空气是不是也可以按照立方尺的单位来进行买卖呢？如果不能贩卖空气，也不能以绳圈天，那土地私有岂不是也不合理吗？综上所述，我绝对不赞成土地私有，所以想去哪就去哪。除非是我本就不想去的地方，否则东南西北任何方向我都会大摇大摆、优哉游哉地前往。像金田那样的家伙，更是不用跟他客气……但可悲的是，猫即便拼尽全力也不是人类的对手。只要身在这个强权即真理的世界上，就算猫占尽道理也一样没有话语权。如果非要争个对错，恐怕会像车夫家的黑猫一样冷不防地挨鱼贩子的一顿大扁担。真理虽在我的手中，权力却被对方掌握，在这样的情况下，要么不问是非曲直唯命是从，要么瞒天过海贯彻自己的真理，我当然选择后者。因为必须要在躲避大扁担的同时进入宅邸，所以就只能"潜入"。因此，我才"潜入"金田家。

尽管我并不打算侦察，但随着潜入的次数增加，就算我不想看，金田君一家的情况也会映入我的眼帘，就算我不想记，金田君一家的事情也会烙印在我的脑海，这实在是自然而然、迫不得已。鼻子夫人每次洗脸的时候都会仔细地擦洗鼻子，富子小姐总是没完没了地吃阿倍川饼①，至于金田君本人——金田君与他的妻子不同，是一个鼻梁很塌的男人。不只鼻子，整个脸都很塌。让人怀疑是不是小时候打架，被孩子王抓住脖子用尽力气把脸往土墙上撞，当时造成的结果直到四十年后的今天仍然清晰可见。尽管这是一张平稳至极、毫无危险的脸，但却缺

---

① 阿倍川饼：应为安倍川饼，静冈特产，是在年糕上撒上黄豆粉和白糖制作而成的点心。

乏变化。不管他再怎么气愤也是一副平静的表情。就是这位金田君，他吃金枪鱼生鱼片的时候总是啪啪地拍自己的秃头，他不但脸很塌，身材还很矮，所以总是带着很高的帽子，穿很高的木屐。车夫觉得这很可笑，就将这件事告诉给书生，书生感慨车夫的观察很敏锐——诸如此类数不胜数，我都掌握得一清二楚。

最近我先从厨房的旁边穿过庭院，躲在假山后面观察对面的情况，如果拉门紧闭鸦雀无声，我就慢慢地爬上去。如果里面人声嘈杂，或者我感觉有被客厅之中的人发现的危险，就会从东边绕过池塘在厕所的旁边趁人不注意的时候钻到檐廊下面。虽然我并未做过亏心事，没什么好隐瞒也没什么好害怕的，但如果碰到人类这种不讲道理的家伙，那我可就惨了。如果这世上全是像熊坂长范[①]那样的人，那么不管是多么德高望重的君子恐怕也会像我这样躲躲藏藏吧。金田君毕竟是一位堂堂正正的实业家，断然不会像熊坂长范那样挥舞起五尺三寸的大太刀，但他似乎有个毛病，那就是不把人当人。既然不把人当人，肯定也不把猫当猫。由此可见，不管是多么德高望重的猫，在他的府上也决不可掉以轻心。但是正因为"不可掉以轻心"，才

[①] 熊坂长范："义经"传说中的大盗贼，在美浓国赤坂被牛若丸所杀。他使用一把五尺三寸的大太刀。

让我感觉更加有趣，或许我之所以如此频繁地出入金田家，只是为了冒此危险。关于这件事，请容我再仔细思考，将猫的大脑彻底分析清楚之后再向诸位禀报。

我将下巴枕在假山的草皮上向前张望，想看看今天究竟是什么情况，只见十五叠①的客厅迎着三月的春光四敞大开，金田夫妇和一位来客正在其中相谈甚欢。不巧的是鼻子夫人的鼻子正朝着我的方向，隔着池塘凝视着我的额头。被鼻子凝视，还是我有生以来的第一次。幸运的是金田君侧着脸与客人相对，但他平坦的脸部有一半都被挡了起来，所以我无法判断他的鼻子究竟在什么位置。不过他斑白的胡须长的位置恰到好处，所以要想得出上面有两个鼻孔的结论也不是什么难事。我不禁心想，春风要是只吹拂在那样平滑的脸上，一定很轻松吧。来客的容貌在三人之中最为普通。正因为普通，所以不值得专门浪费口舌对其进行介绍。虽然"普通"二字没什么问题，但普通至极到升平凡之堂、入庸俗之室②的程度则实在是悲惨之至。命中注定要带着如此无意义的容貌降生于这明治盛世的，究竟是个什么人呢？只有像往常那样爬到檐廊下面偷听他们的谈话才能搞清楚了。

---

① 叠：计算榻榻米的量词，一叠相当于1.62平方米。
② 《论语》中形容学问和技艺精进为"升堂""入室"。此处形容普通至极。

"……我妻子还特意到那个男人家里去打听情况……"金田君的语气一如既往地傲慢。虽然傲慢,却没有丝毫的气势。所说的话也和他的脸庞一样空洞平庸。

"是是是,那个男人曾经是水岛先生的老师……是是是,您说的一点没错……是是是。"来客一个劲地点头称是。

"但却没问出个所以然来。"

"是啊,在苦沙弥身上确实问不出什么——他和我一起寄宿在别人家里的时候就是一棍子都打不出个屁的家伙——一定让您也很为难吧。"来客对鼻子夫人说道。

"你说为难不为难?我长这么大,还从没有在去别人家里的时候受过那样的待遇。"鼻子和往常一样从鼻子里喷着粗气。

"他都对您说了什么无礼的话?以前他就是个顽固的性子——毕竟十年如一日地做着英语阅读的老师,凭这一点您就看得出来吧。"来客毕恭毕敬地附和道。

"哎呀,简直和他没办法沟通,不管我妻子问什么他都针锋相对地反驳……"

"这就太不像话了——稍微有点学问就萌生出傲慢之心,如果再加上贫穷则更生出不服输之意——这世上有太多这样无法无天的家伙了。明明是自己懒惰不工作,却一个劲地嫉恨有钱人,就好像是有钱人抢了他们的钱一样,真是让人难以理解呢,哈哈哈哈。"来客显出一副很开心的样子。

"是啊，简直岂有此理，他之所以会说出那样的话，还是因为没见过世面又自以为是，我觉得应该给他点教训以示惩戒，就稍微给了他点颜色看看。"

"是是是，这下他大概就能明白了吧，也都是为了他好啊。"来客连究竟给了主人什么颜色也没问，就先对金田君表示了赞同。

"铃木先生，你说这男人是有多顽固啊。他在学校似乎也不搭理福地先生和津木先生。本以为他是因为胆小才不敢出声，结果就在前几天，他竟然拿着手杖追打我们家清白无辜的书生。三十多岁的人了，怎么还能做出那么有失身份的事呢？难不成是自暴自弃，整个人都变得疯疯癫癫了吗？"

"哎，为什么他会做出这么鲁莽的事……"听到这件事，就连来客看起来都产生出一些怀疑。

"谁知道呢？我家书生似乎只是在经过那个男人面前的时候说了些什么，结果他就突然拿起手杖光着脚追了出来。就算别人嘀嘀咕咕地说了些什么，可他也不是小孩子了啊，一把年纪了还是个教师，怎么能做出这样的事情来呢？"

"对啊，还是个教师呢。"来客说道，金田君也重复了一遍"还是个教师呢"。由此可见，他们三人似乎有个不谋而合的观点，即只要身为教师，不管受到何等的侮辱都应该像个木头人一样老老实实地承受才行。

"而且,那个叫迷亭的男人也是个相当疯癫的家伙。总是吹一些屁用没有的牛皮。我还是第一次见到那么古怪的人。"

"哎呀,您说迷亭啊,看来还和以前一样爱说大话呢。您在苦沙弥那里还见到他了吗?被他缠住可受不了。以前我曾经和他搭伙做饭,但那家伙喜欢把别人当傻瓜,我总和他发生争执。"

"那样的话,换了谁都会生气的啊。偶尔撒个谎也没什么,比如碍于情面,或者必须应付一下……这种时候谁都难免说些违心的话。但是那个男人明明没必要出声,却偏要说些瞎话来骗人,真让人拿他没办法。他这样做究竟是为了什么啊——明明就是在说瞎话还做出一副浑然不觉的样子。"

"确实如此,他说瞎话就是为了找乐子,所以才更让人困扰啊。"

"你说我难得特意去打听水岛的事,却被搞得乱七八糟的。虽然一想到他们就气不打一处来,但礼节还是不能忘,毕竟去别人家打听完事情却没个表示也不太好,所以我后来让车夫去给他送了一箱啤酒。可是你知道结果怎么样?那家伙居然说无功不受禄,让车夫拿回来。车夫说这是谢礼,希望他能够收下。那家伙却说我这是惹人厌,说他每天吃果酱,从不喝啤酒那样的苦水,说完就躲回屋子里去了。你是不是也觉得他这种态度很失礼啊?"

"是啊,真过分。"似乎来客此时才真的感觉有些过分了。

"所以我今天才特意把你找来。"隔了一会儿，金田君的声音响了起来，"像他那样的白痴，本以为暗中捉弄一下就行了，没想到却惹出些麻烦来……"他像吃金枪鱼生鱼片的时候一样啪啪地拍起自己的秃头。虽然我躲在檐廊下面，没有亲眼所见本不能确定他是不是真的拍了，但由于我近来经常听到他拍秃头的声音，就好像尼姑能分辨出不同木鱼的声音一样，我就算躲在檐廊下面也可以凭借声音听出他是在拍自己的秃头。

"于是就想麻烦你……"

"只要是我力所能及的事情，请尽管吩咐——毕竟我这次能够调到东京工作，都多亏了您费心操劳呢。"来客很痛快地答应了金田君的委托。从这段对话来看，果然这位来客也是受过金田君关照的人。事情的发展真是越来越有趣了，本来我今天没想来，但因为天气实在是太好所以才来转一圈，没想到竟然得到了这么绝妙的情报。就好像春分秋分的时候去寺庙参拜，却偶然被方丈招待吃到了牡丹饼一样。我为了知道金田君究竟要委托来客什么事，便在檐廊下面仔细倾听。

"那个叫苦沙弥的怪人，不知为何竟然给水岛出主意，说什么绝对不能娶金田家的女儿……鼻子，是不是这回事？"

"而且说得还一点也不委婉呢。他说了'哪会有傻瓜要那种家伙的女儿，寒月君你可绝对不能要'之类的话。"

"'那种家伙'这称呼真是太失礼了，他竟然说出这么粗鲁的话吗？"

"可不止这个呢。车夫的老婆把他说的话一五一十地都告诉我了。"

"怎么样，铃木君？从你听到的这些来判断，那家伙是不是很麻烦？"

"是啊，这和别的事情不一样，这种事情外人根本就不应该多嘴的。即便是苦沙弥至少也应该知道这些道理啊。到底是因为什么呢？"

"所以啊，你上学的时候不是和苦沙弥一起住过吗？不管现在怎样，至少以前你们的关系还不错，所以我想拜托你去和他见一面，让他了解清楚这里面的利害关系如何。虽然不知道他究竟因为什么在生气，但就算生气也是他的不对，只要他能老老实实地听话，我们不会亏待他的，也不会再去找他的麻烦。但是，如果他仍然一意孤行，我们自然也有对付他的办法——也就是要让他知道，如果再继续这么顽固下去，早晚要吃不了兜着走。"

"是啊，您说的一点没错，愚蠢地反抗，到头来吃亏的还是他自己，一点好处也得不到，我会好好劝劝他的。"

"而且来找我们家女儿提亲的人有的是，我并不是非要把女儿嫁给水岛不可，不过从我打听到的情报来看，那个人也算有点学问，而且人品不坏，要是能勤学上进考中个博士的话，或许我也可以考虑把女儿许配给他。关于这件事你也可以委婉地向他们透露一下。"

"如果这样说的话，或许还能激励水岛努力学习呢。就这样办吧。"

"另外，还有一件奇怪的事——我觉得和水岛的身份有些不符，但他却口口声声地称呼那个怪人苦沙弥为'苦沙弥老师'，对苦沙弥的话是言听计从，这就很麻烦了。当然我们家的女儿并不是非要嫁给水岛不可，所以不管苦沙弥说些什么来捣乱，对我们倒是没什么影响……"

"但水岛先生就太可怜了。"鼻子夫人插话道。

"我虽然没见过这个叫水岛的人，但如果他能够迎娶令媛那实在是三生有幸，想必他本人对此也不会有任何的异议吧。"

"是啊，水岛先生是很想娶我们家女儿的，但苦沙弥和迷亭这两个怪人却总是在一旁说三道四。"

"那可真是不好啊，不像是受过高等教育之人的所作所为。我去苦沙弥家找他谈谈吧。"

"哎呀，还有件事想麻烦你。其实关于水岛的事苦沙弥是再清楚不过了，但就像刚才所说的，之前我妻子去的时候什么也没问出来，这次你能不能去好好打听一下水岛的品性和学识什么的？"

"明白了。今天是星期六，我一会儿去他家的话，他应该在家吧。不知道他究竟住在这附近何处啊？"

"在我家门前往右走到头,然后再向左走一小段,有一面快要倒塌的黑围墙的那家就是了。"鼻子说道。

"那离这儿不远啊。不费什么事,我回去的路上顺便去看看。看名牌①的话就能知道了吧。"

"但名牌却有时候有,有时候没有啊。大概他是把名片用大米饭粒粘在门上当名牌吧。下雨之后名牌就被冲掉了,等天晴的时候他再重新贴上。所以看名牌可不行。与其每次都那么麻烦地重新粘贴,为什么不直接弄个木牌挂上呢?真是搞不懂那个家伙。"

"还真让人吃惊呢。那只要打听一下有快要倒塌的黑围墙那家,大概就能知道了吧。"

"嗯,那么脏的房子在这一片只有他一家,一下子就能看出来。啊,对了对了,如果这样也找不到的话,还有一个好办法。只要找房顶长草的房子就没错了。"

"还真是很有特色的房子呢,哈哈哈哈。"

要是我不在铃木君大驾光临之前赶回家里的话就有些麻烦,他们的对话听到这里也足够了。于是我穿过檐廊下面,从西边绕过厕所,然后在假山背后来到马路之上,快步返回屋顶长草的家中,做出一副若无其事的表情绕到客厅的檐廊。

---

① 日本每户人家门前都会挂一块写有户主姓氏的名牌。

主人将一条白毛毯铺在檐廊上，自己则趴在上面晒着春日和煦的阳光。太阳的光线非常公平，即便是屋顶上杂草丛生的陋室，也一样能够享受到和金田君的客厅一样温暖的阳光。遗憾的是，只有那条毛毯丝毫也没有春季的气息。尽管这条毛毯是被制造商以白色生产出来，外贸店也是以白色销售，主人更是以白色买回来的——但这已经是十二三年之前的事了，所以白色的时代早已过去，如今这条毛毯正在经历变成深灰色的时期。至于这条毛毯的寿命能不能挺过这段时期直到变成深黑色，则还是一个问题。即便现在，这条毛毯也已经是遍布划痕，横竖的纹路都清晰可见，甚至连再继续被称为"毛毯"都有些不合适，干脆省略掉"毛"字，直接称为"毯子"更加恰当。但在主人看来，既然能用一年，用两年，用五年、十年，那就能用一辈子，也是相当不拘小节。正如我之前所说，主人就趴在这条如此来历的毛毯上，双手托着下巴，右手的指缝里还夹着一根香烟。别看他是这样一副尊容，或许在那满是头皮屑的脑袋里，宇宙的大真理正如同火焰车①一般不停旋转着呢，但仅从外面看来，却是做梦也想象不到的。

　　香烟的火星逐渐逼近吸嘴，一寸长的烟灰啪嗒掉在毛毯上，主人却对此毫不在意，只是专心致志地观察着从香烟上升腾起

---

① 据说生前做过坏事的人会被火焰车送往地狱。

来的烟雾的去向。烟雾在春风中起伏不断,画出几道流动的圆环,向女主人刚刚洗过的深紫色的头发飘去——哎呀,本打算说一下女主人的事来着,竟然给忘了。

女主人正把屁股对着主人——你说这太失礼了?其实也没什么失礼的。关于是否失礼还要看你怎么理解了。既然主人能毫不介意地把脸正对着女主人的屁股,女主人能毫不介意地将自己的屁股庄严地摆在主人的面前,那这就和失礼扯不上半点关系。毕竟他们是结婚不到一年就从礼仪规矩之类的繁文缛节之中跳脱出来的超然夫妇。那么女主人为什么要将屁股对准主人呢?原来她趁着今日的好天气,将自己一尺余长的有光泽的黑发用鹿角菜和生鸡蛋仔细地搓洗了一番,洗好后将顺滑的长发炫耀般地披散在后背上,然后就默默地专心缝制给孩子准备的外罩坎肩。她是为了晾干头发,所以才带着薄呢坐垫和针线盒来到檐廊之中,恭恭敬敬地将屁股朝向主人。当然,或许是主人自己把脸朝向女主人的屁股也说不定。刚才提到的那团烟雾,正在浓密而柔顺的黑发之间穿梭流动,而主人则心无杂念地注视着这团不合时令的阳炎①之火。但烟雾是不会固定停留在一处的,从其性质上来说一定会不断向上飘升,如果主人想将

---

① 阳炎:因远处地面炎热导致光线像火焰一样跳动的折射现象,常见于夏季。

这烟雾与黑发纠缠不清的奇观尽收眼底，就必须随着烟雾转动自己的眼球。主人的目光先是在女主人的腰际观察，然后逐渐升至后背，经过肩膀和脖颈，最后终于抵达头顶，就在这时，主人却不由得大吃一惊——这位与主人有白头偕老之约的女主人，头顶正中竟然圆溜溜地秃了一大块。而且这块秃头还反射着暖暖的日光，此刻正显出一副扬扬得意的样子。在这意料不到的地方竟然有此不可思议的大发现，主人的眼睛里写满了惊讶的神色，甚至迎着那耀眼的光线，睁大了瞳孔一心一意地凝视着。当主人看到这块秃头的时候，首先浮现在他脑海里的是在他家祖传的佛坛上摆了不知道几辈子的灯盘。他全家都信奉真宗，而真宗的信徒在佛坛上大把地挥霍与自己的身份不相符的金钱也是早有先例。主人小时候曾在他家的仓库里看到过一个贴着厚厚暗色金箔的佛龛，在那个佛龛里面总是挂着一个黄铜的灯盘，而那个灯盘即便在白天也会点着朦胧的灯火。在一片昏暗之中，灯盘看上去特别显眼，这个因为小时候看过无数遍而留在主人内心之中的印象，或许被女主人的秃头唤醒才突然浮现出来了吧。但灯盘只亮了不到一分钟就熄灭了。紧接着浮现出来的是观音菩萨的鸽子。虽然观音菩萨的鸽子和女主人的秃头似乎并没有任何关系，但在主人的脑海里，此两者却有着密切的联系。那同样是主人小时候的事，每次他去浅草寺肯定会买豆子喂鸽子。一盘豆子要两枚文久①,他将它们装进一个红色的陶罐里。而那个陶罐不论颜色还是大小都和女主人的秃头十分相似。

"真是好像啊。"主人颇为感慨地说道。"像什么?"女主人头也没回地问道。

"像什么?你头顶有那么大一块秃头,你知道吗?"

"知道啊。"女主人并没有停下手中的工作。对于秃头曝光一事毫不在意,真不愧是超然的模范妻子。

"是嫁给我之前秃的,还是结婚后才秃的呢?"主人问道。虽然主人嘴上没说但心里却想到,如果嫁过来之前就是秃头的话,那自己岂不是被骗了。

"什么时候秃的我也不记得了,反正都秃了,管他呢。"女主人倒是看得开。

"不管它?那不是你自己的脑袋吗?"主人稍微有些生气。

"就因为是自己的脑袋,所以才不用管它啊。"女主人话虽这样说,但显然还是有些在意,抬起右手摸了摸那块秃头。"哎呀,都这么大了,还以为没有这么大呢。"由此可见,她似乎也逐渐意识到对于自己的年龄来说,秃头的范围太大了。

"女性结发髻的时候总是要拽这个地方,所以任谁都会秃

---

① 文久:日本古代钱币之一,明治初期到中期相当于一厘五毛。

的。"她只能稍微替自己辩护一下。

"要是大家都按照这个速度继续秃下去,那到四十岁的时候岂不全都变成光溜溜的水壶了。这肯定是病,或许还会传染,你趁早让甘木先生给看看。"主人不住地摸着自己的脑袋说道。

"竟然好意思说别人,你自己的鼻孔里不是也长了白毛吗?如果秃头会传染的话,白毛是不是也会传染啊?"女主人也有些不高兴。

"鼻孔里的白毛又看不见,根本无所谓啊,但头顶——而且还是年轻女子的头顶秃成那样可就太难看了。简直是残疾。"

"既然是残疾,你怎么还娶我?明明是你喜欢我才娶了我,现在反而说我残疾……"

"因为我不知道啊,在今天之前我一直被蒙在鼓里。既然你那么威风,嫁过来的时候怎么不给我看看头顶?"

"说什么傻话!有什么地方要先检验过头顶才结婚的,有这样的地方吗?"

"秃头我倒是可以忍,但你的个子比别人都矮,这实在是不能忍。"

"个子不是一眼就看出来了吗?你从一开始就知道我个子矮却还娶了我,不是吗?"

"知道是知道,但我以为你还会再长高,所以才娶的啊。"

"都二十岁了怎么还会再长高啊——你可不要欺人太甚。"

女主人把手中的外罩坎肩往旁边一扔，转而面向主人坐好，摆出一副"你要是再说错话，我就和你没完"的架势。

"谁规定二十岁以后就不能再长高？我本以为你嫁过来之后吃得好一点，还能再长高些呢。"就在主人带着一副认真的表情说些奇怪的理论之时，门口铃声大噪，还伴随着"打扰啦"的呼喊。看样子，铃木君终于凭借杂草丛生的特点找到苦沙弥先生的卧龙窟①了。

女主人只能将争执延后，急急忙忙地拿起针线盒与坎肩躲进饭厅。主人将灰色的毛毯卷起来扔进书房。当他看到女佣送来的名片时，脸上露出一丝惊讶的神色，吩咐女佣接待客人进来，然后就拿着名片钻进厕所。我不知道他为何忽然钻进厕所，至于为何还要拿着铃木藤十郎君的名片钻进厕所就更难以解释了。总之，倒霉的就是那个不得不随行前往恶臭厕所的名片君啦。

女佣将印花布的坐垫摆在壁龛跟前，说了声"请坐"就退下了。随后，铃木君将室内环视了一圈。在他将挂在壁龛里的木庵②的《花开万国春》③赝品，以及插在廉价的京都产青瓷花瓶

---

① 卧龙窟：不为人知的大人物所居之处。"卧龙"是《三国志》中诸葛亮的别称。

② 木庵禅师（1611～1684）：中国明末清初泉州开元寺僧。清初由泉州赴日本弘法，并成为日本黄檗宗第二代祖师。

③ 根据芥川龙之介《漱石山房之秋》中的记载，在漱石山房的墙上总是挂着木庵的《花开万国春》的画轴。

中的彼岸樱①都一一检查过后，忽然发现在刚才女佣给他准备的坐垫上竟坐着一只猫。不用说，这只猫就是我。此时铃木君的内心之中微微泛起了不形于色的波澜。这个坐垫毫无疑问是给铃木君准备的。在给自己准备的坐垫上，竟然有一只奇怪的动物若无其事地抢先一步不请自来地坐在上面。这是打破铃木君内心平静的第一个条件。如果这个坐垫一直没有人坐，任凭春风吹拂的话，铃木君或许会为了表示谦逊之意，直到主人再次让座之前都在坚硬的榻榻米上稍作忍耐。但是在这个早晚属于自己的坐垫之上，竟然有一位不速之客连声招呼也不打就直接坐了上去。如果这位不速之客是人类的话或许也就罢了，但猫的话可绝对不行。所以一只猫坐在上面，让人感觉更加不爽。这是打破铃木君内心平静的第二个条件。最后，这只猫的态度最让人气愤。不仅没有丝毫愧疚之情，反而在这个自己无权占据的坐垫上傲然蹲坐，眨巴着冷漠的圆眼睛盯着铃木君的脸，好像在问"你这家伙究竟是谁"。这是打破铃木君内心平静的第三个条件。既然有如此之多的不满，那他本应抓着我的脖子将我扔出去，但铃木君却只是默默地看着我。堂堂人类不可能因为惧怕一只猫而不敢出手，那么他之所以没有将我当场赶走以泄心头之愤，只能是因为铃木君身为人类中的一分子，拥有

---

① 彼岸樱：垂枝大叶早樱。

维持自己体面的自尊心。如果凭武力解决的话,就连三尺童子①也可以随心所欲地将我玩弄于股掌之中,但若是从体面的角度来考虑,即便是身为金田君心腹的铃木藤十郎也对坐镇在这二尺见方的坐垫正中央的猫大明神②奈何不得。就算没有人会发现,但与猫争抢座席还是有损人类的威严。哪有成年人会认真地和一只猫争辩个是非曲直呢,岂不是太滑稽了?为了避免染此恶名,就只好忍受些许的不便。但毕竟是被迫忍受,所以心中难免会对猫产生出憎恶之情,铃木君不时地苦着脸看我。我虽然觉得铃木君生气的样子很好笑,但也只能尽量控制住滑稽的心情做出一副若无其事的样子。

就在我和铃木君正表演这一出哑剧的时候,主人已经穿戴整齐从厕所里出来了,他向铃木君打了声招呼便坐了下来,但手中的名片却不见了踪影,看样子铃木藤十郎君的名片已经在厕所被判了无期徒刑。没等我感慨完名片的厄运,主人就一边嘴里说着"这个混蛋",一边抓着我的脖子把我扔到檐廊之中。

"坐吧。真是稀客啊,你什么时候来东京的?"主人让老朋友坐下。铃木君将坐垫翻过来然后坐在上面。

"因为一直都很忙,所以没来得及告知你,其实我已经调回

---

① 三尺童子:小孩子。

② 大明神:日本神道里神的称号之一。传说中该神无所不能。

东京的总公司了……"

"那很好啊,好久没见了呢。自从你去乡下之后,我们就再也没见过了吧?"

"嗯,快十年了呢。虽然其间我也经常回东京办事,但因为每次回来都有很多事情,所以一直没机会和你联系,可不要怪罪我哦。毕竟在公司里上班和你在学校里当老师可不一样,忙得很呢。"

"十年不见,你变了不少啊。"主人上下打量着铃木君说道。铃木君的头发整齐地分开,身上穿着一套英国产的粗呢西服,戴着很华丽的领饰,胸前还有一条闪闪发光的金链子,怎么看都不像是苦沙弥君的老朋友。

"嗯,就连这东西,还不戴不行呢。"铃木君频频展示自己的金链子。

"这是真的吗?"主人问了个很没礼貌的问题。

"18K金的呢。"铃木君笑着答道,"你也老了不少啊。应该有孩子了吧,一个?"

"不对。"

"两个?"

"不对。"

"还有啊,那是三个了?"

"嗯,三个孩子。接下来不知道还会生几个。"

"说得轻松啊,你还是老样子呢。最大的孩子几岁了,已经不小了吧?"

"嗯,几岁我也不知道,大概六七岁吧。"

"哈哈哈,当教师这么悠闲可真好啊。我要是也当教师就好了。"

"那你就试试呗,保证你三天就烦得不行。"

"是吗?当老师不但受人尊重,还轻松、悠闲,又能做自己喜欢的学问,这不是很好嘛。虽然实业家也不错,但像我这样的人却做不来。要是做实业家的话,就必须要一直身居高位才行。一旦失了地位就不得不违心地阿谀奉承,被迫去四处应酬,实在是令人生厌。"

"我从上学的时候开始就特别讨厌实业家。为了钱什么事都干得出来,用过去的话来说,就是'小市民'。"主人即便当着实业家的面也口无遮拦。

"怎么会——也不能说得那么绝对,虽然实业家确实有些不光彩的地方,但也是因为这一行没有'人为财死'的觉悟就做不来啊——要说钱可真不是个好东西——我刚才还从一位实业家那里听说,要想赚钱就必须使用'三不知'之术——不知义理、不知人情、不知羞耻这'三不知',有意思吧?哈哈哈哈。"

"这么混蛋的人是谁啊?"

"可不是混蛋,而是个相当聪明的人呢,在实业界也算是小有名气，你可能不认识，其实他就住在对面的小巷。"

"金田吗？那家伙算个什么东西。"

"怎么一下子发起火来了？其实说什么做不到这'三不知'就赚不到钱，只是开个玩笑、打个比方而已。要是像你这样当了真，那可就难办了。"

"就算'三不知'是玩笑，那家伙老婆的鼻子又是怎么回事？你既然去过他家，那肯定也见过了吧，那个鼻子。"

"她的夫人吗？那可是位通情达理的人呢。"

"鼻子，我说的是那个大鼻子。前几天我还根据那个鼻子作了一首俳体诗呢。"

"什么是俳体诗？"

"你连俳体诗都不知道吗？真是落伍啊。"

"哎呀，像我这么忙的人，文学肯定是不行啦。况且我以前就不怎么喜欢啊。"

"你知道查理曼大帝[①]的鼻子什么样吗？"

"哈哈哈，你可真是闲的。不知道。"

"威灵顿[②]被部下取了个绰号叫'鼻子'，你知道吗？"

[①] 查理曼大帝（Charlemagne，742~814）：法兰克王国加洛林王朝国王。

[②] 第一代威灵顿公爵（1st Duke of Wellington，1769~1852）：本名阿瑟·韦尔斯利（Arthur Wellesley），英国军事家、政治家。在滑铁卢之战中击败拿破仑，后来成为英国首相。

"你怎么总盯着鼻子不放啊?管他鼻子是圆是尖都无所谓吧?"

"不不不,你知道帕斯卡尔①的事吗?"

"又是'你知道吗',就好像我是来参加考试的一样。帕斯卡尔怎么了?"

"帕斯卡尔曾经这样说过。"

"说过什么?"

"如果克娄巴特拉的鼻子稍微短一点的话,那么世界就会发生巨大的变化。"

"原来如此。"

"所以像你那样小瞧鼻子可是绝对不行的。"

"好吧,以后我会重视起来的。话说回来,我今天来找你,其实也是有事相求——以前你教过的那个学生叫什么来着,水岛?好像叫水岛,一时间想不起来了——听说他经常来拜访你,是吧?"

"你说寒月啊?"

"对对对,寒月寒月。我这次来就是想打听点关于他的事情。"

---

① 帕斯卡尔(Blaise Pascal,1623~1662):法国哲学家、科学家。下文中"如果克娄巴特拉的鼻子……"是他在《思想录》之中的论述,意思是"如果克娄巴特拉不是让恺撒等人一见倾心的美人……"。

"是关于结婚的事吧？"

"这个嘛，多少有些关系。今天我去了金田家……"

"前几天鼻子亲自来过了。"

"是吗？这么说来，金田夫人也提到过。她说本打算向苦沙弥先生仔细打听一番，不巧的是迷亭也在，并且胡乱插话把事情搅得一团糟。"

"都怪她带着那么一个大鼻子来。"

"不，她可没埋怨你。她说都是因为迷亭君从中作梗，所以才没把事情打听清楚，非常遗憾，于是就想拜托我再来好好地了解一下。我虽然之前从没接受过这样的委托，但如果男女双方相互之间并不讨厌，那我从中撮合一下，也绝不是什么坏事吧，所以我就来了。"

"辛苦你了。"主人虽然冷冷地答道，但在听到"男女双方"这几个字的时候，不知为何心中还是泛起了一丝波澜。那心情就如同在酷热难当的夏季夜晚，有一缕凉风钻进袖口一般。要说我的这位主人，其实是由粗鲁、顽固以及无趣制造而成的，正因为如此，他和那些既冷酷又不近人情的文明产物自然不同。若问他是什么样的人，只需要看看他发脾气时怒气冲冲的模样就知道了。虽然主人前几天和鼻子大吵了一架，但那只是因为他看鼻子不爽，而鼻子的女儿却是清白无辜的。因为主人讨厌实业家，所以肯定也不喜欢身为实业家的金田，但这与金田家的女儿也毫不相干。主人和金田家的女儿是既无恩也无怨,而寒月则是他非常喜爱的学生。如果真如铃木君所说,男女双方两情相悦,那么自己即便间接地进行妨碍也非君子所为——苦沙弥先生仍然认为自己是一名君子——如果男女双方两情相悦的话……但这里就有个问题:要想让自己改变对这件事情的态度,首先必须把这个问题搞清楚才行。

"金田家的女儿愿意嫁给寒月吗?金田和鼻子怎样都无所谓,他们家女儿的想法如何?"

"这个嘛,那个……怎么说呢……总之……嗯,应该是愿意吧。"铃木的回答有些含糊其词。他本以为只要打听清楚寒月君的事就可以了,所以根本没有询问金田大小姐的想法。结果就连一向圆滑的铃木君也稍显狼狈起来。

"'应该'?这么不确定可不行。"主人不管什么事都必须要从正面猛攻才能心满意足。

"不,是我措辞不当。大小姐那边确实有意。我说的是真的。什么?是金田夫人对我说的,说大小姐总是说寒月君的坏话。"

"金田的女儿吗?"

"是啊。"

"岂有此理的家伙,竟然还说寒月的坏话。这不是对寒月毫无意思吗?"

"这正是世间的奇妙之处了,有些人就是喜欢说自己喜欢之人的坏话啊。"

"哪里有这样的傻瓜？"尽管铃木君解释了这人情的微妙之处，主人却一点也没有听懂。

"世上就是有很多这样的傻瓜，没办法啊。而且金田夫人也是这样解释的。因为大小姐常说寒月君是个没用的笨蛋，可见大小姐心里也是相当挂念着他呢。"

主人听到如此不可思议的解释，因为完全出乎了他的意料，不由得瞪大了眼睛，像街边的算命先生一样盯着铃木君，一句话也说不出来。铃木君一看主人这反应，心想要是再这样下去搞不好自己要白跑一趟，于是便把话题转向连主人也能听懂的方向。

"你只要想一想就明白了啊，大小姐那么有钱，还长得那么漂亮，不管走到哪都能嫁一个好人家吧？寒月君可能很了不起，但从身份上来说——哎呀，说身份可能有些失礼——总之就是从财产这一点上来说，任谁来看都会觉得他们两人不是门当户对吧。金田大小姐的双亲也是因为这件事而担心，才专门让我来打听打听，这不正说明大小姐对寒月君有意吗？"铃木君想出了一个很不错的理由来进行说明。见主人这回似乎明白了，铃木君才终于安心下来，但他又怕如果继续在这件事情上纠缠不清，一旦再遭到主人的突袭恐怕有无法自圆其说的危险，于是决定趁热打铁，尽快完成使命才是万全之策。

"所以呢，正如我刚才所说的那样，金田家既不要金钱也不要财产，但希望寒月能够考取个资格——所谓资格，也就是头衔——并不是金田家摆架子，非博士不嫁。请不要误会，都怪上次金田夫人来的时候迷亭君一个劲地说些莫名其妙的话……这并不是你的错。金田夫人还称赞你是个坦率正直的好人呢。全都怪迷亭君不好……如果他能当上博士的话，金田家也显得有面子，大家都好看一些嘛。怎么样，最近水岛君有没有提交过博士论文，有没有取得博士学位的可能呢？如果这世间只有金田一家的话，那博士学士都无所谓啦，但毕竟还要做给别人看嘛，总不能太随便，对吧？"

这么说的话，金田家要求寒月考取博士倒也不无道理。既然有道理，那就应该按照铃木君所说的来做。现在主人是死是活，就全都是铃木君一句话的事了。看来主人果然是一个单纯正直的人呢。

"那么，如果寒月再来的话，我试着劝他写写博士论文吧。当然，必须事先追问清楚，他到底有没有迎娶金田家女儿的想法。"

"追问可不行，你要是办事那么生硬，岂不是要把事情搞砸了吗？最好能在平时闲聊的时候不露声色地试探一下，这才是上策。"

"试探一下？"

"嗯，用试探这说法可能有些不妥。其实也不用试探，只要一交流，自然就会明白啦。"

"你或许能明白，但我只有问个清楚才能搞明白。"

"实在不明白的话，也没什么啦。但我觉得像迷亭那样，说些多余的话来搞破坏实在不怎么好。就算不撮合，这种事情也应该随本人的意愿吧。所以下次寒月君要是再来的话，希望能够尽量不要搞破坏——我不是说你，是说迷亭君。要是那家伙一张嘴，这事可就没救了。"铃木君拿迷亭来替主人背黑锅，对其骂不绝口，而说曹操曹操就到，迷亭先生和往常一样乘着春风从后门飘然而至。

"哎呀，真是稀客啊。要是像我这样的常客，苦沙弥肯定就敷衍了事了。看来苦沙弥的家十年只能来一次。这点心不是比平时的要高档吗？"说着他不客气地拿起藤村①的羊羹塞进嘴里。铃木君手足无措。主人暗自冷笑。迷亭嘴里嚼个不停。我坐在檐廊看见这一瞬间的光景，觉得这简直是一出完美的哑剧。如果说禅家的无言问答是以心传心，那么这无言的戏剧显然也是以心传心的一幕，颇为短小却也颇为精彩。

"我还以为你这一辈子都要做外地人了，什么时候回来的？还是想多活几年吧？说不定你真有这种运气呢。"迷亭对铃木君的态度也像对主人一样毫不客气。即便是曾经一起搭伙做饭

---

① 藤村：位于本乡的高级点心店，其羊羹特别有名。

的同伴，但毕竟十年没见，任谁都会感觉有些拘束吧，然而在迷亭君的身上却丝毫看不出那样的端倪，也不知道该说他伟大还是愚蠢。

"听起来真可怜，但我还不至于那样。"铃木君圆滑地答道，但却是一副心神不宁的样子，神经兮兮地摆弄着那条金链子。

"你坐过电车①了吗？"主人突然对铃木君问了一个奇怪的问题。

"今天你们都是来捉弄我的吧。就算我是乡下来的，可我还有六十股街铁②的股票呢。"

"那可不得了啊。我也曾经有八百八十八股，可惜的是都被虫子给蛀了，如今只剩下半股。如果你能早点回来，我还能趁股票完好的时候送你十股，真是太可惜了。"

"你还和以前一样信口开河呢。不过玩笑归玩笑，买点那个股票终归是没损失的，毕竟年年都在涨啊。"

"没错，就算只剩下半股，等到一千年以后也能盖三间仓库呢。虽然你和我在这方面都是准备周全的当世才子，但苦沙弥在这方面就不行喽。你跟他说股票，他还以为是用来买骨头的

---

① 1903年8月，东京电车铁道株式会社开通了"品川—新桥"线路，是东京第一条电车线路。

② 街铁：东京市街铁道株式会社的简称。1903年9月开通了"数寄屋桥—神田桥"线路。夏目漱石另一篇小说《少爷》的主人公就在这家公司上班。

票呢。"说着迷亭又拿起一块羊羹并且向主人望去,主人被迷亭的食欲所感染,自己也拿起一块羊羹。在这个世上,万事都积极争先的人自然有被他人模仿的权利。

"股票什么的怎样都无所谓了,但我真想让曾吕崎也坐坐电车啊,哪怕一次也好。"主人看着咬过一口之后留在羊羹上的齿痕怃然地说道。

"曾吕崎要是坐电车的话,肯定每次都要坐到品川,那样的话还不如让他做天然居士被刻在腌菜石上更安全呢。"

"说起曾吕崎,他好像是死了吧。太可怜了,那么聪明的人,真是可惜啊。"铃木君话音刚落,迷亭就接茬说道。

"虽然头脑聪明,但做饭水平却是最差的。每次轮到曾吕崎做饭的时候,我都会躲到外面去吃荞麦面。"

"确实如此,曾吕崎做的饭,外面都煳了里面还没熟,我也吃不下。不仅如此,他还一定要配上生豆腐,那么凉的豆腐怎么吃啊?"铃木君也在记忆深处唤起了十年前的不满。

"苦沙弥从那时候起就和曾吕崎是好朋友,每天晚上都一起出去喝汁粉①,所以如今才深受慢性胃炎之苦。按理说,苦沙弥喝的汁粉更多,应该比曾吕崎先死才对。"

"这是哪里来的理论?你还好意思说我喝汁粉,你自己打着

---

① 汁粉:用小豆加白糖煮成汤,再往里面放入年糕或糯米丸子制成的食品。

运动的旗号,每天晚上都拿着竹刀去后面的墓地敲墓碑,结果不是被和尚们抓住教训了一顿吗?"主人也不甘示弱地翻出迷亭的陈年旧事。

"哈哈哈,没错没错,和尚好像是说,敲死人的头会妨碍他们安眠,让我住手。不过我只是用竹刀而已,这位铃木将军可比我要粗鲁得多。他跟墓碑玩相扑,推到了大大小小三个墓碑呢。"

"那时候和尚们发起火来可真厉害。他们让我一定要把墓碑恢复原样,我说等我雇几个人来,他们却说不能雇人,为了表示忏悔之意必须亲自把墓碑扶起来才行,否则有违佛祖的旨意。"

"那时候你可真是风采全无啊,上身只穿了一件细棉布的衬衫,下身更是只有一件越中兜裆布。当时刚好下过雨,你站在积水里使出吃奶的劲……"

"最过分的是,你还用一副心安理得的表情在旁边写生。虽然我是一个没什么脾气的人,但那时候也是打从心眼里感到不高兴。那时候你说的话,我直到现在都没忘,你还记得吗?"

"十年前的话了,谁还能记得啊。不过我还记得那墓碑上刻着'归泉院殿黄鹤大居士安永五年辰正月'的字样。那个墓碑做得十分古雅。搬家的时候,我还打算把那个墓碑盗走呢。实在是一个既符合美学上的原理,又有古典韵味的墓碑啊。"迷亭又卖弄他那不靠谱的美学。

"别提墓碑了，你当年的那句话，是这样说的——'因为我打算研究美学，所以必须尽可能地将天地间的趣事都写生下来以供将来参考，可悲、可怜之类的私情之言，不应该从像我这样忠实于学问的人口中说出。'你说这话时还是一副满不在乎的样子，我觉得你这个人也太没人情味了，于是就用沾满污泥的手把你的写生本撕了个稀碎。"

"就是在那个时候，我大有希望的绘画之才受此打击之后便一蹶不振。都怪你毁了我的前途。我恨你。"

"别扯淡了，我才应该恨你呢。"

"迷亭从那个时候就开始说大话啦。"主人吃完羊羹之后，再次加入两人的对话之中，"答应好的事从来不办，你要是去兴师问罪的话，他非但不会道歉还顾左右而言他。寺院里紫薇花盛开的时候，迷亭说在紫薇花凋零之前，他就能写出一部名为《美学原论》的著作，我说'不可能，你肯定写不出来'。于是迷亭说'你别看我这个样子，其实我是个意志特别坚强的人，只是外表看不出来罢了。既然你这么怀疑我，那不如咱们打个赌吧'。我信以为真，最后好像是决定谁输了谁就在神田的西餐厅请客。虽然我知道他肯定写不出什么著作，但对打赌这件事心里还是有些担心的。因为我没钱，根本请不起吃西餐。不过迷亭倒是一直没有写作的迹象。过了七天，过了二十天，他一页都没写出来。终于紫薇花一朵不剩地全都凋零了，但迷亭本人却是一副若无其事的样子。我心想这顿西餐是吃定了,于是就催他履行诺言,结果迷亭却根本不理我。"

"一定是又说了什么借口吧?"铃木君插话道。

"嗯,他可真是个厚颜无耻的家伙。他顽固地说,自己虽然没有别的什么能耐,但意志绝对不比我差。"

"我一页都没写吗?"这次连迷亭君自己都忍不住问道。

"当然了,你当时是这样说的,'我在意志这方面敢说不输给任何人,但遗憾的是,我的记忆力非常差。所以尽管我完成《美学原论》的意志非常充分,但我却在说完这句话的第二天就把这件事情忘掉了。所以直到紫薇花全都凋零,我仍然没能完成著作,只能怪记忆不好而非意志不强。既然不是意志的错,那自然没有请你吃西餐的道理'。"

"确实将迷亭君的特色发挥得淋漓尽致呢,真是有趣。"铃木君不知为何来了兴致。那语气和迷亭不在的时候简直判若两人,或许这就是聪明人的特色吧。

"哪里有趣?"主人似乎时至今日仍然气愤不过。

"那可真是太对不起你了,所以我才敲锣打鼓地寻找孔雀舌,不就是为了弥补你当年的损失吗?不要这么生气,耐心地等一等嘛。不过说起著作,今天我还真带来了一个大新闻呢。"

"你每次来都有新闻,我才不上当。"

"但今天的这个新闻可是真正的新闻,货真价实、如假包换的新闻。你知道寒月开始写博士论文了吗？我一直以为像寒月那样自视甚高的人，绝不会费心费力地去写博士论文这么无聊的东西。但没想到他果然还是春心未泯，你说好笑不好笑？你一定要把这件事告诉鼻子，或许他最近正做着橡实博士的美梦呢。"

铃木君一听到寒月的名字，立刻对主人使眼色，让他千万别说漏了嘴。但这样的暗示对主人根本不起作用。刚才他听完铃木君的一席话之后对金田的女儿充满了同情，现在听到迷亭说起鼻子，便又想起前几天和鼻子吵架的事。一想到这儿，主人便觉得鼻子这个人既可笑又可恨。不过寒月开始写博士论文这件事却是个好消息，正如迷亭先生自夸的那样，是近来最大的新闻。而且还不是普通的大新闻，是让人感到欢欣鼓舞的大新闻。娶不娶金田家的女儿都无所谓，总之寒月能当上博士的话就太好了。主人觉得自己已经是被刻坏了的木像，就算一直被扔在佛像店的角落里直到被虫子蛀掉也没什么可遗憾的，但寒月却是个可塑之才，主人盼着他能够早日"修成正果"才好。

"他真的开始写论文了吗？"主人完全不顾铃木君的暗示，热心地问道。

"你怎么对别人说的话总是持怀疑态度呢？只是不知道他写的究竟是'橡实'还是'上吊力学'。总之，寒月的这件事肯定会让鼻子大吃一惊。"

从刚才开始，每当铃木君听到迷亭肆无忌惮地叫着"鼻子""鼻子"的时候就会显得心神不宁。迷亭则完全没有注意到这一点,仍然我行我素。

"后来我对鼻子又进行了一些研究,最近在《项狄传》①中又发现了关于鼻子的论述。如果斯特恩见过金田的鼻子,那一定会成为他创作的好素材呢。太遗憾了,这鼻子明明有机会名垂千古,结果却要这样默默无闻地消逝在历史长河中,实在是令人惋惜至极啊。如果她下次再来的话,让我写个生留作美学上的参考吧。"迷亭还是一如既往地口无遮拦、喋喋不休。

"但是她的女儿似乎想要嫁给寒月呢。"主人将刚才从铃木君那里听来的消息原原本本地说了出来,铃木君急忙做出一副为难的表情频频地向主人眨眼,但主人却像个绝缘体似的一点也不来电。

"有点奇怪啊,那种人的女儿也会恋爱吗?想必不会是什么正儿八经的恋爱吧,大概是鼻恋。"

"就算是鼻恋,只要寒月愿意就行啊。"

"愿意就行?你之前不是还强烈反对来着么?今天怎么忽然服软了?"

"我没服软,我绝对不可能服软,但是……"

---

① 《项狄传》:英国小说家劳伦斯·斯特恩(Laurence Sterne,1713~1768)的小说,全名《绅士特里斯舛·项狄的生平与见解》。

"但是有点被同化了是吗？我说铃木，你也算混入实业家末席中的一员，提点意见让我们参考一下吧。那个叫金田的人，竟然想让他家的女儿高攀天下闻名的大才子水岛寒月做夫人，这是不是有点相差得悬殊了？我们这些做朋友的，绝对应该阻止这件事，即便是身为实业家的你，对此也没有异议吧？"

"你还是和以前一样精力十足呢，真好啊，竟然和十年前相比一点也没变，实在了不起。"铃木君见风使舵，打算蒙混过关。

"既然你夸我了不起，那我就让你再见识见识我博学的一面。以前希腊人非常重视体育，为所有的竞技项目都会提供非常贵重的奖赏，也就是以奖励来推动体育运动的发展。但奇怪的是，对于学者的智慧应该给予怎样的褒奖，却没有丝毫的记录流传下来，直到今天，这仍然是一个未解之谜啊。"

"确实有点奇怪呢。"铃木君不管对方说什么都随声附和。

"但就在两三天前，我进行美学研究的时候忽然发现了其中的原因，这个多年的谜团终于被我解开了。当时我就好像突然冲破了重重的阻碍终于恍然大悟，抵达欢天喜地之极境。"

因为迷亭的话实在是太过浮夸，就连一向圆滑的铃木君也面露难色，不知道应该如何接茬。主人露出一副"又来了"的表情，低着头用象牙筷子铛铛地敲打起点心盘的边缘。只有迷亭自己得意扬扬地继续说着。

"那么解释了这一矛盾的现象，揭开了这一千古之谜团，将我们从黑暗的深渊之中拯救出来的人究竟是谁呢？正是自打学问面世以来的第一位学者、古希腊哲学家、逍遥学派的祖师爷亚里士多德①。根据他的说明——喂，不要再敲点心盘了，这部分要仔细倾听才行——古希腊人通过竞技所获得的奖赏，远比他们表演的技艺更加贵重。所以奖赏才有意义，才能够作为褒奖和鼓励的手段。那么对于智慧又如何呢？要想对智慧进行奖赏，那就必须给予比智慧更贵重、更有价值的东西才行。但是在这个世界上有比智慧更加贵重的珍宝吗？当然没有。如果给了不合适的东西，恐怕只会破坏智慧的威严。他们本打算将金银财宝堆积到如奥林匹斯山②那么高，或者倾尽克洛伊索斯③的所有财富，来作为对智慧的奖赏，但最终他们还是发现，没有任何东西比智慧更有价值。于是，从此以后就干脆什么也不给了。通过这件事，就完全可以理解黄白青钱④都比不上智慧这一事实了吧。那么在将这一原理铭记于心之后，再让我们来看看现在的问题。金田之流就像是在钞票上长了眼睛鼻子的人，打个绝妙的比方，他只不过就是张会移动的钞票而已。而移动钞

---

① 亚里士多德（Aristotle，前384～前322）：古希腊哲学家、科学家和教育家。

② 奥林匹斯山：希腊的最高峰，也是古希腊神话中诸神居住的地方。

③ 克洛伊索斯（Kroisos，前560～前546年在位）：吕底亚最后一位国王。征服小亚细亚之后成为巨富，但后来被波斯国王居鲁士二世击败。

④ 黄白青钱：货币的总称，"黄白青"指的就是金银铜。

票的女儿顶多也就是张移动支票吧。接下来，让我们看看寒月君又是如何呢？谢天谢地，他不但以第一名的好成绩毕业于最高学府，还孜孜不倦地挂着长州征伐时代的和服外套的系带，夜以继日地进行着关于橡实稳定性的研究。即便如此，他却并没有安于现状，最近不是还要发表压倒开尔文男爵①的大论文吗？虽然也有偶然途经吾妻桥时差点投身于河中这种有损身份之事，但这也是热血青年常有的一时冲动之行为，丝毫不影响他学者的身份。以我迷亭一流的比喻，寒月君就像是一座移动图书馆，是由智慧铸成的直径二十八厘米的炮弹。这枚炮弹一旦时机成熟，在学界爆炸——只要将它引爆——就一定会爆炸的，对吧……"迷亭说到这里，似乎觉得自诩的"迷亭一流的比喻"没有想象中的效果，似乎有虎头蛇尾之嫌，不免稍微显露出犹豫的神色，但很快他又接着说道，"移动支票之流即便有几千万张，也必将被炸成碎片。所以寒月绝对不能迎娶那种配不上他的女性。我不同意，这简直就像是百兽之中最聪明的大象与最贪婪的小猪结婚。我说得没错吧，苦沙弥君？"等迷亭说完，主人又开始敲打起点心盘。

"也不尽然吧。"铃木君虽然有些气馁，但还是无可奈何地

---

① 开尔文男爵（Baron Kelvin，1824～1907）：威廉·汤姆森（William Thomson）的封号。英国物理学家，格拉斯哥大学教授。

应道。刚才他说了不少迷亭的坏话，现在如果再有失言，像主人那样不按套路出牌的人说不定还会抖搂出什么事来。所以，他觉得现在不与迷亭针锋相对才是上策。铃木君是个聪明人。他知道在当今世界，应该尽可能地避免与别人发生摩擦，无谓的争论完全是封建时代的遗物。人生的目的不在于口舌之争，而在于实践之行。只要事情能够按照自己的计划顺利发展，那么就能够达成人生的目标。如果无须辛苦、担忧与争论，事情也能够顺利地发展的话，那么人生目标就会非常轻松地实现。铃木君自从毕业以来，便通过极乐主义取得了成功，通过极乐主义戴上了金表，通过极乐主义接受了金田夫妇的委托，又通过极乐主义成功地说服了苦沙弥君。而在这件事眼看就要搞定的时候，迷亭这个完全不被世俗的规则束所缚，更不能以常人的心理来揣摩的不速之客突然出现，杀了铃木君一个措手不及。发明极乐主义的是明治的绅士，将极乐主义付诸实践的则是铃木藤十郎君，如今因为极乐主义而陷入困境的人也是铃木藤十郎。

"因为你不了解情况，所以才会说出'也不尽然吧'这样的话，别看你现在一反常态地少言寡语、故作清高。但只要你见过之前那个鼻子的主人来时的那个样子，哪怕是对实业家心存偏爱的阁下，也必然会退避三舍的。是吧，苦沙弥君，你当时不是和她大战了一场吗？"

"即便如此，似乎我的评价要比你高呢。"

"哈哈哈哈，你还真是个很有自信的人。若非如此，被师生们拿'野蛮茶'这件事嘲笑，你肯定连学校都不敢去了吧。虽然我认为自己的意志绝不输给任何人，但还是做不到这样厚颜无耻，所以真是对你敬佩之至啊。"

"学校里的师生们稍微唠叨几句有什么好怕的，圣伯夫①身为古今独步的批评家，在巴黎大学授课的时候却非常不受欢迎。他为了抵御学生们的攻击，每次出门的时候都必须在袖子里藏一把匕首防身。布吕纳介②也是在巴黎大学对左拉③的小说进行攻击时……"

"可你也不是大学的教师啊？一个在中学教英语阅读的老师竟然用那样的名人和自己作类比，这不是杂鱼硬要装鲸鱼吗？你说这样的话，更会被嘲笑的。"

"给我闭嘴。不管是圣伯夫也好还是我也罢，都一样是学者。"

"高见高见。但是随身携带匕首出门可是很危险的举动，还

---

① 圣伯夫（Charles A. Sainte-Beuve，1804~1869）：法国诗人、小说家、批评家，被称为"近代批评之父"，著有《周一的讨论》《我的毒》。

② 布吕纳介（Brunetiere，1849~1906）：法国文艺批评家，支持古典主义，以《法国文学史的批评研究》广为人知。

③ 左拉（Émile Zola，1840~1902）：法国自然主义作家，著有小说《小酒馆》《娜娜》。

是不要模仿为妙。如果大学教师随身携带匕首的话，中学英语阅读老师大概只能带一把小刀了吧？但小刀毕竟也是利器，还是很危险，所以最好去商店街买一把玩具气枪背在背上，还显得你挺可爱的。是吧，铃木君？"

铃木君见话题终于离开了金田事件，松了口气，说道："看你们还和以前一样那么天真无邪，真让人高兴。时隔十年再次和你们相见，感觉就像是从狭窄的小巷一下子来到了辽阔的草原。我和现在那些伙伴一起聊天的时候，真是一点也马虎不得。不管说什么都必须小心翼翼，担心这担心那的，拘束得很。要是能畅所欲言的话，该多好啊。所以，还是和学生时代的好友一起聊天最无拘无束。今天没想到能遇到迷亭，实在是太开心了。不过我因为还有点事，先行告辞。"说着铃木君站起身，迷亭见状也说道："我也走，我一会儿必须要去一趟日本桥的演艺矫风会①，陪你走一段吧。""那太好了，好久没见，一起散散步吧。"说着两人携手离去。

---

① 演艺矫风会：1888年以改良戏剧为目的而成立的组织，第二年更名为"日本演艺协会"。

五

如果要将二十四小时发生的事情一件不漏地全写下来,一件不漏地全都读完,那至少也需要二十四小时吧。即便是向来推崇写生文的我也不得不承认,此等技艺毕竟非猫力所能及也。因此,即便我的主人一天到晚都有着值得我精描细写的奇言奇行,我也没有将之一一禀报给诸位读者的能力和毅力,实在是非常遗憾。尽管遗憾却也迫不得已,因为即便对猫来说,休养也是十分必要的。铃木君和迷亭君离去之后,家里一下子安静了下来,宛如刺骨的寒风平息之后,鸦雀无声的雪夜一般。主人照例把自己关进书房。孩子们则在六叠大的房间里并枕而眠。在隔着两米多长拉门的南向房间里,女主人正侧卧着给虚岁三岁的绵子喂奶。淡云密布的黄昏时分,转眼间日暮西山,外面大道上低齿木屐的声音清清楚楚地传进饭厅。临街的出租屋里断断续续地传出明笛①的声音，不时地刺激着昏昏欲睡的耳底。大概外面的天色已经开始朦胧了吧。晚餐是用鱼肉和山芋饼煮的汤，我吃光了一猫食碗，所以肚子也是必须休养一下才行。

我隐约听说，世间有被称为"猫恋"②的俳谐③趣味之现象，每到初春时节，街上的同胞们都夜不能寐地满大街乱窜，但我却从没有产生过这样的心理变化。爱情本是宇宙的活力。上至高高在上的天神朱庇特④，下至在土中鸣叫的蚯蚓与蝼蛄，无一不因为此事而憔悴，这实在是万物之常例。所以我们猫族产生些朦胧的兴奋之情，做出些吵闹的风流之举，也是情有可原。回忆起来，我也曾经因花猫而陷入相思之苦。就连提出三不知主义的金田君的女儿，十分爱吃阿倍川饼的富子小姐据说都对寒月君产生过恋慕之情。因此，我绝对不会轻蔑地认为，满天下的雌猫雄猫发疯般地为情奔走是自寻烦恼，但由于我对这一刻千金的春宵不甚了了，所以不管别人如何邀请，我也丝毫不为所动，实属无奈。我现在只想休养，毕竟如此困倦也没

---

① 明笛：中国明代用于奏乐的横笛，于近代传入日本。进入明治时期之后，清代用于奏乐的清笛也被称为明笛。

② 猫恋：日本形容春季的季语，因为春季是猫发情的时期。季语主要源自俳句。

③ 俳谐：日本平民诗的一种形式。狭义上是"俳谐连歌"的略称；广义上是俳句、连句、俳文、俳论等的总称，意为"俳文学"。

④ 朱庇特（Jupiter）：古罗马神话中的主神。

办法去谈情说爱。于是，我慢慢地爬到孩子们的被褥下端，舒舒服服地进入梦乡……

无意中睁眼一看，主人不知何时已经从书房回到卧室，又不知何时钻进被窝，在女主人的身边躺了下来。主人有个毛病，那就是睡觉之前一定要从书房拿几本外文书带到床上看。但他只要一躺下，这本书就绝对翻不到第二页。有时候他甚至只是将书拿到枕头边上，连翻也不翻。或许有人奇怪，既然一行也没读，那何必还特意把书拿过来呢？但这正是主人身为主人之处，不管女主人怎么笑他，或者不让他再拿书过来，主人也绝不改正，仍然每天晚上不辞辛劳地往卧室里搬那些根本不读的书。有时候还会贪婪地一次拿来三四本。前几天，他甚至每天晚上都会把韦伯斯特①的大辞典搬进来。仔细想来，主人的这个毛病就和有些讲究人如果不听着龙文堂的松风之音②便睡不着觉一样，主人是不把书摆在枕头边上便睡不着觉吧。由此可见对主人来说，书籍并非读物而是催眠的工具，是活字印刷的安眠药啊。

不知主人今晚带来了什么书，我定睛一瞧，只见一本红色的

---

① 韦伯斯特（Noah Webster，1758~1843）：美国的词典编撰者，《韦氏词典》的创始人。

② "龙文堂"是江户末期到明治初期京都的铁匠铺，这里指由其生产的铁水壶。"松风之音"是茶人们用以形容水沸腾之声的说法。

小薄本正半开着,躺在主人的小胡子旁边。从主人左手的拇指还夹在书里这一点上来推断,今天他似乎一反常态地读了五六行。在这本红书的边上,一如既往地摆着一块镀镍的怀表,反射出与春夜并不相称的寒光。

女主人将婴儿摆在一尺开外,张着嘴巴打着鼾,头也不在枕头上。要说人类什么样子最难看,我觉得莫过于张着嘴巴睡觉。我们猫就一辈子都不会做这么丢人的事。本来嘴巴是发出声音的器官,鼻子是吞吐空气的道具。可是到了北方,那里的人懒惰到能不开口就不开口的程度,结果连说话的时候也用鼻子哼哼[①]。但把鼻子堵住,只用嘴巴呼吸,简直比哼哼唧唧的东北腔更不体面。况且,这样岂不是有将天花板上掉下来的老鼠屎误吞下肚的风险吗?

我又向两个小孩子望去,她们的睡姿也和父母一样难看。姐姐敦子好像在宣示自己身为姐姐的权利一样,将右手伸出搭在妹妹的耳朵上;妹妹骏子则好像在报复一样,抬起一条腿踩在姐姐的肚子上。现在她们的姿势已经和刚睡下的时候旋转了正好九十度,而她们却维持着这个不自然的姿势,两个人都毫无怨言,老老实实地睡得正香。

春季就连灯火都显得十分特别,那迷人的光芒似乎在提醒

---

① 这里指日本的东北地区,方言多用鼻音。

着人们，在这天真烂漫又极不雅观的光景背后，隐藏着值得珍惜的良宵。我在室内环顾了一圈，想看看现在是几点，但周围一片寂静，只能听到挂钟的声音和女主人的鼾声，以及远处女佣磨牙的声音。这个女佣，即便被别人指出她有睡觉磨牙的毛病，也绝不承认，还每次都顽固地说，"我从出生到现在从不记得自己睡觉时磨过牙"，她绝对不会说诸如"下次改正"或者"给你们添麻烦了"之类的话，只是一味地强调自己完全不记得。当然了，睡着时候的事怎么可能记得嘛。但事实就是事实，就算不记得也依然存在。这个世界上就是有这样的家伙，明明做着坏事，却还理直气壮地觉得自己是个大好人。因为坚信自己无罪所以天真无邪虽然没什么大碍，但给别人造成了困扰的事实却不会因为肇事者的天真无邪而消去。我觉得这样的绅士淑女和那位女佣同属一丘之貉。——夜色似乎更深了。

不知什么人在厨房的防雨门上轻轻地咚咚敲了两下。不过这个时候应该没人来才对，大概还是那些老鼠吧，我已经下定决心不捉老鼠，所以就随它去好了。又有咚咚的两声传来。这似乎不是老鼠，就算是老鼠，也是一只相当小心谨慎的老鼠。但主人家的老鼠，全都像主人教书的那所学校的学生一样，不管白天黑夜，都专心致志地进行着大肆破坏的"修炼"，是将惊扰可怜的主人的美梦当作自己天职的家伙，它们不可能如此客气。现在的这个家伙确实不是老鼠。与前几天闯进主人的卧室，在主人并不高耸的鼻头上咬了一口之后高奏着凯歌离去的那只老鼠相比，这家伙显得太胆小了。所以绝对不是老鼠。就在这时，防雨门被从下向上抬起来的声音传来，紧接着就是将拉门沿着滑道轻轻推开的声音。确实不是老鼠，这是人类。在这夜深人静的时候，竟然连声招呼也不打就撬门压锁而入，那肯定不是迷亭先生和铃木君。或许是久仰大名的梁上君子。如果真是"君子"，那我倒很想一睹他的尊容。"君子"似乎迈着他大大的脏脚在厨房里刚走了两步，当我以为他要迈出第三步的时候，他似乎在地窖的盖板上绊了一下，寂静的夜晚响起咔啦啦的声音。我感觉后背上的毛就好像被用鞋刷倒着梳上去了一样。等了一会儿都没再听到脚步声。女主人依然张着嘴巴，在梦中吞吐着太平的空气，主人大概正做着被红色的书夹住拇指的梦吧。很快厨房里传来划火柴的声音。看样子即便是"君子"，也没有像我这样在夜晚依旧看得清楚的双眼。他对这里的情况不熟，行动起来想必有诸多不便。

此时我蹲坐着开始思考。"君子"会从厨房向饭厅那边去吗，还是会转向左边经过玄关前往书房呢……伴随着一阵拉门打开的声音，脚步声向檐廊去了。"君子"果然进入了书房，随后便没了声响。

我这时才终于意识到应该尽快把主人夫妇叫醒，又不知道如何做才好，只有不得要领的思考在脑袋里好像水车一样不停地旋转，却想不出任何好主意。我先想到，不妨咬着被褥的一角摇晃，但晃了两三次却没有丝毫的效果。于是我又想到，不妨用冰凉的鼻子去蹭主人的脸颊，结果我刚刚靠近主人的脸，主人在睡梦中突然一伸手，不偏不倚地打在我的鼻尖上，就好像在对我说"滚开"。鼻子对猫来说可是一个要害部位，疼得我是难以忍受。无计可施的我想要喵喵地叫两声把他们叫醒，可偏偏在这个时候，喉咙里好像被什么东西堵住了一样发不出声音。我好不容易才发出一个沙哑而低沉的声音，却被吓了一跳。主人一点也没有醒来的迹象，反而是"君子"的脚步声再次响起，从檐廊那边越走越近。终于来了，事到如今我只能放弃继续叫醒主人的尝试，暂时躲在隔扇和柳条箱之间观察动静。

"君子"的脚步声在来到卧室拉门跟前的时候戛然而止。我屏住呼吸，拼命地思考他接下来将会采取怎样的行动。事后想来，我当时那架势仿佛魂魄都要从两只眼睛里飞出来一样，如果我在捉老鼠的时候也有这股劲头，那捉老鼠岂不是易如反掌。多亏了这位"君子"让我领悟此道，真是值得庆幸。忽然，拉门的第三道纸格子仿佛被雨水浸湿了一样，正中间变了颜色。就在我以为是纸格子的淡红色逐渐变成深红色的时候，仔细一看才发现，原来不知何时纸格子已经破了，中间的是一条红色的舌头。舌头消失在黑暗中之后，没多久，一个闪烁着可怕光芒的东西出现在破洞的对面。毫无疑问，这是"君子"的眼睛。奇怪的是，我感觉这只眼睛没有去看房间中的任何东西，偏偏只盯着躲在柳条箱后面的我不放。虽然才被盯住还不到一分钟，但我觉得如果继续被这样盯下去肯定要折寿。就在我忍无可忍打算从柳条箱后面蹿出来的时候，卧室的拉门忽然被唰地一下拉开了，恭候多时的"君子"终于出现在我的眼前。

按照我的叙述顺序，现在本应该给诸位好好地介绍一下这位意想不到的稀客，也就是梁上君子其人，但在此之前，我想稍微陈述一下自己的愚见，烦请诸位一听。古代的神都被奉为全知全能。尤其是基督教的神，时至二十世纪的今日，仍然带着全知全能的面具。但我却认为，凡夫俗子所理解的全知全能，有时候也可以解释为无知无能。这种说法显然是一种悖论，不过自从开天辟地以来，只有我提出了这一悖论，考虑到这一点，我不由得产生出一种飘飘然的虚荣心。所以我一定要将这其中的理由解释清楚，将"不能小瞧猫"这一认知深深地烙印在傲慢的人类诸君的脑海里。如果天地万物都是由神所创造，那么人类应该也是由神创造的吧，《圣经》之中似乎也有这样的明文记载。就人类而言，在对自身进行了几千年的观察积累之后，就连人类自己都感觉到极其不可思议，更是不能不承认神的全知全能这一事实。为什么这么说呢？因为在这个世界上，虽然有如此之多的人类，但是竟然没有容貌完全一样的两个人。每个人的脸型基本都是固定的，大小也相差无几。换句话说，每个人都是用同样的材料制作的。然而即便是用同样的材料制作，但最后制作的结果却大不相同。只用如此简单的材料，就能够制作出如此千差万别的容貌，实在是让人不得不感叹制造者的精湛技艺。如果没有一定独创的想象力，绝对无法实现这种变化。画家哪怕穷尽一生的精力也只能创作出十二三种不同的容貌，由此可见，仅凭一己之力就创造出全部人类的神，其技艺也不得不令人为之惊叹。毕竟这是在人类社会绝对无缘得见的技艺，所以称之为"全能之技艺"也没什么问题吧？人类似乎正是因为这个原因才对神十分敬畏，毕竟站在人类的角度来看，这件事确实令人难以置信。但站在猫的立场上来看，这同样的一件事却成了神无知无能的证明。即便不是完全无能，至少也可以断定神并没有比人类更强的能力。虽说神按照这世间的人数创造了这么多的容颜，但神究竟是从一开始就在心里早有打算做出如此之多的变化呢，还是本打算不管谁都做成同一个模样，却在实际的制作过程中发现并不顺利，结果越做越错，最终变成现在这样一个混乱的状态呢？关于这一点我们尚无从得知。世人的容颜既可以看作神成功的纪念，也可以看作失败的证明，根本无从分辨。因此，神既可以被称为全能，也可以被评为无能。因为人类的眼睛并排存在于同一个平面之上，无法同时看到左右两边的情况，所以在看问题的时候难免片面，也着实可怜。只要换个角度来看，就会发现像这样单纯的事实在人类社会之中无时无刻不在上演，但人类却浑浑噩噩，畏惧于神的威严，根本觉察不到这一点。如果在创作上表现变化是件难事，那么完完全全的模仿也同样困难。让拉斐尔①画两幅分毫不差的圣母像，和让他画两幅完全不同的圣母像一样，都是强人所难，或许画两幅分毫不差的圣母像难度更高。让弘法大师②用和昨天一模一样的笔法写出"空海"两个字，或许比让他完全换一种笔法更难。人类所说的语言，全靠模仿主义才能流传于世。人类从母亲、奶妈以及其他人那里学习实用的语言时，除了不断地重复听到的内容之外没有任何办法，只能用当时仅有的那点能力去模仿别人。而就是这通过模仿他人所掌握的语言，在经过十几、二十年后，发音都会自然而然地产生变化，这件事足以证明人类完全没有模仿的能力。纯粹的模仿就是如此困难之事。由此可见，如果神能够将人类做得一模一样，全都像一个模子烧出来的能面③那样，才能证明神的全能。但像现在这样将随手制作的容颜暴露在光天化日之下，还产生出令人眼花缭乱的变化，只能让人推断出神的无能。

我忘了为什么要发表如此这般的长篇大论。但忘本是人类常

---

① 拉斐尔（Raffaèllo Sanzio，1483~1520）：意大利文艺复兴时期的画家、建筑家。

② 弘法大师（774~835）：平安初期高僧空海的谥号。他在书法上有极高的造诣，与嵯峨天皇、橘逸势并称为日本的"三书圣"。

③ 能面：表演能剧时所戴的面具。

有的事，所以猫会忘本也是理所当然，还望诸位海涵。总之，当我看到拉开卧室的拉门，突然出现在门槛之上的梁上君子时，内心之中就自然而然地涌现出了上述的感想。为什么会有这种感想？既然有人问了，那我就必须仔细想一想。对了——原因是这样的：

本来我一直怀疑，神将人类做成这个样子完全是其无能的结果，但当我看到悠然地出现在我眼前的这位"君子"的容貌时，却一下子打消了上述的念头，因为这位"君子"的容颜实在是太有特点。这个特点不是其他，而是他的眉眼与我亲爱的美男子水岛寒月君简直是一模一样。当然，我并非在小偷之中有许多知己，只是根据其粗野的行为展开想象，暗自在心中勾勒过小偷的面相罢了。我本以为小偷必然是小小的鼻子向左右两边展开，眼睛如一钱铜币那般大小，还留着半寸的短发，但没想到亲眼见到的情况竟然和我的想象有着天壤之别，想象这东西还真是靠不住。这位"君子"身材高挑，长着浅黑色的一字眉，实在是位气度不凡、仪表堂堂的小偷。年龄大概在二十六七岁吧，连这一点也和寒月一模一样。如果神有制造出如此相似的两张容颜的技艺，那绝不能再污蔑其无能。这位"君子"与寒月君究竟相似到什么程度呢？这么说吧，我当时还以为是寒月君本人搭错了哪根筋大半夜地跑出来呢。只不过这位"君子"的鼻子下面没有留胡子，才让我意识到他是另外一个人。寒月君是严肃端庄的美男子,是连被迷亭称为"移动支票"的金田富子小姐都为之神魂颠倒的精致之作。但这位"君子"若从面相上来看,其对妇人的吸引力绝对不逊色于寒月。如果金田家的大小姐迷恋于寒月君的容貌,却不对这位小偷君有同等程度的热爱,那么就有违情理。即便不说情理,至少也不合逻辑。金田小姐那么有才华,什么事都一点就透,像这种事情就算不用别人说,她自己肯定也是清清楚楚。由此可见,即便用这个小偷代替寒月君,金田小姐一定也会奉献出全部的爱意,演奏出琴瑟和鸣①之音。万一寒月君被迷亭之流的说法蛊惑,破坏了这千古良缘,但只要这位"君子"健在,便万事大吉。我对这一事件的未来发展预测到此,方才为富子小姐放下心来。也就是说,这位小偷君是否存在于天地之间,对富子小姐的生活幸福至关重要。

"君子"的腋下不知夹着什么东西。我仔细一看,正是之前主人扔进书房的那条旧毛毯。他身穿细条纹布②的和服外套,腰上系着一条灰蓝色的博多带③,膝盖以下,苍白的小腿全都裸露在外,如今正抬起一只脚想要迈进卧室。之前便在梦中被红色

---

① 琴瑟和鸣:指琴瑟同时弹奏,声音和谐。比喻夫妻恩爱。

② 细条纹布:棉织物的一种,蓝底配有纵向红色或浅蓝的细条纹,致密有光泽,手感光滑,深受手艺人喜爱。这种布料在夏目漱石的作品中多次出现。

③ 博多带:用博多丝绸制成的和服带子。

的书咬住手指的主人此时忽然翻了个身，大叫一声"寒月"。"君子"腋下的毛毯掉在地上，他急忙把伸出去的脚收了回来。通过被映在拉门上的影子能看出，他站在原地的双腿正在微微地颤抖。主人哼了一声又嘟囔了几句，将那本红色的书扔到一旁，像得了皮癣一样咔嚓咔嚓地挠了挠他那黝黑的胳膊。之后一切重归寂静，主人的脑袋都没放在枕头上就又沉沉地睡了过去。看来刚才喊的那一声"寒月"完全是无意识的梦话。"君子"在檐廊站了一会儿窥视卧室里的动静，确认主人夫妇都在熟睡便再次迈进一只脚。这次没有人再呼唤"寒月"。很快，他的另一只脚也踏了进来。一盏春灯①的光芒本将六叠大小的房间照得十分明亮，却被"君子"的身影锐利地一分为二，从柳条箱旁边一直到我头上的半面墙壁都变得一片漆黑。我回头望去，只见"君子"脸部的影子刚好在墙壁三分之二的高度处模糊不清地移动。虽然他是位美男子，但如果只从影子上来看的话，说他是个长着芋头脑袋的怪物恐怕是再合适不过了。"君子"在上方看了看女主人的睡脸，不知为何竟暗自笑了起来。他连笑的方式都和寒月君一模一样，我不由得大吃一惊。

在女主人的枕头边上有一个四寸见方、一尺五六寸高，用钉子钉牢的箱子被小心翼翼地放在那里。里面装的是家住肥前国

---

① 春灯：与前文中的"猫恋"同为季语，意思是春季夜晚的灯火。

唐津市的多多良三平君回老家探亲后带回来的土特产山药。虽然将山药摆在枕边睡觉这种事史无前例，但女主人毕竟是连做饭时所用的上等白糖都放在五斗橱里的女人，对什么东西应该放在什么地方可以说是毫无概念，所以别说山药了，就连在卧室里放腌萝卜，或许她也毫不在意吧。但"君子"并不是神，他可不知道女主人是这样的女人。况且如此郑重地摆在身边，任谁也会以为这是非常贵重的东西。"君子"将装山药的箱子抬起来掂了掂，似乎重量和他预想的一样，于是他便显得十分满意。一想到他真的偷了山药，而且还是这样的美男子偷山药，我就忽然感到一阵好笑。但贸然出声非常危险，所以我只能忍住。

"君子"着手用旧毛毯将山药箱小心翼翼地包起来，同时环视了一下四周，想找个能把箱子绑住的东西。幸运的是，旁边就有一条主人睡觉前摘下来的绉绸兵儿带①。"君子"将山药箱用这条系带捆好，轻巧地背在背上。这造型可不受女性欢迎。随后，他又将两件小孩的棉坎肩塞进主人的针织细腿裤里，裤裆处顿时鼓了起来，就好像吞了青蛙的青蛇——或许说像临盆的青蛇更贴切。总之，这是一个非常奇怪的模样，如果你觉得我撒谎，可以自己试着弄一下看看。"君子"将针织细腿裤缠

---

① 兵儿带：和服系带的一种。

在自己的脖子上。我正在思考他接下来要做什么，只见他将主人的茧绸上衣摊开铺在地上，然后将女主人的系带、主人的和服外套和衬衫，以及其他一些零零碎碎的小东西全都整齐地包在里面。他那熟练和灵巧的动作，连我都有些佩服。接着，他将女主人的腰带背衬①和捋腰带②系成一条长绳把包裹捆住拎在手里。他又环视了一下四周，寻找还有什么可以拿的，发现在主人的脑袋旁边有一个"朝日"③的烟盒，便顺手扔进袖兜里，又从烟盒里拿出一根香烟借着灯火点燃。他似乎很享受地深吸了一口，吐出的烟雾绕着乳白色的灯罩尚未消散，"君子"的脚步声就已经沿着檐廊渐行渐远，直至彻底听不见。主人夫妇依然熟睡，人类还真是意外地粗心大意呢。

我必须再暂时休养一下，毕竟一个劲地说下去身体吃不消。等我一觉醒来，三月的天空一片晴朗，主人夫妇正在后门与巡警交谈。

"那么，小偷就是从这里进入卧室的，对吧？你们当时正在睡觉，一点也没有觉察，对吧？"

"是的。"主人似乎有些不好意思地说道。

---

① 腰带背衬：防止女用和服腰带下滑而使用的细长布条。

② 捋腰带：女用腰带的一种，一般系在和服腰带的下部，并且在左后方系成蝴蝶结。

③ 朝日：1904年7月，专卖局发售的带过滤嘴的卷烟。

"那么失窃时间是几点呢?"巡警问了个让人为难的问题。如果知道失窃的时间,那怎么会丢东西呢?但主人夫妇似乎并没有意识到这一点,反而认真地讨论了起来。

"是什么时候啊?"

"这个嘛……"女主人陷入思考,就好像只要想一想就能知道一样。

"你昨晚是几点睡觉的?"

"我睡得比你晚。"

"是啊,我比你先躺下的。"

"几点醒的呢?"

"七点半吧?"

"那么盗贼进来的时候是几点呢?"

"应该是夜里吧。"

"我知道是夜里,但具体是几点呢?"

"具体是几点,不仔细想一想恐怕不知道。"女主人还打算再想一想。其实巡警只是走个形式随便问问,至于失窃时间是几点都无所谓。本以为对方随便说个时间也就行了,但没想到主人夫妇竟然开始不知所云地讨论起来,于是巡警显得有些不耐烦地说道:"那么也就是说失窃的时间不明,对吧?"

主人用和平时一样的语气说道:"嗯,是的。"

巡警严肃地说道:"那么你写一份书面材料吧,就写明治三十八年①几月几日关好门窗睡觉之后，盗贼把什么地方的防雨门打开，进到什么地方，偷了什么东西。这不是报告，是诉状。不用写收件人。"

"丢了什么全都要写出来吗？"

"是的，和服外套几件，价值多少，就像这样写。我进去看也没有用，东西都已经丢了。"巡警满不在乎地说完就走了。

主人把笔砚拿到客厅正中，又将女主人叫到面前，用好像要吵架一样的语气问道："我现在要写失窃诉状，都丢了什么，一个一个全告诉我。赶紧说。"

"哎呀，真讨厌，什么叫'赶紧说'啊，你这么气势汹汹，谁会说啊？"女主人腰上只系了一条细带，扑通一声坐在主人面前。

"你这是什么打扮？像个没人要的妓女似的。为什么不把腰带系好再出来？"

"你要是觉得我这样不好看，那就去给我买条带子回来。腰带被偷走了，我像妓女又有什么办法。"

"连腰带都被偷走了？真是个过分的家伙。那就从腰带开始写吧。是什么样的腰带？"

"还问什么样的腰带！我们家哪有那么多腰带啊，就是一面

---

① 明治三十八年：1905年。

是黑缎子、一面是绉绸的那个呗。"

"一面是黑缎子、一面是绉绸的腰带一条……大概多少钱?"

"大概六日元吧。"

"竟然狂妄自大地系这么贵的腰带!从今往后就给我用一日元五十钱的。"

"哪有那么便宜的腰带啊?要不怎么说你不通人情呢。不管老婆穿得多么破衣烂衫都无所谓,只要自己穿得好就行了,是吧?"

"哎呀,算啦,还丢了什么?"

"捻丝绸的和服外套。那是河野婶婶留给我的遗物,比现在的捻丝绸质量可好多了。"

"这些多余的解释就不用说了。多少钱?"

"十五日元。"

"竟然穿十五日元的和服外套,与你的身份不相符啊。"

"有什么不好,又不是你给买的。"

"接下来是什么?"

"黑袜子一双。"

"你的吗?"

"你的。价值二十七钱。"

"然后呢?"

"山药一箱。"

"竟然连山药都偷?是打算煮着吃,还是做成山药泥呢?"

"这我可不知道。你去小偷家里问问吧。"

"多少钱?"

"山药多少钱我怎么知道?"

"那就算十二日元五十钱好了。"

"说什么傻话啊,就算是从唐津带来的山药,也不值十二日元五十钱吧。"

"但你不是说不知道吗?"

"我确实不知道啊,但就算我不知道,十二日元五十钱这价格也太离谱了。"

"既然你不知道,怎么还能说十二日元五十钱这价格离谱呢?这简直没有道理。要不怎么说你是奥士坦丁·帕里奥洛格斯①呢。"

"我是什么?"

"奥士坦丁·帕里奥洛格斯。"

"这个奥士坦丁·帕里奥洛格斯是什么意思?"

"管他是什么意思呢。然后还有什么——我的衣服怎么一件也没有提?"

"管他然后还有什么呢。你先告诉我奥士坦丁·帕里奥洛格

---

① "奥士坦丁"是江户时期骂人"蠢货""笨蛋"的俗语。这里是借用东罗马帝国最后一位皇帝君士坦丁十一世·帕里奥洛格斯(Constantinus XI Palaeologus)的名字来开玩笑。

斯是什么意思。"

"哪有什么意思！"

"你告诉我一下不行吗？也太欺负人了。你肯定是知道我不懂英语，所以才故意用英语骂我，对不对？"

"别说这种傻话，快告诉我还丢了什么。如果不尽快提交诉状，东西可就找不回来了。"

"反正现在就算提交了诉状也来不及了。在那之前，你先告诉我奥士坦丁·帕里奥洛格斯是什么意思。"

"你怎么这么烦人，我不是跟你说了没什么意思吗？"

"既然如此，丢的东西也就这些了。"

"你可真是既顽固又愚蠢。那随你的便吧，我不写什么失窃诉状了。"

"我也不会告诉你都丢了什么。反正要写诉状的是你自己，现在你爱写不写，跟我有什么关系？"

"那就不写了。"主人和往常一样猛地站起身钻进书房。女主人则回到饭厅在针线盒前面坐了下来。两人都默默地盯着隔扇，足有十分钟没说一句话。

就在这时，玄关的大门被很有气势地推开，山药的赠送者多多良三平君走了进来。多多良三平君以前是寄宿在主人家的学生，如今从法科大学毕业后在某公司的矿山部工作。这位也是实业家的预备军，铃木藤十郎君的后继者。因为之前的这段关系，三平君时常来主人家里玩耍，周日的时候甚至待上一整天才走，与主人家里的所有人都亲密无间。

"师母，今天天气不错啊。"他操着一口唐津腔来到女主人面前，穿着西裤支起一条腿坐了下来。

"哎呀，是多多良先生。"

"老师出门了？"

"没，在书房里呢。"

"师母，老师这么用功可别累坏了身体啊。难得的星期天，您说呢？"

"你和我说也没用啊，去跟你老师说吧。"

"不过……"三平君说着在客厅里环视了一圈，故意说道，"今天怎么连小公主们也不见了？"话音刚落，敦子和骏子就从隔壁的房间里跑了出来。

"多多良先生，今天带寿司来了吗？"姐姐敦子还记得之前的约定，一看见三平君就追问道。

多多良君挠了挠脑袋，坦白道："你还记着呢，下次我一定带来。今天忘了。"

"讨厌。"姐姐一说完，妹妹马上跟着学了一句："讨厌。"女主人的心情终于好转起来，脸上露出些许笑容。

"虽然我这次没带寿司来，但之前拿了山药啊。小公主们尝过了吗？"

"山药是什么?"姐姐一问完,妹妹又马上跟着学了一句:"山药是什么?"

"还没吃吗?快点让妈妈给你们煮了吃啊。唐津的山药和东京的不一样,可好吃了。"听到三平君吹嘘自己的家乡,女主人才终于回过神来。

"多多良先生上次送来那么多山药,真是太感谢了。"

"怎么样,尝过了吗?因为怕摔断,我特意用结实的箱子装回来的呢,每根都完好无损吧?"

"可是你好不容易送来的山药,昨晚都被小偷给偷走了。"

"被偷走了?真是个混账家伙。竟然有那么喜欢山药的人吗?"三平君十分感慨。

"妈妈,昨晚家里进小偷了?"姐姐问道。

"是啊。"女主人轻轻答道。

"进小偷……然后呢……进小偷……进来的时候是什么样的?"这次是妹妹问道。对于这个奇怪的问题,女主人一时间不知道应该如何回答才好。

"是很吓人的样子。"说完,她向多多良君望去。

"很吓人的样子,就是像多多良先生那样吗?"姐姐童言无忌地追问道。

"说什么呢?太没礼貌了。"

"哈哈哈哈,我的样子有那么吓人吗?真不好办啊。"说着他挠了挠脑袋。多多良君的后脑勺秃了一片,直径一寸左右。一个月前发现的时候去看过医生,但似乎并不容易治愈。第一个发现这块秃头的是姐姐敦子。

"哎呀,多多良先生的脑袋和妈妈一样发光。"

"不是叫你别说吗?"

"妈妈,昨晚那个小偷的脑袋也发光吗?"妹妹问道。女主人和多多良君都忍不住笑了起来,但因为孩子一直在旁边捣乱,根本没办法正常地聊天,于是女主人便对孩子们说道:"好了好了,你们去院子里玩一会儿吧。妈妈这就准备你们爱吃的点心。"

待孩子们走后,女主人认真地对多多良君问道:"多多良先生的脑袋是怎么了?"

"被虫子咬了,一直治不好。师母也是吗?"

"讨厌,我才没被虫子咬,只是扎发髻的地方有点秃而已,女人嘛。"

"秃头都是由细菌引起的。"

"我这不是因为细菌。"

"师母太固执了。"

"也并非什么都是由细菌引起的吧?不过,秃头用英语怎么说?"

"保尔德(bald)。"

"不对,不是这个,有个比较长的说法。"

"问问老师,不就知道了?"

"就是因为他无论如何也不肯告诉我,所以我才问你啊。"

"我除了'保尔德'就不知道别的说法了。您说的那个比较长的,怎么发音?"

"奥士坦丁·帕里奥洛格斯。'奥士坦丁'就是'秃'字,'帕里奥洛格斯'是'头'吧?"

"或许是。我去老师书房里拿韦氏大词典查一查。不过老师还真奇怪啊,这么好的天气,竟然一直闷在家里。师母,老师这样的话,胃病可不会好。应该劝他多出门去上野之类的地方赏赏花才好。"

"你带他一起去吧。你老师那个人是绝对不会听女人的话的。"

"最近还在吃果酱吗?"

"是啊,还是老样子。"

"前几天,老师对我抱怨说,'老婆嫌我果酱吃得太多,但我并没有打算吃那么多,一定是什么地方搞错了'。于是我就说,'那肯定是令嫒和师母吃掉了……'"

"哎呀!多多良先生,为什么要这样说呢?"

"但是看师母的样子,好像是吃了啊。"

"这种事也能看出来吗?"

"确实看不出来……那师母是一点也没吃了?"

"吃过一点。但我吃过也没什么吧？反正也是自己家的东西。"

"哈哈哈哈，我就说嘛……不过话说回来，进了小偷可真是倒霉啊。只丢了山药吗？"

"要是只丢了山药，我也不用这么发愁，平时穿的衣服都被偷走啦。"

"竟然飞来横祸。这下又不得不借钱了吧？这只猫要是狗的话就好了……太可惜了，师母一定要养一只大狗……猫就不行，光知道吃……它捉老鼠吗？"

"一只也没捉过，真是只厚颜无耻的猫。"

"这样的话可不行啊。还是赶紧扔掉吧，或者给我煮了吃也行。"

"哎呀，多多良先生还吃猫吗？"

"吃过。猫肉很好吃。"

"真是豪爽。"

早有传闻说在下等的书生之中有吃猫肉的野蛮人，但我做梦也想不到，一直对我关照有加的多多良君竟然也在此列。何况此人现在已经不是书生了，他在毕业不久便以堂堂的法学士的身份进入六井物产公司上班，所以听他口出此言，让我更觉惊愕。"见到别人，要先想他是不是贼"①这句格言已经由"寒月二世"

---

① 这是日本的一句俗语，意思是不要轻信他人。

的行为得到了证实。而多亏了多多良君,让我感悟到"见到别人,要先想他吃不吃猫肉"这一真理。只要在这世上多活一天就能多学到一点,能学到东西固然是好事,但知道得越多,危险也就越多,所以每天都不可大意。不管是狡猾、卑劣,还是披上表里不一的伪装,都是因为知道得太多,而知道得太多则是因为活得太久。正所谓"老人皆非等闲之辈"就是这个道理。或许我现在就应该在多多良君的锅里与洋葱一起"成佛"方为上策,想到这里,我不由得在角落里缩成一团。之前因为和女主人吵架而将自己关在书房里的主人,听到多多良君的声音之后也慢悠悠地来到饭厅。

"听说老师家里进了小偷,多么愚蠢啊。"多多良君毫不客气地说道。

"进来的小偷才蠢呢。"主人无论何时都以贤人自居。

"小偷虽蠢,但被偷的人也不聪明吧。"

"像多多良先生这样没什么东西可被偷的人最聪明是吧?"女主人这次站在了主人那一边。

"但最蠢的还是这只猫。真是的,它究竟是怎么想的呢?既不捉老鼠,家里进了小偷也不知道……老师,不如把这只猫给我吧,反正留在你家里也没有什么用。"

"给你也行,你打算用来做什么?"

"煮了吃。"

主人听了这骇人听闻的一句话，除了露出一个因为感觉恶心而胃部不适的笑容之外，没有做出任何答复。而多多良君也没说非要吃我不可，对我来说真算是意外之喜。

主人话锋一转，十分消沉地说道："猫爱怎么样就怎么样吧，可衣服都被偷走了，让人冷得受不了。"当然冷了，到昨天为止他还穿着两件棉袄，可今天只穿了一件夹衣和一件半袖衬衫。而他从早晨开始就一动不动地枯坐着，本就不充足的血液全都聚集到胃部，至于手脚部分，则一点也流动不到。

"老师，一直做教师的话还是不行啊。不小心遭了贼，马上就捉襟见肘……干脆趁现在辞职做个实业家吧。"

"你老师讨厌实业家，所以这种事和他说也没用。"女主人在一旁对多多良君说道。她当然希望主人能当实业家。

"老师从学校毕业几年了？"

"今年是第九年了吧。"女主人看着主人说道。主人默不作声，不置可否。

"九年了都没涨过工资。不管多么努力都没有回报，岂不是'郎君独寂寞'吗？"多多良君将自己中学时代背诵的诗句对女主人朗诵了一遍，但女主人似乎有些没听懂便没有回答。

"教师我当然不喜欢，但实业家我更讨厌。"主人似乎正在心里思考自己喜欢什么。

"你老师他什么都讨厌……"

"不讨厌的只有师母吧？"多多良君开了个不合身份的玩笑。

"最讨厌的就是她。"主人的回答更是简单明了。

女主人将头转向一边，但很快又再次转向主人，似乎打算把主人彻底制服般说道："你是不是连活着都讨厌了？"

"反正不怎么喜欢。"主人满不在乎地答道。这下就连女主人也拿他没办法了。

"老师，您要是再不多出去走走，身体会垮掉的……而且您还是去做个实业家吧。赚钱真的是很容易的事。"

"明明你也没赚多少啊。"

"因为我去年才进的公司啊。即便如此，我也比老师您存款多呢。"

"有多少存款了？"女主人热心地问道。

"已经存了五十日元。"

"你每个月究竟赚多少啊？"女主人又问道。

"三十日元。其中每个月往公司里存五日元，以备不时之需……师母拿零用钱买点外濠线[①]的股票吧，只要再过三四个月，价值就能翻倍。真的只要一点点钱，很快就能获得两倍甚至三倍的回报。"

---

① 外濠线：东京电气铁道株式会社经营的绕皇宫护城河一圈的线路，当时刚刚开通。

"要是有那些钱的话，就算遭了贼也不会这么为难了。"

"所以还是要当个实业家才行。如果老师也是学法律的，就可以去公司或者银行里工作，如今每个月也应该有三四百日元的收入了，真是可惜呢……老师认识那个叫铃木藤十郎的工学士吗？"

"嗯，昨天刚来过。"

"是这样啊。前几天我在一场宴会上遇到他，提起老师的事情，他说'原来你曾经是寄宿在苦沙弥君家里的学生啊。我和苦沙弥君过去曾经一起在小石川的寺院里搭过伙，下次你再去他家的时候替我问个好，就说我也会找时间登门拜访'。"

"似乎他最近才回的东京。"

"是的，他之前一直在九州的煤矿，最近调回东京了。他混得可好了，对我也像朋友一样……老师，您猜那个人赚多少钱？"

"不知道。"

"月薪二百五十日元，一年还有两次分红，平均下来每个月得有四五百日元吧。那样的家伙都能赚这么多，老师却十年如一日地教着英语阅读，不是太傻了吗？"

"确实很傻。"即便是主人这样秉持超然主义的人，在金钱观念上也和普通人没什么区别。或许他因为穷困，反而比普通人对金钱更加渴望。多多良君在大事吹嘘完实业家的好处之后感觉没什么好说的了，便换了个话题。

"师母，有叫水岛寒月的人来拜访过老师吗？"

"嗯，经常来。"

"那是个什么样的人呢？"

"似乎是一位很有学问的人。"

"美男子吗？"

"呵呵，和多多良先生差不多吧。"

"是吗，和我差不多？"多多良君似乎很认真。

"你怎么知道寒月的名字？"主人问道。

"之前有人拜托我打听一下。他是个值得打听的人吗？"多多良君在开口询问之前，就已经觉得自己在寒月之上了。

"可比你强多了。"

"是这样吗，在我之上？"多多良君既没有笑也没有生气，这正是他的特点。

"最近能当上博士吗？"

"似乎正在写论文呢。"

"果然是个白痴。竟然写什么博士论文，我还以为他是个值得一提的人物呢。"

"你的见解还是一如既往地独到啊。"女主人笑着说道。

"听说只要他当上博士，就会有人把女儿嫁给他。我就说哪有那种傻瓜啊，竟然为了娶老婆而当博士。与其把女儿嫁给那种人，还不如嫁给我。"

"这话你是跟谁说的?"

"拜托我打听水岛事情的人。"

"铃木吗?"

"不是,这种话可不能对那个人说。人家可是有钱人。"

"多多良先生原来是个窝里横啊。来我们家的时候威风八面的,可在铃木先生面前就变成小猫咪了?"

"是啊,要不然的话,可就危险喽。"

"多多良,去散步吧。"主人突然说道。因为只穿了一件夹衣,他感觉很冷,以为稍微运动一下或许能暖和起来,所以史无前例地提出了这么一个建议。而自己一向没什么计划的多多良君当然毫不犹豫地答应了。

"走呗,去上野吗?还是去芋坂①吃丸子?老师吃过那里的丸子吗?师母也去吃一次尝尝吧,又便宜又好吃,还有酒喝呢。"在多多良君和往常一样语无伦次地闲扯的时候,主人已经戴好帽子去门口换鞋了。

我又需要稍微休养一下了。至于主人与多多良君在上野的公园做了什么,在芋坂吃了几盘丸子,一是没有了解的必要,二是我没有随之同去的勇气,所以干脆略过不表,趁这时间休养一

---

① 芋坂:位于东京下谷区(现东京台东区)谷中天王寺町的一条坡道。坡道下方的"羽二重丸子"十分有名。

下吧。休养是上天赐予万物的权利。世上凡是拥有生息义务的生命，为了履行其生息的义务就必须要休养。如果有神灵对我说，'汝辈乃为劳动而生，并非为沉睡而生'，那我就会这样回答他，'吾辈正如你说的那样，是为劳动而生，所以才要为了劳动而休养'。就连像被灌满牢骚的机器一般倔强的主人，不是偶尔也要在周日之外的时间自作主张地休养吗？像我这样多愁善感又日夜劳心劳神，就算是猫也需要比主人更多的休养才行，这一点毋庸置疑。只不过刚才多多良君污蔑我是除了休养便一无所能的废物，让我有点难以接受。总之，那些只重视物象的俗人，除了五感的刺激之外别无他求，对任何事物进行评价都只看表面而不重本质，实在是拿他们没办法。在他们看来，凡是没有撅着屁股累到大汗淋漓、气喘吁吁，都不是在劳动。据说有一个叫达摩的和尚，坐禅坐到双脚溃烂，即便眼睛和嘴巴都被从墙壁缝隙中长出来的爬山虎封住，这位大师仍然一动不动，但他既没有睡着也并非已死。因为他的大脑还活动如常，正在冥思廓然无圣[①]之妙答。儒家似乎也有"静坐功夫"的说法。但静坐并不意味着把自己关在房间里什么也不做，而是大脑要用比别人多出一倍的活力来进行思考。只因为从外表上来看非常沉静端庄，所以那些俗人

---

① 廓然无圣：指大悟之境界；此大悟之境界无凡圣之区别，既不舍凡，亦不求圣。出自《碧岩录》第一则："梁武帝问达摩大师：'如何是圣谛第一义？'摩云：'廓然无圣。'帝曰：'对朕者谁？'摩云：'不识。'"

都以为这些知识巨匠是昏睡假死的庸人，甚至诽谤他们成事不足败事有余、好吃懒做。这些凡夫俗子都长着一双只见其形不见其心的眼睛——多多良三平君身为其中的头等人物，将我看作干屎橛①倒也情有可原，可恨的是就连读过一些古今书籍，稍微了解事物真相的主人，竟然也毫不犹豫地支持浅薄的三平君，对他要吃猫肉火锅一事没有丝毫的劝阻。但退一步来看，他们瞧不起我其实也有一定的道理。毕竟自古以来就有"大声不入于里耳"②和"阳春白雪、曲高和寡"之类的比喻。强迫那些只能看到形体活动的人去发现我灵魂的光辉，就像是逼和尚盘头，让金枪鱼演讲，要电车脱轨，劝主人辞职，叫三平别去想赚钱：全都是无理要求。但猫毕竟也是社会动物。既然是社会动物，那么不管多么清高，都必须在某种程度上与社会相协调。主人夫妇乃至女佣、三平之流对我做出与我的身份并不相符的评价固然令人遗憾，但我对此却是无能为力。如果因为他们的愚蠢，真的剥下我的皮卖给做三味线的，切下我的肉摆上多多良君的餐桌，那问题可就严重了。我肩负着凭借自己的头脑发挥聪明才智的重任来到这个俗世，是古往今来绝无仅有的猫，所以身家性命十分宝贵。古语有

---

① 干屎橛：大便后用来拭秽的木条或竹条，虽然也可用来骂人，但主要是禅宗用语。《景德传灯录·临济义玄禅师》中记载，临济宗为打破凡夫之执情，并使其开悟，对询问"佛者是何物"者，每答以"干屎橛"。

② 此句出自《庄子·天地》，意思是高雅的音乐，世俗之人无法欣赏。

云"千金之子,坐不垂堂"①,如果一味地追求那些不切实际的东西以至于身处险境,不但会给自己带来灾难,更是与天意背道而驰。猛虎如果被关进动物园,也只能与蠢猪一起比邻而居;鸿雁如果被厨子抓到,也只能与小鸡同为盘中之餐。如今我既然与这些庸人为伍,就不得不自贬为庸猫。既然是庸猫,那就不得不捉老鼠——于是我终于决定去捉老鼠。

之前听说日本似乎正在与俄国打仗。我因为是日本猫,所以当然支持日本。如果可能的话,我甚至想组建一支混成猫旅团②去挠死那群俄国兵。想我如此精力旺盛,只要有捉一两只老鼠的想法,岂不是闭着眼睛也能捉到吗?过去曾经有人向一位十分著名的禅师询问,究竟如何才能悟道?禅师回答说,要像猫捉老鼠一样。所谓猫捉老鼠,就是说只要确定了目标便绝对不会失手。虽然有"女人太聪明,卖牛都赔钱"③的谚语,但应该还没有"猫若太聪明,老鼠都捉不住"的格言。由此可见,不管我多么聪明,也没有不捉老鼠的道理,而且捉老鼠也绝对不会失手。我之所以之前一直没有捉老鼠,完全是因为我不想捉

---

① 此句出自《史记》,意思是家中积累千金的富人,坐卧不靠近堂屋屋檐处,怕被屋瓦掉下来砸着。

② 混成旅团是以步兵旅团为主,再加上炮兵等其他必要兵种组成的独立部队。下文中"我"捉老鼠的行为都被比作"日俄战争"。

③ 此句是日本俗语,指一个女人卖牛时要小聪明却说错了话,结果错失了卖牛的良机。这句俗语相当于中国古代的俗语"女子无才便是德"。

罢了。春日如昨天一般渐渐西沉，随风飞舞的花瓣偶尔穿过厨房拉门的破洞飘落在桶里的水面上，被厨房中昏黄的煤油灯映照得十分显眼。既然我已经下定决心要在今晚立下奇功，让家里的那些人都大吃一惊，那就必须事先了解一下战场的地形。当然战场也没多大，换算成叠数的话大概有四叠吧，其中一叠被从中间隔开，一半是水槽，另一半则是向酒馆和果蔬店的伙计下订单的地方。灶台的奢华程度与厨房整体的贫穷风格极不相符，摆在上面的铜水壶闪闪发光，灶台与护墙板之间有两尺宽的余地，我的猫食碗就放在那里。厨房靠近饭厅的一侧是用来装盘子和碗的橱柜，将本就狭小的厨房分割得更加逼仄。紧挨着橱柜的是一个与其高度相当的架子。架子下层放着一个研磨钵，有个小桶倒在里面，桶底正对着我。萝卜擦子和研磨杵并排挂在架子上，还有个灭火罐孤零零地在一旁悄然而立。被灶火熏得漆黑的房梁的正中处垂下一根活动吊钩①，下面挂着一个扁平的大篮子。这个篮子不时地随风摆动。为什么要把篮子吊起来呢？刚来这个家时，我还感觉很奇怪，等我知道那是为了不让猫偷吃而特意把食物放在里面之后，才深刻地认识到人类到底有多坏。

---

① 活动吊钩：挂在地炉或炉灶上方，用来吊锅等容器的吊钩，可以调整锅与火之间的距离。

接下来就要制订作战计划。要问在什么地方与老鼠开战，当然是在老鼠活动的地方。如果只在对自己有利的地形守株待兔，那根本就不是战争。既然如此，就有必要对老鼠的出口进行一下研究。究竟老鼠会从哪来呢？我站在厨房的正中央向周围环视了一圈，感觉自己就好像东乡大将①一样。女佣去澡堂洗澡还没回来。孩子们已经睡了。主人在芋坂吃完丸子，回来之后又和往常一样把自己关在书房。女主人……女主人在做什么，我也不知道。大概正在打瞌睡，做着吃山药的梦呢。偶尔会有人力车从门前经过，但经过后更显寂寞。不管是我的决心、我的气概、厨房的光景还是周围的寂寞，无不使人产生出一种悲壮的感觉。这让我愈发地觉得自己就是猫中的东乡大将。达到这种境界之后，任何人都能在恐惧中体会到一种愉悦，我自然也不例外，但我更在这愉悦的深处发现了一大隐忧。虽然我已经下定了与老鼠一战的决心，所以不管对方来多少我都不怕，但如果不知道敌人究竟从何而来则非常不妥。我将通过周密的观察所获得的情报进行了综合分析，发现鼠贼共有三条来路。如果是脏水沟里的老鼠，沿着排水管流窜，那一定会从灶台的后面出来。到时候我就躲在灭火罐的后面，切断

---

① 东乡大将：指东乡平八郎（1848~1934），日俄战争时期联合舰队司令官。

其退路。或者鼠贼从浴室的排水口钻进来，然后出其不意地冲进厨房。这样的话，我就守在锅盖上待其从我眼下经过，便从上边一跃而下将其一网打尽。然后我又环视了一圈，发现橱柜的柜门右下方被咬出了一个半月形的破洞，可能是鼠贼的出入口。我将鼻子凑过去闻了闻，稍微有些老鼠的气味。如果鼠贼从这里冲出来，我可以用柱子做掩护先放其过去，然后再从侧翼发动攻击。如果鼠贼从天花板上来该怎么办呢？想到这里我抬头望去，只见漆黑的煤灰反射着煤油灯的光芒，如同地狱被倒转过来挂在上面，凭我的本事根本上不去，就算上去了恐怕又下不来。不过考虑到鼠贼也不会从那么高的地方跳下来，所以这方面的警戒就不必了。但还有一个担忧，就是鼠贼如果从三个方向同时攻来怎么办？倘若鼠贼只从一处来，那我睁一只眼闭一只眼也能将其击退。从两个方向来的话，我也有想方设法抵御来犯之敌的信心。但遭受三面围攻，不管我拥有怎样本能的捕鼠天赋，恐怕也无能为力。倘若拜托车夫家的黑猫前来助阵，又有损吾辈之威严。究竟如何是好呢？当不知该如何是好，又想不出什么好主意的时候，最能让人安心下来的办法就是干脆认定那种担忧绝对不会发生，或者坚信不会出现让自己无能为力的事。其实，在我们的身边到处都是这样的例子。谁也不知道新娶的媳妇会不会第二天就死掉，但新郎官不还是一副毫不担心的模样说着什么"天长地久""百年好合"之类的喜庆话吗？当然表面上不担心，并不是因为这件事没有担心的必要，而是因为不管如何担心都无能为力。对我来说，虽然没有充分的理由可以断定必然不会遭到三面围攻，但坚信不会遭到三面围攻可以使我安下心来。天下万物都需要安心，我也需要安心，因此只能坚信不会遭到三面围攻。

即便如此，我仍然觉得放不下心来，这究竟是为何呢？在仔细思考之后我才终于想明白其中的原因，那就是关于在这三个计策之中应该选择哪一个才是上上之策这个问题，我还没有一个明确的答案，所以才倍感烦恼。如果鼠贼从橱柜那边出来，我自有应对之策；如果从浴室那边出现，我也有御敌之计；如果顺着排水管爬上来，我更是稳操胜券。但如果非让我从这三个计策之中单选其一，则实在是难以决断。据说东乡大将也对俄国的波罗的海舰队究竟会从对马海峡通过，还是出现在津轻海峡，抑或绕道宗谷海峡这个问题感到非常的困惑。如今我也面临相同的情况，对他当时的为难之情是感同身受。我不但身处的状况与东乡阁下相似，就连目前所在的地位也迫使我不得不像东乡阁下一样苦心思索。

就在我专心致志地思考策略之时，厨房的破拉门被突然拉开，女佣的脸探了进来。之所以只提到脸，倒不是说她没有手脚，而是因为黑灯瞎火的，其他部位都看不太清楚，只有脸蛋颜色鲜明，看得是真真切切。女佣本就红通通的脸颊在洗完澡之后显得更加红润。或许是吸取了昨晚的教训,她在进来之后就马上顺手将厨房门关严。书房里传来主人的声音,让女佣将手杖放到他的枕头边上。至于主人为什么要把手杖放在枕头边上,我就不得而知了。莫非是为了效仿易水之壮士①,突发聆听龙鸣②之音的奇想吗?昨天是山药,今天是手杖,明天又会是什么呢?

夜色尚浅,老鼠一时间也不会出现。我在大战之前需要稍微休养一下。

主人家的厨房里没有天窗。客厅里楣窗③的位置有个一尺来宽的缺口,代替天窗发挥冬夏通风的作用。晚风挟着彼岸樱的花瓣从这个缺口吹了进来,我猛然惊醒,发现不知何时已经月色朦胧,将灶台的影子斜斜地映在地窖的盖板上。莫不是睡过了头?我抖动了两三下耳朵,观察了一下家中的情况,发现周围一片寂静,和昨晚一样只能听到挂钟的声音。差不多是老鼠出洞的时候了,究竟它们会从什么地方出现呢?

橱柜里传来窸窸窣窣的声音。听起来像是老鼠用前爪按住小盘子的边缘,正在偷吃盘子里的东西。我心想老鼠是要从这里

---

① 中国战国时代的刺客荆轲,受燕国太子丹的委托去刺杀秦王。荆轲在易水旁与太子丹分别时吟诵了"风萧萧兮易水寒,壮士一去兮不复还"的诗句。

② 龙鸣:指宝剑在剑鞘中发出的声音,如同龙之鸣叫。

③ 楣窗:日式建筑中拉窗、隔扇上部的格子窗或透花雕刻板,具有采光、通风等功能。

出来，便守在破洞的旁边。但等了半天也没有要出来的迹象。小盘子的声音终于停了，但接下来老鼠好像又窜到了大碗旁边，橱柜里不时地传出咕咚咕咚的沉重声音。而且这声音就在柜门的对面，与我的鼻尖只有不到三寸的距离。老鼠的脚步声有时距离洞口非常近，但很快又再次远去，一只也没有出来。敌人现在就隔着一扇柜门在对面耀武扬威，而我却只能守在洞口外面束手无策。老鼠们正在旅顺碗①里举办盛大的舞会。要是女佣能给这个柜门留一条足够我进出的缝隙该多好，这个愚蠢的乡巴佬。

就在这时，灶台的阴影之中传来我的猫食碗晃动的声音。敌人又从这个方向来了，我悄悄地靠近过去，只见一条尾巴在水桶旁边晃了一下便躲到水池下面去了。过了一会儿，浴室里传来漱口杯与金属脸盆碰撞的声音。我心想敌人就在身后，便猛地回过头去，只见一只五寸长的大家伙动作敏捷地撞掉了装牙粉的袋子，跑到了地板下面。我当然不能让它逃掉，但等我追过去的时候敌人早已不见了踪影。捉老鼠真是比想象中要困难许多。或许我天生就没有捉老鼠的能力。

如果我去浴室巡查，敌人就从橱柜那边出来；当我守着橱柜的时候，敌人又从水池那边出现；而我在厨房正中央布阵，则

---

① 旅顺碗：与"旅顺湾"谐音，旅顺湾是日俄战争时期的战略要地。

三个方向都在蠢蠢欲动。不管说它们令人生厌也好，还是说它们卑鄙无耻也罢，总之它们绝非君子之辈。我来来回回费心费力地奔走了十五六次，却一次也没有成功过。尽管非常遗憾，但与这样的小人为敌，就算是东乡大将恐怕也无计可施。一开始我有勇气，有决心，甚至还有悲壮的崇高美感，但现在却只觉得自己是在做一件麻烦的傻事，而且感到又困又累，于是我便干脆坐在厨房的正中央一动不动。我虽然一动不动，但只要装出一副警戒八方的模样就足够了，因为敌人都是一群无耻小人，所以也搞不出什么大动静。本以为会遇到旗鼓相当的对手，没想到遇到的竟然是卑鄙无耻的小人，这让我对战争的荣誉感烟消云散，只剩下厌恶之情。一旦产生出厌恶之情，干劲也自然随之消失，不免变得懈怠。一旦变得懈怠，便会听之任之，轻蔑地认为反正它们也搞不出什么花头，于是变得困倦。我经过上述的过程，终于感到有些困意，便睡着了。即便在战争时期，休养也是必不可少的。

强风将花瓣揉成一团，从横对着房檐的天窗中抛撒进来。我在强风的吹拂下睁开眼睛，只见一个家伙如同子弹一般从橱柜的破洞中冲了出来。我根本来不及闪避，就被它穿过强风咬住了左耳。紧接着，我感觉又有一个黑影绕到了我的身后，并且在第一时间吊在了我的尾巴上。这些都是在一瞬间发生的事，我不假思索地跳了起来，将浑身的力量都聚集在毛孔之中，想要将这两个怪物甩落下去。咬住我耳朵的那个因为失去了重心而悬挂在我的面前。像胶皮管一样柔软的尾巴竟然出人意料地伸进了我的嘴里。真是天赐良机，我用力地咬住那条尾巴然后左右摇晃，结果只剩下尾巴还挂在我的门牙缝里，那家伙的身体却被摔在贴着旧报纸的墙壁上，又掉在地窖盖板的上面。我不等它起身就扑了上去，那家伙却好像皮球一样高高弹起，擦着我的鼻尖跳到了吊板①的边缘，缩着脚站在那里。他在板子上面向下望着我，我透过板子的缝隙抬头望着他。我们之间有五尺的距离，月光如同一道光带横亘在我们中间。我将力量积蓄在前脚，好不容易跳到板子上面。但我只有前脚搭住了板子的边缘，后脚却还空中乱蹬。而吊在我尾巴尖上的那个黑影大有一副死也不松口的架势。我的处境非常危险。本打算将前脚再往里抓得深一些，但每次尝试，尾巴上的重量都使我抓得更浅。如果再往下滑个两三分的话，就一定会掉下去。我现在的处境愈发危险。板子被我的爪子挠得咔吱咔吱直响。我心想这样不是长久之计，便再次伸出左前脚，尝试往深处抓得更牢固些，但却一下子抓了个空，导致我只剩下一只右爪还挂在吊板上。我自己的重量再加上咬住我尾巴那家伙的重量，使我的身体在空中不断地转圈。就在这时，之前一直在板子上一动不动

---

① 吊板：从天花板上垂吊下来的木板架。

地观察情况的那个怪物，忽然瞄准我的额头，像个石头一样从板子上面砸了下来。抓在板子上的爪子终于失去了最后的支点。我们三个扭成一团从空中掉落下来，将月光一分为二。摆在下面架子上的研磨钵、研磨钵中的小桶与空果酱罐都和我们一起滚落，还捎带着下面的灭火罐，一半掉在水缸里，一半掉在地板上，全都发出深夜里不应有的巨响，就连正在拼命挣扎的我都感到不寒而栗。

"小偷！"主人大喝一声从卧室里冲了出来。他一手提着煤油灯，一手拿着手杖，惺忪的睡眼中发出与他的身份十分相符的炯炯光芒。我老老实实地蹲坐在自己的猫食碗旁边。两只怪物已经消失在橱柜之中。尽管一个人影也没有，主人仍然怒气冲冲地问道："到底是谁，搞出这么大的动静？"月影西斜，皎洁的光带窄到只剩之前的一半。

六

这天热得连猫都难以忍受。英国有个叫西德尼·史密斯[①]的人曾经抱怨说"剥了皮、剔了肉,只剩下骨头才凉爽"。我倒不用只剩下骨头那么夸张,但至少希望能把这身淡灰色带斑点的毛衣稍微洗一洗,或者趁现在拿去当铺抵押了才好。在人类看来,或许以为我们猫一年到头都是一个模样,春夏秋冬都没有任何变化,每天都过着极其简单平凡,甚至不用花一分钱的生活,但实际上即便是猫,也和人类一样知冷知热。我并非不想洗澡,只是因为这身毛衣一旦沾水便很难在太阳底下晒干,所以才忍受着一身的汗臭,长这么大从没进过澡堂的大门。我也并非不想用扇子扇风,只是因为没办法握住扇子才不得不作罢。如此想来,人类

[①] 西德尼·史密斯(Sydney Smith,1771~1845):英国牧师、作家。

真是非常奢侈。本来可以生吃的东西，人类却非要特意地煮啊烤啊、添油加醋，自找些多余的麻烦事才皆大欢喜。穿衣服也是如此，像猫这样一年到头都穿一样的衣服，对于天生就有缺陷的人类来说或许有些为难，但也不至于整天在身上套那么多乱七八糟的东西吧？人类之所以能够如此奢侈，全是托绵羊的福，承蒙桑蚕的照顾，受棉田之恩，因此完全可以断言，人类的奢侈就是无能的结果。就算在衣食的问题上不予追究，但是在与生存没有直接利害关系的问题上人类竟然也是如此，我实在是难以理解。就拿头发来说吧，本来头发是自然生长的，置之不理对其本人来说是最为方便的做法，但是人类却费尽心机将头发弄得奇形怪状，还因此而扬扬得意。自称和尚的人头上总是光溜溜的。但他们却在天热的时候打阳伞，在天冷的时候包头巾，既然如此，又为什么要把脑袋剃成光头呢？简直莫名其妙。不仅如此，人类还用一个毫无意义的锯子一样的工具——名叫"梳子"——将头发左右等分，并因此而沾沾自喜。反正不是等分就是三七分，总之就是要在头盖骨上人为地划分出区域。甚至还有人让这条分界线一直穿过发旋直到后脑勺，让脑袋看上去就像枚伪造的芭蕉叶。还有人将脑袋顶部剃得溜平，左右两边则笔直竖起，就如同把圆形的脑袋塞进了四角形的方框里，活脱脱就是一个被园丁修剪齐整之后的灌木丛的写生画。除此之外，还有什么五分长、三分长、一分长之类的发型，以后恐怕还会流行向脑袋里面剃进去的负一分长、负三分长之类新奇的发型也说不定呢。另外，人类本来有四条腿，但是却只用两条腿来走路，这也十分奢侈。明明用四条腿走路这么方便，可是人类却只用两条腿凑合，剩下的两条腿就像送礼时拎着的鳕鱼干一样无所事事地耷拉着，实在是太蠢了。由此可见，人类一定是比猫更闲，闲极无聊所以才会想出这样的办法来找乐子。但可笑的是，这群闲人不但一见面就要"好忙好忙"地吹嘘一番，更是要装出一副确实很忙的样子来，处心积虑地营造出一种搞不好自己就要过劳死的假象。他们有时看到我，就会说"要是能像你这样轻松自在该多好啊"之类的话。想轻松的话，轻松一下不就好了吗？也没有人逼迫你们整天那样处心积虑的呀？明明是自己搞出那么多做不过来的麻烦事，却还抱怨"好辛苦，好辛苦"，岂不是和自己燃起熊熊大火然后抱怨"好热好热"一样吗？就算是猫，如果有设计出二十种发型的那一天，也不会如此轻松自在了。想轻松的话，便像我一样夏天也穿着毛衣就好了——话虽这么说，穿着毛衣可是真热啊。

因为太热，就连我最拿手的午觉也睡不着。不知道最近有没有什么趣事，因为我好久没有对人间社会进行观察，所以今天打算久违地去拜见一下他们想入非非、忙忙碌碌的样子。不巧的是主人在这一点上，性情倒与猫颇为相似，他睡午觉的功夫一点也不逊色于我，尤其是在放暑假之后，他更是一点人事都没干过。所以我也没了观察的兴致。如果这个时候迷亭能来的话，主人或许会有些反应，暂时脱离猫性吧。就在我心想先生也该来了的时候，浴室里竟然传来不知何人洗澡的声音。除了哗哗的水声之外，不时地还传来说话声。"哎呀，正好""真舒服""再来一勺"的声音传遍整个宅子。来到主人家还能如此大声喧哗、如此不讲规矩的人只有一个，那就是迷亭。

还真来了，看来今天下午可不会无聊喽，我正这么想着，先生已经擦干身体穿好衣服，大摇大摆地走到客厅里将帽子往榻榻米上一扔，随口叫道"夫人，苦沙弥君呢"。女主人在隔壁房间趴在针线盒的旁边睡得正香，忽然被这震耳欲聋的声音吵醒，不由得吓了一跳。她勉强睁开惺忪的睡眼走出房间一看，只见迷亭穿着萨摩上布①的外衣大大咧咧地坐在客厅，手中还不住地扇着扇子。

"哎呀，您来了。"女主人显得有些尴尬，顾不上擦掉鼻尖上的汗珠就急忙寒暄道，"我一点也没发现呢。""没，我也是刚到。刚才在浴室让女佣帮忙倒水洗了个澡。终于活过来了……这天也太热了。""最近这两三天，就算一动不动都能出一身的汗，确实很热……您最近还好吧？"女主人依然没有擦掉鼻尖上的汗珠。"哎，多谢挂念。除了热点，我也没什么不舒服。不过最近真是特别热啊，热得让人都懒得动

---

① 萨摩上布：萨摩藩产的上等麻织物，常被用来制作夏季衣物。

弹。""是啊,本来我从来都不睡午觉的,但因为这天太热就——""就睡午觉了是吗?很好啊。白天睡,晚上睡,再也没有比这更好的事情了。"迷亭和往常一样胡诌八扯了一番,又意犹未尽地说道:"我这个人就睡不着,体质的缘故。所以每次来见到苦沙弥君都在睡觉,真是十分羡慕。当然了,胃病患者也确实受不了这么热的天。就连体格强壮的人,今天也觉得在肩膀上扛个脑袋累得慌呢。但话虽如此,既然已经扛上了也不能把它拧下来啊。"迷亭君前所未有地对脑袋的处置没了主意,"像夫人这样脑袋上还要再顶着个东西,应该坐都坐不住吧。光是这发髻的重量就让人想要躺下呢。"听到这句话,女主人以为迷亭是看到她发型乱了才知道她刚才在睡觉,于是便理了理头发,说道:"呵呵呵,您可真会挖苦人。"

迷亭对女主人的责备毫不在意,反而说了一件奇怪的事:"夫人,昨天我在屋顶上试着煎鸡蛋呢。""怎么煎?""我看屋顶的瓦片被晒得滚烫,觉得就这么放着太可惜了,于是就在上面抹上黄油又打了个鸡蛋。""哎呀,是吗?""但阳光还是不能尽如人意。因为一直连半熟都没有,我就下去看了会儿报纸,刚巧又来了客人,结果我就把煎鸡蛋这事给忘了。今天早上忽然想起,以为能煎好了,就上去一看。""结果怎样?""别说半熟了,鸡蛋全都淌没啦。""哎呀哎呀。"女主人皱着眉头感叹道。

"但三伏天的时候还那么凉快,最近反倒热起来了,真是奇怪呢。""是啊。前阵子穿单衣都觉得有点凉,结果从前天开始就一下子热起来了。""螃蟹至少还是横着走的,今年的气候反而是倒着走。或许这就是在说'倒行逆施①,不亦可乎'吧。""那是什么意思?""哦,没什么。我是说这气候反常就像赫拉克勒斯②的牛。"迷亭见女主人不懂,更加得意忘形地卖弄起学问来,女主人果然更糊涂了。但因为之前"倒行逆施"那句就碰了一鼻子灰,所以这次她只是"哦"了一声,并没有追问。但如果女主人不问的话,迷亭好不容易卖弄的学问就没意义了,于是他自己主动说道:"夫人,您知道赫拉克勒斯的牛吗?""没听说过这种牛。""既然您不知道,那我给您解释一下吧。"女主人不好拒绝,只能"嗯"了一声。"很久以前,赫拉克勒斯牵了一头牛。""这个叫赫拉克勒斯的人是放牛的吗?""不是放牛的,也不是伊吕波③的老板。因为在那个时候希腊连一家牛肉店都没有呢。""哎呀,原来是希腊的故事啊。既然如此,你早点说不就好了吗?"女主人只知道"希腊"这个国名。"我不是说了赫拉克勒斯吗?""赫拉克勒斯就是希腊的

---

① 倒行逆施:出自《史记·伍子胥列传》,这里指事物不按照顺序,逆向而行。

② 赫拉克勒斯(Hercules):古希腊神话中的英雄,大力神。

③ 伊吕波:当时很有名的牛肉店,有很多分店。

意思吗？""不，赫拉克勒斯是希腊的英雄。""难怪，我说我怎么不知道呢。那么这个男人怎么了……""这个男人像夫人一样呼呼地睡得正香——""哎呀，讨厌。""睡得正香的时候，伍尔坎①的儿子来了。""伍尔坎又是谁？""伍尔坎是个铁匠。这个铁匠的儿子去偷那头牛。然后呢，他就拽着牛的尾巴把牛拖走了。赫拉克勒斯睡醒之后，怎么找也找不到那头牛。为什么找不到呢？因为牛是被倒着拖走的，而赫拉克勒斯是顺着牛的脚印往前找，那当然找不到了。铁匠的儿子干得真是太漂亮了。"迷亭先生已经把天气的话题忘在了脑后。

"您先生最近怎么样？我看他还和往常一样睡午觉呢。虽然在中国的诗歌中对午睡也有风雅的描写，但像苦沙弥君那样每天都睡还是有些俗气啊。就好像每天都要死上那么一会儿，还是麻烦夫人您把他叫醒吧。"听迷亭这么一说，女主人也深有同感："是啊，总这么睡确实不太好。身体也会越来越差的，你说是吧？而且还刚吃过饭。"女主人刚一起身，迷亭先生竟若无其事地说道："夫人，说起吃饭，我还没吃午饭呢。""哎呀，是吗？都这个时候了，我竟然一点也没发现……家里也没什么可招待您的，茶泡饭怎么样？""不，茶泡饭就算了。""可是，除此之外也没有什么合您口味的东西

---

① 伍尔坎（Vulcanus）：古罗马神话中的火与锻冶之神。

了啊。"女主人稍显不快地说道。迷亭也听出了问题，但还是语出惊人地说道："我的意思是，不管是茶泡饭还是开水泡饭都不用了。我在来的路上已经订了饭，一会儿就送来。"女主人只说了一个"啊！"但就在这简单的一个字之中，既有惊讶，也有气愤，还有因为自己免去麻烦而感到的庆幸。

就在这时，被迷亭和女主人的对话吵得睡意全无的主人晃晃悠悠地从书房里走了出来。"又是你这个吵吵闹闹的家伙。难得我正要舒舒服服地睡上一觉。"主人打了个哈欠板着脸说道。"哎呀，你醒啦，惊扰了你的清梦真是不好意思。但偶尔为之也无所谓吧。来吧请坐。"迷亭主客不分地寒暄道。主人默默地坐下，从拼木工艺[①]的烟盒里取出一根"朝日"香烟，吧嗒吧嗒地抽了起来，忽然看到迷亭那顶被扔在对面角落里的帽子，便问道："你买帽子了？"迷亭立刻得意地将帽子递到主人夫妇的面前，说道："怎么样？""真漂亮，编得很密还很柔软呢。"女主人不断地抚摸着说道。"夫人，这顶帽子可是个宝贝，你让它怎样，它便怎样。"说着迷亭抬起拳头向巴拿马草帽[②]的侧面打去，草帽果然瘪了拳头大小的一个坑。女主人惊讶地"哎"了一声，话音未落，迷亭又将拳头伸进帽子里面

---

① 拼木工艺：将颜色及木纹不同的碎木块拼在一起，制成各种形状和图案的工艺品。

② 巴拿马草帽：原产于巴拿马的草编夏凉帽，夏目漱石也有一顶。

往上一顶，帽头立刻又恢复了原样。接着他又拿起帽子，将两边的帽檐对齐往中间一压。被压扁的帽子就像用擀面杖压过的荞麦面一样，瞬间变得平平整整。随后迷亭将帽子从一边像卷草席一样骨碌骨碌地卷了起来。"怎么样，不错吧？"说着他将卷成一团的帽子揣进怀里。"太不可思议了。"女主人好像看到归天斋正一①的魔术一样感叹道。迷亭看样子也有意炫耀，特意将已经收进怀中的帽子从左边的袖口抽了出来恢复到原样，说道"一点也没坏"，然后用食指从里面顶着帽子不断地旋转。就在我以为他的表演要收场了的时候，他又将帽子往身后一扔，然后一屁股坐了上去。"没事吧？"就连主人都露出几分担忧的神色。女主人则更是担心地提醒道："难得有这么一顶好帽子，要是坏了多可惜啊，还是妥善保管为妙。"只有帽子的主人得意地说道，"这帽子的妙处就是不会坏嘛"，然后从屁股底下拿出皱皱巴巴的帽子直接戴在头上，不可思议的是，那顶帽子立刻恢复了原样。"真是个结实的帽子啊，到底是怎么回事呢？"女主人愈发好奇。"也没什么玄机，因为这帽子本来就是这样的。"迷亭戴着帽子答道。

"你也买个这样的帽子吧，怎么样？"女主人对主人说道。

---

① 归天斋正一（生卒年不详）：原名林屋正乐，1877年改名为"归天斋正一"，开始表演西洋魔术，大受欢迎。

"可是苦沙弥君不是已经有一顶漂亮的草帽了吗？""那顶帽子被孩子踩坏了。""哎呀哎呀，那还真是可惜呢。""所以，我就想这次买个像你这样又结实又漂亮的才好。"女主人不知道巴拿马草帽的价格，因此一个劲地劝主人购买："就买这个吧，好不好？"

迷亭君接着又从右边的袖兜里掏出一个红色盒子，然后将装在里面的剪刀拿给女主人看。"夫人，先别管帽子了，请看这把剪刀。这也是一个宝贝，总共有十四种用法。"我在旁边是看得一清二楚，如果这把剪刀不出场的话，主人肯定会因为巴拿马草帽一事遭到女主人的埋怨。幸运的是，女人特有的好奇心使主人躲过一劫，但与其说是迷亭及时地出手相助，不如说是一种巧合。"这把剪刀如何有十四种用法？"没等女主人问完，迷亭君就用十分得意的语气说道："现在我就一一说明，请听好了。准备好了吗？这儿有一个月牙形的缺口吧？将雪茄放进这里咔嚓一下就能切开。再看这个底部的特殊设计，可以轻而易举地剪断金属丝。如果把它展开横放在纸面上就可以用来画直线，刀背上面有刻度，所以还能当作尺子使用。这面有锉刀，可以用来磨指甲。不错吧。把这个头插在螺丝帽上拧一拧，就不用锤子了。用力塞进去一撬，被钉子钉住的箱子基本都能轻而易举地撬开。还有呢，这个刀尖是个锥子。这地方能把写错了的字擦掉。把这些东西都拆掉之后，就是一把刀。最后——看好了夫人，这最后的部分是最有趣的,这里有个和苍蝇眼珠差不多大的小球吧?请您看一看。""不要,您是又打算捉弄我吧?""您要是这么不信任我,也没办法。要不您就当是被我骗了,稍微看一下呗。嗯?不看吗?只看一眼就好。"迷亭君说着将剪刀递给女主人。女主人半信半疑地拿起剪刀,将那个小球放在自己的眼前看了看。"怎么样?""一片漆黑啊。""一片漆黑可不对。稍微往拉门那边转一转,对,不要把剪刀放倒……对对,这样就能看见了吧?""哎呀,原来是照片啊。这么小的照片是怎么贴上去的?""这正是有趣之处啊。"女主人与迷亭一问一答。一直默不作声的主人这时忽然也想看那张照片,于是便对女主人说道:"喂,让我也看看。"女主人将剪刀贴在脸上,说道:"真是好漂亮啊,裸体美女呢。"一点也没有放手的意思。"喂,我说让我也看看。""哎呀,等一会儿啊。好漂亮的头发,长发及腰。微微抬着头,个子高得吓人,不过真是个美人。""喂,让我也看看,差不多该给我看看了吧。"主人急不可耐,对女主人发起火来。"好,让您久等了,请看吧。"就在女主人将剪刀递给主人的时候,女佣从厨房拿着两笼屉荞麦面走了进来,说是客人订的午饭送到了。

"夫人,这就是我自己准备的午饭。请勿怪罪,我就在这大口开吃了啊。"迷亭客气地说道。女主人也不知道迷亭是认真的还是在开玩笑,只好说了一声"那就请吧"。主人终于看完了那张照片,对迷亭说道:"这么热的天,吃荞麦面对身体可不好啊。""有什么不好的,吃自己喜欢的东西,轻易不会出事。"迷亭揭开笼屉的盖子,"还是刚打好的面,真是幸运啊。荞麦面如果涨了,就像人没了精神,吃起来也没滋味①。"他将佐料倒进汤汁里胡乱地搅了搅。"你放这么多芥末会很辣的。"主人有些担心地提醒道。"荞麦面就是要蘸着汤和山葵吃啊。你不爱吃荞麦面吧?""我爱吃乌冬面。""赶车的才吃乌冬面。再也没有比不了解荞麦面美味的人更可怜的啦。"说着,他随手用杉木筷子夹起尽可能多的面条,举起两寸多高。"夫人,荞麦面也有很多种吃法。刚入门的人只会没完没了地蘸汤汁,然后放进嘴里乱嚼一气,但那样可品不出荞麦面的美味。必须要像我这样,一筷子夹起来。"他一边说着一边举起筷子,荞麦面在空中被挑起一尺来长。迷亭先生心想,这回差不多了,结果低头一看,还有十二三根面条的尾端依旧留在笼屉的底部,与竹帘子缠绵在一起。"这家伙可真长啊。怎么样,夫人,这个长度?"他又对女主人说道。女主人也感慨地说:"确实很长。""用这么长的面条的三分之一蘸上汤

---

① 日本人吃荞麦面讲究"三马上",揉好的面要马上打,打好的面要马上煮,下水煮的面要马上捞出来。因为荞麦面中含有70%的水分,如果放的时间长了,水分会渗透进荞麦面的中心部位,使面条变软失去筋道的口感。据说是夏目漱石最早用"涨"这个词来形容荞麦面失去筋道口感的状态。

汁，然后一口吃下去。绝对不能嚼。如果嚼了，荞麦面的味道就没了。要的就是面条哧溜哧溜地滑过喉咙的那种感觉。"说完，迷亭先生将筷子又举高了一些，荞麦面终于全都悬了空。然后他将筷子往左手边的饭碗里放低，让荞麦面的尾部浸在汤汁里面。根据阿基米德①原理，汤汁增加了与浸入的荞麦面相当的分量。饭碗中的汤汁本就有八成满，筷子上的荞麦面还没放进去四分之一，饭碗里的汤汁就已经满得快要溢出来了。迷亭的筷子停在饭碗上方五寸左右的高度一动不动。不动也是情有可原，因为他只要再往下放一点，汤汁便会溢出来。到了这个地步，就连迷亭也显得有些犹豫，但他忽然以迅雷不及掩耳之势将嘴凑到筷子旁边，没等别人反应过来，只听见哧溜哧溜的声音，见他喉咙勉强地上下动了一两下，筷子上的荞麦面就消失不见了。只见从迷亭君的眼角流出了一两滴眼泪一样的东西滑过脸颊。不知是因为芥末太辣，还是因为吃得太快。"了不起，你还真的一口都咽下去了啊。"主人敬佩地说道。"确实很了不起。"女主人也对迷亭的技艺赞不绝口。迷亭默默地放下筷子，用手在胸口上拍了两三下："夫人，这一笼屉大概三口半到四口就能吃完。如果细嚼慢咽的话就不好吃了。"说

---

① 阿基米德（Archimedes，前287～前212）：古希腊科学家。他发现了流体静力学的一个重要原理，即浸入静止流体中的物体受到一个浮力，其大小等于该物体所排开的流体重量。

完，他用手绢擦了擦嘴，歇息片刻。

就在此时，寒月君到访，不知为何他这么大热的天还不辞辛苦地戴着一顶冬帽，两只脚上也满是灰尘。"哎呀，美男子来了吗？我正在吃饭，先失陪一下。"迷亭当着大家的面，若无其事地将剩下的面条吃了个精光。这次他没有用刚才那种惊人的吃法，不过也没有半路用手绢擦嘴歇息片刻，总之是顺利地将两笼屉面条都吃完了。

"寒月君，博士论文已经脱稿了吧？"主人问道。迷亭也紧跟着说道："金田大小姐都等不及了，所以快点拿出来吧。"寒月君一如既往地带着意味深长的微笑说道："我也觉得过意不去，所以很想尽早写完好让她安心，但课题毕竟是课题，需要相当多的时间和精力去研究才行。"一听就是假话，他却说得像真事一样。"是啊，课题毕竟是课题，不能全听鼻子的。但毕竟是那么大的鼻子，也有仰其鼻息的价值吧。"迷亭学着寒月的语气说道。只有主人的态度比较认真："你的论文研究的究竟是什么课题？""《紫外线对青蛙眼球的电动作用的影响》。""这可真有趣，不愧是寒月先生，青蛙眼球可真离奇啊。怎么样，苦沙弥君，在论文脱稿前，先把这个课题报告给金田家怎么样？"主人对迷亭所说的事情不予理会，继续对寒月君问道："你研究这个很辛苦吧？""是啊，这是相当复杂的课题，青蛙眼球的晶体结构并不简单，必须要针对其做许许多多的实验才行，但在那之前我打算先准备一个圆形的玻璃球。""玻璃球什么的，去玻璃店做一个不就行了吗？""不行……不行。"寒月先生稍微挺起身，"本来圆形和直线之类都是几何学上的定义，完全符合几何学定义的理想的圆形和直线在现实世界是不存在的。""既然不存在，又何必强求？"迷亭插嘴道。"所以我想先做出一个可以用来进行实验的球体。前几天我就已经开始做了。""做好了吗？"主人轻松地问道。"怎么可能做好。"寒月君说道，说完他自己也感觉有些矛盾，"很不好做啊。我小心翼翼地磨，发现这边的半径有点长，就专心磨掉了一些，但这样一来对面的半径又长了。当我好不容易把两边都磨完之后，发现整个变成了椭圆形。费尽九牛二虎之力把椭圆形磨成圆形，结果直径又不对了。一开始苹果大小的玻璃球被我磨成草莓那么大，然后又磨成大豆那么大，即便如此我还是没能磨出完美的圆形。尽管我已经非常认真仔细地磨……从今年正月开始，我已经磨出大大小小六个玻璃球了。"他喋喋不休地说道，也不知道是真是假。"你在哪磨的？""当然是在学校的实验室了。从早晨就开始磨，吃午饭的时候稍微休息一下，然后继续磨到天黑，一点也不轻松呢。""这么说，你最近一直说自己好忙好忙的，就是连周日也不休息，每天都去学校磨玻璃球了吗？""是啊，眼下我每天从早到晚一直都在磨玻璃球。""扮作磨玻璃球的博士进来了[1]……是吧？不过要是知道你如此热心，就算是鼻子也会有所感动吧。其实，前几天我因为有事去图书馆，办完了事正要走的时候偶然遇到了老梅君。那家伙毕业之后竟然还能去图书馆，实在是不可思议，于是我感叹地说'你真刻苦啊'，结果他显出一副莫名其妙的表情说，'刻什么苦啊，我不是来看书的，只是从门前经过的时候刚好想要小便，就进来借用一下厕所'，说完就大笑起来。老梅君和你正是刚好相反的例子，一定要收录进《新编蒙求》[2]里面去啊。"迷亭君和往常一样加了很长的解释。主人稍显认真地问道："你这样每天只磨玻璃球倒也可以，只是打算什么时候磨好呢？""照目前的情况来看大概要十年吧。"寒月君比主人还从容不迫。"十年的话……还是能再早点磨好为妙啊。""十年还是快的呢，搞不好恐怕要二十年。""那可不得了，这么说要当上博士可不容易了。""是啊，我也想尽早当上博士，好让对方安心，但要是玻璃球磨不好，那关键的实验就做不了……"

寒月君停顿了一下，然后得意扬扬地说道："不过，你们也不用如此担心，金田知道我磨玻璃球的事。我两三天前去登

---

① 此处是模仿净琉璃《本朝廿四孝》（近松半二等作）中的台词"扮作花匠进来了"。

② 《蒙求》是唐朝李翰编著的以介绍掌故和各科知识为主要内容的儿童启蒙课本。《新编蒙求》指的是其现代版，是并不存在的虚构书名。

门拜访的时候已经把事情都交代清楚了。"一直在旁边倾听却对三人的谈话不明就里的女主人忽然奇怪地问道:"可是金田一家不是从上个月就全都去大矶了吗?"这下子就连寒月君也显得有些尴尬,只能装糊涂道:"那可真奇怪了,怎么回事呢?"每当这种时候迷亭君就显得尤为重要,没有话题的时候、气氛尴尬的时候、沉闷无聊的时候、一筹莫展的时候,总之不管什么时候,他都肯定会及时地从旁出现。"明明上个月去了大矶,结果却在两三天前于东京相见,实在是太神奇了。这就是所谓的心灵相通吧。相思之情发展到一定的程度时,经常会出现这种现象呢。虽然听起来好像做梦一样,但即便是梦,也是比现实更加真实的梦。像夫人这样没有经历过相思之苦就嫁给苦沙弥君,一辈子也不知道恋爱为何物的人,会感到奇怪也是情有可原……""哎呀,你说这种话有什么证据吗?真是太瞧不起人了。"女主人没等迷亭把话说完就突然从旁发起攻击。"你不是也没有为情所困的经历吗?"主人也从正面助了女主人一臂之力。"哎呀,我的风流艳史,就算有也都是陈年往事了,所以你们或许都不记得……其实我之所以到了这个年纪仍然独自一人,就是失恋的结果啊。"说罢他依次审视了在座的每一个人。"呵呵呵呵,有意思。"女主人说道,"又要开始耍我们了。"主人则将脸转向庭院。只有寒月君带着一如既往的笑容说道:"不妨将你的风流往事说来听听,以供我日后参考。"

"我的这件事可是相当神秘,如果讲给已故的小泉八云①先生听的话,他肯定会非常喜欢,可惜的是先生已经长眠,所以我也没了讲述的兴致,但既然今天刚好提起,那我就说给诸位听听吧。但我有言在先,请诸位务必听我讲完,不要打断。"仔细叮嘱之后,他才终于进入正题,"回想起来那是很久之前的事了……那个……是多少年前来着……哎呀,真麻烦,就当作十五六年前吧。""这不是开玩笑呢吗?"主人从鼻子里哼了一声。"您的记性还真差呢。"女主人也讽刺道。只有寒月君遵守约定一言不发,一副想要继续听下去的样子。"总之,就是有一年冬天的事。我在越后国途经蒲原郡的笋谷,登上蛸壶岭,马上就要进入会津境内的时候……""真是个奇怪的地方。"主人又插嘴道。"安静点好好听,多有趣啊。"却被女主人制止了。"当时天快黑了,我不认识路,肚子又饿,没办法,只好敲开半山腰一户人家的门,把我的情况如此如此这般这般地一说,恳请他们能留我过一夜,结果对方很痛快地答应了。那户人家的女儿拿着蜡烛往我脸上一照,说请进来吧。我看到那姑娘的脸,心头不由得产生出一阵悸动。我就是在那个

---

① 小泉八云(1850~1904):爱尔兰裔日本作家,原名拉夫卡迪奥·赫恩(Lafcadio Hearn)。夏目漱石入职前,他在东京大学教授英国文学。他被称为现代怪谈文学的鼻祖,著有《怪谈》。

时候亲身体会到了爱情这个老滑头的魔力。""哎呀讨厌，那样的深山之中怎么会有美人呢？""不管是深山也好还是大海也好，夫人，我甚至想让你也亲眼见一见那姑娘哟，她梳着文金高岛田发髻①呢。""是吗！"女主人一下子被吸引了。"我进去一看，八叠大小的房间正中有一个大大的地炉，我、姑娘、老爷爷和老奶奶就围坐在地炉的旁边。他们问我是不是肚子饿了，我说什么都行，只要快给我吃点东西就好。老爷爷说难得来了客人，就做顿蛇饭吧。接下来就要进入失恋的正题了，请诸位仔细听好。""仔细听倒是没问题，但请问先生，为什么越后国冬天还有蛇呢？""嗯，你这个问题问得很有道理。但对这样一个具有诗情画意的故事来说，不能太拘泥于这样的细节。在镜花的小说里雪中不是还有螃蟹②呢吗？"听完迷亭的解释，寒月说了句："原来如此。"然后再次恢复到洗耳恭听的态度。

"那个时候我什么都敢吃，蝗虫、蛞蝓、赤背蛙之类的我可以说都吃腻了，但蛇饭还没吃过。我对老爷爷说，那快做一顿尝尝吧。于是老爷爷就把锅架在地炉上，往里面添上大米，

---

① 文金高岛田发髻：岛田发髻的一种，江户时代官女和未婚女性（如今主要为举行婚礼时的新娘）所梳的发髻，根部高高竖起。

② 在泉镜花（1873～1939）的小说《银短册》之中，有关于雪和螃蟹的描写。

慢悠悠地煮了起来。奇怪的是,在锅盖上有大大小小十个窟窿眼。我见煮饭的蒸汽从那些窟窿眼里冒出来,还感慨说乡下人也有这样的智慧。忽然老爷爷站起身走了出去,一会儿抱回来一个大竹篓。他将竹篓随手往地炉旁边一放,我朝里面一看——果然在里面。那些长长的家伙,可能是因为太冷都相互纠缠着扭在了一起,整个一大坨。""哎呀,这种事还是别说了,怪吓人的。"女主人皱着眉头说道。"这可是造成我失恋的一大原因,绝对不可不提。老爷爷左手掀开锅盖,右手毫不费力地将那一大坨长长的家伙抓起来,突然往锅里一扔,然后迅速地盖上锅盖,就连我当时都不由得大吃一惊。""请不要再说了,好恶心啊。"女主人再三表示害怕。"马上就要到失恋的地方了,请再稍微忍耐一下。不到一分钟,从锅盖的窟窿眼里忽然钻出一个镰刀形的脖子,把我都吓了一跳。我心想,这不是要出来了吗?这时旁边的窟窿眼里又钻出来一条。我说'又出来啦',结果说话的工夫又钻出来好几条。终于整个锅盖上全都长满了蛇脑袋。""为什么要把脑袋伸出来呢?""因为锅里太热,它们受不了就钻出来了。这时,老爷爷说差不多了,该拽出来了,老奶奶和姑娘都应了一声,然后各自抓着蛇头往外一拽。蛇肉都留在锅里,蛇骨被整整齐齐地拽了出来,那场面还挺有意思的。""这就是剔蛇骨吧?"寒月君笑着问道。"就是剔蛇骨,你们不觉得很巧妙吗?然后老爷爷掀开锅盖，用勺子将米饭和蛇肉搅拌均匀，对我说'请品尝吧'。""你吃了吗？"主人冷冷地问道。女主人则苦着脸抱怨道："请快停下吧，我现在恶心得什么都吃不下去了。""夫人因为没吃过蛇饭，所以才会这样说。请您吃一次试试，那味道绝对终生难忘。""哎呀，算了吧，谁会吃那种东西。""总之，我饱餐了一顿，也不觉得冷了，还能毫无顾忌地欣赏姑娘的芳容。正当我觉得已经没什么遗憾之时，他们对我说'请休息吧'。我一路旅途劳顿也确实累了，就照他们说的往床上一躺，很快便沉沉地睡了过去。""后来怎么样了？"女主人催促道。"后来嘛，我第二天早晨一睁眼就失恋了啊。""为什么呢？""倒也没什么特别的。我早晨起来一边抽烟一边往窗外一看，发现对面的水管旁有一个秃头正在洗脸。""是老爷爷还是老奶奶啊？"主人问道。"这个嘛，因为一开始我也看不出来，于是就仔细看了一会儿，等那个秃头向我这边转过脸来的时候，真是吓了我一跳。那正是我的初恋，昨天晚上的那个姑娘。""可你刚才不是说那姑娘梳着岛田发髻吗？""昨天晚上确实是岛田发髻啊，而且还是很漂亮的岛田发髻呢。可是第二天一早就变成秃头了。""你是在耍我们吧？"主人和往常一样抬起头向天花板望去。"我也感到非常奇怪，心里还有些害怕，就又继续观察了一会儿。秃头终于洗完了脸，拿起放在旁边石头上的高岛田发套熟练地套在头上，然后就走进屋子里去了。原来如此，当我想明白之后就成了一个对失恋的绝望命运喟叹不已的人。""真是无聊的失恋。是吧，寒月君？正因为如此，他才即便失恋还能这么活泼开朗、精力十足。"主人对寒月君点评迷亭君的失恋道。寒月君却说："但如果那位姑娘不是个秃头，并且能够有幸和迷亭先生一起回到东京的话，那先生或许会更加神采奕奕、容光焕发呢。毕竟好不容易有缘相遇的姑娘竟是个秃头，实在是千古憾事。不过，那么年轻的姑娘为什么会变成秃头呢？""我也对这个问题思考了很久，最后得出结论，一定是蛇饭吃得太多所致。因为蛇饭那东西吃了上火啊。""可是你吃了不是什么事也没有吗？""我虽然没有变成秃头，但从那以后就变成了近视眼啊。"说着他摘下金框眼镜，用手绢仔细地擦拭起来。过了一会儿，主人好像想起了什么一样，问道："这个故事到底什么地方神秘？""那个发套究竟是在哪买的呢，还是在什么地方捡到的呢？不管我怎么想都想不出个结果，所以神秘。"迷亭君又将眼镜戴回鼻子上面，说道。"就像听了一段落语[①]似的。"女主人批评道。

迷亭的胡扯到此告一段落。本以为他会就此作罢，但先生看样子有着只要不把嘴堵上就绝对无法沉默不语的个性，又接着

[①] 落语：日本的传统曲艺形式之一，类似于中国的单口相声。

说起另外一件事。

"我的失恋虽然是段痛苦的经历,但如果那时候没发现她是秃头而娶回了家,岂不是要悔恨终生?倘若不仔细考虑,可是非常危险的。婚姻大事,往往就是在关键时刻才发现,在意想不到的地方还隐藏着问题。所以,寒月君你也不用时而憧憬时而惆怅地为难自己,还是安下心来磨玻璃球吧。"迷亭一本正经地劝说道,寒月君则故意做出一副为难的神色道:"是啊,我倒是也想一门心思地磨玻璃球,奈何对方不肯,我也是无能为力啊。""没错,你是因为对方纠缠不清,不过也有的人是问题出在自己身上。比如那个去图书馆小便的老梅君就相当不可思议。""他做了什么?"主人来了兴致。"没什么,是这么回事,他以前曾经住在静冈的东西馆……只住了一晚……但就在那天晚上,他立刻对旅馆的女佣求了婚。虽说我这个人就够随意的了,但还没进化到他那种程度。当时,那个旅店里有一个远近闻名的美女名叫阿夏,刚好负责收拾老梅君房间的就是那个阿夏,所以也算是情有可原吧。""何止是情有可原啊,这不是和你偶遇山中美人的桥段一样吗?""稍微有些相似吧,不过我和老梅确实没有太大的区别。总之,他向阿夏求婚,没等对方答复他忽然想吃西瓜。""你说什么?"主人的脸上写满了困惑。不只主人,女主人和寒月也都陷入了思考。但迷亭却毫不在意地继续说道:"于是他就把阿夏叫来问道，'静冈有西瓜吗'。阿夏说，'就算是静冈，西瓜还是有的'，说完就给他送来满满一盆西瓜。老梅君就开始吃西瓜。吃光了满满一盆西瓜之后继续等待阿夏的答复。没等到对方的答复，他忽然感到肚子疼，哼哼唧唧了半天也不见好，只能又把阿夏叫来问道，'静冈有医生吗'。阿夏说，'就算是静冈，医生还是有的'，说完就给他找来一个医生，医生名字好像是从"天地玄黄"的《千字文》里抄来的一样。第二天一早，他的肚子果然不疼了，于是在临走前十五分钟又把阿夏叫来，问关于昨天求婚之事究竟是什么答复。阿夏笑着说，'静冈有西瓜，有医生，但没有只认识一晚就能娶到家的媳妇'，说完转身离去，而老梅君似乎再也没有见过她。从那以后，老梅君就和我一样都失恋了，除了小便之外再也不会去图书馆，如此想来，女人真是罪孽深重。"听闻此言，主人竟然一反常态地表示赞同："确实如此。前几天我看了一个缪塞[①]的剧本，里面的人物引用罗马诗人的话这样说道——比羽毛更轻的是尘埃，比尘埃更轻的是清风，比清风更轻的是女人，比女人更轻的则没有——是不是一语道破？就是拿女人没办法。"主人总是在这些奇怪的地方劲头十足。听到这句话的女主人

---

① 缪塞（Alfred de Musset，1810~1857）：法国诗人、小说家、剧作家。文中提到的剧本是《巴尔贝林》。

却不高兴了："你说女人轻不好，那男人重也不是什么好事吧？""重，是指什么？""重就是重啊，像你那样。""我怎么重了？""你不重吗？"一场奇妙的辩论开始了。迷亭饶有兴致地听了一会儿，终于开口说道："如此面红耳赤地互相以言语相讥，或许就是夫妻生活的真实写照吧。想必过去的夫妻生活一定是相当乏味。"他模棱两可地说道，也不知是讽刺还是赞赏。本来说完这些刚刚好，可他又用和往常一样的语气大费口舌地说了这样一番话：

"据说过去的女人从不会对丈夫顶嘴，但这样的话岂不是和娶了个哑巴媳妇一样吗？我一点也不觉得那是什么好事，还是像夫人您这样敢说'你不重吗'之类的话才好。毕竟夫妻之间要是不偶尔吵上那么一两次，也实在是太无聊了。我妈就从来不敢对我老爸说半个不字。两人一起生活了二十多年，我妈除了去寺院参拜之外几乎从没出过门，这也太可怜了，不是吗？但也多亏于此，她把祖祖辈辈的戒名都背得滚瓜烂熟。在我小时候那个年代，男女之间的交往可不像寒月君现在这样，又能和意中人一起合奏，又能灵魂相通以朦胧体①的形式相遇。""可怜啊。"寒月君低下头说道。"确实很可怜，但是

---

① 朦胧体：当时的批评用语，用来指代那些意义不明的文艺、轮廓不清晰的绘画。

那时候的女子未必就比如今的女子品行更好啊。最近关于女学生堕落的言论甚嚣尘上，不知夫人您是否听说了？但过去可比现在更加严重呢。""是这样吗？"女主人认真地问道。"当然了，我可不是信口开河，而是有确凿的证据。苦沙弥君，或许你应该也有印象，直到我们五六岁的时候，还有把女孩像南瓜一样装在筐里，用扁担挑着叫卖的呢，是吧？""我不记得有这样的事。""不知道你老家那边什么样，但在静冈可确实如此。""怎么可能？"女主人小声地感叹道。"是真的吗？"寒月君不太相信。

"是真的，我老爸还真的跟他讲过价呢。当时我大概六岁，和老爸一起从油町逛到通町，对面传来大嗓门的叫卖声，'卖女孩啦，卖女孩啦'。当时我们刚好走到二丁目的拐角，在一间叫伊势源的绸布店前边遇到了那个男子。伊势源的门脸有十间[①]宽，仓库有五个，是静冈第一大绸布店。你们有空去看看，现在还保存得完好无缺，那房子可漂亮了。当时的掌柜叫甚兵卫，总是带着一副三天前刚死了老娘的表情待在账房里面。在甚兵卫君的旁边坐着一个叫作小初的二十四五岁的男店员，这个小初脸色苍白，好像皈依了云照律师[②]之后连续三七二十一天只

---

① 间：日本长度单位，1间约合1.818米。
② 云照律师（1827~1909）：真言宗的僧侣，建立了目白僧园（后更名为云照寺）。

喝荞麦面汤一样。在小初的旁边是老长，这位就像昨天家里刚失了火一样惆怅地趴在算盘上。老长的旁边……""你究竟是要讲绸布店的事，还是要讲卖小孩的事？""对了对了，我要讲卖小孩的事来着。其实关于这个伊势源也有很多奇闻逸事，不过今天就忍痛割爱，只讲卖小孩的事吧。""干脆连卖小孩的事也别讲了吧。""为什么？若要将二十世纪的今日与明治初期的女子品性进行比较，这可是非常值得参考的内容，怎么能轻易省略……我和我老爸走到伊势源的店门前，那个人贩子对我老爸说，'老爷，卖剩下的女孩您要吗？便宜处理了，您就买下吧'，说着他放下扁担擦了擦汗。我一看，一前一后两个筐里各装着一个两岁左右的小女孩。老爸对那个男人说，'你要是再便宜点我就买了，只有这两个了吗'。对方答道，'不巧今天都卖完了，只剩下这两个'，然后他双手抱起女孩举到我老爸的鼻子跟前，就像让人挑南瓜一样说道，'哪个都没问题，买一个吧'。老爸砰砰地拍了拍女孩的脑袋道，'哈哈，声音不错'。然后两人终于开始讨价还价，砍完价后老爸说道，'买下倒是行，但你这货没问题吧'。人贩子说，'前面这个，我一直盯着呢，肯定没问题。但后面挑着的这个，因为我后面没长眼，所以搞不好或许有些问题也说不定。如果买这个的话，我就给你算便宜点'。这段对话，我直到现在仍然记得清清楚楚。从那时候开始，在我幼小的心灵中就产生出了对女人这东西绝对不能大意的想法……然而在明治三十八年的今天，像那样沿街叫卖女孩的人已经绝迹，也再没听说过稍不留神挑在担子后面的那个就会出问题之类的事情。所以，我认为在西洋文明的熏陶下，如今女子的品行也取得了相当程度的进步。你意下如何啊，寒月君？"

寒月君在回答之前，先装腔作势地咳嗽了一声，然后又特意用平静的声音说出了如下的观点："现在的女性在上学放学的路上、合奏会上、慈善会上、游园会上，都可以随时随地兜售自己，当然不需要再雇用那些小贩来帮忙吆喝。人类的独立意识一旦得到发展，自然会变成这样。老人们总是杞人忧天地说三道四，但事实上这是文明的趋势，对我们来说是值得高兴的现象，应该暗自庆幸才对。买家再也不会敲敲女孩的脑袋问'货没问题吧'之类的话，大可安下心来。而且在如此复杂的世界之中，如果做什么事还要那么麻烦的话，恐怕就没完没了喽。到了五十岁、六十岁，还是找不到丈夫嫁不出去。"寒月君身为二十世纪之青年，大谈时下最流行之观点，将"敷岛"香烟的烟雾呼地喷到迷亭先生的脸上。但迷亭可不是用"敷岛"的烟雾就能击败的男人。"正如你所说，如今的女学生和大小姐们，从自尊自信的思想到身体发肤的每一处，全都不逊色于男子，实在是令人敬佩之至。我家旁边那所女子学校的学生们就相当了不起。穿着个筒袖①练单杠，厉不厉害？每当我在二楼的窗边看到她们做体操的时候，都会怀念起希腊的妇女来。""又是希腊吗？"主人冷笑着说道。"没办法，但凡使人感觉到美的东西基本都源于希腊。美学家与希腊，无论如何都是脱离不开的呀……话说，当我看到那位肤色黝黑的女学生专心致志地做体操的时候，总会想起昂格诺迪斯的故事。"他做出一副知识渊博的模样侃侃而谈。"又说这些难懂的名字了。"寒月君依然带着意味深长的微笑。"昂格诺迪斯是一位很了不起的女人，我对她十分敬佩。当时雅典的法律禁止女性从事接生婆这一职业，这很不方便吧？昂格诺迪斯大概也感觉到了其中的不便。""那到底是什么？就是——叫什么来着？""是个女人，是女人的名字。这个女人认认真真地想了半天，认为女人不能当接生婆实在是非常可怜，而且很不方便。她无论如何都想要成为接生婆，于是就想，有没有什么办法能成为接生婆呢？她整整想了三天三夜。第三天的一大早，邻居家传来婴儿的啼哭声，她一下子恍然大悟，马上剪短了头发，换上男装，去听赫洛菲罗斯②讲课。当她学完了全部课程，觉得自己完全没问题之后，就开始去做接生婆了。结果她深受

---

① 筒袖：筒形窄袖的和服，因便于行动，故多用作劳动服和运动服。
② 赫洛菲罗斯：前文中提到的昂格诺迪斯的老师，是一名医生。

产妇们的欢迎,接生的孩子一个又一个。因为大家都找昂格诺迪斯接生,所以她赚了不少钱。但人间万事如塞翁之马①,浮沉无定,祸不单行,终于这个秘密曝了光,她因为违反法律而面临着严厉的处罚。""好像在说书一样。""我说得还不错吧?雅典的女性们联名上书为她求情,当时的法官也不能对大家的请愿置之不理。终于当事人被无罪释放,法庭甚至还颁布了法令,宣布从此以后女性也可以从事接生婆的职业。最后以皆大欢喜的结局收场。""你知道的还真多呢,了不起。""是啊,绝大多数的事情我都知道,不知道的大概只有自己的愚蠢吧。但对于此也是略有所知。""呵呵呵呵,净说笑话……"女主人不顾形象地笑了起来,就在此时大门口传来一阵铃声。"哎呀,又有客人来了。"女主人说着退回到饭厅之中。来客与女主人脚前脚后地进入客厅,我抬眼一看,原来是越智东风君。

连东风君都已经到场,那么出入主人家的怪人们即便不算是一网打尽,这个数量至少也足以打发我的无聊了。如果这还嫌不满足的话,那就太过分了。如果我运气不好生活在别人家里,恐怕一辈子都不会知道在人类之中竟然还有像先生这样的人物。万幸的是,我身为苦沙弥先生家中的猫儿,朝夕侍奉于

---

① 这里指人间的吉凶祸福无法预测,既有好事也有坏事。

虎皮①之前，先生自不必说，就连迷亭、寒月乃至东风这几位在偌大个东京都绝无仅有的一骑当千之豪杰，我只需要躺在家中便可将他们的言谈举止尽收眼底，对我来说实在是千载难逢的光荣。多亏了他们，我才能忘掉在这么热的天气里仍被包裹在毛皮之中的苦恼，并且快活地消磨半天的时光，真是非常感谢。既然他们齐聚一堂，那事情就不会轻易收场。不知还会发生什么呢，我心里这样想着，在隔扇后面静观其变。

"哎呀，真是好久不见。"说出这句话的东风君和之前一样容光焕发。如果只看脸的话，他就像是个卷幕演员②，但他不辞辛苦装模作样地穿着那条硬邦邦的白色小仓布的和服裤裙，只能让人以为他是榊原健吉③的入室弟子。因此，在东风君的身体上只有从肩膀到腰部之间像是个普通人的模样。"哎呀，大热天的你还跑出来。来往里走，到这边坐吧。"迷亭先生好像这里是自己家一样招呼道。"我和先生也好久没见了。""是啊，自从春季朗读会之后就一直没有见过面了。说起朗读会，最近好像很受欢迎。后来你又扮演过阿宫吗？你演得真不错。

---

① 这里指陪伴于贵人的左右。虎皮是贵人铺在地上的装饰物，后文中还有在书信收件人名字左下方写"虎皮下"三个字以表示敬意的例子。

② "卷幕"指的是舞台上用的帘幕，卷幕演员就是在这样的剧场里进行演出的演员。与用卷幕的剧场相比，帘幕左右拉开的剧场档次更高，所以卷幕演员一般是蔑称，指不知名的小演员。

③ 榊原健吉（1830～1894）：江户末期的剑客。

我当时很热情地给你鼓掌呢,你注意到了吗?""是啊,多亏了你让我鼓起很大勇气,才能一直坚持演到最后。""下次准备什么时候举办?"主人问道。"计划七月和八月休息,九月搞一场盛大点的。诸位有什么好主意吗?""这样啊。"主人不怎么感兴趣地应道。"东风君,不如朗诵一下我的作品吧?"寒月君主动说道。"你的作品一定很有趣吧,究竟是什么呢?""剧本。"寒月君故意加重语气说道。不出所料,三人全都大吃一惊,不约而同地向他望去。"剧本好啊,是喜剧还是悲剧?"东风君更进一步追问道。寒月先生更装模作样地答道:"既不是喜剧也不是悲剧。因为近来关于旧剧还是新剧①的争论难解难分,所以我尝试着创作了一个新玩意,名叫俳剧。""俳剧究竟是什么剧?""就是俳句风格的戏剧,简称俳剧。"听到这句话,主人和迷亭都有点被他唬住了,一言不发。"那么其中都有哪些编排呢?"又是东风君问道。"因为关键还在于俳句风格,倘若太长了就不好,所以只有一幕。""原来如此。""先从道具说起吧,在这方面也是越简单越好。首先在舞台正中央种一棵大柳树。然后从柳树上向右侧伸出一根树枝,树枝上停着一只乌鸦。""乌鸦会老老实实

---

① "旧剧"指的是歌舞伎剧。"新剧"指的是19世纪80、90年代高田实和喜多村绿郎等人创作的鼓吹自由民权的新派剧,并非今日受西洋戏剧影响颇深的新剧。

地一动不动吗？"主人担心地自言自语道。"那倒不难，乌鸦的脚已经被绳子捆在树枝上了。在树枝下方摆一个澡盆，澡盆里坐着一位美女正侧着身用毛巾擦拭身体。""有点颓废派的意思。但谁会来演那个女人呢？"迷亭问道。"那还不好找？雇一个美术学校的模特就行了。""不怕警察找你的麻烦？"主人又担心地说道。"只要不公开演出的话就没事吧。如果这样不行的话，那在学校里画裸体写生也不行了。""可那是为了学习绘画啊，和单纯的观看还是稍有不同。""如果连先生您都这么说的话，那日本可真的要完了。不管是绘画也好还是戏剧也罢，不都是艺术吗？"寒月君很有气势地说道。"先不要争论这个了，接下来是什么？"东风君好像搞不好真的要演这出戏剧一样，想接着往下听。"俳人高滨虚子[①]手持文明棍，头戴白色遮阳帽，身穿透绫[②]和服外套，腰部用萨摩棉布将后襟挽起，脚蹬短筒靴，从花道[③]走上台来。虽然他这身打扮好像陆军的军需商一样，但毕竟身份还是俳人，所以在上台时必须要尽可能地做出一副悠然自得、正在专心致志思考俳句的模样。当虚子走完花道终于抵达舞台的时候，忽然抬眼向前一

---

① 高滨虚子（1874～1959）：俳人、小说家，接任正冈子规负责《杜鹃》的编辑和经营工作。《我是猫》就是在他的建议下诞生的。

② 透绫：十分薄的绢织物，用来制作夏季衣物。

③ 花道：经过观众席的左侧通向舞台的通道，主要用于演员进出舞台。

看，面前是一棵巨大的柳树，婆娑的树影之下有一位肤色白皙的女子正在入浴。他大吃一惊又向上望去，只见在长长的柳枝上停着一只乌鸦，正俯视着女子洗澡。于是虚子先生俳兴大发沉思了五十秒左右，继而大声地吟诵道，'美人身入浴，乌鸦见钟情'。与此同时梆子声响起幕布落下……怎么样，这种编排，你还满意吧？我觉得与扮演阿宫相比，扮演虚子更适合你呢。"东风君用一副不过瘾的表情认真地答道："似乎太不尽兴了，最好能再加点有趣味的情节。"到目前为止都比较老实的迷亭可不是那种能够一直沉默下去的男人："如果只有这么点内容的话，那俳剧也太不像话了。按照上田敏①君的说法，俳味也好滑稽也好，都是消极的亡国之音，恐怕只有敏君才能说出这样的至理名言。那么无聊的俳剧，你倒是演演看，定要遭到上田君的耻笑。而且你这个实在太消极了，让人分不清究竟是戏剧还是小品。恕我直言，寒月君你还是在实验室里磨玻璃球比较好。俳剧什么的，不管你是创作一百部还是二百部，都是亡国之音，终究还是没用啊。"寒月君有些生气："有那么消极吗？我本意是创作一部积极的作品呢。"接着他又为这些无所谓的事情辩解道，"就说虚子吧，虚子先生说'美人身

---

① 上田敏（1874~1916）：号柳村，诗人、英文学者，因翻译诗集《海潮音》而广为人知，是夏目漱石在东京大学英文系的同事。

入浴，乌鸦见钟情'，让乌鸦钟情于美人，我认为这具有非常积极的意义。""这可真是独到的见解，请务必给我们解释一下。""如果从理学士的角度出发来思考这件事，乌鸦钟情于美人显然是不合理的，对吧？""确实如此。""可是虚子先生却将这不合理的事情若无其事地说了出来，而且听起来还让人完全不觉得不合理。""是吗？"主人略带怀疑地问道。寒月却丝毫不为所动："为什么听起来不会觉得不合理呢？如果从心理学的角度来解释的话，一下就明白了。实际上钟情与否完全是俳人自己的感情，与乌鸦没有丝毫的关系。但俳人之所以感觉乌鸦钟情，并不是乌鸦钟情，而是因为他自己钟情。一定是虚子自己在看到美人入浴的瞬间惊为天人并且一见钟情。当他在钟情的状态下再看到停在枝头一动不动并且向下俯视的乌鸦，自然会产生出'哈哈，这家伙也和我一样都钟情于美人'的错觉。尽管这确实是错觉，但却非常具有文学价值，而且是很积极的内容。将原本只属于自己的感情，不由分说地扩展到乌鸦的身上，还做出若无其事的模样，这非常具有积极的意义，不是吗？先生意下如何？""原来如此，真是高见，虚子要是听到了一定会大吃一惊。然而你的解释虽然积极，但这出剧正式演出的时候，观众看到一定会变得消极呢。是吧，东风君？""是啊，感觉太消极了。"东风表情认真地答道。

主人似乎想把话题再扩大一些，便问道："东风先生，你最近有什么杰作吗？"东风君说道："嗯，虽然称不上什么杰作，但今日我打算出一本诗集……刚好我带了原稿来，恳请批评指正。"说着，他从怀里掏出一个紫色的包袱皮，从里面拿出五六十张稿纸放到主人面前。主人一脸郑重其事的表情说道："那就拜读一下。"只见在第一页上写着两行字：

独一无二纤弱婀娜①

献给富子小姐

主人带着神秘莫测的表情把这一页默默地看了多时，迷亭从旁问道："怎么了，是新体诗吗？"说着也看了一眼，大加赞赏道："哎呀，写着'献给'呢。东风君，下定决心献给富子小姐，真是了不起呢。"主人更加困惑地问道："东风先生，这个叫富子的，是真实存在的女性吗？""嗯，是之前和迷亭先生一起应邀前来欣赏朗读会的女性之一，就住在这附近。其实我今天来就是想把诗集拿给她看看，不巧的是，她上个月就去大矶避暑了，不在家。"东风装作一本正经的模样说道。"苦沙弥君，现在都已经二十世纪了。别总是那样一副表情，快把杰作朗读一下吧。不过东风君要是这样献给富子小姐的话，却稍有不妥。你知

---

① 此句出自《源氏物语·夕颜》。

道'纤弱'的雅言①究竟是什么意思吗？""我觉得是纤细、柔弱的意思。""原来如此，确实也可以这样理解，但其本来的字义却是'不可靠'的意思。所以我是不会这样写的。""那应该怎么写才更有诗意呢？""我会这样写，'独一无二纤弱婀娜献给富子小姐鼻下'。虽然只多了两个字，但有没有'鼻下'这两个字给人的感觉却相差甚远呢。""原来如此。"东风君虽然没听懂，却硬装出一副明白了的模样。

主人仍然一言不发，但总算是翻了一页，开始朗诵起卷头的第一章。

> 如同你灵魂一般的相思之烟，
> 在这慵懒的熏香之中萦绕。
> 我啊，我哟，在这苦涩的人世，
> 只能享受这火热一吻的甘甜。

"这我有点看不懂。"主人叹了口气，将诗稿递给迷亭。"这有点过于古怪了。"迷亭又把诗稿递给寒月。"确实如此。"寒月说着，将诗稿还给东风君。

"先生看不懂也情有可原，毕竟当今诗坛与十年之前相比，

---

① 雅言：奈良、平安时代用于和歌创作的语言。

可以说发生了翻天覆地的变化。现在的诗作,可不是在躺着休息时,或者在车站等车时随便看看就能看懂的,就连作者本人都不知道其中的意思也是常有的事。毕竟诗歌的创作全凭灵感,所以诗人不需要承担除了创作之外的任何责任。注释和训诂是学究的事,我们诗人对此根本毫不在意。前段时间,我有一个叫送籍①的朋友写了一篇名为《一夜》②的短篇,因为谁都看不懂,于是我遇到他的时候就想问个究竟,结果连他自己都说不知道,根本不予回答。我觉得这正是诗人的特色。""或许他是个诗人,但却是个相当奇怪的家伙呢。"主人说道。"是个傻瓜吧。"迷亭则简单明了地对送籍君做出了评价。东风君似乎觉得刚才说得不太明白,于是又解释道:"虽然送籍这个人即便在我们当中也算是个例外,但还是希望诸位能够以他那样的心境来读我的诗。特别恳请留意的是'苦涩的人世'与'一吻的甘甜'的对仗,煞费了我一番苦心呢。""看得出来,你确实费了不少心思。""甘甜与苦涩的对比,简直就像是十七味辣椒粉③,太有趣了。东风君独特的创作技巧真是让人敬佩之至。"迷亭频频地插科打诨,

---

① 送籍:在日文中与"漱石"发音相同,这里是作者的自嘲。

② 《一夜》:夏目漱石在1905年9月发表于《中央公论》上的文章。时值《我是猫》(六)发表之前一个月。

③ 本来是"七味辣椒粉",而迷亭将"十七字的俳句"与"七味辣椒粉"加在一起就成了"十七味辣椒粉"。

拿东风这个老实人寻开心。

主人不知道想起了什么，忽然站起来走进书房，很快又拿着一张半开纸走了出来。"既然拜读了东风君的大作，接下来请允许我读一读自己创作的短文，请诸位批评指正。"主人稍显认真地说道。"天然居士的墓志铭我已经听过好几遍了。""行了，你闭嘴吧。东风先生，虽然我这绝非什么得意之作，但就当是助助兴，烦请一听。""定要洗耳恭听。""寒月君也顺便听听。""就算不顺便也要听啊。不长吧？""只有六十余字。"苦沙弥先生终于开始朗读起他亲手所写的名作。

"大和魂！"如此呐喊着的日本人，如同肺痨患者一样咳嗽起来。

"开头就很别具一格呢。"寒月君称赞道。

"大和魂！"卖报纸的说道。"大和魂！"偷东西的说道。大和魂一跃而起远渡重洋。在英国举办了大和魂的演讲。在德国上演了大和魂的戏剧。

"原来如此，这部作品可比之前写天然居士的那个强多了。"迷亭先生装模作样地说道。

东乡大将有大和魂。卖鱼的阿银也有大和魂。诈骗犯、投机者、杀人魔都有大和魂。

"先生，请在这里加上'寒月也有大和魂'。"

如果你问"大和魂"是什么，说的人只道"大和魂就是大和魂"便拂袖而去，走出五六间远还会故意地咳嗽一声。

"这一句真是妙啊，你相当有文采呢。下一句是什么？"

大和魂是三角形的吗？大和魂是四角形的吗？大和魂如字面所示是魂。既然是魂便总是飘忽不定。

"先生的文章虽然精彩，但'大和魂'是不是出现得太频繁了？"东风君提醒道。"赞成。"说这句话的当然是迷亭。

每个人都提到过它，但谁也没见到过。每个人都听说过它，但谁也没遇到过。大和魂莫非与天狗是同类？

主人本打算读完之后有余音绕梁的感觉，但文章虽然巧妙却实在是太过短小。另外三人因为没听出重点所在，以为文章尚未结束，但是左等右等也不见主人再发一言，最后还是寒月问道："这就完了？"主人轻轻地"嗯"了一声。这个回答未免有点太轻巧了。

奇怪的是，对于这篇名文，就连迷亭都没有像往常那样出言讥讽，反而转过身问道："不如你也把短篇都收集整理到一起，然后献给什么人吧。"主人满不在乎地说道："献给你怎么样？"迷亭说了声"免了"，便拿出刚才给女主人看过的那个剪子咔嚓咔嚓地剪起指甲来。寒月君向东风君问道："你也认识金田家的大小姐吗？""自从邀请她参加了春季朗读会之后，就和她熟悉了，之后一直有来往。我每当见到她的时候，心中都会产生出一种奇妙的感觉，然后不管是作诗还是吟歌都兴致大发，一气呵成。这本诗集之中之所以情诗居多，大概就是因为在这位异性朋友身上得到的灵感吧。我觉得必须对那位大小姐表示我的感谢之情才行，就想借此机会将诗集献给她。倘若没有红颜知己，就绝对写不出优美诗篇，似乎自古以来就是如此。""或许吧。"寒月意味深长地笑着说道。即便是胡诌八扯的大师们齐聚一堂，也不可能一直这么扯下去，话题逐渐平淡下来。毕竟我也没有义务必须整天倾听他们一成不变的杂谈，于是便起身离席去院子里找螳螂了。西斜的日光透过梧桐绿叶的间隙洒下点点光斑，寒蝉在树干上拼命地鸣叫。今晚或许会下雨也说不定。

七

我最近开始做运动了。虽然有人冷嘲热讽地说："一只小猫还做什么运动，自以为是。"但说这种话的人岂不也是在几年前还不知运动为何物，只以"吃饱就睡，睡醒就吃"为天职的家伙吗？整天嘴上说着"无事是贵人"[①]，两手往兜里一揣，宁愿屁股坐烂了也不肯从坐垫上起来，还以为这是老爷的派头而沾沾自喜，这些事他们应该还记得吧？什么"运动吧""喝牛奶吧""洗冷水澡吧""去海水浴吧""夏天躲进山中不食人间烟火吧"，诸如此类的无聊要求，全都是近年来从西洋传到我神国的传染病，应该看作黑死病、肺病、神经衰弱的同类。我去年出

---

① 此句为禅语，意思是心中无事便没有烦恼，使人显得高贵，出自《临济录》。

生，到现在也才只有一岁，所以并没见过上述疾病暴发当时的模样，更不可能被卷入其中，但猫的一岁相当于人的十岁。尽管我们的寿命只有人类的二分之一甚至三分之一，但如此短暂的岁月也足够一只猫发育成熟，由此可见，将"人增年月"与"猫经星霜"以相同的比例来看待是极大的谬误。以我为例，才一岁零几个月的我就有此等见识，而主人的三女儿尽管虚岁已经三岁，但智力的发育却异常迟缓。除了哭、尿床和吃奶之外一概不知。与心系天下的我相比，她简直不值一提。所以我了解运动、海水浴以及异地疗养的历史一点也不足为奇。如果有谁对这么一点小事都感到吃惊，那一定是人类那个缺了两条腿的蠢货。人类自古以来就是蠢货，所以直到近几年才开始大张旗鼓地吹嘘运动的功能，喋喋不休地强调海水浴的好处，就好像这是什么重大的发明一样。但我在生下来之前就已经对这些小事烂熟于心。要想知道海水为什么有治疗的功效，只要去海边看看不就知道了吗？虽然我不知道在那么广阔的水中究竟有多少条鱼，但却没有一条鱼因为生病而找过医生。大家都健健康康地在水中游来游去。如果鱼生病的话，身体必然会感到倦怠。如果鱼死亡的话，身体必然会漂浮在水面之上。所以鱼儿升天叫"漂浮"，鸟儿辞世叫"薨落"，人类寂灭叫"死亡"。你去找横跨印度洋留过洋的人问问"有没有见过鱼死"，肯定谁都会说没有。他们只能这样回答。因为不管在海上来来回回多少次，谁也没见过鱼儿在水里停止呼吸——说"呼吸"不太恰当，因为鱼在水里游，所以应该说"停止吞吐"。即便在那无边无际的大海之上夜以继日永不停歇地寻找，古往今来这么多年，仍然没有人发现一条鱼漂浮在海面上，由此可以断言，鱼都是非常健康的。如果问为什么鱼都如此健康，身为人类是肯定不知道原因的。但实际上理由很简单，一说就明白。因为鱼一直都在吞吐潮水，始终都在进行海水浴啊。既然海水浴对鱼的效果如此显著，那对人类自然也会有同样显著的效果。直到1750年理查德·拉塞尔①医生才打出那个夸大其词的广告说："只要跳进布莱顿②的海水中就可以治愈四百零四种疾病。"让人不得不嘲笑人类的后知后觉。即便对猫来说，只要时机成熟，大家也打算一起前往镰仓的海边，但现在还不行。做任何事情都讲究一个时机。正如明治维新之前的日本人终其一生也没能体会到海水浴的功效一样，如今也还没到猫可以赤身裸体跃入海中的时候。正所谓心急吃不了热豆腐，如果猫还像现在这样，一旦被扔到筑地③都不能平安归来的话，那就绝不能鲁莽地跳进海里。在我们猫进化出能够在一定程度上抵御惊涛骇浪的

---

① 理查德·拉塞尔（Richard Russel，1714~？）：英国医生。关于海水浴的内容还出现在夏目漱石的《文学评论》之中。

② 布莱顿：英格兰南部海滨城市，正对英吉利海峡。

③ 筑地：填海所造的土地，这里指的应该是东京筑地，在当时还是很荒凉的地方。

能力之前——换言之也就是当猫死的时候不说"死亡"而说"漂浮"之前——都不能贸然尝试海水浴。

于是我决定,海水浴的事以后再说,总之先做做运动就好。毕竟在二十世纪的今天,如果不运动的话,就好像是贫民一样很没面子。因为在旁人看来,不运动的人并不是因为懒惰,而是因为没有办法运动,整天为生活而奔波,没有运动的闲暇。正如过去运动的人被嘲笑是折助①一样,如今不运动的人反而会被看作下等人。人类的观念会因时因地而变,就像我的瞳孔变化一样。但我的瞳孔只是变大变小而已,人类的观念却会发生完全相反的变化。但完全相反倒也没什么不妥,任何事物都有两面和两端。只要抓住两端,即便是同一件事也可以颠倒黑白,这正是人类变通圆滑之处。将"方寸"倒过来变成"寸方"也毫无问题。弯下腰从裤裆底下看天桥立②也别有一番风趣。如果莎士比亚总是莎士比亚的话,未免有些枯燥乏味。要是没有人偶尔从裤裆底下看一看哈姆雷特,对其作出一些负面的批评,那么文学界恐怕也难有进步。所以,曾经对运动不屑一顾的人突然对运动热爱起来,就连女子都拿着球拍招摇过市,也没什么好奇怪的。如果能更进一步,不嘲笑猫的运动是自以为是的话,那就更好了。或许有人

---

① 折助:武士家族中下等仆人的俗称。

② 天桥立:位于京都府西北部日本海宫津湾内的一条长3.2公里、宽40~100米的长条形沙洲,上面长满松树,是风景胜地。

对我究竟如何运动抱有疑问，那我就先来说明一下。正如诸位所知，我很不幸地无法拿取器械。所以不管是棒球也好还是球棒也罢，我都没办法使用。再说，我因为没钱也买不到那些东西。因为上述两个原因，我所能选择的运动必须是一分钱也不用花，而且还不必使用器械的那种才行。或许有人会想，既然如此，那你的运动也就是慢吞吞地散步，或者叼着金枪鱼生鱼片飞奔吧，但只让四条腿进行力学上的运动，在地球引力的作用下横行于大地之上，实在是过于简单、没有趣味。即便冠以"运动"之名，也是像主人偶尔所做的那种字面意义上的运动一样，实在是有辱运动的神圣。当然，即便只是字面意义上的运动，有时也需要一些刺激。比如抢夺鲣鱼干、寻找马哈鱼都是不错的运动，但关键在于要有一个目标，如果没有了目标的刺激，那就会变得索然无味。既然没有悬赏这个兴奋剂，那就要找些有艺术气息的运动。我想了很多运动，比如从厨房的屋檐跳到房顶的运动；四条腿站在房顶最高处的梅花形瓦片上的运动；在晾衣杆上走过的运动——这个尝试并没有成功，因为竹子太滑了，爪子在上面站不住；从后面忽然扑到小孩子身上的运动——虽然这是颇具趣味的运动之一，但因为稍有不慎下场就会很惨，所以每个月我最多只尝试三次；用纸袋套住头的运动——这是一个只有痛苦而且十分乏味的运动，更何况倘若没有人类的协助就无法成功，所以终归还是放弃了；还有用爪子挠书籍封面的运动——这项运动不但具有被主人发现定会遭到一顿毒打的危险，而且只能锻炼手指的灵活性，无法活动全身的肌肉。上述这些都被我称为旧式运动。而在新式运动之中，有一些确实非常有趣。最有趣的当数捉螳螂——虽然不是像捉老鼠那样的大运动，但同时危险性也小了很多，尤其是作为夏末秋初的游戏最为合适。要说这项运动的方法嘛，首先要到庭院之中找到一只螳螂。运气好的话，轻而易举地就能找到那么一两只。然后以迅雷不及掩耳之势冲到那只螳螂君旁边。于是螳螂君就会"哎呀呀"地扬起它的脖子。螳螂是相当勇敢的家伙，在不知道对方实力的情况下必然会坚决抵抗，所以十分有趣。首先我用右前爪照着它扬起来的脖子就是一下。因为螳螂的脖子很软，所以一下子就会歪向一旁。此时螳螂君的表情更给此项运动增添了一份乐趣，仿佛在说"哎呀，这是怎么回事"。接下来，我一下子跳到螳螂君的身后，从背面轻轻地挠它的翅膀。那翅膀平时都非常仔细地叠在一起，但如果我挠得厉害一点，翅膀就会啪地一下打开，从中露出仿佛吉野纸[①]一样的淡色内衣。螳螂君即便在夏天仍然不辞辛苦地穿着两层衣服，真是相当讲究。此时螳螂君那长长的脖子必然会转向后方。虽然有时候它也会整个转过身来，但绝大多数的时候都是只有脖子竖起来

[①] 吉野纸：日本和纸的一种，是大和国（现奈良县）吉野地方生产的和纸的总称，由楮皮制成，非常薄。

而已，就好像在等着我出招一样。因为对方一直都是这个态度，导致我没办法运动，所以我没等多久就上去又是一爪子。吃了我这一下，但凡是有点见识的螳螂一定会逃跑，倘若不顾一切地反扑过来，那一定是相当没文化的野蛮螳螂。如果对方做出如此野蛮的举动，我就会看准它扑过来的时机狠狠地给它一下子，大概能把它打飞两三尺远吧。但如果敌人老老实实地逃跑，我会因为心里过意不去而先在院子里的树上像飞鸟一样绕上那么两三圈。此时，螳螂君也只能逃出那么五六寸远。它在知道我的厉害之后就没了反抗的勇气，只能像个没头苍蝇似的东跑西窜。但因为不管它跑到什么地方我都紧随其后，螳螂君终于忍受不了这种折磨，扇动着翅膀准备和我决一死战。螳螂的翅膀和它的脖子一样，都很细长，似乎只是作为装饰而已，就像人类的英语、法语、德语一样毫不实用。想用这种花架子来和我决一死战根本不好使。而且虽然说是决一死战，但实际上它只不过是在垂死挣扎而已。这让我又感到有些于心不忍，但为了运动也是迫不得已，我心里想着"抱歉啦"，出其不意地冲到它的面前。螳螂君在惯性的作用下没办法急转弯，只能身不由己地继续前进，我顺势猛击它的面门。此时，螳螂君必然张开翅膀趴在地上。我将前爪摁在它的身上，稍微休息一会儿，然后又将它放开，放开后再摁上去，以孔明七纵七擒的战术来对付它。就这样重复大约三十分钟，待它无力反抗之时，我就将它叼起来摇晃，然后再吐到地上。这次它躺在地上一动不动，我就用爪子推它两下，倘若它趁机翻身起来，我就再次将它摁住。等这些都玩够以后，最后我就将它嘎吱嘎吱地吃掉。顺便跟那些没吃过螳螂的人说一声，螳螂一点也不好吃，而且似乎也没什么营养。仅次于捉螳螂的运动就是捉蝉。但即便都叫蝉，实际上也分为许多种类。正如人类之中也有大嗓门、唠叨鬼和小心眼一样，蝉也分为鸣蝉、蚱蝉以及寒蝉。鸣蝉太执拗，蚱蝉太狂妄，只有寒蝉还有点意思。不过它只在夏末才会出现。当从和服开腋①吹进来的秋风一刻不停地轻抚着身体的肌肤，使人打起喷嚏感染风寒的时候，寒蝉就会竖起尾巴开始鸣叫。这家伙可很擅长鸣叫，甚至在我看来它就是为了鸣叫和供猫捕捉而生的。初秋的时候我就可以捉它，这就是被称为"捉蝉"的运动。有句话我要和诸位先交代一下，既然叫蝉，那指的就不是掉在地上的那玩意。掉在地上的东西必然会爬满蚂蚁，我要捉的可不是躺在蚂蚁领地的家伙，而是停在高高的树干之上，不停地"知了知了"叫着的那些。还有件事想向博学多识的人类打听一下，那就是蝉到底是"知了知了"地叫，还是"了知了知"地叫呢？我觉得对这一问题的解释，于蝉的研究有很重要的影响。毕竟人类比猫强的地方就体现于此，人类引以为傲的地方也集中于此。如果无法立即给出答案的话，再多花些时间仔

---

① 开腋：妇女或小孩的和服抬肩下部的开口处。

细思考一下也没关系。对于捉蝉这项运动来说，不管蝉怎样叫都无所谓，只需要循着鸣叫的声音爬到树上，趁对方还沉浸在鸣叫之中时将其一举擒获即可。但就是看起来如此简单的运动，实际上却是相当耗费力气。我因为有四条腿，所以在地面上行走的话，敢说绝对不输给其他任何动物。至少从两条腿与四条腿的数学概念上来进行判断，我绝对不会输给人类。但要论爬树的话，恐怕有很多比我更擅长的家伙存在。天生就会爬树的猿类自不必说，就连猿类的后代——人类在爬树这方面也有绝对不可小看的家伙。当然与引力对抗本身就是强人所难的事情，所以不会爬树倒也没什么丢人的，但对捉蝉这项运动来说，如果不会爬树的话还是多有不便。所幸我有爪子这个利器，总算是也能爬到树上去，当然实际上没有看起来那么轻松就是了。不仅如此，蝉是会飞的。它和螳螂君可不一样，一旦它飞走了，那我好不容易爬到树上来就是白费力气，这样的情况也时有发生。最后，我偶尔还有被蝉尿淋到的危险。而且我感觉它好像每次都瞄着我的眼睛尿。反正就算被它逃掉也无所谓，只希望它不要撒尿才好。在飞走的瞬间撒尿，究竟是在怎样的心理状态下所产生的生理反应呢？不知是因为痛苦导致的条件反射，还是为了喝阻敌人，给自己争取逃跑的时间？如果是后者的话，那就像乌贼吐墨、流氓亮文身、主人说拉丁语一样，应该被归于一类。这也是蝉学上不可忽视之问题。如果仔细研究一下的话，也有写一篇博士论文的价值。但这些都是题外话，所以还是让我们书归正传。蝉最集中——如果"集中"听起来有些可笑的话，那就用"集合"吧，但"集合"听起来太陈腐了，还是用"集中"比较好——蝉最集中的地方就是青桐树，似乎在汉语里叫作"梧桐树"。总之，这种树的树叶非常多，而且树叶都好像团扇那么大，这些树叶茂盛地重叠在一起，连树枝都被其盖住，给捉蝉运动带来了极大的不便。我甚至怀疑"只闻其声，不见其人"[①]这句歌词就是为我量身打造的。我别无他法，只能循声前往。从下往上爬大约一间，梧桐树就如我所愿地分成了两杈，我可以在此处休息，并且躲在树叶后面搜寻蝉的位置。有时在我爬上来的过程中，就会有耐不住性子的家伙拍着翅膀飞走。只要有一只飞走就不行，蝉在跟风这一点上可丝毫不逊色于人类。其他的蝉会一只接一只地飞走。当我终于爬到分杈处的时候，这棵树上早已是一片寂静。有一次我爬到这里的时候，不管怎么四下张望，竖起耳朵仔细倾听，也没有发现蝉的动静，下去重来又觉得麻烦，于是决定暂时休息一下，便趴在树枝上等待第二次机会的到来。不知何时竟犯起困来，终于进入了梦乡。待我猛然惊醒睁开眼睛，惊觉自己扑通一声从树杈上的梦乡掉到庭院里的铺路石上。不过绝大多数情况下，我每次上树总会抓住一只。唯一扫兴的是，在树上我只能用

---

① 此句出自江户初期的名歌《山家鸟中歌和泉之项》。

嘴咬住它。所以等我从树上下来再把它从嘴里吐出来的时候，它就已经死了。不管我用爪子怎么摆弄，它都没有任何反应。捉蝉的乐趣就在于悄悄靠近，趁对方专心致志地伸缩尾部鸣叫之时，一下子用前爪将其按住的那一瞬间。此时蝉君会发出悲鸣，轻薄透明的翅膀会不断地挥舞，其速度之快、姿态之美，简直无法用语言形容，实在是蝉世界之一大奇观。我每次按住蝉君的时候，都会请求它将这充满美感的艺术表演一番。等我看够了，就把它一口吞进嘴里。有的蝉甚至在被我吞入口中之后还在继续表演呢。排在捉蝉之后的运动就是滑松。这项运动没有长篇大论的必要，我就给大家简单地介绍一下吧。听到"滑松"这个名字，或许很多人会认为是从松树上滑下来，但实际上并非如此，滑松其实也是爬树的一种。只不过捉蝉时是为了捉蝉而爬树，而滑松则是为了爬树而爬树。这就是两者之间的差异。自从常青的松树被拿来款待最明寺[①]之后，一直到今天，松树的树干仍是坑坑洼洼还异常坚硬。所以再也没有比松树的树干更不适合滑行的了。但同时，也没有比松树的树干更适合搭手和搭脚——换句话说，更适合搭爪的了。所以我所说的滑松运动，是在这非常适合搭爪的树干上一口气爬上去，然后再爬下来。下来有两种方法：一个是

---

① 最明寺：谣曲《钵木》中的人物。"钵木"就是盆景的意思。该谣曲中，佐野源左卫门常世以自己珍藏的松、樱、梅等盆景作为柴薪，为化装成云游僧人的最明寺取暖。

倒过来,头朝下冲下去;一个是保持着爬上去的姿势,尾巴朝下慢慢地爬下来。试问人类诸君,可知道这两种方法哪一个更难吗?以人类浅薄的见识,一定是觉得头朝下冲下来的方法更简单吧。但实际上却大错特错。你们只知道义经在鹎越是这样冲下来的[①],就觉得既然义经都是这样冲下来,那猫自然也应该这样下来。可真是太瞧不起猫了。你们以为猫的爪子是怎么长的?全都是向后弯曲的。所以猫虽然可以将爪子像鸢口那样钩在别的东西上面,却不能用来推压。假设我现在一鼓作气爬到树上,但因为我本来生活在地面,从自然的趋势上来说,肯定不能长时间停留在松树之巅,待在上面必然会掉落下来。但如果我松开爪子直接掉落,未免速度太快,所以我必须使用一些手段来减缓掉落这一自然趋势,也就是所谓的"下降"。"掉落"和"下降"之间似乎存在着巨大的区别,但实际上并没有想象的那么大。掉落慢一点就是下降,下降快一点就是掉落。所以"掉落"与"下降"实际上相差无几。因为我不喜欢从松树上掉落,那就必须减缓掉落的速度。也就是说,必须想些办法来与掉落的速度相抗衡。正如前文所说,我的爪子都是向后弯曲的,如果我是头朝上的话,还可以借助爪子的力量来对抗掉落的速度,从而将掉落变成下降。

[①] 在一之谷之战中,义经在鹎越(一之谷的后山)的绝壁上骑马冲下,突袭平氏的军队,大获全胜。

这实在是非常显而易见的道理。但你用头朝下的"义经流松树越"试试，爪子根本派不上半点用场。一路滑下来，没有一个地方能承受住我身体的重量。到了这个时候，本来想得好好的下降也会变成掉落。由此可见鸭越的下法是多么难。在猫族之中，掌握这一技巧的恐怕只有我。所以，我将这项运动称为"滑松"。

最后，我再简单介绍一下绕墙。主人家的院子被竹围墙围成一个四方形。与檐廊平行的那面大约有八九间长，而左右两边都不过四间长，我所说的绕墙运动就是在不掉下来的前提下，在这个围墙上绕一圈。虽然偶尔也有失败的时候，但顺利完成的话则很有成就感。特别是围墙上到处都竖着底部烧过的圆木桩，我随时可以在上面稍事休息。我今天状态很好，从早晨开始一直到中午，成功地绕了三圈，而且越绕越顺，越顺就越觉得有趣，于是我又开始绕了第四次，但这第四次才绕到一半，从隔壁家的房顶上就飞来三只乌鸦，落在我面前一间远的地方排成一排。这些无礼的家伙，竟然妨碍别人运动，而且它们来历不明、身份可疑，怎么能随随便便就落在别人家的墙头？我想到这里便对它们叫道，'快闪开，让我过去'。站在最前面的那只乌鸦看了我一眼冷笑起来。在它身后的那只则眺望着主人家的院子。第三只正在竹围墙上擦嘴，一定是在来之前刚吃完什么东西。我为了等它们回答，而在围墙上站了三分钟。但正如乌鸦又被称为"勘左卫门"

一样，它们还真是像勘左卫门一样粗鲁无礼的家伙。①我左等右等，既不见它们回答，也不见它们让路。没办法，我只好慢慢地向前走去。就在这时，最前面的勘左卫门忽然张开了翅膀，我还以为它慑于我的威严准备逃跑了呢，结果它只是从右边转向左边调整了一下站姿。这个混蛋！要是在地面上的话，我绝对饶不了它，但是在这站都站不稳的围墙之上，我实在是没有余力与勘左卫门之流纠缠不清。可是我又不想一直傻站在这里等它们离去，因为我在围墙上站不了太长时间。它们毕竟是有翅膀的，所以才能站在这样的地方，而且愿意站多久就能站多久。可我这已经是绕第四次了，身体疲惫得很。更何况这是与走钢丝不相上下的高难度运动，即便没有任何障碍都不能保证稳稳当当的不掉下去，现在面前出现这三个挡路的黑衣人，简直是难上加难啊。事到如今，我只能自己停止运动，从围墙上下去。毕竟现在的局面实在棘手，干脆就退一步算了，敌方人多势众，还是不常见到的生面孔。看它们嘴巴尖尖的就像是天狗②的孩子一样，肯定不是什么好东西。撤退是明智的选择。如果我过于深入，万一掉落下去那就更丢人了。我刚想到这里，刚才转向左边的那只乌鸦忽然叫了

---

① "乌鸦"与"勘左卫门"在日语里发音相近，因此日本人又将乌鸦称作"勘左卫门"。而在日本叫这个名字的人常给人一种粗俗的感觉。

② 天狗：日本最广为人知的妖怪之一。在日本文化中，天狗有着大红色的脸和长长的高鼻子，是令人畏惧的妖怪。

一声"傻瓜"①。在它身后的那只也学着叫了一声"傻瓜"。最后的那个家伙更是郑重其事地连叫了两声"傻瓜,傻瓜"。就算我脾气再好,也咽不下这口气了。毕竟在自己的家门口被乌鸦羞辱实在是有损我的名声。虽然我还没有名字,称不上什么名声,但至少也关系到我的体面吧。所以我决不能撤退。不是有句俗语叫"乌合之众"吗?所以三只乌鸦或许相当好对付呢。于是我鼓起勇气,想着能进一步是一步,慢慢地向前推进。乌鸦看似浑然不觉,不知道在互相说着些什么。我愈发地感到气恼起来。只要围墙的宽度能再多那么五六寸,我就会立刻让它们知道我的厉害,遗憾的是现在这种情况下,不管我再怎么愤怒,也只能缓慢前行。终于我距离打头的那只乌鸦只有五六寸的距离,就在我打算稍事休息一下的时候,勘左卫门好像事先商量好了一样,突然扇动翅膀向上飞起一二尺的高度。它们扇出来的风刚好吹到我的脸上,我心下一惊不由得脚下踩空,扑通一下掉了下去。我懊恼地在围墙下边抬头望去,只见那三只乌鸦又降落到原来的地方,齐刷刷地向下俯视着我。厚颜无耻的家伙。我瞪了它们一眼,但并没有起到任何效果。我又弓起腰在喉咙里吼了几声,更没什么用。正如俗人听不懂精妙的象征诗一样,这些乌鸦也对我的愤怒之情没有表现出丝毫的反应。仔细想来,这也是情有可原的,因

---

① 日语中,乌鸦的叫声与"傻瓜"发音相近。

为我刚才一直把它们当作猫来看待，但这是不对的。如果对方是猫的话，我表现得这么明显，它们肯定能够看懂，但偏巧对方是乌鸦。如果将乌鸦当作勘左卫门来看待，那我确实拿他们没有一点办法。就像实业家想让主人苦沙弥屈服，就像源赖朝赠送西行银制的猫①，就像勘左卫门在西乡隆盛君的铜像头上拉屎。善于观察形势的我知道已经无可奈何，便干脆地撤退回檐廊。已经到了吃晚饭的时候，运动也应该适可而止，我浑身都像要散架了一样，疲惫不堪。不仅如此，因为眼下是初秋时节，在我运动的时候，阳光一直都照在我的毛衣上，而充分吸收了夕照阳光的毛衣实在是酷热难当。从毛孔里渗出的汗珠不但没有流下来，反而像脂肪一样糊在毛根上。我感到后背很痒。我能够清楚地区分因为出汗而导致的痒和因为跳蚤而导致的痒。感到痒的时候，如果是嘴巴能够到的地方，那就用嘴去咬两下；爪子能够到的地方，那就伸爪去挠一挠；唯独后背正中央的这一条，我没办法自己搞定。所以每当后背发痒的时候，我就需要去找个人在他身上胡乱地蹭几下，或者在松树皮上来回摩擦。如果不在这二者之间任选其一的话，我就会瘙痒难耐，不得安眠。因为人类非常愚蠢，所以只要做出撒娇的模样就好——事实上撒娇的模样指的是人类在

---

① 此典故出自《东镜》。源赖朝赠送给歌人西行一只银制的猫，西行收下银猫之后出门就送给在外面玩耍的小孩了。

爱抚我的时候所表现出的那种模样。在我看来，并不是被人类爱抚的猫在撒娇，而是爱抚猫的人在撒娇……总之，人类非常愚蠢，所以只要我做出一副撒娇的模样往他们腿边一靠，绝大多数的情况下，对方都会误以为我喜欢上了他或她，不但任由我磨蹭，甚至还时常爱抚我的脑袋。但近来，我的皮毛里出现了一种叫作跳蚤的寄生虫，所以每当我靠近人类的时候，必定会被他们拎着脖子扔出去。看样子，他们是因为这么个也不知肉眼能不能看见的微不足道的小虫才对我如此绝情。大概这就是所谓的"翻手为云，覆手为雨"①。竟然因为那区区一两千只小虫就做出如此势利之事。据说人类世界共通的爱情法则第一条就是——倘若对自己有利，就去爱他。但现在人类对我的态度骤然转变，我就算身上再痒也无法借助人类的力量，所以我只能采用第二种方法，也就是松树皮摩擦法。正当我从檐廊跳下来想去摩擦一下的时候，忽然意识到这是一个得不偿失的馊主意。之所以这样说，是因为松树有松脂。松脂可是颇为难缠的家伙，一旦沾到毛上，那就算天雷滚滚、波罗的海舰队全军覆没，也绝对甩不掉。而且只要五根毛沾到，这松脂马上就会蔓延到十根毛。等发现十根毛被沾上之时，实际上已经扩散到三十根毛。我是如同茶人一般喜欢淡泊清静的猫，对于这种棘手、恶毒、难缠、顽固的家伙最为

---

① 此句出自杜甫《贫交行》，此处指人反复无常。

厌恶。哪怕对方是举世无双的美猫我都退避三舍，何况松脂乎？以松脂的身份，也就和车夫家的黑猫迎着北风时双眼中淌下来的眼屎不相上下，怎么能让它们来糟蹋我这身淡灰色的毛衣呢？这种事只要稍微想一想就能明白，可是松脂却根本连想也不想。只要我将后背往松树皮上一靠，松脂必然第一时间沾上来。和这种不明事理的白痴打交道，不但有损我的脸面，更有损我的皮毛。所以不管后背有多痒，我都只能忍耐。可是这两种方法都行不通，让我感到相当不安。如果不赶紧想个什么办法，让身体总是这么瘙痒难耐、黏黏糊糊的，搞不好会患上什么疾病也说不定。我蹲在地上冥思苦想，忽然让我想到一个好主意。我家主人时不时地就拿着毛巾和肥皂不知飘然前往何处，等三四十分钟之后归来，他那模糊的脸色也稍微显出一些活力，看起来精神不少。像主人那样邋遢的男人都能有如此之大的转变，那换成是我的话，效果肯定更加显著。虽然我现在已经很帅了，没有必要让自己变得更帅，但万一我得了病，年仅一岁零几个月就夭折的话，那岂不是愧对天下苍生？我打听了一下，原来主人去的地方是人类为了消磨时间而想出来的澡堂。虽然人类创造出来的肯定都不是什么好东西，但在目前这种情况下，我进去试试倒也未尝不可。要是试过之后发现没有功效，最多不再去了便是。但人类是否有足够的气量，允许身为异类的猫进入他们给自己准备的浴场，这还是个问题。虽然连主人都能堂而皇之地进去，所以断然没有将我拒之门外的道理，但万一我被撵了出来，这件事传出去还是不太好听。既然如此，我应该先观察一下情况，确认万无一失再叼着毛巾冲进去。打定了主意之后，我便慢悠悠地向澡堂走去。

出了小巷向左转，对面就是一个好像竹筒一样高高耸立着的东西，顶端还冒着淡淡的烟。这就是所谓的澡堂。我悄悄地从后门潜入。虽然有人说走后门是胆小，是技术不行，但那都是只能走正门的人出于嫉妒所发的牢骚。自古以来的聪明人都是从后门出其不意地发动袭击。《绅士养成法》第二卷第一章第五页上似乎就是这样说的。在下一页上甚至还说，后门是绅士的遗书，是修身养德之门。我身为二十世纪之猫，这点教养还是有的，绝不可以小觑。等我悄悄钻进去一看，只见左边八寸长短的松柴堆积如山，在其旁边则是许多煤块堆积成岭。或许有人会问，为什么松柴如山，煤块成岭呢？其实也没有什么别的意思，只是将"山岭"两个字拆开使用罢了。人类吃米、吃鸟、吃鱼、吃兽，吃尽许许多多的有害之物，终于堕落到连煤块都吃的地步，真是可怜。我向尽头望去，一间宽的入口大敞四开，里面空空荡荡、寂静无声。入口对面却频频传出人类说话的声音。我断定，所谓的澡堂必然就在发出声音的这边，便穿过松柴和煤块之间的山谷向左一转，往前走了一段，只见右手边有个玻璃窗，窗边有三个小圆桶以三角形也就是像金字塔一样摞在一起。将圆形的小桶摞成三角形，恐怕是极度有违其本意的，我不禁暗自对小桶诸君同情起来。小桶的南侧还多出来四五尺宽的木板，仿佛专门为我而准备的一样。木板距离地面大约一米，刚好够我一跃而上。我一边说着"妙啊"，一边轻盈地跳了上去，澡堂顿时呈现在我的鼻尖、眼下和面前。要说天下什么最有趣，再没有比吃没吃过的食物、看没看过的景象更令人愉快的了。诸位要是像我的主人那样一周去三次澡堂，并且在澡堂里一待就是三十分钟甚至四十分钟的话也就罢了，但如果是像我这样从没见过澡堂为何物的话，那最好快去看看。就算不能给父母送终也没关系，这个是绝对值得一看的。尽管人们常说世界之大无奇不有，但此等奇观可以说是绝无仅有。

你问是什么奇观？这个奇观，我甚至都不好意思用语言来进行描述。因为在玻璃窗对面密密麻麻地挤在一起、呜里哇啦说个不停的人类全都是赤身裸体。简直就是台湾的"生番"①，是二十世纪的亚当。纵观服装的历史——这就说来话长了，还是留给特佛尔斯德洛克君②吧，我对服装的历史就不予赘述

---

① 生番：旧时对开化较晚的人群的蔑称。当时台湾正处于日本的殖民统治之下。

② 特佛尔斯德洛克（Teufelsdrockh）：在托马斯·卡莱尔（Thomas Carlyle，1795~1881）的《衣裳哲学》中出场的虚构人物。卡莱尔在这本书中介绍了特佛尔斯德洛克教授对服装的研究。

了——人类全靠服装来衬托自己的身份。十八世纪的时候，理查德·纳什①给英国巴斯②的温泉场制定了严格的规范，要求浴场内的男女必须从肩到脚都穿着衣服。距今六十年前，同样也是在英国的某个城市成立了一所美术学校。既然是美术学校，那就要买些裸体画、裸体像的临摹品与模型之类。本来这些东西摆在学校里也没什么问题，但在举行开学典礼的时候，以校长为首的教职员工们就遇到了一个难题。那就是为了举行开学典礼必须邀请市内的淑女到场。可是在当时的贵妇人们看来，人类是穿衣服的动物，而不是只披着一层皮的猿类后代。人如果不穿衣服，就像是大象没有鼻子、学校没有学生、军队没有勇气一样，失去了最重要的本性。如果失去了本性，那就不能再称其为"人"，而只能称其为"兽"。即便只是临摹品和模型，但与堕落为兽类的人类为伍，还是会有损贵妇人的品位。因此女士们纷纷拒绝出席。尽管教职员工们都认为这些女子不可理喻，但女性在任何国家都是一种装饰品。即便她们既不能舂米也不能当兵，却是开学典礼上不可或缺的点缀。校方没办

---

① 理查德·纳什（Richard Nash，1674～1762）：原是一名赌徒，后来成为巴斯的礼仪官，通过对风俗的整顿使巴斯成为著名的社交场。在夏目漱石的《文学评论》中对他也有介绍。

② 巴斯：位于英格兰西部的小镇，从罗马时代开始就以温泉闻名。

法，只能去绸布店买来三十五反①八分七的黑布给那些堕落为兽类的"人类"全都穿上衣服。不仅如此，他们为了不出一丁点的差错，甚至连头部都给包裹了起来。就这样，开学典礼总算是顺利完成。服装之于人类就是如此重要。最近有老师总是说什么裸体画裸体画，提倡裸体，这其实是错误的。在自从生下来直到今天从没有裸体过的我看来，这简直是大错特错。裸体本是古希腊与古罗马的遗风，在文艺复兴时期淫靡之风的推动下才流行起来。古希腊人和古罗马人因为平时就常常赤身裸体所以司空见惯，并不认为裸体和风化之间有什么联系，但北欧却是个寒冷的地方。就连日本也有"赤身裸体不能出门"的俗语。如果在德国或者英国的话，赤身裸体甚至会小命不保。如果死掉的话，那就太没趣了，所以还是穿着衣服为好。大家都穿着衣服的话，人类就成了穿衣服的动物。一旦成为穿衣服的动物之后，再见到裸体的动物，那就不能承认其为人，而只会认为其是兽。所以欧洲人，尤其是北方的欧洲人完全可以将裸体画和裸体像当作兽类看待。甚至可以认为其是比猫更为劣等的兽类。你说那是美？美也没关系啊，只要将其看作美丽的兽类不就好了吗？我这样说，或许有人会问，你见过西洋妇

---

① 反：布匹的计量单位，具体的大小随着时代与布匹的材质不断变化，现在指足够制作一套和服的布匹。

人的礼服吗？我毕竟只是一只猫而已，并没有见过西洋妇人的礼服，但听说她们似乎将露出胸部、肩膀和胳膊的服装称为礼服。真是无耻下流。直到十四世纪之前，她们还没有穿过如此滑稽的服装，身上的装扮也与普通人没什么不同。至于她们究竟因何缘故转变为如此下等的杂耍演员装扮，因为解释起来太麻烦，我就不说了。反正知道的人自然知道，不知道的人不知道也无所谓。历史问题暂且不谈，总之别看她们在夜间穿成这种奇异的模样还得意扬扬，但内心之中其实还是保留有几分人性的，当太阳出来之后，她们便缩起肩膀，藏起胸部，裹上胳膊，不但把全身各处都捂得严严实实，甚至觉得被别人看到一根脚趾都是奇耻大辱。如此想来，她们穿着礼服岂不是自相矛盾，这简直就是傻瓜与白痴商量后想出来的主意。如果谁认为我说的不对，那就大白天的也露出肩膀、胸部和胳膊。裸体的信徒也应该像这样。既然裸体真有那么好的话，干脆让自己的女儿脱光衣服，顺便自己也赤身裸体一起去上野公园散步多好啊，做不到吗？其实不是做不到，而是因为西洋人没有那么做，所以自己也不能那么做。现在不是有人穿着那么不合理的礼服，大摇大摆地出入帝国酒店吗？要问他们为什么那样做，其实也没什么理由。只是因为西洋人穿了，所以自己也穿了。因为西洋人强大，所以就算并不适合自己也忍不住要勉为其难地去模仿。遇到长的就被缠住了，遇到强的就被吓怕了，遇到重的就被压扁了，长此以往岂不是要变成傻瓜。如果你们说变成傻瓜也没关系，我倒也能谅解，但那样的话别再觉得日本人有多了不起了。其实学问也是一样，只不过因为与服装没有什么关系所以这里就略过不表啦。

衣服对人类来说就是如此重要，甚至可以说，人类就是衣服、衣服就是人类。我觉得人类的历史既不是肉的历史也不是骨的历史更不是血的历史，而是衣服的历史。所以人类看到不穿衣服的人便不会感觉他是人，就好像遇到了怪物一样。不过要是人类能够达成一致全都变成怪物的话，那么也就不存在所谓的怪物，这对我来说倒是无所谓，但却会给人类自己带来严重的问题。很久很久以前，大自然将人类平等地制造出来扔进这个世界。所以每个人出生的时候必然都是赤身裸体的。如果人类的本性能够安于平等的话，大概就会一直这么赤身裸体地生活下去吧。但有一个赤身裸体的人觉得，要是大家全都一样，那么努力还有什么意义呢，拼命努力也得不到任何结果。他希望自己能够变得与众不同，让别人一下就能认出他来。于是他就想往自己身上搞点让别人一看就会大吃一惊的东西。他冥思苦想了十年，终于发明出一个叫短裤的东西并且立刻穿上，大摇大摆地到处炫耀。这就是今日车夫的祖先。或许有人会感到奇怪，发明这么简单的一个短裤竟然也要花费十年这么漫长的时间吗？但这是因为他们以今天的眼光来看待远古的蒙昧世界，所以才会做出这样的结论，而在当时来说这可绝对称得上是大发明。就像笛卡儿①提出"我思故我在"这个现在连三岁孩子都知道的真理也花了十几年一样。任何事物在被发明当初都是要费一番功夫的，用十年的时间发明出短裤，以车夫的智慧而言不得不说已经是很了不起的事了。自从发明了短裤之后车夫就变得神气起来，整天穿着短裤仿佛天下的大道都是给他准备的一样四处横行，对此心有不甘的怪物花了六年的时间发明出了和服外套这个多余的东西。于是短裤势力顿时衰落，迎来和服外套的全盛时代。卖果蔬的、卖药的、卖绸布的全都是这个大发明家的后代。经过短裤时代、和服外套时代之后就是和服裤裙时代。和服裤裙是由对和服外套看不顺眼的怪物发明的，过去的武士和如今的官员都可以归属此类。就这样，怪物们争先恐后地标新立异，甚至发明出了燕尾服这种畸形的东西，但追根溯源，这绝不是无理胡闹、偶然随意造成的结果。全都是因为争强好胜的勇猛之心才搞出这么多新奇的东西，然后穿在身上四处张扬并且将前者取而代之。根据这一心理可以得出一大发现，那就是"人类如同自然厌恶真空一般讨厌平等"。时至今日，因为讨厌平等而不得不穿在身上的衣服已经

---

① 笛卡儿（Rene Descartes，1596～1650）：法国哲学家、数学家。欧洲近代哲学的奠基人之一，开创了欧陆理性主义哲学。"我思故我在"出自他的著作《方法论》。

如同人类的骨肉一般，成为人类本性的一部分，倘若现在让人类将衣服全都脱掉，再回到原来的公平时代，那简直是疯狂之举。而且就算有人甘愿疯狂，恐怕也难以回到从前。因为在开明之人的眼中，那些回归从前的家伙们全都是怪物。假如将世界上所有的人全都扔到怪物的领域就能平等了吗？以为大家都是怪物所以就不会感到羞耻了，这样就可以安心了吗？答案显然是否定的。当全世界的人都变成怪物的第二天，就会出现怪物们之间的竞争。如果不能用穿在身上的衣服来进行竞争，那就用谁的样子更怪来竞争吧。即便赤身裸体也要搞出些差别。从这一点上来看，果然还是不能脱掉衣服。

然而如今在我眼下的这群人，却将不能脱掉的短裤、和服外套甚至和服裤裙全都扔在架子上，肆无忌惮地将本来的狂态暴露在众目睽睽之下却泰然自若地谈笑风生。我刚才所说的一大奇观就是指这个。我能为文明的诸君介绍此间的情况，深感荣幸。

因为里面的情况实在太过混乱，我甚至不知应该从何说起。怪物们的行为没有丝毫的规律，要想按照顺序来加以说明实在是极为困难。我就先从浴池说起吧。其实我也不知道这东西究竟是不是浴池，只是觉得它大概应该是浴池而已。这个浴池宽约三尺，长约一间半，而且被一分为二，其中有一半里面满是白色的热水。似乎被称为药浴，但看起来就好像里面放了石灰一样浑浊，而且不只是浑浊，还很黏稠，是那种黏糊糊的浑浊。仔细一打听才知道，难怪看起来好像水臭了一样，原来这里面的水一周才换一次。另一半的池子里是普通的热水，但我敢发誓绝对不是那种清澈透明的水。从颜色上来看，就好像把天水桶①里面的水给搅浑了一样。接下来介绍怪物，恐怕要费一番笔墨。在天水桶的这边，笔直地站着两个年轻人。他们面对面地站着，相互往对方的肚子上哗啦哗啦地撩水。这倒是个不错的消遣。他们两人全都皮肤黝黑，在这一点上来说倒是无可挑剔。就在我感慨这怪物竟如此魁梧之时，其中一人用毛巾擦了擦胸口说道："金先生，你说我这地方很疼究竟是怎么回事？"金先生热心地忠告道："那是胃，胃可是性命攸关的大事，要是不注意点可危险着呢。""是左边这地方。"那人指着左肺的地方说道。"那就是胃啊。左边是胃，右边是肺。""是吗？我还以为这里是胃呢。"这次他敲了敲腰部，金先生说道："那是疝气。"就在这时，一个二十五六岁胡子稀疏的男子扑通一声跳了进来。沾在他身上的肥皂沫和污垢顿时漂浮起来，就像水面上漂浮着铁锈一样闪着亮光。在他的旁边是一个光头的老爷爷，正抓着一个留寸头的家伙争论

---

① 天水桶：用于贮存雨水的水桶，主要用于防火。平时置于房顶、屋檐下及街头等处。

不休。他们两个都只露出脑袋在水面上。"哎呀上了年纪就是不行喽。人一老就比不上年轻人啦。不过只有洗澡水,直到现在仍然觉得还是越热越舒服。""您老这身体结实着呢。这么有精神多好啊。""有什么精神啊,只是没得病罢了。人啊要是不做什么坏事能活一百二十岁呢。""哎,能活那么久吗?""保证能活一百二十岁。维新之前在牛込①有一个叫曲渊的旗本②,他家里的一个佣人活了一百三十岁呢。""那家伙可真能活啊。""是啊,因为活得太久了,连他自己都记不住自己的年纪呢。据说一百岁之后就记不住啦。我知道的时候他就已经一百三十岁了,那时候他还没死呢。但后来他怎么样我就不知道了。搞不好或许现在还活着呢。"老头说着走出浴池。长着胡子的男子一边将云母一样的东西撒在自己周围,一边暗自发笑。接着跳进来的这个与普通的怪物不同,他的背上刻着花纹。看起来像是岩见重太郎③挥舞着大刀勇斗蟒蛇的情景,但遗憾的是这作品似乎尚未完工,到处也不见蟒蛇的踪影,因此这位重太郎先生看上去显得有些扫兴。他跳进浴池说道:"混蛋,一点也不热。"这时跟在他身后跳进来的那个人

---

① 牛込:牛込区,现新宿区东北部。

② 旗本:幕府时期俸禄未满一万石的武士,是将军的直属家臣。

③ 岩见重太郎:传说中的勇者,也有说法认为是在大阪夏之阵中战死的薄田隼人的别名。有许多关于他的故事流传下来。

虽然脸上一副被烫得忍受不住的痛苦表情，但嘴里却说着："这水……确实应该再热点。"说完他朝着重太郎先生打招呼道："老大。"重太郎"嗯"地应了一声，然后问道："阿民怎么样了？""老样子呗，还那么爱赌。""光赌博可不行啊……""是吗？他也是个心术不正的家伙——怎么说呢？总之就是不招人待见——怎么说呢——不值得信任。一个手艺人，哪能那样啊。""是啊。阿民一点也不谦虚，太招摇了。所以大家才不信任他。""没错。总以为自己有点手艺——到头来吃亏的还不是自己。""白银町的老人都不在了。如今只剩下桶店的阿元、砖头店的老板和你了。咱们都是在这土生土长的，可阿民那家伙谁知道他是从哪来的。""是啊。不过他能干到今天这份上也不容易呢。""嗯。不管怎么说他都不招人待见。他也不和人来往。"两人从头到尾一直在说阿民的坏话。

天水桶这边就介绍到此，接下来让我们看看白药汤这边，这边也是人满为患，与其说是人群泡进了药汤里，不如说是在人群中倒入药汤更合适。而且泡在里面的人都显得颇为悠闲，从刚才开始就只见有人进却不见有人出。像这样泡着如此多的人，又整整一周都不换水，也难怪水会那么脏了。我感慨着向浴池中望去，发现苦沙弥先生被挤在左边的角落里，浑身通红缩成一团。我看他十分可怜，心想要是有人能让出一条路让他出来就好了，但谁也没有让路的迹象，就连主人自己也没有想要出来的意思，只是一动不动泡得通红。这可真够遭罪的。就为了赚回那二钱五厘的门票钱，便要把自己泡成这样吗？如果再不出来的话恐怕会被热晕的吧，对主人忠心耿耿的我不由得在窗边担忧起来。就在此时，泡在主人旁边的男人皱着眉头说道："这药浴太有劲了，后背火辣辣的不停冒汗呢。"其实这是暗中向周围的怪物们寻求同情。"热什么啊这温度刚刚好。药浴就得这样才有效。在我老家那温度还要热上一倍呢。"有人自吹自擂地说道。"这药浴究竟有什么效果？"一个将毛巾叠起盖在自己凹凸不平的头上的男子问道。"效果可多了。听说能治百病呢。了不起。"一个不管形状还是颜色都长得和细黄瓜一样的家伙说道。如果这药汤真那么神奇的话，他至少应该看起来更健康些才对。"与投药当天相比，第三天和第四天的时候药效最好。今天就正是时候。"好像无所不知一般地说出这句话的是一名肥胖的男子，我看他之所以这么胖是因为身上污垢太厚。"喝下也有效吗？"不知从何处传来一个尖细的声音。"放凉了之后喝上一杯再睡觉，晚上都不用起夜呢，可神了，不妨试试吧。"说这话的也不知是谁。

　　浴池这边就介绍到此，接下来再看看搓澡间。这里也有一排"亚当"，正姿态各异地清洗着身体各处，实在是极为不雅。其中最令人惊奇的当数仰面躺着眺望天窗的，以及朝下趴着窥视水槽的这两位"亚当"。这两位可真是相当悠闲。还有一个和尚正面朝石墙蹲着，在他身后有个小和尚不停地给他敲打肩膀，这二人应该是师徒关系，而小和尚则干了搓澡工的活。当然真正的搓澡工也有，只不过好像患了感冒一样，在这么热的地方也穿着坎肩，拿着小判①形的小桶哗哗地往客人肩膀上浇热水。在他的右脚拇指缝里还夹着一个用来搓澡的粗毛布。这边有个家伙贪得无厌地占用了三个小桶，不但一个劲地劝他身边的人用肥皂，嘴里还发表着长篇大论。我好奇地仔细一听，他是这样说的："火枪是从外国传进来的。过去我们打仗都是砍来砍去，但外国人很卑鄙，于是就拿出了么个玩意。好像还不是从中国传来的，是从别的外国传来的。和唐内②那时候还没有呢。和唐内其实就是清和源氏③。义经从虾夷去满洲的时候，有一个学识渊博的虾夷男子随他一同前往。所以义经的儿子攻打大明的时候大明抵挡不住，派遣使臣来向三代将军④借调三千士兵，三代将军把使臣留下来不让他回去了——那家伙

---

① 小判：日本江户时期通用金币之一。

② 和唐内：近松门左卫门《国姓爷合战》的主人公"和藤内"，经常被写作"和唐内"。人物原型是明朝的遗臣郑成功，郑成功是郑芝龙与一名日本女子所生之子，坚持与清朝战斗意图反清复明，但壮志未酬就因病去世。文中浴室里这位客人所说的内容与史实不符，全都是胡说八道。

③ 清和源氏：被清和天皇赐予源姓的人。源赖朝等就属于此类。很多武家都自称是清和源氏的后裔，漱石的另一部作品《少爷》中的主人公也这样说。

④ 三代将军：江户幕府第三代将军德川家光。

叫什么来着——好像是叫什么什么使——总之,这个使臣被留了两年,又在长崎给他找了一个女子。他和那位女子生了一个儿子就是和唐内。后来他回国一看发现大明已经亡于国贼之手了……"不知他在胡说些什么我一点也听不懂。在这人的身后有一个二十五六岁,脸色阴沉的男子,只见他精神恍惚地频频用药浴水热敷自己的裆部。看样子他正深受疖肿之苦。他旁边那两个十七八岁的少年,一口一个"你小子""老子我"的自以为是地说个不停,大概是住在这附近的书生吧。再旁边则是一个奇怪的后背,就好像从屁股那里插进去一根紫竹一样,整个脊梁骨的关节都看得一清二楚。而且在脊梁骨的左右两边好像十六武藏①似的各自整齐地排列着四个圆点。有的圆点甚至发红溃烂,脓液正往周围扩散。要是按照这样的顺序说下去,那要说的事情就太多了,凭我的能力连其一斑也难以尽数。就在我因为自己搞了这么一件麻烦事而感到为难的时候,门口处忽然冒出一个身穿浅黄色棉和服,年纪大约七十岁的光头。光头恭恭敬敬地对这些裸体怪物们行了个礼说道:"哎呀,承蒙各位每天都来照顾生意。今天稍微有点冷,请慢慢洗——各位请多泡泡药浴,慢慢让身体暖和起来——掌柜的,水温可给看好了啊。"掌柜的答道"好嘞"。和唐内对老人大加赞赏:"可

---

① 十六武藏:日本传统的棋类游戏。

真热情啊。只有这样才能做得好生意嘛。"我因为突然遇到这位奇怪的老人不免有些惊讶，干脆将这边的事先放在一旁，专门对这位老人进行一下观察吧。老人看到一个大约四岁的小男孩走出浴池，便对他说道："宝宝，到爷爷这来。"这小孩可能是看到眼前这位好像被踩扁了的大福①一样的老人感到有些害怕，竟然"哇"的一声大哭起来。老人有些言不由衷地感叹道："哎呀，怎么哭了？爷爷吓到你了吗？哎呀，这可怎么办呢？"老人拿小孩也没办法，只好把话锋一转对小男孩的父亲说道："啊，这不是源先生吗？今天可有点凉呢。昨晚钻进近江屋的那个小偷可真是太蠢了。他在人家的便门上破了一个四角形的洞。结果你猜怎么着？什么也没偷到就走啦。大概是遇到警察或者巡夜人了吧。"他对小偷的愚蠢大大地悯笑了一番之后又对另一个人说道："是啊是啊很冷啊。你还年轻所以不怎么觉得。"其实只有老人自己觉得冷。

我因为被老人吸引，不只把其他怪物的事都忘在了脑后，就连似乎正在饱受折磨的主人都从我的记忆之中消失了，就在这时，在冲洗间和搓澡间的中间突然传来一声怒吼。我一看，果然

---

① 大福：外皮和麻糬类似，用糯米制成，外面会沾上一层白粉避免粘手，里头包着饱满的带皮红小豆馅，馅料的量常跟饼皮的量一样甚至更多，使得大福的外形圆浑有致。据说大福就因为这样的外形而被称为"大腹饼"，后人取其吉祥的谐音改称"大福"。

是苦沙弥先生。虽然主人声音的独特高亢与含糊刺耳也不是一天两天了，但毕竟今天所在的场所不同，因此我也不由得感到有些惊讶。我在第一时间作出判断，这必然是因为主人在热水中忍受了太长时间结果一下子爆发出来的缘故。如果这只是因为病态的冲动所致倒也不能怪他，但他在大发雷霆的时候却十分清醒。既然如此主人为何要发出这破锣一般的声音呢？诸位听我一说便知。原来他竟然像小孩子一样在和两个不值一提的狂妄书生吵架。"往后点，别把水倒进我的小桶里。"发出怒吼的不用说当然是主人。毕竟即便对同样的事物也可以有不同的看法，所以也不必说主人的怒吼只是愤怒的结果。或许在一万个人里面也有一个人觉得这是高山彦九郎①怒斥山贼呢。主人自己可能也是这样想的所以才演了这么一出，但如果对方不甘心当山贼的话就肯定不会达到预期的效果了。一个书生转过头来老老实实地说："我刚才就一直在这里的。"这本是一个很平常的回答，虽然其表明不会离开的立场违背了主人的意愿，但态度和言辞都不至于被当作山贼责骂，不管主人多么气愤也应该清楚这一点才是。但实际上主人发火并不是因为书生所坐的位置，而是因为这两个人从刚才开始就一直目中无人地说着一些与自己的身份不相符的话，

---

① 高山彦九郎（1747～1793）：江户后期的尊王论者，与林子平、蒲生君平并称"宽政三奇人"。其曾往各地宣扬尊王思想，因愤懑而在久留米自杀。

从头听到尾的主人早就对他们感到不爽了。所以即便对方很客气地答话,主人也绝不会善罢甘休。于是他又大声吼道:"怎么回事啊混蛋家伙,哪有人把脏水往别人的小桶里泼的?"因为我也不怎么喜欢这两个书生,所以听到主人责骂他们时心里也暗叫了一声痛快,但又觉得主人身为学校的老师,这样的言行举止显得不太稳重。本来主人就顽固得要命,像煤渣一样又糙又硬。以前汉尼拔①翻越阿尔卑斯山的时候,被一块巨大的岩石挡住了去路,军队无法通行。于是汉尼拔将醋泼到那块大岩石上又用火烤使岩石变软,然后像切鱼糕一样用锯子将大岩石切开,军队得以顺利通过。像主人这样在这么有效的药汤里煮了这么久都没有丝毫效果的男人,果然只能浇上醋然后用火烤了吧。要不然的话,像这样的书生就算再来几百个,再花上几十年,也治不好主人的顽固劲。不管在浴池里泡着的还是在冲洗间里晃荡的,都是将文明人类必不可少的衣服脱掉的怪物团体,当然不能用常识来要求他们。所以不管他们做什么都无所谓。胃可以占了肺的地方,和唐内可以变成清和源氏,阿民不值得信任也没关系。但当他们走出冲洗间来到更衣室,那就不再是怪物了。要想进入普通人类生活着的俗世,那就必须穿着文明必不可少的衣服,并且必须采

---

① 汉尼拔(Hannibal,前247~前183):古代迦太基的名将。第二次布匿战争时翻越阿尔卑斯山进入意大利,大胜古罗马军队。

取符合人类身份的行动。如今主人正踩在门槛之上，那是分隔冲洗间与更衣室的门槛，意味着主人即将回到巧言令色、虚伪圆滑的世界。在这样的时刻主人仍然如此顽固不化，说明这种顽固已经成为束缚他的监狱，是难以去除的顽疾。既然是顽疾那就不容易治愈。愚以为要想治愈这种顽疾就只有一种办法。那就是请求校长免去主人的职务。一旦被免职，那不懂变通的主人必将走投无路。走投无路的结果必将是倒毙街头。换言之，被免职对主人来说就是导致其死亡的原因。主人虽然喜欢此病，却非常讨厌死亡。他想要的是一种名为病不致死的奢侈。所以如果吓唬主人说"如果患病就杀了你"，那胆小的主人一定会被吓得浑身发抖。大概在他浑身发抖的时候病也就会好了吧。如果这样还不好的话那就是病入膏肓没得救啦。

  但不管他再怎么愚蠢或者患上什么疾病，主人还是主人。有诗人云"一饭君恩重"[①]，即便我是猫也应该关心主人才是。因为我心中满是对主人的可怜之情，不由得分了神，怠慢了对冲洗间里面的观察，忽然听到有人朝着药浴池那边骂不绝口。这边竟然也吵起来了吗？我回头一看，只见怪物们把狭窄的石

---

  ① 一饭君恩重：像一顿饭那样微小的恩德被称为"一饭之恩"，也作"一饭之德"，出自《史记·范雎蔡泽列传》："范雎于是散家财物，尽以报所尝困厄者。一饭之德必偿，睚眦之怨必报。"

榴口①挤得是水泄不通，有毛的小腿和没毛的大腿乱糟糟地晃来晃去。正值初秋，日暮西山之时冲洗间上方直到天花板已完全被蒸汽所笼罩。怪物们拥挤的场面在蒸汽之中朦朦胧胧看不清楚，只有"好热好热"的声音通过我左右两边的耳朵来回穿梭，在我的脑袋里胡乱碰撞。那声音有黄有蓝有红有黑，相互叠加在一起组成一种难以名状的声响充满整个澡堂。这声音只能用混杂与迷乱来形容，对外则起不到丝毫的作用。我被这光景迷住了，茫然地呆立在原地。当吵吵嚷嚷的声音混乱到无以复加的地步之时，胡乱推搡的人群之中忽然冒出一个身材高大的壮汉。他的身高比其他人要高出三寸，不仅如此，他脸上的胡子十分浓密，甚至让人搞不清楚究竟是胡子长在脸上还是脸长在胡子之中，他满脸通红地抬起头，用顶着烈日敲破钟一般的声音叫道："加凉水加凉水②，太热了太热了。"他的声音和模样，全都胜过了那些乱糟糟地挤在一起的群众，甚至让人感觉在这一瞬间整个澡堂都汇聚成为他一个人。这就是超人，是尼采③所说的超人，是魔鬼中的大王，是怪物中的头领。就在我想到这里的时候，浴池后面传来一声"好嘞"的应答。我顺着

---

① 石榴口：江户时代的澡堂里从清洗间通往浴池的出入口。

② 日语里"加凉水"和"添煤"同音。

③ 尼采（Friedrich Wilhelm Nietzsche，1844～1900）：德国哲学家。在其著作《查拉图斯特拉如是说》之中提出了"超人"的概念。

声音望了过去，只见在一片昏暗朦胧之中，一个身穿坎肩的烧水工将一整个煤块用力地扔进炉子之中。炉盖关上之后，煤块发出噼里啪啦的燃烧声，烧水工的面庞一下子被炉火照亮。同时在他身后的砖墙也如同在黑暗中被点燃了一般发出明亮的光芒。我觉得这场面有点吓人，赶紧从窗户上跳下来回家去了。回家的路上我还在思考，即便在将和服外套、和服裤裙和短裤全都脱掉，大家都尽可能地保持平等的赤裸裸的人群之中，仍然有赤裸裸的豪杰出现让其他人全都相形见绌。由此可见就算脱光了衣服也难以平等。

回去一看，家里倒是一片天下太平的景象。主人刚洗完澡的脸上油光锃亮，正在吃晚餐。他看到我从檐廊上来，嘴里说道："真是悠闲的猫啊，刚才不知道又去哪逛了。"我往桌子上一看，明明没钱却还摆了两三盘菜。其中还有一条烤鱼。虽然我不知道这是什么鱼，但肯定是昨天在御台场①附近"遇害"的。我之前说过鱼是非常健康的动物，但就算再怎么健康也禁不住这么又烤又煮的。与之相比还不如体弱多病、苟延残喘地活下去呢。我一边这样想着一边在餐桌旁坐了下来，为了找机会搞点东西尝尝，于是装出一副对食物爱答不理的模样。要是不会装这副模样，那就别想着吃到美味佳肴。主人夹起一块鱼

---

① 御台场：江户幕府在品川岸边修建的炮台。

肉尝了尝，露出一副不好吃的表情将筷子放到一旁。坐在他对面的女主人则饶有兴致地研究着主人默默无言地将筷子拿起放下的动作以及上下颚张开闭合的状况。

"我说，你在那个猫的头上打一下看看。"主人忽然对女主人说道。

"打它做什么？"

"那你就别管了，打一下看看。"

"像这样吗？"女主人说着伸手在我头上拍了一下。一点也不痛，什么感觉也没有。

"没叫啊。"

"是啊。"

"再打一下看看。"

"打多少次都一样吧。"女主人说着又在我头上拍了一下。因为还是没什么感觉，我便一动没动。但就算机智如我，还是想不明白主人为什么会提出这样的要求。如果我知道主人的目的何在，那无论如何也能想出对策，但现在主人只说要打，不仅女主人感到为难，我更是一筹莫展。主人因为两次都没有如愿，稍显焦急地说道："我说，你要打得它叫出来才行。"

女主人一副不耐烦的表情问道："叫出来了能怎样？"同时又打了我一下。这回我终于知道主人的目的了，只要我叫一声就可以让主人满意。主人就是如此愚蠢的家伙，着实令人讨厌。如果想让我叫的话直接说不就好了吗，那样就不用重复那多余的第二次和第三次，而我也可以一次过关，没有再多挨那第二下和第三下的必要。如果只说"打"，那只能在以"打"这件事本身为目的的情况下。因为"打"是对方的事，而"叫"是我的事。如果最初的目的就是让我"叫"却只说"打"，那就是将我的"叫"也囊括在了"打"的命令之内，这实在是非常无礼。是对他人人格的不尊重。是对猫的蔑视。如果是主人深恶痛绝的金田君做出这种事情也就罢了，但对一向以正直坦诚自居的主人来说，这种做法实在是颇为卑劣。不过主人实际上并非如此卑劣之人，所以主人下达这样的命令并不是因为他聪明狡诈，只是因为他智商不足。或许主人认为吃饱了肚子肯定不饿，割破了伤口肯定流血，被杀了性命肯定不保，所以才草率地做出挨打了猫肯定会叫的结论吧。但遗憾的是这个结论并不合逻辑。倘若按照这样的逻辑，那掉进河里肯定会死，吃了天妇罗肯定会拉肚子，拿了薪水肯定要上班，看了书肯定会有出息。如果都这样"肯定"下去，那肯定会有人受不了的。比如挨打肯定会叫，那我可吃不消。要是被看作和目白的时钟[①]一样那我的猫生岂不是毫无价值了吗？我先在心里

---

① 目白的时钟：小石川区（现东京文京区）目白不动堂（新长谷寺）里的报时钟。

将主人反驳了一番，然后按他的要求"喵"地叫了一声。

主人对女主人问道："你知道它刚才叫的这一声'喵'，究竟是感叹词还是副词？"

因为这个问题太过突然，女主人一句话也没说。实话说，我甚至觉得主人之所以会如此奇怪是因为在澡堂惹的火气未消。本来主人就是左邻右舍公认的怪人，甚至有人断言他是个神经病。但主人却对自己很有自信，坚称自己不是神经病，世上其他的家伙才是神经病。如果周围的人说主人是狗，那么主人便以维持公平为由称呼他们为猪。实际上，主人似乎对任何人和任何事都追求公平。真是让人头疼。因为他就是这样的一个人，所以对女主人提出如此奇怪的问题对主人来说简直是轻而易举的小事，但对听者来说却无异于神经病人的胡话。所以女主人如坠云里雾里一般，一句话也没说。我当然也没有办法做出任何回答。就在这时，主人忽然大声地叫了一声："喂！"

女主人吃了一惊答道："哎。"

"你这个'哎'是感叹词还是副词，是哪一个？"

"是哪一个？这种无聊的问题，是哪一个都无所谓吧。"

"怎么会无所谓，这可是现在困扰国语学者们的一大难题。"

"什么啊，你说猫叫声吗？开玩笑。猫叫声也不是日语啊。"

"正因为如此，所以才是一大难题啊。这就是比较研究。"

"是吗？"女主人很聪明，不会在这种愚蠢的问题上纠缠不清。"那么，到底搞清楚了吗？"

"毕竟是很重要的问题，哪能那么快就搞清楚。"主人大口地吃着那条鱼，顺便又吃了旁边的猪肉和煮芋头。"这是猪肉吧？""嗯，是猪肉。""哼。"主人很是不屑地喝了一口酒。"再来一杯酒"，说着他将酒杯递了过去。

"今晚你可没少喝啊。脸都那么红了。"

"当然要喝——你知道世界上最长的单词是什么吗？"

"嗯，是前关白太政大臣①吗？"

"那是人名，我问的是最长的单词。"

"单词指的是横文字的字母吗？"

"嗯。"

"不知道——酒别再继续喝了，我给你盛饭，好吗？"

"不，还要喝。我来告诉你最长的单词是什么吧。"

"嗯。然后就吃饭哦。"

"是Archaiomelesidonophrunicherata②。"

"胡说的吧？"

---

① 藤原忠通（1097~1164）：平安后期的歌人、书法家。在小仓百人一首中被称为法性寺入道前关白太政大臣，被认为是日本有史以来最长的名字。

② 阿里斯托芬的喜剧《黄蜂》中出现的单词，意思是"如同西顿（古代腓尼基北部奴隶制城邦，今黎巴嫩南部城市赛达）弗琉尼斯科（诗人）古老的诗歌一样可爱"。

"怎么是胡说呢，这是希腊语。"

"那翻译成日语是什么意思？"

"不知道是什么意思。我只会拼写。写出来的话大概有六寸三分长。"

换了别人只有在喝醉了的情况下才能说出来的话，主人却在神志清醒的情况下说了出来，也称得上是奇观了吧。不过他今晚确实喝了不少酒。平时他都是只喝两盅的，但今天已经喝完四盅了。本来喝两盅他就脸色通红，现在整整多喝了一倍之后他的脸色就像烧红的火筷子一样，看上去真是太遭罪了。即便如此他还不肯罢休，嘴上说道"再来一杯"。

女主人皱着眉头说道："别再喝了，好不好？喝多了可是会难受啊。"

"不喝哪行，就算难受也得多练练。因为大町桂月①说要喝。"

"桂月是什么？"就算是桂月到了女主人这里也变得一文不值了。

---

① 大町桂月（1869～1925）：诗人、随笔家、评论家。他在1905年12月的《太阳》上发表《杂言录》评论漱石说"只知道果酱的滋味，却不了解酒的趣味""不要光吃果酱，也喝点酒""不要总躲在书房里，多出门走走，跋山涉水，不要总逗猫，也多和女性交往，拓展一下兴趣……"《我是猫》的第七章和第八章就发表于这篇评论发表之后的第二个月。

"桂月是现在第一流的评论家。既然他说要喝那喝就准没错。"

"一派胡言。什么桂月、梅月的,明知难受还让人喝酒,简直是多此一举。"

"不只喝酒。他还说要参加应酬,吃喝嫖赌,出门旅行。"

"这岂不是更过分了嘛。那种人竟然是第一流的评论家?真让人惊讶。竟然让有老婆的人吃喝嫖赌……"

"吃喝嫖赌也没什么不好啊。如果我有钱的话,就算桂月不那么说或许也会试试看呢。"

"没钱才幸福呢。你要是从现在开始吃喝嫖赌那可不得了。"

"既然你这么说那就算了吧,不过你要更好地服侍我才行,还有晚饭做得更丰盛一些。"

"这就已经竭尽全力了。"

"是吗?那吃喝嫖赌就等以后有钱了再说吧,今晚就喝到这好了。"说着主人拿起饭碗。那天晚上他似乎吃了三碗茶泡饭,我也享用了三片猪肉和一个盐烤鱼头。

八

其实我在介绍绕墙运动的时候,就打算对主人庭院的竹围墙做一下介绍,倘若有人以为在竹围墙的外面就是邻居家,比如南边紧挨着次郎家之类的,那完全是一种误解。尽管这里的房租便宜,但苦沙弥先生毕竟是苦沙弥先生。他是断然不会与那些叫作"小与"或者"小次郎"之类的小字辈们和和睦睦地比邻而居的。所以在主人家的围墙之外是五六间宽的空地,在空地的尽头并排生长着五六棵枝叶繁茂的柏树。从檐廊望去,对面如同茂密的森林,而居住于此的先生则仿佛在荒野孤宅之中与无名之猫相伴度日的江湖隐士。但柏树的枝叶并没有我之前吹嘘的那么茂盛,所以透过枝叶之间的缝隙,可以将那名为群鹤馆的只有名字十分气派的廉价旅馆的破旧屋顶一览无余,如此一来,想象先生的形象当然就相当困难了。不过既然这个旅馆能叫群鹤馆,那先生的居所就完全可以被称为卧龙窟。反正取名字也不用交税，有什么吓唬人的名字随便取就是了。这个宽五六间的空地沿着竹围墙朝东西走向长出大约十间远，然后忽然兜了个圈，将卧龙窟的北面围了起来。这个北面正是骚乱之源。本来住家的周围空地连着空地是一件值得炫耀的事情，然而不管是卧龙窟的主人还是窟内的灵猫我，都对这个空地束手无策。正如空地的南侧有柏树傲然挺立一样，空地的北侧也有七八棵梧桐树阵列森严。这些梧桐树已经长到一尺左右，要是找个做木屐的来，肯定能卖上个好价钱，但租房子的悲剧之处就在于，不管你有多好的想法都没有办法执行。我不由得可怜起主人来。前几天学校的勤杂工砍去了一根树枝，下次再来的时候就穿着一双崭新的梧桐木屐，也没有人问就自己吹嘘说："这是用上次砍下来的那根树枝做的。"真是个狡猾的家伙。虽然这里有梧桐树，但对我以及主人家来说却是一文不值。似乎有句古话叫"怀玉之罪"[①]，但对主人家来说似乎说是"空有梧桐却没钱"更为贴切，也就是所谓的宝贝全都烂在手里。但愚蠢的既不是主人，也不是我，而是房东传兵卫。尽管梧桐树好似一个劲地追问，"有没有做木屐的啊，有没有做木屐的啊？"可他却一副毫不知情的模样只知道催房租。我与传兵

---

① 怀玉之罪：出自《春秋左传·桓公十年》"匹夫无罪，怀璧其罪"。意思是拥有贵重之物会给本来无罪的人招来祸端。

卫并没有什么恩怨，所以关于他的坏话就到此为止，还是回到正题，让我为大家介绍一下这块空地之所以成为骚乱之源的奇谈。不过这件事只有你知我知，可千万要对主人保密才行。这块空地的第一个问题就是没有围墙，是一块任由狂风肆虐、路人通行、没有任何约束的空地。但说"是"好像在撒谎，这不太好。应该说"曾经是"。要想知道我为什么这样说，那就必须从头说起才行。因为要是抓不住病根，连医生都不知道应该如何开药。所以我要从主人家搬到这里开始为大家娓娓道来。按说狂风肆虐在炎热的夏季也是让人心情畅快的事，而且对于本就没钱的主人家来说就算任由路人通行也不必担心有什么东西被偷。所以在主人的家中，什么围墙、栅栏以及乱木路障和尖刺木桩都是毫无必要的。但我觉得究竟需不需要防御工事，是由居住在空地对面的人类或者动物的种类所决定的。于是我决定去搞清楚那些盘踞在对面的君子究竟是何性质。虽然在还不知道对方究竟是人还是动物的情况下就称其为君子似乎有些不妥，但以君子相称大抵上是不会错的。毕竟在当今这世道下连小偷都被称为梁上君子。不过这里的君子绝对不是需要警察关照的那种君子。但虽然不用警察关照，却是以数量取胜，密密麻麻地聚集在一起蠢蠢欲动。这是一所名为落云馆的私立中学——是为了将八百[①]君子培养得更加君

---

① 八百：概数，指很多。

子而每月征收两日元的学校。如果以为这学校叫作落云馆所以其中就尽是些高雅的君子，那可就大错特错了。其名不副实的程度就像群鹤馆里没有仙鹤，卧龙窟里有只小猫一样，既然诸位都知道我家主人苦沙弥虽然号称学士和教师却也是这般模样，那就应该清楚落云馆里的君子不会尽是些高雅之士。如果还是搞不清楚，那就来主人家里住上三天便是。

正如我前面所说，主人家刚搬到这里的时候，空地上是没有围墙的，所以落云馆里的君子们可以像车夫家的黑猫一样，慢悠悠地钻进梧桐树林，在里面聊天、吃便当，或者躺在矮竹上睡觉——随心所欲地做任何事情。然后将便当的尸骸也就是竹叶，以及旧报纸、旧草鞋、旧木屐，凡是带"旧"字的东西都扔到这里。主人对此倒是令人意外地满不在乎，没有提出任何抗议，至于究竟是因为他对此事毫不知情，还是虽然知道却不打算追究那我就不得而知了。且说这些君子在接受了学校的教育之后，越来越像君子，终于打起了从空地的北侧向南侧不断蚕食的主意。如果蚕食这个词用在君子身上不合适的话那就不用也罢。但除此之外我也找不到其他的说法。他们就像追逐水源而改变居所的沙漠居民一般，离开了梧桐树来到柏树这边。柏树的所在之处就在客厅的正对面。若非相当大胆的君子绝对不敢采取这样的行动。一两天后他们的大胆更进一步变成大大胆。再也没有比教育的结果更可怕的东西了。他们不但逼近客厅的正面，甚至还在那里唱起歌来。虽然我不记得他唱了什么，但绝不是短歌之类的东西，而是更加活泼，更容易让俗人接受的歌曲。令人惊讶的是，不只主人，就连我都被这些君子的才艺所折服，不知不觉地侧耳倾听起来。但想必读者也十分清楚，那就是折服与骚扰有时候是共存的。这两者竟然在当时出人意料地合二为一，每次回忆起来都让我感到遗憾不已。主人尽管也很遗憾，但还是迫不得已从书房冲出来说"这里不是你们来的地方，给我出去"，赶了他们两三次。但他们毕竟是受过教育的君子，在这件事上不会老老实实地听主人的话。所以每次他们被赶走之后很快就会又回来，每次回来之后就会又唱活泼的歌或者高声交谈。君子之间的交谈与众不同，张嘴闭嘴都是"你小子""关我屁事"之类的话。这些话在明治维新之前似乎都是属于仆从、脚夫和澡堂里的杂工们的专业知识，但到了二十世纪似乎变成了受过教育的君子们所学的唯一语言。有人解释说，这与曾经遭到蔑视的运动如今竟然大受欢迎的现象如出一辙。主人又从书房里冲出来，抓住其中最擅长这种君子语言的一个质问道："为何要来这里。"君子忽然忘了"你小子、关我屁事"的高雅语言，竟然用颇为粗俗的语言答道："我以为这里是学校的植物园。"主人警告他说下不为例之后就将他放走了。说"放走了"听起来就像是放走了一只小乌龟一样有点好笑，但实际上主人也是抓着君子的袖子和他理论了一番的。似乎主人觉得只要这样严厉地训斥一顿就万事大吉。但自从女娲氏的时代开始，事情的发展就往往和预想的不同，所以主人的如意算盘又打空了。后来君子们从北侧进来横穿主人家然后从正门出去，大门发出"咣当"的一声让人以为来了客人，结果在梧桐树那边却传来一阵笑声。形势愈发地动荡，教育的效果愈发地显著。可怜的主人知道自己不是对手，便将自己关在书房之中，毕恭毕敬地给落云馆的校长写了一封信，恳求他让君子们收敛一点。校长也郑重其事地给主人回了信，说要修建围墙让主人耐心等待。没过多久便来了两三名工匠，花了大概半天的时间在主人的宅地和落云馆的分界处修建了一道高约三尺的方格围栏。主人很高兴，以为这下终于可以安下心来。但他真是太蠢了，这么点小事怎么可能使君子们的举动发生变化呢？

　　本来这捉弄人就是件有趣的事。就连像我这样的猫，都时不时地要捉弄一下主人家的女儿们作为消遣，那落云馆的君子们捉弄陈腐昏庸的苦沙弥先生更是理所当然，会对此感到不平不满的，恐怕只有被捉弄的本人吧。如果要对捉弄人的心理进行一下分析，那主要包括两个要素。第一个是被捉弄的对象不能对捉弄视而不见。第二个是捉弄人的一方不管在势力还是人数上都必须要强于被捉弄的对象。前几天主人从动物园回来之后十分感慨地讲了个故事。他说看见骆驼与小狗吵架。小狗在骆驼的身边如同疾风一般跑来跑去并且狂吠不止，但骆驼却毫不在意，只是自顾自地扛着后背上的两个瘤子站在原地。因为不管怎么挑衅对方都没有反应，感到无趣的小狗最后也只好偃旗息鼓。主人讲这个故事本是想嘲笑骆驼愚钝，但这个例子倒很适合用来解释捉弄人的心理。即便是再擅长作弄的人如果遇上骆驼这样的对手也无计可施。同时如果对方是狮子和老虎这样的狠角色也不行，因为刚一捉弄就会被撕成碎片。只有遇到那种稍加捉弄就大动肝火，但虽然发火却又对被捉弄一事无能为力的对象，那捉弄就是一件非常有乐趣的事了。如果问为什么有乐趣，那原因有很多。首先是非常适合用来消磨时间。人要是在无聊的时候甚至会数自己的胡子有多少根。过去有一个被关进监狱的罪犯因为无聊至极便在囚房的墙壁上不断地画三角形度日。在这个世界上再也没有什么事情比无聊更让人难以忍受，毕竟要是没有什么刺激的事情让人兴奋一下那人生就太枯燥了。而捉弄人就是创造这种刺激的一种娱乐。但毕竟被捉弄的对象如果不生气、恼怒或者为难那就一点也不刺激，所以自古以来捉弄人这件事，就像是整天只知道寻欢作乐却从不顾及他人感受的昏庸君主那样闲极无聊的人，以及头脑简单整天除了自己开心之外，根本无暇考虑其他却精力充沛无处发泄的少年们的特权。此外，捉弄人还是用实际情况来证明自己处于优势地位的最为简便的方法。虽然杀人、伤人或者骗人都可以证明自己处于优势地位，但这些都是只有在以杀人、伤人或者骗人为目的的时候才使用的手段，而证明自己处于优势地位这件事只不过是在采取了上述手段之后所产生的必然结果而已。所以在既想强调自身的优势地位,却又不想像那样严重地伤害他人的情况下,捉弄人就是最好的选择。要想在事实上确立自己的优势地位,多多少少都要伤害他人,这是不可避免的。毕竟如果没有这项事实,即便觉得心安,但快感却会减半。每个人都觉得自己很了不起,即便事实并非如此,至少也有这样的愿望。所以倘若不把自己多么了不起这一事实实际应用在他人身上,那就无法安下心来。于是那些不明事理的俗人以及觉得自己不怎么了不起而心生忐忑的家伙,就会利用一切的机会来证明自己胜券在握。这就好像练柔道的家伙总想把人摔倒一样。柔道练得不到家的人,总想着能遇到一个比自己更弱的家伙把他摔出去,哪怕对方是个门外汉也没关系,只要能摔出去就好,他们就是带着如此危险的想法在街上走来走去。虽然还有其他的原因,但因为说来话长所以我就略而不表了。如果诸位还想听,那就带着一盒鲣鱼干来找我好了,任何时候我都欢迎哦。根据上述内容加以推论,我认为奥山的猴子[①]和学校里的教师是最佳的捉弄对象。将学校里的教师与奥山的猴子相提并论确实有些过分——不是对猴子过分,而是对教师过分。但

---

① 奥山位于浅草公园北侧,江户时代是个表演杂耍和小节目的地方。当时在那里的花屋敷中还有动物园。

他们两者实在太过相似所以也没办法，正如大家所知，奥山的猴子都是被锁链拴住的。所以不管那些猴子怎么张牙舞爪、大声吼叫，都不必担心会被它们伤到。而教师虽然并没有被锁链拴住，但身上却有月薪这个枷锁。所以不管怎么捉弄他们都是很安全的。他们不可能辞掉工作然后去殴打学生。毕竟倘若他们真有辞职的勇气，那从一开始就不会从事教师这种充当学生守护神的工作了。主人就是教师。虽然他不是落云馆的教师，但仍然是教师，这毫无疑问。所以他就是最合适、最廉价、最安全的捉弄对象。落云馆的学生都是少年，他们认为捉弄别人可以使自己显得更有面子，更是接受教育之后理所当然的要求和权利。不仅如此，倘若不去捉弄别人的话，那这群少年就不知道在课间休息的十分钟里如何去使用他们那充满活力的身体与头脑。既然已经具备了如此充分的条件，那主人理所当然地要被学生捉弄，学生们也理所当然地要去捉弄主人，不管让谁来说这都是无可厚非的事情。因此而发火的主人想必是愚蠢之至、糊涂至极吧。接下来我就将为大家逐一说明落云馆的学生们是如何捉弄主人，以及主人又是多么地愚蠢糊涂。

大家知道方格围栏是什么样的吧？就是那种格子很大，十分简陋的围栏。我甚至可以在围栏的方格中间自由地穿行。这种围栏建了也和没建一样。但落云馆的校长可不是为了猫才修建的这个方格围栏，而是为了防止他培养的君子潜入主人家才特意找来工人修建的。所以不管这围栏的格子再大，人也无法从中钻过。即便中国清朝的魔术师张世尊①也难以从这个竹子编成的四角方格中钻过。这个围栏对人类来说绝对能够充分地发挥围栏的作用。而主人看到这个围栏建成之后，认为从此以后便高枕无忧也是合乎情理的。但主人的理论有个很大的漏洞，比这个围栏更大的漏洞，连吞舟之鱼②都能漏过去的漏洞。他假设了一个前提即"围栏不可逾越"，那么对方身为学校的学生，不管围栏多么简陋，只要被冠以围栏之名并且清楚地划分了界线之后，就绝不可以闯入。随后主人又推翻了这一假设，认为即便有人乱闯也没关系，因为那围栏的方格很小，连一个小孩都钻不过来，所以主人迅速认定"绝无闯入之虞"。确实如此，除非他们是猫否则肯定无法从围栏上的方格之中钻过，心有余而力不足，但是从围栏上翻过对他们来说却是小菜一碟，而且还是一种有趣的运动呢。

  从围栏建成的第二天开始，他们就和围栏建成之前一样扑扑通通地跳到北侧的空地玩耍。但他们并不会深入到客厅的正面，因为一旦主人追出去他们就要逃跑，所以为了预先留出逃跑的时间，他们只在不会被抓到的安全地带游弋。待在东侧书

---

  ① 张世尊：张世存，当时在浅草表演节目的中国魔术师。
  ② 吞舟之鱼：能吞舟的大鱼。出自《庄子·庚桑楚》："吞舟之鱼，砀而失水。"

房之中的主人当然看不见他们究竟在做些什么。要想知道他们在北侧的空地上干什么，只能走出院门绕个大圈去一看究竟，或者通过厕所的窗户隔着围栏眺望。虽然站在窗口眺望可以将他们的情况一览无遗，但就算发现了敌人却也无法捉拿，只能在窗户后面责骂几句。如果走出院门绕一大圈深入敌阵，那他们听到脚步声就会在被抓住之前又扑通扑通地跳回围栏对面。那情景就像偷猎船驶近正在晒太阳的海狗群一样。主人当然不会在厕所里站岗放哨，也不会事先打开院门，时刻准备着一有动静就马上冲出去。如果想那样做的话，非得辞去教师的工作专心致志地做这一行才行，要不然绝对抓不住那些学生。对主人来说不利之处在于，坐在书房里只能听见敌人的声音却看不见他们的模样，透过窗户虽然能够看见他们的模样却无法出手捉拿。看穿了主人窘境的敌人便采取了如下的战略。当他们知道主人身在书房之中的时候，就故意高声喧哗，其中还夹杂着对主人的嘲讽。不仅如此，这声音的来源还让人非常难以判断，乍听起来根本分不清究竟声音是在围栏之内还是在围栏之外。如果主人冲出来一探究竟，他们要么立即逃跑，要么从一开始就待在围栏之外见到主人便做出一副事不关己的模样。如果主人来到厕所——从刚才开始我就一直频繁地使用"厕所"这个不雅的字眼，实在是非常不体面，我对此也感到十分困扰，但为了记述这场战争却又不得不说，也是迫不得已——也就是在主人上厕所的时候，他们则一定会跑到梧桐树的旁边晃来晃去故意让主人看见。倘若主人用惊扰四邻的大嗓门发出怒吼，敌人则毫不慌张，不紧不慢地退回到自己的根据地去。敌人采取的这一战略使主人陷入了极大的困境。当他以为敌人确实进来了而拿着手杖冲出去的时候，却发现外面静悄悄的一个人也没有。而当他透过窗户侦察敌情的时候却肯定能看到一两个人入侵进来。主人绕一大圈冲过去又回到厕所张望，在厕所里张望完又绕一大圈冲出去，同样的情况重复了一遍又一遍。疲于奔命大概说的就是这种情况吧。主人一时间搞不清楚自己究竟是以教师为业还是为战争而生，不由得被气得昏了头。而当怒火达到顶点之时便发生了这样一件事。

这件事大概是由上逆导致的。所谓上逆正如其字面一样是逆而上之的意思。关于这一点，不管是盖伦[①]、帕拉塞尔苏斯[②]还是更古老的扁鹊[③]都不会提出任何的异议。问题只在于上逆到何处，以及究竟是什么东西上逆。根据古代欧洲人的传说，在人

---

① 盖伦（Claudius Galen，129～199）：古希腊医生，古罗马皇帝马可·奥勒留的御医。

② 帕拉塞尔苏斯（Philippus Aureolus Theophrastus，1493～1541）：瑞士医学家，科学家。文艺复兴时期代表性的医生。

③ 扁鹊：中国战国时代的名医。

类的体内曾经有四种液体循环①。第一种被称为怒液，怒液上逆就会使人发怒。第二种被称为钝液，钝液上逆就会使人迟钝。其次是忧液，会使人忧郁。最后是血液，使人四肢健壮。后来随着人类文化和文明的发展，不知何时钝液、怒液、忧液全都消失了，时至今日只有血液还像过去一样在人体之中循环。所以如果上逆的话肯定是血液上逆。每个人体内血液的分量都是固定的。虽然根据个体差异或许会有一些增减，但基本上每个人都是五升半左右。因此如果这五升半的血液一上逆，那所到之处倒是活跃起来了，但其他的部分却会因为血液的缺失而变得冰凉。就好像烧砸派出所②的时候一样，巡警们全都集中在警察局里，结果大街上就一个巡警也看不到了。如果在医学上对此进行诊断的话那就是"警察上逆"吧。要想治愈上逆，就必须让血液像之前一样平均地分配在身体各处。也就是说必须让上逆的家伙降下去。下降的方法多种多样。主人已故的先人似乎就曾经用沾湿的毛巾放在头上，身体则藏在被炉里。正如

---

① 下文中的"怒液"就是"黄胆汁"，"钝液"就是"黏液"，"忧液"就是"黑胆汁"，这些液体与血液之间的平衡决定人的体质和气质。这一理论就是由盖伦提出的。

② 日俄战争结束后两国签订了《朴茨茅斯和约》。日本民众于1905年9月5日在日比谷公园举行了反对议和的国民大会，在遭到当局的干涉后演变为反抗的暴动，很多派出所被烧毁。

《伤寒论》①中所说"头寒足热是延命祛病之征",由此可见湿毛巾是长寿法中一日也不可或缺之物。如果这招没效的话,还可以试试和尚们常用的方法。居无定所的沙门、云游四方的行僧,必然会睡于树下石上。但睡于树下石上并不是为了苦难修行,而是六祖②在舂米之时想出来的解决上逆之秘法。诸位不妨在石头上坐一下试试,肯定感觉屁股冰凉吧。屁股冰凉,上逆也就降下去了,这是自然之规律,没有丝毫质疑的余地。然而虽然人类发明了如此之多的下降良方,但却没有思考出引起上逆的办法,这实在是非常遗憾。虽然乍看起来上逆是有害无益之现象,但在有些情况下也不能轻易地做出这种判断。对于有些职业来说,上逆是非常重要的状态,如果不上逆的话就什么事也做不成。其中对上逆最为重视的就是诗人。上逆之于诗人就像煤炭之于轮船一样不可或缺,一旦诗人断了上逆的供给,那么他们就会变成一个整天除了吃饭之外什么也不会做的凡人。上逆本是发疯的别名,但要是说自己不发疯就一事无成那传出去多不好听,所以在他们同行之间便不将上逆称为上逆,而是共同商量出一个煞有介事的名字叫作"英士比雷绅"③。这

---

① 《伤寒论》:东汉建安年间张仲景所著汉医经典著作,原为《伤寒杂病论》,西晋王叔和整理编纂,将其中外感热病内容结集为《伤寒论》。

② 六祖:从达摩祖师开始往下数第六代的祖师,也就是慧能(638~713)。

③ inspiration,灵感的意思。

是他们为了蒙骗世人而制造出来的名字,其实就是上逆。虽然柏拉图①也站在他们那一边说这种上逆是神圣的疯狂,但不管再怎么神圣,疯狂的人也是没人喜欢的。所以我觉得为他们着想的话,还是英士比雷绅这个好像新发明出来的药品一样的名字更好。但正如鱼糕的配菜是山芋、观音像的本尊是一寸八分的朽木②、葱炒鸭胸的材料是乌鸦肉,出租屋里的牛肉火锅里只有马肉一样,英士比雷绅其实就是上逆。上逆只是一种暂时的发疯现象,不用被送进巢鸭③也能够恢复正常,所以只是暂时的发疯。但要想人为地制造出这种暂时的发疯却非常困难。要让人一辈子都发疯很简单,但让人只在进行创作的时候才发疯,那不管多么巧手的神灵也对此望而却步。既然无法借助神灵的力量,那就只能自力更生想办法了。自古以来上逆之术就和消除上逆之术一样都是困扰学者的大问题。有人为了获得英士比雷绅,每天吃十二个涩柿子。理由是吃涩柿子肯定会导致便秘,而便秘则肯定会导致上逆。还有的人拿着酒壶跳进铁炮风吕④里

---

① 柏拉图(Plato,前427~前347):古希腊哲学家,著有《苏格拉底的申辩》《缱宴》《理想国》等,培养出了众多学生。

② 指浅草寺里的观音像,因为是秘佛所以没有人见过,便有传言说其真面目是一寸八分的朽木。

③ 巢鸭:指当时位于小石川区(现东京文京区)驾笼町的东京府巢鸭病院,收治精神病患者的地方。

④ 铁炮风吕:在木桶内部包上铁片或者铜片,可以在底部加热的澡盆。

洗澡，认为泡在热水里喝酒肯定会上逆。根据他的理论，如果这样还没成功的话那就把葡萄酒烧热然后泡在里面肯定见效。但是他因为没有钱所以一直到死也没有机会进行尝试，实在是可怜。最后还有人认为只要模仿古人就可以获得英士比雷绅，想必是应用了只要模仿某人的态度动作，那么心理状态也会与该人一致这一学说。如果模仿醉酒之人胡言乱语，那不知何时自己也会感觉像喝了酒一样，如果能坐禅一炷香的时间，那就会感觉自己也变成了和尚。所以只要模仿以前那些获得过英士比雷绅的名人名家的所作所为，则肯定会导致上逆。听说雨果①曾经躺在快艇上构思文章，那躺在船上眺望青空肯定会上逆。听说史蒂文森②是趴着写小说的，那拿着笔趴下肯定会上逆。虽然像这样各种各样的人想出了各种各样的办法，但却没有一个人成功过。所以只能认为目前来说想要人为地实现上逆是不可能的事情。这真是太遗憾了。但毫无疑问，总有一天人类将能够随意地获得英士比雷绅，我为了人类的文明与发展，深切地期望这一天能够早日到来。

关于上逆解释了这么多想必大家应该已经足够清楚，接下来

---

① 雨果（Victor Hugo，1802~1885）：法国诗人、小说家、剧作家。著有《巴黎圣母院》《悲惨世界》等。

② 史蒂文森（Robert Louis Stevenson，1850~1894）：英国小说家、诗人。著有《金银岛》《化身博士》等，漱石对其评价极高。

该说事件了。但在所有的大事件之前必然有小事件。只说大事件却不提小事件是自古以来历史学家们的通病。主人的上逆就是因为每逢小事件便要小题大做一番使其变得更加严重，最终引发大事件，所以我如果不按照事情的发展顺序来进行讲述，那诸位就无法理解主人究竟是如何上逆的。倘若无法理解，那主人的上逆就变成了徒有其名，世人或许会觉得"也不过如此嘛"。毕竟好不容易上逆一次却得不到别人的称赞，那也太没劲了吧。我接下来要说的事件不管大小，对主人来说都不怎么光彩。但我想说的是，即便事情本身不怎么光彩，但至少主人的上逆是真真正正的上逆，绝不逊色于任何人。主人在其他任何方面都没有什么值得夸耀的地方，所以如果连上逆都不拿来吹嘘一番，那我也找不到什么值得大费笔墨进行介绍的题材了。

聚集在落云馆的敌军近日发明了一种达姆弹[①]，每当课间休息和放学之后，北侧的空地就会沐浴在猛烈的炮火之中。这种达姆弹俗称棒球，可以用一个大号的研磨杵将这玩意随意地向敌人发射。然而即便是达姆弹，毕竟是从落云馆的运动场发射出来的，所以不必担心会打中躲在书房里的主人。敌人当然也知道自己的射程不够，但这也是一种战略。既然在旅顺战争

---

① dumdums，英国军用子弹，因生产于印度达姆达姆兵工厂而得名。由于命中人体后会在人体内部造成巨大的破坏，具有极强的杀伤力，所以在1899年被海牙公约禁止使用。

之时海军的间接射击获得了巨大的成功,那么这些掉落在空地之上的棒球一定也能取得不俗的效果。更何况每当他们打出一发炮弹,就会全军一起发出威吓性的大声呐喊。主人一害怕四肢的血管就不得不收缩,而在其感到烦闷至极的时候彷徨在血管中的血液就一定会上逆。不得不说敌人的计策实在是非常巧妙。以前古希腊有一个叫作埃斯库罗斯①的作家。这个男人的脑袋有一个学者作家共通的特点,我所说的学者作家共通的特点就是他们的脑袋都是光头。要问为什么都是光头,那肯定是因为营养不足导致头发缺乏生长的活力。学者作家是用脑最多的一个群体同时又大多贫穷不堪。所以学者作家的脑袋全都营养不足,大家都是光头。那么埃斯库罗斯因为是作家,当然也必须是光头才行。他有一个非常光滑的金橘脑袋。有一天,先生顶着他的脑袋——因为脑袋在出门的时候一般都是不穿衣服的,所以总是那同一个脑袋——摇头晃脑地在光天化日之下走来走去。这正是令他大祸临头的原因。光头在阳光的照射下从远处看来可是非常明亮的。正所谓"木秀于林,风必摧之",脑袋如此明亮又岂能安然无恙?此时在埃斯库罗斯的头上刚好有一只秃鹫飞过,爪上还抓着一只不知从什么地方活捉的乌

---

① 埃斯库罗斯(Aeschylus,前525~前456):古希腊悲剧诗人。著有《阿伽门农》《被缚的普罗米修斯》。

龟。乌龟和甲鱼肯定都是美味，但从古希腊时期开始就身披坚硬的甲壳。所以不管再怎么美味，被甲壳挡住也无法享用。虽然大虾可以带皮一起烤，可时至今日乌龟还不能连壳一起煮，在当时就更不可能了。就在秃鹫也感到一筹莫展的时候，忽然看到下方有一个闪闪发光的东西。这正中秃鹫的下怀，只要把乌龟扔到那个发光的东西上面，那龟壳肯定会被砸个稀碎。龟壳碎掉之后便可以飞下去品尝其中的美味了。秃鹫决定就这么办，连声招呼也没打就将乌龟从高高的空中朝那个脑袋扔了下去。不巧的是作家的脑袋没有乌龟壳硬，所以反而是光头被砸了个稀碎，著名的埃斯库罗斯就这样以悲剧收场了。在这件事情当中，最难揣摩的就是秃鹫的心思。它究竟是知道那是作家的脑袋还故意将乌龟扔下去的呢？还是误以为那是一块光秃秃的岩石才将乌龟扔下去的呢？而关于这个问题的解释将决定是否能够将落云馆的敌人比喻为秃鹫。尽管主人的脑袋不像埃斯库罗斯那样，也不像诸位学者那样闪闪发光。但他却在虽然只有六叠大小但也被称为书房的房间之中，将脑袋枕在晦涩难懂的书籍上睡大觉，那就不得不把他看作是学者作家的同类了。既然如此，主人的脑袋之所以不是光头，是因为还没有变成光头的资格，但变成光头却是迟早会降临到这个脑袋之上的宿命。由此可见，落云馆的学生们将这个脑袋作为目标发射那些达姆弹，不得不说是非常符合时宜的战术。如果敌人的这一行动能够持续两周的话，那主人的脑袋一定会因为恐惧与烦闷而营养不足，从而变成金橘、水壶或者铜壶吧。而且倘若遭受两周的炮击，金橘一定会破碎，水壶一定会漏水，铜壶一定会开裂。连如此显而易见的结果都预测不到，仍然不知疲倦地和敌人继续进行艰苦战斗的，只有苦沙弥先生了。

有一天下午，我和往常一样在檐廊上睡觉的时候梦见自己变成了一只老虎。我对主人说"给我拿鸡肉来"，主人立刻"哎"地应了一声战战兢兢地把鸡肉拿了过来。这时迷亭来了，我便对迷亭说"想吃大雁肉"，让他去雁锅①给我搞一些来，结果迷亭一如既往地胡扯说"只要将腌萝卜和咸脆饼一起吃就是大雁肉的味道"，我张大嘴巴"嗷"地吼了一声吓唬他，迷亭脸色苍白地说"山下的雁锅已经关门了，不知应该上哪去搞"。我便说，"既然如此那就搞点牛肉来吧，快去西川拿一斤牛里脊来，如果不快去那就把你吃了。"迷亭急急忙忙地冲了出去。我因为身体忽然变大，一躺下就占满了整个檐廊，就在我等迷亭回来的时候，忽然家中发出一声巨响，我还没来得及吃到牛肉就从梦中惊醒。而刚才还战战兢兢地跪倒在我面前的主人，突然从厕所里冲了出来在我的肚子上猛地踢了

---

① 雁锅：位于上野公园东南门的著名鸟肉料理店。不过实际上是在1906年，也就是《我是猫》第八章发表后的第二年才关门的。

一脚，我还没搞清楚发生了什么，主人已经穿着木屐绕过院门向落云馆的方向奔去。我刚睡醒的时候还因为突然从老虎缩成了小猫，感觉既没面子又滑稽可笑，但在被主人那么凶猛地踢了一脚肚子之后，因为疼痛一下子将老虎的事情全都忘光了。同时因为主人终于亲自出马要与敌人交战，我感觉很有趣，便强忍着疼痛走出后门跟了上去。刚一走出后门就听到主人的一声怒吼"小偷"，我抬眼望去，只见一个戴着学生帽大约十八九岁的健壮少年正在翻越方格围栏。我心想来迟一步，那个戴学生帽的家伙已经如同韦驮天①一般健步如飞地逃回根据地去了。主人见高喊"小偷"这招十分奏效，便又高喊着"小偷、小偷"追了上去。但要想继续追逐敌人，主人就必须翻越围栏。倘若继续深入敌后那主人自己就变成了小偷。正如前面所说，主人是一个真正的上逆家。他明知倘若继续高喊着"小偷"趁势追击下去自己也会变成小偷，却拿出一副即便如此也要一追到底的气势，毫无退意地冲到围栏跟前。就在他只要继续前进一步便会踏入对方领地的千钧一发之际，敌军之中忽然走出一位胡茬稀疏的将官。于是两人便以围栏为界展开了谈判。我一听，竟是如此无聊的讨论。

---

① 韦驮天：佛教护法天神名。传说，韦驮天曾奋起直追盗取舍利的罗刹鬼，迅速将其擒获。

"那是本校的学生。"

"既然是学生,为何擅自侵入他人宅邸?"

"因为棒球飞了进去。"

"为什么不打声招呼再进来取呢?"

"今后一定提醒他们注意。"

"既然如此,那就算了吧。"

我本以为会像龙争虎斗一般壮观地交涉,竟然经过这样一段如同散文一般的谈判就平安无事地迅速了结了。主人的气势汹汹只是虚张声势罢了,一旦真的交起手来,他总是像这样草草收场。就像我从老虎的梦中忽然醒来又变成小猫一样。我所说的小事件就是这个,在说完了小事件之后,按照顺序就应该来讲一讲大事件了。

客厅的拉门敞开着,主人正趴在客厅里陷入沉思,大概是思考针对敌人的防御之策吧。落云馆似乎正是上课时间,运动场上格外安静。只有教学楼的某间教室里正在上伦理课的声音让我听得一清二楚。那位正在授课的老师声音响亮、讲述的内容条理清晰,仔细一听正是昨天敌军之中出马与主人进行谈判的将军。

"……公德非常重要,只要到那边去看看,法兰西也好、德意志也好、英吉利也好,不管你走到哪里,就会发现没有一个国家不讲公德。而且不管多么下等的家伙也没有一个人不重视公德。可悲的是,我们日本如今在这一点上还无法与外国相提并论。说起公德，或许诸君以为这是什么从外国传来的新玩意，但这种想法其实是非常错误的，古人云'夫子之道，一以贯之，忠恕而已矣'①。这里的恕就是公德的出处。我也是人，所以有时候也想大声地唱歌。但我在看书的时候如果隔壁房间有人放声歌唱，那我就一点书也看不进去了。所以即便在想要通过高声吟诵《唐诗选》②来让自己心情舒畅的时候，也应想到如果自己真的这样做了是否会给邻居增添困扰，如果在不知不觉之中给他人添了麻烦那就不太好，因此每当这样的时候都要控制自己的行为。出于上述的原因，诸君应该尽量地遵守公德，绝对不应去做哪些可能会给他人造成困扰之事……"

主人一直在仔细地侧耳倾听，听到这里的时候忽然笑了起来。关于主人的笑我有必要说明一下。善于讽刺挖苦的人或许会认为主人这笑声的背后隐藏着冷嘲的成分。但主人绝非那样性质恶劣之人。与其说他是恶人，不如说他没有足够的智慧。要问主人为何发笑，答案是他因为高兴而发笑。在主人看来，既然伦理教师对学生们进行了如此深刻的教育，那从今往后定可永久免去被达姆弹乱射之忧了。这样一来他暂时不会变成光

---

① 出自《论语·里仁》，子曰："参乎！吾道一以贯之。"曾子曰："唯。"子出，门人问曰："何谓也？"曾子曰："夫子之道，忠恕而已矣。"

② 《唐诗选》：收录唐朝诗人作品的诗选集，共七卷。江户初期传至日本，后世广泛流传。

头，上逆虽然一时间无法恢复但总会渐渐好转，即便不用头上顶着湿毛巾、身体钻进被炉里，不在树下石上睡觉也可以解决问题，主人正是因为做出了这样的判断，所以才笑的。在二十世纪之今日仍然正直地认为欠钱必还的主人，对教师的这段话深信不疑也是理所当然的。

似乎到了下课的时间，讲话声戛然而止。其他教室的课程也全都告一段落。刚才一直被密封在室内的八百好汉发出一声呐喊，全都从建筑物中冲了出来。那架势就好像捅翻了一个一尺左右的马蜂窝一样，所有人都嗡嗡嗡嗡地从窗户、门口，以及任何一个开口的地方肆无忌惮、争先恐后地冲了出来。而这正是大事件的开端。

让我先从马蜂的布阵说起。如果有人说这种战争还要什么排兵布阵，那就错了。一般人说起战争，就觉得除了沙河、奉天和旅顺①之外的都不是战争。说起文学故事里描写的野蛮人，则只能联想到阿喀琉斯拖着赫克托耳的尸体绕着特洛伊的城墙转了三圈②，或者燕人张飞在长坂坡上拿着丈八蛇矛吓退

---

① 这些都是日俄战争时期发生过激烈战斗的战场。
② 这是荷马史诗《伊利亚特》之中的故事，讲述发生在小亚细亚城市特洛伊与古希腊城邦之间的战争。阿喀琉斯是《伊利亚特》的主人公，古希腊一方的英雄。赫克托耳是特洛伊国王普里阿摩斯的长子。

了曹操百万雄兵①这些夸张的事情。当然联想是个人的事情我无权干涉，但认为除此之外便不是战争则有些不太合适。若是在太古蒙昧的时代，或许会发生那样愚蠢的战争，但在天下太平的今日，在大日本国帝都的中心，如果还会出现那样野蛮的行为，不得不说是一种奇迹了。所以说不管出现怎样的骚乱，都不可能比烧砸派出所更甚。由此可见，卧龙窟之主人苦沙弥先生与落云馆里面的八百健儿之间的战争，绝对是东京市有史以来首屈一指的大战争。而左氏在记录鄢陵之战的时候②就首先从敌人的阵势说起，自古以来擅长记述之人采用这种记述的方式也早已形成了惯例。因此我从马蜂们的布阵说起想必也没什么问题吧。且说这马蜂的布阵，首先是在方格围栏的外侧有一队纵列，看起来他们的任务似乎是引诱主人进入战线之内。

"投降了吗？""没有没有。""不行啊不行啊。""不出来呀。""还没攻陷吧？""不可能还没攻陷。""叫几声试

---

① 《三国演义》中的故事。燕人张飞（166～221）是刘备麾下的勇将，兵器是长一丈八尺的蛇形长矛，在长坂坡与曹操军队的战斗中表现神勇。

② 左氏就是中国东周时代的学者左丘明，著有《春秋左氏传》三十卷。"鄢陵之战"被认为是《春秋左氏传》中叙述最佳的一段，漱石在《文学论》中也对其给出了极高的评价。

试。""汪汪！""汪汪！""汪汪汪汪！"①随后那列纵队就会一齐发出冲锋的呐喊。距离纵队右侧稍远处的运动场方面，则是炮兵队的阵地。一名将官手持大号的研磨杵正对着卧龙窟严阵以待。而在他对面五六间远的地方则站着另一个人，研磨杵的后方还有一个人也面对着卧龙窟的方向。这三个排列成一条直线的就是炮手。好像有人说这只是棒球练习，绝不是什么战斗准备。我是不知棒球为何物的文盲，但听说那是从美国传来的一种游戏，是当今中学以上的校园中最为流行的运动。美国这个国家总会想出一些离奇古怪的东西，或许以为将这个很容易被误解为是炮兵队，并且给左邻右舍增添困扰的游戏传授给日本人是一种亲善的表现呢。当然，在美国人看来大概真的以为这只是一种运动游戏而已吧。然而即便这只是一种纯粹的游戏，但既然拥有如此惊扰四邻的能力，那就足以作为炮击来应用。根据我亲眼观察所得出的结论，只能说他们是企图利用这种运动之形式来收获炮击之功效。任何事物都可以有许多种解释。既然可以假借慈善之名行诈骗之实，号称"英士比雷绅"却实为"上逆"，那打着棒球游戏的旗号进行战争也不是

---

① 这是学生们打棒球时候的对话，正确的理解应该是："认输吗？""不认不认。""不行啊不行啊。""没打中。""没有下旋吗？""不可能没有下旋啊。"但因为日语中对这些词可以有不同的理解，所以猫理解成了战争术语，以为是在对主人进行挑衅。

不可能的。或许别人说的只是世上普通的棒球运动。但现在我所记述的棒球运动却是仅限于这种特殊情况下的棒球运动，也就是攻城的炮术。接下来我将为大家介绍一下达姆弹的发射方法。位于排成一条直线的炮兵队中的一人，右手握住达姆弹向手持研磨杵的那个人扔过去。局外人可能不知道达姆弹是由什么材料制造而成的。那是一个将坚硬的圆石头丸子一样的东西用皮革仔细地缝补起来的东西。正如前面所说，当其中一名炮手将这枚弹丸扔出之后，站在对面的另一名炮手就挥起手中的研磨杵将弹丸打出去。虽然也有研磨杵与弹丸擦肩而过没打中的情况，但绝大多数情况下都会发出"砰"的一声打中弹丸。那气势可以说非常凶猛。要击碎患有神经性胃病的主人的脑袋简直是轻而易举。炮手所做的事就这么多，但在其周围还有不少起哄的援军全都云集于此。每当研磨杵"砰"的一声击中丸子，他们就会大声地鼓掌叫好，嘴里还说着"哎呀哎呀""打中了吧""这也没用吗""总该怕了吧""投不投降"之类的话。如果仅此而已倒还好些，但被击中的弹丸每三次之中必有一次会掉进卧龙窟院内。因为炮弹要是不落入院子之中那就无法达到攻击之目的。虽然近来到处都在制造达姆弹，但毕竟这是相当昂贵的东西，即便在战争之中也得不到充足的供给。一般情况下一队炮手只能分到一两个。所以不可能每次发射都消耗掉一颗如此珍贵的弹丸。于是他们就专门安排了一个被称为捡球队的部队去拾捡掉落下来弹丸。如果弹丸掉落的位置好，那拾捡起来也不用太费力气，可要是掉进草丛或者院子里的话那就不容易找到了。所以为了避免浪费体力，他们本应该让弹丸落在容易拾捡的地方，可实际上却恰恰相反。因为他们的目的并不在于游戏，而是在于战争，所以必须故意让达姆弹落在主人家的院子里。既然达姆弹落在了院子里，那就必须进入院子将其拾捡出来。而进入院子最简单的方法就是从方格围栏上翻越过来。一旦方格围栏的内部出现骚乱，主人就必须发火，否则的话就必须丢盔卸甲举手投降。而绞尽脑汁想要解决这一问题的结果必须是脑袋越来越光。

如今敌军打出的一发弹丸准确无误地越过方格围栏击落几片梧桐树叶，打在第二道城墙也就是竹围墙上，发出巨大的声响。根据牛顿[①]第一定律，如果没有其他外力的影响，那么运动的物体都要保持匀速直线运动。如果物体的运动只受这一定律的影响，那主人的脑袋此时恐怕已经和埃斯库罗斯的脑袋落得同样的下场了吧。万幸的是牛顿在提出第一定律的同时还提出了第二定律，这就使主人的脑袋在生死存亡之际保住了一条

---

① 牛顿（Isaac Newton，1642～1727）：英国物理学家，提出了物体运动的三个基本定律。本书中没有提到的牛顿第三定律是"作用力与反作用力"：相互作用的两个物体之间的作用力和反作用力总是大小相等、方向相反且作用在同一条直线上。

小命。牛顿第二定律是，物体运动的变化与所受的作用力成正比，运动变化的方向跟作用力的方向相同。这描述可能有些难以理解，但从那颗达姆弹并没有穿透竹围墙、冲破纸拉门、然后打破主人的脑袋这一点上来看，肯定是托牛顿的福没错了。没过多久，敌人果然不出所料地进入院内，一边说着"在这边吗？""在更左边一点的地方吗？"一边用棒子拨弄着矮竹的叶子发出哗啦哗啦的声音。但凡是敌人进入主人家的院子拾捡达姆弹的时候，必然要发出特别大的声音。倘若他们悄悄地进来、悄悄地拾捡起达姆弹就走，那便无法达到他们最重要的目的。达姆弹或许十分贵重，但捉弄主人却是比拾捡达姆弹更加重要的事情。比如现在这个情况，其实他们在远处就知道达姆弹的所在位置。因为他们听到达姆弹命中竹围墙的声音，知道达姆弹击中的场所，也知道达姆弹掉落在地面上的位置。所以只要他们想老老实实地拾捡，总是有办法做到的。根据莱布尼茨[①]的定律，空间是能够同时存在之现象的秩序[②]。就像《伊吕波歌》[③]之中的假名总是一样的顺序，柳树的下面一定会有

[①] 莱布尼茨（Gottfried Wilhelm Leibniz，1646~1716）：德国哲学家，数学家。以《单子论》广为人知。

[②] 这是莱布尼茨在反驳比埃尔·贝尔的批评时所说的话，原文是"l'ordre des coexistences possibles"（能够同时存在的秩序）。

[③] 《伊吕波歌》：以47个平假名（不重复）编成的七五调和歌，是日语识字歌之一，据传产生于平安中期以后，也被作为假名的排列表沿用至近代。

泥鳅，蝙蝠必然和月亮一起出现一样。墙角与棒球或许不太搭配，但对每天都将棒球扔进别人院子里的人来说，肯定早已经习惯了这样的空间排列。所以他们应该对棒球所在的位置一目了然。之所以要发出如此夸张的声音，完全是为了激怒主人挑起战争。

这样一来，不管主人再怎么消极也不得不应战了。刚才在客厅之中听到伦理课程还露出欣慰笑容的主人愤然而起、猛然冲出、莽然生擒了一名敌人。这对主人来说实在是非常辉煌的战果。战果虽然显赫，但仔细一看被生擒的竟然是一名十四五岁的小孩。这样的一个小孩作为已经老大不小的主人的敌人显然有些不太合适。但主人大概觉得抓住这样一个敌人就足够了吧，于是强行将那个不断道歉的孩子拖到檐廊跟前。这里我有必要对敌人的策略稍作介绍，敌人见主人昨天那样凶猛，便料到他今天必会亲自出马。如果高年级的学生来捡球，万一没能逃掉的话事情就会变得很麻烦，所以他们便派遣一二年级的小孩子来捡球，再也没有比这更能够规避风险的了。就算主人抓住这个小孩，喋喋不休地跟他讲道理，对于落云馆的名誉也没有丝毫的影响，反而是主人这么没有个大人样地跟小孩子一般见识才叫丢人。这就是敌人的想法，对普通人来说这样的想法十分正确。但敌人却没想到自己的对手并不是一个普通人。主人若是有这样的常识，那昨天也就不会冲出来了。上逆就是这样一个能够使普通人变得不普通,让有常识的人不按常识办事的家伙。倘若还能分清对方是女人、小孩、车夫、马夫,那就还没到能用上逆在人前炫耀的程度。只有像主人这样,生擒一名与自己实力相差悬殊的中学一年级学生还当作战争之人质的程度,才能算是进入了上逆家的行列。可怜的就是这名俘虏,本来他只是按照上级生的命令充当捡球的杂兵,却非常倒霉地被没有常识的敌将、上逆的天才穷追猛打,连翻越围栏逃跑的机会都没有就被扣押在了庭院之中。这样一来敌军也不能对同伴受辱坐视不理了。他们争先恐后地翻过方格围栏,从院门处乱哄哄地冲了进来。敌方的人数约为一打①,在主人面前站成一长排。他们基本都没穿外衣或西装背心,有的将白衬衫的袖子挽起来,双手交叉在胸前,有的只将一个洗褪色了的棉绒布随便地披在后背。就在我心想他们不过如此的时候,忽然看到一个身穿带黑边的白帆布上衣,胸前还绣着黑色花体洋文的体面人。他们每个看起来都像是一骑当千的猛将,一副从丹波国的笹山②连夜赶来的样子,浑身的肌肉黝黑健壮。让人觉得把他们送进中学念书做学问真是可惜了,倘若去做渔夫或者船老大的话定能为国家做出些贡献吧。他们好像商量好了一样都光脚穿

---

① 一打:dozen,十二个。
② 意思是距离都城很远的山国。

着细腿裤,裤腿还高高地挽了起来,就像要去附近救火一样。他们在主人面前一字排开却沉默着一言不发。主人也没开口。一时间双方只有互相瞪视的眼神交流,其中还混着一丝杀气。

"你们这些家伙是小偷吗?"主人很有气势地问道。愤怒化作火焰从他的鼻孔里喷了出来,导致鼻翼明显地张大了。越后狮子[①]的鼻子大概就是模仿人类愤怒时候的模样创作的吧,否则的话模样绝对不会那么恐怖。

"不,我们不是小偷,是落云馆的学生。"

"撒谎。落云馆的学生岂会擅自闯入他人的庭院?"

"但我们确实是落云馆的学生,你看我们的学生帽上还有校徽呢。"

"那是假的吧。既然是落云馆的学生,为什么擅自闯入?"

"因为棒球掉进来了。"

"为什么棒球会掉进来?"

"就是掉进来了嘛。"

"不像话的家伙。"

"以后我们会注意的,这次就饶了我们吧。"

"来历不明的家伙翻过围栏闯入院内,岂能轻易放过?"

[①] 起源于越后国(现新潟县)西蒲原郡月泄地方的民间狮子舞,也被称为角兵卫狮子,由儿童扮演狮子。文中指的是表演的孩子们戴的狮子头面具。

"但我们确实是落云馆的学生。"

"既然是落云馆的学生,那你们是几年级的?"

"三年级。"

"确定吗?"

"是的。"

主人回头向房间里叫道:"喂,来人来人。"

琦玉出生的女佣打开拉门探出头来问道:"嗯?"

"去落云馆给我找个人来。"

"找谁来?"

"随便谁都行,给我找来。"

女佣虽然"哎"地应了一声,但因为院子里的光景太过奇怪,自己又不知道此次出使的目的,再加之从刚才开始事情的发展就太过荒唐,所以她去也不是、留也不是,只能在原地讪笑。主人本打算来一场大战,充分地发挥一下自己上逆的本事。他以为自己雇用的女佣会站在自己这一边,可女佣不但态度不够认真,在听到主人的吩咐后竟然还笑了起来。这不得不使主人更加上逆。

"我不是说了谁都行吗,听不懂吗?校长也行干事也行主任也行……"

"那就去找校长先生……"女佣只知道校长。

"我都说了校长也行干事也行主任也行,还听不懂吗?"

"要是谁都不在的话找个勤杂工也可以吗？"

"说什么傻话。勤杂工能知道什么？"

话说到这个份上，女佣知道不去是不行了，只能"哎"地应了一声走出门去。但她其实还是没搞明白自己这次出使的目的。就在我担心她搞不好真的会找个勤杂工回来的时候，没想到之前那个伦理老师从大门口走了进来。主人待其坦然落座之后便立即展开了谈判。

"适才此些人等擅闯府内……"他用好像《忠臣藏》一样的古风开了个头，却用稍带讽刺的语气收了个尾道："当真是贵校的学生吗？"

伦理老师没有丝毫的惊慌，若无其事地将并排站在院子里的勇士们扫视了一圈，然后目光又重新回到主人的方向，这样答道：

"没错，这些都是我们学校的学生。为了防止发生这样的事情我也反复向他们强调过很多次……真是拿他们没办法……你们为什么要翻越围栏？"

学生毕竟是学生，一碰上伦理老师就一句话也不敢说，全都老老实实地站在庭院的一角，仿佛遭遇了大雪的羊群。

"球掉进来也是没办法的事。毕竟住在学校旁边，偶尔就会有棒球飞进来吧。但是……他们的做法实在是太鲁莽了。如果能悄悄地翻越围栏不让我知道，然后悄悄地将球捡走，倒也可以原谅……"

"您所言极是，虽然校方已经屡次三番地提醒他们注意，但奈何学生人数众多……今后我们必将严加管教。如果再有球掉进来，一定和您打过招呼之后从正门进入去拾捡。这样可以吗——学校太大，难免有管教不周的地方。而运动也是教育上必不可少的内容，所以也没办法禁止。但允许学生运动就难免又会给您增添麻烦，这件事恳请先生海涵。从今往后，学生们一定从正门进入并且请求您的允许。"

"哪里哪里，既然您这么通情达理那一切都好说。球嘛，扔进来多少都无所谓。只要从正门进来打声招呼就好了。那么这些学生就交给您了，请您将他们带回去吧。还特意麻烦您跑一趟实在是非常抱歉。"主人又和往常一样虎头蛇尾地说了一通。伦理老师则带着丹波的笹山好汉们从正门走出回落云馆去了。我所说的大事件到此就告一段落。如果有人笑话说"这算什么大事件"，那就随便笑好了。或许对他们来说这不算什么大事件。但我记述的是主人的大事件，而不是他们的大事件。如果有人批评主人是前倨后恭、有头没尾，那请记住这正是主人的特色，而主人之所以能够成为滑稽文之材料也正是因为他拥有的这一特色。倘若说主人和一个十四五岁的小孩子一般见识实在是愚蠢至极，那我也赞成这种说法。正因为如此大町桂月才抓着主人不放，说他"稚气未脱"①。

　　我之前已经讲完了小事件，现在又讲完了大事件，接下来我想为大家说一说大事件之后的余波作为全篇的结尾。或许有人认为我所说的这些都是我信口开河胡说八道，但我绝非那样草率的猫。在我的一字一句之中都包含着宇宙的巨大哲理，只要将这一字一句全都连续读完，就会发现实际上是首尾呼应、前后照应，原本读来以为是闲谈琐事的内容也忽然转变为高深莫测的法语②。所以在阅读我的文章之时，绝不能做出横躺侧卧、坐姿不雅、一目十行等无礼之举。据说每次柳宗元③在阅读韩退之④的文章之前都要用蔷薇之水洗手⑤，那么诸位在阅读我的文章之时至少也应该自掏腰包买一本杂志⑥吧，万万不可做那种从友人手中借阅的敷衍之事。接下来我要讲的这件事虽然被我称为余波，但要是有人觉得"既然是余波那肯定没什么意思，不看也罢"的话，肯定会后悔的。所以还请诸位仔细阅读。

---

　　① 大町桂月就是前文中提到的那个人。漱石在1905年12月4日给高滨虚子的信中写道"再也没有人比桂月写的东西更幼稚的了"。

　　② 法语：禅宗中禅师勉励和告诫修行者的话。

　　③ 柳宗元（773～819）：唐代诗人，唐宋八大家之一，字子厚。

　　④ 韩愈（768～824）：退之是他的字。唐宋八大家之一，与柳宗元并称为"韩柳"。

　　⑤ 这是《云仙杂记》之中的故事。"蔷薇之水"是由从蔷薇花瓣上取下的露水制作而成的香水。

　　⑥ 指刊载《我是猫》的杂志《杜鹃》。

大事件发生之后的第二天，我因为想出去散散步便走到了大街上。我刚走到对面小巷的拐角处，便看到金田家的老爷和铃木家的藤君①正站在一起相谈甚欢。似乎是金田君坐车回家的时候，刚好碰到了前来拜访却扑了个空正打算离去的铃木君。因为近日金田府内没什么有趣之事，所以我也很少往他家那边去了，时隔多日再次相见，不由得倍感亲切。铃木先生也是久未谋面，正好趁此机会再拜见一下尊容。我打定了主意之后便向那两位站立的地方靠近过去，两位所说的对话自然传进我的耳朵之中。这可不能怪我，要怪只能怪说话的人。金田君毕竟是良心到能够派遣侦探打探主人情况的人，所以对我偶然听到他的谈话应该也不会发火吧。如果他因为此事发火，那我就要问问他是否知道公平是什么意思。总之，我听了这两位的谈话。不是因为我想听，而是即便我不想听，他们两人的谈话也传进我耳朵之中。

"我刚才去您家里拜访，正好就在这碰到您了。"藤君毕恭毕敬地点头哈腰道。

"哦，是吗？其实我最近正想和你见一面呢。今天能在这巧遇可真是太好了。"

"哎，那可真是巧啊。您有什么吩咐？"

"哎呀哪里，没什么大事。不过事情虽小，却是非你不可。"

---

① 即前文中出现过的铃木藤十郎。

"只要是我能办到的,赴汤蹈火在所不辞。究竟是什么事呢?"

"嗯,这个嘛……"金田陷入沉思。

"要是现在不方便透露的话,那就我下次来的时候再说。请问您什么时候方便?"

"没有没有,不是什么大事——既然如此,那就拜托你吧。"

"请不要客气……"

"那个怪人,就是你的那个老朋友,是叫苦沙弥还是什么来着?"

"嗯,是苦沙弥,他怎么了?"

"不,没怎么。就是自从那件事以来心里一直不怎么痛快。"

"这也难怪,毕竟苦沙弥实在是太傲慢无礼……至少他也应该考虑一下自己在社会上的地位吧,就好像全天下只有他一个人似的。"

"没错。因为他总是说什么'不向金钱低头''实业家算什么'之类狂妄自大的话,我便想既然如此就让他知道知道实业家的手段。前段时间我狠狠地打击了他的嚣张气焰,但他还在负隅顽抗。真是个顽固的家伙。我也很意外呢。"

"因为他是个不识好歹的家伙,所以才这么一个劲地硬挺。以前他就是这样的家伙,也就是根本意识不到自己在吃亏,所以根本没得救。"

"啊哈哈哈哈哈,确实没得救。我用了许多办法来收拾他,最后还让学校里的学生们摆了他一道。"

"那可真是个好主意啊。效果如何？"

"这下子好像搞得那家伙很苦恼呢。想必用不了多久他就要举手投降了吧。"

"那太好了。不管他再怎么逞威风也是寡不敌众啊。"

"没错，一个人就是不行。虽然他好像收敛了不少，但还是想请你去看一看他现在究竟是什么状况。"

"啊，原来如此。没问题。我这就去看看。等我回来之后就把他的状况向您禀报。那个顽固的家伙意志消沉的模样一定很有趣吧，肯定值得一看。"

"是啊，那我就静候佳音啦。"

"那我先失陪了。"

原来这次的事件也是个阴谋啊，实业家的势力着实可怕，不管是让好像煤渣一样的主人上逆，还是让主人因为苦闷而变成光头，甚至让他的光头落得和埃斯库罗斯一样的下场，竟然全都是实业家在暗中所为。虽然我不知道让地球旋转的是什么力量，但我知道让这个社会运转的绝对是金钱的力量。而最了解金钱的功效，最能够将金钱的威力运用自如的人，则非实业家诸君莫属。太阳能够平安无事地从东方升起，又平安无事地在西方落下，全都多亏了实业家。我因为一直生活在这个不明事理的穷酸教师家里，所以不了解实业家给我们带来的恩惠，这是我的疏忽。然而即便如此，冥顽不灵的主人这次多少也应该有所悔悟了吧。如果他继续这样冥顽不灵下去的话那就危险了，恐怕连他最珍贵的性命都要不保。不知道他在见了铃木君之后会说些什么，但他的悔悟程度一定会从他的言谈举止之中表现出来。不能再磨蹭下去了，我虽然只是一只猫却也对主人的事情非常担心。于是我赶紧抢在铃木君之前先回家去了。

铃木君一如既往地善于应变。他对金田君的委托只字未提，只是一个劲地和主人聊一些无关痛痒的闲话。

"我看你脸色不怎么好，什么地方不舒服吗？"

"没有哪里不舒服啊。"

"但你脸色苍白啊，不注意点可不行。最近这气候也不太好。晚上睡得好吗？"

"嗯。"

"那就是有什么烦心的事？要是我能帮上忙的话就尽管说。不用和我客气。"

"烦心的事，是指什么？"

"没什么，要是没有那就最好了，我是说如果有的话。因为思虑过度会影响健康啊。人生在世，最好就是每天都能开开心心地过日子。你呀就是太消沉了。"

"笑也影响健康啊。有人因为笑得太多送了命呢。"

"开什么玩笑。笑口常开福气自来啊。"

"过去古希腊有个叫克利西波斯①的哲学家,你不知道吧?"

"不知道,他怎么了?"

"他就因为笑过了头结果笑死了。"

"哎,那可真稀奇。不过这都是过去的事了……"

"不管过去还是现在都一样。他看到驴吃银碗里的无花果,感到非常好笑,就一直笑个不停。结果他笑啊笑啊根本停不下来,最后终于笑死了。"

"哈哈哈哈,但是不像那样毫无节制地笑就好了嘛。微笑——适当地——这样就可以心情舒畅。"

就在铃木君仔细地研究着主人的状况之时,大门忽然被"哗啦啦"地打开,本以为是来了客人,但实际上却并非如此。

"球掉进去了,请让我捡一下。"

女佣在厨房里答了一声"好的",学生就绕到后面去了。铃木带着奇怪的表情问道:"这是怎么回事?"

"后面的学生把棒球扔到院子里了。"

"后面的学生?后面还有学生吗?"

"有一个叫作落云馆的学校。"

"啊,是吗?原来是学校啊,那一定很吵吧?"

"还说什么吵不吵,根本连书都看不下去。我要是文部大臣

---

① 克利西波斯(Chrysippus,约前280~约前207):斯多葛派的哲学家。

的话肯定下令让它早点关门。"

"哈哈哈哈,可把你气坏了啊。难道有什么惹你生气的事吗?"

"还说什么有没有,简直从早到晚全都是。"

"既然那么惹你生气搬家不就好了吗?"

"我凭什么搬家,简直岂有此理。"

"你对我发火也没用啊。那都是一群小孩子,不理他们就好了。"

"你倒是能不理,我可不能不理。昨天我把他们的老师找来谈判了。"

"那还挺有趣的。他们怕了吧?"

"嗯。"

就在这时大门又被打开,门口传来"球掉进去了,请允许我捡一下"的声音。

"哎呀,来得太频繁了吧,又是捡球吗?"

"嗯,和他们说好要从正门进来捡球。"

"原来如此,难怪来得这么频繁。好吧,我懂了。"

"你懂什么了?"

"没什么,就是来捡球的原因呗。"

"今天这已经是第十六次了。"

"你不觉得烦吗?不让他们来不就好了吗?"

"就算不让他们来，他们还是会来的，没办法啊。"

"既然你说没办法那我也不多过问了，但你还是不要那么顽固才好。人要是棱角太分明，在这个社会上可不好混。你看圆形的东西不管咕噜咕噜地滚到哪里都不费吹灰之力，但四角形的东西要是滚起来就要大费周折，而且每滚一次棱角就被摩擦得很疼。毕竟这个世界上不是只有自己一个人，别人也不会全都按照你想的去做。该怎么说呢？如果非要跟那些有钱人作对，最后吃亏的还是自己。搞得自己身心俱疲，还没有人说你好。但有钱人却没有丝毫损失。他们只需要坐着发号施令，自然有人帮他们解决问题。你也知道寡不敌众的道理吧。顽固虽然也没什么，可要是一直这么死硬撑着，既没时间看书，也没时间工作，到头来还不是吃力不讨好吗？"

"打扰了。刚才球掉进去了，我可以去后面捡一下吗？"

"你看又来了。"铃木君笑道。

"无礼的家伙。"主人气得满脸通红。

铃木君觉得自己来访的目的基本已经达到，便说了一声告辞起身离去。

和他擦身而过进来的是甘木先生。自古以来上逆家自称上逆家的例子就屈指可数，因为当其本人感到有些不对劲的时候往往已经越过了上逆的极点。主人的上逆在昨天的大事件之时便达到了极点，虽然最后的谈判虎头蛇尾，但总算是有了个了结，于是他当晚在书房回想此事的时候终于开始感到有些不对劲。尽管在究竟是落云馆不对劲还是自己不对劲这个问题上还有许多值得商榷的地方,但总之肯定是不对劲。就算住在中学旁边,像这样一年到头肝火上逆也绝对有些不对劲。既然不对劲那就必须要想些办法。在自己实在没什么办法的时候,那就只能请医生来开点药,给肝火之源施些贿赂进行一些安抚吧。想到这里,主人便决定请经常来给自己看病的甘木先生再来进行一番诊治。至于这究竟是聪明还是愚蠢暂且不论,只说主人能够意识到自己的上逆就已经很了不起、令人钦佩了。甘木先生和往常一样满面笑容从容不迫地问道"感觉如何"。医生基本上都会问这句话。我认为医生倘若不问"感觉如何",那就绝对不值得信任。

"先生,我这怎么也不见好啊?"

"哎,怎么会那样呢?"

"到底医生的药管不管用?"

甘木先生虽然感到有些惊讶,但他毕竟是个温厚的长者,所以并没有怎么激动,只是平静地答道:"不会不管用的。"

"我的胃病不管吃了多少药都不见好。"

"绝对不会那样的。"

"是吗,那好一点了?"主人竟向别人询问自己胃部的情况。

"治病不能着急,就算吃了药也得一点一点地见效啊。现在肯定比之前要好很多了。"

"是吗？"

"你最近又动了肝火吧？"

"是啊，连做梦都大动肝火。"

"还是稍微运动一下才好。"

"运动的话肝火岂不是更旺？"

听了这话，似乎连甘木先生也拿他没办法了，只能说"让我先瞧瞧吧"，然后便开始诊查起来。主人等不及诊查结束，突然大声说道：

"先生，前几天我看了一本讲催眠术的书，书里说用催眠术能够治好手脚不老实和各种疾病，这是真的吗？"

"嗯，有这种疗法。"

"现在还有吗？"

"有啊。"

"要催眠别人是很困难的事吧？"

"哪里，并不困难。我都经常做呢。"

"先生也会催眠？"

"是啊，要不要给你做一个试试？从理论上来说，人人都可以被催眠的。如果你愿意的话我可以给你也催眠一下试试。"

"那可有点意思，给我催眠一下吧。我也一直想被催眠试试呢。但是如果被催眠之后醒不过来的话就麻烦了。"

"怎么会那样呢，别担心。那我要开始了啊。"

两人商量完毕，主人终于决定接受催眠。我因为从没见过这种事，不免心中暗喜，便在客厅的一角想看看究竟是何结果。先生的催眠术首先从主人的眼睛开始。根据我的观察，他的方法就是用手从上往下抚摸主人的眼睑，即便主人已经像睡觉时一样将眼睛闭上，他仍然重复同样的动作。过了一会先生对主人问道："我这样抚摸你的眼睑，你是否感觉眼睑越来越沉？"主人答道："确实变沉了。"先生又继续抚摸了一会，然后说道："越来越沉了，越来越沉了。"主人似乎也觉得眼睑越来越沉，闭着眼睛一言不发。同样的方法又持续了三四分钟，最后甘木先生说道："现在你的眼睛睁不开了。"可怜的主人眼睛终于被他弄瞎了。"已经睁不开了吗？""嗯，睁不开了。"主人默默地闭着眼睛。我对主人已经变成盲人这件事深信不疑。但过了一会先生说道："如果能睁开的话你就睁开试试，肯定是睁不开的。""是吗？"主人说完就很轻松地把眼睛睁开了。主人笑着说道："这也没成功啊。"甘木先生也同样笑着说道："嗯，确实没成功。"催眠术最终以失败收场，甘木先生也回去了。

接着来的这位——主人家里还从没这么频繁地来过客人。对于没什么朋友的主人来说，这实在是让人难以置信。但来了就是来了，而且还是位稀客。我之所以要为大家介绍一下这位稀客，不只因为他是稀客这么简单。正如我之前说过的那样，我现在所讲的是大事件的余波。而这位稀客正是讲述余波之时不可遗漏之材料。我不知道他叫什么名字，诸位只要知道他是一个脸很长，留着山羊一样的胡子，年纪大约四十岁的男子便可。与迷亭的美学家相对，我打算将这个男人称为哲学家。之所以叫他哲学家，倒不是因为他像迷亭那样总是喜欢自吹自擂，而是我看他和主人说话时的模样，总觉得像是一位哲学家。看样子他们以前好像是同学，两人的交流十分融洽投缘。

"嗯，迷亭吗？他就像漂在水面上的金鱼麸①一样很浮躁。前几天他和朋友在一个素未谋面的华族②家门前经过，结果他说进去喝杯茶，就强行将朋友一起拉进去了，真是相当不拘小节。"

"结果怎么样了？"

"结果怎么样我也没问——他啊，就是个天生的怪人，但却没有思想，完全就是个金鱼麸。铃木吗——他之前来过？哎，他是个不明事理却很圆滑的家伙。很适合戴金表，但为人肤浅不够稳重，还是不行啊。虽然他总嘴上说着圆滑圆滑，但其实他并不知道圆滑的真正意义。如果说迷亭是金鱼麸，那他就是稻草捆起来的蒟蒻。滑溜溜、颤巍巍的。"

主人听到这绝妙的比喻，似乎感到非常佩服，竟久违地哈哈

---

① 金鱼麸：专门用来喂金鱼的麦麸。
② 华族：日本于明治维新至二战结束之间存在的贵族阶层。"华族"之出现始于1869年6月17日，而正式确立"华族制度"的《华族令》则是于1884年7月7日制定。"华族"于1947年5月3日，随着战后日本国宪法生效而正式被废除。

大笑起来。

"那你是什么？"

"我吗，要说我的话——大概是野生的山芋吧。不管长得多长都被埋在土里。"

"你倒是由始至终都能保持泰然自若的乐观心态呢，好羡慕你啊。"

"哪里哪里，我只不过和普通人一样罢了，没有什么值得羡慕的地方。只是我很幸运地不会对别人的事产生出羡慕之情罢了，唯有这点还算好。"

"最近手头还宽裕吧？"

"还是老样子。说多不多、说少不少。但至少能吃饱，所以没问题啦。不用担心。"

"我最近不怎么好过，肝火总是很旺，看什么都想发牢骚。"

"发牢骚也没什么不好。有牢骚就得发泄出来，这样心情才能舒畅。人嘛，什么样的都有，你要是非让别人和你一样，别人也不会听啊。虽然不和别人用一样的方法拿筷子就吃不好饭，但吃面包的时候可以按照自己喜欢的方法切啊。在高级服装店量身定制的衣服穿起来当然很合身很舒服，但在便宜的裁缝店里定做的衣服就只能勉强凑合穿穿了。这个社会就好像是一件西装，其精妙之处就在于当你穿了一段时间之后便会自动地符合你的身材。如果你的父母手段高明，让你生来就适应这个社会，那就是一件幸事。但如果没那么幸运,就只能忍耐与社会格格不入,或者忍耐到与社会相适应的时候,除此之外别无他法。"

"但像我这样的人,恐怕一辈子也无法适应了,心里没底啊。"

"要是西装太不合身,强行穿上反而会撑破的。就像社会上有人总是惹事、吵架,甚至自杀呢。但你只是觉得无趣罢了,当然不会自杀,也不会吵架。总之还算好吧。"

"可是我现在每天都和别人吵架呢。就算没有对手,但发起火来也算是吵架吧。"

"原来如此,你这是单人吵架。有意思,这随便吵都没关系。"

"可我已经腻了啊。"

"那就不吵了。"

"不瞒你说,我还不能那么随心所欲地控制自己。"

"好吧,你到底是为什么有那么多的牢骚啊?"

于是主人便从落云馆事件开始,将今户烧的狸子、针助、细螺以及其他所有的牢骚事全都向哲学家滔滔不绝地说了一通。哲学家先生默默地听完,终于开口对主人说了这样一段话:

"不管针助和细螺说了些什么,你都装作没听见不就好了吗?反正也都是没用的废话。至于中学的那些学生,有在意的价值吗?你说他们妨碍了你?那难道你跟他们谈判、吵架,妨碍的问题就解决了吗?在这一点上,我觉得与西洋人相比,过去日本人的做法更值得学习。最近很流行西洋人的那一套,不管什么事都说什么积极点再积极点,但这种做法其实有一个很大的缺点。首先积极是没有极限的。如果总是保持积极的心态,那就永远也无法令自己感到满足,也无法将事情做到完美。对面不是有柏树吗?觉得太碍眼了所以都砍掉。可是这样一来柏树后面的出租房就成了碍事的东西,把出租房也拆平之后,后面的房子还会让你不爽。这样一来岂不是没完没了?西洋人的做法都是这样。不管是拿破仑[①]也好还是亚历山大[②]也罢,没有一个人对胜利感到满足。看别人不爽就和人家吵架,如果对方不服输就告上法庭,在法庭上判决获胜才心满意足,这种想法完全是错误的。心满意足这种事难道苦追至死就能得偿所愿吗?寡头政治[③]行不通就换成代议政体。要是代议政体也行不通,就再换成别的。感觉河流碍事就修建桥梁,不想山峰挡路就挖掘隧道,认为交通不便就铺设铁路,这样下去永远也得不到满足。但是,人类能积极地做到让一切都随自己的心意吗?西洋文明或许是积极的、进取的,但却是一生都得不到满足的人所创造出来的文明。日本的文明绝对不通过改变

---

① 拿破仑(Napoléon Bonaparte,1769~1821):法国皇帝,发动战争席卷整个欧洲,最终惨败于滑铁卢。

② 亚历山大(Alexander the Great,前356~前323):成为马其顿国王之后征服古希腊、古埃及,灭亡波斯帝国,建立亚历山大帝国。

③ 寡头政治:指由少数人掌握政权的一种统治形式。

外界来让自己得到满足。日本文明与西洋文明最大的不同之处在于，日本文明是在外界的一切都是不能改变的这一前提下发展起来的。如果亲子关系不好，日本人绝不会像欧洲人那样只有改良这种关系才能心满意足。日本人认为亲子关系是客观存在不可改变的，只能寻找在这种关系之下令自己感到满足的方法。夫妇君臣之间的交往也是如此，武士与平民之间的区别也是如此，甚至人与自然之间的关系也是如此——如果有高山挡住了去邻国的路，日本人绝不会去想如何把山铲平，而是会想办法让自己即便不去邻国也不会有任何的困扰。也就是说培养出一种即便不翻山越岭也能得到满足的心态。所以你看吧，不论是禅家还是儒家，肯定都抓住了这个根本性的问题。不管自己有多了不起，这个世界总不可能事事都如你所愿，你既不能让已经落山的太阳回到空中①，也不可能让加茂川的水逆流②。所以能做的只有控制自己的内心。只要让心灵得到自由，那么不管落云馆的学生有多吵闹你都可以泰然处之，今户烧的狸子更是不值一提之物。针助再说什么蠢话，你只要骂他一句混蛋家伙不就好了吗？过去有一个和尚，在眼看就要被人斩杀之际

---

① 传说平清盛为了炫耀自己的权势曾用扇子令夕阳重返天空。

② 在《平家物语》之中，白河院（1053~1129）为了炫耀自己的权势曾说"天下只有三件事不合我意，贺茂川之水、双六的赌局与延历寺的僧兵"，其中的贺茂川就是文中的加茂川。

还说出了电光影里斩春风①的佳句,这是何等地洒脱啊。由此可见通过心灵的修行达到消极的极致,也可以有如此灵活的作用。我虽然不懂那么高深的东西,但至少我觉得一味地追捧西洋人的积极主义也是不对的。现在不管你采取怎样的积极主义之措施,学生们不还是一样会来找你的麻烦,而你又拿他们毫无办法吗?倘若你有权力可以让那个学校关闭,或者对方做了什么违法的事情你可以找警察来处理解决那就另当别论,但除此之外不管你如何积极出击都毫无胜算啊。倘若你就是想积极出击,那就会遇到金钱上的问题以及寡不敌众的问题。换句话说,你必须向有钱人低头才行,必须向那些仗着人多势众的小孩子们求饶才行。像你这样既没钱又没势,却还要孤身一人积极出击,这就是导致你牢骚的根源。怎么样,你明白了吗?"

---

① "过去有一个和尚"指的是无学祖元禅师(1226~1286)。"电光影里斩春风"出自无学祖元禅师吟诵的一首诗。南宋末年,元军南下,包围了雁荡山能仁寺,众僧纷纷逃离,唯有无学祖元禅师端坐禅堂,泰然若定,纹丝不动。这时,有一军官挥出大刀,架到了禅师的脖子上厉声大喝:"和尚,给我站起来!"祖元禅师神色自若,坦然诵偈:"乾坤无地卓孤筇,喜得人空法亦空。珍重大元三尺剑,电光影里斩春风。"意思是"天地虽大,竟没有一个出家人立足之地。所幸的是,我已彻悟自性,契入人、法皆空的妙理。虽然这刀本空、我本空,但还是请你珍重手中之剑。用刀来斩我的身体,犹如用闪电的光影来斩春风一般,根本了不相触,意即与我毫不相关,于我之自性丝毫无损"。施暴者深为禅师的举止和气势所震撼,收回举起的大刀,作礼撒去了。后来无学祖元禅师接受北条时宗邀请前往日本创建了圆觉寺,为临济宗打下了坚实的基础。

主人只是默默地听着，既没说明白也没说不明白。稀客走了以后他便钻进书房，也没看书，只是独自地思考着什么。

　　铃木家的藤君告诉主人要向金钱和权势低头。甘木先生建议主人用催眠术来安稳心神。最后来的稀客则劝诫主人用消极的态度来让自己心安。至于究竟应该听谁的这完全是主人的自由。但要是继续这样下去那肯定是行不通的了。

九

　　主人是个麻子脸①。维新之前麻子脸还挺流行，但在已经签订了《日英同盟》②的今日看来，这种模样未免稍微有些过时了。麻子脸的数量与人口的增长成反比，因此在不久的未来必将完全绝迹，这是由医学上的统计经过精密计算所得出的结论，是即便像我这样的猫也毫无质疑余地的高见。如果问在当今世界上生存着的所有人类之中究竟有多少麻子脸那我不得而知，但要问在我所知道的范围之内，猫是一个也没有，人嘛则

---

① 感染天花病毒导致留下疤痕的脸。后文中提到的"所有的麻子脸都被勒令撤退到两臂之上"指的是人工种痘对天花进行预防，但因为当时的医疗技术不够先进所以有时反而会导致发病，漱石就是如此。

② 1902年签订、1921年废除的日本与英国之间签订的条约，主要目的在于遏制俄国在远东地区的扩张。

只有一个,而这唯一的一个就是我的主人,真是可怜。

每当我看到主人的脸都会思考。究竟是出于何等原因让他敢于毫无惧色地带着这样一副奇怪的模样呼吸二十世纪之空气呢?麻子脸在过去或许还算受欢迎,但在所有的麻子脸都被勒令撤退到两臂之上的现在,倘若麻子依然顽固地占据在鼻尖和脸颊之上纹丝不动,不但不值得夸耀,反而有损麻子的体面。如果可能的话,这麻子还是尽早去除为好。想必麻子本身也是惶惶不可终日的。要不然就是麻子打算在这党势不振之际,凭借着誓要将落日重挽回中天的气概,蛮横地将整张面孔全部占据也说不定。那样的话就绝不可小看这麻子,因为这麻子是与滔滔流俗相抗衡的万古不磨之穴的集合体,是非常值得我们尊敬之凹凸。唯一的缺点就是有点肮脏吧。

在主人还是小孩子的时候,牛込山伏町有一个名叫浅田宗伯①的汉方名医,据说这位老人给人看病的时候一定要坐在轿子上慢慢悠悠地晃过去。宗伯老去世之后他的养子继承了他的家业,但轿子却忽然变成了人力车。所以要是这个养子死了,养

---

① 浅田宗伯(1815~1894):汉方医生,江户幕府的医官,维新后出任宫内省的东官侍医。但明治维新后政府提倡西医,汉方医逐渐没落被西医取代,所以后文中提到"葛根汤也会变成安替比林"。

子的养子继承家业的时候，或许葛根汤也会变成安替比林①吧。坐着轿子在东京市内游行这种事，即便在宗伯老在世的时候也不怎么雅观。能做出这种事的只有守旧的亡魂、被装进火车里的猪猡以及宗伯老而已。

主人的麻子在不雅观这一点上倒是和宗伯老的轿子一样，虽然在旁人看来怪可怜的，但顽固不输汉方医的主人却依然将孤城落日般的麻子暴露在光天化日之下，每天若无其事地去学校教授英语阅读。

像这样满脸都刻着上个世纪的纪念站在讲台之上的主人，对他的学生来说一定具有除了课程内容之外的重大训诫作用。他除了反复教授"猴子有双手"②之外，还轻而易举地向学生们解释了"麻子对脸面造成的影响"这一重大问题，在无言之中就将答案传授给了学生们。如果没有像主人这样的教师存在，那么这些学生要是想研究这一问题就只能前往图书馆或者博物馆，就像人类通过木乃伊来研究古埃及人一样花费巨大的劳力。从这一点上来说，主人的麻子竟然在冥冥之中也施与了奇妙的功德。

但主人可不是为了施与功德才在自己的脸上种满了痘疮。其

---

① "葛根汤"是汉方药，主治感冒但应用范围很广。"安替比林"（Antipyrine），是当时使用的解热镇痛的西药。

② 英文原文为"The Ape has hands"，是当时的英语教科书初级部分最常见的英文。

实他真的种过痘。不幸的是本来种在胳膊上的痘，不知何时竟然传染到脸上去了。因为当时他年纪还小，不像现在这样注重外表，所以就一边喊着"好痒好痒"，一边没完没了地在脸上挠来挠去。结果火山喷发，熔岩在他的脸上流得到处都是，那张原本生来十分俊俏的脸也彻底完蛋了。主人经常向女主人吹嘘说自己在没长痘疮之前是宝玉一般的美男子。甚至骄傲地认为自己就像浅草的观音像一样，连西洋人见了都忍不住要回头观看。或许真是这样也说不定。只是找不到任何证人这一点非常遗憾。

然而不管再怎么功德再怎么训诫，脏东西就是脏东西，所以自从懂事以来主人就对脸上的麻子十分在意，尝试了各种手段想把这丑态消除。但与宗伯老的轿子不同的是，主人脸上的麻子可不是不喜欢了就随时可以扔掉的东西，时至今日仍然清清楚楚地留在他的脸上。主人对这一点显然有些在意，每当他走在大街上的时候似乎总会留意有麻子的人。比如今天又遇到了多少个麻子脸，那个麻子脸是男是女，遇到的地点是在小川町的劝工场[①]还是在上野公园，诸如此类全都被他写在日记里。他坚信自己对麻子的了解绝对不输给任何人。前几天有一位去国外回来的朋友到主人家里拜访，主人甚至问人家："西洋

[①] 劝工场：位于当时神田区（现东京千代田区）里神保町—小川町大街的东明馆。劝工场就是现在百货商店的前身，里面有很多销售日用品和杂货的小店。

人有麻子脸吗？"结果那位朋友说了句："这个嘛……"沉思良久才终于答道："很少。"主人又追问了一句："很少，也就是有吧？"朋友无奈地答道："就算有，也都是要饭的或者苦力。在受过教育的人之中似乎是没有的。"主人听了说道："是这样吗？和日本稍微有些不同呢。"

听了哲学家的建议不再与落云馆争吵的主人在那之后就一直把自己关在书房里不知在思考些什么。或许是按照哲学家的忠告，通过静坐来让自己灵活的精神进行消极的修行吧，但他本来就是一个小气的人，像这样什么也不做就是阴沉沉地待着又怎么可能有结果呢？我觉得他与其这样，还不如将英文书全都送进当铺，然后向艺人学学"喇叭调"[①]都更实用得多，但像主人那样偏执的男人绝对不可能听从猫的忠告，所以我干脆就随他去了，五六天都没有靠近他。

今天是在那之后刚好第七天。在禅家之中就有不少人专心致志地结跏趺坐[②]以图能够在七日之内大彻大悟，不知我家主人现在如何了呢，不管是生是死也总该有个结果了吧？想到这里我便慢悠悠地从檐廊来到书房的门口侦察其中的动静。

---

① 喇叭调：明治时代流行的演歌（宣传自由民权思想的大众歌曲），野向山人作词，添田哑蝉坊作曲。因曲调与喇叭的音调相似故名喇叭调。

② 结跏趺坐：坐法之一，即互交二足，将右脚盘放于左腿上，左脚盘放于右腿上的坐姿。在诸坐法之中，以此坐法最安稳而不易疲倦。

书房是一间六叠大小的南向房间，光线最好的地方摆着一个大书桌①。但若只说大书桌的话恐怕诸位不太明白，准确地说是一个长六尺、宽三尺八寸、高度也与之相应的大书桌。当然这书桌并不是现成的，而是主人在与附近的家具店谈判之后定制的一个兼具卧床和书桌双重功能的稀世珍品。至于主人为什么要定制这样一个大书桌，又为什么要在这上面睡觉，因为我从没问过他本人所以也无从得知了。或许只是因为一时兴起，就给人出了这么一个难题，又或者像我们经常见到的某种精神病患者一样，会将毫不相干的两样东西联系到一起，于是就想出了书桌和卧床的结合。总之这是一个很奇葩的想法。只是奇葩有余而实用性不足是其缺点所在。我曾经亲眼见到主人在这个书桌上睡午觉，结果一翻身就摔了下来一直滚到檐廊上。从那以后主人就再也没将这个书桌当成卧床使用过了。

在书桌跟前有一个很薄的毛呢坐垫，上面被烟头烫了三个洞。透过洞口能看到里面的棉花都有些发黑了。坐在这个坐垫上背对着我的正是主人。脏成深灰色的兵儿带在腰上打了个死结，左右两边耷拉下来一直垂到他的脚边。前几天我正拿这条

---

① 夏目漱石在1906年拍摄过一张书房的照片，照片上漱石身穿和服坐在书桌跟前，书桌大约有一个成年人的身高那么长，在《漱石写真账》（《漱石全集》2002年版第四卷附录）之中，关于这张照片的解说就引用了《我是猫》第九章之中的这句话。

带子玩耍，结果突然脑袋就挨了一下。可见这是一条不能随意靠近的带子。

难道主人还在思考吗？俗话说"蠢思如睡"①，我从后面向书桌上望去，却看到了一道刺眼的光芒。我不由得接连眨了两三下眼睛，最后还是强忍着向那个奇怪的发光物体瞧去。这下终于发现那光芒原来是由桌子上那个不断移动的镜子反射出来的。但是主人为什么要在书房里摆弄镜子呢？说起镜子那肯定应该在浴室里才对。我今天早晨还在浴室里见到了这面镜子。我之所以特意强调说是"这面镜子"，是因为在主人家里除此之外再也没有别的镜子了。主人每天早晨洗完脸之后梳分头的时候都要用这面镜子——或许有人会问，像主人这样的家伙竟然也会梳分头吗？其实别看他对别的事情都不怎么上心，却唯独对脑袋十分在意。从我来到这个家开始一直到现在，不管多么炎热的时候主人也从没剪过五分的短发，最少也要留两寸长，并且非常夸张地从左边分开，右边则往上一推高高翘起。或许这也是精神病的征兆吧。虽然我觉得他这种装腔作势的分法和这个书桌一点也不协调，但因为并没有影响到其他的人，所以谁也没有对此说过什么。主人自己也得意扬扬。关于主人的分头方法时髦与否暂且不论，且说

---

① 蠢思如睡：愚蠢的思考就像睡着了一样毫无用处。用来嘲笑围棋和将棋等棋类运动中毫无意义的长时间思考的俗语。

他为什么要留这么长的头发，其实是有原因的。他的麻子不只侵蚀了他的脸部，似乎在很早以前就连他的头顶也占领了。所以如果他像普通人那样剪成五分头或者三分头的短发，那么几十个麻子都会在发根处暴露无遗。不管主人怎么抚摸和摩擦，这些坑坑洼洼都无法去除。虽然看起来好像将萤火虫放之于荒野一般多少也有些雅致，但毫无疑问这并不合女主人的心意。既然留长头发就可以将这一缺点隐藏起来，谁还会愿意让自己的短处曝光呢？如果可能的话主人恨不得脸上也长出毛来，将那里的麻子也都盖住才好。因此，根本没有特意花钱将这些免费长出来的毛发剪掉，大事宣扬"我连头顶都被天花给攻陷啦"的必要——这就是主人留长发的理由，而留长发就是他要梳分头的原因，正是出于这个原因主人便要照镜子，所以这面镜子才会在浴室之中，因为主人家只有这一面镜子也是事实。

本应在浴室之中的镜子，而且还是唯一的镜子出现在书房之中，只能是镜子患了离魂病①或者是被主人从浴室拿过来的。如果是主人拿过来的，那他的目的又是什么呢？或许这是进行消极之修行所必需的道具也说不定。过去有位学者去访问某位智识②，只见和尚光着膀子在磨一片砖瓦。他问对方："你在

---

① 离魂病：梦游症。

② 出自《江西马祖道一禅师语录》（《马祖录》）和《正法眼藏》"古镜"之中的故事。"学者"就是马祖道一，"智识"是南岳怀让。

做什么？"对方说："我要做一面镜子，所以在这努力地磨砖瓦。"学者大吃一惊说："就算你是高僧也不可能把砖瓦磨成镜子啊！"和尚笑着说道："是吗？既然如此我就不磨了，这就和你不管读多少书也不可能得道一样是相同的道理吧。"或许主人就是听说了这个故事，所以才从浴室把镜子拿来得意扬扬地摆弄。我心想这下可有好戏看了，便仔细地观察起来。

对我的观察浑然不觉的主人专心致志地盯着那仅有的一面镜子。本来镜子就是令人害怕的东西。似乎在深夜点燃蜡烛，在空旷的房间里一个人照镜子也需要很大的勇气。这家的小姐第一次将镜子摆在我面前的时候，甚至把我吓得整整绕着房子跑了三圈。就算现在是白天，像主人这样拼命地盯着镜子看肯定也会自己觉得自己的模样吓人的。更何况他那张脸本来就不怎么好看。过了一会，主人自言自语道："这脸确实难看。"敢于承认自己的丑陋，这确实值得敬佩。虽然从他现在的模样上来看确实像是有点神经错乱，但所说的话却是真理。如果能再进一步，那他一定会对自己的丑陋感到害怕的。人类如果不能够对自己是个可怕的坏人这件事有透彻的认识，那就称不上是个通晓人情世故的人。而一个人如果不通晓人情世故那就无法得到解脱。到了这个地步，主人似乎终于要说出"哎呀好可怕"了，但最终还是没有说出口。在他说完"这脸确实难看"之后，不知出于何种考虑竟然憋了口气鼓起脸颊，然后用手在脸颊上拍了两三下。不知道他又在搞什么鬼。就在这时，我忽然感觉有什么东西和主人现在这张脸十分相似。仔细思考了一下终于想起，就是女佣的脸。顺便对女佣的脸做一下介绍吧，那是一张很臃肿的脸。前几天有人送来一个穴守稻荷①的河豚灯笼，女佣的脸就和那个灯笼一样。因为过于臃肿甚至连两只眼睛在哪都看不见。河豚的臃肿是浑身溜圆，而女佣由于本来骨骼就棱角分明，所以臃肿起来就像是患了水肿的六角时钟一样。这话要是让女佣知道，她一定会大发雷霆，所以关于女佣的介绍就到此为止，让我们再回到主人这边来。如前所述，主人猛吸了一口气然后鼓起脸颊，一边用手拍着脸颊一边又自言自语道："如果皮肤能够如此紧绷的话麻子就看不见了。"

现在主人将脸转向一旁，在只让半张脸受光的状态下照着镜子，十分感慨地说道："这样看的话就非常明显。果然还是让整张脸都正对着阳光看起来更平整。真是奇怪的东西啊。"然后他将右手向前伸出，在尽可能远的距离上仔细地凝视着镜子，仿佛终于领悟了一样说道："这么远的话看起来就不那么明显了。果然还是不能太近——不只是脸，任何事物都是如此。"紧接着他忽然将镜子横了过来，以鼻根为中心让眼睛、额头和眉毛全都向中间皱皱巴巴地集中起来。我正心想这真是

---

① 穴守稻荷：位于东京都荏原郡羽田村（位于现大田区），俗称羽田稻荷。

太难看了的时候，主人似乎也意识到了这一点，说了句"哎呀，这样不行"便早早作罢了。"我怎么就长了这么一张难看的脸呢？"主人似乎有些难以置信的样子，将镜子又拉回到眼前大约三寸的地方。他用右手食指摸了摸鼻翼，然后将这根手指摁在桌面上的吸墨纸上。鼻子上的油脂在吸墨纸上留下一个小圆点。主人还真是会玩不少花样。随后他又抬起抹完鼻子油脂的那根手指，一下子翻开右眼的下眼皮，完美地做了一个鬼脸。我现在已经搞不明白他究竟是在研究麻子，还是在与镜子进行瞪眼比赛。毕竟主人是个三心二意的家伙，在我观察他的这短短一会儿时间里他就变了好几个花样。但或许事实并非如此。如果善意地用蒟蒻问答来解释的话[①]，主人或许是为了便于见性自觉[②]才像这样对着镜子做出种种举动的。正所谓一切对人类的研究都是自我研究。天地、山川、日月、星辰，这些都只不过是"自我"的另一种叫法罢了。除了自我之外，再也找不到其他任何值得研究的事项。假设人类能够从自我之中脱离出来，那么在脱离的一瞬间就失去了自我。而且自我研究是除了自己之外任何人都做不到的。不管你如何想去研究别人，或者

---

① 强行用佛教的思想来解释对方的意思。"蒟蒻问答"原本是一段落语，讲述的是一名蒟蒻店老板乔装成一名禅僧，结果他一言一行都被另一名真正的禅僧误以为具有深刻的真理，对他佩服得五体投地。

② 见性自觉：禅语，意思是领悟自己的本性。

请求别人来研究自己，都是不可能的事情。所以自古以来的英雄豪杰，无一不是凭借自身的力量成为英雄豪杰。如果通过别人能够了解自己，那就像是请别人替自己吃牛肉，然后判断牛肉是软是硬一样。朝闻法、夕闻道，梧前灯下[①]、书卷在手，都只不过是激起自证[②]之意的一种手段罢了。在别人讲述的法则、他人所说的道理以及堆积如山的虫蛀书堆里，不可能有自我存在。就算有也只是自我的幽灵。当然，在某些情况下，幽灵或许也好过无灵。因为就算是捕风捉影也总有机会遇到正体，毕竟绝大多数的影子与正体都是形影不离的。如果主人是在这个意义上摆弄镜子，倒也是个通情达理之人。至少在我看来，要比那些盲目推崇爱比克泰德的所谓学者要好得多了。

正如镜子是自恋的酿造器一样，镜子同时也是自大的消毒器。如果心存浮华虚荣之念照镜子，那恐怕再也没有比镜子对愚蠢之物更有煽动力的东西。自古以来因为狂妄自大而导致的害人害己之事有三分之二都是拜镜子所赐。就像法国大革命时期有一个好事的医生因为发明了改良的断头台[③]而犯下滔天大罪

---

① 指书房。"梧前"是梧桐木的书桌之前，"灯下"是灯火之下。

② 自证：凭借自己的力量获得领悟。

③ 法国医生约瑟夫·伊尼亚斯·吉约坦（Joseph Ignace Guillotion，1738~1814）对断头台进行了改良（并非发明），因此新型的断头台以他的名字命名为guillotion。在法国大革命之际不计其数的人死于其上。

一样，第一个制造镜子的人肯定也是寝食难安吧。但若是在自暴自弃或者萎靡不振的时候照镜子，那就再也没有比镜子更能治愈自己的良药。因为镜子里的自己究竟是美是丑一目了然。定能使人发觉到"自己生就这样一副尊容竟然也能够在人前大模大样地活到今天"这一事实。而发觉到这一点的时候，正是人生中最值得庆幸的时节。再也没有比自己认识到自己的愚蠢更难能可贵的事了。在这种自知之明面前，所有的狂妄之人都不得不低下头来、甘拜下风。就算对方高傲地对主人进行侮辱和嘲讽，但在我看来这种高傲正是低头认输的表现。虽然主人并非照了镜子就能够领悟到自己愚蠢的贤者，但却是能够公平地认识到自己脸上长有痘痕的男人。承认自己样貌的丑陋或许能够成为他领悟到自己内心卑微的阶梯。由此可见主人也是个可靠之人。或许这是受哲学家的启发也说不定。

我一边这样想着一边继续观察，依然对我的观察浑然不觉的主人在尽情地做完鬼脸之后自言自语道："好像充血有些严重，果然是慢性结膜炎吧。"紧接着就用食指一个劲地揉已经充血的眼睑。大概他的眼睛感觉很痒吧，只是眼睛已经那样红了，再这样用力揉可有些不妥。恐怕用不了多久便会像盐鲷鱼的眼珠一样腐烂的。过了一会主人睁开眼睛又向镜子望去，果然他的眼睛混混浊浊就像北国冬日的天空一般阴沉沉的。本来他的眼睛平时就不怎么清澈，现在要是夸张点说的话那就是已经混沌到连黑眼珠和白眼珠都难以分辨的地步了。就像他的精神恍惚不得要领一样,他的眼睛也总是暧暧昧昧地漂在眼窝的深处。这可以说是胎毒的所为,也可以说是痘疮的余波,主人小时候似乎没少受柳虫①和赤蛙的关照,但他母亲的一番心血却没有起到任何效果,直至今日主人的眼睛还和刚出生时一样模模糊糊的。我暗自思忖,主人的这一状态绝非胎毒或痘疮所致。他的眼球之所以彷徨在如此晦涩混浊之悲境,完全是由他的头脑不透不明之实质所造成的,而且因为其头脑已经达到暗淡溟蒙之极致,自然要表现在形体之上,结果就给对此浑然不知的母亲造成了不必要的担心吧。浓烟起处必有大火,眼睛混浊便是愚蠢之铁证。由此可见,主人的眼睛就是主人心灵的象征,正因为他的心灵犹如天保钱②一般中间有个大洞,所以他的眼睛也和天保钱一样,虽然大却毫无用处。

现在主人又开始捻自己的胡须了。他那本来就不守规矩的胡须一直都是随心所欲地胡乱生长。然而即便在个人主义流行于世的今天,像这样千奇百怪地极尽任性之能事的胡子还是给主人带来了不小的困扰,有鉴于此,主人最近也开始对胡子进行严格的训练,竭尽全力对胡子进行系统的安排。主人的努力没

---

① 柳虫:柳树上的虫子,据说与赤蛙都是治疗小儿脓肿和抽风的妙药。

② 天保钱:天保通宝的俗称。进入明治时代之后大幅贬值,因此又被引申为愚蠢之人、落后于时代之人的代名词。

有白费，如今他的胡子总算是稍显步调一致。如果说之前他只是任由胡子自然生长，那现在则可以骄傲地说是在有计划地留胡子了。努力得到回报会使人备受鼓舞，主人见自己的胡子这么有前途，便每天从早到晚只要一有工夫就对胡子大加鞭策。他的目标是留出像德意志的皇帝陛下那样积极向上的胡子①。所以也不管毛孔究竟是朝向两边还是朝向下方，他都不分青红皂白地全都向上拽。这样一来胡子自然受苦，胡子的主人也难免疼痛。然而训练就是训练，不管喜欢与否都要进行。虽然在外行看来这似乎是一种莫名其妙的癖好，但对当事人来说却是理所当然的行为。就像教育者擅自矫正学生的本性，还夸耀这是自己的功劳一样，完全没有指责的道理。

　　主人正带着满腔的热忱训练自己的胡子之时，厨房里传来多角形之女佣的声音说："您的信件到了。"随后她那红通通的手就伸进书房之中。右手抓着胡子，左手拿着镜子的主人回头向书房门口望去。多角形一看见主人那被训练成倒八字的胡须，立刻跑回厨房去趴在锅盖上"哈哈哈哈"地笑个不停。主人则毫不在意，慢悠悠地放下镜子拿起信件。第一封信是铅字印刷的，上面的文字十分严肃。内容如下：

---

　　① 威廉二世（Friedrich Wilhelm Viktor Albert, 1859~1941），留有两边向上高高翘起的胡子，被称为"皇帝胡"。

敬启者。祝日益安康。回顾日俄之战役，我国忠勇义烈之将士，乘连战连胜之势，创恢复和平之功，今有大半已于万岁声中高奏凯歌而还，国民之欢喜难以言表。此前宣战大诏颁布之时，义勇奉公之将士久驻万里之外，于异境克服寒暑之苦，全力以赴投身于战斗，不惜为国捐躯之至诚，皆值得我们永世铭记。因军队之凯旋将于本月宣告结束，故此本会定于二十五日，代表本区普通市民为本区一千余名出征将士举办凯旋祝贺会兼对军人遗属致以深切之慰问。若能有幸得到诸位之赞助，使本次盛典顺利举行，将是本会至高无上之荣幸。望诸君踊跃赞助，不胜期盼。此致敬礼。

看样子寄信人是一位华族。主人默读了一遍之后直接把信又放回信封之中，脸上一副佯装不知的表情。捐助之类的事主人怕是不会去做的。前几天因为东北粮食歉收，主人捐了不知道两日元还是三日元，结果他逢人便说自己被义捐敲诈了。既然是义捐那就是心甘情愿的，怎么能说是被敲诈呢？又没有遇上强盗，说被敲诈是极为不妥的。因此对于把义捐当成遭贼一样的主人来说，不管是为了欢迎军队，还是华族大人的劝说都不好使，除非来点硬的，否则仅凭这么一张铅字印刷的书信是断然不会掏出钱来的。在主人看来，欢迎军队之前应该先欢迎自己才是。等欢迎完了自己之后，或许才会去欢迎其他人，但现在连主人自己都处于朝不保夕的境地,因此欢迎一事还是交给华族大人们去操心吧。主人又拿起第二封信,嘴里说道:"呀,这个也是铅字印刷的。"

时值秋冷之际,谨祝贵府日益兴盛。本校之事如您所知,自前年以来,因被两三名野心家所扰而一时陷入绝境。此皆不肖针作无能所致,故我深刻自省、卧薪尝胆、苦心思索,终于想出凭借一己之力筹集修建吾理想中新校舍经费之方案。此方案既出版名为《别册裁缝秘术纲要》一书,本书乃不肖针作对工艺上之原理原则进行多年苦心研究之后所作呕心沥血之著述,为使本书能够于一般家庭之中普及,故只在成本之外附加些许利润,诚愿此举可为裁缝技术之发展略尽绵力,同时亦可积蓄微薄利润作为修建校舍之经费。虽诚惶诚恐,仍求诸位购买《别册裁缝秘术纲要》一册赠予贵府之侍女,作为本校建筑经费之赞助。恳盼回复、不尽欲言。

大日本女子裁缝最高等大学院

校长缝田针作九拜

如此郑重的书信,主人竟然冷淡地将其揉成一团,"啪"的一声扔进了纸篓里。针作君好不容易的九拜和卧薪尝胆全都没起到任何作用,着实可怜。轮到第三封信了。这第三封信可是与众不同。信封上印着红白相间的条纹①，就好像糖棒店的招牌一样十分华丽，在信封的正中间以粗粗的八分体②写着"珍野苦沙弥先生虎皮下③"几个大字。虽然不知道在信封的里面有没有阿多福④，但仅从外表上来看可是相当漂亮。

若以我律天地，我将一口吸尽西江水⑤，若以天地律我，我则仅是陌上之微尘。一定要问，天地与我有什么交涉……第一个吃海参的人，其胆量可敬，第一个吃河豚的人，其勇气可嘉。吃海参的人乃亲鸾⑥之再世，吃河豚的人为日莲⑦之化身。

---

① 根据武藏大学名誉教授今井淳的指教，在历史学家斋藤阿具的家中就曾经有这样的"信封"。《我是猫》连载当时斋藤在仙台第二高等学校担任教授，漱石就借住在斋藤的家中。

② 八分体是隶书体的两种形态之一。隶书的两种形态（也可以代表两个阶段）为汉隶和八分。

③ 虎皮下：指地上铺着虎皮作为装饰的身份显赫之人，用在书信中常写在收信人名字旁边。

④ 有一种糖棒在断面上有阿多福的头像，因此卖糖的商家常用"糖里有阿多福"作为宣传，这里的意思是"不敢保证信中会是什么内容"。

⑤ 指一气呵成、贯通万法。西江是位于中国南部的一条大河，珠江水系的干流之一。这句话出自宋·释道原的《景德传灯录·居士庞蕴》："后之江西，参问马祖云：'不与万法为侣者是什么人？'祖云：'待汝一口吸尽西江水，即向汝道。'"

⑥ 亲鸾（1173~1262）：日本镰仓初期僧人。净土真宗创始人。

⑦ 日莲（1222~1282）：日本镰仓时代的高僧。佛教日莲宗的开山祖师。

至于苦沙弥先生则只知凉拌葫芦干。吃凉拌葫芦干而成天下之士者，吾未见之……

亲友会出卖你，父母会管束你，爱人会抛弃你。富贵非长久之物，爵禄亦一朝尽失。就连秘藏在你头脑之中的学问也会发霉。你有何依靠，天地间究竟有何可以依靠？神吗？

神无非是人类在深受折磨之余所捏造出的土偶，是人类苦痛至极时所排泄之物凝结而成的臭骸。依靠这不可依靠之物却妄言心安。咄咄，简直是如同醉汉一般胡言乱语、步履蹒跚地走向坟墓。油尽灯自灭，业尽何物遗。苦沙弥先生请喝杯茶①……

若不以人为人则无所畏惧。不以人为人者，如何愤慨不以吾②为吾之世。权贵荣达之士理所当然地不以人为人。只在他人不以吾为吾之时方怫然变色。随他变色。混账东西……

吾以人为人，他人却不以吾为吾之时，不平家则爆发式地从天而降。这一发作性之活动即被称为革命。革命并非不平家之所为，乃权贵荣达之士所好之产物。朝鲜多产人参先生何故不服？

在巢鸭天道公平再拜

---

① 出自禅语"吃茶去"，原文是"有饭吃饭、有茶吃茶"，意思是不要再多劳心费神，稍事休息，是禅宗用来警醒对方的语言。

② 指自己。

针作君尚且九拜，这位只有再拜。只是因为没有请求赞助便傲慢地省略了七拜。这封信虽然没有请求赞助，却十分晦涩难懂。不管向哪一家杂志投稿都有充分的理由不被采用，因此以头脑不清楚著称的主人必然会将这封信撕个粉碎，但出乎我意料的是，主人竟然仔仔细细反反复复地将这封信读了好几遍。或许他觉得在这封信之中有什么深刻的含意，所以才不厌其烦地想要找出这隐藏的含意。天地之间有那么多意义不明的东西，但没有一个是无法解释的。不管多么晦涩难懂的文章，只要想解释都很容易。说人愚蠢也好说人聪明也罢，都是易如反掌。不仅如此，哪怕说人类是狗或者人类是猪，也不是什么困难的命题。说山很低也无所谓，说宇宙很小也没毛病。说乌鸦是白的、小町①是丑女、苦沙弥先生是君子也都说得通。所以即便是像这样毫无意义的一封信，只要强行给它加上点歪理，也会变得有意义。主人本就是对自己不认识的英语单词也能够牵强附会地进行讲解的人，所以对于这封信就更要做出合理的解释了。曾经有学生问他，明明天气不好为什么还要说"good morning"，结果他整整思考了七天，还有学生问"Columbus"用日语怎么说，他也想了三天三夜，因此对他来说，不管是

---

① 小町：日本平安初期的女诗人，被列为平安时代初期六歌仙之一。据说风华绝代，但由于当时没有留下画像等任何记载，所以亦无法断定流传甚广的绝色美女形象是否符合史实。

"吃凉拌葫芦干成天下之士"还是"吃朝鲜人参引发革命",简直到处都可以随意地解释。主人似乎以解释"good morning"的方法将这些晦涩难懂的文字解释了一遍,然后对这封信大加赞赏道:"真是意味深长。写这封信的一定是个对哲学相当有研究的人。多么令人钦佩的见解啊。"虽然通过这句话就能看出主人是个多么愚蠢的人,但仔细想来这也是理所当然的。主人确实有对搞不明白的东西大加赞赏的毛病。但有这毛病的人却绝不止主人一个吧。搞不清楚的东西让人不敢冒犯,高深莫测的东西则充满高雅之感。因此俗人总是将自己不懂的事吹嘘得好像自己很懂一样,而学者则将自己很懂的事解释得让人完全不懂。在大学的课堂上,讲述的内容让人听不懂的人往往大受好评,而将课程讲得明明白白的人却不受欢迎。主人敬佩这封信也不是因为了解了其中的意义,而是因为一点也搞不明白信中的主旨何在。一会出现海参,一会又出现臭骸。所以主人尊敬这封信的唯一理由,是因为一点也搞不明白。但要是一点也不明白的话心里总觉得不踏实,所以就要擅自加些注释做出一副懂了的样子。将不懂的东西自以为是地搞懂并将其尊敬起来,自古以来就是一件乐事——主人毕恭毕敬地将八分体的墨宝重新折好放在桌子上之后又两手揣在怀里陷入冥思。

就在这时,玄关处传来"打扰了打扰了"的声音。听声音像是迷亭,但这行为却又不像,若是迷亭的话早就不打招呼直接进来了。主人虽然听见了叫门声，但却一直坐在书房里纹丝不动。大概是认为开门迎客不是自己的责任吧，所以主人是绝不会从书房里走出去打招呼的。女佣出门去买肥皂了，女主人则正在上厕所。这样一来能出去迎接的只剩下我了。但我也不想出去。于是客人自己从脱鞋处走上台阶板，打开拉门大摇大摆地走了进来。真是有什么样的主人就有什么样的客人。我本以为客人会去客厅，但接连听到两三声拉门被打开的声音，如今客人已经走到书房门前了。

"喂，开什么玩笑啊。你在干什么呢？来客人了。"

"哎呀，是你啊。"

"什么叫是你啊？既然你在家怎么不吱一声呢？我还以为你家里没人呢。"

"嗯，我刚才正在思考问题。"

"就算在思考问题，至少也该说句请进吧。"

"说倒是也能说。"

"你还是老样子，很沉得住气嘛。"

"因为我最近在努力进行精神的修炼。"

"好兴致啊。但要是等你修炼到不能答话的那一天，来的客人可就遭殃喽。你那么沉得住气客人可吃不消啊。其实我不是一个人来的。还带了一位不得了的客人呢。你赶紧出来招待一下吧。"

"带谁来了？"

"你就别管了快出来吧。人家说一定要见你一面。"

"到底是谁啊？"

"都说别管了，快起来。"

主人依旧两手揣在怀里站起身说道："你又来捉弄人吧？"然后漫不经心地从檐廊转向客厅。只见在客厅六尺壁龛的对面，肃然端坐着一位老人。主人不由得将双手从怀里抽了出来，一屁股坐在纸隔扇的旁边。但这样一来他就和老人一样都面朝西边，双方没办法面对面地交流。而过去的老人则都讲究那些繁文缛节。

"请上座。"老人用手指着壁龛的方向对主人说道。主人直到两三年前还认为坐在壁龛跟前是无所谓的事情，但后来他听别人说，壁龛是由上座房间[①]演变而来的，原本是上使[②]所坐的位置，打那以后主人就再也不坐在壁龛旁边了。特别是眼前这位初次见面的老人一副固执的模样，主人哪还敢上座，甚至连话都说不利索，只能一个劲地点头重复对方的话道："请上座。"

"不，那样的话不便交流，请您上座。"

"不，那样的话……还是请您上座。"主人含含糊糊地重复

[①] 上座房间：宫殿建筑中比下座房间地板高一台阶的房间，用于主君会见家臣。后来在书院建筑中为贵宾所坐的位置。

[②] 上使：日本江户幕府派往各大名处的使者。

对方的话。

"您请，您如此客气，反倒是让我于心不安、过意不去。请不要客气，请上座。"

"您如此客气……过意不去……请。"主人满脸通红结结巴巴地说道。看样子精神修炼也没什么效果。迷亭君站在隔扇旁边看了会儿笑话，觉得也差不多是时候了，便从后面推着主人的屁股说道："好了你快去吧。你要是坐在这的话那我不就没地方坐了吗？别客气了，去吧。"被他这么一搅和，主人迫不得已只能往前挪了挪。

"苦沙弥君，这就是我经常和你提起的静冈那位伯父。伯父，这就是苦沙弥君。"

"初次见面，听说迷亭总来府上叨扰，我一直想找机会亲自前来聆听高见，所幸今日路经此地，便趁此机会登门拜访，今后还望多多指教。"老人古风十足地侃侃而谈。主人则因为交际狭窄、不善言辞，再加上从没见过这么古风的老人，所以一上来就有些畏缩不前、束手无策，被老人这一番话搞得连朝鲜人参和糖棒信封都忘到了脑后，只能迫不得已地勉强答道。

"我也……我也……正想去拜访您……请多多关照。"说完主人从榻榻米上微微抬起头来，却发现老人还保持着叩头的姿势，于是主人马上又战战兢兢地把头低了下去。

老人看准时机一边起身一边说道："我在这里也有房子，

曾在将军膝下①居住多时，但自从幕府瓦解之后我便迁居别处，再也没有回来过了。这次故地重游，简直完全分不清方向——若非有迷亭相伴，我恐怕一件事也办不成。正所谓沧海桑田，想不到自从德川幕府成立以来三百年，那样声望显赫的将军家……"迷亭先生知道这位伯父一打开话匣子就收不住，急忙打断道：

"伯父，将军家或许很是尊贵，但明治时代也不错啊。过去没有红十字会②吧？"

"没有。完全没有叫红十字会的东西。特别是能够亲眼见到宫大人的尊容，这是只在明治时代才能做到的事啊。我也多亏活得够久才有幸出席今日之盛会，亲耳聆听宫大人的声音，死而无憾矣。"

"时隔这么多年，只是再来东京看看就很值得啦。苦沙弥君，伯父这次是为了参加红十字会的成员大会才专程从静冈赶来的，今天我们去了上野，刚从那回来。你看他身上还穿着我上次在白木屋给他定做的那件礼服大衣呢。"迷亭提醒道。这位老人确实穿着礼服大衣，但穿是穿着，却一点也不合身。袖子太长、领子太松、后背凹下去一大块、腋下则高高吊起。就算故意要做

---

① 将军膝下：幕府将军居住的都城，相当于中国所说的天子脚下。

② 日本红十字会成立于1887年，后文中提到的"宫大人"指的是当时的红十字会总裁闲院宫载仁亲王，此人乃日本皇族。

得不合身,也做不到这么夸张的程度。不仅如此,老人身上的白衬衫和白衬领还各自为政,只要一仰头就能从中间看到喉结。而那条黑领带更是不知道究竟属于衬领还是属于衬衫。如果说礼服还算勉强能看,那老人头上白发苍苍的丁髻则绝对是一大奇观。至于那把著名的铁扇,就摆在他的腿边。主人这时候才终于恢复了清醒,将精神修炼的结果都用在了老人的服装上,不由得感到有些惊讶。他本以为事情并不像迷亭说的那样夸张,但今日亲眼所见发现竟然比迷亭所说有过之而无不及。如果自己的麻子可以作为历史研究的材料,那这位老人的丁髻和铁扇绝对具有更高的研究价值。主人本想打听一下这把铁扇的来历,却又不好意思突然发问,但要是就这样一言不发又觉得有失礼节,于是便只能十分寻常地问道:"今天人很多吧?"

"那可真是人山人海,而且那些人全都一个劲地盯着我看——似乎现在的人都爱看热闹呢,过去可不是这样的。"

"是啊,如您所说,过去可不是这样的呢。"主人也似乎很老成地说道。但这并不是主人故意要显示自己见多识广,就只当是他那朦胧的头脑所说出的一句胡话吧。

"而且呢,大家的目光都在这个'甲割'[①]上。"

[①] 经常被认为是铁扇,但根据笹间良彦所著《图录日本甲胄武具事典》的解释,甲割是"形似铁尺,带有木制柄鞘的短刀,俗称破甲刀,与铁尺一样都是护身用"。

"这把铁扇①一定很重吧。"

"苦沙弥君,你掂量一下试试。相当沉呢。伯父你让他看看。"

老人吃力地拿起铁扇递给主人说道"请看"。苦沙弥先生好像在京都黑谷②参拜的人接过莲生坊③的太刀一样接过铁扇,掂量了一会之后说道"确实很沉",然后将铁扇还给老人。

"大家都把这个叫作铁扇,但其实这是甲割,跟铁扇完全是两个不同的东西……"

"哎?那这是做什么用的呢?"

"用来击碎敌人的盔甲——趁敌人眼冒金星的时候取其性命。据说在楠木正成④的时代开始就有了……"

"伯父,难道说这就是正成的那把甲割吗?"

"不,我也不知道这是谁的。但确实有年头了。或许是建武⑤时代的东西。"

---

① 骨架由铁制的扇子,或者与折起的扇子一样的铁制物体。

② 黑谷:位于京都市左京区黑谷町的金戒光明寺的俗称。

③ 莲生坊:熊谷直实(1141~1208),镰仓初期源氏的武将,后成为新黑谷(金戒光明寺)法然的徒弟,改名莲生。在金戒光明寺中还留有他的遗物。

④ 楠木正成(1294~1336):幼名多闻丸,明治时代起被尊称大楠公,为镰仓幕府末期到南北朝时期著名武将。在推翻镰仓幕府、中兴皇权中起了重要作用。

⑤ 建武:日本后醍醐天皇年号,1834~1838年。

"或许是建武时代的东西,但寒月君可吃不消呢。苦沙弥君,刚才回来的路上正好路过大学,我就顺便去了趟理科,让伯父也看看物理实验室。结果因为这个甲割是铁的,把那些磁力器械搞出问题啦,场面可混乱呢。"

"不,不可能。这是建武时代的铁,品质极佳,所以绝对不会惹出那样的祸端。"

"不管品质多好的铁都不行。既然寒月都这样说了,那就没办法啊。"

"你说的寒月,就是那个磨玻璃球的人吗?现在的年轻人真是可怜,就不能做点什么有意义的事吗?"

"可怜啊,那就是他的研究。只要磨好了那个玻璃球,就能成为了不起的学者呢。"

"要是磨好了玻璃球就能成为了不起的学者,那谁都行了。我也行,玻璃店的老板也行。做那种事的在中国叫作手艺人,身份很低贱。"说着他将脸转向主人暗自寻求赞同。

"原来如此。"主人敷衍地答道。

"当今世上的所有学问都是形而下学①,看似不错,但到了关键时刻就全都不顶用啦。过去可不一样,武士们都是以命相

---

① 形而下学:与对事物的本质和根本进行研究的形而上学相对,对具体的事物和现象进行分析与研究的学问,这里有批判的意味。

搏，所以必须进行心灵上的修炼以防在关键时刻狼狈不堪，想必你也是知道的，那可不是像磨磨玻璃球、搓搓铁丝这么简单的事情。"

"原来如此。"主人再次敷衍地答道。

"伯父，所谓心灵上的修炼就是不磨玻璃球，袖手而坐吧？"

"你要是这么理解可就错了。绝非如此轻松的事情。孟子云'求放心'。邵康节说'心要放'。佛家的中峰和尚则提倡'具不退转'①。相当不容易领悟呢。"

"还真是没有领悟。到底应该怎么做才好呢？"

"你读过泽庵禅师②的《不动智神妙录》③吗？"

"听都没听说过。"

"心应置于何处？若置于敌之身动，则心为敌之身动所取。若置于敌之太刀，则心为敌之太刀所取。若置于敌之斩杀，则心为敌之斩杀所取。若置于我之太刀，则心为我之太刀所取。

---

① 以上内容均出自泽庵禅师的《不动智神妙录》。"求放心"指的是找回已经放出的心。"心要放"则是指解放心灵。"具不退转"意思是不能半途而废。邵康节（1011~1077）是北宋的儒家。中峰和尚是元代的禅僧。

② 泽庵禅师（1573~1645）：临济宗的高僧，精通诗歌、俳句、茶道，为东海寺之开山祖师。

③ 《不动智神妙录》：泽庵禅师与柳生但马守宗矩之间的问答，以剑道的语言来阐述禅的真谛。

若置于我不被斩杀,则心为我不被斩杀所取。若置于人之戒备,则心为人之戒备所取。故言之,心无置处。"

"竟然一字不差地全背下来了。伯父的记忆力真好啊。这可真够长的。苦沙弥君你明白了吗?"

"原来如此。"主人又用这句话敷衍了过去。

"是吧,你也这么认为。心应置于何处?若置于敌之身动,则心为敌之身动所取。若置于敌之太刀……"

"伯父,关于这件事苦沙弥君已经很明白了。最近他每天都在书房之中进行精神的修炼呢。甚至连来了客人他都无动于衷,可见已经是心无置处了吧。"

"哎呀,那可真令人钦佩——你也和他一起修炼一下怎么样?"

"嘿嘿嘿,我可没有那闲工夫。伯父您自己整天轻松自在,就以为别人也都游手好闲吗?"

"难道你不是整天游手好闲吗?"

"我可是闲中自有忙啊。"

"对了,就因为你太疏忽,所以我才说你必须修炼才行。成语说的是忙中自有闲,可没听说过什么闲中自有忙。是吧,苦沙弥先生?"

"嗯,我也没听说过。"

"哈哈哈哈,要是你们两人联起手来那我就只能认输啦。

"对了,伯父,既然你好久没来东京了,要不要去吃鳗鱼?竹叶①也行,我请客。坐电车的话很快就到了。"

"鳗鱼固然不错,但今天我约好了一会要去和沙原见面,这就要告辞了。"

"啊,是杉原吗?那位老人也很了不起呢。"

"不是杉原,是沙原。你总是说错话让我很头疼啊。特别是叫错别人的名字可是很失礼的。不注意可不行。"

"但不是写作杉原吗?"

"写作杉原读作沙原啊。"

"真奇怪啊。"

"有什么奇怪的?这是古已有之的名目读法②。比如蚯蚓的和名叫作'目不见',这就是名目读法。和蛤蟆读作'仰朝天'是一样的。"

"哎?真长见识。"

"蛤蟆被打翻在地就会仰面朝天。所以名目读法就读作'仰朝天'。透篱笆读作通篱笆,茎立菜读作茎类菜,都是同样的道理。只有乡巴佬才把杉原读作杉原。要是不注意点的话可会

---

① 竹叶:当时位于京桥区(现东京中央区)新富町的竹叶亭。在尾张町新地还有分店。

② 名目读法:由习惯而来的叫法。在泽庵禅师的《结绳集》中有相同的记述。

遭人耻笑。"

"那么，现在就要去见那个沙原吗？不好办啊。"

"你不想去的话不去也行。我一个人去。"

"您一个人行吗？"

"走着去可不行。帮我雇辆车，我从这坐车去。"

主人谨遵命令立刻叫女佣去雇车。老人又滔滔不绝地说了一堆客套话，然后将圆顶硬礼帽戴在丁髻上走了。迷亭则留了下来。

"那就是你的伯父吗？"

"那就是我的伯父。"

"原来如此。"说完主人又在坐垫上将双手揣进怀里陷入沉思。

"哈哈哈，确实是个豪杰吧？我对有这样一位伯父也觉得很自豪呢。不管带他去哪都是那副模样。你一定也大吃一惊吧？"迷亭君以为自己成功地吓倒了主人，故而十分开心。

"也不怎么吃惊。"

"这样都不吃惊，那你可真是胆力过人。"

"不过你的那位伯父似乎有很了不起的地方呢。我对他主张精神修炼这一点十分敬佩。"

"敬佩虽然也没问题。不过等你六十岁的时候或许也会和我的伯父一样，成为落后于时代的人呢。你要振作点才好，成为落伍者的候补可不是什么好事。"

"你总是害怕落后于时代，但在有些时候和场合，落后于时代反而更好呢。比如现在的学问吧，全都争先恐后地向前发展，不管走到哪里都没有个尽头。这样是永远也不可能得到满足的。而我们日本的学问虽然消极却具有很重要的意义。因为重点在于心灵的修炼。"主人将之前从哲学家哪里听来的一番话当成自己的见解说了出来。

"说的还挺像回事呢。但怎么跟八木独仙君的说辞一模一样？"

听到八木独仙这个名字主人不由得一惊。其实之前拜访卧龙窟，对主人进行一番说教之后便悠然离去的那位哲学家正是这位八木独仙君，刚才主人装腔作势的这一番论述全都是从八木独仙那里现学现卖，他本以为迷亭不认识这个人，可没想到迷亭竟然第一时间就说出了这位先生的名字，这无异于给主人当头泼了一盆冷水。

"你也听说过独仙的观点吗？"主人心神不定地追问道。

"有什么听没听过的，那家伙的观点，从十年前在学校的时候开始一直到今天就没变过。"

"真理都是不会改变的，既然没变说不定是值得信赖的观点呢。"

"就是因为有像你这样的人捧场，独仙才能混到现在啊。首先八木这个姓就取得很好,因为他长着山羊胡①嘛。自从住宿舍的时候他就是这副模样了。名字叫独仙也很古怪。以前有一次他来我家投宿,照例说了一通消极的修炼之类的观点。因为他总是不断地重复同样的事情,我就问他你不睡觉吗,他正讲到兴头上,只说了一句我不困就继续侃侃而谈,可见这消极论给人添了多少麻烦。我最后没办法了只好说虽然你不困,但是我很困了,让我睡觉吧。就这样总算是睡下了——结果那天晚上老鼠出来把独仙君的鼻子给咬了。大半夜的折腾出很大动静。先生虽然看似大彻大悟的样子却仍然很珍惜自己的性命,对被老鼠咬了一事十分担心,对我说鼠毒要是扩散到全身可就麻烦了,你赶紧给我想点办法。我也没什么办法,只好去厨房拿了饭粒贴在纸片上敷衍了事。"

"怎么做的?"

"我说这是进口的膏药,是德国的名医新发明出来的,印度人被毒蛇咬伤之后一贴就好,只要贴上这个你就没事啦。"

"你从那个时候就这么会胡说八道了啊。"

"……独仙君是个老实人,对我的话深信不疑,贴上之后就继续安心地呼呼大睡了。第二天起来一看,膏药下面竟然垂着几根线头,原来是把他的胡子给粘住了,你说好笑不好笑?"

---

① 日语里"八木"和"山羊"读音相同。

"现在他似乎比那时候更神气了呢。"

"你最近见过他吗？"

"大概一周之前他刚来过，我们聊了挺长时间呢。"

"难怪你刚才提到独仙的消极论。"

"其实我听他说起的时候还十分佩服呢，所以才下定决心要发奋修炼的。"

"发奋倒也没什么不好。但不管别人说什么都相信那就显得太傻了。你这个人啊就是不管别人说什么都信以为真这点不行。独仙其实就会耍嘴皮子，到了关键时刻跟你我也没什么两样。你还记得九年前的那场大地震①吗？当时从宿舍二楼跳下去摔伤的只有独仙君一个人。"

"关于那件事他本人不是颇有说辞吗？"

"是啊，要是按他自己的话说那可是相当了不起。因为禅家机锋峻峭，才能在电光石火之间临危不惧作出判断。其他人一听说地震都狼狈不堪乱了阵脚，只有自己从二楼的窗户跳了下来，这都是多亏了平时的修炼。他说出这番话的时候虽然一瘸一拐却还喜不自胜呢。真是个嘴硬的家伙啊。再也没有比一提起禅啊佛啊就来精神的家伙更奇怪的了。"

"大概是吧。"苦沙弥先生有些底气不足。

---

① 1894年6月20日，东京地区遭遇了一场大地震。

"他上次来的时候跟你说了不少好像禅宗和尚的梦话一样的东西吧?"

"嗯,说什么电光影里斩春风。"

"又是电光吗?那是他十年前就在用的老把戏了,所以才更好笑啊。说起无觉禅师①的电光,宿舍里可是无人不知无人不晓呢。而且先生在焦急的时候总会把这句话的顺序搞颠倒说成春风影里斩电光,有趣极了。下次你也试一试,当他滔滔不绝地讲述自己的论调时,你就逐一反驳。很快他就会语无伦次的。"

"碰上你这样胡说八道的家伙,谁能受得了啊。"

"还不知道是谁在胡说八道呢。我最讨厌禅僧和悟道者之流。我家旁边有个叫南藏院的寺庙,那里住着一个八十来岁的隐士。前几天下雨的时候一道大雷落在寺庙的院子里,将隐士家门前的松树一劈两半。据说那位老人当时泰然自若毫不惊慌,但仔细一打听才知道原来他已经聋啦。那肯定泰然自若了。差不多都是这个意思吧。独仙要是自己修炼也就罢了,但他总是蛊惑别人这就不太好。其实在独仙的影响下有两个人都疯掉了。"

"谁啊?"

"还问是谁?一个是理也陶然。他被独仙坑得对禅学产生

---

① 这是迷亭模仿无觉禅师对独仙的讽刺,"无觉"有"无知"的意思。

了浓厚的兴趣于是就去了镰仓,终于在那里疯了。圆觉寺①门前不是有个铁路道口吗?他跑到那铁轨上坐禅,嚣张地说要让对面来的电车停下来。本来是电车及时停下才让他保住性命,结果他却觉得自己刀枪不入、金刚不坏,又跳进圆觉寺的莲池之中,结果噗噗地灌了一肚子水。"

"死了吗?"

"当时幸好有道场的和尚路过才救了他,后来他回到东京,终于因为腹膜炎死了。虽然死因是腹膜炎,但导致他罹患腹膜炎的原因却是在寺院里整天吃麦饭和咸菜,可以说他是间接被独仙害死的。"

"过度地热衷于一件事也很难说是好还是坏啊。"主人心有戚戚焉地说道。

"是啊。还有一个同学也被独仙坑害了呢。"

"真令人担心啊,另一个是谁呢?"

"立町老梅君啊。他对独仙的言论深信不疑,整天说些鳗鱼升天之类的话,最后还终于成真了。"

"什么成真了?"

"终于鳗鱼升天、肥猪成仙了啊。"

"什么意思啊?"

---

① 圆觉寺:位于镰仓山之内的临济宗圆觉寺派本山。漱石也曾去那里参禅。

"如果八木是独仙的话，那立町就是猪仙，像他那么贪吃的人我就再没见过第二个，如果那么贪吃再加上禅僧的疯狂那就彻底没救啦。一开始我还没发觉，现在仔细想来他那时候就已经很奇怪了。他来我家的时候净说些'那棵松树的下面没飞来过炸肉饼吗'，'我老家的鱼糕都坐在板子上游泳'之类的疯话。要光是说还好，他还一个劲地催我去门口的脏水沟里挖金团①，连我都要告饶。又过了两三天他终于成了猪仙被关进巢鸭了。本来肥猪是没有发疯的资格的，多亏了独仙他才能有此成就啊。独仙的势力也相当强大。"

"哎，他如今也还在巢鸭吗？"

"何止在啊，还很嚣张狂妄呢。前不久他说立町老梅这个名字太俗气，于是自号天道公平，将自己比作天道的化身。简直让人瞠目结舌。你也去看看他吧。"

"天道公平？"

"是啊，天道公平。明明是个疯子却取了这么个好名字。有时候也写作孔平。他认为世人皆醉，而自己一定要拯救大家，就一个劲地给朋友或者随便什么人写信。我也收到过四五封呢，其中有写得特别长的，结果我还补交了两次邮费。"

"这么说我收到的那封信也是老梅寄来的了？"

---

① 金团：用地瓜馅包裹上甘栗或扁豆制成的日式点心。

"你也收到了吗？这就有趣了，是红色的信封吧？"

"嗯，正中间是红色的，左右两边是白色的。很奇特的信封。"

"据说那是他特意从中国搞来的呢，意味着猪仙的格言，天之道为白、地之道为白，人在中间则为红……"

"竟然是这么有来由的信封呢。"

"越疯狂越讲究嘛。不过他虽然疯了，但贪吃的品性却丝毫没变，信里必然要提到与食物有关的事，你说奇怪不奇怪？他给你的那封信也提到了吧？"

"嗯，提到了海参。"

"因为老梅喜欢吃海参。很正常。还有呢？"

"还有河豚和朝鲜人参之类的吧。"

"河豚和朝鲜人参一起吃可真是美味啊。大概他是想说如果吃河豚中了毒，就煎点朝鲜人参喝下解毒吧。"

"好像不是那个意思。"

"不是那个意思也无所谓。反正他是个疯子。就这些了吗？"

"还有呢。说什么苦沙弥先生请喝杯茶。"

"啊哈哈哈，请喝杯茶这真是太过分了。他肯定是打算把你辩驳得哑口无言啊。大成功，天道公平君万岁。"迷亭先生似乎觉得很有趣，哈哈大笑起来。主人得知自己那么尊敬地反复诵读的书信竟然出自一个发疯的狂人之手，感觉自己之前的热情与苦心全都付之东流,顿时心生愤慨,而想起自己竟然耗费了大量的精力去仔细品味一封精神病人所写的信,又觉得十分丢人,最后他意识到自己竟然对一个疯子的文章如此敬佩,不由得怀疑自己是否也多少有些神经异常,愤怒、羞愧与担心交织在一起,使他显得有些坐立不安。

就在这时大门又被"哗啦啦"地打开,两个沉重的脚步声走到脱鞋处停了下来,随后就传来"打扰一下、打扰一下"的招呼声。与磨磨蹭蹭的主人不同,迷亭是个坐不住的家伙,不等女佣去接待,他便一边叫着"请进"一边快步穿过外面的房间跑到玄关去了。虽然他不打招呼就大摇大摆地擅自闯进别人家这一点让人头疼,但在别人家里像书生一样主动承担起接待客人的职责倒也很是方便。让客人去玄关迎接,身为主人的苦沙弥先生却依旧在坐垫上一动不动,这显然不合礼法。倘若换了别人肯定早就跟在迷亭身后出去迎接了,但这正是苦沙弥先生的特色。他就能若无其事地稳坐于坐垫之上。"稳坐"与"安坐"看似相似,本质上却有极大的不同。

跑到玄关去的迷亭不知道和来人说了些什么,过了一会儿就冲着里面喊道:"喂,还得有劳这家的主人出来一下。你不来的话这件事还应付不了呢。"主人迫不得已只能揣着手慢悠悠地走了出来。只见迷亭君手里拿着一张名片蹲在地上和对方寒暄,那姿势实在是很不雅观。名片上写着"警视厅刑事巡查吉田虎藏"的字样。在虎藏君的身旁并排站着一个二十五六岁的男子，他身材高大、面容英俊，还穿着进口条纹布的外套。奇怪的是这位男子和主人一样把手揣在怀里，默默地站在原地。我看他的模样有点眼熟就仔细观察了一下，这一看才发现，他不就是那天深夜来访并且拿走了一箱山药的小偷君吗？哎呀这次竟然大白天的公然从玄关进来了。

"喂，这位是刑事巡查，抓住了上次那个小偷，所以特意过来通知你到所里去一趟。"

主人似乎终于搞清楚了警察来的目的，急忙低下头朝着小偷毕恭毕敬地鞠了一躬。大概因为这个小偷比虎藏君更有男子气概，所以主人误以为他才是警察吧。小偷虽然也吃了一惊，但又不能说"您搞错了，其实我是小偷"，只能默默地站着，双手仍然揣在怀里。其实他是因为戴着手铐，就算想把手拿出来也做不到。按理说普通人看到这场面基本上也就明白是怎么回事了，但主人却和普通人不同，对官吏和警察毕恭毕敬。他认为政府的威严绝对冒犯不得。虽然他也知道从理论上来说，警察之类无非就是自己出钱雇用的护卫，但实际碰面的话他还是会不由自主地点头哈腰。主人的父亲以前就是某个郊区的村长[①]，所以对上级点头哈腰的习惯或许是因果循环地遗传到了主

[①] 漱石的父亲夏目小兵卫直克也曾是牛込一带（位于现东京新宿区）的村长。

人的身上吧。真是可怜之至。

警察似乎也觉得有些好笑，便笑着说道："明天上午九点请到日本堤①的分署来一下。丢失物品都有什么？"

"丢失物品……"主人说到这里，却发现自己不记得都丢了什么，能记住的只有多多良三平送来的山药。虽然主人觉得山药丢了就丢了无所谓，但这话说到一半如果不接下去就显得自己像与太郎②一样实在丢人。要是别人家丢了东西自己不知道也就罢了，但自己家丢了东西竟然还不能明确地作出回答，岂不成了自己无能的证据？有念及此，主人把心一横说道"丢失物品……山药一箱。"

此时连小偷都实在忍不住笑意，低下头将下巴藏在衣领之中。迷亭"啊哈哈哈"地笑着说道："看来你相当舍不得那山药呢。"只有警察很认真地说道：

"山药好像没有，但其他物品基本都找到了。——总之你来一趟看看就知道啦。对了，因为要签一份领取书，所以来的时候别忘了带印章。——一定要在九点之前来啊。日本堤分署。——浅草警察署管辖内的日本堤分署。——那么我就告辞了。"警察自顾自地说完便转身离去，小偷君也跟在他的身后

---

① 通往吉原游廊的道路，吉原游廊是江户幕府承认的花柳区，直到1954年日本政府颁布卖春禁令，吉原游廊才渐渐消失。

② 经常出现在落语之中，愚蠢的年轻人的名字。

出了门。因为他的手拿不出来,所以没办法关门,于是在他们离去之后大门就那么大敞四开着。主人虽然诚惶诚恐但似乎仍然对此感到有些不满,气呼呼地把门"砰"的一声关上了。

"啊哈哈哈,你对警察真是非常尊敬呢。如果你能总是保持那种谦恭的态度倒不失为一个谦谦君子,但你只对警察那么尊敬就有点遗憾了。"

"人家不是特意跑一趟来通知我么?"

"来通知你是他的本职工作啊。正常应酬一下就可以了。"

"但这可不是普通的工作啊。"

"当然不是普通的工作,是名为侦探的令人生厌的工作,比普通工作还下等。"

"你说这种话,小心吃不了兜着走。"

"哈哈哈,好吧,那我就不说警察的坏话了。不过你尊敬警察也还罢了,但你对小偷都那么尊敬,可真是让我吃惊不小。"

"谁对小偷尊敬了?"

"你啊。"

"我何时接近过小偷?"

"还说什么'何时'?你刚才不是就给小偷鞠躬来着吗?"

"啥时候?"

"就在刚才啊,你不是鞠了一躬吗?"

"说什么傻话,那是警察啊。"

"警察怎么会是那种模样？"

"正因为是警察所以才是那种模样啊。"

"你可真顽固。"

"你才顽固。"

"你说，警察来到别人家里会那样揣着手，只是站着却一言不发吗？"

"警察怎么就不能揣着手呢？"

"你也不用那么激动。那为什么在你对他鞠躬的时候，他却始终没有任何回应呢？"

"或许警察就是那样吧。"

"你还真是对自己充满自信呢。不管我说什么你都不会听吧？"

"当然不会听了。你一个劲地说人家是小偷，难道你亲眼看见那个小偷进到我家里来了？只不过是你的胡乱猜测罢了。"

话说到这个份上，似乎连迷亭也觉得主人已经没救了，便干脆作罢，一反常态地沉默不语。主人见状以为自己终于驳倒了迷亭一回，十分得意。在迷亭看来，因为主人过于固执，这导致他心中对主人的评价又降低了一些。但在主人看来，只要固执己见就能让自己比迷亭更胜一筹。世上到处都是这样前后矛盾的事。固执己见看似占了上风，殊不知自己的评价在他人心中已经一落千丈。不可思议的是，顽固之人自以为终于保全了自己的面子,却做梦也想不到从那以后他人都会瞧不起自己,不愿与之交往。这也算是一种幸福吧,只不过这种幸福似乎被称为"猪的幸福"。

"总之你明天打算去吗?"

"当然去了,他让我九点之前到,我八点就从家出发。"

"学校怎么办?"

"请假呗,学校那边有什么关系。"主人掷地有声地说道,显得很有气势。

"口气不小啊。不去上课能行吗?"

"当然行了,反正我在学校领的是月薪,不用担心被扣钱,没问题的。"主人回答得倒是非常坦白。你若说他狡猾也确实狡猾,但要说他单纯也十分单纯。

"你知道怎么过去吗?"

"不知道。但只要坐车就行了吧。"主人气呼呼地说道。

"你倒是个不逊色于我静冈伯父的东京通呢,佩服佩服。"

"佩服多多益善。"

"哈哈哈,日本堤分署可不是个普通的地方,在吉原那边哦。"

"什么?"

"吉原啊。"

"就是游廊所在的那个吉原?"

"没错，说起吉原，东京只有那一个啊。怎么样，要去看看吗？"迷亭君又开始嘲弄起主人来。

主人听到吉原这个地名稍微显得有些犹豫，但很快又下定决心说道："管他什么吉原还是妓院，既然说了要去那就一定要去。"但凡愚蠢的人往往都会在像这样无关紧要的事情上表现出非同寻常的魄力。

迷亭君只说了一句"应该是很有趣的地方，去看看吧"，掀起一阵波澜的警察事件到此便告一段落。迷亭随后又和往常一样无谓地吹嘘了一通，等到傍晚时分说倘若回去得太晚伯父恐怕会生气便起身告辞了。

迷亭走了之后，主人吃过晚饭又把自己关进书房，双手揣在怀里做出了如下的思考。

"按照迷亭所说，我深感敬佩并且打算努力效仿的八木独仙君，似乎是一个根本不值得效仿的人。不仅如此，他所提出的观点似乎还是歪理邪说，用迷亭的话来说就是属于疯癫的范畴。况且在他的手下已经有两个疯子的跟班。实在是相当危险，如果频繁接近恐怕会被卷入其系统之中。而我对其文章大加赞赏，甚至认为其是个见识不凡之伟人的天道公平，但实际上他就是立町老梅那个纯粹的疯子，现在就居于巢鸭病院。就算迷亭的话有夸大其词之处，但老梅在疯人院中自命不凡、认为自己是天道的主宰这些恐怕都是事实。这样说的话，或许我自己多少也有类似的倾向。正所谓同气相求、同类相吸，既然我对疯子的言论感到敬佩——至少与其文章言辞产生出了共鸣——那我也是接近疯狂边缘之人了吧。就算还没有彻底被他们同化，但至少现在也是与这些狂人比邻而居，那就难免会有一天打破间隔的墙壁，和他们在同一个房间里促膝谈心了。那可不得了。如今回想起来，最近大脑的运作确实是奇上加奇、怪上加怪，连我自己都感到有些惊讶。一勺脑浆的化学变化姑且不论，单说在意志指挥下的行动和言辞就充满了不可思议和有失中庸之处。虽然舌上无龙泉、腋下无清风，可牙根有疯气、肌头有癫味，这该如何是好？问题越来越严重了。搞不好我现在已经是一个很严重的患者了。所幸的是我还没有做出伤害他人、危害社会的事情，所以才没有被从街道里赶出去，还能作为东京市民混迹于此。这可不是什么消极还是积极的问题。必须首先从把脉开始做一下检查。脉搏摸起来似乎没什么异样。再摸摸头有没有发热。头部似乎也没有上逆的迹象。但不管怎么说就是放不下心来啊。"

"如果像这样将自己与疯狂之人进行比较，只对相似之处进行分析的话，那恐怕无论如何都无法摆脱疯狂之领域。这种方法不太好。因为以疯狂作为标准，然后将自己朝那个方向引导所以才会得出这样的结论。如果以正常人作为标准，然后将自己放在正常人旁边进行比较的话或许会得出完全相反的结论。

既然如此，就先从身边的人开始比较吧。首先看看今天登门拜访的那位穿礼服大衣的伯父先生如何？心应置于何处……这似乎也有些奇怪。其次看看寒月吧。他每天都带着便当从早到晚地磨玻璃球，这也是一丘之貉嘛。第三个……迷亭？那家伙似乎以胡言乱语为天职，肯定是个彻头彻尾的疯子没错了。第四个嘛……金田的老婆。她那恶毒的本性完全超出了常人所能够理解的范畴，毫无疑问也是个疯子。第五个就是金田君吧。我虽然没有和金田君见过面，但从他对自己的老婆毕恭毕敬，夫妻二人琴瑟调和这一点上来看，一定也是个非凡之人吧。而非凡就是疯狂的别称，所以将他视为同类也是没有错的。接下来——还有还有。落云馆的诸君子，虽然他们年龄还小，但在躁狂这一点上却完全称得上是旷世豪杰。如此看来，大家基本上都属于同类，这样我反而心里踏实了不少。搞不好这个社会就是疯子的集合体。疯子们聚集在一起互相争论、撕咬、谩骂、攻击，疯子的团体就好像细胞一样不断地分裂、合并、再分裂、再合并，从而组成所谓的社会。其中若有稍微懂些事理、明辨是非的家伙，因为妨碍到了其他人，所以其他人就修建出一个叫作疯人院的地方，把碍事的家伙都关进去不让他们出来。也就是说，被关在疯人院里的才是正常人，而在疯人院外肆意妄为的才是疯子。疯子势单力薄的时候不管走到哪都只会被当作疯子，但当疯子成为一股团体势力，或许就会摇身一变成为正常人。大疯子利用金钱和权力指使许多小疯子为非作歹，还会被别人称为'成功人士'，这样的例子也是屡见不鲜。哎呀，真是越来越搞不明白了。"

以上这些就是主人当天晚上在荧荧孤灯之下陷入沉思之时的心理活动，我全都如实记述。他的头脑之愚蠢，可以说在这其中表露无遗。尽管他留着和德国皇帝一样的八字胡，却是个连疯子和正常人都分辨不清的蠢货。而且他好不容易通过这个问题给自己创造了一个锻炼思考能力的机会，可是却在没有得出任何结论的情况下就半途而废了。可见他是一个对于任何事情都没有彻底思考能力的人。他的结论之模糊，就像从他鼻孔里喷出的朝日香烟的烟雾一样难以捉摸，但作为主人的议论之中唯一的特色，倒是值得我们记住。

我是猫。或许有人觉得我只是一只猫而已，怎么可能对主人的心理活动做出如此详细的记述呢？但实际上这点小事对猫来说简直不值一提。因为我懂得读心术。至于我究竟在何时掌握的读心术，这种小事不问也罢。总之我就是掌握了。当我趴在人类的腿上睡觉的时候，我会用我那柔软的毛衣磨蹭人类的腹部。此时就会有一道电流钻进人类的体内，同时将此人的心理活动映照在我的心眼之中。前几天主人正在温柔地抚摸着我的脑袋，突然产生出"将这个猫的皮毛剥下来做一个坎肩肯定会很暖和吧"的非分之念，我第一时间就觉察到了，甚至还吓了一跳。真是可怕。正是因为我有这样的能力，所以才能够将当天晚上主人所想之事报告给诸君，这对我来说也是莫大之荣幸。但主人只想到"越来越搞不明白了"这里便沉沉睡去，等到了第二天肯定连昨晚想到哪里都不记得了。所以倘若主人今后再想对疯狂一事进行思考，那就必须从头开始才行了。那样的话，主人是否还会以同样的方式思考，最后是否还会像这样"越来越搞不明白"，我就不敢保证了。但不管他重新再想多少遍，换多少种思考的方式，最后的结果一定是"越来越搞不明白"，这是毫无疑问的。

十

"喂,已经七点了。"女主人隔着拉门叫道。主人也不知道醒没醒,背对着拉门一声不吭。不吭声是这个人的老毛病。他只有在非开口不可的时候才会"嗯"一声,而就连这个"嗯"都是很难得的。一个人要是懒到声都不愿吭的地步,或许显得有些个性,但这样的人肯定是没有女性喜欢的。就连和他一起生活的女主人都对主人不甚满意,那么其他人对主人会是怎样的态度也不难想象了吧。常言道"见弃于父母兄弟者,又岂能得到陌生美人之眷顾",既然如此,那么连女主人都不满意的主人,更不可能被世间的淑女所接受了。本来我没必要把主人没有异性缘这一点公之于众,但因为主人错误地认为女主人之所以不喜欢他只是因为他自己流年不利,这成了他烦恼的根源,所以我有必要旁敲侧击地让他意识到自己的错误,这完全是出自一片好心。

女主人按照主人的要求准时地提醒他时间到了，但主人却对女主人的提醒置若罔闻，甚至连个"嗯"的答复都没有，于是女主人便认为自己已经尽到了责任，就算有错也出在主人身上，做出一副"就算你迟到也不能怪我"的模样拿着扫帚和掸子向书房走去。过了一会书房里传来"啪嗒啪嗒"的拍打声，女主人那例行公事般的扫除又开始了。至于她扫除的目的究竟是为了运动还是为了玩耍，与从来不需要扫除的我没有半点关系，所以我就算不知道也无所谓，但我还是要说，女主人的扫除方法实在是毫无意义。为什么说毫无意义呢？因为女主人只是为了扫除而扫除。用掸子在隔扇上拍一拍，将扫帚在榻榻米上扫一扫。对女主人来说这样就是扫除完成了。至于扫除的原因和结果，她是一点也不会去思考的。因此干净的地方每天都很干净，而有污渍的地方和灰尘堆积的地方则总是留有污渍和堆满灰尘。正如"告朔饩羊"①的故事一样，或许这种扫除也是敷衍了事罢了。女主人的扫除对主人并没有什么好处，但虽然没有好处女主人却仍然每天

---

① 出自《论语·八佾》："子贡欲去告朔之饩羊。子曰：'赐也！尔爱其羊，我爱其礼。'""告朔饩羊"是古代的一种制度。告朔之礼，古者天子常以季冬颁来岁十二月之朔于诸侯，诸侯受而藏之祖庙。月朔，则以特羊告庙，请而行之。（每逢初一，便杀一只活羊祭于庙，然后回到朝廷听政。）鲁国自文公起不亲到祖庙告祭，只杀一只羊应付一下。比喻照例应付，敷衍了事。

都不辞辛劳地坚持扫除，这正是女主人的伟大之处。女主人与扫除之间已经因为多年的习惯而形成了坚固无比的机械性联想，即便如此，若要说扫除的实质，则还和女主人尚未出生之前一样，和掸子与扫帚未被发明之前一样，没有丝毫的成果。仔细想来，这两者之间的关系就像形式逻辑学的命题中的名词一样，不管内容如何都是结合在一起的。

我与主人不一样，每天都起得很早，所以到了这个时候肚子已经饿得咕咕叫了。但因为这个家中谁都还没吃早饭，我身为一只猫自然也不可能有饭吃，这就是猫的可悲之处，但我又转念一想，或许在我的猫食碗之中已经有香喷喷的冒着热气的美味了呢，想到这里我就再也坐不住了。一旦不切实际的幻想出现在脑海里，即便明知那只是非分之想、即便明知按兵不动才是最正确的选择，却还是忍不住想要去确认一下实际情况与心中所念是否真的一致。即便确认之后的结果肯定会是失望而归，那也只有在亲自确认了这个结果之后才肯罢休。我忍不住溜进厨房，首先向位于炉灶旁边的猫食碗中望去，果然不出所料，猫食碗还保持着昨晚被我舔得干干净净的状态，在透过天窗照射下来的初秋日光的映照下反射出诡异的光芒。女佣将已经烧好的米饭装进饭桶里，如今正在搅拌放在小炭炉上的汤锅。从煮饭的锅里溢出的米汤被烤干后一条条地沾在锅边上，看起来就像吉野纸沾在上面一样。既然饭和汤都做好了，那现在总可以吃饭了吧。这种时候如果还要客气的话那就太不合适了，况且就算最后并不能如愿以偿对我来说也没有任何的损失，干脆催促女佣开饭吧，虽然我在这个家里是个吃白食的，但也一样会感觉到饿啊。想到这里我便"喵喵"地叫了两声，那声音娇柔婉转，如泣如诉。但女佣却对我丝毫不理。我知道她天生冷漠且不懂人情世故，要想唤起她的同情，那就得看我的手段了。于是我又"喵噢喵噢"地叫了两声。这次的叫声中隐含着悲壮的音节，足以勾起天涯游子的断肠之思①。但女佣仍然不为所动。或许这个女人是个聋子。但聋子是不能当女佣的，莫非她是只听不到猫叫的聋子吗？在这个世界上有一种叫作色盲的疾病，虽然其本人觉得自己视力完全正常，但在医生看来却属于残疾人。可能这个女佣是声盲吧。声盲一定也属于残疾人。明明是个残疾人，却傲慢得令人生厌。有时我半夜想要出去方便一下，可不管我怎么叫唤她都不给我开门。偶尔给我开门让我出去了，结果又不让我进来。即便在夏天，夜露也对身体有害。更何况现在于秋霜之中，站在房檐下一直等到天亮，到底有多么痛苦简直是难以想象。甚至有一次我被关在门外的时候还遭到了野狗的袭击，在千钧一发之际我总算是逃到了一个仓库的屋顶上，一整晚都躲在那上面瑟瑟发抖。这些都

---

① 出自孟浩然《送杜十四之江南》中的"天涯一望断人肠"。

是因为女佣不近人情导致的结果。虽然这样的家伙不管我叫多少声都不可能有任何的反应,但这就像饿急抱佛脚、穷急偷东西、爱急写情书一样,到了关键时刻什么事都干得出来。为了引起她的注意,我第三次特意用了更加复杂的叫法"喵呜噢喵呜噢"。尽管我自认为这是与贝多芬的交响乐相比也毫不逊色的美妙之音,但似乎对女佣却没有起到任何的作用。女佣突然跪下,掀开一块活动地板,从里面拿出一根四寸长的硬木炭。然后将这根长木炭在小炭炉的边缘"啪啪"地敲打了几下,这根长木炭顿时碎成了三段,漆黑的炭粉则在周围飞散得到处都是。似乎还有一些掉进了汤里。女佣对这种事毫不在意。动作麻利地将这三截木炭从锅底扔进小炭炉之中。看来她是不打算听我的交响乐了。没办法,我只能悄然返回饭厅,途经浴室的时候,我发现三个女孩正在其中洗脸,里面一片热闹的景象。

说是洗脸,但这三个女孩里比较大的那两个还在上幼儿园,而最小的那个连跟在姐姐们的屁股后面乱转都做不到,所以她们不可能规规矩矩地洗脸和化妆。最小的那个从水桶里拿出沾湿的抹布在脸上不停地擦拭。用抹布洗脸想必不会太舒服,但她毕竟是每逢地震都会大叫"真好歪(玩)真好歪(玩)"的孩子,所以做出这种事情也不足为奇。搞不好她比八木独仙君更悟道呢。长女不愧是长女,很有姐姐样,只见她将用来漱口的茶碗"哐当"一声扔了出去,嘴里一边说着"小宝,这是抹布啊",一边将抹布从小女儿手中抢了下来。但小宝也是个很有主见的人,可不会那么轻易地听姐姐的话。于是她也一边说着"讨厌,傻布",一边把抹布往自己这边拽。这"傻布"究竟是什么意思,出自何种语源,无人知晓。只有小宝在生气的时候经常使用。抹布在姐妹二人的手中被扯来扯去,水珠从上面"噼里啪啦"地掉落下来,毫不留情地砸在小宝的脚上,如果只是落在脚上也就罢了,但实际上连她的腿都被淋得湿漉漉的。小宝穿着一件元禄①。我后来打听了一下元禄究竟是个什么东西,才知道但凡是印着大片花纹的衣服都可以叫元禄。至于大姐究竟是跟谁学的我就不知道了。"小宝,元禄都湿了,快松手吧,听话。"姐姐净说些文雅的词。不过她就在不久之前还把元禄和双六搞混了呢②。

既然提到元禄那我就顺便多说两句,因为大姐经常说错话,有时候甚至让人以为她是在故意拿你寻开心呢。着火了她说"蘑菇③飞出来了",御茶水的女校④被她说成"御茶酱"的女

---

① 元禄:指印有元禄花纹的衣服,元禄花纹是一种非常艳丽的大花纹,最早流行于元禄年间(1688~1703),故此得名,后于明治时期再次流行。
② 日文中"元禄"和"双六"发音相似。
③ 日语里"蘑菇"和"火星"发音相似。
④ 御茶水的女校:当时位于本乡区的女子高等师范学校附属高等女学校。

校，还经常把惠比寿和厨房相提并论①，有一次她说"我不是稻草店的孩子"，后来仔细一问才知道她是把"稻草店"和"大杂院"搞混了。主人每次听到大女儿说错话都会笑，但实际上他在学校上英语课的时候，恐怕会将比这更加滑稽的谬误一本正经地教给学生们吧。

小宝——她不叫自己小宝，总是叫自己宝宝——见元禄湿了，立刻哭闹道"元漏（禄）娘（凉）"。元禄凉了当然不行，女佣急忙从厨房里跑了出来，拿起抹布就帮小宝擦拭。在这场骚动中比较安静的当数二女儿骏子小姐。骏子小姐一直背对着她俩，将从架子上掉落下来的一瓶美白粉打开，非常仔细地给自己化妆。首先她用手指在瓶子里蘸了一下，然后在鼻梁上竖着抹出一条白道，这就使鼻子显得更加挺拔了。接着她又将手指在两边的脸颊上不断地摩擦，搞出两个白花花的脸蛋。就在她刚化到这个程度的时候，女佣就进来帮小宝擦衣服，顺便把骏子的脸也洗干净了，骏子看起来显得有些不高兴。

我在旁边看完这场闹剧，便从饭厅来到主人的卧室想悄悄地观察一下他是否已经起来了，结果却到处都看不到主人的脑袋。取而代之的是一只十文②半的厚脚丫子从被窝里伸了出来。

---

① 惠比寿和大黑是日本的财神福神，经常被摆在一起供奉。"大黑"在日语里的发音和"厨房"很相似。

② 文：日本鞋子的长度单位，1文约等于2.4厘米。

大概他觉得如果露出头来，那么在有人叫他起床时就会很麻烦，所以干脆把脑袋蒙上了。真是个像缩头乌龟一样的家伙。打扫完书房的女主人又拿着扫帚和掸子走了回来，和之前一样站在门口叫道："你还没起来吗？"说完她就站在原地注视着那个没露出脑袋的被窝，主人这次还是没吭声。女主人向前走了两步，将扫帚"咚"的一声杵在地上再次问道："你还不起来吗？"此时主人已经醒了。正因为已经醒了，所以才为了抵御女主人的袭击而事先把脑袋藏进被窝里。大概他以为只要不露出脑袋就能躲过一劫，但这种不靠谱的祈求怎么可能如愿以偿。女主人第一回的声音是从门外传来，因为与主人还有一定的间隔所以他还算比较安心，但刚才那"咚"的一声杵在地上的扫帚却与主人只有三尺左右的距离，此时主人已经有些惊讶。不仅如此，女主人第二次的催促"你还不起来吗"在被窝里听起来与第一次相比不但距离更近而且声音也更大，主人终于意识到没办法蒙混过关，只能小声地"嗯"了一下。

"人家不是让你九点之前到吗？再不快点起来的话就来不及啦。"

"就算你不叫我也正要起来呢。"主人从睡衣的袖口里答道，这也算是一大奇观了吧。女主人总是对主人的这个把戏信以为真，以为他真的会起来便放心地离去，结果主人又睡过去了。于是这次女主人没有大意，便继续催道："那就快点起来。"如果自己都说了要起来,别人却还继续催促的话那肯定会感到不爽,像主人那样任性的家伙就更是如此。因此主人将蒙在头上的被褥一下子掀开,瞪大了两只眼睛说道:

"吵什么吵?我既然说了起来就是会起来的。"

"可是你以前说了起来却仍然没有起来啊。"

"我什么时候说过那样的谎话?"

"什么时候都在说啊。"

"胡扯!"

"还不知道谁胡扯呢。"女主人"砰"地将扫帚一杵,往主人的枕头边上一站,那模样简直威风极了。就在此时,车夫家的孩子小八突然"哇"的一声大哭起来。只要主人发火小八就肯定会哭,这都是车夫老婆搞的鬼。可能车夫老婆在主人每次发火的时候都会用些手段让小八大哭,但对小八来说可就遭罪了。有一个这样的老娘,他只能从早到晚不停地哭。倘若主人稍微了解一点其中的缘由,控制一下自己少发脾气的话,小八的寿命或许还能再延长几年,不管金田君怎么拜托,车夫老婆也不应该做出这愚蠢的事情,由此可见她实在是比天道公平君更疯狂的人。要是小八只是在主人生气的时候才哭也就罢了,可每次金田君雇用附近的地痞流氓来主人家墙根底下大骂今户烧的狸子的时候,小八也必须得哭。车夫老婆在不知道主人是否生气的情况下就做出了主人一定会生气的判断,于是便先下手为强地让小八开始哭。这样一来简直搞不清楚究竟是因为主人生气小八才哭，还是因为小八哭惹主人生气。不过要想捉弄主人就不用费什么事了，只要给小八一点苦头吃，就相当于打了主人的嘴巴。以前在西洋对罪犯处刑的时候，如果罪犯逃到了国外抓不到了，那就做一个人偶来代替他受刑，看样子在金田君他们那边一定有通晓西洋故事的军师，传授给他们这样一条妙计。不管是落云馆的学生也好还是小八的老娘也罢，对没什么能耐的主人来说都是很难缠的对手。除此之外还有许多主人对付不了的家伙。或许整个街区都是主人的克星也说不定，只不过现在他们与主人还没有关联，所以就等以后有机会再逐一介绍吧。

主人听到小八的哭声，大清早地就大动肝火，一下子从被褥上坐起身。什么精神修炼、什么八木独仙，全都被他扔到脑后了。他一边起床一边用双手"嘎吱嘎吱"地挠自己的头皮。积攒了一个月的头皮屑毫不客气地掉落在他的脖子和被褥上。那场面真是蔚为壮观。再看胡子，更是吓人一跳。主人的胡子竟然全都竖立了起来。大概胡子觉得主人那么生气，自己也不能表现得太冷静，于是便每一根都好像发疯了一样朝着不同的方向迅猛突进。这也是非常值得一看的场面。昨天主人刚刚对着镜子把自己的胡子整顿得和德意志的皇帝陛下一模一样，没想到只睡了一晚所有的训练便全都付之东流，胡子们都恢复了本来的面目。这就像是主人一夜速成的精神修炼一般，等到了第二天就会好像被抹布擦过一样消失得干干净净，而与生俱来的野猪本领则立刻全面地暴露出来。长着如此粗鲁之胡须，拥有如此粗鲁之性格的男人，竟然直到今天仍然身为教师没有被免职，真可谓是日本之大无奇不有。但也正因为如此，金田君及其手下走狗才能人模人样地招摇于世吧。似乎只要他们能够人模人样地招摇于世，主人就没有被免职的理由。万一有什么问题，只要往巢鸭寄一封信请天道公平君指教一二，便可立见分晓。

此时主人瞪着我昨天介绍过的那双如同太古混沌初开的混浊双眼，正仔细地观察对面的壁橱。这个壁橱高一间，上下两层，每层都有两扇门。下面的这一层离被褥很近，所以主人只要起身一睁眼自然而然就会看见这个壁橱。只见壁橱上贴的花纹纸到处都是破洞，内芯全都露在外面。内芯的内容更是五花八门，有的是印刷体，有的是手写体，有的里朝外，有的头朝下。主人在看到这些内容之后，不知为何竟然来了读一读的兴致。明明刚才还勃然大怒，想要一把抓住车夫的老婆，将她的鼻子摁在松树上摩擦的主人，突然对这些废纸产生了兴趣，看起来似乎有些不可思议，但这对于典型的疯子来说并不是什么稀奇事。就好像给正在哭闹的小孩一个糯米馅饼，小孩便立刻破涕为笑一样。主人以前寄宿在某个寺庙里的时候①，曾经与五六个尼姑隔着一道拉门比邻而居。说起尼姑，那可是坏心肠的女人之中心肠最坏的。这些尼姑似乎摸清了主人的脾气，总是一边敲打着自己用来做饭的锅一边有节奏地唱"哭泣的乌鸦又笑了，哭泣的乌鸦又笑了"，据说主人就是从那个时候开始十分讨厌尼姑的，但尼姑虽然讨厌却也说的不无道理。主人时哭时笑、时悲时喜，次数比常人多出一倍，但持续的时间却不长久。往好了说是不固执、心思转得快，但要是翻译成俗话那就是肤浅没内涵、只懂得磨人的小屁孩。既然是小屁孩，那么他一副气势汹汹的架势起身，却忽然改了主意想要仔细地阅读一下那些废纸也只能说是情有可原了。主人第一眼看到的是大头朝下的伊藤博文。上面的日期是明治十一年②九月二十八日。看样子韩国统监③从那个时候开始就紧追着政令走了。不知道大将那个时候在做什么呢。主人仔细地看了看那模糊不清的内容，终于看出了大藏卿④三个字。原来如此，真了不起。别看大头朝下，竟然也是个大藏卿呢。主人又向左边看去，这次大藏

---

① 漱石自己也曾在1894年10月到第二年4月寄宿在位于小石川区（现东京文京区）传通院旁边的法藏院。

② 明治十一年：1878年。

③ 1905年日本于京城（即汉城）设置了统监府，韩国统监就是统监府的长官。伊藤博文是第一任统监。

④ 1878年时，伊藤博文兼任大藏少辅和内务卿。

卿横躺着睡午觉呢。这也难怪，总是大头朝下毕竟坚持不了多久。在下方只能看到木版印刷的"汝等"两个字，至于后面的内容虽然主人也想看，但不巧的是都被挡住了。在下一行上只有"速速"两个字。虽然这边的内容主人也很感兴趣，但除此之外再没有任何的线索。如果主人是警视厅的侦探，那他或许会不管这是别人的东西直接把挡住的部分撕掉。所谓侦探就是没受过高等教育，为了找出事情的真相不管什么事都干得出来的家伙。而普通人拿他们则是一点办法也没有，真希望他们能稍微收敛一点。倘若他们不收敛，那就让他们永远也找不出事情的真相。听说他们甚至还做出过捏造罪名陷害良民的勾当。明明是良民出钱雇用的家伙，竟然把罪名加在雇主的头上，这可真是不折不扣的疯子。随后主人又将目光转向中间，这次看到大分县倒悬在天上。既然连伊藤博文都能大头朝下，那大分县倒悬在天上也是理所当然。主人看到这里，忽然双手握成拳头，向天花板高高举起。这是准备要打哈欠了。

主人打哈欠的声音好像鲸鱼的号叫，实在是异常奇怪，哈欠告一段落之后他便慢吞吞地换好衣服走去浴室洗脸。早就等得不耐烦的女主人立刻把被褥卷起，将睡衣叠好，开始她的例行公事——扫除。正如女主人的扫除是例行公事一样，主人的洗脸也是十年如一日的例行公事。而且就像我前文中介绍过的那样，主人依然会发出"嘎嘎"的怪叫。不一会主人就梳好了分头，将西洋手巾搭在肩膀上，晃晃悠悠地来到饭厅，超然地坐在长火盆①的旁边。说起长火盆，或许会有人联想到这样的场景：榉木的圆轮木纹、纯铜的接灰盘，刚洗完头发的大姐头支起一条腿坐在旁边，在黑柿木的盖板边缘敲打着长烟管，但苦沙弥先生的长火盆可绝没有那样的气势。这是一个十分古雅的长火盆，古雅到外行根本看不出其是由什么材料制成的。一般来说，长火盆必须擦拭得油光发亮才显得高贵，但主人的这个首先不知道材料究竟是榉木、樱木还是桐木，其次几乎从来没有擦过，所以就显得特别阴沉。若问这样的东西究竟是从什么地方买的，那主人绝不记得曾经买过。若问是由谁送的，似乎也从没人送过。若继续追问是不是偷来的，这可就有点说不清楚了。以前主人有一个退隐的亲戚，这位老人去世的时候拜托主人帮忙继续照看房子。后来主人自己成了家，从老人的房子里搬走的时候，就顺便将这个自己一直用着的火盆也带走了。这样做似乎不太好，但仔细想来这种事情在世间其实也是很常见的。像银行家每天都替别人保管钱财，渐渐地就会将他人的金钱当成自己的金钱。官吏本是人民的公仆，是为了让他们替人民办事才委任给他们一定权力。但他们在利用这些委任的权

---

① 长火盆：一种以木炭为燃料的长方形火盆，上方有盖板，下方有接灰盘，可用来暖手、热茶。

力处理每日事务的过程中，竟然变得狂妄自大起来，认为这就是自己拥有的权力，人民没有理由对自己多嘴多舌。既然世界上充满了这样的家伙，那就不能因为长火盆事件说主人有小偷的本性。如果主人有小偷的本性，那全天下的人就都有小偷的本性。

主人在长火盆旁边落座，正对着餐桌，而餐桌的另外三面则分别坐着刚才用抹布擦脸的小宝、去御茶酱学校的敦子以及把手指伸进美白粉瓶子里的骏子，这三个孩子已经开始吃饭了。主人公平地逐一审视了每一个孩子的脸。敦子的脸有着好似南蛮铁刀①的护手一样的轮廓。骏子因为是妹妹，脸型多少与姐姐有点相似之处，可以称之为琉球朱漆盘。只有小宝独放异彩，她是一个长脸。如果是竖长那在这世间倒也不少见，但这个孩子是横长。不管流行趋势如何变化，横长脸恐怕也流行不起来吧。主人对自己的这几个孩子甚为担心。因为别看她们是这副模样，将来总是要长大的。不仅长大，而且长大的势头还如同禅寺的竹笋变成竹子一样迅猛。每当主人发现孩子们又长大了的时候，就有种身后追兵将至的感觉。不管主人再怎么麻木，也该知道这三个孩子都是女孩。既然是女孩那就必须给她们准备嫁妆。但同时主人也清楚自己并没有那样的能力。这样一来

---

① 南蛮铁刀：由外国传入日本的精炼钢铁打造的刀。

他就对自己的孩子感到束手无策。按理说如果养不起的话不把孩子生下来就好了，但人类就是如此。如果给人类下个定义的话，那就是凭空捏造出多余的事情来自讨苦吃的家伙，这就足够了。

至于孩子们则很了不起。她们做梦也想不到老爸竟然把她们几个当成负担，还在开心地吃着早饭。不过最难对付的是小宝。小宝刚刚三岁，女主人对她也是关爱有加，吃饭的时候专门给她准备了合适的小筷子和小碗，但小宝却一点也不领情。她一定要抢过姐姐的饭碗和筷子，十分勉强地使用自己本就用不好的东西。纵观这个世界，越是无能无才的小人，越是令人生厌地横行霸道、想要爬上名不副实的高位。这种恶劣的性质早在孩提时代便已经开始萌芽。由于其本性如此根深蒂固，绝非教育和熏陶所能改变，所以还是趁早放弃的好。

小宝将从旁边抢来的大饭碗和长筷子据为己有，频频大发神威。因为这碗筷对她来说实在是太大了，所以她只能在气势上逞逞威风。小宝首先用手将两根筷子的底部合二为一紧紧握住，然后一下子插进碗底。饭碗里盛了八分左右的米饭，上面泡着味噌汤。筷子插进碗里的一瞬间，之前还勉勉强强能够保持住平衡的饭碗在这一冲击之下产生了三十度左右的倾斜。味噌汤顺势毫不留情地洒到了小宝的胸前。小宝不可能因为这么点小事就退缩。小宝是个暴君，只见她紧接着就将插在饭碗里的筷子猛地向上一挑，同时又把自己的小嘴凑到碗边，尽可能地将挑上来的米饭粒吃进嘴里。被挑起来的饭粒与黄色的汤汁混合在一起，发出一声冲锋的呐喊，纷纷落在小宝的鼻尖、脸颊和下巴上。至于冲锋失败掉在榻榻米上的则不在考虑范围之内了。这可真是相当没规矩的吃饭方法。在此，我想对著名的金田君以及天下其他有权有势的人们提出一个忠告。诸公在对待他人之时，倘若像小宝对待茶碗和筷子一样，那进入诸公口中的米粒肯定极为稀少。因为这些米粒并不是以必然之势冲进诸公的口中，而是在迷茫之际不慎掉落进去的。故此烦请诸公三思。毕竟这种做法与深谙世故又精明强干之诸公不太相称。

姐姐敦子因为被小宝抢去了自己的碗筷，所以只能勉为其难地用原本给小宝准备的小碗筷，因为那碗实在太小，哪怕米饭盛得再满也是三两口就能吃光。因此敦子只能频频地去饭桶里盛饭。她已经吃了四碗，现在是第五碗。敦子掀开饭桶盖，拿起大饭勺朝里面注视了一会。看起来她好像是在犹豫到底吃还是不吃，终于她下定了决心，挑了一个自己觉得没有锅巴的地方盛了一勺，到目前为止都还一切顺利，但当她将米饭从饭勺上倒进碗里时，有一团米饭掉在了榻榻米上。敦子没有丝毫的惊慌，小心地拾起掉在榻榻米上的米饭。我正心想她接下来打算怎么办的时候，只见她把那团米饭又放回到饭桶里去了。这好像有点不太干净吧。

就在小宝大发神威地把筷子挑起来时候，敦子刚好盛完米饭。姐姐不愧是姐姐，她实在看不下去小宝的脸上那么脏乱，嘴里说着"哎呀小宝，可不得了，你满脸都是饭粒呢"，立刻开始对小宝的脸进行清理工作。首先她把沾在小宝鼻尖上的饭粒摘了下来。我本以为她摘下饭粒后会直接扔掉，没想到她竟然直接放进了自己嘴里，真是让我吃惊不小。然后是沾在脸颊上的饭粒，这里的饭粒不少，两边加起来大约有二十粒。姐姐仔细地摘下来一粒吃一粒，摘下来一粒吃一粒，终于把妹妹脸上的饭粒一个不剩地都吃光了。这个时候，之前一直老老实实地嚼着咸菜的骏子，忽然从刚盛上来的味噌汤里舀了一勺地瓜块，然后以迅雷不及掩耳之势扔进嘴里。想必诸君也很清楚，再也没有比味噌汤里的地瓜块更烫嘴的东西了。就连大人如果不注意的话都容易被烫伤，更何况是像骏子这样几乎没什么吃地瓜经验的小孩子，下场肯定是狼狈不堪。骏子"哇"的一声将嘴里的地瓜块吐到桌子上。其中有两三块不知怎么搞的，骨碌碌地滚落到小宝的面前，刚好停在她一伸手就够得着的地方。小宝本来就很喜欢吃地瓜，现在最喜欢的地瓜就在眼前，她立刻扔掉筷子，一把抓起地瓜块放进嘴里嚼了起来。

　　从刚才开始就目睹了这一切的主人，一句话也没有说，只是专心地吃自己的饭，喝自己的汤，现在正在用牙签剔牙。看起来主人对女儿们的教育方针绝对是放任主义。就算现在三个女儿变成褐红式部或者灰式部①甚至三个人商量好了都和情人私奔，主人大概还是一样冷静地吃自己的饭，喝自己的汤吧。这就是所谓的"无所作为"。但反观当今世上那些有所作为的人，却除了编造谎话欺骗人、暗中使坏坑害人、虚张声势吓唬人、设下圈套诬陷人之外什么也不知道。就连才上中学的少年们也见样学样，误以为不这样做就没面子，只有做着坏事还得意扬扬的才算是未来的绅士。这哪里是有所作为之人！这分明就是地痞无赖之流。我身为一只日本猫多少也有一些爱国之心。每次看到这样的"有所作为之人"就想上去揍他们一顿。这样的人每多一个，国家就衰弱一分。有这样的学生，是学校的耻辱；有这样的人民，是国家的耻辱。虽然耻辱，这样的人却在世界上到处都是，我实在是难以理解。看来日本人还不如猫有气概，真是可怜。与这样的地痞无赖相比，主人简直比他们要高尚得多。他的窝囊是高尚、无能也是高尚、不耍小聪明更是高尚。

以这样无所作为的方法平安无事地吃完早饭之后，主人就要穿上西服准备搭车前往日本堤分署。当他打开格子门的时候，问车夫是否认识日本堤在哪，车夫嘿嘿地笑了笑。主人便叮嘱

---

① 褐红色的和服裤裙在女学生中十分流行，这里是模仿紫式部所取的名字，灰式部也是如此。紫式部（约973～约1025），日本平安时代著名女作家，中古三十六歌仙之一。她创作的《源氏物语》是世界上最早的长篇小说。

了一句："就是在那个游廊所在的吉原附近的日本堤。"这就显得有些可笑了。

主人十分少见地在大门口搭车出发之后,女主人也例行公事地吃过早饭,对孩子们催促道："好了,该去学校了。要迟到了哦。"孩子们却若无其事地说道："哎呀,今天放假啊。"丝毫没有准备上学的意思。"放什么假啊!快点收拾东西。"女主人严厉地说道,姐姐却根本没动只是说道:"可是昨天老师说今天放假。"女主人这时才终于感到有些奇怪,于是从壁橱里拿出日历反反复复地看了好几遍,果然上面有红色的"御祭日"字样。主人大概是不知道今天休息所以才给学校写了请假条。女主人也不知道今天休息所以把请假条扔进了邮筒。至于迷亭究竟是真不知道,还是知道但却装作不知道,就值得怀疑了。女主人在搞清楚这件事之后对孩子们说道:"那你们都去玩吧。"然后便和往常一样拿出针线盒开始干活。

随后的三十分钟家内十分安静,没有发生什么值得我记述的事情,但突然来了一位奇妙的客人。这是一名十七八岁的女学生。她穿着一双磨歪了跟的皮鞋,拖着一条紫色和服裤裙,顶着一头像算盘珠一样隆起的头发,连声招呼也没打就从后门走了进来。这是主人的侄女,好像是学校里的学生,偶尔周日过来,和主人也就是他的叔叔大吵一架之后便离开。这位大小姐有个很漂亮的名字叫作雪江,但她的模样就没有名字那么漂亮了,只要你出门走上一二百米肯定能遇到一个和她长相相似的人。

"婶婶你好。"她大摇大摆地走进饭厅,在针线盒旁边一屁股坐了下来。

"哎呀,今天真早啊……"

"今天不是大祭日①吗,所以想早点来拜访,我八点半就从家里出发了。"

"原来如此,有什么事吗?"

"没有,只是因为好久没来了,所以来拜访一下。"

"一下哪行,多玩一会吧。过会儿你叔叔就回来了。"

"叔叔出门了吗?真是少见呢。"

"嗯,今天他可去了一个你想不到的地方……警察局,想不到吧?"

"哎呀,怎么了?"

"说是春天时候来我们家偷东西的那个小偷被抓住了。"

"所以去做证人吗?还真够麻烦的呢。"

"不是,是去领取丢失物品。昨天警察特意来通知,说被偷的东西找到了,让我们去认领。"

"哎呀,难怪,要不然的话叔叔怎么可能这么早就出门嘛。要和往常一样的话,这个时候他还在呼呼大睡呢。"

---

① 大祭日:皇室举行大祭的日子,其中有几天国民也一同休假庆祝。

"再也没有比你叔叔更贪睡的人了……我今早叫他起床的时候他还冲我大发雷霆呢。明明是他自己让我今天早晨七点一定要叫醒他,所以我才去叫他的。结果他却把头蒙在被窝里不搭理我。我怕他不起来就又叫了他一遍,结果这次他在睡衣袖子里不知道说了些什么。真让人拿他没办法。"

"为什么他那么能睡呢?一定是神经衰弱吧?"

"那是什么?"

"还真是个乱发脾气的人。那样竟然还能在学校里工作。"

"他在学校还挺老实的呢。"

"那就更差劲了啊。简直是个蒟蒻阎魔①。"

"为什么?"

"为什么?就是蒟蒻阎魔啊。难道他不像蒟蒻阎魔一样吗?"

"还不只发脾气呢。别人说往左他就往右,别人说往右他就往左,不管什么事都不会按照你说的去做——就是这么固执。"

"就是个别扭鬼吧。叔叔一直这样,所以你要想让他做什么,那就故意反着说,他就会按照你想的做啦。上次我想让他给我买个洋伞,就故意说不买不买,结果他却说怎么能不买,马上就买下来了。"

---

① 蒟蒻阎魔:位于小石川区初音町(位于现东京文京区)源觉寺境内的阎魔堂。因为里面供奉着蒟蒻所以俗称蒟蒻阎魔。但雪江的意思是主人是个"窝里横",实际上与这个阎魔堂没什么关系。

"呵呵呵呵……真是高明啊。我以后也用这招。"

"那当然。要不然的话岂不是亏了吗？"

"前段时间保险公司的人来了，劝他一定要买保险——说了好多理由，有这样那样的好处，说了一个小时，结果他还是没买。我家没什么积蓄，还有三个孩子，要是能买个保险的话也能让人放心一些，可他对这种事根本就不考虑。"

"是啊，没个保障的话就是让人不放心呢。"她像被家庭所累的主妇一样说道，这话听起来完全不像十七八岁的姑娘能说出来的。

"我偷听他们的谈判，真挺有意思呢。原来他并不否认保险的必要性。正因为有必要所以才有保险公司的存在，对吧？但他却固执地认为只要人不死那就没有买保险的必要。"

"叔叔吗？"

"是啊。于是保险公司的人说如果不死的话确实不用买保险。但人类的生命看似顽强其实非常脆弱，危险总是在不知不觉的时候逼近。可你叔叔却说，没关系，我已经下定决心不会死。净说些没谱的话呢。"

"就算下定决心，也不见得就不会死啊。我还下定决心考试一定要及格呢，结果不还是不及格吗？"

"保险公司的员工也这么说的。寿命不是自己决定的，如果下定决心就能长生不老，那谁都不会死了。"

"保险公司的员工说得很有道理。"

"很有道理吧？但你叔叔就是不听啊。他一个劲地说自己绝对不会死，还逞强发誓不会死。"

"真奇怪。"

"当然奇怪，简直奇怪至极。他说有钱买保险还不如存在银行里更划算。"

"那有存款吗？"

"怎么可能有啊。自己死后的事情，他一点也不会考虑的。"

"真令人担心呢。为什么他会这样呢？那些来家里拜访的朋友，没有一个像叔叔那样啊。"

"怎么可能有啊。他可是绝无仅有的。"

"要不拜托铃木先生给他提点意见？像铃木先生那样稳重的人一定会有办法吧。"

"可是铃木先生很不受你叔叔待见呢。"

"叔叔还真是什么都跟别人不一样啊。这样的话，那个人怎么样——就是那个总是显得很从容的那个——"

"八木先生？"

"对对。"

"八木先生的话他倒是会听的。但昨天迷亭先生来说了不少八木先生的坏话，所以或许也没有以前那么管用喽。"

"那怕什么啊。只要他还是那么沉稳大气就好了——前段时间他还来学校演讲了呢。"

"八木先生吗？"

"是啊。"

"八木先生是你学校的老师？"

"不，虽然他不是老师，但淑德妇人会①有时会邀请他来进行演讲。"

"他的演讲有趣吗？"

"这个嘛，并不是很有趣。不过那位先生的脸很长，还长着好像天神大人一样的胡子，所以大家听得都很认真。"

"他演讲时都说了些什么？"女主人话音刚落，三个小孩子因为听到雪江的声音，便从檐廊那边啪嗒啪嗒地跑到饭厅之中。可能刚才她们一直在竹围栏外面的空地上玩呢。

"哎呀，雪江姐姐来了。"两个姐姐似乎很开心地大声说道。女主人将手里的活计收拾好放在角落说道："别那么大声吵闹，都安安静静地坐好。雪江姐姐正要讲有趣的故事呢。"

"雪江姐姐要讲什么故事啊？我最喜欢听故事了。"敦子

---

① 淑德妇人会：1892年由教育家轮岛闻声创立的教育机构。轮岛闻声在那个男尊女卑思想严重的时代，提出女子教育的必要性，给女性创造了学习的场所，并培养出不少女学生。战后日本进行学制改革，淑德妇人会转变为淑德中学和淑德高中。

说道。"是劈啪劈啪山①的故事吗？"骏子问道。"宝宝也故起（事）。"小女儿说着从两个姐姐中间挤了出来。但她的意思不是也要听故事，而是要自己讲故事。"哎呀，小宝又要讲故事了吗？"姐姐笑着说道。女主人试着劝说道："宝宝一会再讲，等雪江姐姐的故事讲完。"但小宝根本不听劝，大声地说道："讨厌、傻布。""哦哟，好好好，小宝先讲吧。要讲什么故事呢？"雪江谦让地说道。

"宝宝、宝宝，去哪里。"

"有意思，然后呢？"

"瓦（我）去田里割麦子。"

"嗯，你懂得还真不少。"

"你奶（来）就会耽误事。"

"哎呀，不是'奶'，是'来'。"敦子纠正道。小宝又像平时一样大喝一声"傻布"把姐姐给镇住了。但被打断之后她一下子忘了应该怎么接，后面的都讲不出来了。"小宝，这就完了吗？"雪江问道。

"还有，不要再放屁了。噗、噗噗的。"

"呵呵呵呵，讨厌，这是谁教你的？"

---

① 日本传说故事，内容是一位老奶奶被坏蛋狸子杀害之后，兔子替老爷爷报了仇。具有劝善惩恶的意义。

"女妖（佣）。"

"真是个坏女佣，竟然教你这种话。"女主人苦笑着说道，"好了，这回轮到雪江姐姐讲故事了。小宝要老老实实地听哦。"小宝虽然是个暴君却也很听话，然后就一直安安静静地听着。

"八木先生的演讲是这样的。"雪江终于开口说道，"据说以前在十字路口的正中央有一个很大的石地藏①。不巧的是这个十字路口整天车水马龙的十分热闹，所以这个正中央的石地藏就显得非常碍事。于是这条街区的人就聚集到一起商量，应该怎样把这个石地藏挪到不碍事的地方才好。"

"这是真实发生的事情吗？"

"这个嘛，他也没说——总之大家想了很多办法，街区里最强壮的男人说，这有何难，我这就去把它挪走。于是他独自一人来到十字路口，使出浑身的力气，累得汗流浃背，可是那石地藏却纹丝没动。"

"这石地藏还相当沉呢。"

"是啊，因为这个男人累得精疲力尽回家睡觉去了，于是剩下的人就又开始商量。这次街区里最聪明的男人说，交给我吧，让我去试试。他在饭盒里装满牡丹饼，来到地藏面前一边

---

① 石地藏：石头做的地藏菩萨像。

说着'过来过来'，一边将牡丹饼在地藏面前晃了晃，他以为地藏看见牡丹饼馋了自然就会过来的，可地藏仍然一动不动。聪明人意识到这个办法不行。于是他又在葫芦里装满美酒，一只手拎着葫芦一只手拿着酒盅再次来到地藏的面前说道'想不想喝一杯啊？想喝的话就过来'，结果这样引诱了三小时，地藏还是一动不动。"

"雪江姐姐，地藏菩萨不会饿吗？"敦子问道。"我想吃牡丹饼。"骏子说道。

"聪明人见前两次都失败了，第三次拿来了许多假钞在地藏面前晃来晃去地说道'想要吧？想要的话就过来拿啊'，可这一招也不好使。真是个相当顽固的地藏菩萨呢。"

"是啊，和你叔叔有点像。"

"简直和叔叔一模一样啊。最后这个聪明人也没办法了，只能放弃。然后又来了一个很能吹牛的人，他说自己一定能搞定，让大家放心。瞧那架势就好像这件事对他来说轻而易举一样。"

"这个吹牛的家伙用了什么办法？"

"他的办法才有意思呢。一开始他穿上了警察的衣服，还粘上了假胡子，来到地藏菩萨的面前虚张声势地说道'喂喂，你再不动的话后果自负，警察可不会放过你'。可现如今这世道，谁还怕警察呢？"

"是啊。那地藏菩萨动了吗？"

"怎么会动呢,那可是叔叔啊。"

"但你的叔叔可是很怕警察呢。"

"哎呀,是吗?他竟然怕警察?那样的话我也不用怕他了。但地藏菩萨仍然没动,若无其事地待在原地呢。吹牛的家伙很生气,脱掉警察的衣服,把假胡子也扔进了纸篓里,换了一套大富翁的衣服又来了。要是放到现在的话,大概就是像岩崎男爵①那样的派头吧。好不好笑?"

"像岩崎那样的派头是什么派头?"

"就是很大的派头吧。然后他什么也没做,什么也没说,就绕着地藏菩萨一边抽雪茄一边散步。"

"这是要做什么?"

"用烟把地藏菩萨呛迷糊啊。"

"简直像说相声一样。那呛迷糊了吗?"

"没有啊,对方是石头嘛。本来他这些把戏适可而止就好了,可结果他又换了一套殿下的行头来了。傻不傻?"

"哎,那时候也有殿下吗?"

"有吧。反正八木先生是那么说的。总之那个人就是打扮成殿下的模样来了,虽然诚惶诚恐但还是打扮成那样了——这可

---

① 指岩崎弥之助(1851~1908),三菱会社社长。1896年被授予男爵爵位。

是大不敬之罪吧,明明只是一个吹牛的家伙而已。"

"殿下是哪个殿下?"

"管他是哪个殿下,不管是哪个殿下都是不敬。"

"说的也是。"

"但殿下来了也不好使。吹牛的家伙也没办法了,说凭自己的本事搞不定那个地藏,似乎是认输了。"

"哈哈,他活该。"

"是啊,本该再惩罚他一下的——但是街区里的人都很焦急,所以也顾不上惩罚他就又开始商量对策,可是这次没有人再自告奋勇啦。"

"这就完了?"

"还有呢。最后他们雇了好多车夫和无赖,围着地藏菩萨大吵大闹。说是用这个办法来欺负地藏菩萨,让他待不下去,昼夜交替不停地喧哗呢。"

"真是够辛苦的。"

"但这个办法也没有用。地藏菩萨也是相当顽强。"

"然后呢,怎么样了?"敦子热心地问道。

"然后啊,因为每天吵闹也不见效果,搞得大家都烦了,可车夫和无赖却是只要吵一天就能领一份薪水,自然高兴地吵个不停。"

"雪江姐姐,薪水是什么?"骏子问道。

"薪水啊，就是钱。"

"那他们拿了钱做什么呢？"

"拿了钱嘛……呵呵呵呵，骏子你真顽皮——姊姊，他们可是没日没夜地吵闹啊。当时街区里有个叫傻阿竹的人，他什么也不知道，也没有人愿意搭理他。这个傻子看到他们如此吵闹，就说'你们为什么要这样吵闹呢？不管你们吵多久地藏菩萨也不会动啊，真是可怜'……"

"这个傻子还挺了不起的。"

"相当了不起的傻子呢。大家听了傻阿竹的话，心想这种事不试不知道，反正也没什么办法了，不如就让阿竹去试试吧。于是他们便拜托阿竹，阿竹一口答应下来，让车夫和无赖不要再吵了，飘然来到地藏菩萨面前。"

"雪江姐姐，飘然是傻阿竹的朋友吗？"话正说到关键的地方，敦子忽然问了这样一个奇怪的问题，女主人和雪江都忍不住笑了起来。

"不，不是他的朋友。"

"那是什么？"

"飘然呢——不太好形容。"

"飘然就是不好形容吗？"

"不是那样的，飘然——"

"嗯？"

"你知道多多良三平先生吧?"

"嗯,给我们送过山药呢。"

"就是像多多良先生那样。"

"多多良先生就是飘然吗?"

"嗯,差不多啦……傻阿竹来到地藏菩萨面前把手往怀里一揣说道:'地藏菩萨,街区里的人想让你换个地方,所以请换个地方吧。'他刚说完,地藏菩萨竟然答道:'是吗?既然如此,早说不就好了吗?'说完便扬长而去。"

"真是个奇怪的地藏菩萨。"

"然后他就开始演讲了。"

"还没完啊。"

"嗯,然后八木先生说,今天到场的都是妇人,我特意讲这个故事也是有深意的,我这样说或许有些失礼,但妇人在说话和办事的时候往往不喜欢直来直去,而总是喜欢拐弯抹角,这是个缺点。当然这种情况也不局限于妇人。就连明治时代的男子,也因为深受文明之害而多少变得有些女性化,总是要花费许多不必要的时间和精力。甚至有很多人误以为这样才是正确的做法,是绅士所应该执行的方针。但事实上这样的人都是被开化所束缚的畸形儿,根本不值一提。只是希望在座的妇人们能记住我刚才所讲的那个故事,在关键时刻要像傻阿竹那样直来直去地处理问题。如果你能变成傻阿竹,那么夫妇之间、婆媳之间可能发生的难解之纠葛一定能减少三分之一。一个人算计得越多,越会被算计所累,算计就是不幸之源,妇人普遍比男子更加不幸,就是因为算计过了头。所以请像傻阿竹一样吧。这就是他的演讲。"

"哎,那雪江你打算像傻阿竹一样吗?"

"不要,傻阿竹什么的,谁会想像那样啊。金田富子小姐听了之后觉得这简直太失礼了,还非常生气呢。"

"你说的金田富子小姐,就是对面小巷的?"

"嗯,就是那个时髦的小姐。"

"她也和你在一个学校上学吗?"

"不,她只是来旁听妇人会的。她可真时髦,吓了我一跳呢。"

"但是听说她长得很漂亮,是吗?"

"一般般,没有她自以为的那么漂亮。要是像她那样化一下妆的话谁都会变漂亮的。"

"要是雪江也像她那样化一下妆的话,肯定比金田小姐漂亮一倍吧。"

"哎呀真讨厌,好了嘛,我可不知道①。不过她可真是有点

---

① 这三句话是当时女学生的流行语,但被批评为没教养。不过漱石作品中的人物却经常说。

打扮过头了，就算家里有钱……"

"就算打扮过头，也还是家里有钱的好吧。"

"话是这么说没错……不过她还是稍微学习一下傻阿竹比较好。总是摆架子。前几天还跟大伙吹嘘说，有一个什么诗人为她创作了一本新体诗集。"

"是东风先生吧？"

"哎呀，是那个人创作的吗？真是个好事的家伙。"

"但东风先生可是相当认真呢。他觉得自己做那种事情是理所当然的。"

"就是因为有他那种人才坏事呢——除此之外，还有有趣的事情呢。前段时间不知道谁给她送了封情书。"

"哎呀，不知羞。是谁，竟做出了这种事来？"

"都说了不知道是谁嘛。"

"没写名字吗？"

"虽然写了名字，但却是个从没听说过的家伙，而且那个人写的情书好长好长。内容更是五花八门，千奇百怪。说什么我爱你就像信徒憧憬自己的神，为了你我可以化作小羊将自己宰杀供奉在祭坛上，这将是我至高无上的荣誉，心脏的形状是三角形，三角形的中心竖着丘比特的箭，如果是吹箭的话那就中了大奖……"

"这是认真的吗？"

"是认真的吧？现在我的朋友里有三个人都看过那封情书了。"

"真是讨厌的人，竟然把那种东西给别人看。她还打算嫁给寒月先生呢，这种事情公之于众岂不是会平添烦恼吗？"

"烦恼什么啊，她可是得意扬扬呢。下次寒月先生再来的话，把这件事告诉他比较好吧。寒月先生肯定一点都不知道呢。"

"是啊，他整天去学校磨玻璃球，大概不知道。"

"寒月先生真的打算迎娶那位小姐吗？真是可怜。"

"为什么？人家那么有钱，关键时刻帮得上忙，难道不好吗？"

"婶婶你总是一个劲地提钱啊钱啊的多俗啊。与金钱相比，爱情更重要不是吗？没有爱情的话夫妻关系就不会成立。"

"没错，那雪江你打算嫁到哪里去啊？"

"这种事谁知道啊，现在还一点影都没有呢。"

雪江与女主人就结婚争辩的时候，从刚才开始就一直没听明白却还在仔细倾听的敦子突然开口说道："我也要出嫁。"听到这个大胆的发言，就连充满青春的气息、十分值得同情的雪江都愣住了，反倒是女主人表现得比较镇定，笑着问道："你想嫁到哪去啊？"

"我啊，其实想嫁到招魂社去，但是又不想过水道桥，正在想应该怎么办呢。"

女主人和雪江听到敦子的这个回答，甚至不敢继续追问下去，只顾着哈哈大笑，而二女儿骏子则和姐姐商量道：

"姐姐也喜欢招魂社吗？我也很喜欢。我们一起嫁到招魂社去吧。好不好？不好？你不愿意就算了。我自己坐车也很快就到啦。"

"宝宝也去。"终于连小宝也要嫁到招魂社去了。要是她们三个真能一起嫁到招魂社去，那主人倒能轻松不少呢。

就在这时，外面传来一阵喀拉喀拉的车轮声，到了大门前便停住了，紧接着便是一声很有气势的"您回来啦"。看样子主人从日本堤分署回来了。他让女佣接过车夫递过来的大包裹，自己则悠然地来到饭厅。"哟，你来了。"他一边跟雪江打招呼，一边将手中那个像酒壶一样的东西啪地扔到前面提到过的那个著名的长火盆旁边。既然说是像酒壶一样的东西，当然就不是酒壶，但看上去又不像是花瓶，只是一种形状怪异的陶器，所以暂且这样叫它。

"这酒壶真奇怪，从警察那里拿回来的吗？"雪江将那个倒了的东西扶起来向主人问道。主人则注视着雪江的脸得意地说道："怎么样，造型不错吧？"

"造型不错？这个吗？一点也不好啊。你怎么拿了个油壶回来？"

"什么油壶？你说话这么没水平，我可没办法了。"

"那这是什么?"

"花瓶。"

"如果这是花瓶的话,瓶口太小,而瓶身太大。"

"这正是其妙处所在啊。你真是没品位。和你婶婶的眼光一样。跟你们说不到一起去。"说着主人拿起油壶,对着隔扇仔细地端详起来。

"是,我没品位。我也不会做出从警察那里领回一个油壶这样的事。是吧,婶婶?"但女主人的心思根本不在他们这边,她正把包裹打开,眼睛瞪得溜圆检查丢失物品呢。"哎呀真让人吃惊。连小偷都进步了呢。这些衣服竟然全都拆洗过了。你看看。"

"谁从警察那里领油壶了。这是我嫌等待太无聊,在那边散步的时候淘来的。虽然你不懂,但这可是个宝贝呢。"

"那可真是太宝贝了。话说叔叔你在什么地方散步啊?"

"就是日本堤那边啊。还去吉原里看了看。相当热闹的地方呢。你见过那个大铁门①吗?没见过吧?"

"谁见过啊?吉原是那些下贱的女人才待的地方,我可没去过。叔叔身为教师,竟然还去那种地方。真是让人吃惊不小呢。是吧,婶婶?"

"嗯,是啊。好像还缺点东西。警察把东西都找回来了吗?"

---

① 指吉原入口的大门。

"除了山药都找回来了。本来让我九点到,结果一直让我等到十一点,岂有此理!难怪日本的警察不行。"

"要是日本的警察不行,那你在吉原散步就更不行了。这件事要是被学校知道了会被免职的呢。是吧,婶婶?"

"嗯,会吧。你看,我的衣带少了一面。难怪我觉得缺东西。"

"衣带少一面就少一面吧。我可是等了三个小时呢,宝贵的半天时间就这么浪费了。"主人换好和服,若无其事地靠坐在火盆旁边拿起油壶把玩。女主人也只好作罢,将领回来的东西一股脑地塞进壁橱,然后又坐回原位。

"婶婶,叔叔说这个油壶可是个宝贝呢。可看上去脏兮兮的,不是吗?"

"这是在吉原买的吗?唉。"

"唉什么唉?你又不懂。"

"就算我不懂,可买这样的壶何必去吉原,在哪都能买得到吧。"

"哪都能买得到?这可不是哪都能买到的大路货。"

"叔叔真像石地藏。"

"又没大没小地说话。现在的女学生越来越没教养可真不行。你去读读《女大学》[①]吧。"

---

① 《女大学》:江户时代广为流传的女子修身养德之书。

"叔叔讨厌保险吧？女学生和保险你更讨厌哪一个？"

"我不讨厌保险。保险是很有必要的东西。要是为将来考虑，谁都应该买保险才对。而女学生却是一无是处的废物。"

"废物就废物吧。可是你明明没有买保险啊。"

"我打算下个月就买。"

"真的吗？"

"当然是真的。"

"还是别买了吧，保险什么的。有买保险的钱买点别的不好吗？是吧，婶婶？"女主人呵呵地笑了起来。主人却很认真地说道：

"你是觉得自己能活上一二百年，所以才说得那么轻松，但你要是能仔细地想一想，就自然会发现保险的必要性。反正我下个月肯定会买。"

"是吗？那就没办法了。要是把前几天你给我买洋伞的钱用来买保险的话或许更好呢。人家明明一个劲地说不要不要，可你还是买下来了。"

"你竟然那么不想要吗？"

"是啊，我根本就不想要什么洋伞。"

"既然如此那就还给我吧。正好敦子说想要呢，把洋伞给她吧。你今天带来了吗？"

"哎呀，竟然说这种话，太过分了吧。好不容易给人家买的东西，竟然让还回来？"

"是你自己说不想要，我才让你还回来的。一点也不过分。"

"虽然不想要，但你还是过分。"

"不明事理的家伙。因为你说不想要我才说还回来，这有什么过分的？"

"可是……"

"可是什么？"

"可是太过分了。"

"蠢货，就会翻来覆去地说同样的话。"

"叔叔才是翻来覆去地说同样的话呢。"

"因为你翻来覆去地说同样的话，我没办法才重复的。而且不是你刚才说的不想要吗？"

"我是说了。但虽然不想要，却也不想还。"

"这话说的。不明事理又固执己见，真拿你没办法。你们学校难道不教逻辑学吗？"

"好了吗？反正我也是没教养的，你随便说吧。竟然让人家把东西还回来，就连外人也不会说这种不近人情的话呢。你真应该学学傻阿竹。"

"学什么？"

"就是学着正直、淡泊一点。"

"你真是又傻又顽固，所以才会不及格。"

"我就算不及格也不用叔叔你帮我交学费啊。"

雪江说到这里竟情不自禁地哭了起来，一掬泪水潸然滴落在她紫色的裤裙上。主人一副茫然的神色，注视着雪江的裤裙和她低下去的脸，仿佛在研究这眼泪究竟是起因于何种心理作用一样。就在这时女佣从厨房赶来，将红通通的双手摁在门内的地面上行了一礼说道："有客人来了。""来者何人？"主人问道。"是学校的学生。"女佣边看着雪江哭泣的侧脸一边答道。主人前往客厅。我则出于取材和人类研究之目的，跟在主人身后悄悄地绕到檐廊。如果想要对人类进行研究，那就必须选择在有波澜发生之时才能够得出结果。波澜不惊的时候，平凡的人总是很平凡，平凡到让人根本提不起观察的兴致。但一到关键时刻，这种平凡就会突然在某种灵妙且神秘的作用之下发生巨大的变化，变得奇妙、怪异、荒诞、玄幻，用一句话来概括，那就是到处都充满了值得我们猫类日后参考之事件。雪江的眼泪正是此种现象的一个绝佳例子。在雪江与女主人说话的时候，绝对让人想象不到她竟然拥有如此不可思议、不可揣测之心思，但当主人回来扔出一个油壶的时候，她就好像濒死之龙被蒸汽泵喷上了水一般[1]，将那本难得一见的巧妙、美妙、奇妙、灵妙之丽质，毫不保留地

---

[1] 蒸汽泵是当时用来灭火的蒸汽水泵，这句话的意思大概是濒死的龙被喷上水之后又重获生机、现出真身。

发挥出来。这种丽质实乃天下女性共通之丽质。可惜的是轻易并不会表露出来。不，准确地说应该是无时无刻不在表露，但却没有这么显著、这么明确、这么淋漓尽致。幸亏有我主人这样一个在爱抚我时都要逆着毛发抚摸的矫情别扭又奇特之人存在，我才能看到这样的好戏。只要跟在主人身后，不管走到哪里，舞台上的演员一定都会不由自主地表演起来。拥有这样一个有趣的主人，即便在猫短暂的寿命之中也能有很丰富的经历吧。真是三生有幸。不知道这次来的客人又是谁呢？

见面一看，来客是个大约十七八岁，和雪江不相上下的学生。他的脑袋很大，头发短得几乎能看到头皮，脸中间镶着一个圆鼻子，缩在客厅的角落里。此人没什么其他的特征，只是脑袋特别大。头发剪得这么短，脑袋还这么大，如果他留出像主人那样长的头发，那肯定会非常引人注目的。主人向来认为，长这样脑袋的人一般都没有什么学问。或许事实也确实如此，但这学生乍看上去好像拿破仑一样却也颇为壮观。他的衣着和普通的学生一样，虽然不知道面料究竟是萨摩纹、久留米纹还是伊予纹，总之就是一件带花纹的短袖夹和服，里面似乎既没穿衬衣也没穿汗衫。听说光膀子直接穿夹和服和光脚显得人很有气势，但这个男人却给人一种十分不自然的感觉。尤其是他还在榻榻米上好像小偷一样留下了三个清晰的脚印，这毫无疑问就是光脚的责任了。他正好坐在第四个脚印上，显得既拘束又惶恐。倘若是一个老实本分的人表现出惶恐的模样也还罢了，可这个留着短刺头一看就很野蛮粗鲁的家伙竟然显得畏首畏尾，这就让人感觉有些不太自然。像这种走在路上遇见老师都不会行礼的傲慢家伙，让他和普通人一样老老实实地坐上三十分钟肯定都忍不住吧。更何况现在他像天生的谦谦君子、盛德长者一样正襟危坐，尽管他本人痛苦不堪，但在旁人看来却感觉十分好笑。一个在教室和操场上都能那么喧哗吵闹的家伙，怎么能拥有如此强大的自我约束力呢？想到这里不由得感到他既可怜又滑稽。像这样一对一的话，不管主人多么愚钝，在学生面前还是有点分量的。主人一定也很得意吧。正所谓积土成山、聚沙成塔，一名学生虽然微不足道，但要是许多学生聚集到一起那就变成了不可小觑之团体，或许还会搞出抵制和罢课之类的事端。这就好像胆小鬼喝了酒之后变得胆大妄为的现象一样。聚众闹事就是沉醉于人多势众的结果，这样的人在当时绝对是不清醒的。否则的话，现在这位与其说是战战兢兢不如说是无精打采地自顾自靠在拉门旁边的穿着萨摩纹的学生，就不会对虽然老朽但却挂着教师之名的主人如此尊敬、如此重视。

主人推过去一个坐垫说道"请坐"，可是这位刺头先生只是僵硬地说了一声"哎"却一动没动。我眼前这个有些褪色的更纱坐垫虽然已经抵达了自己的位置，但它却并不会说"请快坐上来吧"之类的话，而那个活生生的大脑袋却只会呆呆地坐在它的后面,这可真是一副绝妙的场景。女主人从劝工场把这个坐垫买回来是用来坐的而不是用来看的。对于坐垫来说,如果没人坐,那就相当于名誉受到了损害,就连劝对方坐在坐垫上的主人面子上也有几分挂不住。而不给主人面子,对坐垫只看不坐的刺头君绝非讨厌坐垫。实际上,打从出生开始他除了给祖父做法事的时候之外几乎从没有这样正式地坐过,所以他的脚早就因为发麻而提出了抗议。即便如此他仍然不肯坐在坐垫上。即便这个坐垫根本没有人坐他也不肯坐上去。即便主人说了"请坐"他也不肯坐上去。真是个不好对付的刺头小子。如果他真的这么客气的话,人多势众的时候客气一下该多好,在学校的时候客气一下该多好,在宿舍的时候客气一下该多好。不该客气的时候客客气气,该客气的时候反倒一点也不客气,甚至搞得一片狼藉。这刺头小子绝对不是什么好东西。

就在这时,刺头小子身后的拉门被唰的一声打开,雪江将一碗茶恭恭敬敬地摆在他的面前。若是在平时,他肯定会嘲讽一句"野蛮茶",但现在他光是面对主人就已经诚惶诚恐,再加上这样一位妙龄少女用从学校里学来的小笠原流[①]礼法姿态优美地端上茶碗,就让他显得更加坐立不安起来。雪江关上拉门之后,门

---

① 小笠原流:原本是武家的礼仪,后普及到民间,战前的女子学校以此作为礼仪教育。

外便传来一阵笑声。由此可见，即便在同龄人之中，女性也比男性要了不起得多。雪江的气魄就远在这个刺头小子之上。尤其她在不久之前还流下一掬泪水，现在的笑声就显得更加引人注目。

雪江离开之后，双方仍然一言不发地互相僵持着，认识到这样下去就好像是在对坐修炼一样的主人终于开口说话。

"你叫什么来着？"

"古井……"

"古井？古井什么？名字呢？"

"古井武右卫门。"

"古井武右卫门——原来如此，名字挺长的嘛。不像是现在的名字，倒像是古人的名字，你是四年级吧？"

"不是。"

"三年级？"

"不，我是二年级。"

"甲组？"

"乙组。"

"乙组，我是班主任啊。原来如此。"主人感慨地说道。其实这个大头自从入学第一天开始主人就见过，绝对不会忘的。不仅如此，主人还时常在梦里梦见这个大头呢。但不拘小节的主人却无法将这个大头与这个古风的姓名联系起来，更无法将上述内容与二年级乙组联系起来。所以当他得知这个时常出现在自己梦中的大头竟然是自己手下的学生时，不由得打从心底发出了"原来如此"的感慨。但是，对于这个长着一个大脑袋、拥有古风的姓名而且还在自己管理之下的学生，究竟为何要在这个时候前来拜访，主人却是一点也想象不出来。本来主人就不怎么受欢迎，所以即便岁末年初也鲜有学生前来拜访。这位古井武右卫门虽然是第一次来主人家登门拜访的稀客，但因为搞不清他来访的目的，所以主人似乎也有些为难。来主人这么无趣的人家里肯定不是为了玩吧，倘若是来劝说主人辞职那至少应该更有气势一些才对，除此之外武右卫门君也不应该是因为私事来找主人商量，所以不管主人怎么想也想不出个所以然来。从武右卫门君的表现来看，或许连他自己都不知道为什么要到这里来。实在没办法的主人只能直截了当地问话。

"你是来玩的吗？"

"不是。"

"那你是有事了？"

"是的。"

"学校的事吗？"

"是的，想和您稍微商量一下……"

"嗯。是什么事呢？说出来吧。"主人话音刚落，武右卫门君却低下头去沉默不语了。本来武右卫门君在中学二年级的学生之中属于能言善辩之人，虽然他的大脑发育并没有与脑袋的大小相匹配，但在口才这方面却是乙组之中的佼佼者。之前询问哥伦布的日文译法让主人大为头疼的正是这位武右卫门君。这样一位豪杰之士，竟然从一进门开始便好似口吃的公主一样扭扭捏捏，这其中定有什么隐情，绝非客气那么简单。主人似乎也感到有些奇怪。

"有什么话说出来不就好了吗？"

"有些难以启齿……"

"难以启齿？"说着主人向武右卫门君的脸望去，但由于对方依然低着头，所以也看不出什么端倪。迫不得已，主人只好换了种语气，安慰他道："好吧，不管什么事你都可以说出来。外面不会有人听见，我也不会告诉别人的。"

"我说出来真的可以吗？"武右卫门君还有些不放心。

"当然可以。"主人擅自作出了判断。

"那我就说了。"说完，武右卫门君抬起他那刺头脑袋满怀希望地向主人望去。他的眼睛是三角形的。主人鼓起脸颊一边喷出朝日香烟的烟雾一边将脸转向一旁。

"其实那个……事情变糟了……"

"什么事？"

"就是非常糟糕的事，所以我才来的。"

"所以呢，什么糟糕了？"

"本来我没想做那种事的，都是浜田一个劲地说借我吧借我吧……"

"浜田是浜田平助吗?"

"是的。"

"你借给浜田房租了?"

"并不是那种东西。"

"那你借给他什么了?"

"名字。"

"浜田问你借名字干什么?"

"送了封情书。"

"送什么?"

"所以我就和他说,不要用我的名字,我负责去送。"

"有点不得要领啊。到底是谁干了什么啊?"

"送了情书。"

"送了情书?给谁?"

"所以说难以启齿嘛。"

"那么你给哪个女孩送了情书吗?"

"不!不是我。"

"浜田送的?"

"也不是浜田。"

"那到底是谁送的?"

"不知道是谁。"

"一点也不得要领。那就是谁也没送吗？"

"只有名字用了我的名字。"

"只有名字用了你的名字，可还是不知道究竟发生了什么事啊。你把条理搞清楚了再说。那封情书到底是送给谁的？"

"送给住在对面小巷里一个叫金田的女性。"

"实业家那个金田家吗？"

"是的。"

"那你只借了名字是怎么回事？"

"因为他们家的女儿既时髦又傲慢，所以就给她送了封情书——浜田说情书不署名不行，我说那就署你自己的名字呗，他说他的名字太没趣了，古井武右卫门这名字好——于是，我就把名字借给他了。"

"那么，你认识那家的女儿吗？有过交往吗？"

"一点关系也没有，根本连面都没见过。"

"乱来。竟然给连面都没见过的人送情书，你们到底是出于何种目的做这种事情。"

"只是因为大家都说她自以为是、目空无人，所以想要戏弄她一下。"

"越来越乱来了。结果情书上就写了你的名字送过去了？"

"是的，内容是浜田写的，署了我的名字，远藤连夜扔进了她家的信箱。"

"那就是你们三个合伙干的。"

"嗯，但我事后仔细一想，如果这件事传出去我被勒令退学可就糟了，因为非常担心，我这两三天来夜不能寐，总是恍恍惚惚的。"

"还不都是因为你们做了这么件意想不到的蠢事。署名上写的是文明中学二年生古井武右卫门吗？"

"不，没写学校名。"

"没写学校名还好。你敢写学校名试试，这可是关系到文明中学的名誉。"

"那样的话就会被开除吗？"

"或许吧。"

"老师，我老爸是个非常严厉的人，我母亲还是继母，如果被开除的话我就完蛋了。我真的会被开除吗？"

"所以别做这样的事不就好了。"

"本来我并不想做的，只是一不小心就……能想想办法让我不被开除吗？"武右卫门君用好像要哭出来一样的声音频频哀求。从一开始就躲在拉门后面偷听的雪江和女主人都忍不住笑了起来。主人则装模作样、不厌其烦地重复着"或许吧"。真是相当有趣。

我说有趣，或许会有人问"有那么有趣吗"。这个问题问得好。不管是人还是动物，了解自己都是一生之中的大事。倘若人类能够了解自己，那就能够以人类的身份获得猫的尊敬。到了那个时候，如果我再写这些刻薄话，难免会于心不安，自然就会停笔。但就像自己不知道自己的鼻子有多高一样，人类也很难看出自己究竟是个什么东西，所以才会对平时向来都瞧不起的猫提出这样的问题吧。人类虽然看起来狂妄自大，却也有愚钝之处。人类以万物之灵自居，不管走到哪里都要炫耀自己万物之灵的身份，却连如此简单的事实都无法理解。甚至还恬不知耻、大言不惭，实在是让人笑掉大牙。他们一边扛着万物之灵的招牌，一边大声嚷嚷："我的鼻子在哪？快告诉我、快告诉我。"既然如此，何不干脆让出万物之灵的头衔，可他们却是至死也不愿放手的。人类面对如此明显的矛盾却还能心平气和地生存，这正是他们的可爱之处。但可爱的代价却是不得不承认自己的愚蠢。

我之所以觉得此时的武右卫门君、主人、女主人以及雪江有趣，并不仅仅因为外部事件的偶然碰撞波及了微妙的地方。而是因为这种偶然碰撞所产生的反响在每个人的心里产生出了不同的音色。主人对于这一事件的态度是冷漠的。不管武右卫门君的老爸多么严厉，继母又如何对待他，主人都不会感到惊讶。他也没有惊讶的必要。毕竟武右卫门君被开除和他自己被免职之间毫不相干。如果所有的学生都被开除，那教师或许也会随之丢了饭碗，但古井武右卫门君一个人的命运不管发生何种变化，与主人的生活几乎没有任何的关系。既然关系不大，那同情自然也很少。因为素不相识的人而悲伤、难过、叹息，绝非自然的现象。我很难相信人类是那么情深义重、热情体贴的动物。至于偶尔在交际场上叹息流泪或者露出难过的表情，只不过是他们与生俱来的义务罢了。简单说那就是一种用来敷衍的表情，是相当费功夫的艺术。能够把这种敷衍表演好的人，被称为富有艺术良心的人，深受世人的尊重。所以再也没有比深受世人尊重的人更靠不住的了。不信的话一试便知。在这一点上主人反而可以说属于演技拙劣的一类。因为演技拙劣所以不受尊重。因为不受尊重，所以主人更加肆无忌惮地将自己冷漠的一面表露无遗。从他不厌其烦地对武右卫门君重复"或许吧"上就可以看出这一点。但诸位绝不能因为主人冷漠就讨厌像他这样的好人。冷漠乃人类之天性，不试图隐瞒自己天性的人才是正直之人。如果诸位希望主人不要如此冷漠，那就未免对人类太过高估了。在这个正直之人都十分紧缺的世界上，倘若还有更高的期望，那恐怕只有等志乃和小文吾从马琴的小说[①]之中走出来，八犬士[②]都搬到左邻右舍之中居住的时候

[①] 指的是《南总里见八犬传》，志乃与小文吾是这部小说里的人物，是"仁、义、礼、智、信"等封建道德的化身。马琴，曲亭马琴（1767~1848），日本江户时代最出名的畅销小说家。《南总里见八犬传》便是其代表作。

[②] 指的是《南总里见八犬传》里的人物，八个人分别代表"仁、义、礼、智、忠、信、孝、悌"八种美德。

才能实现吧。主人先说到此,再来看看于饭厅之中笑个不停的这两位女性,她们比主人的冷漠更向前推进了一步,进入了滑稽的领域。对于这两位女性来说,令武右卫门君头疼不已的情书事件,竟如《佛陀福音》①一般令人兴奋激动。没有理由、只有兴奋。如果非要解释的话,那就是因为武右卫门君陷入困境,所以她们兴奋。诸位可以向女性们问问,"你们是否会因为他人陷入困境而感到好笑?"被询问者肯定会说提出这个问题的人是个傻瓜,就算不说傻瓜,也会说故意提出这样的问题是在侮辱淑女的人格。说是侮辱或许确为事实,但在他人陷入困境之时嘲笑也是事实。这样的话岂不就是在说,我接下来要做一件有辱自己人格的事情给你看,但你不许对我说三道四?这就相当于提出了如下的主张:我要偷东西,但绝对不能说我不道德。如果说我不道德那就是往我脸上抹黑,是对我的一种侮辱。女人真是聪明,理论一套一套的头头是道。既然生而为人,那即便被踩、被踢、被打,甚至遭受白眼和冷落,都必须处之泰然,不仅如此,即便遭人唾弃、被泼上脏水,甚至被人大声嘲笑都必须甘之如饴。否则的话便无法和如此聪明的女人打交道。武右卫门先生只因一时的疏忽便铸成大错,显得十分

---

① 1894年,由保罗·迦耳斯著、铃木大拙翻译、释宗演作序的《佛陀福音》(*Gospel of Buddha*)出版,在当时的佛教界引起广泛瞩目。

惶恐，或许他也觉得在自己如此惶恐之时对方却在背地里嘲笑未免有些失礼，但他毕竟年纪尚小稚气未脱，认为即便有人失礼于自己，如果自己因此而恼怒会显得太小家子气，那既然不能出言阻止就只能默默忍受了。最后让我再来介绍一下武右卫门君的心境吧。他简直就是忧虑的化身。他那伟大的脑袋里装满了忧虑，就好像拿破仑的脑袋里装满了功名。他的蒜头鼻子不时地抽动，正是因为忧虑传达到面部神经，产生出如同反射作用一般的无意识活动。他就好像吞下了一个大炸弹，而这两三天他一直在肚子里装着这么一个铁疙瘩，一筹莫展、束手无策。因为他实在是走投无路，所以病急乱投医地认为去找身为班主任的老师，或许会有所帮助，于是只能来到那个平时很讨厌的人家中，低下自己那个大脑袋。他似乎完全忘记了自己平时在学校之中总是嘲弄主人，还煽动同学们一起让主人难堪的所作所为。他似乎坚信，不管自己曾经怎样嘲弄和为难老师，只要是挂着班主任的名头那就必然会为他分忧解难的。但他太天真了。主人之所以身为班主任并非因为他想成为班主任，而是因为校长的命令迫不得已为之。就好像迷亭伯父的圆顶硬礼帽一样，有名无实。既然有名无实，那就什么事也做不成。倘若只靠名字就能成事，那雪江便可以只靠名字去相亲了。武右卫门君不只任性，还过高地估量了人类，认为其他人都必然对自己亲切有加。至于自己会遭到嘲笑这种事恐怕他压根就没想到吧。武右卫门君此次来到班主任的家中,肯定会发现一条关于人类的真理。懂得了这条真理,他将来大概会逐渐成为一个真正的人吧,会对别人的担忧十分冷漠吧。会在别人遇到困难的时候大声嘲笑吧。这样的话,未来大概天底下将全都是像武右卫门君这样的人吧,大概全都是像金田君及其夫人那样的人吧。为了武右卫门君着想,我深切地希望他早日觉悟,不要成为一个正人君子。否则的话,不管他多么忧虑、多么后悔、多么一心向善,都不可能取得像金田君那样的成功,甚至还会遭到社会的排斥,被流放到人类的居住地之外。与之相比,被文明中学开除这点小事简直不值一提。

我想到这里正觉得有趣的时候,大门忽然又被"哗啦啦"地拉开,从玄关的拉门后面忽然探出半张脸来。

"老师。"

主人正在对武右卫门君重复"或许吧",却听到玄关处传来呼唤自己的声音,便抬头向玄关望去,只见在拉门后面露出半张脸的正是寒月君。"喂,进来吧。"主人坐在原地说道。

"有客人啊?"寒月君还是露着半张脸问道。

"没关系,进来吧。"

"其实我是来找您出去的。"

"去哪里?又是赤坂吗?那边还是算了。上次走了那么久,我两条腿都走麻了。"

"今天没事。好久没出去了，不出去走走吗？"

"去哪？你先进来再说吧。"

"我想去上野听虎啸。"

"多没劲啊，你先进来吧。"

寒月君可能也觉得这么远的距离不便于谈判，于是便脱掉鞋慢吞吞地走了上来。他还穿着那条屁股上打着补丁的灰色裤子，据他本人所说，这补丁并非因为裤子年代久远或者自己屁股太沉把裤子磨破了而打上的，而是因为最近他在练习骑自行车所以屁股部分摩擦较多导致的。他做梦也想不到先自己一步来访的这位客人竟是给自己公认的未来夫人写了情书的情敌，还向武右卫门君打了声招呼，然后在靠近檐廊的一边坐了下来。

"听老虎叫有什么意思？"

"是啊，现在当然不行。我们先去随便逛逛，等到晚上十一点的时候再去上野。"

"哎？"

"那时候的上野公园里面一定古树森森，有点恐怖吧。"

"那倒是，肯定要比白天孤寂一些。"

"届时我们故意挑些树木茂盛，就连白天也人迹罕至之处散步，在不知不觉之间就会忘记自己是身处红尘万丈的都市之中，产生出以为自己在深山老林之中迷了路的心境。"

"产生出这种心境又能怎样？"

"当我们因为产生出这种心境而停下脚步之时，动物园之中忽然传来一声虎啸。"

"老虎会这么凑巧地叫吗？"

"放心吧，会叫的。那虎啸声即便白天都能传到理科大学那边，所以在深更半夜、万籁俱寂、鬼气逼人、魑魅扑鼻之时……"

"魑魅扑鼻是什么意思？"

"没有这种说法吗？就是很吓人的时候。"

"是吗？好像没怎么听说过。然后呢？"

"然后老虎就以仿佛要将上野的老杉树的叶子全都震落一般的气势大叫一声，很可怕吧？"

"确实很可怕。"

"怎么样，要不要去冒险啊？我觉得一定会很有趣呢。毕竟如果不在夜里听一听虎啸，那就不能说自己听过老虎叫。"

"或许吧。"主人不但对武右卫门君的哀求表现得很冷漠，对寒月君的探险邀请也很冷漠。

从刚才开始便一直羡慕地默默听着关于老虎的对话的武右卫门君，好像在听到主人的"或许吧"之后忽然再次想起自己身上的麻烦事，便又对主人问道："老师，我很担心，到底应该怎么办才好呢？"寒月带着狐疑的表情看着这个大头。我因为想起了别的事，便先行告退向饭厅走去。

饭厅之中女主人正一边呵呵地笑着,一边将粗茶倒进京都产的便宜茶碗里,然后又将茶碗摆在金属茶托盘上。

"雪江,劳驾你帮忙把这个端上去。"

"我才不去。"

"为什么?"女主人似乎有些惊讶,笑容也一下子僵住了。

"没什么。"雪江立刻做出一副若无其事的表情,将目光落在旁边的《读卖新闻》上。女主人又商量道:

"哎呀,你可真奇怪。那是寒月先生啊。有什么关系嘛。"

"可是,我就是不想去啊。"雪江的目光仍然没有离开《读卖新闻》。虽然她根本一个字也没看,但要是把这件事戳穿出来那她大概又要哭了吧。

"有什么好难为情的啊。"女主人笑着说道,故意将茶碗摆在《读卖新闻》的上边。雪江说道:"哎呀你真坏。"然后打算将报纸从茶杯底下抽出来,结果摆在上面的粗茶毫不客气地洒了出来,从报纸上淌进榻榻米的接缝里。"你看看。"听到女主人这样说,雪江说了声"哎呀不好了"急忙向厨房跑去。大概是去拿抹布了吧。我觉得这出滑稽戏也挺有意思。

寒月君不知外面发生了什么,还在客厅里说些奇怪的话。

"老师,您这个拉门重新裱糊过吧。谁弄的?"

"女人弄的。裱糊得还不错吧?"

"相当不错。就是那个偶尔来老师家玩的大小姐裱糊的吗?"

"嗯,她也帮了点忙,还自夸说只要能把拉门裱糊到这种程度就能出嫁了。"

"哎,原来如此。"说着寒月君仔细地检查起拉门来。

"这个地方很平整,但右端纸张有点多都鼓起来了。"

"那边是最开始裱糊的,因为没有经验所以弄得不好。"

"原来如此,难怪技术差了点。不过那个表面属于超越曲线①,无法用普通的函数表达呢。"寒月说的都是只有理科学者才能明白的术语,主人只能敷衍地答道:"或许吧。"

武右卫门君终于意识到照这样下去不管他怎么哀求也无济于事,便突然将他那伟大的脑袋磕在榻榻米上,在默默无言之中表达了诀别之意。主人问道:"你要走了吗?"武右卫门君并没有回答,只是悄然地趿拉着他的大木屐出门去了。真是可怜啊。如果对他置之不理的话搞不好他也会写下一篇岩头吟然后跳进华严瀑布呢。②追根溯源,这都是由金田大小姐的时髦和傲

---

① 超越曲线:transcendental curve。这是用数学用语描述拉门褶皱复杂性的夸张说法。

② 1903年,东京第一高等学校的学生藤村操在日光的华严瀑布旁边的树上刻下了遗书《岩头之感》后投河自尽。因为他在遗书中提到哲学真相"不可解",所以他的自杀在当时被称为哲学自杀。受其影响许多哲学青年都纷纷来华严瀑布自杀,华严瀑布变成了自杀"胜地"。藤村操是漱石的学生,在藤村操自杀前一星期漱石还因为学业问题呵斥过他,藤村操的自杀使漱石大受打击,后来在其作品《我是猫》和《草枕》中都曾提到这一事件。

慢所引发的事件。如果武右卫门君死了，那就应该变成幽灵来向金田大小姐索命。像她那样的人，世界上要是少了那么一两个，不会给男人们造成任何的困扰，寒月君也可以娶一个更像大家闺秀的老婆了。

"老师，那是您的学生吗？"

"嗯。"

"脑袋可真大啊。学习好吗？"

"他的学问可配不上那么大的脑袋，总是提一些奇怪的问题呢。上次问我哥伦布应该怎么翻译，可把我害惨了。"

"都是因为脑袋太大了所以才会问出那样多余的问题吧。那老师您是怎么回答的？"

"哎？我只能随便翻译了一下蒙混过去了。"

"即便如此不还是翻译出来了吗？这很了不起啊。"

"那群小孩子，如果你翻译不出来就会失去他们的信任。"

"老师越来越像政治家了呢。但看他刚才那样子，相当没精打采的，不像是来给老师您找麻烦的啊。"

"今天他是有点不争气，愚蠢的家伙。"

"发生什么事了？看他的样子感觉很可怜。到底是怎么回事？"

"还能是什么事，做了蠢事呗，给金田家的小姐送了情书。"

"哎？那个大头吗？现在的学生真是相当可以啊，让人惊讶。"

"你也很担心吧……"

"我一点也不担心。反而感觉很有趣呢。不管送多少情书过去都没关系。"

"是吗？既然你不担心那就无所谓了……"

"当然无所谓，我一向不在意的。但那个大头竟然会写情书，倒是让我有点惊讶。"

"这个嘛，其实是个玩笑。因为那个女孩太时髦和傲慢，所以他们就想捉弄她一下，于是三个人一起……"

"三个人给金田家的小姐送了一封情书？越来越有趣了。这不就像是三个人吃一份西餐吗？"

"而且还分工明确呢。一个人负责写，一个人负责送，一个人负责署名。今天来的家伙就是负责署名的。这是最蠢的。而且他说自己连金田小姐的面都没见过。怎么能做出这样荒唐的事情来呢？"

"这可是近来最大的新闻啊。简直是个杰作。那个大头竟然会给女人写情书，这难道不有趣吗？"

"可是捅了个大娄子呢。"

"什么大娄子啊，不要在意，对方可是金田啊。"

"那不是你可能会娶的人吗？"

"正因为可能会娶所以才不用在意啊。金田什么的，根本不用在意。"

"就算你不在意……"

"金田也不会在意的，没关系。"

"如果是这样的话那还好，不过那小子事后想起这件事，突然感觉良心上受到了谴责，而且还感到有些惶恐，所以才战战兢兢地跑来找我商量。"

"是吗？所以他才一副那么无精打采的样子吗？真是个没气魄的小子。老师，您是怎么跟他说的？"

"他问自己会不会被开除，这是他最担心的。"

"为什么会被开除？"

"因为他做了那种不道德的坏事。"

"这也称不上不道德吧。不用在意。金田的话肯定觉得这很有面子，到处宣扬呢吧。"

"怎么会？"

"总之，那个大头真是可怜啊。就算做了那样的事确实不对，但如此担惊受怕，可把他毁了。虽然他脑袋很大，但长相倒不算坏。鼻子还一个劲地忽扇，挺可爱的。"

"你像迷亭一样净说些风凉话。"

"怎么，这可是当今时代的思潮，老师您太守旧了，把什么事都搞得那么复杂。"

"但他难道不蠢吗？为了恶作剧就给一个素不相识的人送情

书，简直没有常识。"

"搞恶作剧基本都是因为缺乏常识。您还是帮帮他吧，也算是功德一件。看他那样子搞不好会是去华严瀑布呢。"

"是啊。"

"还是帮帮他吧。要是更狡猾更有头脑的人，可不会做这样的事，他们要是做了坏事，还会装出一副若无其事的样子呢。如果那个孩子要被开除的话，就得把那样的家伙全都开除了，否则便不公平。"

"你说的也有道理。"

"话说回来，怎么样，要不要去上野听虎啸？"

"又是老虎？"

"嗯，去听一听吧。其实我这两三天就必须要回老家一趟办点事，那时候就不能陪您去啦，所以我就想今天一定要和您一起出去走走。"

"是吗，你要回老家？有事要办？"

"嗯，有点事——总之，和我出去走走吧。"

"是吗？那就走吧。"

"那出发吧。今天晚饭我请客——吃完饭活动活动再去上野时间刚刚好。"在寒月的一再催促下，主人终于动了心，和他一起出门去了。身后则传来女主人和雪江肆无忌惮的大笑声。

十一

迷亭君与独仙君在壁龛跟前隔着一副棋盘相对而坐。

"没赌局我可不玩。输的一方要请客才行。敢不敢?"听到迷亭君的叮问,独仙君一如既往地捋着山羊胡说道。

"那样的话,难得的清戏①未免落入了俗套。被赌局之类的胜负影响到心情就无趣了。只有将胜负置之度外,以'云无心以出岫'②的心境下完一局,才能体会到个中滋味。"

"又来了。和你这样仙风道骨之人对弈还真有点累呢。你简

---

① 清心寡欲的游戏。出自明朝还初道人洪应明《菜根谭》:"钓水,逸事也,尚持生杀之柄;弈棋,清戏也,且动战争之心。可见喜事不如省事之为适,多能不如无能之全真。"

② 云气自然而然地从山里冒出。无心,无意地。岫,有洞穴的山,这里泛指山峰。出自陶渊明《归去来兮辞》。

直就像是《列仙传》①中的人物一样。"

"弹无弦之素琴②嘛。"

"拍无线之电报吗?"

"总之,来玩吧。"

"你执白子?"

"哪个都行。"

"不愧是仙人,如此大气。如果你执白子,那按照顺序我就执黑子了。好啦,来吧。尽管放马过来吧。"

"按规则应该黑子先下。"

"原来如此。那我就谦虚一点,按照定式先下在这里。"

"定式里可没有这一手啊。"

"没有也无所谓。这是我新发明的定式。"

我因为阅历尚浅,所以最近才见识过这个叫棋盘的东西,但越想越觉得这东西奇妙。在一个本就不大的四方形板子上再划分出更多拥挤不堪的小格子,然后在上面摆满令人眼花缭

---

① 《列仙传》:中国最早且较有系统地叙述古代黄老道者事迹的著作,记载了从赤松子(神农时雨师)至玄俗(西汉成帝时仙人)七十一位黄老道家一脉传承者的姓名、身世和事迹,时代跨度较大。

② 素琴就是没有琴弦的琴。这是关于陶渊明的一个典故,据说陶渊明不解音律但却有一个无弦琴,每当有兴致的时候便抚弄两下以表其意。《宋书·陶潜传》:"潜不解音声,而畜素琴一张,无弦,每有酒适,辄抚弄以寄其意。"

乱的黑白棋子。接着两个人满头大汗地吵来吵去，什么赢了、输了、死了、活了之类。这棋盘顶多也就一尺见方的大小，我只要用前脚在上面一扒拉就可以把它搞得一塌糊涂。但正所谓"聚而结之则为草堂，解而散之则为荒野"[①]。所以我没必要出手干涉。还是袖手旁观更加轻松愉快。最初那三四十目，棋子的摆放方法倒也不算碍眼，但等到了决定胜负的时刻再看，哎呀，那场面可就让人不忍直视了。白子和黑子互相挤在一起，几乎要从棋盘上跌落，嘴里还一个劲地喊着"好挤啊好挤啊"。但棋子们却没办法因为拥挤就让旁边的家伙闪开，也没权利因为挡路就命令前面的先生退下，一个个都只能谨遵天命，除了老老实实一动不动地待在棋盘上之外别无他法。围棋是人类发明的，如果说人类的癖好表现在了棋局之上，那这些憋屈的棋子之命运足可以代表狭隘的人类之性质。如果可以通过这些棋子的命运推算出人类的性质，那就不得不断言，人类就是喜欢将海阔天空之世界人为地缩小成仅可供自己立足之地盘，就是喜欢用小刀仔仔细细地划分出仅属于自己的领地，并且无论如何都不肯跨出半步。倘若用一句话来概括，那就是人类喜欢自讨苦吃。

[①] 意思是不加干涉，顺其自然。出自《禅门法语集》之中收录的"梦窗假名法语"。

悠然自得的迷亭君与禅机聪颖的独仙君,今天不知为何竟然从壁橱里把旧棋盘翻了出来,玩起这么个让人闷热难当的游戏。这两个人碰到一起倒颇有点"棋逢对手"的意思,最初两人下得都很随意,黑子和白子在棋盘上自由自在地飞来飞去,但棋盘的大小毕竟有限,每落一子,棋盘上的位置就要减少一个,所以不管再怎么悠然自得、再怎么禅机聪颖,也难免会开始急躁起来。

"迷亭君,你这棋下得太粗鲁了。哪有在这种地方落子的下法?"

"禅僧的下法里或许没有,但在本因坊的流派里就是这样的,我也没办法啊。"

"但这样下可就死路一条了。"

"臣死且不避,彘肩安足辞①。我就下在这里。"

"既然你下在这里,那正好。熏风自南来,殿阁生微凉②。

---

① 不顾棋子死活的夸张说法,出自《史记·项羽本纪》中关于鸿门宴的记述。樊哙闯帐救主,项羽赐其酒肉,原文应是"臣死且不避,卮酒安足辞",这里是迷亭说错了。"彘肩"就是猪肘子,"卮"是古代用来盛酒的器皿。

② 出自柳公权对唐文宗李昂的《夏日联句》。开成三年(838)夏日,唐文宗李昂与学士联句。文宗作首二句:"人皆苦炎热,我爱夏日长。"五位学士同时续。文宗独取柳公权的"熏风自南来,殿阁生微凉",评为"词清意足"。前两句说偏喜夏日,续句阐明喜爱的原因,故曰"意足",诗句出落天然,故曰"词清"。

我这样接一手。"

"哎呀，这一手接得好啊。我以为你想不到这一手呢。撞响八幡钟[1]，我下在这里，你要如何应对？"

"这有何难。一剑倚天寒[2]……嗯，真麻烦。干脆都斩断了吧。"

"哎呀，不好不好。这里被切断的话不就死了吗？喂，开什么玩笑！让我悔一步棋。"

"所以我刚才不就和你说了嘛。不能下在这里。"

"下在这里确实多有得罪。请把这个白子拿走。"

"这步也要悔棋吗？"

"顺便把旁边的棋子也拿掉吧。"

"你可真能耍赖啊。"

"Do you see the boy[3]吗？哎呀，咱们俩是什么关系啊。不要说那些见外的话，快给我拿掉吧。这可是生死攸关的时候啊。正是一边大喊着'且慢、且慢'，一边从花道冲出来的时候啊[4]。"

---

[1] 日文中"接"与"撞"发音相近，这是迷亭借题发挥。"八幡钟"是深川富之冈八幡官的报时钟。

[2] 出自"两头俱截断，一剑倚天寒"，意思是只要斩断迷惘，那么自然能够做出正确的判断。

[3] 与上一句"你可真能耍赖啊"的日语发音相近，这是迷亭故意的调侃。

[4] 指的是歌舞伎十八番《暂》之中的场面。

"那种事与我无关。"

"与你无关也好，把棋子拿掉。"

"你从刚才开始已经悔了六步啦。"

"你的记性可真好啊。接下来我还将加倍悔棋。所以这个棋子快拿掉。你也是够顽固的。还以为你坐了禅能洒脱些呢。"

"但是如果我不吃掉你这个子，那我就可能要输了……"

"你不是从一开始就不在意输赢的吗？"

"我是不在意输，但也不想让你赢。"

"你这算什么悟道啊。还是在春风影里斩电光嘛。"

"不是春风影里，是电光影里。你说反了。"

"哈哈哈哈，我还以为差不多到可以说反的时候了呢，看来你还很清醒嘛。没办法，我认了。"

"生死事大，无常迅速[①]，你认了吧。"

"阿门。"迷亭先生这次在毫不相关的地方下了一子。

迷亭君与独仙君在壁龛跟前互不相让地争夺输赢，寒月君和东风君紧挨着坐在客厅入口附近，在他们旁边坐着的则是脸色蜡黄的主人。寒月君的面前摆着三条鲣鱼干，它们赤身裸体整整齐齐地排列在榻榻米上的景象堪称一大奇观。

这三条鲣鱼干是寒月君从怀里掏出来的，刚拿出来的时候是

---

① 禅语。据说在漱石老家的隔扇上就写着这样一句话。

温热的，拿在手里都能感到那赤条条的鱼身尚有余温。主人和东风君都用奇怪的目光注视着鲣鱼干，寒月君终于开口说道：

"其实我四天前就从老家回来了，但因为有许多事情要办、四处奔走，所以一直也没能前来拜访。"

"不用那么急着来嘛。"主人一如既往地冷漠。

"虽然不用急着来，但我要不尽快把这土产送给您就不放心啊。"

"这不就是鲣鱼干吗？"

"嗯，这是我老家的名产。"

"虽然是名产，但东京好像也有啊。"主人将其中最大的一条拿了起来，放到鼻子跟前闻了闻。

"光闻是判断不出鲣鱼干的好坏的。"

"因为大所以是名产吗？"

"总之，您尝一尝就知道了。"

"尝是早晚要尝的，但这个前面怎么少了一块？"

"这就是我为什么说不尽快送来就不放心的原因啊。"

"为什么？"

"为什么？因为被老鼠啃了呗。"

"那可危险了。吃了会得鼠疫啊。"

"不会的，只被啃了这么一点，没有事。"

"这是在什么地方被啃的？"

"在船上。"

"船上？怎么回事？"

"因为没地方放，所以我就把它们和小提琴装在了一起，结果就在上船的当晚被啃了。要只啃了鲣鱼干倒还好，可是连我那宝贵的小提琴的琴身都被老鼠当成鲣鱼干也被啃了一点。"

"这么冒失的老鼠。大概是因为住在船上，所以才这么没见识吧。"主人说着些谁都听不懂的话，目光依然停在鲣鱼干上。

"不过老鼠这东西，不管住在什么地方都很冒失吧。所以我拿回宿舍去之后差点又被啃了。我看情况不妙就晚上抱着它们睡了。"

"感觉有点不卫生啊。"

"所以吃之前请稍微洗一下。"

"稍微洗一下恐怕不行。"

"那就加点灰汁①仔细地擦一擦就好了。"

"睡觉时也抱着小提琴吗？"

"小提琴太大了没办法抱着睡……"寒月君话还没说完，只听迷亭先生在对面大声地说道。

"你说什么？抱着小提琴睡觉？那可真风雅。古人有俳句曰'春光易逝，心困扰，琵琶沉'，但你这件事可远在其之上

---

① 灰汁：用草木灰浸水后取出的澄清液，碱性，可以杀菌消毒、清除异味。

啊。明治的秀才倘若不抱着小提琴睡觉是绝对胜不过古人的。我创作一首'长夜漫漫，人难眠，小提琴'如何？东风君，新体诗可以这样说吗？"

东风君认真地答道："新体诗与俳句不同，并非即兴之作。然而一旦创作成功，则是能够触动灵魂精巧之处的妙音呢。"

"是吗？我还以为要烧麻秆来迎灵魂呢①，原来新体诗也有这种力量吗？"迷亭连围棋也不玩了，只顾着调侃。

"你再这么多嘴又要输了。"主人提醒迷亭道。迷亭则毫不在意地说道：

"不管想赢还是想输，对方都如同釜中之章鱼束手无策，我也是因为无聊至极才加入小提琴这一边的。"闻听此言，独仙君显得有些气愤地说道：

"现在该你下。我可是等你好久了。"

"哎？你已经下完了吗？"

"当然下完了，早就下完了。"

"下哪了？"

"在这斜着下了个白子。"

"原来如此。你在这斜着下个白子那我不就输了吗？既然如此我就——我就——我就毫无办法，一筹莫展啊。你把这个子

---

① 日本在盂兰盆会上用麻秆来点燃迎魂火和送魂火。

拿回去，重新下在其他地方吧。"

"有那么下棋的吗？"

"管他有没有呢，就这么下吧。——那么我就在这个角落拐个弯下在这吧。——寒月君，你那把小提琴太便宜了所以才会被老鼠啃，你应该咬咬牙买个好点的，要不要我帮你从意大利搞个三百年前的古董回来？"

"那就拜托您了。请您顺便帮我把钱也付了。"

"那么旧的东西还能用吗？"无知的主人大声责备迷亭道。

"你大概把人类的老古董和小提琴的老古董混为一谈了吧。人类的老古董也有像金田那样时至今日仍然流行的情况，小提琴就更是越古老越好了。——我说独仙君请你快一点啊。虽然这不是庆政的台词，但秋日确实很短啊[①]。"

"和像你这样忙忙叨叨的家伙下棋可真痛苦。连想好好思考一下都不行。好吧好吧，我就下在这里做一目。"

"哎呀哎呀，到底让你活过来了。太可惜了。我就是为了不让你下在这里才故意东拉西扯了那么多，这一片苦心算是全白费了。"

"当然啦。你哪是在下棋啊，根本就是在这糊弄人。"

[①] 在义太夫节《恋女房染分手纲》中登场的庆政有一句台词——"已经傍晚了吗？秋日真短啊。"

"这就是本因坊流、金田流、当今绅士流啊。——喂，苦沙弥先生，独仙君真不愧是去镰仓吃过咸菜的人，一点也不为所动呢。实在是令人敬佩。棋技虽然不行，但却沉着冷静。"

"所以像你这样浮夸的家伙才应该向人家学习学习。"主人背对着他答道，迷亭则立刻吐出大红舌头表示不屑。独仙君则好像事不关己一样，只是催促道"该你了"。

"你是从什么时候开始拉小提琴的呢？我也想学来着，但感觉好像很难学的样子。"东风君对寒月君问道。

"嗯，普通程度的话谁都可以的。"

"我一直觉得，既然同为艺术，那长于诗歌的人学起音乐来一定也很快吧，不知你意下如何？"

"我也这么认为。你学的话一定很快。"

"你是从什么时候开始学的呢？"

"高中的时候——老师，我和您说过我学小提琴的经过吗？"

"没，没说过。"

"上高中的时候跟老师学的吗？"

"哪有什么老师啊。自学的。"

"真是天才。"

"自学也不见得就是天才吧。"寒月君装模作样地说道。被称为天才还装模作样的大概只有寒月君了吧。

"好吧，不管怎样，把你自学的经历说出来吧，我也好做一下参考。"

"说出来倒也无所谓。老师，那我就说了。"

"嗯，说吧。"

"别看现在大街上经常能看到年轻人拎着小提琴箱子走来走去，但在我念高中那时候，搞西洋音乐的高中生可以说是凤毛麟角。而我就读的那所学校在乡下的乡下，是一个连麻里草鞋①都没有的质朴地方，所以学校里拉小提琴的学生更是一个也没有……"

"对面好像开始说什么有趣的事情了。独仙君，我们不如就到此为止吧？"

"还有两三个地方没决出胜负呢。"

"有就有吧。无关紧要的地方就都算你的了。"

"就算你这样说，我也不能收啊。"

"你这么死板哪像个禅学家。既然如此，那就一气呵成地结束吧。——寒月君，你说的这个故事好像很有趣呢。——那个高中的学生们都是光着脚上学吧……"

"哪有那种事。"

"但不是说大家都光着脚军训，因为整天向右转什么的把脚底的皮都磨厚了吗？"

---

① 麻里草鞋：用麻布做衬里的草鞋。

"怎么可能,谁说过那种话?"

"管他谁说的呢。还有便当是一个很大的饭团,像橙子一样挂在腰上耷拉着,中午就吃它。与其说是吃不如说是啃。饭团中间有一个梅干。为了吃到这个梅干,首先必须专心致志地把周围淡然无味的饭团都吃掉,确实是精力旺盛呢。独仙君,这似乎是你感兴趣的话题吧。"

"质朴刚健是美德。"

"还有其他的美德呢。那边好像没有卖烟灰筒的。我有一个朋友在那边上班的时候想去买一个有吐月峰商标的烟灰筒,结果别说吐月峰了,连叫烟灰筒的东西都没有。他感到有些奇怪就找人打听了一下,结果人家说想要烟灰筒的话去后面的竹林里随便砍一段谁都会做,所以根本没必要买[①]。这也是能够表现出其质朴刚健美德的故事吧,是吧,独仙君?"

"嗯,这故事虽然不错,但这里必须算一个单官[②]才行。"

"没问题。单官、单官、单官。可以收了吧。——我听说这件事真是吃了一惊呢。你能在那样的地方自学小提琴,实在是

[①] 熊本没有烟灰筒卖,是漱石在五校任职时的亲身经历。"吐月峰"是位于静冈市的一座山,但因为用当地的竹子制作烟灰筒,因此成了烟灰筒的通称。

[②] 单官:围棋术语。就是占不到"目"的一手棋,只是用棋子占据棋盘上的一个交叉点。

令人敬佩。楚辞有云'惸独而不群①',寒月君简直就是明治之屈原。"

"我才不想当屈原。"

"那就是当今之维特②吧。——什么?把棋子拿出来数一数?哎呀,你也太认真了。不用数肯定是我输了。"

"但不数一数就没法确定……"

"那你自己数吧,我可不数。要是不听一听一代才子维特君学小提琴的轶事,那就对不起列祖列宗,恕我失陪。"说完迷亭君便离开棋盘,挪到寒月君的身边。独仙君仔细地用白子填满白棋的空,用黑子填满黑棋的空,嘴里还不停地计数。寒月君继续说道:

"当地风俗已是如此,我老家那边的人又非常顽固,倘若有谁表露出丝毫的软弱,便会因为'传出去让外地的学生笑话'而遭到严厉的制裁,可是相当麻烦呢。"

"提起你老家那边的学生,确实让人没话说。不知道为什么,他们很喜欢穿藏蓝色的和服裤裙。你说奇怪不奇怪?此外,不知道是不是因为吹多了海风的缘故,那边的人皮肤都很

---

① 出自《楚辞·九章·抽思》:"既惸独而不群兮,又无良媒在其侧。"惸:同"茕",孤独。这句话的意思是既没有一个知交,也没有谁能介绍。

② 歌德的小说《少年维特之烦恼》中的主人公,失恋后自杀。

黑。要是男人黑点也还罢了，可是连女人也那么黑就不太好了吧。"迷亭君一插嘴，话题就不知道要被扯到哪里去了。

"确实连女人也那么黑。"

"那样的话还有人娶吗？"

"他们那边的人都这么黑，不娶也得娶啊。"

"多不幸啊。是吧，苦沙弥君？"

"黑点才好吧。要是长得太白，那每次照镜子都会孤芳自赏，反而不好。女人就是这么不好对付的东西。"主人喟然长叹道。

"但要是那地方的人全都很黑，岂不是会因为黑而孤芳自赏吗？"东风君提出了一个很关键的问题。

"总之，女人都是多余的。"主人说道。

"你说这样的话，让夫人知道了可是会生气的。"迷亭笑着提醒道。

"怕什么，没关系的。"

"她不在家吗？"

"刚才带孩子出去了。"

"难怪我觉得家里如此安静。她们去哪了？"

"不知道。反正她们想出去就出去。"

"然后想回来就回来吗？"

"差不多吧。你单身可真好啊。"听到主人这样说，东风君

显得有些不满,寒月君则一如既往地笑着。迷亭君说道:

"有老婆的人都爱这么说。是吧,独仙君,你也属于嫌老婆麻烦的那种人吗?"

"哎?等一下。四六二十四、二十五、二十六、二十七。这么小的一块地方竟然有四十六目吗?我还以为赢了你挺多呢,但仔细一数才发现,你我仅仅相差十八目。——你说什么?"

"我说,你是不是也嫌老婆麻烦?"

"啊哈哈哈哈,没什么麻烦的。我老婆可是很爱我的。"

"那就是我失礼了。真不愧是独仙君啊。"

"不只独仙君,同样的例子比比皆是。"寒月君代替天下所有的夫人们辩护道。

"我也赞成寒月君的看法。我认为人类若想进入绝对之领域,只能通过两个途径,那就是艺术和恋爱。由于夫妇之爱便是其中的一种代表,所以人类一定要结婚,如果不能实现这种幸福那就是违背天意。——不知先生意下如何?"东风君和往常一样非常认真地对迷亭君问道。

"高见高见。像我这样的人是无论如何也无法进入绝对之境界了。"

"娶了老婆之后就更进不去啦。"主人愁眉苦脸地说道。

"总之,像我这样的未婚青年,如果不挥洒着艺术之灵气开拓向上之道路的话,就无法理解人生的意义,首先我打算从学小提琴开始，所以想听一听寒月君的经验谈。"

"对对对，应该洗耳恭听维特君的小提琴故事。快讲吧。我不会再打岔了。"说完，迷亭君终于收敛起锋芒。

"向上的道路不是用小提琴之类开拓的。倘若用这种游戏之心来参悟宇宙的真理那可不得了。要想掌握个中玄机，必须有'悬崖撒手，绝后再苏'①的气魄才行。"独仙君装模作样地对东风君训诫道，但东风君对禅宗一窍不通，所以看起来丝毫不为所动。

"哎，或许真如你说的那样，但我还是觉得艺术是能够表现人类追求之极致的东西，所以无论如何都是不会放弃的。"

"既然你无论如何都不会放弃，那就如你所愿给你讲一讲我的小提琴故事吧，正如之前所说的那样，所以我在正式开始学习小提琴之前也算是煞费了一番苦心呢。首先买小提琴就是个问题。"

"是啊，毕竟是个连麻里草鞋都没有的地方，小提琴当然也不会有了。"

"不，有倒是有。钱我也早就存好了所以不成问题，但就是不能买。"

"为什么？"

---

① 禅语，意为身处绝境、死而后生。出自《碧岩录》。

"因为我老家那地方很小，一旦我买了那很快就会被人知道。一旦被人知道，他们就会说我'自以为是'，然后对我进行制裁。"

"天才自古以来就容易遭到迫害呢。"东风君深表同情。

"又叫我天才，请把这个称呼免了吧。总之，我每天散步的时候都会经过卖小提琴的那个商店，而每次经过的时候心里都会想'我要是把它买下来该有多好啊，我要是能把它拿在手里会是怎样的心情呢？啊好想要，好想要啊'。"

"说得没错。"迷亭君评论道。"简直鬼迷心窍。"主人不解道。"你果然是天才。"东风君敬佩道。只有独仙君超然地捻着自己的胡子。

"可能你们会感到奇怪，那样的地方怎么会有小提琴呢？其实只要稍微想一想就会发现这是理所当然的事情。因为即便在我老家那样的小地方也有女子学校，而女子学校的学生有艺术课，每天都要练习拉小提琴，所以我老家就有卖小提琴的。当然那些小提琴都是便宜货，只是勉勉强强能被称为是小提琴的东西吧。所以店家对那些小提琴也不怎么爱护，往往都是两三把捆在一起挂在店头。有时我散步路过那家商店，那些小提琴会因为风吹或者被店员不小心碰到而发出声响。我一听到那个声音就感觉心脏好像要破裂了一样，坐也不是站也不是，不知如何是好。"

"这可危险啊。要说疯子也分很多种,比如见水疯和人来疯之类的,你既然是维特,那就是小提琴疯吧。"迷亭君调侃道。

"不,如果没有这种程度的敏锐感觉就无法成为真正的艺术家。你果然是个天才啊。"东风君却愈发敬佩。

"我或许真是疯了,但那个音色非常奇特。从那以后一直到现在,我拉了这么久的小提琴,却再也没有拉出过那么美妙的声音。我到底应该怎么形容那音色才好呢?实在是没有办法用语言来形容。"

"称之为琳琅璆锵①如何?"独仙君说了一句晦涩难懂的话,谁也没有理他,也是够可怜的。

"在我每天都去那家店铺门前散步的过程中,终于听到了三次这种灵异的声音。第三次听到的时候我终于下定了要把小提琴买下来的决心。就算被老家的那些家伙谴责也好,就算被外地的那些家伙蔑视也好,就算因为遭到暴力制裁而丧命,就算因此而被学校开除,都无法阻止我购买这把小提琴。"

"这就是天才啊。若非天才,是不可能出现这种想法的。真羡慕。我也一直都在想办法使自己产生出如此强烈的感受,但总是不能成功。虽然我也去听过音乐会而且尽可能地让自己沉

---

① 出自《九歌·东皇太一》:"抚长剑兮玉珥,璆锵鸣兮琳琅。""琳琅"指宝玉,"璆锵"为铿锵之音。

浸其中，可就是无法与之产生共鸣。"东风君频频表示出羡慕之意。

"没有共鸣反而更幸福呢。你别看我现在和你们讲得如此平静，但当时我的那种痛苦可是你们绝对无法想象的。——老师，后来我终于一咬牙把小提琴买下来了。"

"哦？怎么买的？"

"那是十一月天长节①的前一天晚上。老家的那些家伙全都去泡温泉了，并且晚上也住在哪里，所以一个人都没有。我谎称生病向学校请了假，躲在家里睡觉。躺在床上的时候我一直在想，晚上如何悄悄溜出去把心心念念的那把小提琴买回来。"

"装病没去学校？"

"没错。"

"真是天才啊，这一招。"连迷亭君都显得有些敬佩。

"我从被窝里探出头来，发现离天黑的时间还早。没办法我又用被子把脑袋蒙了起来，闭上眼睛打算睡一觉，但就是睡不着。再探出头来，只见秋季的烈日映照在六尺长的拉门上，火

---

① 天长节：日本的天长节，来源于中国的唐朝，最初用于唐玄宗的生日，被称为是"千秋节"，天宝年间改名为"天长节"，"天长"二字源于《老子》中"天长地久"一词，后流传到日本指代天皇的生日。日本天长节这种叫法源于奈良时代光仁天皇，之后曾废止了一段时间。到了维新政府的时候才又以四大节日之一的名目再次恢复，并在1873年的时候正式成为国家的节庆。随着时代的不同庆祝天皇诞生的日子也会不同，明治天皇时为11月3日。

辣辣的让人难以忍受。上方还有细长的阴影，不时地随着秋风晃动。"

"那个细长的阴影是什么？"

"剥了皮的涩柿子，成串地挂在屋檐下。"

"哦，然后呢？"

"无奈之下我只好起身打开拉门来到檐廊，摘下一个柿饼吃了。"

"好吃吗？"主人问了一个很孩子气的问题。

"那边的柿子可好吃了。在东京可是吃不到那种味道的。"

"柿子固然好，接下来怎么样了呢？"东风君问道。

"然后我就又钻进被窝闭上眼睛，心中盼着天快点黑才好。我觉得已经过了大约三四个小时，以为天应该黑了，结果探出头来一看，秋季的烈日依然映照在六尺长的拉门上，火辣辣的让人难以忍受，上方还有细长的阴影，不时地随着秋风晃动。"

"这段听过了啊。"

"还要重复好几遍呢。于是我就爬起来，打开拉门，摘下一个柿饼吃了，又钻进被窝躺下，心中盼着天快点黑才好。"

"这不和刚才一样吗？"

"老师，请不要着急，听我慢慢道来。我在被窝里又等了大约三四个小时，以为这次肯定天黑了，结果探出头来一看，秋季的烈日依然映照在六尺长的拉门上，火辣辣的让人难以忍受,上方还有细长的阴影,不时地随着秋风晃动。"

"怎么翻来覆去的都是一样的内容啊?"

"于是我就爬起来打开拉门来到檐廊摘下一个柿饼吃了……"

"又吃柿饼。这岂不是一直在没完没了地吃柿饼吗?"

"我也很着急啊。"

"听的人更着急啊。"

"老师您这么性急,我就没办法讲了,怎么办?"

"听的人也不知道应该怎么办呢。"东风君也暗自表达了不满。

"既然大家都感到困扰那就没办法了。我简单地总结一下吧。总之,我是吃完柿饼就躺下,躺下再起身吃柿饼,终于挂在房檐下的柿饼都被我吃完啦。"

"全吃完之后天就黑了吗?"

"但实际上并非如此,我吃完最后一个柿饼,以为这次总该可以了,结果探出头来一看,秋季的烈日依然映照在六尺长的拉门上,火辣辣的……"

"我不听了。翻来覆去的一直没完没了。"

"就连讲这件事的我自己都感到厌倦了。"

"但如果有这种毅力的话,定能成就一番事业的。如果我们不出声,大概直到明天早上秋季的烈日还是火辣辣的吧。你到底打算什么时候买小提琴?"看样子就连迷亭君也终于有点忍不住了。只有独仙君依旧泰然自若，似乎不管到明天早上还是后天早上，不管秋季的烈日多么火辣辣，他都没有丝毫动摇的神色。寒月君也从容不迫地说道：

"你问我打算什么时候买，我是打算只要天一黑就立刻出门去买的。遗憾的是，不管我什么时候探出头去看，秋季的烈日总是那么火辣辣的——比起我那时候内心之中的痛苦，你们现在的焦急之情根本不值一提。当我吃完最后一个柿饼，发现天色仍然很亮，不由得泫然涕下。东风君，我当时可真是哭得一塌糊涂啊。"

"也难怪，艺术家本来就是多情多恨，虽然我对你的哭泣深表同情，但还是希望你能尽快把话说完。"东风君是个诚恳的好人，所以不管什么时候都非常认真地回应，显得有些滑稽。

"我也想尽快往下讲，可太阳就是不落山，让我如何是好？"

"既然太阳不落山，听的人也跟着受罪，那就别讲了吧。"主人似乎终于被磨光了耐心，于是这样说道。

"不讲的话就更不行了啊。接下来正要进入佳境呢。"

"那我们继续听，你让太阳快点下山。"

"好吧，虽然这是个稍微有些无理的要求，但既然老师都开了口，那就当现在已经天黑了吧。"

"这就方便多啦。"独仙君装模作样地说道，其他人不由得都被他逗笑了。

"因为天终于黑了，我也安心地松了口气从鞍悬村的宿舍走了出来。我本来就不喜欢喧闹的地方，所以特意避开交通便利的市内，而选择蜗居在人迹罕至之寒村的百姓家中……"

"人迹罕至有点太夸张了吧？"主人抗议道。"蜗居也夸张了吧。不如说是'没有客厅的四叠半房间'，这样更为准确和生动。"迷亭君也批评道。只有东风君赞扬道："不管事实怎样，但你的语言很有诗意，听起来感觉很好。"独仙君则一副认真的表情问道："住在那样的地方，上学一定很不方便吧？要走几里路啊。"

"距离学校只有四五百米。本来我们那个学校就是在乡下……"

"那学校的学生大部分都住在那附近吧？"独仙君不依不饶地追问道。

"嗯，基本上每个百姓家里都住着一两名学生。"

"那叫什么人迹罕至啊。"寒月君终于遭到了正面攻击。

"因为如果没有学校的话，那里就人迹罕至了啊。……说起我那天晚上的装扮，身上穿着一件手工缝制的棉袄，外面套着一件带金属纽扣的制服外套，我还用外套的兜帽盖住脑袋，尽可能地掩人耳目。当时正值柿子树落叶的时节，从我住的地方往南乡街道走的一路上全都被落叶所覆盖。每走一步，脚下都会传来咯嚓咯嚓的声音，听起来就好像身后有人在跟踪我一样，让我心中不安。我回头望去，只见东岭寺的森林黑压压的一片，在昏暗中更显阴沉。说起这个东岭寺，本是松平家的菩提所①，位于庚申山的山脚处，距离我住宿的地方不到一百米，是一个颇为幽静的梵刹。在森林的上方是一望无际的星月夜，银河斜着与长濑川相交，最后——最后，对了，最后流到夏威夷去了……"

"怎么突然出来个夏威夷？"迷亭君说道。

"沿着南乡街道走了二百米，从鹰台町进入市内，穿过古城町，拐过仙石町，经过喰代町，按照通町一丁目、二丁目、三丁目的顺序走过，然后是尾张町、名古屋町、鯱鉾町、蒲鉾町……"

"路上的这些就不用说了。总之，你到底是买没买小提琴？"主人急不可耐地问道。

"卖乐器的店叫金善，也就是金子善兵卫开的店，还很远呢。"

"管他远不远的，你赶紧买下小提琴才好。"

"遵命。我到金善一看，店里的灯光火辣辣的……"

"又火辣辣的吗？你这火辣辣起来没完没了的我们可受不住。"这回迷亭先下手为强地说道。

"不，这次只有一个火辣辣，请不必担心。——我透过灯光

---

① 菩提所：指供奉先祖牌位的寺院。

这么一看,那把小提琴在秋日灯光的映照下,整个琴身都反射出阵阵寒光。只有一部分紧绷的琴弦闪烁着明亮的光芒映入我的眼帘……"

"多么优美的叙述啊。"东风君称赞道。

"就是那个。那就是我日思夜想的小提琴,一想到这里我的心中立刻产生出一阵悸动,双腿也不由自主地颤抖起来……"

"哼。"独仙君在鼻子里冷笑了一声。

"我不假思索地跑了过去,从里怀口袋之中掏出钱包,又从钱包里掏出两张五日元的钞票……"

"终于买了吗?"主人问道。

"我本是想买的,但转念一想,在这紧要关头还要小心谨慎一些才好,否则很容易前功尽弃。于是我在这千钧一发之际又改了主意。"

"什么,竟然还没买吗?买一把小提琴而已,何必如此吊人胃口?"

"我也不想吊你们胃口,实在是还不能买,没有办法啊。"

"为什么不能买?"

"因为虽然已经是晚上了,但街上的人还有很多啊。"

"就算路上有两百人三百人,和你又有什么关系呢?你真是个奇怪的家伙。"主人气愤不已。

"如果是无关紧要的人那就算有一千两千也无所谓,但旁边有挽着袖子、拿着大拐杖的学生走来走去，所以我才不容易出手啊。其中还有号称'沉淀党'的家伙，他们在班级里的成绩常年垫底还引以为荣。不仅如此，他们还很擅长柔道。我不能当着他们的面买小提琴，因为不知道会落得怎样的下场。我虽然确实想要小提琴，但却不想因此搭上一条性命。与其为了拉小提琴而被杀，我宁愿选择不拉小提琴地活着。"

"那么，你到底还是没买是吗？"主人追问道。

"不，我买了。"

"你这个磨磨叽叽的家伙。要买就快买，不买就不买，这种事早做决定不就好了吗？"

"嘿嘿嘿嘿，这世上的事情就是如此，哪能全都尽如人意呢？"说着寒月君自顾地掏出一根"朝日"香烟点着，喷了一口烟雾。

主人似乎终于忍无可忍，起身走进书房，我以为他不会出来了呢，但主人却拿出一本旧外文书，趴在榻榻米上读了起来。独仙君也不知何时回到壁龛跟前，一个人既执黑又执白玩起了左右互搏。难得这么一个精彩的故事却因为过于冗长，听众少了一个又一个，只剩下忠于艺术的东风君和对冗长毫不在意的迷亭先生了。

寒月君毫不客气地喷出长长的烟雾，然后才又像之前一样慢吞吞地继续说道：

"东风君,我当时是这样想的。现在这天刚黑的时候是肯定不行了,但等到深夜的话恐怕金善老板已经睡了,那就更不行。我必须要在学校的学生们都回去,而金善老板还没睡的时候再来,否则我苦心计划的一切都将化为泡影。但是要想找准这个时间却十分困难。"

"确实很难。"

"我把那个时间定在十点左右。那么我就必须想个办法打发一下从现在开始到十点之间的这段时间。回家再来那太麻烦了。去朋友家里聊天又感觉心中不安,没什么意思。于是我决定就一直在街上散步等到十点。但平时闲逛感觉两三个小时一晃就过去了,可是那天晚上却觉得时间过得巨慢无比——大概度日如年说的就是这种情况吧,我可真是深切地感受到了。"寒月感慨万千地故意向迷亭先生那边望去。

"古人云'暖炉苦等、不见人来'[1],又说'等待之人比被等之人更难熬',可见挂在店头上的小提琴一定也是焦灼不堪吧。但你好像一个没有目标的侦探一样转来转去、四处徘徊,想必你应该比小提琴更加痛苦。累累若丧家之狗[2]。再也没有比无家可归的狗更可怜的了吧?"

---

[1] 歌泽节《我之物》中的歌词。

[2] 出自《史记·孔子世家》:"东门有人,其颡似尧,其项类皋陶,其肩类子产,然自要以下不及禹三寸,累累若丧家之狗。"

"把我比作狗也太过分了吧。还从没有人把我和狗相提并论呢。"

"我听了你的故事,就像在读过去那些艺术家的传记一样,对你的遭遇十分同情。把你比作狗应该是迷亭先生的玩笑话请不要在意,继续说下去吧。"东风君安慰道。当然就算没人安慰,寒月君也是打算继续说下去的。

"然后我从徒町穿过百骑町,从两替町来到鹰匠町,在县厅门前数了数眼前的枯柳,在医院旁边算了算亮灯的窗户,在绀屋桥上抽了两根烟,接着我看了看手表……"

"到十点了吗?"

"可惜的是还没到。——我走过绀屋桥沿着河边往东走去,遇到三个按摩的,然后还有狗不住地冲着我狂吠……"

"秋季的夜晚在河边听到狗的叫声,有点像演戏呢。你演的是逃犯吧?"

"为什么?我又没做什么坏事。"

"但你一会儿不就要去做了吗?"

"如果买小提琴是坏事,那音乐学校的学生们就都是罪人啦。"

"只要不被人认可,做再好的事情也是罪人,所以这个世上再没有比'罪人'更莫名其妙的了。耶稣不就因为生在了那样的时代才成了罪人吗?大好人寒月君如果在那样的地方买了小提琴的话就是罪人啊。"

"好吧,你赢了,就当我是罪人吧。但就算是罪人,这十点迟迟不到也很受不了呢。"

"那就再回去确认一遍地名呗。还不够的话就用火辣辣的秋日来凑数。要是这样都不行,那就再吃三打柿饼。反正我会一直听下去的,你就说到十点吧。"

寒月先生笑道。

"既然被你先下手为强,我也只好举手投降啦。那就直接跳到十点钟好了。我按计划在十点钟的时候来到金善门前,因为夜已经深了,所以就连白天车水马龙的两替町也几乎空无一人,对面偶尔传来的脚步声反而使人更感冷清。金善已经关上了大门,只剩一个小门供人出入。我带着好像身后有人跟踪一样忐忑不安的心情,拉开小门走了进去,总感觉有些放不下心来……"

这时主人从他那本旧书后抬起头来问道:"喂,你买下小提琴了吗?""这就要买了。"东风君答道。"竟然还没买吗?真是太磨蹭了。"主人自言自语地说着又继续看起书来。独仙君依旧默默无语,白子和黑子已经在棋盘上摆了大半。

"我横下一条心冲了进去,头上仍然戴着兜帽说'给我一把小提琴',正围在火盆边上聊天的四五个店员和学徒好像被我吓了一跳,不约而同地都抬起头向我的脸上望来。我立刻抬起右手把兜帽又往下拉了一拉,又说了一句'给我一把小提琴',这时离我最近,好像一直在盯着我的脸看的那个店员含含糊糊地应了一声'哎',然后站起身将挂在店头的那三四把小提琴一下子全都摘了下来。我问他多少钱,对方回答五日元二十钱①……"

"有那么便宜的小提琴吗?该不会是玩具吧?"

"我问都一个价吗,对方说是的,全都一个价。我还追问了一句都结实吗,对方说都是用心做的,于是我就从钱包里掏出一张五日元的纸币和二十钱硬币,然后用事先准备好的包袱皮将小提琴包了起来。这时,店里的人都不聊天了,全都看着我的脸。虽然我戴着兜帽不怕被他们认出来,但不知为何就是想尽快离开那个地方。当我终于把小提琴包好并且收进外套里面走出店门的时候,店里的人一齐大声地对我说了声'谢谢惠顾',吓了我一跳。我到大街上向周围一看,万幸的是并没有人经过,但对面却有三个人大声地吟诵着诗歌走了过来。我心想大事不好,立刻在金善的拐角处向西走去,沿着护城河来到药王师道,又从赤杨木村抵达庚申山的山脚,最后总算是回到

---

① 根据《日本洋乐百年史》之中的记载,《东京日日新闻》[明治三十九年(1906)九月七日]上称当时卖得最好的小提琴"十日元左右",1907年在东京劝业博览会上出售的松永贞治郎的小提琴售价为七十日元。寺田寅彦在1909年以二十二日元的价格购买了一把琴身,三日元的价格购买了一把琴弓。

了住处。等我到了住处一看已经是凌晨两点十分了。"

"折腾了一夜呢。"东风君深表同情。"终于讲完了。真是相当长的道中双六①啊。"迷亭君也松了一口气道。

"接下来才是精彩的部分呢。之前那些都只是序幕。"

"还有吗？这可真不得了，一般人遇上你都是坚持不住的。"

"坚不坚持得住暂且不说，但如果到此结束的话就像是画龙却没有点睛，难免流于俗套，所以请让我再讲一点。"

"讲不讲随你。反正我肯定是会听的。"

"怎么样，苦沙弥老师也听一听吧？小提琴已经买完了，老师。"

"这次该卖小提琴了吗？卖小提琴之类的事不听也罢。"

"还没到卖的时候。"

"那样的话就更不用听了。"

"真没办法，东风君，只有你在仔细地听呢。我也没什么兴致了，就赶紧讲完吧。"

"别着急啊，请慢慢讲，我觉得非常有趣呢。"

"虽然我终于买到了日思夜想的小提琴，但应该把它放在哪里又成了困扰我的一大问题。因为我的住处经常有人来玩，所

---

① 道中双六：日本一种有图画的掷骰子游戏。图画上描绘有东海道53个驿站的风景和风俗。流行于江户时代。

以不能把小提琴随便地摆在外面。如果挖个坑埋起来的话,再想拿出来的时候就麻烦了。"

"是啊,你把它藏在阁楼上了?"东风君说得倒是轻松。

"哪有阁楼啊,乡下人家。"

"那就麻烦了。最后你放哪了?"

"你猜我放哪了?"

"不知道。窗套里面吗?"

"不对。"

"用被褥卷起来收进壁橱里?"

"不对。"

就在东风君和寒月君为小提琴的藏身之处一问一答的时候,主人与迷亭君也在进行着热烈的讨论。

"这个怎么读?"主人问道。

"哪个?"

"这两行。"

"这是什么?Quid aliud est mulier nisi amicitiæ inimica①……这不是拉丁语吗?"

"我知道这是拉丁语,什么意思?"

---

① 出自托马斯·纳什的作品《愚行之分析》(*The Anatomie of Absurditie*)。意思是"女人是什么?岂不是友爱的敌人吗"。

"你平时不是说自己很会拉丁语的吗？"迷亭君见势不妙想要搪塞过去。

"我会读。但虽然会读，却不知道是什么意思。"

"虽然会读，却不知道是什么意思？亏你说得出口啊。"

"别管那么多了，你给我翻译成英语。"

"'给我'这说法也太强硬了。好像我是你的勤务兵一样。"

"勤务兵就勤务兵吧，这什么意思？"

"拉丁语什么的一会再说，现在不是应该洗耳恭听寒月君的轶事吗？现在可正是紧要关头，到底这小提琴会不会被发现呢？——我说寒月君，后来怎么样了？"迷亭急忙掉转目标，再次加入小提琴的行列中来。主人则被毫不留情地抛弃了。寒月君趁此机会说出了小提琴的藏身之处。

"我把小提琴藏在一个旧藤条箱里了。这个藤条箱是我离开老家时奶奶送给我的饯别礼物，据说还是奶奶嫁过来时的嫁妆呢。"

"那可真是个古董啊。和小提琴似乎有些不般配。是吧，东风君？"

"嗯，有点不般配。"

"难道阁楼里就般配吗？"寒月君对东风先生反驳道。

"虽然不般配，但却能成一首俳句呢，放心吧。秋寂寞、藤条箱藏小提琴。二位觉得如何？"

"先生今日俳兴大发啊。"

"可不只限于今日。俳句我什么时候都是张口就来。我在俳句上的造诣，就连已故的子规①都啧啧称奇呢。"

"先生，您还和子规打过交道吗？"正直的东风君坦率地问道。

"虽然没打过交道，但始终通过无线电报联系，我们可谓是肝胆相照啊。"因为迷亭又是胡说一通，因此东风先生也沉默不语。寒月君笑着继续讲道：

"虽然小提琴有了保存之处，但怎么拿出来又成了问题。虽然我可以在不会被人发现的时候将小提琴偷偷拿出来欣赏，但却只能欣赏而不能演奏。小提琴若是不能演奏那就毫无意义。可是一旦演奏就必然会发出声音。发出声音就必然会露馅。南边隔着一道围墙就是沉淀党的头目居住的地方，所以十分危险啊。"

"不好办呢。"东风君用十分同情的语气附和道。

"原来如此，确实棘手。事实胜于雄辩，小督局②就是因为发出了声音才被找到的啊。要是偷偷吃点东西，或者造个假钞什么的倒还好说，但乐曲实在是很难掩人耳目呢。"

---

① 指明治的俳人正冈子规，漱石的好友。
② 指高仓天皇的宠妃。因为遭到平清盛的嫉恨而被迫隐居嵯峨野，天皇派出使节寻找，终于以琴声为线索找到了她。这一故事可见于《平家物语》和谣曲《小督》。

"如果不发出声音的话，总还能有点办法……"

"等一下。你说如果不发出声音的话总还能有点办法，但实际上有时候就算不发出声音也一样藏不住呢。以前我们在小石川的寺庙里一起搭伙做饭的时候①有一个叫铃木藤的人，这位藤君非常喜欢喝味淋②，经常拎着啤酒瓶子去买味淋回来一个人自斟自饮。有一天藤君出去散步，苦沙弥君不知为何竟然偷喝起来……"

"我什么时候偷喝铃木的味淋了？偷喝的不是你吗？"主人突然大声否认。

"哎呀，我还以为趁你看书时说你的坏话没事呢，还是被你听到了吗？对你真是不可大意啊。眼观六路耳听八方说的就是你吧。你说的没错，我确实也喝了。但我虽然喝了，可露馅却是因为你啊。——二位听好了。苦沙弥先生本来酒量并不好。但他觉得别人的味淋不喝白不喝，于是就一个劲地喝，结果可不得了，他喝的满脸又红又肿，简直是惨不忍睹啊……"

"给我闭嘴，你这个连拉丁文都不懂的家伙。"

"哈哈哈哈，藤君回来之后晃了晃自己的啤酒瓶，发现只剩下不到一半啦。这肯定是被谁偷喝了啊，他就四下这么一看，

---

① 漱石在学生时代曾经寄宿于小石川的法藏院。
② 味淋：由甜糯米加曲酿造而成，属于料理酒的一种。

只见这位老兄好像红土捏成的人偶一样杵在墙角呢……"

三人全都不由得哄堂大笑，就连正在看书的主人也忍不住笑了起来。只有独仙君因为透支了自己的精力，显得有些疲惫，不知何时已经趴在棋盘上呼呼大睡了。

"还有虽然没发出声音却仍然败露的事例呢。以前我去姥子温泉的时候，跟一位老大爷合住在同一个房间。他好像是东京一家绸布店的老板，但已经退休了。因为只是合住而已，不管他是绸布店的老板还是旧衣服店的老板都无所谓，只是我当时遇到了一件难事。就在我抵达姥子的第三天，带的香烟就抽完了。诸位大概也知道，那个叫姥子的地方就是深山中的一个旅馆，除了泡温泉和吃饭之外其他什么事也干不了，是个很不方便的地方。在这种地方没了香烟那可是真够难受的。而且什么东西都是越没有的时候越想要，其实我平时没什么烟瘾，可是当我发现香烟抽完了的时候，反而产生出非抽不可的念头来。更糟糕的是，那位老大爷整整带了一大包裹的香烟。他一根一根地把香烟掏出来，盘腿坐在我的面前，吧嗒吧嗒地抽着，就好像在对我说'想不想抽啊'。他要是光抽也就算了，但他竟然还吹起了眼圈，横着吹、竖着吹，甚至像变戏法一样倒着吹、转圈吹、让烟圈从鼻子里迅速地出来又进去。也就是在跟我显摆烟呢……"

"什么叫显摆烟？"

"要是有人穿了新衣服故意给你看不叫显摆衣服吗？他这就是显摆烟。"

"哎，与其这么受煎熬，你问他要两根不就好了吗？"

"怎么能张嘴要呢？我可是男子汉大丈夫。"

"哎，绝对不能要吗？"

"倒也不是不能，但我没要。"

"那你怎么办了？"

"不能要，只能偷。"

"哎呀哎呀。"

"因为他拿着毛巾去泡温泉了，我觉得要抽只能趁现在，于是便专心致志地抽了起来，就在我抽得正欢的时候，拉门忽然被哗啦啦地拉开了，我大吃一惊回头一看，来者正是香烟的主人。"

"他不是去泡温泉了吗？"

"正要去泡温泉呢忽然想起荷包忘在屋子里，于是就又返回来了。竟然特意回来拿荷包，难道还怕我偷他的钱不成？瞧不起人嘛。"

"这话该怎么说呢？你不是偷了人家的烟吗？"

"哈哈哈，这老大爷倒是很有眼力。荷包的事暂且不提，因为我憋了两天没抽烟，所以刚才抽起来就特别凶，老大爷打开拉门的时候那房间里简直是烟雾缭绕啊，所谓好事不出门坏事传千里大概说的就是这样吧。一下子就露馅啦。"

"老大爷说什么了？"

"不愧是上了年纪的人，他二话没说直接用纸包了五六十根香烟送给我说'不好意思，这些便宜货您要是不嫌弃就请抽吧'，然后就又去泡温泉了。"

"这就是所谓的江户派头吧。"

"虽然不知道这究竟是江户派头还是绸布店派头，总之从那往后我就和这位老大爷肝胆相照，非常愉快地在一起生活了两周。"

"这两周一直抽的都是老大爷的香烟吧？"

"那还用说。"

"小提琴的事说完了吗？"主人终于合上书本，一边起身一边无奈地说道。

"还没呢。但接下来正是精彩的地方，您来得正好，请听一听吧。另外，在棋盘上睡觉的那位先生——叫什么来着？哎，独仙先生——独仙先生也请听一听吧。您那样睡觉对身体可不好啊，应该起来了吧。"

"喂，独仙君，起来快起来。要说有趣的事情了。快起来啊。你这样睡觉对身体不好。你老婆会担心的。"

"嗯。"独仙君抬起头来，口水沿着山羊胡淌了下来，就好像蜗牛爬过的痕迹一样闪闪发光。

"啊，我睡着了。正所谓山上白云似我眠。哎呀，睡得真香啊。"

"大家都知道你睡着了。现在该起来了吧。"

"可以起来啦。又讲什么有趣的故事了?"

"接下来终于要讲到小提琴——小提琴怎么了,苦沙弥君?"

"你问我,我也不知道啊。"

"接下来终于要拉小提琴了。"

"接下来终于要讲到拉小提琴啦。快过来听听吧。"

"还在讲小提琴吗?真头疼啊。"

"你一个弹'无弦之素琴'的人有什么好头疼的,寒月君可是要把小提琴拉得嘎吱嘎吱响彻左邻右舍,那才叫头疼呢。"

"是吗?寒月君原来不知道拉小提琴却不会惊扰四邻的方法吗?"

"不知道,如果有这种方法还望赐教。"

"不用请教,只要见到露地白牛①就恍然大悟啦。"独仙君又说了一句晦涩难懂的话。寒月君以为他还没睡醒所以说的胡话,便没搭理他继续说道:

"后来我终于想到了一个办法。因为第二天是天长节不用上学,所以我从早晨起来就一直待在家里,把藤条箱的盖子打开

---

① 禅语。露地,为门外之空地,喻平安无事之场所;白牛,意指清净之牛。指无丝毫烦恼污染之清净境地。

看看又关上、关上又打开看看，一整天都心神不定直到天黑，终于在藤条箱的下面传出蟋蟀叫声的时候，我一咬牙将小提琴和琴弓拿了出来。"

"终于拿出来了。"东风君说道。"贸然拉响可很危险啊。"迷亭君提醒道。

"我首先拿起琴弓，从弓头到弓把都检查了一遍……"

"你以为自己是笨拙的刀匠啊。"迷亭君调侃道。

"其实我真以为这就是我的灵魂，所以在端详琴弓时的心情，就像是武士伴着长夜的灯影将闪着寒光的名刀从刀鞘中抽出之时的心情一样。我拿着琴弓不由自主地颤抖起来。"

"真是天才。"东风君话音未落，迷亭君就紧跟着说道"真是疯子"。主人催促道："快拉吧。"独仙君则是一副愁眉苦脸的模样好像在说"真头疼"。

"万幸的是琴弓没有任何问题。然后我又将小提琴也拿到油灯旁边，里里外外仔细检查了个遍。整个过程大约持续了五分钟，而藤条箱的下面始终传来蟋蟀的叫声，请诸位想象一下当时的情景……"

"我们会想象的，你就安心地拉吧。"

"还没到拉的时候。——万幸的是小提琴也没有任何瑕疵。我心想这样就没问题了，便猛然起身……"

"你要去哪？"

"请不要说话仔细地听。像这样我每说一句都打岔的话,我还怎么继续讲啊……"

"听到了吗诸位,人家让我们安静。嘘——嘘——"

"打岔的只有你而已。"

"嗯,是吗?那真是对不起,我洗耳恭听。"

"我将小提琴夹在腋下,趿拉着草鞋才走出草庐两三步,立刻又停了下来……"

"你看果然来了。我就知道你得有这么一出。"

"回去也没有柿饼吃了啊。"

"诸位总是打岔实在是遗憾之至,没办法,东风君我就只给你一个人讲吧。——听好了东风君,我才走出两三步又返了回来,把那个离开老家时花三日元二十钱买的红毛毯①披在头上,然后吹灭油灯,周围一下子变得漆黑,连草鞋在哪都找不到了。"

"你究竟要去哪啊?"

"听我说啊。等我终于找到草鞋走出门外一看,正是'星月夜下柿落叶,红毛毯与小提琴'。我右转再右转,一路登上庚申山,忽然东岭寺的钟声'当'的一声,穿过毛毯,穿过耳

---

① 一般乡下人在进城的时候都习惯用红毛毯代替外套裹在身上,后来用红毛毯指代乡下人。

朵，直接冲进我的大脑之中回响起来。你说当时是几点？"

"不知道。"

"九点了。接下来我就要在这秋季的漫漫长夜之中孤身一人爬上八百多米山路前往一个叫作大平的地方，平时很胆小的我在这种情况下本应吓得寸步难行，但不可思议的是，如果你的精神全都集中在某件事情上，那么心中就根本不会出现怕还是不怕之类的念头。在我的心里只想着一件事，那就是拉小提琴。这个叫大平的地方位于庚申山南侧，天气晴朗的日子来到这里可以透过红松的枝杈将城下景色尽收眼底，是个绝佳的瞭望台——对了，其面积大概有一百坪吧，正中有一块八叠榻榻米大小的岩石，在其北侧有一个叫作鹈沼的水池，水池周围长满了需要三人合抱那么粗壮的樟树。因为此地位于深山，所以池塘周围只有一个采樟脑的人居住的小屋，这里即便在白天也是个令人毛骨悚然的地方。幸运的是工兵为了演习开辟了一条上山的道路，所以我在爬山的过程中没怎么费力。当我终于抵达那块岩石之后，便将毛毯铺在上面，然后坐了上去。因为我是第一次在这么晚的时候来到这个地方，所以当我坐在岩石上稍微冷静下来一些的时候，周围的孤寂之感便逐渐袭上我的心头。在这种情况下唯一能够乱人心神的只有名为恐惧的感觉，只要能够将这种感觉消除，那便只剩下皎洁空灵之气息。我大约茫然出神了二十分钟的时间，感觉好像只有自己一个人居住在由水晶建造而成的宫殿之中。而我的身体——不，不只身体，还包括心和灵魂，都好像是由琼胶①制成的一样，变得清澈透明，甚至使我搞不清楚究竟是自己身处于水晶宫殿之中，还是水晶宫殿在我的身体之内……"

"又开始胡扯了。"在迷亭君认真地调侃了一句之后，独仙君却显得有些感慨地说道："有趣的境界。"

"如果这种状态一直持续下去，那我恐怕要在这块岩石上茫然地坐一整晚，根本没有办法拉小提琴了……"

"那地方有狐狸吗？"东风君问道。

"就在我已经进入物我两忘、不知生死的境界之时，突然从身后的水池深处传来'嘎'的一声怪叫……"

"终于出现了。"

"那声音引发出阵阵的回响，与秋夜的寒风一起传遍了整座山林的树梢，而我也终于在此时回过神来……"

"我也终于在此时放下心来。"迷亭君故意摸了摸胸口说道。

"正所谓大死一番乾坤新。"独仙君望着寒月君说道。寒月君却丝毫没有领会其中的含义。

"我回过神来向四周一看，庚申山一片寂静，连雨珠落地的声音都没有。我开始思考刚才那究竟是什么声音。说是人声却

---

① 琼胶：又名琼脂，植物胶的一种，广泛用于食品加工等领域。

过于尖锐,说是鸟声却过于洪亮,说是猿声——这边又没有猿猴。究竟是什么呢?当我的脑海之中出现这个问题的时候,之前一直沉静的思绪忽然为了解答这个问题而活跃起来变得杂乱不堪,就好像康诺德殿下①到访日本时,狂热的欢迎人群在我的脑袋里游行一样。紧接着我全身的毛孔忽然全都打开,就好像将烧酒喷在长满腿毛的腿上一样,号称勇气、胆量、判断、沉着的客人全都蒸发掉了。心脏开始在肋骨下面跳起摔鼻子舞②。两条腿也好像被放到天上的风筝一样不停地颤抖。这可真让人受不了。我突然用毛毯裹住脑袋,然后将小提琴夹在腋下,从岩石上跳了下来,一溜烟地沿着八百米山路跑下山去,回到自己的住处钻进被窝睡着了。如今回忆起来,真是再也没有比那更吓人的事情了,东风君。"

"然后呢?"

"这就完事了。"

"没拉小提琴吗?"

"想拉也拉不了啊。'嘎'的一声啊。换成是你肯定也拉不了的。"

---

① 康诺德殿下(Prince Arthur of Connaught,1883~1938):英国皇室成员。1906年到访日本授予明治天皇嘉德勋章。

② 摔鼻子舞:明治初期的一种滑稽舞蹈,后经落语家三游亭元游在舞台上表演后大受欢迎而广为流传。其中有抓住鼻子假作扔掉的动作因此得名。

"听完你的故事总有种意犹未尽的感觉。"

"意犹未尽也没办法啊,事实就是如此。怎么样,老师?"寒月君将在座的诸位环视了一圈,显得十分得意。

"哈哈哈哈,讲得真棒。能把故事讲得如此引人入胜想必你也是经过一番苦心思索的吧。我还以为男性的桑德拉·贝罗妮[①]要出现在东方的君子之邦了呢,所以才一直认认真真地听到现在。"说完迷亭君以为会有人问他谁是"桑德拉·贝罗妮",但出乎意料的是谁也没问,于是他只好自己解释道:"桑德拉·贝罗妮在月下弹奏竖琴,在森林之中演唱意大利歌曲,与你抱着小提琴爬上庚申山有异曲同工之妙啊。可惜的是人家惊艳了月中的嫦娥,你却被水池里的怪狸吓了一跳,在这关键的地方一下子就分出了滑稽与崇高的天壤之别。也是相当遗憾呢。"

"也没那么遗憾。"寒月君意外地平静。

"都是因为你非要跑到山上去拉小提琴,搞那种洋事,所以才会被吓的。"主人毫不留情地评价道。

"好汉竟向鬼窟里做活计[②]。可惜可叹啊。"独仙君叹息道。但寒月君对独仙君所说的话一句也没听明白。不只寒月君,大概在座的全都听不懂吧。

[①] 桑德拉·贝罗妮:乔治·梅瑞狄斯的小说《桑德拉·贝罗妮》中的女主人公。

[②] 出自《碧岩录》,指身陷迷妄而不自知。

过了一会,迷亭先生换了一个话题问道:"对了,寒月君,你最近还在学校磨玻璃球吗?"

"没有,我前段时间不是回了一趟老家吗?所以这项工作也暂停了。其实我对磨玻璃球这件事也有点厌倦了,正打算放弃呢。"

"不磨玻璃球不就当不成博士了吗?"主人有些不悦,但寒月本人却很轻松地说道:

"博士吗?嘿嘿嘿嘿。现在就算不当博士也没什么所谓啦。"

"可是那样的话婚期就要推迟,双方都会很困扰吧?"

"谁要结婚?"

"你啊。"

"我和谁结婚?"

"和金田家的大小姐啊。"

"嘿嘿。"

"嘿嘿什么啊,你们不是都已经约定好了吗?"

"哪有什么约定啊,至于把这件事四处宣扬,那是他们的自由。"

"这可就有点胡来了。是吧迷亭,那件事你也知道的吧?"

"那件事,是指鼻子那件吗?如果是那件事的话,知道的可不只你我,而是作为公开的秘密天下人皆知啊。现在万朝①之类

---

① 万朝:黑岩泪香于1892年创刊的报纸《万朝报》的简称。

的就总向我打听'何时才能以新郎新娘为题将二位佳人的照片刊登在报纸之上啊'。东风君更是早在三个月之前就以鸳鸯歌为题创作出了一大长篇,一直担心寒月君你要是成不了博士,他这篇难得的佳作恐怕难见天日了呢。是吧,东风君?"

"虽然还不至于到担心的程度,但我确实很期待将这篇倾注了我满腔热情的作品公之于世。"

"你看吧,你当不当得成博士可不仅仅是你个人的问题,更牵扯到四面八方呢。所以你稍微打起精神来,继续磨玻璃球吧。"

"嘿嘿嘿嘿,让大家操心了真是过意不去,但我现在已经不用当博士了。"

"为什么?"

"因为我已经有老婆了啊。"

"哎呀,这可真不得了。你什么时候秘密结婚的?这世道可真是一点也大意不得啊。苦沙弥先生正如你刚才所听到的那样,寒月君说他已经有老婆孩子啦。"

"孩子还没有。毕竟才刚刚结婚不到一个月,哪能这么快就生出孩子来呢。"

"你究竟是什么时候,在什么地方结的婚?"主人好像预审法官一样问道。

"什么时候?就是我回老家的时候呗,家里一切都给准备好了。我今天给老师带来的这个鲣鱼干,就是亲戚们在我结婚时送来的贺礼。"

"只送三条鲣鱼干做贺礼也太小气了吧。"

"怎么会，其实送了很多，我只拿来三条而已。"

"那你老家的女人真的很黑吗？"

"嗯，很黑，和我刚好般配。"

"那金田家那边你打算怎么办？"

"没打算怎么办。"

"这有点不太礼貌吧。是不是，迷亭？"

"没什么不礼貌的。金田家的大小姐嫁给别人不也一样吗？反正做夫妻就好像是在黑灯瞎火里乱碰头。硬要让本来碰不上的人碰上那就是多管闲事。所以不管谁碰上谁都一样。只是可怜了特意创作鸳鸯歌的东风君。"

"没事，鸳鸯歌只要稍微改一下还可以继续献给寒月君夫妇。至于金田家的大小姐，等她结婚的时候再重新创作一篇即可。"

"真不愧是诗人，如此随意洒脱。"

"你事先跟金田家说过了吗？"主人还对金田家念念不忘。

"没有。没必要说啊。我从来也没跟他们家提过亲，又何必特意去说这件事呢？——况且根本不用我说啊。如今人家怕不是早就派出十几二十名侦探，把事情从头到尾都了解得清清楚楚了呢。"

听到侦探这两个字，主人立刻皱起眉头说道："哼，既然如此那就不用说了。"说完他好像还不过瘾,又对侦探发表了如下的长篇大论。

"趁人不备拿人怀中物品的叫扒手,趁人不备拿人怀中心事的叫侦探。神不知鬼不觉地拆掉窗套偷走别人东西的叫小偷,神不知鬼不觉地套出口风偷走别人想法的叫侦探。将大砍刀扎在榻榻米上强迫别人拿出钱来的叫强盗,用啰唆话说个没完强迫别人点头答应的叫侦探。所以侦探这种家伙,和扒手、小偷、强盗之流都是一丘之貉、臭不可闻。听这种家伙说话会成为一种习惯,必须坚决予以抵制。"

"有什么关系嘛,哪怕来一两千个侦探,让那些臭烘烘的家伙组成一支军队发起进攻也没什么好怕的。我可是磨玻璃球的名人理学士水岛寒月啊。"

"哎呀哎呀,令人敬佩。真不愧是新婚的学士,如此精力旺盛。但苦沙弥先生,如果侦探和扒手、小偷、强盗属于同类,那雇用侦探的金田君又与何同类呢?"

"大概和熊坂长范之流属于同类吧。"

"熊坂倒还好对付。'一个长范转眼间变成两个,原来是身首异处,一命呜呼①',但住在对面小巷里那个靠高利贷赚了个盆满钵满的长范可是个既顽固不化又贪得无厌的家伙,没那么

---

① 出自谣曲《乌帽子折》中的最后一句。

容易一命呜呼啊。被那种家伙缠上可就倒霉了，一辈子都甩不掉呢，寒月君你要小心啊。"

"怕什么，没事的。虚张声势的强盗，应该已经知道我的厉害，竟然还不知死活地闯入进来，非要给他点颜色看看①。"寒月君镇定自若地用宝生流②展现出自己的气势。

"说起侦探，二十世纪之人大都有成为侦探的趋势，这究竟是为什么呢？"独仙君不愧是独仙君，提出了一个和当前话题完全无关的超然问题。

"因为物价太高吧？"寒月君答道。

"因为不懂艺术吧？"东风君答道。

"因为人类长出了文明的角，都像金米糖一样焦躁不安了啊。"迷亭君答道。

接下来轮到主人了。主人用装模作样的语气发表了如下的见解。

"我也一直在思考这个问题。根据我的理解，当世之人之所以有成为侦探的趋势，完全是因为个人的自我意识太强所致。但我所说的自我意识，绝非独仙君所说的什么见性成佛③或者自己与天地同为一体之类的悟道……"

---

① 同为《乌帽子折》中的台词。
② 日本能乐流派之一。
③ 禅语。性：本性。禅宗认为只要"识自本心，见自本性"，就可以成佛。

"哎呀，似乎很是晦涩难懂呢。苦沙弥君，既然连你都大言不惭地讨论起如此高深之问题，那我迷亭也斗胆将自己对现代文明的不满都堂而皇之地说出来好了。"

"随便说，看你有什么好说的。"

"当然有了。有很多呢。你不久之前还把警察敬如神灵，今天又将侦探比作扒手小偷，简直是自相矛盾的怪人。像我则是始终如一，自父母未生以前①直到现在，说过的话就从未改口。"

"警察是警察，侦探是侦探。再说以前是以前，今天是今天。说过的话从未改口只能说明你没有发展与进步。下愚不移②说的就是你吧……"

"这太过分了。侦探要是也能像这样从正面发起进攻，倒也有可爱之处。"

"你说我是侦探？"

"我是说正因为你不是侦探，所以才这么坦率正直啊。争执就到此为止吧。请继续往下说，让我洗耳恭听你这番高谈阔论的后半段。"

"所谓当世之人的自我意识，其实就是认识到了在自己和

---

① 禅语。指自己完全不存在的时候。学生时代漱石在圆觉寺参禅的时候被提问的公案就是"父母未生以前你的本来面目是什么"。

② 特别愚蠢的人不会改变。出自《论语·阳货》："子曰：唯上知与下愚不移。"

他人之间存在着一条截然分明的利益鸿沟。而这种自我意识随着文明的进步更是一天比一天敏锐，最终使自己在一举手一投足之间都变得矫揉造作起来。亨利①曾经评价史蒂文森'他是一个在任何时候都不会忘记自我的人，只要经过镜子跟前就一定要照一下镜子才行'，这句话也很好地揭示了今日之趋势。不管睡着还是醒着，自我都如影随形一般跟在人类的左右，让人类的言谈举止变得小气吝啬，所处境地变得困窘不堪，整个世间都苦不堪言，就好像正在相亲的年轻男女一般从早到晚都必须小心翼翼地行事。至于悠然自得、从容不迫，都变成了有名无实的词语。在这一点上，当世之人都有成为侦探的潜质，有成为小偷的潜质。侦探干的是趁人不备做有利于自己之事的买卖，必须拥有强大的自我意识才能做到。小偷则整天害怕自己被抓住、被发现，所以要想当小偷也必须拥有强大的自我意识才行。而当世之人不管睡着还是醒着，无时无刻不在思考如何让自己得利，如何让自己不受损失，势必要和侦探与小偷一样拥有强大的自我意识。一天到晚都提心吊胆、鬼鬼祟祟，直到进入坟墓之前都一刻也不得安宁，这就是当世之人。这就是文明的诅咒。简直荒唐透顶。"

---

① 威廉·埃内斯特·亨利（William Ernest Henley，1849~1903）：19世纪的英国诗人。

"真是有趣的解释。"独仙君说道。每当遇到这样的问题，独仙君是绝对不会沉默不语的。"苦沙弥君的说明真是深得我意。以前的人提倡忘记自我。现在的人却提倡不要忘记自我，简直是完全相反嘛。因为一天二十四小时全都充满了自我意识，所以一天二十四小时都没有太平的时候，无论何时都处于焦热地狱①之中。如果说天下有什么灵丹妙药的话，那恐怕再没什么比'忘记自我'这种药更灵验了。三更月下入无我说的就是这种境界。但现在的人即便表现亲切却也欠缺自然。像英国人引以为傲的绅士行为，也无非是自我意识过分膨胀的表现。英国王子访问印度的时候曾与印度的王族同席就餐，印度王族在英国王子面前表现得十分拘谨，不小心暴露出了本国的习惯，用手将土豆抓进自己的盘子之中，当他意识到这一点时立刻羞愧得面红耳赤，但英国王子却佯装不知，也用手将土豆拿到自己的盘子里……"

"这就是英伦派头吗？"寒月君问道。

"我听说过这样一件事。"主人接着说道，"也是英国，在某个军营里面，连队的士官一起款待一名下士。宴会结束之后，

---

① 焦热地狱：八大地狱之一。《长阿含》卷十九《世记经》地狱品："彼有八大地狱，其一地狱有十六小地狱。第一大地狱名想，第二名黑绳，第三名推压，第四名叫唤，第五名大叫唤，第六名烧炙，第七名大烧炙，第八名无间。"

洗手水被放在玻璃碗里端了上来,那位下士似乎没参加过这样的宴会,端起玻璃碗把洗手水都喝了。于是连队长突然也端起玻璃碗说道'祝下士身体健康',将洗手水一饮而尽。其他的士官也纷纷举起玻璃碗祝下士身体健康并将洗手水一饮而尽。"

"还有这样的故事呢。"不甘寂寞的迷亭君说道,"卡莱尔第一次觐见女王的时候,还是一个不熟悉宫廷礼仪的怪人,所以当他见到女王之后竟然一边说着'您好'一边在旁边的椅子上坐了下来。站在女王身后的侍从和宫女全都笑了起来——不,虽然很想笑但没笑出声,于是女王回头给他们使了个眼色,这些侍从和宫女便全都找个椅子坐了下来,卡莱尔才因此保全了面子。如此为他人着想真是关怀备至呢。"

"如果是卡莱尔的话,或许就算大家都站着他也不以为意吧。"寒月君简短地评价道。

"关怀他人的自我意识倒还不错。"独仙君又进一步说道,"但正因为有自我意识,所以想要关怀他人也颇费功夫呢,着实可怜。人们常说随着文明之进步,杀伐之气就会消失,个人与个人之间的交往也会变得平和起来,但这种论调简直是大错特错。自我意识如此之强烈,又怎么可能变得平和起来呢?虽然乍看上去倒是十分平静、相安无事,但其实两人都非常痛苦呢。就像是相扑在擂台上扭在一起互相角力却纹丝不动。在旁人看来简直平稳至极,但相扑选手恐怕已经要精疲力尽了呢。"

"打架也是一样，以前打架全凭暴力制服对方倒也没什么过错，但最近就连打架都变得巧妙起来，使人愈发增强自我意识了。"这回轮到迷亭先生发言了："培根①说过'唯有顺从自然，才能驾驭自然'，而现在的打架正和培根的这句名言如出一辙，简直让人感觉不可思议。就好像是柔术一样。想的是如何利用敌人自己的力量来打倒敌人……"

"还有像水力发电那样的东西。不抗拒水的力量，反而将其转变为电力，使其发挥出巨大的作用……"寒月君刚开了个头，独仙君就立刻接着说道。

"所以贫穷时为贫所困，富裕时为富所困，忧愁时为忧所困，喜悦时为喜所困。才子死于才，智者败于智，像苦沙弥君那样爱发脾气的家伙，只要敌人抓住他这一弱点就可以让他乖乖地落入圈套……"

"精彩精彩！"迷亭君拍手叫好，苦沙弥先生则笑着说道："我才没那么容易上当呢。"闻听此言大家都笑了起来。

"那么像金田那样会死于什么呢？"

"他老婆会死于鼻子，他则会死于造孽，他的那些走狗会死于侦探。"

---

① 弗兰西斯·培根（Francis Bacon，1561~1626）：英国文艺复兴时期散文家、哲学家。下文中"唯有顺从自然，才能驾驭自然"出自他的《新工具》。

"女儿呢?"

"女儿——我没见过他的女儿,所以也说不好——总之,死于衣装、美食或者美酒之类吧。但肯定不会死于恋爱。搞不好或许会像卒都婆小町①那样倒毙路旁吧。"

"这样说有些过分了。"曾为金田小姐献上过新体诗的东风君提出了异议。

"所以'应无所住而生其心②'这句话说得很对,如果达不到这种境界,人类是无法摆脱痛苦的。"独仙君总是说些只有自己才听得懂的话。

"别那么自以为是啊。或许你搞不好也会死在电光影里呢。"

"总之,要是文明以这样的势头发展下去,我也生无可恋了。"主人说道。

"别客气,死就死吧。"迷亭一语道破。

"但死更无可恋。"主人摆出一副蛮不讲理的样子。

"人在出生时都没有经过深思熟虑,但在死亡时却都显得十分抗拒呢。"寒月君在一旁事不关己般地说道。

"就像借钱的时候十分痛快,还钱的时候却磨磨蹭蹭一样

---

① 指的是谣曲《卒都婆小町》。讲述的是年老色衰的美女小野小町在陷入疯狂之后顿悟的故事。

② 出自《金刚经》。住,指的是人对世俗、对物质的留恋程度;心,指的是人对佛理禅义的领悟。人应该对世俗物质无所执着,才有可能深刻领悟佛理。

吧。"在这种时候迷亭君的反应总是很快。

"就像不用考虑还钱是一种幸福一样,不会被死亡所扰也是一种幸福啊。"独仙君显得超凡脱俗。

"要是照你这么说,厚颜无耻就是悟道了?"

"没错,禅语有云'铁牛面者铁牛心,牛铁面者牛铁心'①。"

"那么你就是这样的标本吧?"

"并非如此。但被死亡所扰其实是在神经衰弱这种疾病出现之后才有的事呢。"

"原来如此,你不管怎么看都是神经衰弱出现之前的人。"

迷亭与独仙你来我往、妙语连珠,主人则继续对寒月和东风二人发表自己对文明的不满。

"怎样才能借钱不还呢?这是个问题。"

"并没有那样的问题。借了东西是一定要还的。"

"好吧。但这是一个讨论,所以请安静地听着。正如怎样才能借钱不还是个问题一样,怎样才能永生不死也是个问题。不,应该说曾经是个问题,炼金术就是为了解决这个问题而生,但所有的炼金术都失败了。于是明确了人类无论如何都不能摆脱死亡这件事。"

---

① 禅语,意思是不管遇到任何事内心都不为所动。

"在炼金术出现之前就已经非常明确了吧。"

"好吧。但这是一个讨论,请安静地听着。好吗?当无论如何都不能摆脱死亡这件事变得明确之后,又出现了第二个问题。"

"哎?"

"既然无论如何都会死,那要怎样死才好呢?这就是第二个问题。自杀俱乐部①就是与这第二个问题共同诞生的。"

"原来如此。"

"死是痛苦的,但求死不得更痛苦。特别是对于神经衰弱的国民来说,生是比死更加痛苦的事。所以人们才因死而痛苦。但这并不是因为人类惧怕死亡所以痛苦,而是因为不知道应该怎样死最好而痛苦。绝大多数的人都因为智商不足,所以只能任凭自己自生自灭,最终被这个世间所虐杀。但有些人并不满足于被世间慢慢地虐杀。那么他们必将对死亡的方法进行种种思考,并且提出崭新的创意。所以世界今后的趋势将是自杀者不断增加,而这些自杀者都将以独创的方法离开这个世界。"

"那世界可就乱了套啦。"

"是啊,一定会乱套的。有一个叫阿瑟·琼斯②的戏剧家,在他所写的剧本里总是会出现主张自杀的哲学家……"

---

① 史蒂文森的短篇集《新一千零一夜》之中的一篇。

② 阿瑟·琼斯(Henry Arthur Jones,1851~1929):英国戏剧家。剧本主要有《马加尔及其失去的天堂》《说谎者》等。

"他打算自杀吗？"

"遗憾的是他并没有自杀。但从今往后再过一千年的话大家肯定都会那样做了。再过一万年的话，要说到死那就除了自杀之外再也没有其他的办法。"

"那可就不得了啦。"

"是啊，一定会不得了的。到时候自杀也因为积累了大量的研究成果而成为一门正儿八经的科学，像落云馆那样的中学也会用自杀学来取代伦理学作为主要课程吧。"

"有意思，连我都想去旁听一下呢。迷亭先生你听到了吗，苦沙弥先生的高见？"

"听到了。到那个时候落云馆的伦理课老师就会这样说道：诸君绝对不能墨守公德之类的野蛮遗风。身为世界青年之诸君首先应该牢记于心的义务就是自杀。但正所谓己所欲施于人①，所以将自杀进一步展开便是杀人。像对面那个穷措大②珍野苦沙弥氏，活在世上就十分痛苦，尽早将其杀死就是诸君之义务。但与过去不同，现如今是开明之时代，所以不能用刀枪棍棒或

---

① 《论语》中有"己所不欲，勿施于人"的说法，这里是迷亭将这句话反过来借用。

② 形容既贫寒且酸气的书生，含有轻慢之意。出自《唐摭言·贤仆夫》："你何不从之而孜孜事一个穷措大，有何长进！纵不然，堂头官人，丰衣足食，所往无不克。"

者飞镖暗器之类的卑劣手段。只能通过诸君高超之技术，用嘲弄之法杀之，则对其本人乃是功德一件，对诸君来说也是一种荣誉……"

"确实是很有趣的讲义呢。"

"还有更有趣的呢。在如今，警察将保护人民的生命财产放在首位。但等到了那个时候，警察就像打狗队一样拿着棍棒到处扑杀天下的公民……"

"为什么？"

"因为现如今人类的生命是最宝贵的东西所以警察要尽到保护的责任，但等到了那个时候，国民都因为活着而受苦，所以警察慈悲为怀将他们打杀。当然，聪明一点的人早就自杀了，所以被警察打杀的都是些窝囊废、没有自杀能力的白痴或者残疾。想要被杀的人只需要在门口贴张纸条，写上有男人或者女人想要被杀，警察在巡逻经过的时候就会立刻按照他们的要求将他们杀掉。至于尸体，就都装在巡逻车上拉走了。还有有趣的事情……"

"先生的玩笑话一说起来就没完没了呢。"东风君不无感慨地说道。独仙君则捋着自己的山羊胡慢条斯理地解释道：

"说其是玩笑或许真是玩笑，但说其是预言或许也真是预言呢。没有彻底掌握真理的人，总容易被眼前的现象世界所束缚，将泡沫梦幻当成永久的事实，所以每当听到稍微脱离现象的事情，就会立刻当成是玩笑话。"

"所谓燕雀安知鸿鹄之志哉吗？"寒月君诚惶诚恐。独仙君却深以为然地继续说道：

"过去在西班牙有一个叫科尔多瓦①的地方……"

"现在没有了吗？"

"或许还有。但问题不在于过去还是现在，当地有个风俗，那就是每天寺庙里敲响落日的钟声时，每家每户的女性都会出来到河边游泳……"

"冬天也是如此吗？"

"这我就不确定了。总之，不管老幼贵贱，大家全都跳进河里。但一个男性也没有。男人只能远远地看着。从远处望去，只见暮色苍然的水面之上，白皙的裸体模模糊糊地来回移动……"

"充满诗意啊。可以根据此做一首新体诗。这地方叫什么来着？"东风君一听到裸体立刻凑到跟前。

"科尔多瓦。当地的年轻小伙因为不能和女性一起游泳，又不能站在远处看个仔细，感到十分遗憾，于是他们便想到了一个恶作剧……"

---

① 西班牙南部城市。关于当地女性游泳的故事，出自法国小说家梅里美的小说《卡门》。

"哎，他们有什么主意？"

一听到恶作剧，迷亭顿时也来了精神。

"他们贿赂了寺庙的敲钟人，让原本应该在太阳落山时才敲响的钟声提前一小时响起。因为女人都是很愚蠢的，所以听到钟声就都跑到河边，只穿着内衣内裤就跳进河里。但当她们跳进河里之后才发现，今天和往常不一样，太阳竟然没落山。"

"秋季的烈日还火辣辣地映照着呢，是吗？"

"再往桥上一看，一群男人们都站在那里朝这边眺望呢。女人们感到十分害羞却又束手无策，一个个都面红耳赤的。"

"然后呢？"

"然后就说明人类只被眼前的习惯所迷惑，而忘记了根本的原理，这是绝对不行的。"

"真是非常难得的说教。我也来说一个不被眼前的习惯所迷惑的故事吧。最近我看一本杂志，上面有这样一篇关于诈骗的小说。假设我就是一家古玩店的老板。在我的店铺里摆满了名人的字画和古董用具。当然这些都是真品，而且是货真价实的上等佳品。因为是上等佳品所以肯定价格不菲。这时来了一位爱好收集的客人，问道：'这个元信[①]的画作多少钱啊？'我说

[①] 指狩野元信。日本室町后期的画家。狩野派第二世，为狩野派始祖正信之长男，开创了狩野派的新画风。

六百日元。客人说：'虽然很想要，但手头不够六百日元，真是遗憾啊，先拿给我看看吧。'"

"客人真是这么说的吗？"主人还是和往常一样直来直去地问道。迷亭君则做出一副佯装不知的模样继续说道：

"这是小说嘛。就当他是这么说的吧。于是我就说钱的话无所谓，您要是喜欢的话就拿去吧。客人却说'那怎么行啊'显得很犹豫。我说：'那您就按月付款吧，按月付款细水长流，反正从此以后您就是我的主顾了……哦不，您一点也不用担心。怎么样？每个月只需要支付十日元，或者每个月五日元也可以。'我很爽快地说道。随后我和客人之间又一问一答地来回了两三次，最终我还是将法眼①狩野元信的画作以总价六百日元每月支付十日元的价格卖给他了。"

"好像泰晤士的百科全书②一样呢。"

"泰晤士那边是没什么问题的，但我这边可是问题多多。接下来就是巧妙的骗局了。寒月君，你觉得每个月还十日元，要多少年才能还清总共六百日元？"

"当然是五年了。"

"当然是五年。那么独仙君你觉得五年的岁月是长还是短？"

---

① 法眼：僧侣的级别之一。

② 指的是《不列颠百科全书》，当时这套书由伦敦的泰晤士报社负责出版发行，因为价格昂贵所以采取按月付款的销售方式。

"一念万年，万年一念。说长不长，说短不短。"

"你说的这是道歌①吗？怎么感觉违背常识呢。如果五年间每个月都要支付十日元的话，也就是说只要支付六十次就够了。但习惯是很可怕的，如果你每个月都做同样的事情一直做六十次，那么第六十一次也会产生出支付十日元的念头。第六十二次还会产生出支付十日元的念头。有六十二次就有六十三次，不断重复下去的话每到该支付的日子如果不支付十日元就会感觉坐立不安。人类虽然看似聪明，但却有一个很大的弱点，那就是容易被习惯迷惑而忘记根本。只要抓住了这个弱点，那我就可以每个月都收到十日元啦。"

"哈哈哈，怎么可能，谁会那么健忘啊？"寒月君笑道。主人却有些认真地说道：

"不，这样的事还真有。我大学的学费就是贷款的，毕业后我每个月都按时还款，一直到对方拒绝接收才停止。"似乎他觉得全天下的人都会和他一样呢。

"你们看，那样的人在这里就有一个。所以嘲笑我刚才所说的'文明之未来记'是笑话的人，就是将只要支付六十次就好的贷款支付一辈子还觉得理所当然的家伙呢。特别是像寒月君和东风君你们这样缺乏经验的青年人，一定要牢记我的教诲以

---

① 道歌：一种将道德与训诫放在歌词里通俗易懂地唱出来的和歌。

免上当受骗。"

"谨遵教诲。月供我一定只交六十次。"

"虽然听起来好像是玩笑话,但很值得参考呢,寒月君。"独仙君对寒月君说道,"打个比方吧。如果现在苦沙弥君和迷亭君认为你擅自结婚不太妥当,劝你去给那个叫金田的人谢罪,那你该怎么办?会去谢罪吗?"

"谢罪就免了吧。要是对方来给我谢罪还行,我没有那种想法。"

"如果是警察命令你去谢罪又如何呢?"

"那就更免谈了。"

"如果是大臣或者华族呢?"

"更加更加免谈。"

"看吧。从古至今人类竟然发生了如此巨大的变化。过去是官府的威严无所不能的时代。随后是官府的威严不再万能的时代。到了当今时代,不管是殿下还是阁下,都不可能凌驾于个人的人格之上。甚至可以说,对方的权力越大,被压迫的人就会越发地感到不愉快从而进行激烈的反抗。所以当今时代与过去大不相同,反而产生出越是强调官府的威严越无能为力的崭新现象。那些过去的人完全无法想象的事情竟然成为当世通行的道理。世态人情的变迁实在是不可思议,迷亭君的未来记说玩笑也是玩笑,但如果看作是对这种现象的解释,倒也颇为值得我们品味。"

"既然有你这样的知己，那我一定要把未来记接着说下去了。正如独仙君所说，在当今时代如果还想逞官府之威严，仗着两三百根竹枪就横冲直撞，那就像坐着轿子却硬要和火车比谁快一样，是被时代抛弃的老顽固——当然对于这种无知的蠢货，放高利贷的长范先生，我们只要默默地袖手旁观即可——我的未来记要说的可不是这种鸡毛蒜皮的小问题，而是关乎人类全体命运的社会现象。在对眼下文明之趋势进行仔细的分析，对遥远将来之趋势进行预测之后就会发现，结婚将成为不可能之事。请不要惊讶，结婚之不可能，理由如下：正如之前所说，当今时代是以个性为中心的时代。在以一家之主作为代表、一郡之官作为代表、一国之君作为代表的时代，除了代表者之外的其他人仿佛都没有人格一般。即便有也是不被承认的。但现如今一切都变了，所有活着的人全都在强调自己的个性，不管谁见到谁都是一副'你是你、我是我'的模样。两个人要是在大街上遇到，势必会在擦肩而过的同时都在心中暗骂'你小子是人，老子也是人'。每个人都变得强大起来。但因为每个人都变得一样强大，所以也可以说是每个人都变得一样弱小了。如果从别人难以加害于自己这一点上来说，自己确实变得强大了，但从自己也难以动他人分毫这一点上来说的话，显然自己比过去更弱了。所有人都是会因为变强而高兴，对变弱则感到不满，所以大家都在保证自己不会遭到侵犯，固守自身强大之处的同时，又想尽一切办法去侵犯他人，将自己的弱点也勉为其难地进行强化。但这样一来人与人之间的空间就越来越小，生存在其中就会觉得非常憋屈。于是人们只能尽可能地放大自我，使自己膨胀到几乎要爆炸的程度，满怀痛苦地活着。因为痛苦，所以人们又尝试许多种方法来寻求个人与个人之间的宽裕。人类自作自受产生出这种痛苦，又因为这种痛苦而想出了第一个解决方案，那就是亲子分居制。你可以到日本的山村里去看一看。在那里一户人家全都挤在一起。因为他们没有需要强调的个性，就算有也不想强调，所以才能这样相安无事。但文明之民即便是亲子之间也必须极尽强调个性之能事，否则便是对自身之损失，所以为了保持双方的安全必须采取分居之措施。欧洲的文明比较进步，所以比日本更早采取了这一制度。即便偶尔有亲子同居之现象，孩子向老爸借钱也是要给利息的，而且还要像外人一样支付房租。正因为家长承认孩子的个性并且给予尊重，所以才能成此良好风气。这一风气迟早会传进日本。亲属早已各自居住，从今往后亲子也将分离，一直以来饱受压抑的个性将会无休无止地发展，而随着个性的发展对个性的尊敬之念也将无限制地膨胀，如若不分开便没有丝毫的乐趣可言。但在亲子兄弟全都已经分离的现在，已经再也没有什么可分离的了，那么作为最后之方案就只能让夫妇分离。在现如今的人们看来，只有在一起生活才能称之为夫妇。但这种看法其实是大错特错。为了能够在一起生活，那就必须拥有充分合拍的个性。如果是过去的话还好说，夫妇被称为异体同心，看上去是夫妇二人但实际上是同一个人。正因为如此才能够偕老同穴，就连死了都变成一丘之貉。多么野蛮。但在如今，这一套就行不通啦。丈夫是丈夫，妻子是妻子。妻子早就在上学的时候穿着灯笼裙裤锻炼出了坚定的个性，并且是梳着西式的发髻嫁过门的，怎么可能会对丈夫百依百顺呢？毕竟倘若对丈夫百依百顺的话，那便不是妻子，只是一个人偶罢了。越是贤惠的妻子，个性就越是鲜明。个性越是鲜明就越是与丈夫合不来。越是合不来就势必要与丈夫发生冲突。所以贤妻从早到晚都会和丈夫吵架。虽然娶个贤妻本是件好事，但却使双方痛苦的程度与日俱增。夫妇之间就如同水和油一样格格不入，如果双方都能保持克制，使双方之间的关系持续稳定倒也还好，但水和油却偏偏互不相让，让家庭之中总是好像遭遇大地震一样七上八下的。最后人们终于发现，夫妇同居实在是一件两败俱伤的事情……"

"那夫妇就要分居了吗？真担心啊。"寒月君说道。

"要分居。一定要分居。天下的夫妇都要分居。以前是住在一起才是夫妇，但从今往后如果住在一起就会被世人看作没有成为夫妇的资格。"

"那样的话，我要被归为没有资格的那一类了。"寒月君在关键时刻说出了自己的家事。

"生在明治时代真是一种幸运。我因为创作未来记，头脑比时代稍微提前了那么一两步，所以直到现在还是孤身一人。有人七嘴八舌地说我这是因为失恋所致，目光短浅的家伙实在是浅薄得可怜。且不说这么多了，接着往下讲未来记吧。当时有一位哲学家从天而降，提出了一个破天荒的真理。他说人类是个性的动物，如果消灭了个性就等于是消灭了人类。为了实现生而为人的意义，不管付出任何代价都必须保持这种个性并且将其发扬光大。被陋习所束缚，虽不情愿却也要结婚是违背人类自然趋势的野蛮风俗，在个性尚未得到发展的蒙昧时代也就罢了，但在文明之今日如果还深陷于此等弊害之中却恬不知耻，简直荒谬至极。在文明开化已达高潮的当今时代，两个拥有完全不同个性的人，丝毫没有以普通关系以上的亲密程度结合在一起的道理。但仍然有一些欠缺教育的青年男女，无视如此显而易见之道理，一时间在卑劣之情欲的驱使下，擅自举行新婚仪式，实在是违背道德之行为。吾等为了人道、为了文明、为了保护青年男女之个性，必须竭尽全力抵抗此种野蛮风俗……"

"先生，我完全反对这种说法。"东风君在此时突然用手拍了一下膝盖，以坚定的态度说道，"我认为在这个世界上再也没有任何东西比爱与美更值得我们尊重了。正因为有了这两者，我们才能够得到慰藉，变得完整，获得幸福。正因为有了这两者，我们的情操才更加优美，品性才更加高洁，感情才更加优雅。所以我们不管生于任何时代，都不能忘记这两者。当这两者出现在现实世界之时，爱则表现为夫妇关系，美则表现为诗歌、音乐等艺术形式。由此可见，只要人类在地球表面存在一天，夫妇与艺术便是绝对不会灭绝的。"

"不会灭绝倒是好事，但正如刚才那位哲学家所说，灭绝是不可避免的所以也没办法，你还是放弃吧。你说艺术？艺术也将和夫妇一样面临灭绝的命运。个性的发展也就意味着个性的自由，对吧？个性的自由也就意味着自己是自己，别人是别人，对吧？这样一来艺术岂不就没有存在的必要了吗？艺术之所以兴盛，是因为在艺术家与欣赏者之间存在着一致的个性。不管你作为一名新体诗作家多么努力地进行创作，但如果没有一个人认为你的诗有趣，那很遗憾，你的作品除了你之外便再也没有其他读者。不管你创作多少鸳鸯歌都毫无意义。幸运的是你生在当今的明治时代，所以满天下的人都喜欢你的作品……"

"不，还没到那种程度。"

"如果现在都达不到那种程度的话，等到了人类文明更进一步发展的未来，也就是那位哲学家出现并且提出不结婚论的时候，那你就一个读者也没有啦。倒也不是只针对你一个人。

因为每个人都有与众不同的个性，所以会觉得任何人创作的诗歌都枯燥无味。现如今在英国就已经出现了这种趋势。在当今英国的小说家最具个性的作品之中就有所体现，你去看看梅瑞狄斯①，去看看詹姆斯②。他们的读者岂不是非常少吗？当然少了。因为像那样的作品必须有相应个性的人读来才觉得有趣。当这种趋势不断发展直到婚姻成为不道德的行为之时，艺术也会完全灭亡。没错吧，当你写的东西我看不懂，我写的东西你看不懂的时候，那你我之间又有什么艺术可言呢？"

"虽然你说的好像很有道理，但我的直觉告诉我并非如此。"

"你的直觉告诉你并非如此，但我的曲觉告诉我就是如此。"

"这或许也是我的曲觉。"独仙君说道，"总之，人类越是允许个性的自由，相互之间的关系就越紧张。尼采之所以提出超人的概念，就是因为对于这种紧张感毫无办法，所以才转而从哲学上寻求解脱。乍看上去超人体现的好像是尼采的理想，但实际上那并非理想，而是不满。他谨小慎微地生活在个性已经开始发展的十九世纪，因为左邻右舍他都不敢得罪，所以这位老兄就只能在书中发泄自己的不满了。读了他的书与其说会

---

① 梅瑞狄斯（George Meredith，1828～1909）：英国小说家、诗人。作品以晦涩难懂著称。漱石在研究论文和小说中经常提及此人。

② 詹姆斯（Henry James，1843～1916）：出生于美国的小说家。后在欧洲定居，以欧洲与美国之间的不同为主题创作了许多作品。

感到痛快，倒不如说会感到可怜。他在书中所发出的并不是勇往直前的呐喊，怎么听都像是怨恨悲痛的哀叹。这也是情有可原，过去只要出现一位英雄人物，那么大家都会不约而同地聚集到他的身边，这是何等地畅快。既然已经拥有如此畅快的事实，当然不再需要像尼采那样借助纸和笔的力量来将这种心情记录在书籍之上。所以《荷马史诗》①与《切维·蔡斯》②也同样描写超人，但给人的感觉却截然不同。这两部作品读来只感觉畅快愉悦。正因为有畅快的事实，再将畅快的事实记录在纸上，所以当然没有苦涩的味道。但到了尼采的时代可就不一样了。且不说没出现一位英雄，就算出现了英雄也不会得到承认。过去孔子只有一个，所以孔子才受人尊重，但如今孔子都有好几个了。搞不好或许全天下的人都是孔子也说不定呢。所以就算自称孔子也一样得不到别人的尊重。得不到尊重所以就心生不满。心生不满所以就只能在书上卖弄超人哲学来发泄。我们追求自由并且得到了自由，但得到自由的结果却是感觉不自由，这就不好办了。所以西洋文明看似不错实则不行。与之相反的是，我们东洋自古以来便强调内心的修行。这才是正确的做法。不信你们就等着瞧吧，当个性发展的结果导致所有人

---

① 据说是由古希腊叙事诗人荷马所作。由描写特洛伊战争的长篇叙事诗《伊利亚特》与《奥德赛》两部分组成。

② 创作于15世纪左右的英国叙事诗。

都出现神经衰弱的症状,并且对此束手无策难以应对的时候,人们自然就会发现'王者之民荡荡①'这句话的价值,意识到'无为自化②'这句话不容小觑。但当他们领悟到这一点的时候已经晚了。就像酒精中毒之后才幡然醒悟'我要是不喝酒就好啦'一样。"

"诸位说的都是一些消极的论调,但我这个人很奇怪,不管听到多少这样的论调都没有任何感觉。这究竟是为什么?"寒月君说道。

"因为你娶了老婆啊。"迷亭君立刻解释道。主人则突然说了这样一句话:

"娶了老婆,就觉得女人真好,这是大错特错。我来读一段有趣的内容,供诸位参考。都听好了啊。"主人拿起之前从书房里拿出来的那本书说道,"这本书虽然有些年头了,但恰恰说明从那时起人们就已经知道女人不是什么好东西。"

寒月君问道:"这可有点惊人呢。那是什么时候的书?"

---

① 指人民在明君的统治下安居乐业。出自《论语·泰伯》:"子曰:大哉!尧之为君也。巍巍乎!唯天为大,唯尧则之。荡荡乎!民无能名焉。巍巍乎!其有成功也,焕乎!其有文章。"

② 不必采取任何行动,人民自然会得到教化。出自《老子》:"故圣人云:我无为,而民自化;我好静,而民自正;我无事,而民自富;我无欲,而民自朴。"

"是一个叫托马斯·纳什①的人在十六世纪所作。"

"越来越惊人了。那个时候就已经开始有人说我妻子的坏话了吗?"

"说了很多女性的坏话,其中肯定也包括你的妻子,所以你就听着好了。"

"嗯,我会听的。难得的机会。"

"这上面写道,首先要介绍一下自古以来贤哲的女性观。怎么样,你们都听着呢吧?"

"都听着呢。就连单身的我都听着呢。"

"亚里士多德说,既然女人都是祸水,那么与其娶大祸水不如娶小祸水。因为与大祸水相比小祸水造成的损失较小……"

"寒月君的老婆是大祸水还是小祸水?"

"属于大祸水一类吧。"

"哈哈哈哈,这真是有趣的书。快往下念。"

"有人问,何为最大的奇迹?贤者答曰:贞妇……"

"贤者是谁?"

"没写名字。"

"反正肯定是个被女人甩了的贤者吧。"

---

① 托马斯·纳什 [Thomas Nashe (Nash), 1567~1601]:英国作家。后文中提到的"自古以来贤哲的女性观"都出自《愚行之分析》(*The Anatomie of Absurditie*)。

"接下来登场的是第欧根尼①。有人问，应该何时娶妻？第欧根尼答道：青年时则太早，老年时则太迟。"

"他是在桶里想出这个答案的吧。"

"毕达哥拉斯②说天下只有三样东西值得害怕，火、水和女人。"

"古希腊的哲学家竟然说出如此迂腐之观点。要我说的话天下根本没有可怕之物。遇火不焚、遇水不溺……"独仙君说到这里一时语塞。

"遇女不迷是吧。"迷亭先生及时地伸出援手。主人继续往下读道："苏格拉底说，驾驭女子是人类最大的难题。狄摩西尼③说，若想让敌人受苦，就赠予其女人。其必将日夜被家庭风波所扰，苦不堪言。塞内加④说，妇女与无知是世界上的两大灾

---

① 第欧根尼（Diogenēs，约前404~前323）：古希腊哲学家，犬儒学派的代表人物。据说第欧根尼住在一个桶里，所拥有的所有财产包括这个桶、一件斗篷、一支棍子、一个面包袋。

② 毕达哥拉斯（Pythagoras，约前580~约前500）：古希腊数学家、哲学家。提出了毕达哥拉斯定理（勾股定理），开创了毕达哥拉斯学派。

③ 狄摩西尼（Demosthenes，前384~前322）：古希腊政治家、演说家和雄辩家。

④ 塞内加（Lucius Annaeus Seneca，约前4~65）：古罗马斯多葛学派哲学家，曾任尼禄皇帝的导师及顾问。

难。马可·奥勒留^①说,女子在难以驾驭这一点上与船舶相似。普劳图斯^②说,女子之所以有爱好打扮的习惯,是为了掩饰她们天生丑陋,所以才出此下策。瓦勒乌斯曾在写给友人的信中这样说道,天下之事没有女子做不出来的。恳请皇天垂怜,让你不要落入她们的陷阱之中。他还说,女人是什么?岂不是友爱的敌人吗?岂不是犹恐避之不及的痛苦吗?岂不是必然的祸害吗?岂不是自然的诱惑吗?岂不是如蜜似饯的毒药吗?如果说抛弃女子是不道德的行为,那不抛弃女子就更应该遭到唾弃……"

"够了,老师。听了这么多说老婆的坏话,我心里也挺过意不去的。"

"还有四五页呢,顺便都听一听吧?"

"差不多就行了。这时候尊夫人也该回来了吧。"迷亭先生刚一调侃,就听饭厅那边传来女主人呼唤女佣的声音:

"阿清,阿清。"

"这下可不好了,你老婆这不是在家吗?"

"呵呵呵呵。"主人笑着说道,"怕什么。"

"夫人,夫人。您什么时候回来的啊?"

饭厅里一片寂静没有回答。

---

① 马可·奥勒留(Marcus Aurelius Antoninus,121~180):古罗马皇帝,五贤帝之一。著名的"帝王哲学家",斯多葛学派代表人物之一。著有《沉思录》。

② 普劳图斯(Titus Maccius Plautus,约前254~前184):古罗马喜剧作家。

"夫人，刚才说的那些您都听到了吗？啊？"

依旧没有回答。

"刚才那些并不是您丈夫的想法。都是十六世纪一个叫纳什的人说的，请放心。"

"不知道啊。"女主人远远地只说了这么一句。寒月君笑了起来。

"我也不知道呢，失礼啦，啊哈哈哈哈。"迷亭君肆无忌惮地大笑起来，这时大门被哗啦啦地打开，来人连声招呼也没打就踏着重重的脚步走了进来，紧接着客厅的拉门也被猛地打开，多多良三平君的脸露了出来。

三平君今天和往日不同，身上穿着一件纯白色的衬衫和崭新的礼服，让人不由得对他刮目相看，他将右手拎着的四瓶捆在一起的啤酒放在鲣鱼干的旁边，然后仍然连声招呼也没打就一屁股坐了下来，而且还盘着腿活像一个神气的武士。

"老师，您的胃病近来如何啊？像您这样总是待在家里可不好啊。"

"还是老样子，没怎么恶化。"

"您虽然不肯说，但脸色不怎么好呢。老师，您的脸色发黄。最近很适合钓鱼。去品川租一条船——我上星期天就去了。"

"钓上什么了？"

"什么也没钓到。"

"那有什么意思？"

"可以养浩然之正气啊。怎么样诸位，你们有人去钓过鱼吗？钓鱼可有意思了。乘一艘小船在大海上来回游荡。"三平君毫不客气地对在场的所有人说道。

"我倒是很想乘一艘大船在小海上游荡。"迷亭君搭话道。

"既然钓鱼，要是不钓上鲸鱼或者人鱼就没什么意思了。"寒月君答道。

"怎么可能钓到那种东西。文学家就是缺乏常识……"

"我不是文学家。"

"是吗？那你是做什么的？像我这样的商务人士，常识可是最重要的。老师，我最近常识可丰富了不少呢。毕竟在那种地方待的时间久了，潜移默化地我也变成这样啦。"

"变成什么样了？"

"比如说这香烟吧，抽朝日和敷岛[①]就太掉价了。"说着他掏出一根过滤嘴上带金箔的埃及香烟[②]吧嗒吧嗒地抽了起来。

"你哪来这么多的钱摆阔？"

"虽然没有钱，但很快就会有的。抽上这种香烟，身价马上就不一样了。"

[①] 1904年7月开始销售的带过滤嘴香烟，一包二十根，售价八钱。
[②] 一种用埃及产的烟叶制成的香烟。在当时属于高价的进口香烟。

"这身价来得可比寒月君磨玻璃球容易多了。真是既轻松又方便的身价呢。"迷亭对寒月说道。没等寒月君回答,三平君就开口说道:

"你就是寒月先生吗?到底当不上博士了吗?正因为你当不上博士,所以才让我捡了个便宜。"

"博士吗?"

"不,是金田家的小姐。其实这事还真有点对不住你。但人家一个劲地说你娶了吧你娶了吧,最后我终于决定娶了,老师。但我一直觉得对不住寒月先生,心里挺过意不去的。"

"不用想那么多。"寒月君说道。主人则含糊地答道:

"既然一个愿娶一个愿嫁,那就挺好嘛。"

"这可真是值得庆贺的事啊。所以说什么样的女儿都不愁嫁。就像我刚才说的,总会有人娶的,现在不就有这样一位英俊潇洒的绅士新郎出现了吗?东风君,新体诗的素材来了。你快动笔创作吧。"迷亭君一如既往地兴致十足,三平君闻听此言问道:

"你就是东风君吗?我结婚的时候可以请你为我创作一首诗吗?我会马上印刷成册分发出去的。还会刊登在《太阳》①上。"

"嗯,那我就为你创作一个吧,大约什么时候要呢?"

---

① 1895年博文馆创刊的月刊综合杂志,当时拥有许多读者。

"什么时候都行。从你现在有的作品里选一个也行。作为报答，我会邀请你来参加婚礼的。到时候还有香槟喝呢。你喝过香槟吗？香槟可是很美味的……老师，婚礼的时候我还打算请个乐队呢，到时候将东风君的大作谱上乐曲演奏如何？"

"随你的便。"

"老师，可以请您帮我谱曲吗？"

"说什么傻话。"

"在座的诸位可有懂音乐的吗？"

"落选的新郎候选人寒月君是演奏小提琴的高手。不如你就拜托他吧。但光用香槟恐怕请不动呢。"

"即便同为香槟，一瓶四五日元的那种也是不行的。我用来款待诸位的可不是那种便宜货，你可以帮我谱个曲吗？"

"嗯，当然可以，就算是二十钱一瓶的香槟也没关系。就算是免费也没关系。"

"我不会白让你帮忙的，肯定有谢礼。你要是不喜欢香槟，看看这个如何？"说着三平从上衣的里怀口袋里掏出七八张照片啪嗒啪嗒地扔到榻榻米上。这些照片里有半身像，有全身像，有站着的，有坐着的，有穿着和服裤裙的，有穿着长袖和服，有梳着高岛田发髻的。但有一个共同点都是妙龄少女。

"老师，这些都是候选人。作为谢礼，我可以将这些姑娘介绍给寒月君和东风君。这个怎么样？"说着他将一张照片递给寒月君。

"不错。请务必帮我介绍。"

"这个也很好吧。"说着他又拿起一张。

"这个也很好。请务必帮我介绍。"

"到底哪个?"

"哪个都很好。"

"你还真是个多情种呢。老师,这位是博士的侄女。"

"是吗?"

"这位性格特别好,而且年纪还很小,只有十七岁。这位的话,嫁妆大概有一千日元。这位是知事的女儿。"三平君自顾自地说了起来。

"这些都要了不行吗?"

"都要了?那太贪得无厌了吧。你是一夫多妻主义者吗?"

"我虽然不是多妻主义者,但却是肉食主义者。"

"爱是什么是什么吧,赶紧把你那些东西收起来,好吗?"主人有些加重了语气。

"那么,这些都不要吗?"三平君又追问了一句,然后将照片一张一张重新收回口袋里。

"这啤酒是怎么回事?"

"给您带的见面礼。为了提前庆祝一下我在拐角那个酒铺买来的。大家一起喝一杯吧。"

主人拍了拍手叫来女佣把啤酒打开。主人、迷亭、独仙、寒月、东风这五位全都恭恭敬敬地举起酒杯，祝贺三平君喜结良缘。三平君十分开心地说道：

"在座的诸位我都会邀请的，大家都会来参加婚礼的吧？"

"我不去。"主人立刻答道。

"为什么？这可是我一辈子一次的大事啊。您不来参加吗，有点不近人情吧？"

"不是不近人情，但我不去。"

"是因为没有西装礼服吗？穿和服外套和裤裙也行啊。您偶尔也应该参加一下社交活动才好，老师。我可以给您介绍一些大人物。"

"还是免了吧。"

"胃病也会痊愈的。"

"不痊愈也罢。"

"您要是这么顽固我也没办法了。那你怎么样，会来吗？"

"我嘛，一定会去的。如果可以的话，希望能够以媒人的身份出席。香槟酒三三九度①共春宵——什么，你说媒人是铃木家的藤君？原来如此，我觉得也会是他。这虽然很遗憾但也没办

---

① 三三九度：在中国古代，奇数被视作阳，偶数被视作阴。"三"表示天、地、人。三乘三所得的最高数"九"是最可喜庆的意思。所以结婚典礼上要"用三只酒杯，每杯喝三次，一共喝九回"。这是男女交杯酒必须完成的数量。

法。媒人若有两个就显得太多了，那我就以普通宾客的身份出席吧。"

"你来吗？"

"我吗？一竿风月闲生计，人钓白蘋红蓼间①。"

"这是什么意思？唐诗选吗？"

"我也不知道什么意思。"

"连你自己都不知道吗？那就难办了。寒月君你会来参加吧？毕竟这件事和你还有点关系呢。"

"我一定会出席的，乐队不是还要演奏我做的曲子吗？要是听不到的话多遗憾啊。"

"就是就是。你怎么样，东风君？"

"我要在二位新人面前朗诵新体诗呢。"

"那真是太好了。老师，我有生以来第一次这么开心。所以让我再喝一杯吧。"他一个劲地喝自己买来的啤酒，直到喝得满脸通红。

秋日短暂，转眼间已经日暮西山，乱七八糟地插满了烟头的火盆早已熄灭，这群无忧无虑的闲人们终于尽了兴。"时候不

---

① "一竿风月"出自陆游的《鹊桥仙·一竿风月》："一竿风月，一蓑烟雨，家在钓台西住。""白蘋红蓼"出自陆游《好事近·溢口放船归》："溢口放船归，薄暮散花洲宿。两岸白蘋红蓼，映一蓑新绿。"这里是独仙借用做的一首诗。

早啦。我要回去了",独仙君首先起身说道。其他人也纷纷说道"我也走了"起身离去。客厅里好像散场后的剧院一样,一下子变得冷清起来。

主人吃罢晚饭之后便钻进书房。女主人似乎觉得有些寒冷,用手将衬衣的领子拢到一起,然后继续缝补一件已经褪了色的便服。孩子们早已进入梦乡。女佣则去了澡堂。

即便是看似无忧无虑的人,倘若敲击他们的心底,仍然会从不知何处传出悲伤的声音。看似超凡脱俗的独仙君,双脚也仍然要站在地面之上。看似轻松自在的迷亭君也并非生活在如同画作一般的理想世界里。寒月君不再磨玻璃球之后终于娶到了老家的媳妇。这才是顺理成章。但顺理成章倘若永远地持续下去一定也很无聊吧。东风君再过十年,大概就会意识到自己如今胡乱献诗究竟有多么荒唐。至于三平君将来究竟是上山还是入水实在难以判断。但只要他一辈子都能请别人喝香槟酒并以此为傲的话也算不错吧。铃木家的藤君为人圆滑,很适合在社会上摸爬滚打。摸爬滚打难免搞得一身污泥,但即便如此也比那些不肯摸爬滚打的家伙强多了。我身为一只猫生活在人世之间也两年有余。本以为像我这样见多识广之辈应是前无古人,但没想到前几天一个叫卡特·穆尔的素未谋面的同族突然大放厥词①，着实让我有些吃惊。仔细一打听才知道，原来他早在百年以前就死了，大概是出于好奇，所以他才特意变成幽灵，大老远地从冥土赶来吓唬我。据说这只猫在去拜访自己的母亲之时，特意叼了一条鱼作为见面礼，但半路却没忍住自己把鱼全都吃了，虽然他是这样一个不孝之辈，但才华与人类相比却也毫不逊色，甚至有时候还会创作诗篇让他的主人都大吃一惊。既然早在一个世纪以前就出现了这样的豪杰，那像我这样的碌碌无为之辈应该早早归隐无何有乡②才好啊。

主人早晚会死于胃病。金田家的老头则已经死在贪欲上了。秋叶几乎全都落尽。死是万物的宿命，既然活着也没有什么作用，那不如趁早死掉更为明智。按照诸位先生所说，似乎人类的命运也将归于自杀。要是不小心谨慎些的话，恐怕猫也难以摆脱那样无聊的俗世啊。这真是太可怕了，想起来都让人感觉闷闷不乐。不如喝点三平君的啤酒振奋一下精神吧。

我绕到厨房。只见在秋风中咯嗒作响的后门开了一条小缝，秋风顺着这条缝吹进去，不知何时已经将煤油灯吹灭了，

---

① 卡特·穆尔是德国小说家霍夫曼（1776~1822）的小说《雄猫穆尔的生活观》之中的主人公。漱石的朋友德国文学家藤代素人于1906年5月号的《新小说》上以"卡特·穆尔口述、素人笔记"的体裁发表了一篇作品名为《猫文士气焰录》，在其中穆尔不满地抱怨《我是猫》里面的"我"竟然丝毫没有提及自己这一点实在是非常失礼。

② 指空无所有的地方。出自《庄子·逍遥游》。

月光透过窗户映照进来。在盘子上面并排摆着三个玻璃杯，其中两个里面还剩有一半左右的茶色液体。即便是热水，装在玻璃杯中也给人一种冷冰冰的感觉，更何况这个在寒夜月光的映照下，静悄悄地与灭火罐比邻而居的液体，尚未沾唇就已经让人感到一阵寒意，丝毫也不想喝了。但正所谓百谈不如一试。三平之流在喝了那东西之后，脸色变得通红，还大口地喘着粗气。那猫若是喝了也没有不开心快活的道理吧。反正这条命也说不定什么时候就没了，不管做什么都得趁还活着的时候才行，等死了以后躺在坟墓里才后悔遗憾那也是于事无补。想到这里我把心一横，伸出舌头去酒杯里舔了一舔，结果却让我大吃一惊。舌尖好像被针扎了一样火辣辣的。虽然我不知道人类究竟出于何种奇想竟然喜欢这种难喝的东西，但对猫来说这绝对是难以入口的。无论如何猫与啤酒都性情不合。我因为忍受不住将舌头收了回来，却又改了主意。人类经常说"良药苦口利于病"，一旦得了感冒之类的病症就皱着眉头喝一种奇怪的东西。也不知道究竟是因为喝了才痊愈，还是因为痊愈了才要喝。这个问题一直困扰着我，今天刚好就用啤酒来解决这个问题吧。倘若喝下去之后肚子里苦不堪言那就干脆作罢，倘若喝完之后能够像三平那样快活得忘乎所以那岂不是赚大了吗？我还可以将这件好事与附近的猫分享。不知究竟会怎样，就听天由命吧，下定决心之后我再次伸出舌头。这味道实在是不敢恭维，我干脆闭上眼睛吧嗒吧嗒地舔了起来。

当我强忍着终于喝完一杯之后，奇妙的现象发生了。一开始我的舌头火辣辣的，嘴巴里面好像受到外力压迫一样十分难受，但喝着喝着我就感觉舒服起来，喝完一杯的时候难受劲全没啦。我心想已经没什么事了，便把第二杯也轻松喝光，顺便还把洒落在盘子上的啤酒都舔了个一干二净。

喝完之后我静静地待了一会观察自己的情况。我的身体开始发热、眼眶开始发红、耳朵开始发烧，想唱歌，想跳舞，想对主人、迷亭和独仙说"你们去吃屎吧"，想去挠金田家的老头，想去咬她老婆的鼻子，想做各种各样的事。最后我想晃晃悠悠地站起来，想东倒西歪地走一走。我心中觉得有趣，便打算走出去。走出去想打声招呼"月亮姐姐晚上好啊"。真是太畅快了。

我心想怡然自得、陶醉其中大概指的就是这种状态吧，我没有目标、没有方向，像是散步又不像是散步，让已经不受控制的四条腿随意游走，只是不知为何感觉十分困顿。甚至不知道自己究竟是睡着还是醒着。我虽然睁着眼睛却感觉眼皮十分沉重。事到如今我也顾不得那么多了。管他前面是高山还是大海，都没什么可怕的，我软绵绵地向前迈出脚步，却听到"扑通"一声，我心下一惊——糟糕。却没有时间去思考究竟是什么糟糕。只是在意识到糟糕的一瞬间便失去了意识。

当我回过神来的时候，发现自己正漂在水面上。我因为感到非常痛苦便伸出爪子乱挠一气，但却只扑腾起一片水花，而且越是乱挠身体越往下沉。没办法，我只能使劲地蹬后腿，然后用前脚往上挠，只听到一阵嘎吱吱的声音，好像是挠到了什么东西。我终于把脑袋浮出水面想看看这里究竟是什么地方，这才发现原来我掉进了一个大水缸里面。这个水缸直到夏天之前都长满了一种叫作雨久花的水草，后来乌鸦吃光了水草又在水里洗澡，结果这里的水就变浅了。而自从水变浅之后乌鸦便不来了。前段时间我还心想"最近水缸里的水浅了不少，连乌鸦都不见了"，却万万没想到现在变成我自己替乌鸦在这个地方洗澡。

水面距离缸沿四寸有余。我就算伸直了前脚也够不着。跳又跳不出去。如果我什么也不做那就只能一个劲地往下沉。如果我伸出爪子使劲挠则只能挠到缸壁，挠到缸壁的时候身体会往上浮一些，但只要爪子一滑就立刻又会沉下去。因为沉在水里实在难受，于是我马上又开始挣扎起来。就这样挣扎了一会我感到疲惫不堪，虽然心情变得急躁，四条腿却不像之前那么灵活了。终于连我自己也搞不清楚究竟是因为下沉才抓挠缸壁，还是因为抓挠缸壁才下沉。

在这极度痛苦的时候，我心中这样想到，我之所以如此痛苦，都是因为我一心只想从水缸里逃出去，可虽然我很想出去，但实际上却明知道是出不去的。我的腿不足三寸，就算身体能够浮在水面上，然后再将前脚尽可能地伸出去，也够不到那远在五寸之外的缸沿。既然爪子够不到缸沿，那不管我再怎么挣扎和焦躁，就算再花上一百年的时间也一样出不去。既然明知出不去还妄想出去那就是勉强自己。正因为我勉强自己所以才如此痛苦。真无聊，我这是自寻烦恼、自讨苦吃，简直愚蠢至极。

"随他去吧，爱怎么样怎么样吧。嘎吱嘎吱的挣扎就到这里吧。"想到这里，我便将前脚、后脚、脑袋、尾巴全都放松了力量，顺其自然，不再做任何的抵抗了。

逐渐地，我竟然变得舒适起来。分不清究竟是痛苦还是幸福，也不知道自己是身在水中还是身在客厅之内。我究竟身在何处，为何在此，这些都已经不重要了。我现在只觉得舒适。不，我甚至连舒适都感觉不到了。我进入了日月全部陨落，天地都化为齑粉的不可思议之太平境界。我死了。死后才能得此太平。太平是非死所不可得的。南无阿弥陀佛，南无阿弥陀佛。可喜可贺，可喜可贺。